프랜시스 스콧 피츠제럴드 1

27 세계문학 단편선

프랜시스 스콧 피츠제럴드 1

하창수 옮김

현대문학

차례

머리와 어깨

Head and Shoulders

1

1915년, 호러스 타복스는 열세 살이었다. 그해에 프린스턴 대학 입학시험을 통과한 그는 카이사르, 키케로, 베르길리우스, 크세노폰, 호머 그리고 대수학, 평면기하학, 입체기하학, 화학에서 A학점을 받았다.

2년 뒤, 조지 M. 코핸이 〈옮겨 간 전장에서〉를 작곡하는 동안, 2학년 생들 중 선두를 유지하며 멀찌감치 앞서 나가던 호러스는 이미 「구태의연한 학습 형태로서의 삼단 논법」이란 학위 논문을 준비하고 있었다. 샤토티에리 전투가 한창이던 그해, 그는 책상 앞에 앉아 '신新사실주의자들의 실용주의적 편향성'에 대한 일련의 에세이를 시작하는 데 열일곱 살이 될 때까지 기다려야 할지 말지를 궁리했다.

그러다 얼마 뒤 신문팔이 소년이 종전이 되었음을 알려 주었고, 그는 기뻤다. 그것은 피트 브라더스에서 『이해에 대한 스피노자의 진보적 해석』 증보판이 출간될 거라는 걸 의미했기 때문이다. 전쟁은 젊은 이들을 독립적으로든 어떻게든 만들어 주었다는 점에서 꽤 잘된 일이긴 했지만, 호러스는 다시 시작될 게 뻔한 전쟁을 중단한다는 협정을 맺은 날 밤 자신의 창문 아래서 브라스 밴드가 쿵쾅거리며 연주하게 한 대통령을 용서할 수는 없었다. 그 요란한 소리 덕분에 「독일 관념론」이란 자신의 논문에서 중요한 세 문장이 누락되었기 때문이다.

이듬해, 그는 예일 대학으로 옮겨 문학석사 과정에 들어갔다. 껑충한 키에 얇은 몸피, 근시인 회색 눈을 가진 열일곱 살의 그는 사소한 말을 툭툭 던질 때조차도 초연함을 잃지 않는 독특한 분위기를 지니고 있었다.

"난 그 친구랑 얘길 하고 있다는 느낌이 전혀 들질 않아." 딜린저 교수는 사람 좋은 동료에게 속내를 털어놓았다. "마치 그 친구 대리인과 얘기를 나누는 듯한 기분이야. 난 늘 그 친구가 '저한테 물어보고 답을 찾아보겠습니다'라고 말할 것만 같아."

그리고 얼마 뒤, 호러스 타복스가 정육점 소고기 씨나 남성복 가게 중절모 씨라도 된 듯 인생은 무심히 그에게 당도했고, 그를 사로잡았고, 그를 조종했고, 그를 긴장시켰으며, 토요일 오후 특별 할인 매장의 아일랜드풍 레이스처럼 그를 풀어 헤쳤다.

문학적으로 옮긴다 해도, 코네티컷의 아무것도 없는 땅에 당도한 식민지 시대의 강인한 개척자들이 서로를 바라보며 "자, 이제 여기다 뭘 지어야 하지?"라고 묻자 가장 뚝심 있는 자가 나서서 "극장주가 뮤지컬 코미디를 무대에 올릴 마음이 동하도록 마을을 한번 꾸며 보자고"라고 대답했고, 다들 알다시피 그렇게 해서 뮤지컬 코미디를 무대에 올리기 위해 예일 대학이 거기에 지어졌다는 정도로밖엔 말할 수가 없다. 어쨌든 어느 해 12월, 〈홈 제임스〉가 슈버트 극장 무대에 올랐고, 제1막에서 '실수투성이 뚱보'에 관한 노래를 부르고 대단원에선 몸을 흔들고 떨어 대는 그 유명한 춤을 추었던 마샤 메도에게 모든 학생들이 앙코르를 외쳤다.

마샤는 열아홉 살이었다. 그녀는 날개를 가지고 있지 않았지만 대부분의 관객들에게 그녀는 날개를 가질 필요가 없는 존재였다. 그녀의 금발은 타고난 그대로의 색이었고, 그녀는 화장을 하지 않은 얼굴로 정오의 거리를 활보했다. 그것 외엔 그녀 역시 여느 여인들과 다를 바 없었다.

그녀에게 비범한 천재 호러스 타복스를 찾아가면 펠멜 담배 5,000갑을 주겠다고 약속한 사람은 찰리 문이었다. 셰필드 대학 졸업반이었던 찰리는 호러스의 사촌 형이었다. 둘은 서로를 좋아하면서도 불쌍히 여겼다.

그날 밤 호러스는 유난히 바빴다. 프랑스인 로리에가 신사실주의자들의 중요성을 간과했다는 것에 그는 거의 공황 상태에 빠져 있었다. 그래서 서재 문을 두드리는 낮지만 또렷한 소리에 그가 한 유일한 반응은 소리를 감지하는 귀가 없이도 두드리는 소리란 게 실제로 존재할 수 있는지에 대한 심사숙고였다. 그는 자신이 점점 실용주의 쪽으로 건너가고 있다는 느낌이 들었다. 하지만 그 순간, 미처 깨닫지는 못했지만, 그는 뭔가 매우 다른 쪽으로 급속히 건너가고 있었다.

문을 두드리는 소리가 들려왔고, 3초쯤이 지났다. 다시 소리가 들려왔다.

"들어오세요." 호러스가 기계적으로 웅얼거렸다.

문이 열렸다가 닫히는 소리가 들렸다. 하지만 그는 난로 앞의 커다란 안락의자에 앉은 채로 책을 들여다볼 뿐 고개를 들지 않았다.

"저쪽 방 침대 위에 두세요." 그는 무심히 말했다.

"저쪽 방 침대에다 뭘 두라는 거죠?"

마샤 메도는 자신의 노래들에 관해 얘기하려 했던 거였는데, 쓸데없는 대사를 주절거린 듯한 기분이었다.

"세탁물 말이오."

"그런 건 없는데요."

호러스는 의자에 앉은 채로 조바심을 치듯 움직였다.

"왜 없다는 거요?"

"왜냐면, 제가 가지고 있지 않으니까요."

"뭐라고!" 그는 짜증스럽게 내뱉었다. "돌아가서 가져오면 되잖소."

호러스가 앉아 있는 난로 건너편에 안락의자 하나가 더 놓여 있었다. 그는 운동도 하고 변화도 주기 위해 저녁 내내 두 의자를 옮겨 다니곤 했다. 그는 한 의자를 버클리, 다른 의자를 흄이라고 불렀다. 갑자기 속이 비칠 듯 거의 투명한 형체가 흄 안으로 내려앉는 바스락거리는 소리가 그의 귓속으로 밀려왔다. 그가 흘끗 고개를 들었다.

"자," 하고 마샤는 제2막 〈오, 공작은 내 춤에 빠졌다네!〉에서 사용한 달콤한 미소를 띠며 입을 열었다. "이제야 절 보셨군요, 오마르 하이얌* 선생님. 광야에서 노래를 부르며 당신이 계신 이곳으로 왔답니다."

---

* Omar Khayyām(1048~1131). 페르시아의 시인, 천문학자, 수학자로 4행 연시집 『루바이야트』로 유명하다.

호러스는 멍하니 그녀를 응시했다. 한순간 그녀가 자신이 만들어 낸 상상 속의 유령일지 모른다는 생각이 뇌리를 스쳤다. 여자가 남자의 방에 들어와서 남자의 흄에 앉는다는 건 있을 수 없는 일이었다. 여자들이란 세탁물을 가져오고 전차 의자에나 앉으며, 남자들이 족쇄란 게 뭔지를 충분히 알 나이가 되면 그들에게 시집을 오는 존재들이었다.

이 여자는 흄으로부터 물질화되어 나온 게 분명하다고 그는 생각했다. 그녀의 얇게 비치는 갈색 드레스는 흄의 저 가죽 팔걸이에서 거품처럼 뿜어져 나왔다! 만약 충분히 시간을 들여 지켜본다면 그는 흄이 그녀를 뚫고 모습을 드러내는 걸 보게 될 것이고, 그러면 다시 방에는 그 혼자만 있게 될 터였다. 그는 주먹을 쥐고는 자신의 눈앞에서 움직였다. 다시 한 번 그는 공중그네라도 타는 듯한 아찔함을 느꼈다.

"제발, 그런 못마땅한 표정 좀 짓지 마세요!" 하고 가죽 팔걸이에서 뿜어져 나온 거품이 명랑하게 항변했다. "제가 당신의 가죽 의자와 함께 사라져 주기를 바라는 것 같군요. 그러면 전 당신의 눈동자 속에만 남아 있겠네요."

호러스가 기침을 했다. 기침은 그가 보여 준 두 개의 몸짓 중 하나였다. 그와 얘기를 나눌 때 상대는 그가 육체를 가진 존재라는 느낌을 전혀 받지 못했다. 그것은 마치 오래전에 죽은 가수의 음성을 축음기를 통해 듣는 것과 같았다.

"원하는 게 뭐요?" 그가 물었다.

"제가 원하는 건 편지예요," 하고 마샤는 콧소리를 섞어 신파조로 말했다. "1881년에 당신이 우리 할아버지에게서 사 가지고 갔던 제 편지들."

호러스는 생각에 잠겼다.

"내게 그런 편지는 없어요." 그는 차분히 말했다. "난 겨우 열일곱 살입니다. 아버진 1879년 3월 3일에 태어나셨고요. 사람을 착각한 게 분명하네요."

"겨우 열일곱 살?" 마샤가 귀를 의심하며 중얼거렸다.

"겨우 열일곱."

"한 여자가 있었어요," 하고 마샤는 회상하듯 입을 뗐다. "열여섯 살에 무대에 섰죠. 10달러도 받고, 20달러도 받고, 30달러도 받았어요. 그녀는 자신의 상황에 너무 빠져 있어서 '열여섯 살'이라고 말할 때마다 항상 '겨우'라는 말을 붙였어요. 우린 그녀를 '겨우 제시'라고 부르곤 했죠. 그리고 그녀는 처음 시작한 그곳에 여전히 머물러 있어요. 더 나빠진 거라고 할 수밖에 없어요. '겨우'란 말을 붙이는 건 나쁜 습관이에요, 오마르 선생님. 알리바이를 대는 것처럼 들린단 말이죠."

"내 이름은 오마르가 아닙니다."

"알아요." 마샤는 고개를 끄덕였다. "당신의 이름은 호러스. 내가 오마르라고 부른 건 당신을 보니 내가 피우던 담배가 생각나서예요."

"그리고 난 당신의 편지들을 가지고 있지 않아요. 당신 할아버지를 만난 적도 없고요. 솔직히, 당신이 1881년에 살았을 거라는 걸 도무지 믿을 수가 없군요."

마샤는 놀란 표정을 지으며 그를 응시했다.

"1881년에 내가요? 당연히 살고 있었죠! 플로로도라 6중주단이 될 친구들이 아직 수녀원 학교에 다닐 때 난 2인자였어요. 솔 스미스 부인의 〈줄리엣〉에서 첫 번째 보모 역도 내가 맡았었죠. 1812년 미국 독립 전쟁 땐 군인들 사교 클럽의 가수였고요. 이제 감이 잡히나요, 오마르 선생님?"

문득 쓸 만한 생각 하나가 호러스의 뇌리를 스쳤다. 그는 씽긋 웃으며 말했다.

"찰리 문이 이러라고 시키던가요?"

마샤는 그가 무슨 생각으로 그렇게 말한 건지 몰랐다.

"찰리 문이 누구죠?"

"땅딸보에, 뻥 뚫린 콧구멍에, 당나귀 귀."

그녀는 허리를 쭉 펴더니 콧방귀를 뀌며 말했다.

"난 친구들 콧구멍 따위나 들여다보는 취미는 없어요."

"찰리, 맞죠?"

마샤는 입술을 잘근잘근 씹더니 하품을 했다. "우리, 딴 얘기해요, 오마르 선생님. 1분 안에 잠들어 버릴 것 같으니까요."

"그래요," 하고 호러스가 무겁게 입을 뗐다. "흄은 종종 수면제 취급을 받곤 하죠."

"흄이란 사람, 당신 친군가요? 죽을병에라도 걸렸어요?"

그때 호러스 타복스는 비쩍 마른 몸을 불쑥 일으키고는 두 손을 주머니에 찌른 채 방 안을 서성이기 시작했다. 그것이 그가 보인 두 가지 몸짓 중 남은 하나였다.

"아무래도 좋아요," 하고 그는 혼잣말을 하듯 중얼거렸다. "그래요. 당신이 이 방에 있어도 상관하지 않아요. 괜찮아요. 하지만 찰리 문이 무척이나 귀엽고 어린 당신을 이곳으로 보냈다는 건 정말이지 싫군요. 날 시험해 보는 건가요? 이젠 잡역부들도 화학자처럼 실험을 할 수 있나 보죠? 내 지능이 어느 정돈지 알아보니 재밌어요? 직접 보니까 만화 잡지에 나오는 보스턴 꼬마처럼 생겼나요? 파리에서 고작 일주일을 보내 놓고 그 얘길 시도 때도 없이 늘어놓는 얼빠진 녀석이 무슨 권리로……"

"아니라고요." 마샤가 단호하게 말을 막았다. "당신은 매력적인 사람이에요. 이리 와서 키스를 해 줘요."

호러스는 재빨리 그녀 앞으로 다가갔다.

"키스하고 싶은 이유가 뭐죠?" 하고 그가 진지하게 물었다. "이런 식으로 사람들과 키스를 하나 보죠?"

"그럼 안 되나요?" 마샤는 선선히 인정했다. "인생이란 게 그렇지 않나? 난 이런 식으로 사람들과 키스를 해요."

"그렇군요," 하고 호러스는 힘주어 대답했다. "당신 생각들을 정말이지 이해할 수 없군요! 우선, 인생이란 그런 게 아닙니다. 그리고, 난 당신에게 키스를 하지 않을 겁니다. 앞으로도 그렇게 될 것 같아서요. 난 한번 버릇이 들면 벗어나지 못해요. 올해 생긴 버릇은 침대에서 7시 반까지 빈둥거리는 겁니다."

마샤는 이해한다는 듯 고개를 끄덕였다.

"재밌게 지내긴 하나요?" 하고 그녀가 물었다.

"재밌다는 게 무슨 뜻이죠?"

"이것 봐요, 오마르 선생님," 하고 그녀가 엄한 표정을 지으며 말했다. "당신이 좋아요. 하지만 당신이 무슨 말을 하고 있는지 제대로 알고 얘길 했으면 좋겠네요. 당신은 말을 할 때 양치질을 하듯 단어들을 입에다 잔뜩 물고 있어요. 그런 식이라면 결코 게임에서 이길 수 없어요. 난 인생을 재밌게 사냐고 물었어요."

호러스의 고개가 흔들렸다.

"좀 더 있으면 재밌어질 겁니다. 아마도요," 하고 그가 대답했다.

"내겐 계획이 있어요. 실험 중이죠. 이따금 싫증이 날 때도 있어요. 그래요, 지치기도 해요. 음, 설명하기가 힘들어요! 하지만 당신이나 찰리 문이 재미라고 생각하는 거랑 제가 생각하는 재미랑은 다를 것 같네요."

"뭐가 다른지 설명 좀 해 줄래요?"

호러스는 그녀를 응시하다가 입을 떼기 시작했다. 그러다가 생각이 바뀌었는지 다시 방 안을 서성였다. 어떻게 해야 할지 결정하지 못한 채 그는 자신에게 미소를 짓고 있는 마샤를 바라보았다.

"설명해 주세요."

호러스가 고개를 돌렸다.

"설명을 해 드리면, 날 만나지 못했다고 찰리 문에게 얘기해 줄 수 있어요?"

"뭐, 그러죠."

"좋아요, 그럼. 내 얘기를 들려 드리죠. 난 매사에 '왜'라고 묻는 아이였어요. 바퀴가 어떻게 굴러다닐 수 있는지 알고 싶어 했죠. 아버진 프린스턴 대학에서 경제학을 가르치는 젊은 교수셨죠. 내가 묻는 모든 질문에 당신 능력이 닿는 한 최선을 다해 답을 해 주셨어요. 그렇게 날 키우셨죠. 거기에 대한 내 반응을 보시고 아버진 조숙함에 대한 한 가지 실험을 해 볼 생각을 하셨어요. 그 끔찍한 유린 덕분에 내 귀에 탈이 났어요. 아홉 살에서 열두 살까지 일곱 번의 수술을 받았지요. 당연한 일이지만 난 여느 아이들과 어울리지 못했고, 때 이르게 성숙해졌죠. 어쨌든, 또래 아이들이 리머스 아저씨*에 빠져 있을 때 난 카툴

---

* 조엘 해리스의 이야기에 나오는, 농장에서 일하는 늙은 흑인으로, 아이들에게 동물 이야기를 들려준다.

루스*의 시를 즐겨 읽었어요. 그것도 원전으로.

열세 살에 대학에 들어갔어요. 어쩔 수가 없었죠. 내가 주로 만나는 사람은 교수들이었고, 난 내가 멋진 지성인이라는 데에 엄청난 자부심을 가졌어요. 남다른 재능을 갖고 있기도 했지만 달리 비정상적인 데도 없었으니까요. 열여섯 살이 되었을 때 난 남들과 다르다는 사실에 싫증이 났어요. 누군가 지독한 실수를 저질렀다고 확신했죠. 어차피 이렇게 멀리까지 왔으니 문학석사 학위만 받고 그만두기로 했어요. 내가 삶에 대해 가지고 있는 주된 관심은 현대철학을 연구하는 겁니다. 난 베르그송**으로부터 영향을 받은 안톤 로리에 학파의 현실주의자이고, 두 달 뒤에 열여덟 살이 됩니다. 내 얘긴 여기까집니다."

"와우!" 마샤가 큰 소리로 말했다. "충분해요! 말씀을 아주 잘하시네요."

"만족했다는 얘긴가요?"

"아뇨, 키스가 아직 남았어요."

"그건 내 계획에 들어 있지 않습니다," 하고 호러스는 거부 의사를 드러냈다. "육체적인 걸 초월한 척하는 건 아니니 이해해 주세요. 그것도 나름 의미는 있겠지만……"

"오, 너무 이성적으로 따지지 말아요!"

"어쩔 수 없습니다."

"자동판매기 같은 사람은 질색이야."

"분명히 말하지만 난……," 하고 호러스가 입을 뗐다.

"제발 입 좀 다물어요!"

---

* Gaius Valerius Catullus(B.C. 84~B.C. 54). 로마의 서정 시인.
** Henri Bergson(1859~1941). 프랑스의 철학자.

"내 래셔널리티*로는……"

"난 당신의 내셔널리티**를 말한 게 아니에요. 당신, 미국 사람이잖아요."

"그렇습니다."

"나한텐 그걸로 됐어요. 내가 말하는 건 당신의 그 고급한 계획 안에 들어 있지 않은 뭔가를 보고 싶다는 거예요. 아까 뭐라고 그랬죠? 브라질 사람으로부터 영향을 받았다고 그랬나, 그게 얼마나 인간적인지를 보고 싶다는 얘기예요."

호러스는 다시 고개를 저었다.

"어쨌든 키스는 안 할 겁니다."

"인생 참 꼬이는군," 하고 마샤는 침울하게 중얼거렸다. "난 실패한 여자야. 브라질 사람에게서 영향을 받았다는 키스 한번 못 받아 보고 인생을 마치게 생겼군." 그녀는 한숨을 내쉬며 말했다. "어쨌든, 오마르 선생님. 제 쇼는 보러 올 건가요?"

"무슨 쇼를 말하는 거죠?"

"〈홈 제임스〉에 악역으로 나와요!"

"경가극輕歌劇인가요?"

"비슷해요. 등장인물 중의 하나가 쌀을 재배하는 브라질 사람이에요. 구미가 좀 당기나요?"

"예전에 〈보헤미안 소녀〉를 본 적이 있어요," 하고 호러스는 기억을 더듬으며 목소리를 높였다. "재미있었죠, 얼마큼은."

"그래서 오실 건가요?"

* rationality. 합리성.
** nationality. 국적.

"글쎄요, 그게……"

"아, 알겠어요. 주말엔 브라질로 가야겠군요."

"그럴 리가요. 기꺼이 가도록 하겠습니다."

마샤가 손뼉을 쳤다.

"잘 생각했어요! 표는 우편으로 보낼게요. 목요일 밤, 괜찮나요?"

"그게, 제가……"

"좋아요! 목요일 밤으로 하죠."

그녀는 의자에서 일어나 그에게로 다가가더니 두 손을 그의 어깨에 얹었다.

"당신이 좋아요, 오마르 선생님. 장난쳐서 미안해요. 얼음장 같을 거라고 생각했는데, 멋진 사람이었군요."

그는 냉소적인 표정으로 그녀를 보았다.

"난 당신보다 수천 세대나 늙었을 겁니다."

"아뇨, 당신 나이 그대로 보여요."

두 사람은 엄숙하게 악수를 나눴다.

"내 이름은 마샤 메도예요." 그녀가 강조하듯 말했다. "기억해 두세요. 마샤 메도. 찰리 문에겐 당신을 만나지 못했다고 얘기할게요."

잠시 후, 그녀는 한꺼번에 세 계단을 뛰어 내려갔다. 위층 난간에서 목소리가 들려왔다. "아, 그런데 말이죠……"

그녀는 걸음을 멈추고 고개를 들며 소리가 들려온 쪽으로 엉거주춤 몸을 기울였다.

"아, 저기 말이죠!" 천재의 목소리가 다시 들려왔다. "제 말 들려요?"

"여기 있어요, 오마르 선생님."

"제가 키스를 본질적으로 비이성적이라고 여긴다는 인상을 드린 것 같아 겁이 나네요."

"인상이라고요? 당신은 내게 키스를 하지도 않았잖아요! 걱정 붙들어 매요. 잘 있어요."

여자의 목소리에 호기심이 동한 듯 그녀와 가까운 문 두 개가 열렸다. 위층에서 주저하는 듯한 헛기침 소리가 들려왔다. 마샤는 치마를 여미고는 마지막 계단을 활달하게 내려디뎠다. 그러곤 탁하고 흐릿한 코네티컷의 대기 속으로 빨려 들어갔다.

위층의 호러스는 생각에 잠긴 채 마룻바닥을 서성였다. 이따금 그는 쿠션 위에다 뭔가를 암시하듯 책을 펼쳐 놓은 채 우아한 암적색의 품위를 유지하고 있는 버클리를 힐끔거리곤 했다. 그러곤 자신의 서성이는 발걸음이 조금씩 흄에게로 가까이 다가가고 있다는 사실을 발견했다. 흄은 말로는 표현하기 힘든, 자신만의 기묘한 뭔가를 가지고 있었다. 투명에 가까운 형체는 여전히 허공 가까이에 떠 있는 듯했는데, 거기에 앉으면 마치 여인의 무릎에 앉는 것 같은 느낌이 들 거라고 호러스는 생각했다. 호러스는 흄만의 기묘한 특질을 뭐라고 불러야 할지는 알 수 없었지만, 생각에만 존재할 뿐 도저히 만져 볼 수 없는 그 특질은, 그럼에도 불구하고 실재하는 것이었다. 흄은 자신의 존재가 누려 왔던 지난 200년 동안 단 한 번도 발산하지 않았던 뭔가를 내보이고 있었다.

흄으로부터 비어져 나오는 것은 장미꽃 향기였다.

2

목요일 밤, 호러스 타복스는 다섯 번째 열 복도 쪽 좌석에 앉아 〈홈 제임스〉를 관람하고 있었다. 그는 즐거움에 흠뻑 빠져 있는 자신을 발견하고 기이한 감회에 젖었다. 그와 가까운 곳에 있던 냉소적인 학생들은 오스카 해머스타인*식의 케케묵은 농담들에 소리를 내 가며 감탄하는 그를 보고 적잖이 당황했다. 하지만 호러스가 애타게 기다리고 있는 건 재즈풍의 〈실수투성이 뚱보〉를 부르는 마샤 메도였다. 드디어 꽃이 그려진 널따란 모자를 쓴 그녀가 조명 아래 나타났을 때 따스한 빛줄기가 그를 감쌌다. 그리고 그녀의 노래가 끝났을 때 그는 폭풍처럼 쏟아지는 박수갈채에 동참하지 못했다. 그는 혼이 빠져나간 듯한 기분이었다.

제2막이 끝나고 휴식 시간에 좌석 안내인이 그에게로 다가와 그가 타복스 씨인지를 확인하고는 사춘기 소녀의 동글동글한 글씨체로 쓰인 메모지를 건네주었다. 호러스가 약간 당황하며 그것을 읽는 동안, 좌석 안내인은 조바심을 치며 복도에 서 있었다.

오마르 선생께. 쇼가 끝난 뒤엔 늘 엄청난 허기가 밀려든답니다. 태프트 그릴 식당에서 내 허기를 달래 줄 의향이 있다면, 이 메모지를 가져다 준 우람한 목재 같은 안내인에게 답을 주시고 그 사람의 말에 따르도록 하세요.

당신의 친구, 마샤 메도

---

* Oscar Hammerstein(1895~1960). 미국의 뮤지컬 대본 작가.

"그녀에게," 하고 그는 기침을 하며 입을 뗐다. "잘 알았다고 전해 주세요. 극장 앞에서 기다리겠다고요."

우람한 목재 같은 안내인의 얼굴에 빈정거리는 미소가 떠올랐다.

"내 생각엔, 극장 뒤짝으로 왔음 하는 뜻일 텐데."

"거기가…… 어디죠?"

"바까테 있지. 왼짝으로 돌아서 골목쟁이 따라 쭉."

"뭐라고요?"

"바까테라고. 왼짝 편으로 돌아, 골목쟁이 따라 쭉 가라고!"

그러곤 거만한 인간은 휙 가 버렸다. 호러스 뒤에 앉아 있던 신입생이 낄낄거렸다.

그렇게 30분쯤 지난 뒤, 태프트 그릴 식당, 천연 그대로의 노랑머리를 마주하고 앉은 천재는 이상한 얘기를 주절거리고 있었다.

"종막에서 꼭 그 춤을 춰야 하는 건가요?" 그의 물음은 진지했다. "내 말은 그러니까, 당신이 춤을 추지 않겠다고 하면 쫓겨나는 겁니까?"

마샤가 환하게 웃었다.

"재밌는 춤이에요. 나도 좋아하고요."

그때 호러스는 넘지 말아야 할 선을 넘어 버렸다.

"난 당신도 그걸 혐오할 거라고 생각했어요." 그는 에두르지 않고 말했다. "내 뒤에 앉은 사람들은 모두들 당신 가슴에 대해 얘기하더군요."

마샤의 얼굴이 붉게 달아올랐다.

"못 말리겠군," 하고 그녀는 빠르게 말을 이었다. "내게 그 춤은 그냥 춤이 아니라 곡예라고요. 이봐요 선생님, 그게 얼마나 힘든 줄 알아요? 밤마다 한 시간씩 어깨에다 연고를 발라야 한다고요."

"무대에 서면, 즐거운가요?"

"후후, 당연하죠! 사람들이 날 쳐다보고 있는 게 낯설지 않아요, 오마르 선생님. 난 그걸 좋아해요."

"음!" 호러스는 어두운 얼굴로 생각에 잠겼다.

"브라질 사람에게 영향을 받았다는 분은 어떻게 되었죠?"

"음!" 호러스는 다시 한 번 소리를 내고는 잠깐 틈을 두고 말했다. "다음 공연지는 어딥니까?"

"뉴욕."

"거기서 얼마나 있을 거죠?"

"모르긴 해도, 겨울 내내. 아마도요."

"아!"

"날 보러 와 놓곤 왜 재미없는 얼굴을 하고 그래요, 오마르 선생님? 물론 여기가 당신 방만큼이야 하겠어요? 지금 거기에 있다면 얼마나 좋겠어요."

"여기에 있으니 바보가 된 기분이군요," 하고 호러스는 초조하게 주위를 둘러보며 솔직하게 말했다.

"어쩜담! 우린 잘돼 가고 있는데."

그 말에 그가 갑자기 우울한 표정이 되는 걸 보고 그녀는 목소리를 다정하게 바꾸고는 손을 뻗어 그의 손을 가볍게 토닥였다.

"여배우랑 저녁 식사 해 본 적 있어요?"

"그런 적 없어요," 하고 호러스가 비참한 표정으로 입을 뗐다. "그리고 다시는 그럴 일도 없을 겁니다. 오늘 밤 내가 왜 왔는지를 모르겠네요. 이 모든 불빛들, 웃고 떠들어 대는 사람들이 있는 이곳은 제가 있어야 할 곳이 전혀 아닌 듯 느껴집니다. 당신이 무슨 얘기를 하고 있는지도 모르겠고요."

"우리, 내 얘기를 하기로 해요. 지난번엔 당신 얘기를 했잖아요."

"그래요."

"음, 메도가 내 성인 건 맞지만, 마샤는 내 진짜 이름이 아니랍니다. 내 이름은 베로니카예요. 나이는 열아홉. 여기서 문제 하나. 이 여자는 어떻게 무대에 오르게 되었을까? 정답은, 뉴저지주 퍼세이크에서 태어난 그녀는 불과 1년 전까지 트렌턴에 있는 마르셀 찻집에서 나비스코 과자를 팔며 입에 풀칠을 하고 살았는데, 트렌트 하우스 카바레 소속 가수인 로빈스란 사내와 사귀기 시작했고, 그 사내가 어느 날 저녁 그녀에게 노래와 춤을 선보일 기회를 제공했음. 그로부터 한 달 뒤, 우린 매일 밤 대형 홀을 손님들로 꽉꽉 차게 만들었죠. 그리고 우린 냅킨 더미만큼이나 두꺼운 소개장을 들고 뉴욕으로 갔어요.

이틀 만에 우린 디바이너리스 극장에 일자리를 얻었고, 난 팔레 루아얄 극장에서 어떤 어린 친구에게 시미 댄스를 배웠어요. 어느 날 밤 칼럼니스트 피터 보이스 웬들이 밀크 토스트를 먹으러 그곳에 왔었는데, 디바이너리스에서 반년쯤 지냈을 때였죠. 다음 날 아침 '놀라운 마샤'에 관한 글이 그 사람이 기고하는 신문에 실렸고, 이틀이 지나지 않아 뮤직홀 세 곳에다 미드나이트 프롤릭 극장에 출연하는 기회도 왔어요. 난 웬들 씨에게 감사의 편지를 보냈고, 그분은 그걸 또 자신의 칼럼에다 썼는데, 내 문체가 거칠긴 하지만 칼라일과 닮았으며 춤을 그만두고 북미 문학계를 주름잡는 게 좋을 듯하다고 언급한 거예요. 그 글 덕분에 또 다른 뮤직홀 두 곳과 쇼 정기공연에 순정 소녀로 출연해 달라는 제안이 들어왔어요. 난 그 역을 받아들였고, 여기까지 온 거랍니다. 오마르 선생님."

그녀의 얘기가 끝났을 때 두 사람은 한동안 침묵에 싸여 있었고, 그녀는 마지막 남은 치즈 토스트 조각을 포크에 올려 놓고 그의 말을 기다렸다.

"여기서 나가요," 하고 그가 느닷없이 말했다.

마샤의 두 눈이 굳어졌다.

"무슨 뜻이에요? 나한테 화났어요?"

"그건 아니고, 여기가 마음에 들지 않을 뿐입니다. 당신과 이런 데 앉아 있다는 게 싫습니다."

마샤는 군말 없이 종업원에게 손짓을 했다.

"계산해 주시겠어요?" 하고 그녀가 활달한 목소리로 말했다. "제가 먹은 건, 치즈 토스트랑 진저에일이에요."

호러스는 종업원이 계산을 하고 있는 동안 멍하니 지켜보았다.

"저기요," 하고 그가 입을 뗐다. "당신 거랑 같이 계산하려고 했어요. 당신은 내 손님입니다."

마샤는 짧게 한숨을 토하고는 식탁에서 일어나 홀을 빠져나갔다. 호러스는 당혹스러운 얼굴로 지폐 한 장을 식탁에 내려놓은 뒤 그녀를 따라 계단을 올라 로비로 들어섰다. 그는 엘리베이터 앞에서 그녀를 따라잡았고, 두 사람은 서로를 마주 보았다.

"저기요," 하고 그가 좀 전의 말을 반복했다. "당신은 내 손님입니다. 내가 당신 맘을 상하게 하는 말을 했나요?"

한순간 당혹감이 어렸던 마샤의 두 눈이 부드럽게 풀렸다.

"무례한 사람!" 하고 그녀는 천천히 입을 뗐다. "당신은 무례하다는 걸 모르죠?"

"나도 어쩔 수 없어요." 호러스의 솔직한 대답에 그녀의 마음이 환하게 풀어졌다. "내가 좋아한다는 걸 알고 있잖아요."

"나랑 있는 게 싫다고 한 것 같은데요."

"싫었어요."

"왜요?"

잿빛 숲과도 같은 호러스의 두 눈에서 갑자기 섬광이 일었다.

"싫었으니까요. 당신을 좋아하는 게 어느새 습성이 돼 버렸어요. 이틀 동안 아무것도 생각하질 못했어요."

"그럼, 당신이 만약……"

"잠깐만요," 하고 그는 그녀의 말을 제지했다. "말할 게 있어요. 그건, 6주 후에 내가 열여덟 살이 된다는 겁니다. 열여덟 살이 되면 당신을 보러 뉴욕으로 갈게요. 뉴욕엔, 사람들로 북적거리지 않는 데가 좀 있겠죠?"

"물론이죠!" 마샤가 미소를 머금었다. "내 아파트로 오면 돼요. 당신만 괜찮다면 소파에서 자도 되고요."

"소파에서 자는 건 곤란해요," 하고 그가 단호하게 말했다. "하지만 당신과 얘기를 나누고는 싶어요."

"그래요, 물론이죠," 하고 마샤가 말했다. "아파트에서."

그는 흥분에 휩싸인 채 두 손을 주머니에 찔러 넣었다.

"좋아요…… 그럼 나 혼자서 당신을 볼 수가 있겠군요. 내 방에서 얘기를 나누었듯이 당신과 얘기하고 싶습니다."

"당신 참," 하고 마샤는 웃음을 터뜨리며 큰 소리로 말했다. "키스하고 싶어요?"

"네," 하고 호러스는 고함을 치다시피 말했다. "당신도 원한다면."

엘리베이터 승무원이 시큰둥한 눈으로 두 사람을 노려보았다. 마샤는 쇠살대가 달린 엘리베이터 문으로 조금씩 움직였다.

"엽서 보낼게요." 하고 그녀가 말했다.

호러스의 두 눈이 거칠게 타올랐다.

"그래요, 엽서 보내요! 새해가 돌아오면 언제든 갈 겁니다. 열여덟 살이 될 테니까요."

그녀가 엘리베이터 안으로 걸음을 옮겼을 때 그는 천장을 향해, 여전히 뭐라 설명하기 힘든 불가사의한 기침을 내뱉고는 빠르게 그 자리를 벗어났다.

3

그가 다시 거기에 모습을 드러냈다. 야단법석인 맨해튼 관중들을 향해 눈길을 던진 순간 그녀는, 무대 아래 맨 앞줄에 머리를 살짝 숙인 채 잿빛 두 눈을 들어 그녀를 뚫어지게 보고 있는 그를 발견했다. 그리고 그녀는 알 수 있었다. 그에게는 세상에 그들 두 사람만이 존재하며, 두텁게 화장을 한 채 열을 지어 선 무용수들이나 애처롭게 뒤엉긴 바이올린 소리들은 대리석 비너스 상에 묻은 희부연 가루만큼이나 하찮은 거란 사실을. 본능적인 반발심이 그녀의 내면에서 치솟았다.

"바보같이!" 그녀는 황급히 혼잣말을 내뱉고는 앙코르조차 받지 않았다.

"일주일에 100달러로 대체 뭘 해 주길 바라는 거야? 내가 무슨 기계야?" 그녀는 무대 옆으로 빠져나와 혼잣말로 중얼거렸다.

"무슨 일 있어, 마샤?"

"앞줄에 마음에 들지 않는 녀석이 있어서."

자신의 특기를 보여 줘야 할 최종 막에서 그녀는 느닷없이 무대공포증이 밀려드는 걸 느꼈다. 그녀는 호러스에게 약속했던 엽서를 보내지 못했다. 전날 밤, 그를 보고도 모른 척하고는 춤을 끝내자마자 곧장 아파트로 돌아간 그녀는 지난 한 달 내내 너무도 자주 그랬듯, 창백하면서도 열의로 가득 찬 그의 얼굴과 소년처럼 가냘픈 몸, 그녀를 매혹했던 냉정하면서도 세속의 때가 묻지 않은 그의 비현실적인 생각을 떠올리며 뜬눈으로 밤을 지새웠다.

그리고 그가 나타난 지금 그녀는 막연히 미안한 마음이 들었다. 마치 한 번도 가져 본 적이 없던 책임감이 갑자기 밀려든 것처럼.

"천재 꼬맹이!" 그녀는 소리를 질렀다.

"뭐라고?" 그녀의 곁에 서 있던 흑인 코미디언이 물었다.

"아녜요, 혼자 한 소리예요."

무대에 오르자 그녀는 기분이 좀 나아졌다. 그녀는 자기만의 방식으로 춤을 추었다. 어떤 남자들에겐 자신의 춤이 전혀 매력적이지 않으리라는 걸 그녀는 늘 느꼈다. 그녀의 방식은 예쁜 여자들이 가진 것과는 전혀 다른 종류의 매력을 가지고 있었다. 그녀의 춤은 곡예였다.

변두리로, 시내로, 숟가락 위에 젤리,

해가 지면 달 아래 와들와들 떨어 대네.

그는 이제 그녀를 주시하고 있지 않았다. 그녀 역시 그걸 알고 있었다. 그는 짐짓 무대 배경에 그려진 성을 바라보고 있었는데, 태프트 그릴 식당에서 지었던 표정 그대로였다. 분노의 물결이 그녀를 덮쳤다. 그는 그녀를 힐난하고 있었다.

> 나를 전율하게 하는 그 떨림,
> 내게 가득한 사랑, 재밌어라,
> 변두리로, 시내로.

억누를 길 없는 짜증이 그녀를 짓눌렀다. 그녀는 느닷없이 그리고 심각하게 관객이 의식되었다. 처음 무대에 오른 이후로 한 번도 느껴보지 못한 것이었다. 맨 앞줄의 저 파리한 얼굴에 떠오른 건 심술인가? 저 젊은 여자의 입에 축 늘어진 건 역겨움인가? 그들의 어깨, 저 흔들리는 어깨들은 그들의 것이 맞나? 그들은 실재하고 있나? 어깨들이란 게 이러라고 만들어진 거란 말인가!

> 그러곤, 당신은 한눈에 알아보지,
> 무도병舞蹈兵에 걸린 내겐 묘지기가 필요하다는 걸.
> 세상의 끝에서 난……

바순과 두 대의 첼로가 마지막 화음 속으로 격렬하게 빨려 들어가고 있었다. 그녀는 움직임을 멈춘 채 모든 근육을 팽팽하게 당겨 발끝에 모았고, 나중에 어떤 처녀로부터 "너무도 이상하고 곤혹스러운 표정"이라는 소리를 듣게 될 그녀의 젊은 얼굴은 멍하니 관객을 향해 있었으며, 그러곤 인사도 하지 않은 채 황급히 무대를 빠져나갔다. 빠르게 탈의실로 들어간 그녀는 의상을 벗어 던지고 옷을 갈아입은 뒤 밖으로 나가 택시를 잡아탔다.

　그녀의 아파트는 몹시 따뜻하고, 작았으며, 직업 화가들의 그림들과 언젠가 푸른 눈의 외판원으로부터 구입해 이따금 읽곤 하는 키플링과 오 헨리의 작품집들이 나란히 놓여 있었다. 그리고 비슷한 종류의 의자들이 여러 개 있었지만 어느 것도 편하지 않았으며, 찌르레기가 그려진 분홍색 갓등으로부터 빛이 퍼져 나와 방에 있는 물건들을 온통 분홍으로 물들였다. 아파트 안에는 멋진 물건들도 있었지만, 틈틈이 유행에 따라 충동적으로 구입한 그것들은 서로를 향해 대놓고 적의를 드러내고 있었다. 최악의 것은 이리 철도역에서 바라본 모습의 풍경화로, 퍼세이크산 참나무 껍질로 만들어진 액자에 들어 있었는데, 그 그림을 걸어 두려 한 시도는 방을 아늑하게 하기에는 뭔지 모르게 광적이고 사치스러운 데다 뭔지 모를 결핍감을 느끼게 했다. 마샤는 그 시도가 실패했다는 걸 알고 있었다.

　방으로 들어온 천재는 어색하게 그녀의 두 손을 잡았다.

　"이번엔 당신 뒤를 쫓아왔어요," 하고 그가 말했다.

　"아!"

　"당신과 결혼하고 싶소."

　그녀의 두 팔이 그에게로 뻗어 나갔다. 그녀는 열정적이면서도 천박하지 않게 그의 입술에 키스를 했다.

　"됐죠?"

　"당신을 사랑합니다," 하고 그가 말했다.

　그녀는 다시 그에게 키스를 하고는 낮게 한숨을 내뱉으며 안락의자에 반쯤 누운 자세로 앉아 어색하게 웃었다. 그 웃음 때문에 그녀의 몸이 흔들렸다.

"왜 이러실까, 우리 어린 천재께서!" 그녀가 큰 소리로 말했다.

"괜찮아요. 당신이 원한다면 그렇게 불러요. 언젠가 말했지만, 난 당신보다 만년을 더 살았으니까…… 난 괜찮아요."

그녀가 다시 웃음을 터뜨렸다.

"난 비난받고 싶지 않아요."

"누구도 다시는 당신을 비난하지 못할 겁니다."

"오마르 선생님?" 하고 그녀가 물었다. "왜 나랑 결혼하고 싶은 거죠?"

천재는 자리에서 일어나 두 손을 주머니에 찔렀다.

"당신을 사랑하기 때문입니다, 마샤 메도."

그녀는 더 이상 그를 오마르 선생님이라고 부르지 않았다.

"그래요," 하고 그녀가 운을 뗐다. "나 또한 당신에게 사랑하는 감정을 가지고 있다는 걸 알 거예요. 당신에 대해선, 말할 수 없는 뭔가가 있어요. 당신과 함께할 때마다, 그게, 내 마음을 아프게 해요. 하지만 당신……" 그녀가 말을 멈추었다.

"하지만 뭐요?"

"하지만을 붙여야 할 말들이 많아요. 하지만 당신은 이제 겨우 열여덟 살이고, 나는 스무 살이 다 됐고요."

"무슨 그런 말을!" 그가 그녀의 말을 가로막았다. "이걸 생각해 봐요. 내가 열아홉 살이 되는 해에 당신도 열아홉 살이라고요. 그럼 우린 차이가 거의 없어요. 내가 말한 만년을 계산하지 않는다면."

마샤가 웃음을 터뜨렸다.

"하지만 아직도 꽤 많은 '하지만'이 남아 있어요. 당신 가까이에 있는 사람들……"

"그 사람들은!" 천재가 사납게 소리를 높였다. "그들은 내게서 괴물을 끄집어내려고 할 뿐입니다." 그의 얼굴이 자신이 하려는 말의 극악함으로 인해 너무도 붉게 물들었다. "내 가까이의 사람들은 저리 가서 찌그러져 있으라고 해요!"

"어머나!" 하고 마샤가 놀란 듯 소리를 높였다. "그렇게 해 버릴까요? 못을 박아 버려야겠어요."

"그래요, 못으로 때려 박아 버리죠," 하고 그가 거칠게 동의했다. "그들이 날 바짝 마른 조그만 미라로 만들어 버렸다는 생각을 하면⋯⋯"

"무엇이 당신을 그렇게 만들었다고 생각해요?" 마샤가 침착하게 물었다. "내가?"

"맞아요. 당신을 만난 후로 거리에서 마주치는 사람들 모두에게 질투가 일었어요. 사랑이 무엇인지를 그들이 나보다 먼저 알았으니까요. 나는 사랑을 '성적 충동'이라고 부르곤 했었죠. 우라질!"

"아직 '하지만'들이 더 있어요," 하고 마샤가 말했다.

"뭐죠?"

"우린 어떻게 먹고살죠?"

"내가 벌 겁니다."

"당신은 대학생이잖아요."

"문학석사 학위 따위 내가 관심을 두고 있을 거라고 생각해요?"

"나에 대한 석사 학위를 원하는 거군요, 그래요?"

"맞아요! 아니, 그게 아니라!"

마샤가 웃음을 터뜨렸다. 그러곤 재빨리 건너와 그의 무릎에 올라탔다. 그의 팔이 거칠게 그녀를 감쌌고, 그가 그녀의 목 언저리에 키스

자국을 남겼다.

"당신에겐 순수한 뭔가가 있어요." 마샤는 생각에 잠기며 말을 이었다. "하지만 그다지 합리적인 것 같진 않네요."

"아, 너무 이성적으로 굴진 말아요!"

"그럴 수밖에 없잖아요." 마샤가 말했다.

"난 이렇게 기계적인 사람은 질색이라고!"

"하지만 우린……"

"그 입 좀 다물어요!"

결국 마샤는 그의 서슬에 눌려 꼭 하려던 얘기를 할 수가 없었다.

4

호러스와 마샤는 2월 초에 결혼을 했다. 예일 대학과 프린스턴 대학 두 학계에 엄청난 센세이션이 일었다. 열네 살의 나이에 도하 신문들의 일요판을 일제히 장식했던 호러스 타복스는 한 코러스 걸과의— 언론은 그녀를 코러스 걸로 확정했다—결혼으로 자신의 경력과 미국 철학계의 세계적 권위자가 될 기회를 단번에 날려 버렸다. 하지만 현대의 모든 이야기들이 그렇듯 이 사건에 대한 놀라움도 닷새를 넘기지 못했다.

두 사람은 할렘에 아파트를 얻었다. 두 주 정도 일자리를 찾으며 학문적 지식의 가치에 대한 생각이 무자비하게 퇴락해 버린 호러스는 누군가에게서 수출이 각광받고 있다는 얘기를 듣고는 남미의 어느 수출 회사에 사무원으로 들어갔다. 마샤는 그가 자리를 잡을 때까지는 몇 달 동안 쇼를 계속할 생각이었다. 125달러로 일을 시작한 그는 물론 두 배를 받을 때까지 불과 몇 달 걸리지 않을 거라고 말했지만, 마샤는 당시 자신이 받고 있던 주당 150달러를 포기할 생각은 추호도 없었다.

"우리, 서로를 머리랑 어깨라고 부르기로 해요," 하고 그녀가 부드럽게 제의했다. "그러면, 나이가 들어서 머리가 잘 돌아갈 때까지 어깨는 일을 좀 더 오래 해야 할 거예요."

"난 싫은데." 그는 우울한 표정으로 반대했다.

"들어 봐요," 하고 그녀는 강하게 반응했다. "당신 봉급으론 집세조차 감당할 수 없을 거예요. 내가 사람들 앞에 서고 싶어서 이런다고는 생각지 말아요. 난 그런 거 원하지 않아요. 난 당신의 여자이길 원해요. 하지만 당신이 돌아오길 기다리면서 방에 틀어박혀 벽지에 그려진 해바라기나 세고 있는 건 멍청한 일이에요. 당신 봉급이 300달러가 되면 그때 그만둘게요."

결국 자존심이 상하는 일이긴 했지만 호러스는 그녀의 생각이 더 현명하다는 걸 인정할 수밖에 없었다.

3월이 깊어져 4월로 이어졌다. 5월은 맨해튼의 공원과 천변에서 요란뻑적지근한 소요 단속 조항들이 읊어졌지만, 두 사람은 너무도 행복했다. 어떤 것이든 습관 따위를 가져 본 적이 없던 호러스는—그런 게 형성될 시간도 없었지만—남편이란 자리에 가장 잘 적응한 사람이란 걸 증명해 보였고, 마샤는 그가 몰두하는 주제들에 대해서는 어떤 의견도 가지고 있지 않았으므로, 두 사람 사이에 티격태격하는 일은 거의 일어나지 않았다. 그들의 정신세계는 서로 다른 천체를 운행하고 있었다. 마샤는 진짜 잡역부 역을 맡았고, 호러스는 그가 오랫동안 지내 온 추상적 관념의 세계에 살거나 자신의 아내를 지극히도 세속적으로 흠모하고 숭상하며 살았다. 그녀의 신선하고 독창적인 정신, 역동적이고 명석한 에너지, 군더더기 없이 멋진 유머는 그에겐 변함없는 놀라움의 원천이었다.

그리고 그녀가 가진 재능들이 고스란히 옮겨져 있는 9시 무대의 동료들은 남편의 정신력에 엄청난 자부심을 가진 그녀에게 깊이 감동했다. 그들이 알고 있던 호러스는 매일 밤 그녀를 데려가려고 기다리고 있는, 바짝 마르고 말수가 적은, 아직 덜 성숙한 듯 보이는 젊은이에 불과했던 것이다.

"호러스." 어느 날 밤, 예의 11시에 그를 보자 마샤가 말했다. "가로등 아래 그렇게 서 있으니 유령 같아 보여요. 체중이 줄었어요?"

그는 멍하니 고개를 저었다.

"모르겠어요. 오늘 봉급을 받았는데 135달러로 올랐어요. 그리고……"

"상관없어요," 하고 마샤가 딱 부러지게 말했다. "밤마다 공부하느라 진을 빼고 있잖아요. 그 두꺼운 경제를 읽는다는 게……"

"경제학," 하고 호러스가 고쳐 주었다.

"어쨌든, 내가 잠든 후에도 매일 밤 그것들을 읽었잖아요. 그래서 결혼하기 전처럼 당신 몸이 구부정해지고 있어요."

"하지만 마샤, 난 꼭……"

"아니, 당신이 꼭 해야 할 건 없어요, 여보. 지금은 내가 가계를 꾸려나가고 있고, 내 남편 건강, 멀쩡한 두 눈이 상하도록 놔두진 않을 거야. 당신에겐 운동이 필요해."

"하고 있어. 매일 아침……"

"그래, 알아! 하지만 당신이 하는 아령으로는 결핵 환자라도 체온을 2도 이상 올릴 순 없을 거야. 난 진짜 운동을 말하는 거라고요. 체육관에 가야 해요. 당신, 한때 대학 팀에서 서로 끌어가려고 할 정도로 훌륭한 체조 선수였다고 했잖아요. 허브 스펜서란 사람이랑 정기적으로 만나야 할 일 때문에 포기했다고 그러지 않았어요?"

"체조를 즐기긴 했었지," 하고 호러스는 혼잣말로 웅얼거렸다. "하지만 지금 그러려면 시간이 너무 없어."

"좋아요," 하고 마샤가 말했다. "당신이랑 계약을 하나 해야겠어요. 당신이 체육관에 나간다면, 난 저기 줄지어 있는 갈색 책들 중에 한 권을 읽겠어요."

"『새뮤얼 피프스의 일기』? 저거, 재밌지. 무척 가벼우니까."

"나한텐 절대 그렇지 않을 거야. 두꺼운 유리 조각을 씹는 거 같을 거예요. 하지만 당신이 그랬잖아요. 내 시야를 엄청 넓혀 줄 거라고. 아무튼, 당신이 일주일에 세 번 체육관에 간다면, 난 새뮤얼의 저 두꺼운 책을 읽을 거예요."

호러스는 얼른 대답을 하지 않았다.

"그런데……"

"그렇게 해요, 우리! 당신은 날 위해 철봉을 하고, 난 당신을 위해 문화를 탐구하고."

결국 호러스는 그녀의 뜻을 따르기로 했다. 그리고 그는 푹푹 찌는 여름날에도 일주일에 세 번, 혹은 네 번씩 스키퍼스 체육관에 나가 철봉에 매달려 공중돌기를 했다. 그렇게 8월이 돌아오자 그는 마샤에게 정신적 작업을 하루치 더 할 수 있게 되었음을 고백했다.

"건전한 신체에 건강한 정신," 하고 그가 라틴어로 말했다.

"그런 거 믿지 말아요," 하고 마샤가 말했다. "나도 그런 특허받은 약들을 한번 먹어 봤는데 순 엉터리였죠. 당신은 체조에만 신경 써요."

9월 초순의 어느 날 밤, 그가 사람들이 거의 빠져나간 체육관에서 링에 매달려 몸 틀기 동작을 하고 있는데, 여러 날 그를 유심히 지켜보던 사색형의 뚱뚱한 남자 하나가 그에게 말을 붙였다.

"이봐, 젊은 양반, 어젯밤에 했던 묘기를 한번 해 보게나."

호러스는 위에서 그를 내려다보며 밝게 웃었다.

"제가 만든 동작이었습니다," 하고 그가 말했다. "유클리드의 기하학 네 번째 명제에서 아이디어를 얻은 거죠."

"그 사람은 어디 서커스단 소속인가?"

"죽은 사람입니다."

"음, 묘기를 부리다 목이 부러졌겠군. 어젯밤 내가 생각한 것도 그거였네. 저러다 목이 부러질 거라고."

"이렇게 말이죠!" 하고 호러스가 자신이 만든 공중돌기를 시연해 보였다.

"그러면 목과 어깨 근육이 아프지 않소?"

"처음엔 그랬습니다만, 일주일이 채 되기 전에 '증명 끝'을 쓸 수 있었습니다," 하고 호러스는 예의 라틴어로 말했다.

"음!"

호러스는 공중그네에 매달린 채 한가롭게 몸을 흔들었다.

"선수 생활을 해 볼 생각은 하질 않았소?" 뚱뚱한 남자가 물었다.

"전혀요."

"그 '나이'에 그 정도 묘기를 부릴 수 있다면 돈도 꽤 벌 수 있을 텐데."

"다른 것도 보여 드리죠," 하고 호러스는 의기양양하게 목소리를 높였다. 그리고 뚱뚱한 남자는 분홍색 셔츠를 입은 프로메테우스가 다시 한 번 신과 뉴턴의 만유인력 법칙에 맞서는 모습을 입을 딱 벌리고 지켜보았다.

그 우연한 만남이 있고 다음 날 밤, 집으로 돌아온 호러스는 소파에 길게 드러누워서 자신을 기다리고 있는 마샤의 얼굴이 몹시 창백하다는 걸 발견했다.

"오늘 두 번이나 현기증이 났어요."

그녀는 뜸 들이지 않고 말했다.

"왜?"

"그러니까, 넉 달 뒤면 당신의 아기를 보게 된다는 거죠. 의사가 나더러 두 주 전에 춤을 그만둬야 할 거라고 말했어요."

호러스는 의자에 앉아 생각에 잠겼다.

"당연히 기뻐," 하고 호러스는 여전히 생각에 잠긴 채 말했다. "내 말은 우리에게 아기가 생긴 게 기쁘단 얘기야. 하지만 이건 돈이 더 많이 들게 되었다는 얘기기도 하지."

"은행에 250달러나 있어요," 하고 마샤가 희망적으로 말했다. "그리고 2주치 급료도 나올 거고."

호러스는 더 이상 생각하지 않았다.

"내 봉급까지 합치면, 앞으로 여섯 달 동안 거의 1,400달러나 되는군."

마샤의 얼굴에는 여전히 핏기가 없었다.

"그게 전부라고요? 이번 달엔 어디서든 가수 자리는 얻을 수 있을 거예요. 그리고 3월이면 다시 일도 할 수 있을 테고."

"무슨 소릴 하는 거요!" 하고 호러스가 퉁명스럽게 말했다. "이제부터 당신은 그냥 집에서 지내게 될 거야. 어디 봅시다…… 병원비에 보모 급료, 거기에 수발들 하녀도 필요하고, 돈이 좀 더 있어야 하긴 하네."

"그러게," 하고 마샤가 지친 듯 말을 이었다. "그 돈이 어디서 나올지 모르겠네. 이제 지혜로운 머리가 맡아서 해야겠네요. 어깨는 일자릴 잃었으니."

호러스는 몸을 일으키더니 코트를 걸쳤다.

"어딜 가려고요?"

"생각이 하나 떠올랐어." 그가 대답했다. "나갔다 올게요."

그로부터 10분 뒤 스키퍼스 체육관으로 간 그는 자신이 하려는 일을 놀라우리만치 차분하게 받아들였는데, 거기엔 일말의 장난스러움도 끼어 있지 않았다. 1년 전이었다면 아마도 이런 자신을 넋을 잃고 지켜보았을 것이다. 그를 아는 모든 사람들도 마찬가지였을 것이다. 하지만 인생의 문을 두드리는 소리에 문을 연다면 많은 것들이 들어오게 되어 있다.

체육관은 불이 환히 밝혀져 있었는데, 밝은 빛에 적응이 되자 그의 두 눈에 커다란 시거를 피워 문 채 천으로 된 매트 더미 위에 앉아 있는 사색적인 뚱보 남자의 모습이 들어왔다.

"어젯밤에," 하고 호러스는 에두르지 않고 말을 이었다. "공중곡예로 돈을 벌 수 있다는 말씀을 하셨는데, 진심이십니까?"

"당연히 그렇죠." 뚱보 남자가 놀라며 말했다.

"제가 곰곰이 생각을 해 봤는데, 한번 해 보려고요. 매일 밤 시간과 토요일 오후에 가능하고요, 보수가 괜찮으면 정기적으로 할 수도 있습니다.”

뚱보 남자가 손목시계를 보았다.

“그렇다면,” 하고 그가 말했다. “찰리 폴슨을 만나 보도록 해요. 일단 그 사람이 당신 하는 걸 본다면 나흘 안에 자리를 줄 거요. 지금은 없을 테니, 내가 내일 밤에 그 사람을 만날 수 있도록 연락을 해 두겠소.”

뚱보 남자는 자신의 말을 지켰다. 찰리 폴슨은 다음 날 밤 체육관으로 와서 엄청난 포물선을 그리며 공중회전을 선보인 천재를 놀란 눈으로 지켜보았다. 그리고 이튿날 밤에는 성인 남자 둘을 데리고 다시 나타났는데, 마치 검정 시가를 피우기 위해 태어난 듯한 두 사람은 낮고 열정적인 음성으로 돈 얘기를 주절거렸다. 그다음 토요일, 호러스 타복스의 몸은 콜먼 스트리트 가든스에서 열린 체조박람회에 프로 선수로 첫 출연을 했다. 호러스는 거의 5,000명에 이르는 관중들 앞에서도 전혀 주눅 들지 않았다. 어린 시절부터 청중들에게 논문을 낭독해 왔던 그는 어떤 상황에서든 자신을 분리하는 기법을 이미 터득하고 있었다.

“마샤.” 그날 밤 늦게 그는 들떠서 말했다. “우리, 이제 밀림에서 탈출할 수 있을 거야. 폴슨이 곡마단 오프닝에 나를 쓸 생각인가 봐. 이건 겨울 내내 출연할 수 있단 뜻이지. 당신이 알다시피 곡마단은 규모가 크고……”

“그래요, 들은 적이 있어,” 하고 마샤가 그의 말을 잘랐다. “하지만 내가 알고 싶은 건 당신이 한다는 그 곡옌데, 그거 볼거리만 잔뜩 제공하는 자살 행위 같은 거 아니야?”

“전혀,” 하고 호러스가 나직이 말했다. “하지만 당신을 위해 위험을 무릅쓰는 것보다 남자로서 더 나은 자살법이 있다면, 나는 그렇게 죽고 싶어."

마샤가 두 팔을 뻗으며 그의 목을 힘껏 감싸 안았다.

"키스해 줘," 하고 그녀가 속삭였다. "그리고 '내 사랑'이라 불러 줘. 당신이 '내 사랑'이라고 말하는 게 듣기 좋아. 그리고 내일 읽을 책 한 권도 갖다 줘. 샘 피프스 말고, 뭔가 흥미진진한 걸 읽어야겠어. 종일 그런 걸 하고 싶어 안달이 났어. 편지를 쓰고 싶은데, 쓸 사람이 없잖아."

"나한테 쓰지 그래," 하고 호러스가 말했다. "내가 읽어 줄게."

"그럴 수 있음 좋겠다." 마샤가 한숨을 내쉬었다. "어휘력만 된다면 당신에게 세상에서 가장 긴 연애편지를 쓸 텐데. 그러면 피곤할 틈도 없을 거고."

하지만 두 달 후 마샤는 몹시 피곤해졌고, 밤마다 곡마단의 관중들 앞으로 걸어 나가는 젊은 체조선수 역시 무척이나 불안하고 피곤한 모습이었다. 그다음 이틀 동안은 하얀 얼굴 대신에 파랗게 질린 어떤 젊은 남자가 나왔는데 거의 박수를 받지 못했다. 그러나 이틀 뒤 호러스가 다시 모습을 나타내자 무대 가까이 앉은 사람들은, 놀랍고 독창적인 어깨 흔들기 묘기 중에 숨을 몰아쉬며 허공에서 몸을 비틀 때의 젊은 곡예사 얼굴에는 행복이 넘쳐흘렀다는 찬사를 쏟아 냈다. 그날 공연을 끝낸 그는 엘리베이터 승무원에게 환한 웃음을 보냈고, 아파트의 계단을 한 번에 다섯 개씩 뛰어오르고는 발끝으로 걸어 정적에 싸인 방으로 아주 조심스럽게 들어섰다.

"마샤," 하고 그가 귀엣말을 속삭였다.

"안녕!" 그녀가 희미하게 웃어 보였다. "호러스, 부탁이 좀 있어요.

책상 맨 위쪽 서랍을 열면 큼지막한 종이 더미가 있을 거예요. 그건, 일종의 책이에요, 호러스. 지난 석 달 동안 집에 있으면서 내가 쓴 거랍니다. 내 편지를 칼럼에다 썼던 피터 보이스 웬들에게 그걸 갖다 줬으면 좋겠어요. 좋은 책이 되는지 그 사람이 알려 줄 거예요. 얘기하듯이, 그냥 그 사람에게 보내는 편지처럼 썼어요. 내게 일어난 일들에 대해서요. 갖다 줄 거죠, 호러스?"

"그럼, 여보."

그는 베개에 얹힌 그녀의 얼굴에 닿을 만큼 몸을 숙이고는 그녀의 금발을 쓸어 넘기기 시작했다.

"무엇보다 사랑하는 우리 마샤," 하고 그는 부드럽게 말했다.

"아냐," 하고 그녀가 낮은 목소리로 말했다. "내가 불러 달라고 한 대로 불러 줘요."

"내 사랑," 하고 그가 짙은 감정을 실어 속삭였다. "내 사랑."

"우리 딸은 뭐라고 부르지?"

호러스가 생각에 잠긴 동안 두 사람은 잠깐이나마 행복하고 나른한 만족감에 싸여 있었다.

"마샤 흄 타복스라고 부르기로 해." 이윽고 그가 말했다.

"흄은 왜?"

"우리를 처음 만나게 해 준 친구니까."

"그래요?" 그녀는 졸음이 밀려드는 데도 놀라며 우물거렸다. "난 그 사람 이름이 '문'이라고 생각했는데."

그녀의 두 눈이 무겁게 내려앉았고, 잠시 후 잠이 든 듯 그녀의 가슴에 덮인 이불이 길고 천천히 오르내렸다.

호러스는 발끝걸음으로 살금살금 책상으로 다가가 맨 위 서랍을 열고 페이지마다 흘려 쓴 글씨로 빼곡한 종이 더미를 찾아냈다. 그는 첫 장을 내려다보았다.

샌드라 피프스, 중략.
마샤 타복스 씀.

그는 미소를 지었다. 어쨌거나 결국 새뮤얼 피프스가 그녀에게 영향을 미친 거였다. 그는 페이지를 넘기며 원고를 읽기 시작했다. 읽어 갈수록 그의 미소는 깊어졌다. 그렇게 30분이 지나갔고, 잠에서 깨어난 마샤가 침대에 누운 채로 자신을 지켜보고 있다는 걸 그는 깨달았다.

"여보," 하고 낮은 목소리가 들려왔다.

"왜, 마샤?"

"괜찮아요?"

호러스가 기침을 했다.

"계속 읽어야 할 거 같아. 좋아."

"피터 보이스 웬들 선생께 전해 줘요. 만나거든 그분한테 당신 얘기도 해 드려요. 한때는 프린스턴에서 최고 학점을 받았었고, 좋은 책이 될 거라는 걸 안다고요. 엄청난 성공을 거두게 될 거라고도 얘기해 드려요."

"알았어, 마샤," 하고 호러스가 부드럽게 말했다.

그녀의 눈이 다시 감겼고, 호러스는 몸을 굽혀 그녀의 이마에 키스를 하고는 한동안 부드러우면서도 연민 가득한 얼굴로 서 있었다. 그러곤 방을 떠났다.

그날 밤 내내 페이지마다 휘갈겨 쓴 글씨며 계속되는 맞춤법과 문법 오류들, 기이한 모양의 구두점들이 그의 눈앞에서 춤을 추었다. 밤 사이 그는 여러 번 잠에서 깨어났는데, 그때마다 글로 표현되고 싶어 하는 마샤의 영혼에 혼란스럽게 동화하는 감정이 가득 차올랐다. 그 것은 그로 하여금 뭔지 모를 한없는 애처로움을 자아내게 했고, 몇 달 동안 처음으로 그는 반쯤 잊고 있던 자신의 꿈들을 반추해 보기 시작 했다.

그는 쇼펜하우어가 염세주의를, 윌리엄 제임스가 실용주의를 쉽게 풀어썼듯 대중들이 신사실주의에 쉽게 접근할 수 있는 책을 집필할 생각을 했었다.

하지만 인생은 그쪽으로 흘러가지 않았다. 인생은 사람들을 붙들어 허공의 링에 걸어 놓았다. 그는 자신의 방문을 두드리던 소리, 흙에 드 리워진 희미한 그림자, 마샤의 위협적인 키스를 떠올리며 웃음을 터 뜨렸다.

"하지만 이 역시 나야." 어둠 속에서 눈을 뜬 그는 경이로움에 싸인 채 소리 내어 말했다. "난 실제로 존재했던 문을 두드리던 그 소리가, 그걸 들을 수 있는 귀가 존재하지 않는다 해도 들렸을지를 무모하도 록 골똘히 생각하며 버클리에 앉아 있던 바로 그 사람인 거야. 난 여전 히 그 사람이라고. 난 범죄를 저지른다면 전기의자에 앉을 수밖에 없 는 존재야.

초라하고 엷은 우리네 영혼들은 뭔가 구체적인 것으로 자기 자신을 표현하려 애쓰지. 마샤는 그녀가 쓴 책으로, 난 아직 쓰이지 않은 책으 로. 우리들 각자는 자신의 도구를 선택하고, 그것으로 성취하려는 것 을 얻고 그리고 기뻐하는 거야."

칼럼니스트 피터 보이스 웬들이 서문을 쓴 『샌드라 피프스, 중략』은 《조던스 매거진》에 연재되었고, 3월에는 책으로 출간되었다. 이 글은 연재가 시작된 첫 회부터 도처에 관심을 불러일으켰다. 뉴저지의 조그만 마을에서 온 어린 여자가 뉴욕의 무대에 선다는 흔해 빠진 얘기를 소박하게 담아 낸 그녀의 글은, 어투에는 독특한 선명함이 살아 있고, 어휘 구사는 몹시도 서툴렀지만 거기에는 마음을 끈끈하게 부여잡는 애잔함이 깔려 있어서 외면하기 힘든 매력을 가지고 있었다.

다양한 의미를 함유한 토착어의 적극적인 수용을 통한 미국적 언어의 풍요로움을 주창하던 당시의 피터 보이스 웬들은 그녀의 후원자를 자처하며 전통적인 평론가들의 평이하고 진부한 비평들을 겨냥해 우레와 같은 찬사의 말들을 쏟아 냈다. 마샤가 연재를 하면서 받은 회당 300달러의 원고료는 마침맞은 돈이었다. 호러스가 곡예단에서 받는 월급이 아직은 마샤의 것보다 많기는 했지만 어린 딸 마샤의 빽빽 울어 대는 소리는 시골의 공기가 필요하다는 뜻으로 들렸던 것이다. 그래서 4월 초, 그들은 잔디밭과 차고, 완벽한 서재까지 딸린 웨스트체스터 카운티의 단독 주택으로 이사를 했고, 마샤는 조던 씨에게 딸을 보살피는 시간이 줄어들기 시작하면 전공자는 아니지만 불멸의 문학을 위해 서재에 틀어박히겠다고 약속했다.

"이 정도면 괜찮아." 어느 날 밤 호러스는 기차에서 내려 집으로 돌아오는 길에 그렇게 생각했다. 그는 넉 달 동안 다섯 자리 액수를 제안한 연예 쇼 공연과 프린스턴으로 돌아가 모든 체육관 관리 업무를 맡는 것 등 자신에게 열려 있는 여러 개의 가능성들을 헤아렸다. 기이한 일이었다. 한때는 그곳으로 돌아가 모든 철학적 과업을 수행하리라 했지만, 지금은 오래전 우상이었던 안톤 로리에가 뉴욕에 도착했다는 소식에도 전혀 감흥이 일지 않았던 것이다.

발에 밟힌 자갈들이 요란한 소리를 냈다. 그는 불이 환하게 밝혀진 거실과 찻길에 세워진 커다란 자동차를 보았다. 아마도 조던 씨가 마샤에게 집필을 시작하도록 설득하려고 다시 온 모양이었다.

그가 가까이 온 소리를 들은 듯 불빛이 어린 문에 그녀의 모습이 비치더니 밖으로 나와 그를 맞았다. "어떤 프랑스인이 와 있어," 하고 그녀가 초조하게 속삭였다. "이름은 발음하기도 힘들지만, 그 사람 목소리는 완전 저음이야. 당신이 상대해야겠어."

"웬 프랑스인?"

"나도 모르지. 한 시간 전에 조던 씨 차로 같이 왔는데, 샌드라 피프스를 비롯해 모든 걸 알고 싶다는 거야."

두 사람이 안으로 들어가자 남자 둘이 의자에서 일어났다.

"반갑네, 타복스," 하고 조던이 말했다. "난 지금 두 사람의 유명인을 서로 만나게 해 주었지. 나랑 함께 오신 분은 로리에 씨라네. 로리에 씨, 여긴 타복스 부인의 남편이신 타복스 씨."

"아니, 안톤 로리에 선생님!" 호러스가 큰 소리로 말했다.

"아, 예, 맞습니다. 와 보고 싶었어요. 올 수밖에 없었고요. 부인의 책을 읽고 푹 빠져 버렸거든요." 그는 주머니를 더듬거렸다. "아, 선생의 얘기도 읽었습니다. 오늘 연재분에 선생의 이름이 나오더군요."

이윽고 그가 꺼낸 건 잡지에서 잘라 낸 기사였다.

"읽어 보시죠!" 하고 그가 열에 들떠 말했다. "선생 얘기도 실린 겁니다."

호러스의 눈길이 페이지를 훑어 나갔다.

"미국 방언문학에 미친 탁월한 공헌"이라고 쓰여 있었다. "문학적 어투를 전혀 사용하지 않는다는 사실이, 『허클베리 핀의 모험』이 그랬듯, 우수한 특질을 형성하는 책."

호러스의 두 눈이 더 아래쪽에 적힌 문장 하나에 붙박이는 순간, 그는 놀라움에 휩싸인 채 급히 읽어 내려갔다.

마샤 타복스는 한 사람의 관객으로서만이 아니라 공연가의 아내로서도 무대와 인연을 이어 가고 있다. 그녀는 매일 저녁 놀라운 공중곡예로 곡예단을 찾는 어린아이들을 즐겁게 해 주고 있는 호러스 타복스와 지난해 결혼을 했다. 이들 젊은 부부는 서로를 머리와 어깨로 지칭하고 있는데, 타복스 부인이 저작과 정신의 면모를 감당하고, 남편의 유연하고 민첩한 어깨가 가족의 부를 이루는 데 이바지한다는 건 의심할 바 없는 일이다.

타복스 부인은 지나치게 남용되고 있는 '천재'라는 타이틀을 가지기에 충분할 듯싶다. 겨우 스무 살에 불과한……

호러스는 읽기를 멈추고는 무척이나 기묘한 감회가 가득 담긴 눈으로 안톤 로리에를 뚫어지게 바라보았다.

"도움되실 만한 얘기를 해 드리고 싶네요," 하고 그가 목이 잠긴 소리로 말했다.

"뭐죠?"

"문을 두드리는 소리에 대해섭니다. 그 소리에 답하지 마세요. 그냥 내버려 두세요. 문에다 두꺼운 천을 붙여 버리시든지요."

◆◆◆

「머리와 어깨」는 이전에 이미 《스마트 셋》에 단편소설 다섯 편을 판매한 적이 있긴 했지만, 《새터데이 이브닝 포스트》(1920년 2월 21일자)에는 처음으로 발표한 소설이었다. 피츠제럴드는 이 사실과 관련해 나중에 에이전트인 해럴드 오버*에게 다음과 같은 서신을 보냈다.

뉴욕에 오고 난 뒤에 당신이 《새터데이 이브닝 포스트》에 제 작품 「머리와 어깨」를 판매한 걸 알게 된 게 스물두 살(실제로는 스물세 살) 때였습니다. 그건 다시금 맛보고 싶은, 일생에 오직 한 번밖에 느낄 수 없는 가슴 뛰는 일이었음을 전합니다.

당시 받은 원고료 400달러는 1929년에 《새터데이 이브닝 포스트》에 단편을 발표하면서 받게 되는 원고료의 10분의 1에 불과했다.

원래의 제목이 「새장의 새들Nest Feathers」이었던 이 소설은 스크리브너 출판사가 그의 첫 소설 「천국의 이편This Side of Paradise」을 출간하기로 결정한 뒤인 1919년 가을에 피츠제럴드가 쓴 일련의 작품들 중 하나였다. 피츠제럴드의 소설에는 자신의 삶에 대한 예감이 기이한 방식으로 담기곤 하는데, 이 작품에서 학문을 탐구하려던 주인공 호러스가 결혼을 하면서 연예오락 쪽으로 생각을 바꾼 것은 피츠제럴드가 1920년 4월 젤다 세이어와 결혼한 뒤 대중문학 쪽으로 마음이 급격히 기우는 상황과 매우 흡사하다.

「머리와 어깨」는 1920년에 출간된 그의 첫 작품집 『말괄량이와 철학자들Flappers and Philosophers』에 수록되었다.

---

* Harold Ober(1881~1959). 잭 런던, H. G. 웰스, 스콧 피츠제럴드, 애거서 크리스티, 윌리엄 포크너, 펄 벅, J. D. 샐린저 등 내로라하는 미국 소설가들과 함께했던 유명 문학 에이전트.

버니스, 단발머리로 자르다

Bernice Bobs Her Hair

1

토요일, 해가 떨어진 뒤의 저녁, 골프 코스의 첫 번째 홀 티에 서 있으면, 컨트리클럽 창문들이 마치 파도가 일렁이는 깜깜한 바다 위에 노랗게 펼쳐져 있는 것처럼 보였다. 이 바다의 파도들은, 일테면, 호기심 가득한 수많은 캐디들과 그들보다 좀 더 영악한 운전기사들 그리고 정작 경기에는 아무런 관심이 없는 프로 골퍼의 누이동생을 거느리고 있는 셈인데, 대개는 여차하면 언제든 그 바다 안으로 쓸려 들어갔을 여러 갈래의 또 다른 파도들이 있었으니, 이들은 갤러리들이었다.

실내 발코니석에는 클럽방과 무도장을 겸한 홀의 벽을 따라 고리버들 의자들이 둥그렇게 놓여 있었다. 토요일 밤 거기서 열리는 댄스파티는 주로 여성들— 오페라글라스와 커다란 가슴 뒤에 약삭빠른 눈치와 냉담한 가슴을 감춘 채 수다스럽게 떠들어 대는 중년 여인들을 위한 거였다. 발코니석의 주된 기능은 험담이었다. 이따금 마지못해 칭찬을 하기는 했지만 결코 인정을 하는 건 아니었는데, 젊은것들이 여름밤에 댄스파티를 연다는 것 자체가 얼마나 못된 의도를 가지고 있는지는 서른다섯을 넘긴 여자들의 눈엔 훤히 들여다보이는 일이었고, 냉혹한 시선의 폭격으로부터 벗어난다면, 뭘 해야 할지를 모르는 커플들은 구석 자리로 몰려가 기묘하고 야만적인 음악에 맞춰 춤을 출 것이었다. 더 인기 있고 그만큼 더 위험한 건, 젊은 여자들이 때로 의혹의 눈초리를 전혀 받지 않는 귀부인의 주차된 리무진 안에서 키스 세례를 받는다는 사실이었다.

하지만, 그래 봐야, 험담꾼들로 뭉쳐진 이 그룹은 배우들의 얼굴도 보이지 않고 미묘한 사건들도 목격할 수 없을 만큼 무대에서 멀리 떨어져 있었다. 할 수 있는 거라곤 눈살을 잔뜩 찌푸린 채 고개를 갸웃거리며, 수입이 좋은 젊은 남자들은 하나같이 사냥꾼에게 쫓기는 자고새 같은 인생을 살 뿐이라는 식의 가설이나 세워 놓고 의문을 던지며 만족스러운 추론을 하는 따위가 고작이었다. 꽤나 변화무쌍하고 잔혹한 청년기의 드라마 따위에는 넌더리를 냈다. 어림없는 일이었다. 그들은 특별석이고, 1층 맨 앞 열의 주인공이었으며, 후렴구는 다이어 댄스 악단의 애처로운 아프리카 리듬에 맞춰 흔들거리는 얼굴과 목소리가 대신하고 있었다.

힐 고등학교를 아직 2년이나 더 다녀야 하는 열여섯 살의 오티스 오먼드부터 집 책상 위에 하버드 로스쿨 졸업장을 떡하니 걸어 놓은 G.

리스 스토더드, 얹은머리가 여전히 이상하고 불편한 어린 매들린 호그, 파티 인생을 꽤나, 그러니까 10년 이상을 살아 온 베시 맥레까지, 이 젊은이들만이 무대의 중심에 있거니와 어떤 방해도 받지 않고 모든 것을 조망할 수 있는 부류들이었다.

화려한 피날레와 함께 음악이 멈추었다. 커플들은 부자연스럽고 성의 없는 미소를 주고받았고, "라-데-다다-덤-덤"이라는 리듬을 장난스럽게 반복해 외쳤다. 그러곤 요란한 박수 소리 위로 젊은 여성들의 흐드러진 수다가 솟아올랐다.

파트너 없이 혼자 와서 무대에 막 끼어들려던 몇몇 수컷들은 무대 중간에 엉거주춤하게 서 있다가 머쓱해져 벽 쪽으로 물러났는데, 그도 그럴 게 이건 와자지껄한 크리스마스 무도회가 아니라 갓 결혼한 젊은 부부들조차도 자리에서 벌떡 일어나 구닥다리 왈츠와 볼썽사나운 폭스트롯을 추어서 어린 동생들의 눈을 번쩍 뜨게 만드는 훈훈하고 신나는 여름날의 파티였기 때문이다.

그 불운한 수컷들 중 하나였던, 엉겁결에 예일 대학을 다니게 된 워런 매킨타이어는 담배를 꺼내려고 야회복 재킷 호주머니를 더듬으며, 랜턴을 걸어 놓은 테이블 곳곳에 커플들이 쌍쌍이 흩어져 모호한 말과 몽롱한 웃음으로 밤공기를 채우고 있는, 반쯤 어둠에 잠긴 널따란 베란다로 걸어 나갔다. 그는 이따금 그다지 이야기에 열중하지 않는 커플들에겐 고갯짓을 보냈는데, 그들을 지나칠 때면 희미하게 잊혀가던 이야기의 편린들이 마음에 되살아나곤 했다. 큰 도시가 아닌 탓에 사람들은 모두 누군가의 과거 속에 누군가로 남아 있었던 것이다. 가령, 짐 스트레인과 에설 데모레스트는 3년 동안 은밀한 관계를 유지하고 있었다. 짐이 일자리를 얻고 두 달만 유지할 수 있다면 그 즉시로

에설이 짐과 결혼할 거라는 걸 모두가 알고 있었다. 하지만 두 사람의 표정은 너무도 심드렁했거니와, 때로 짐을 피곤해하는 에설의 태도는 마치 바람에 이리저리 흔들리는 포플러에 자신도 이해할 수 없는 애정을 쏟아붓고 있다는 듯했다.

워런은 열아홉 살로, 동부의 대학으로 진학하지 못한 친구들을 측은하게 여겼다. 하지만, 대부분의 또래들과 마찬가지로 그 역시 고향을 떠나 있을 땐 한마을 아가씨들에 대해 과장스럽게 떠들어 대곤 했다. 그중에는 프린스턴 대학, 예일 대학, 윌리엄스 대학, 코넬 대학의 무도회와 하우스파티와 축구 시합에 빠지지 않고 참석하는 제너비브 오먼드가 있었고, 또래들 사이에선 정치인 히람 존슨이나 야구 선수 타이 콥만큼이나 유명한 검은 눈의 로버타 딜런 그리고 당연하겠지만, 요정 같은 얼굴에 매력적이면서도 사람을 당황하게 만드는 말솜씨 외에도 뉴헤이븐의 예일 대학에서 최근 열린 펌프앤드슬리퍼 무도회에서 연속 다섯 번의 재주넘기를 해 이미 유명세를 누리고 있던 마저리 하비가 있었다.

마저리네 건넛집에서 자랐던 워런은 오랫동안 그녀에게 '빠져' 있었다. 그녀는 때로 그런 그에게 적게나마 고마움을 표한 듯했지만, 그녀만의 확실한 방법으로 그를 시험해 보고는 그를 사랑하지 않는다는 사실을 엄숙히 알려 주었다. 그녀가 한 시험이란, 그가 떠나 있는 동안 그를 잊고 다른 남자애들과 사귀는 거였다. 워런은 이런 사실에 낙담하곤 했는데, 특히 그를 절망에 빠뜨린 건 마저리가 여름마다 떠나는 짧은 여행에서 돌아오고 나서 이삼일만 지나면 하비 씨의 현관 탁자 위에 그녀 앞으로 배달된 온갖 남자 글씨들로 된 편지들이 산더미처럼 쌓이는 걸 제 눈으로 확인하는 일이었다. 설상가상으로 매년

8월이면 오클레어에서 그녀의 사촌 버니스가 와 있었는데, 덕분에 그녀를 따로 만나는 건 불가능해 보였다. 돌아다니면서 버니스를 맡아 줄 만한 친구를 찾는 게 언제나 일이었다. 8월도 막바지에 이르자 이마저도 더 어려워졌다.

워런은 마저리를 흠모하는 것만큼이나 사촌 버니스도 웬만한 애가 아니란 걸 인정해야만 했다. 검은 머리에 얼굴이 발그레한 그녀는 예쁘긴 했지만 파티에선 재미가 없었다. 매주 토요일 밤, 그는 마저리에게 잘 보이려고 오랫동안 끈기 있게 의무적으로 버니스와 춤을 추었는데, 그녀와 함께 있으면 그저 지루할 뿐이었다.

"워런……" 바로 곁에서 들려온 부드러운 목소리에 상념에서 깨어난 그는 마저리에게로 고개를 돌렸다. 늘 그랬듯 발그레하게 상기된 그녀의 얼굴은 밝게 빛났다. 그녀는 한 손을 그의 어깨에 올렸고, 빛줄기 하나가 거의 느낄 수 없을 만큼 흐릿하게 그를 비추었다.

"워런," 하고 그녀가 속삭였다. "날 위해 뭣 좀 해 줘. 버니스와 춤을 춰 주지 않을래? 거의 한 시간째 어린 오티스 오먼드한테 붙들려 있거든."

워런이 본 빛줄기가 스러져 갔다.

"왜 안 되겠어. 그러지 뭐." 그는 건성으로 대답했다.

"괜찮겠어? 오래 붙들어 두지 않도록 할게."

"염려 붙들어 매셔."

마저리가 미소를 보냈다. 그 미소만으로도 충분했다.

"넌 천사야. 고마워 정말."

한숨을 내쉬며 천사는 베란다를 둘러보았지만 버니스와 오티스는 보이지 않았다. 홀 안으로 되돌아온 그는 여성용 탈의실 앞에서 온몸을 흔들며 웃어 대는 한 떼의 젊은이들 한가운데에 오티스가 있는 걸 보았다. 오티스는 각목 하나를 흔들어 대며 수다를 떨고 있었다.

"그녀는 머리 손질을 하러 들어갔어," 하고 그가 거칠게 말했다. "난 또 기다렸다가 한 시간 동안 그 여자랑 춤을 춰야 돼."

젊은이들이 다시 폭소를 터뜨렸다.

"형들이 좀 끼어들어 주면 안 될까?" 오티스가 짜증을 내며 소리를 질렀다. "그 여자도 다양하게 즐겨야지."

"그럴 필요까지 있겠니, 오티스?" 하고 한 젊은이가 말했다. "넌 이 제 겨우 그 여자한테 익숙해졌는데."

"2×4인치짜리는 뭐에 쓰려고, 오티스?" 워런이 미소를 띠며 물었다.

"2×4인치? 아, 이거? 이거 골프채잖아. 그 여자가 나오면 머리통을 후려쳐 기절시킨 뒤에 도로 탈의실에다 넣어 버리려고."

워런은 긴 의자에 드러눕다시피 하며 한동안 낄낄거렸다.

"걱정 마라, 오티스," 하고 운을 떼고는 그는 결론을 내리듯 말했다. "널 구해 주려고 내가 왔단다."

오티스는 습격하는 듯한 동작을 해 보이면서 워런에게 각목을 건넸다.

"이게 필요할지 몰라, 어르신," 하고 그가 잠긴 목소리로 말했다.

아무리 아름답고 빼어난 여자라도 춤을 추자는 요청을 빈번하게 받지 못한다면 무도회에서의 지위는 형편없이 추락하게 된다. 남자들이야 물론 하룻밤에 열두 번도 넘게 춤을 추게 되는 경박한 여자들보다는 그런 여자를 더 좋아하지만, 재즈에 젖어 살아 온 이 젊은 세대들은 기질적으로 가만히 있질 못하는 데다 폭스트롯 한 곡이 다 끝날 때까지 같은 여자와 춤을 춘다는 건 그냥 싫은 게 아니라 견딜 수 없는 일이었다. 젊은 여자 역시 여러 가지 춤들을 추고 휴식 시간이 왔을 때 일단 춤을 춘 상대가 다시 자신에게 올 거라고는 아무도 생각하지 않았다.

워런은 버니스와 함께 다음 춤들을 모두 추고, 이윽고, 고맙게도 휴식 시간이 찾아오자, 그녀를 베란다의 테이블로 데리고 갔다. 잠깐의 침묵이 흐르는 동안 그녀는 무심히 부채를 부쳤다.

"여긴 오클레어보다 덥네요," 하고 그녀가 말했다.

워런은 한숨이 새 나오는 걸 참으며 고개를 끄덕였다. 그건 그가 알고 있어야 하거나 신경을 썼어야 할 일이었는지도 몰랐다. 그는 그녀가 주목을 받지 못해서 대화에 능하지 못한 건지, 아니면 대화에 능하지 못해서 주목을 끌지 못하는 건지, 쓸데없이 궁금했다.

"이곳에 더 있을 건가요?" 그가 묻고는 얼굴을 붉혔다. 그렇게 물은 저의를 그녀가 의심할는지도 몰랐다.

"한 주 정도 더요," 하고 대답하고는 마치 다음 말이 떨어지면 가만히 있지 않겠다는 듯 그녀가 그를 노려보았다.

워런은 조바심이 일었다. 순간 그는 느닷없이 자비로운 충동이 일어나 자신이 곧잘 써먹는 방식으로 그녀를 꼬드겨 보기로 결심했다. 그는 고개를 돌려 그녀의 두 눈을 바라보았다.

"당신은 키스를 부르는 입술을 가졌군요." 그는 나직이 운을 뗐다.

이건 대학 무도회 때면 지금보다 반쯤만 어둑해져도 여학생들에게 종종 써먹곤 하던 대사였다. 버니스는 정말 펄쩍 뛰어오른 듯했다. 볼품없이 얼굴이 달아오른 그녀는 어색하게 부채를 부쳐 댔다. 일찍이 누구도 그녀에게 그런 말을 한 적이 없었다.

"건방지군요!" 하는 말이, 미처 깨닫기도 전에 그녀의 입에서 튀어나왔고, 그녀는 입술을 깨물었다. 농담으로 받아들여지기엔 이미 늦었다고 생각한 그녀는 당황한 미소를 지어 보였다.

워런은 화가 치밀었다. 자신이 던진 대사가 심각하게 받아들여지는 것은 익숙한 일이 아니었는데, 대개는 웃음거리나 감상적인 농담으로 받아들여지곤 했던 것이다. 더구나 농담으로 한 게 아니라면 건방지다는 말을 듣는 건 너무도 싫었다. 그의 자비로운 충동은 스러졌고, 그는 화제를 바꾸었다.

"짐 스트레인이랑 에설 데모레스트는 늘 하던 대로 밖에 나와 앉아 있군요," 하고 그는 툭 던졌다.

이런 표현은 버니스의 방식에 더 가까웠다. 하지만 막상 화제가 바뀌자 안도의 한숨과 함께 그녀의 표정에 희미한 후회가 뒤섞였다. 남자들이 그녀에게 키스하고 싶은 입술을 가졌다는 얘길 한 적은 없었지만 다른 여자들에겐 그런 식으로 얘기한다는 건 알고 있었던 것이다.

"아, 그러네요," 하고 그녀가 말하며 웃었다. "저 사람들 주머니가 비어서 몇 년 동안 달밤에 저러고들 있다는 얘기를 들었어요. 바보 같지 않아요?"

워런의 속이 더욱 뒤집어졌다. 짐 스트레인은 그의 형과 절친한 친구였거니와, 어쨌든 주머니가 비었다고 사람을 비웃는 건 나쁜 일이란 게 그의 생각이었다. 하지만 버니스도 비웃으려고 한 건 아니었다. 그녀는 단지 초조했을 뿐이었다.

　자정에서 30분가량 지났을 때 집으로 돌아온 마저리와 버니스는 층계를 다 올라가서 잘 자라는 인사를 나누었다. 사촌 간이었지만 둘은 친하지 않았다. 사실 마저리는 친하게 지내는 여자애들이 없었는데, 여자들을 아둔한 족속들로 생각했던 것이다. 반면에 버니스는 부모님이 마련해 준 여행 동안 서로 속내를 털어놓고 낄낄거리며 웃기도 하고 눈물도 흘리며 보내게 되리라고 꿈꾸었는데, 그것을 여자들 사이의 모든 관계들 가운데서 빠뜨릴 수 없는 요소로 생각하고 있었다. 하지만 이런 측면에서 마저리는 너무도 냉정해서 그녀에게 말을 거는 건 남자들에게 말을 거는 것만큼이나 어렵게 느껴졌다. 마저리는 결코 낄낄거리지도 않았고, 겁을 집어먹는 경우도 없었으며, 당황하는 일도 거의 없었는데, 사실 여자에게 잘 어울리고 축복받은 자질이라고 버니스가 생각하는 것들을 마저리에게선 거의 찾아볼 수 없었다.

　그날 밤 버니스는 부지런히 칫솔질을 하면서, 집만 떠나면 왜 남들에게 아무런 주목도 받지 못하는지를 100번도 넘게 생각했다. 그녀의 집안이 오클레어에서 가장 부유하다는 것, 그녀의 어머니가 무도회 때마다 사전에 딸을 위해 비까번쩍한 파티를 열어 주고, 소소한 만찬들을 마련했다는 것, 어디든 갈 수 있는 차를 그녀에게 사 주었다는 것— 그녀로 하여금 고향에서 사회적 성공을 거둘 수 있도록 만들어 준 요소들을 그녀는 전혀 떠올리지 않았다. 대부분의 여자애들과 마찬가지로 그녀 역시 애니 펠로스 존스턴*이 준비해 준 따뜻한 우유와,

---

* Annie Fellows Johnston(1863~1931). 주로 어린아이를 위한 책을 집필한 미국의 작가.

항상 언급만 할 뿐 결코 보여 주지는 않는 신비로운 여성적 특질들로 인해 여자들의 사랑을 받았던 소설들을 양식으로 삼아 성장했다.

버니스는 자신이 지금 인기가 없다는 것에 알 수 없는 고통을 느꼈다. 그녀는 마저리가 손을 쓰지 않았다면 저녁 내내 한 남자하고만 춤을 추었을 거라는 사실을 까맣게 몰랐지만, 오클레어에서조차도 자신보다 지위도 낮고 몸매도 좋지 않은 여자들에게 남자들이 더 많이 달려든다는 사실만은 알고 있었다. 그녀는 이런 일을 초래하는 것이 그 여자들이 지닌 뭔지 모를 부도덕함이라고 진단했다. 그래서 그녀는 이런 일에 전혀 개의치 않았는데, 그녀의 어머니였다면 다른 여자애들은 스스로 값싸게 놀아나는 것이고 남자들이 진정으로 존중하는 건 버니스 같은 여자라고 확신했을 터였다.

욕실의 불을 끈 그녀는 느닷없이 아직 불이 켜져 있는 조지핀 이모 방으로 가서 잠깐이라도 수다를 떨어야겠다고 결심했다. 부드럽게 끌리는 슬리퍼는 카펫에 묻혀 전혀 소리를 내지 않았고, 그녀는 방 안에서 들려오는 얘기 소리에 빠끔히 열린 문 가까이에서 걸음을 멈추었다. 그러곤 자신의 이름이 불리는 걸 들었고, 엿들을 생각은 전혀 없었지만 실처럼 이어지는 얘기 소리가 마치 바늘귀에 걸려 있는 듯 그녀의 가슴을 아프게 찌르며 지나갔다.

"걘 정말 구제 불능이야!" 마저리의 목소리였다. "알아, 엄마가 무슨 말을 하려는지! 사람들은 죄다 엄마한테 말하겠지. 걔가 얼마나 예쁘고 귀여운지, 얼마나 요리를 잘하는지! 그래서 뭐? 걘 정말 지루해. 남자애들이 좋아하질 않는다고."

"그런 값싼 인기를 얻어서 뭐하려고?"

하비 부인의 목소리에 짜증이 묻어났다.

"엄마도 열여덟 살 땐 그게 전부였을걸?" 하고 마저리가 단정적으로 말했다. "난 할 만큼 했어. 정중하게 대해 줬고, 남자애들 시켜서 개랑 춤도 추게 했어. 그렇지만 남자애들이 지루해하는 걸 어쩌겠어. 그좋은 혈색도 개같이 멍청한 애한텐 아무 소용없어. 마사 캐리가 그런 혈색을 가지고 있다고 한번 생각해 봐, 오!"

"도대체가 요즘은 정중함 따윈 모르는 세상이구나."

하비 부인의 말에는 그녀로선 이즈음의 상황들이 이해하기엔 너무 많이 다르다는 의미가 함축되어 있었다. 그녀가 젊었을 때는 집안 좋은 여자애들은 하나같이 멋진 시간을 보냈던 것이다.

"어쨌든," 하고 마저리가 입을 뗐다. "어떤 여자애도 절름발이 오리 같은 불청객을 언제까지나 봐주진 않아. 요즘 여자애들은 모두 제가 알아서 살길을 헤쳐 나가야 하니까. 나도 개한테 옷 입는 거랑 뭘 좀 가르쳐 주려고 해 봤는데 도리어 화를 내더라? 사람을 우습게 보더라니까? 걔는 그런 식으로는 인기를 얻을 수 없다는 걸 알 만큼 섬세한 애이긴 하지만, 자기는 지극히 정숙하고 나는 발랑 까지고 변덕스러워서 끝이 뻔하다는 식으로 스스로를 위안하고 있을 거야. 인기 없는 애들이 모두 그런 식이지. 오기로 똘똘 뭉친 계집애들! 세러 홉킨스가 제너비브랑 로버타랑 날 뭐라고 부르는지 알아? 길을 잘못 든 여자! 내가 장담하는데, 만약 길을 잘못 들어서 서너 명의 남자애들과 사랑에 빠지고, 춤을 출 때마다 남자애들이 줄을 서기만 한다면, 걔도 자기 인생에서 10년이란 시간이랑 유럽식 교육을 그 길과 맞바꾸려 할 걸."

"내가 보기엔 말이다," 하고 하비 부인이 꽤나 지친 듯 마저리의 말을 잘랐다. "네가 버니스를 위해서 뭔가 해 줘야 할 것 같아. 내가 알기로 그 앤 그다지 활달한 아이가 아니거든."

마저리가 앓는 소리를 냈다.

"활달이라고! 맙소사! 걔가 남자애들한테 하는 소리라고는 날씨가 덥다, 플로어가 가득 찼다, 내년에 뉴욕에 있는 학교로 진학할 거다, 이게 다라고. 가끔 무슨 차를 갖고 있냐고 묻기도 하지만 그러곤 제가 타는 차 얘기를 늘어놓지. 아, 소름 돋아!"

잠깐 침묵이 흐른 뒤에 하비 부인이 끊어졌던 말을 이었다.

"내가 알기론, 그 애의 반만큼 귀엽지도 않고 매력이 있는 것도 아닌데 다들 파트너가 있어. 가령, 마사 캐리는 뚱뚱한 데다 목소리는 좀 크니. 그 아이 엄마는 천하기 이를 데 없고. 로버타 딜런은 올해 들어서 더 말랐더구나. 애리조나에 가서 햇볕을 좀 쪼여야 할 듯 보이던데. 죽기 살기로 춤을 춰 대니 원."

"하지만 엄마," 하고 마저리가 성마르게 나섰다. "마사는 명랑하고 끝내주게 재치 있는 애라고. 들어 볼 건 없지만 구변도 좋고. 그리고 로버타는 대단한 춤꾼이야. 몇 해 동안 줄곧 인기 짱이었어!"

하비 부인의 하품 소리가 들려왔다.

"내 생각엔, 버니스에게 미친 인디언의 피가 흐르고 있는 거 같아," 하고 마저리가 말을 이었다. "아마도 그 피가 도로 돌아왔나 봐. 인디언 여자들은 둘러앉아서 찍 소리도 안 내잖아."

"그만 가서 자, 허튼소리 그만하고." 하비 부인이 웃으며 말했다. "네가 기억할 줄 알았으면 얘기해 주지 않았을 텐데. 그리고 네가 생각하는 거 태반이 전혀 엉터리없는 소리란 거나 알아 둬." 그녀는 잠이 쏟아지는 듯 더 이상 입을 떼지 않았다.

또다시 침묵이 흐르는 동안, 마저리는 자신의 어머니를 설득시키는 게 과연 그럴 만한 가치가 있는 일인지에 대해 생각했다. 무엇이든 마혼을 넘긴 사람을 영원히 설득시킨다는 건 거의 불가능한 일이다. 열여덟 살짜리의 믿음은 세상을 내려다보는 산정에 있지만, 마흔다섯 살의 믿음은 동굴 속에 몸을 숨긴 채 존재한다.

그렇게 결정을 내린 마저리는 어머니에게 안녕히 주무시라는 인사를 보냈다. 그녀가 방을 나왔을 때, 거실에는 아무도 없었다.

3

다음 날 마저리가 늦은 아침을 먹고 있을 때 버니스가 내려와 꽤나 형식적으로 아침 인사를 하고는 맞은편에 앉더니 그녀를 응시하며 혓바닥으로 입술을 살짝 적셨다.

"무슨 생각해?" 마저리가 무척 의아해하며 물었다.

버니스는 잠깐 생각에 잠겼다가 수류탄을 던졌다.

"어젯밤 네가 이모한테 내 얘기하는 걸 들었어."

마저리는 몹시 놀랐지만 단지 살짝 얼굴을 붉혔을 뿐 목소리는 평소와 다름없었다.

"어디 있었는데?"

"거실에. 엿들을 생각은 아니었어. 처음엔."

저도 모르게 비웃는 듯한 표정을 지어 보인 마저리는 고개를 숙이고는 식탁 위에 떨어진 콘플레이크 조각 하나를 손가락 위에 장난스럽게 올려 놓았다.

"내가 그렇게 성가시다니, 오클레어로 돌아가는 게 낫겠어." 버니스는 아랫입술을 심하게 떨며 불안정한 목소리로 말을 이었다. "난 고상하게 지내려고 노력했어. 그런데…… 하지만, 처음부터 난 무시를 당하고 이젠 모욕까지 당했어. 나를 보러 오는 사람들은 누구도 그러질 않았어. 그런 대접을 하진 않았어."

마저리는 침묵을 지킬 뿐이었다.

"하지만 난 골치 아픈 존재가 돼 버렸어. 널 힘들게 할 뿐이야. 네 친구들도 날 좋아하지 않고." 거기서 잠시 말을 그친 그녀는 또 다른 불만이 뇌리에 떠올랐다. "지난주에 그 드레스가 나한테 어울리지 않는다고 암시를 주었을 때 당연히 난 화가 났어. 넌 내가 혼자선 옷도 제대로 입을 줄 모른다고 생각하지?"

"응," 하고 마저리는 평소의 반도 되지 않는 소리로 웅얼거렸다.

"뭐라고?"

"별 얘기 한 거 없다고." 마저리는 군더더기를 달지 않았다. "그냥 이렇게 말했을 뿐이야. 어울리는 옷을 세 번 계속 입는 게 어울리지도 않는 옷을 번갈아 입는 것보다 낫다고."

"그게 고상한 말이라고 생각해?"

"난 고상해지려고 애쓰진 않아," 하고 말하곤 잠깐 숨을 돌렸다. "언제 갈 거야?"

버니스는 급히 숨을 들이마셨다.

"너!" 그녀의 입에서 조그만 외침이 터져 나왔다.

마저리가 놀란 눈을 들어 올렸다.

"간다고 하지 않았어?"

"그랬지. 하지만……"

"아, 그냥 허풍이었구나!"

서로를 노려보는 둘의 시선이 한동안 아침 식탁 위에 얽혀 있었다.

알 수 없는 기류가 버니스의 눈앞을 지나가는 동안 마저리의 얼굴엔 살짝 취기가 오른 대학생들과 사랑을 나눌 때 짓곤 하던 꽤 경직된 표정이 드리워져 있었다.

"그래, 허풍이었어." 그녀는 마치 예상하고 있었다는 듯 똑같은 말을 반복했다.

버니스는 울음을 터뜨리는 것으로 그녀의 말을 인정했다. 마저리의 두 눈이 권태를 드러내고 있었다.

"넌 내 사촌이야," 하고 버니스는 흐느끼며 말했다. "난 네 손님……이고. 한 달 동안 머물기로 했는데, 내가 만약 집으로 돌아간다면, 엄마가 알게 될 텐데, 그러면……"

마저리는 툭툭 끊기는 버니스의 말들이 연약한 훌쩍거림 속으로 잦아들기를 기다렸다.

"내가 한 달치 내 용돈을 너한테 줄게," 하고 그녀는 차갑게 뱉었다. "그리고 넌 이번 주 동안 네가 가고 싶은 데 가서 그 돈을 다 써도 돼. 근사한 호텔에 가도 좋고……"

흐느낌이 플루트 소리처럼 높아지는가 싶더니 버니스가 자리에서 벌떡 일어나 주방을 뛰쳐나갔다.

한 시간 뒤, 마저리가 서재에서 젊은 여자만이 쓸 수 있는, 자기주장이 철저하게 배제된 놀랍도록 파악하기 어려운 편지를 쓰는 데 몰두해 있는 사이, 버니스가 벌겋게 충혈된 눈에 의식적으로 침착함을 유지하며 다시 모습을 드러냈다. 그녀는 마저리에게는 눈길도 주지 않고 책꽂이에서 아무 책이나 한 권 뽑아내더니 읽기라도 하려는 듯 자리에 앉았다. 마저리는 여전히 편지 쓰기에 몰입한 듯 계속 편지를 써내려갔다. 시계가 정오를 가리켰을 때 버니스가 소리 나게 책을 닫았다.

"기차표를 끊는 게 좋을 것 같아."

이 말은 위층에서 연습해 두었던 말의 첫 대목은 아니었다. 하지만 마저리에게서 예상했던 대사가 나오지 않은 상태에선—이성적이 되라고, 실수였다고 읍소하지 않았으므로—이것이 그녀가 서두에 떼어 놓을 수 있는 최선의 문장이었다.

"이 편지 다 쓸 때까지 기다려," 하고 마저리가 고개를 들지도 않고 말했다. "더 이상의 편지는 쓰고 싶지 않거든."

다시 몇 분 동안 부지런히 펜을 움직인 후, 그녀는 고개를 들고는 편안한 자세로 '이제 뭐든 들어드리죠,' 하는 표정을 지어 보였다. 다시 버니스가 먼저 입을 뗄 수밖에 없었다.

"내가 집으로 돌아갔으면 좋겠니?"

"글쎄," 하고 마저리가 생각에 잠기며 말했다. "그다지 즐거운 시간이 아니라면 돌아가는 게 좋을 것 같다는 생각은 드네. 괜히 비참하게 지낼 건 없잖아."

"넌 최소한의 친절이라도 보여 줄……"

"아, 제발 『작은 아씨들』에 나오는 대사 좀 써먹지 마!" 마저리가 성마르게 소리를 높였다. "한물갔어."

"그렇게 생각해?"

"그럼, 당연하지! 요즘 여자들이 그렇게 무지하게 살 수 있겠니?"

"우리 엄마들에겐 본보기가 된 사람들이었어."

마저리가 폭소를 터뜨렸다.

"그랬다고? 천만에! 우리 엄마들은 당신들 나름대로들 아주 잘 사셨어. 다만 당신 딸들 문제에만 아주 무지하셨지."

버니스가 몸을 곧추세웠다.

"우리 엄마에 대해선 얘기하지 말아 줘."

마저리가 다시 웃음을 터뜨렸다.

"난 너네 엄마에 대해선 아무 말도 안 했는걸."

버니스는 애초에 하려던 얘기가 빗나가고 있다는 걸 느꼈다.

"넌 나한테 잘해 줬다고 생각하니?"

"난 최선을 다했어. 넌 같이 지내기 아주 힘든 애야."

버니스는 눈두덩까지 빨갛게 물들었다.

"내 생각에 넌 쌀쌀맞고 이기적이야. 게다가 너한텐 여성적인 면도 없어."

"오, 정말!" 마저리가 절망적으로 부르짖었다. "병신! 너 같은 여자들이 결혼을 지루하고 재미도 없는 일로 만든 장본인이야. 여성적인 면이라는 지독한 비효율들을 몽땅 끌어안고 사는. 상상력 풍부한 남자가 예쁜 옷들에 칭칭 감긴 여자랑 결혼을 했는데, 알고 보니 그저 나약하게 징징거리고 허세나 부리는 겁쟁이에 불과하다면, 이런 낭패가 있나!"

버니스의 입이 반쯤 벌어졌다.

"여성적인 여자라고?" 마저리가 말을 멈추지 않았다. "그런 여자들은 나처럼 진짜 신나게 인생을 살아가는 여자들을 헐뜯고 징징거리면서 젊은 시절을 다 보내 버리지."

마저리의 목소리가 높아질수록 버니스의 입은 점점 더 벌어졌다.

"못생긴 여자가 징징거리는 데는 이유가 있기는 해. 내가 만약 구제 불능의 추녀로 태어났다면, 그런 날 이 세상에 던져 놓은 부모님을 결코 용서하지 않았을 거야. 하지만 넌 어떤 핸디캡도 없이 인생을 시작했어." 마저리의 조그만 주먹이 단단히 쥐어져 있었다. "내가 너랑 같이 울어 줄 거라고 기대한다면 오산이야. 가든가 있든가, 너 좋을 대로 해." 그러곤 자신이 쓴 편지를 집어 방을 떠났다.

버니스는 머리가 아프다며 점심 식사 자리에 나타나지 않았다. 두 사람은 그날 오후에 공연을 보며 데이트를 하기로 되어 있었지만 버니스의 두통이 가시질 않아서 마저리는 데이트 상대에게 사정을 설명해 주었다. 남자는 그다지 실망한 것 같지 않았다. 마저리가 오후 늦게 집으로 돌아오자, 버니스가 이상한 표정으로 마저리의 방에서 그녀를 기다리고 있었다.

"결정했어," 하고 버니스가 다짜고짜 말을 시작했다. "네가 옳을 수도 있어. 아닐 수도 있고. 하지만 네가 만약 왜 친구들이 나한테 관심을 가지지 않는지 그 이유를 말해 준다면, 네가 원하는 대로 내가 할 수 있을지를 생각해 보도록 할게."

마저리는 거울을 보며 고개를 흔들어 머리카락을 풀어 헤쳤다.

"진심이야?"

"응."

"조건 같은 거 없지? 내가 하라는 그대로 하겠다는 거지?"

"그러니까, 내가……"

"그러니까 따위는 붙이지 마! 내가 말하는 대로 할 거야?"

"예민한 사안이라면……"

"그런 거 없어! 네 경운 그런 게 해당되지 않아."

"네가 하려는 거 다, 그러니까 권하는 거 모두……"

"그래, 모두 다. 내가 복싱 도장을 다녀야 한다고 하면 넌 복싱 도장을 다녀야 해. 집에 계신 엄마한테 편지를 써. 두 주 더 있게 될 거라고."

"네가 그러라고 하니까……"

"그래. 지금부터 너한테 몇 가지 예를 들어 주지. 우선 넌, 태도가 편안하지 못해. 왜 그럴까? 그건 네 외모에 전혀 자신감이 없기 때문이야. 여자는 완벽하게 치장을 하고 나면 그 부분에 대해선 전혀 신경을 쓰지 않아. 그게 매력인 거야. 너 자신에게 그렇게 신경 쓰지 않는 부분들이 많아질수록 더 많은 매력들이 너한테 생기는 거지."

"이 정도면 괜찮은 거 아니니?"

"아니지. 일테면, 넌 눈썹 정리를 전혀 하질 않아. 네 눈썹은 검고 윤기가 흐르지만 그냥 내버려 두면 그 자체로 흠이 돼 버려. 빈둥거리고 있는 시간의 10분의 1만 투자해도 네 눈썹은 금세 예뻐질 거야. 반듯하게 하려면 눈썹 솔로 빗어 주기만 하면 돼."

버니스가 궁금한 게 있는 듯 눈썹을 추켜올렸다.

"남자들이 눈썹도 살펴본다는 거야?"

"그렇지, 의식적으로는 아니지만. 그리고 집으로 돌아가면 치아 교정도 좀 해야겠다. 눈에 확 띨 정도는 아니지만, 그래도……"

"그런데," 하고 버니스가 당혹스러운 표정으로 끼어들었다. "넌 이런 식의 화사한 면모는 별로 좋아하지 않을 거라고 생각했었는데."

"정신이 화사한 건 싫어하지," 하고 마저리가 대꾸했다. "하지만 여자는 실제로 화사할 필요는 있어. 신수가 훤하게 보이기만 하면 러시아든, 탁구든, 국제연맹이든, 어떤 얘기를 해도 용서가 되거든."

"또 있어?"

"아, 이제부터 시작이야! 네 춤."

"춤은 괜찮지 않아?"

"전혀 아니지. 남자한테 의지를 해 봐. 그래, 살짝만이라도. 어제 같이 춤출 때 내가 확인했었지. 넌 몸을 조금도 굽히지 않고 뻣뻣하게 세워 놓기만 했어. 나이 든 여자들 눈엔 네 그런 모습이 우아하게 보일는지도 모르지. 하지만 아주 조그만 여자가 아니고선 그런 자세는 남자들을 여간 힘들게 하질 않아. 관건은 남자라고."

"계속해." 버니스의 머릿속이 실타래처럼 엉켜들고 있었다.

"그리고, 불쌍한 새 꼴이 된 남자들에게 잘하는 법도 배워야 돼. 넌 인기 좋은 남자애들을 만나면 모욕이라도 당한 듯한 표정을 지어. 왜 그래야 하지, 버니스? 스텝이 바뀔 때마다 나랑 추려고 끼어드는 남자애들 대부분이 누구였니? 불쌍한 새들이잖아. 여자라면 걔들을 무시해선 안 되는 거야. 어느 무리를 가도 그런 애들투성이야. 부끄러워서 말도 잘 못 하는 어린애들이 대화 연습 상대론 최고지. 춤에 서툰 애들은 최고의 춤 연습 상대고. 만약 그 애들과 함께 추면서도 계속 우아하게 보일 수 있다면 넌 조그만 탱크로 가시철망을 둘러친 마천루도 넘을 수 있을 거야."

버니스는 땅이 꺼질 듯 한숨을 내쉬었지만 마저리의 말은 아직 끝난 게 아니었다.

"만약 네가 댄스파티에 가서 정말 재밌게 즐기고 싶은데, 가령, 처량한 새 세 마리랑 춤을 추었다고 해 봐. 네가 그 친구들을 잘 대해 줘서 그들이 만약 너한테 붙들려 있다는 생각을 하지 않는다면, 넌 뭔가를 해낸 거야. 그 애들은 다음에도 올 거고, 점점 더 많은 처량한 새들이 너한테 와서 너랑 춤을 추게 될 텐데, 그렇게 되면 매력 있는 남자애들이 너한테 붙들릴 위험이 없다는 걸 알게 되고, 그 애들이 너랑 춤을 추게 될 거란 말이지."

"그런 거였구나," 하고 버니스가 미미하게나마 동의를 했다. "좀 알 것 같아."

"이렇게 한다면 결국," 하고 마저리가 결론을 내렸다. "안정과 매력이 자연스럽게 찾아오게 되지. 어느 날 아침에 눈을 뜨면 넌 그걸 가지게 되었다는 걸 알게 될 거고, 남자들 역시 알게 될 거야."

버니스가 자리에서 일어났다.

"네가 이렇게까지 친절하게 대해 주다니, 이제껏 누구도 이런 식으로 말해 준 적이 없어서 솔직히 당황스러워."

마저리는 아무 대답도 하지 않은 채 거울 속에 비친 자신의 모습을 응시하며 생각에 잠겼다.

"날 이렇게 도와주다니 넌 정말 멋진 아이야." 버니스는 연신 떠들어 댔다.

하지만 마저리는 여전히 아무 말도 하지 않았고, 버니스는 그녀가 몹시 고마웠다.

"네가 감상적인 걸 좋아하지 않는다는 거 알지만," 그녀가 소심하게 말했다.

마저리가 얼른 그녀에게로 고개를 돌렸다.

"음, 미처 생각 못 한 게 있네. 네 머리를 단발로 자르는 게 더 낫지 않을까 싶어."

버니스가 침대에 벌렁 드러누웠다.

4

그다음 주 수요일 저녁, 컨트리클럽에서 무도회가 열렸다. 손님들이 슬금슬금 모여들었을 때 버니스는 자신의 좌석표를 확인하고 살짝 언짢은 감정이 일었다. 그녀의 오른쪽은 가장 호감이 가고 매력적인 젊은 독신남 G. 리스 스토더드였지만, 정작 중요한 왼쪽엔 찰리 폴슨뿐이었던 것이다. 찰리는 키도 크지 않았고, 용모도 별로였고, 사회성도 모자랐다. 하지만 버니스는 자신에게 붙박여 본 적이 없다는 것만으로도 파트너가 될 자격은 갖춘 거라는 새로운 각성으로 무장하고 있었다. 마지막 수프 접시가 치워지면서 그녀에게 남아 있던 언짢은 감정도 함께 사라졌고, 마저리가 지시한 특별 주문이 그녀의 뇌리에 떠올랐다. 자존심을 꿀꺽 삼키며 그녀는 찰리 폴슨에게로 몸을 돌리고 불쑥 말을 꺼냈다.

"단발을 하면 어떨 거 같아요, 찰리 폴슨 씨?"

찰리가 놀란 눈으로 그녀를 올려다보았다.

"왜 자르려고 그래요?"

"그러면 어떨까 생각 중이에요. 시선을 끄는 확실한 방법이 아닐까 싶어서 말이죠."

찰리가 환하게 미소를 지었다. 그로선 이게 연습이란 걸 알 리가 없었다. 그는 단발머리에 대해선 아는 게 많지 않다고 대답했다. 하지만 버니스는 여전히 그에게 말을 붙였다.

"전 사교계의 뱀파이어가 되고 싶어요." 그녀는 쿨하게 선언하듯 말하고는 단발머리는 꼭 필요한 서막이 될 거라고 그에게 알렸다. 그러곤 그가 여자들에 대해 무척 비판적이라는 얘기를 들었다며 충고를 듣고 싶다고 덧붙였다.

여자의 심리에 대해서는 거의 부처님 가운데 토막 수준이었던 찰리는 그저 기분이 괜찮았다.

"그래서 결정을 했어요," 하고 그녀가 다소 들뜬 음성으로 말을 이었다. "오는 주초에 서비어 호텔 이발소로 가서 첫 번째 의자에 앉아 머리를 단발로 자를 거예요." 그녀는 가까이 있는 사람들이 대화를 멈추고 자신의 얘기에 귀를 기울이고 있다는 사실을 알아채고 잠깐 당황했지만, 곧 마저리가 가르쳐 준 말들을 상기하고는 주위의 사람들이 다 들으라는 듯 종지부를 찍었다. "구경을 온다면 당연히 관람료를 받을 테지만 여러분이 모두 와서 격려를 해 준다면 특별히 무료 관람권을 끊어 드리도록 할게요."

고맙다는 인사치레의 웃음이 일렁거리는 사이로 G. 리스 스토더드가 재빨리 몸을 기울이더니 그녀에게 귓속말을 했다. "지금 당장 지정석으로 예약 들어갑니다."

그녀는 그와 눈을 마주치고는 마치 그가 무척이나 재치 있었다는 듯 미소를 보냈다.

"단발머리가 괜찮을 거라고 믿어요?" G. 리스가 예의 속삭이는 톤으로 물었다.

"믿고 안 믿고의 문제는 아닌 것 같아요." 버니스가 진지한 어투로 말했다. "하지만, 물론, 사람들을 놀라게 하거나 경악하게 하거나, 사람들의 안줏거리가 될 수도 있겠죠." 이건 마저리가 오스카 와일드에게서 따온 말이었다. 이 말에 남자들 사이에서 다시 웃음의 물결이 빠르게 일렁였고, 여자들의 눈길이 건너왔다. 그러곤 마치 그다지 재치 있는 얘기를 한 것도 아니라는 듯 버니스는 찰리에게로 다시 몸을 돌려 그의 귀에 은밀한 목소리를 흘려 넣었다.

"여러 사람들의 생각을 당신에게 물어보고 싶어요. 제가 보기에 당신은 사람의 성격을 잘 판단할 것 같거든요."

찰리는 가벼운 전율을 느끼며 그녀의 물을 엎지르는 것으로 버니스의 교묘한 찬사에 응답했다.

두 시간 후, 워런 매킨타이어는 혼자 온 남자애들 사이에 우두커니 서서, 춤을 추는 사람들을 멍하니 지켜보며 마저리가 어디로 누구와 사라졌는지 의아해하고 있었는데, 그것과는 별개로 서서히 기어오르다 또렷이 감지된 것은 마저리의 사촌 버니스에게 지난 5분간 수차례나 남자들이 끼어들고 있다는 사실이었다. 그는 눈을 껌뻑거리며 그들을 새삼스럽게 바라보았다. 몇 분 전으로 돌아가면, 그녀는 그녀에 대해 알 리 없는 처음 온 사내애들과 춤을 추고 있었다. 하지만 지금 그녀는 다른 애들과 춤을 추고 있거니와, 찰리 폴슨까지 눈에 열정을 가득 품고서 그녀에게로 나아가고 있었다. 기이한 일이었다. 찰리는 하루 저녁에 세 명 이상의 여자와 춤을 추는 법이 거의 없었다.

워런을 더욱 놀라게 만든 것은 상대가 바뀌면서 물러난 게 바로 G. 리스 스토더드였고, 물러나는 그의 표정에 전혀 안도감이 담겨 있지 않다는 사실이었다. 버니스가 가까이에서 춤을 추게 되었을 때, 워런은 그녀를 자세히 살펴보았다. 그랬다. 그녀는 예뻤다. 눈에 띌 정도로. 오늘 밤 그녀의 얼굴은 정말이지 활기가 넘치는 듯했다. 그녀의 표정은 아무리 능숙한 연기자라도 결코 만들어 낼 수 없는 것이었는데, 더없이 멋진 시간을 보내고 있는 듯 보였다. 그는 그녀의 머리 스타일이 마음에 들었고, 기름을 발라 윤기가 흐르는 것인지 궁금했다. 그리고 그녀의 검붉은 드레스는 어두운 빛깔의 눈동자와 혈색 좋은 얼굴을 도드라지게 했다. 그녀가 처음 마을에 나타났을 때, 그러니까 그녀가 둔한 여자란 걸 미처 알기 전, 그의 기억 속 그녀는 예뻤었다. 예쁜 건 확실했지만 그녀가 둔한, 참을 수 없을 만큼 둔한 여자란 사실은 참으로 안타까운 일이었다.

그의 생각은 다시 마저리에게로 돌아갔다. 이번에 사라진 건 예전에 사라진 것과는 어딘지 달라 보였다. 그녀가 다시 나타났을 때 그는 어디에 있었냐고 따졌지만 상관할 일이 아니라는 단호한 말을 들었을 뿐이다. 그녀의 단호함에 한 방 얻어맞은 듯 그는 멍해졌다. 그녀는 마을의 어떤 여자애도 그에게 관심이 없다는 걸 잘 알고 있었고, 제너비브나 로버타와 사랑에 빠져 보라고 비아냥거리기까지 했다.

워런은 한숨을 푹 내쉬었다. 마저리로부터 사랑을 얻어 내는 건 정말이지 미로였다. 그는 고개를 들어 올렸다. 버니스는 낯선 남자애들과 다시 춤을 추고 있었다. 그는 거의 무의식적으로 혼자 온 남자애들 무리에서 그녀가 있는 쪽으로 한 걸음을 떼고는 주춤했다. 그러곤 이건 자비를 베푸는 거야, 하고 자신에게 말했다. 그는 그녀에게로 걸음을 옮기다 느닷없이 G. 리스 스토더드와 부딪히고 말았다.

"미안," 하고 워런이 말했다.

하지만 G. 리스는 사과 따위엔 관심이 없는 듯 버니스에게로 다시 돌아갔다.

그날 밤 1시, 마저리는 현관 전기 스위치에 한 손을 올려 놓으며 버니스의 활기에 넘친 두 눈을 마지막으로 보기 위해 몸을 돌렸다.

"잘된 거 같아?"

"아, 마저리, 그래!" 버니스가 큰 소리로 말했다.

"즐거운 시간을 보내는 게 훤히 보이더라."

"맞아! 유일하게 아쉬웠던 건 자정쯤 되니까 얘깃거리가 동이 난 거였어. 그래서 했던 말을 또 해야 했지. 물론 다른 남자들에게지만. 서로 얘길 맞춰 보지 말아야 할 텐데."

"남자들은 그런 짓 안 해," 하고 마저리가 하품을 하며 말했다. "혹 그런다 해도 문제 될 거 없어. 네가 요령 좋은 애라고 생각할 테니까."

그녀가 불을 껐고, 둘이 계단으로 들어섰을 때 버니스는 난간을 부여잡아야만 했다. 태어나 처음으로 지치도록 춤을 춘 덕분이었다.

"이제 알겠지," 하고 계단을 다 올라가서 마저리가 말했다. "남자들은 다른 남자들이 끼어드는 걸 보면 뭔가 있다고 생각한다는 거. 그래, 내일은 뭐 좀 새로운 걸 만들어 보자. 잘 자."

"응, 너도 잘 자."

버니스는 머리를 풀어 늘어뜨리며 그날 저녁의 일들을 떠올려 보았다. 그녀는 마저리가 시킨 그대로 따랐다. 찰리 폴슨이 무려 여덟 번이나 돌아왔을 때도 기쁜 척했고, 겉으론 재밌고 즐겁다는 표정을 지었다. 그녀는 날씨나 오클레어, 자동차나 학교에 관해선 입도 뻥긋하지 않았다. 대화는 오직 나와 너, 우리에 국한시켰다.

하지만 잠이 들기 몇 분 전, 졸음이 쏟아지는 머릿속으로 묘한 거부감이 밀려들기 시작했는데, 어쨌든 이 일을 해낸 건 자기 자신이었던 것이다.

대화거리를 그녀에게 제공한 사람은 분명 마저리였지만 대부분은 책에서 읽은 걸 전해 주었을 뿐이었다. 마저리가 트렁크에서 꺼내 주기 전까지 별로 좋다는 생각을 못 한 건 사실이었지만 빨간 드레스를 가져온 건 어디까지나 버니스 자신이었고, 일러 주긴 했지만 말을 한 것도 그녀였으며, 미소를 띤 것도 그녀의 입술, 춤을 춘 것도 그녀의 발이었던 것이다. 마저리가 좋은 아이긴 해, 허영심이 있긴 하지만, 멋진 저녁이었어, 괜찮은 남자애들, 워런처럼…… 워런, 워런, 성이 뭐였더라? 워런……

그녀는 잠에 빠져들었다.

5

버니스에게 그다음 주는 신의 계시가 내린 날들이었다. 사람들이 진정으로 자신을 보는 걸 즐기고, 자신의 말에 귀를 기울인다는 느낌은 자신감의 토대가 되었다. 물론 처음에는 꽤 많은 실수들이 있기도 했다. 가령, 신학을 공부하고 있던 드레이콧 디요가 자신에게 접근한 것이 조용하고 내성적이라고 생각했기 때문이란 걸 그녀는 미처 알지 못했다. 그걸 알았더라면 그녀는 "안녕, 전쟁 공포증 환자분!" 하고 시작하는 인사말로 그를 맞이하지는 않았을 것이고, 그러곤 화장실 이야기를 이어 가지도 않았을 것이다. "여름에 머리 손질을 하는 건 끔찍할 만큼 에너지를 쏟아야 하는 일이죠. 게다가 해야 할 게 너무 많아요. 그래서 전 항상 먼저 머리를 다듬어 놓고는 얼굴에다 분을 바르고 모자를 쓰죠. 그런 다음 욕조에 들어가 씻고 나서 드레스를 입어요. 최상의 방법인 것 같지 않아요?"

침례에 대한 걱정에 사로잡혀 있던 드레이콧 디요가 어떤 식으로 연관 지었을지는 알 수 없었지만 그녀의 방법에 동의하지 않는 건 분명했다. 그는 여성의 목욕에 대한 얘기가 부도덕한 주제라고 생각하

고 있었고, 현대 사회의 타락에 대한 자신의 생각 몇 가지를 그녀에게
전해 주었다.

하지만 이런 식의 불운한 경우를 보상하고도 남을 만큼 버니스는
자신의 명성을 드높일 수많은 성공들을 이루어 냈다. 어린 오티스 오
먼드가 동부를 여행하려던 계획을 접는 대신 애완견처럼 충성스럽
게 그녀를 따르겠다고 한 선언은 좌중을 즐거움에 빠뜨렸지만 G. 리
스 스토더드를 짜증 나게 만들었고, 버니스에게 역겨울 정도로 다정
한 눈길을 보낸 덕에 오후에 생겼던 여러 번의 기회들을 몽땅 날리게
도 했다. 오티스는 심지어 2×4인치 몽둥이와 탈의실에 얽힌 이야기
를 들려주면서까지 처음에 자신을 비롯해 모든 남자들이 그녀에게 얼
마나 끔찍한 실수를 저질렀는지를 털어놓았다. 버니스는 마음 한쪽이
무너지는 모욕을 느끼며 웃음을 터뜨렸다.

버니스가 한 얘기들 중에서 사람들이 가장 잘 알게 되고 대체로 수
긍한 것은 아마도 단발머리였을 것이다.

"아, 버니스, 머리 언제 자를 거죠?"

"어쩌면 모레쯤요," 하고 말하며 그녀는 웃음을 터뜨렸다. "보러 올
거죠? 용기 좀 주세요."

"그럴까요? 그래요! 쇠뿔도 단김에 빼라고 했으니, 당장 해치워요."

머리를 자르겠다는 생각을 드러내는 건 확실히 점잖은 일은 아니어
서, 버니스는 다시 활짝 웃어 보였다.

"깜짝 놀랄 날도 이제 얼마 남지 않았어요."

하지만 그녀의 성공을 가장 명징하게 드러내 준 건 하루가 멀다 하
고 하비 씨 집 앞에 주차된, 입만 떼면 혹평을 늘어놓던 워런 매킨타이
어의 회색 자동차였다. 그가 찾아온 게 마저리가 아니라 버니스란 사

실에 처음엔 하녀도 몹시 놀랐지만, 일주일쯤 지났을 때는 그녀가 버니스 양이 마저리의 가장 친한 남친을 가로챘다고 요리사에게 말할 정도가 되었다.

그리고 실제로 그렇게 되었다. 아마도 시작은 마저리의 질투심을 자극하고 싶었던 워런의 욕심에서 비롯되었을 테고, 버니스의 얘기를 듣다 보니 미처 깨닫진 못했지만 마저리의 얘기를 듣는 듯 익숙해졌을 것이다. 어쩌면 이 두 가지와 다른 어떤 진실한 매력에 끌렸을지도 모를 일이었다. 어쨌든 마저리의 가장 신뢰하는 남자 친구가 놀랍게 돌변해 마저리의 손님에게 푹 빠져들었다는 사실을 일주일 사이에 젊은이들은 눈치채 버렸다. 이제 남은 문제는 마저리가 이 사실을 어떻게 받아들일 것인가였다. 워런은 하루에 두 번씩 버니스에게 전화를 걸고, 쪽지를 보냈다. 그의 로드스터*에 둘이 함께 탄 모습이 자주 눈에 띄었고, 그들이 나누는 긴박하고 의미심장한 대화들 중 하나는 그의 마음이 진심인지 아닌지를 확인하려는 의도가 다분히 깃든 것이었다.

누가 비웃기라도 하면 마저리는 그저 활짝 웃었다. 그녀는 워런이 마침내 그의 진가를 알아보는 상대를 만나게 되어 매우 기쁘다고 말했다. 그래서 젊은 커플 역시 활짝 웃으며 마저리가 신경을 쓰지 않는다고 생각하고는 대수롭지 않게 여겼다. 돌아갈 날이 사흘밖에 남지 않은 날 오후, 버니스는 브리지 게임 파티에 가기 위해 거실에서 워런을 기다리고 있었다. 그녀는 잔뜩 들떠 있었고, 같은 파티에 가려던 참이었던 마저리도 그녀 옆에 나타나 거울을 보며 머리를 손질하고 있

---

* 지붕이 없고 좌석이 두 개인 자동차.

었는데, 버니스는 무슨 일이 일어나리라곤 전혀 예상하지 못한 상태였다. 마저리는 자신이 해야 할 말을 네 마디 안에 아주 냉정하고 간결하게 담아냈다.

"워런을 네 머리에서 지우는 게 좋을 거야," 하고 그녀는 서늘하게 말했다.

"뭐라고?" 버니스는 몹시 놀랐다.

"워런 매킨타이어한테 멍청한 짓 그만하는 게 좋을 거란 뜻이야. 걘 너한테 손톱만큼도 관심이 없으니까."

잠깐 둘 사이에는 긴장감이 흘렀다. 마저리는 경멸이 담긴 냉담한 표정을, 버니스는 분노와 두려움이 뒤섞인 놀란 표정을 짓고 있었다. 그때 자동차 두 대가 집 앞에 멈추어 서더니 요란하게 경적을 울려 댔다. 두 사람은 가느다랗게 숨을 몰아쉬고는 몸을 돌려 나란히 빠르게 집을 나섰다.

브리지 게임 파티 내내 버니스는 자꾸만 일어나는 불안함을 억누르려 애썼지만 소용이 없었다. 그녀는 마저리를, 스핑크스의 스핑크스를 잘못 건드린 것이다. 의도는 더없이 건전하고 순수했지만 어쨌든 마저리의 소유물을 가로챈 것이었다. 그녀는 갑자기 엄청난 죄책감에 사로잡혔다. 브리지 게임이 끝나고 편안히 둘러앉아 격의 없는 대화가 오가기 시작했을 때, 서서히 돌풍이 몰려왔다. 어린 오티스 오먼드가 무심코 뇌관을 건드렸다.

"언제 유치원으로 돌아갈 거니, 오티스?" 하고 누군가 농담을 던졌을 때였다.

"언제냐고? 버니스가 머리 자르는 날."

"그렇담 돌아갈 필요가 없겠네," 하고 마저리가 빠르게 말했다. "저

애 허세에 놀아난 거야. 알고 있을 줄 알았는데."

"정말이야?" 하고 오티스가 버니스를 힐난하듯 보며 물었다.

뭔가 효과적인 대답을 하려 애쓰는 동안 버니스의 귀는 빨갛게 물들었다. 곧바로 치고 들어온 반격에 그녀의 상상력은 마비되어 버렸다.

"세상엔 허세가 아주 많단다." 마저리는 무척이나 상냥하게 말을 이었다. "어려도 그 정도는 알고 있어야지, 오티스."

"그건 뭐," 하고 오티스가 말했다. "그래야지. 하지만 이건! 버니스가 한 말은……"

"뭐였는데?" 마저리가 입을 한껏 벌렸다. "최근엔 무슨 명대사를 날렸을까?"

누구도 아는 것 같지 않았다. 사실, 뮤즈 남친과의 장난에 정신이 팔렸던 버니스는 근자에 무슨 말을 했었는지 기억나는 게 없었다.

"정말 그게 다 낚시였던 거야?" 로버타가 호기심 어린 표정으로 물었다.

버니스는 대답을 머뭇거렸다. 그녀는 뭔가 재치 있는 대답으로 넘겨야 하는 상황임을 알았지만 갑자기 사촌의 냉담한 눈길과 마주치자 능력을 완전히 상실하고 말았다.

"뭐였지?" 하고 그녀는 시간을 끌어 보려 했다.

"그만하고," 마저리가 말했다. "시인하셔!"

버니스는 워런의 눈을 바라보았다. 서투르게 우쿨렐레를 치던 그가 의뭉스럽게 그녀를 응시하고 있었다.

"아, 모르겠어!" 그녀는 여전히 똑같은 말을 반복했다. 그녀의 두 뺨이 빨갛게 물들어 갔다.

"그만두라고!" 마저리가 다시 결론을 내리듯 말했다.

"말해 봐요, 버니스," 하고 오티스가 종용했다. "어디서 자를 거였는지 마저리에게 말해요."

버니스는 다시 주위를 둘러보았다. 워런의 눈을 피해 갈 수는 없었다.

"난 단발머리를 좋아해," 그녀는 마치 워런이 자기에게 묻기라도 한 듯 허둥거리며 말했다. "그래서 난 머리를 단발로 자를 생각이야."

"언제?" 마저리가 다그쳤다.

"언제든."

"지금이면 딱 좋겠는데." 로버타가 맞장구를 쳤다.

오티스가 튕기듯 일어났다.

"멋지다!" 그가 소리를 질렀다. "여름 단발 파티를 하게 됐어. 서비어 호텔 이발소, 거기라고 했었죠?"

한순간에 모두가 자리에서 일어났다. 버니스의 가슴이 거칠게 뛰고 있었다.

"뭐라고?" 그녀가 숨 가쁜 소리로 되물었다.

사람들 사이에서 마저리의 목소리가 튀어나왔다. 너무도 또렷하고, 경멸로 가득 찬.

"뭘 기대해, 저 앤 들어갔다 그냥 나오고 말걸?"

"뭐 해요, 버니스!" 오티스가 문 쪽으로 걸어가며 목소리를 높였다.

네 개의 눈이, 워런과 마저리가 잡아먹을 듯 그녀를 응시하고 있었다. 다시 잠깐 그녀는 거칠게 흔들렸다.

"알았어," 하고 그녀는 빠르게 말했다. "그러지 뭐."

영원과도 같은 몇 분이 지나고, 사람들을 가득 태운 로버타의 차가 바짝 뒤를 쫓는 가운데, 워런의 옆자리에 앉아 늦은 오후의 시내로 가는 버니스는 사형수 호송 마차를 타고 단두대로 향하는 마리 앙투아네트의 심정이었다. 그녀는 자신이 왜 모두 다 실수였다고 소리치지 않은 건지 이해할 수 없었다. 그것만이 갑자기 적대적으로 변해 버린 세계로부터 자신을 보호해 줄 수 있으리라 여겼지만, 그녀는 이제 아무것도 할 수 있는 게 없었다. 이런 상황에선 어머니를 생각해 봤자 헛일이었다. 이것은 그녀의 당당함을 극명하게 드러내는 일종의 시험이었으며, 반짝이는 하늘의 별들과도 같은 인기 있는 여자들 속으로 걸어 들어가도 누가 뭐라 할 수 없는 그녀의 권리였다.

워런은 언짢은 표정으로 아무 말도 하지 않았고, 호텔에 도착하자 인도에 차를 바짝 대고는 먼저 내리라고 버니스에게 고개를 까닥해 보였다. 웃음을 터뜨리며 로버타의 차에서 일제히 내린 한 떼의 사람들이, 두 개의 판유리가 보란 듯 거리를 향해 서 있는 이발소 안으로 들어서고 있었다.

버니스는 차도와 인도의 경계석 위에 선 채로 서비어 이발소라고 쓰인 간판을 쳐다보았다. 그곳은 영락없는 단두대였다. 사형 집행관은 하얀 가운을 입고 담배를 피워 문 채 무표정한 얼굴로 첫 번째 의자에 비스듬히 기대 있는 수석 이발사였다. 그는 이미 그녀의 소문을 들었고, 그래서 저 악명 높은 첫 번째 의자 곁에서 담배를 피우고 또 피우며 일주일 내내, 그녀는 눈을 가린 채 나타날까? 그럴 리는 없겠지만 피가—물론 머리카락이—그녀의 옷에 떨어지지 않도록 목에 하얀 천이 감겨져 있을 거야, 하고 생각하며 그녀를 기다리고 있었을지도 몰랐다.

"괜찮지, 버니스?" 워런이 빠르게 말했다.

그녀는 턱을 들며 인도를 건너 방충문을 밀어젖히고는 대기 의자를 차지하고 앉은 왁자지껄한 무리들에게는 눈길조차 주지 않은 채 비대한 몸집의 이발사에게로 다가갔다.

"단발로 잘라 주세요."

첫 번째 이발사의 입이 살짝 벌어졌고, 그의 입에 물려 있던 담배가 바닥으로 떨어졌다.

"뭐라고?"

"제 머리, 단발로 잘라 주시라고요!"

더 이상 미적거릴 필요가 없다는 듯 버니스는 높다란 의자에 올라앉았다. 그녀의 옆자리에 앉은 남자가 반은 비누 거품을 묻히고 반은 놀라움을 담은 얼굴로 그녀를 힐끔거렸다. 한 이발사는 한 달에 한 번 이발을 하러 오는 어린 윌리 슈네먼의 머리를 망쳐 버렸다. 맨 끄트머리 의자에 앉아 있던 오라일리 씨는 면도사가 뺨을 베자 고대 게일어로 노래를 하듯 툴툴거렸다. 구두닦이 둘은 눈을 커다랗게 뜨고는 그녀의 발치로 다가왔다. 버니스는 구두를 닦을 마음이 전혀 없었다.

지나가던 행인 하나가 걸음을 멈췄고, 커플 한 쌍이 끼어들었으며, 대여섯 명의 사내애들이 코가 납작해지도록 창문에 얼굴을 대고는 이발소 안을 들여다보았고, 이런저런 얘기 소리들이 여름의 미풍에 실려 방충문을 타고 들어왔다.

"쟤 머리 긴 것 좀 봐!"

"저걸 어쩌자는 거지? 면도는 막 끝냈나 봐."

하지만 버니스는 아무것도 보이지 않고, 들리지도 않았다. 그녀에게 살아 있는 감각은 오직 흰 가운을 입은 남자가 그녀의 머리에서 거북 껍질로 만든 빗 하나를 빼고 또다시 다른 하나를 빼내는 소리를, 그의 손가락들이 생소한 머리핀을 어색하게 더듬거리는 느낌을 그리고 이제 그녀의 머리칼이, 이 멋진 머리칼이 사라질 것이라는, 길게 늘어뜨려져 등을 덮었던 관능적인 머릿결을 더 이상 쓸어내릴 수 없을 거라는 사실을 그녀에게 전해 줄 뿐이었다. 한순간 그녀는 거의 허물어질 것 같았는데, 그때 그녀의 눈앞으로 기다렸다는 듯 영상 하나가 떠올랐다. 의미를 알 수 없는 희미한 미소를 머금은 마저리의 입이었다. 그 입이 마치 이런 말을 하고 있는 듯했다.

"포기하고 그만 내려와! 내게 맞서 보려 했지만, 허세였을 뿐이라고 내가 말했잖아. 행운을 빌어 봐야 소용없다는 걸 알았을 텐데?"

마지막 남은 힘이 버니스를 간신히 일으켜 세웠다. 그녀는 하얀 천에 가려진 두 손을 꽉 그러쥐고는 기묘하게 미간을 좁혔고, 거기에 대해서는 꽤 오랜 시간이 지난 뒤 누군가에게 털어놓았다.

20분이 지난 뒤 이발사가 그녀의 의자를 거울 쪽으로 돌렸고, 그녀는 자신에게 가해진 손상의 전모를 확인하고 완전히 기가 꺾여 버렸다. 컬이 사라진 머리칼은 순식간에 파리하게 변해 버린 얼굴 양편에 생기라곤 없는 두 개의 덩어리로 매달려 있을 뿐이었다. 참혹하도록 추했다. 그녀는 그런 참혹한 모습이 되리란 걸 예상하고 있었다. 그녀의 얼굴이 지닌 가장 큰 매력은 성모 마리아와 같은 소박함이었다. 이제 그런 모습을 찾아볼 길 없는 그녀는 소름 끼칠 정도로 평범했다. 눈길을 끌 만한 데라곤 없는, 마치 안경을 깜빡하고 집에다 두고 온 시골뜨기 여자처럼 우스꽝스러울 뿐이었다.

기다시피 의자에서 내려오던 그녀는 미소를 지어 보려 했지만 안타깝게도 실패했다. 여자 둘이 눈짓을 주고받는 게 눈에 들어왔다. 그녀는 마저리의 입꼬리가 비웃음을 머금은 채 비틀려 올라간 것을 보았으며, 너무도 차갑게 돌변한 워런의 두 눈을 확인했다.

"봐." 그녀의 말이 어색하게 끊어지다 이어졌다. "했잖아."

"그래, 해냈네. 해냈어." 워런이 그녀의 말에 동의했다.

"괜찮아 보여?"

두엇의 입에서 마지못해 "그래"라는 소리가 나왔고, 다시 어색한 침묵이 흐른 뒤, 마저리가 빠르게, 뱀처럼 맹렬하게 워런을 향해 몸을 돌렸다.

"세탁소에 좀 태워다 줄래?" 하고 그녀가 물었다. "저녁 먹기 전에 드레스를 찾아와야 하거든. 다른 애들은 로버타가 집에 가는 길에 태워다 줄 수 있을 거야."

워런이 창밖 어딘가를 맥없이 바라보았다. 그러곤 그의 두 눈이 잠깐 버니스에게 차갑게 머물렀다 곧 마저리에게로 향했다.

"기꺼이," 하고 그가 천천히 말했다.

6

버니스는 저녁을 먹기 직전 이모의 놀란 눈과 마주치고 나서야 자신이 걸려들었던 충격적인 덫의 실체를 완전히 파악할 수 있었다.

"꼴이 왜 이러니, 버니스!"

"단발로 자른 거예요, 조지핀 이모."

"대체 왜?"

"괜찮지 않아요?"

"왜 그랬냐니까, 버니스!"

"실망하신 거예요?"

"아니, 그렇진 않지만, 내일 밤에 디요 부인이 보면 뭐랄까? 버니스, 디요네 무도회는 마쳤어야지. 정 자르고 싶었더라도 그때까진 기다렸어야지."

"갑작스레 그리된 거예요, 이모. 근데, 디요 부인이랑 무슨 상관이 있는 거죠?"

"상관이 있지," 하고 하비 부인이 울듯 말했다. "지난 번 목요 클럽 모임에서 부인이 쓴 〈젊은 세대의 사소한 결함들〉이란 글을 낭독했는데, 단발머리에 대한 얘기가 15분이나 되었단다. 부인이 유난히 싫어하는 게 단발머리거든. 더구나 그 무도회는 너랑 마저리를 위해 마련된 건데 말이야."

"죄송해요."

"아, 버니스. 네 엄마가 보면 뭐라고 하겠니? 나더러 뭐 하고 있었냐고 책망할 거다."

"죄송해요, 이모."

저녁 식사는 고역이었다. 그녀는 급히 고데로 컬을 만들어 보려다가 손가락을 데었고 머리칼도 적잖이 태워 먹었더랬다. 그런 상황에서 이모는 걱정과 안타까움에 싸여 있었고, 이모부는 고통스러우면서도 얼마큼은 냉담한 어투로 "아이고, 속상해!"라는 말을 연신 되풀이할 뿐이었다. 그리고 마저리는 보일 듯 말 듯 비웃음이 담긴 미소를 흐릿하게 드리운 채 너무도 조용히 앉아 있었다.

그럭저럭 저녁 시간이 지나가는 동안, 세 명의 남자가 전화를 걸어 왔다. 마저리는 그들 중 하나와 사라졌고, 버니스는 나머지 두 남자들과 즐겨 보려는 내키지도 않고 마음대로 되지도 않는 시도를 해 보다가, 10시 반이 되어 자신의 방으로 가기 위해 계단을 오르며 감사의 한숨을 내쉬었다. 정말 끔찍한 하루였어!

잠자리에 들기 위해 잠옷을 갈아입고 있을 때 문이 열리며 마저리가 들어섰다.

"버니스," 하고 그녀가 말했다. "디요네 무도회는 정말 미안하게 됐어. 무도회에 대해선 까맣게 잊고 있었어. 내 이름을 걸고 맹세해."

"알았어," 하고 버니스는 간단히 말했다. 거울 앞에 서서 그녀는 빗을 들어 자신의 짧은 머리카락을 천천히 빗어 내렸다.

"내일 시내에 데려다줄게," 하고 마저리가 말을 이었다. "미용사가 네 머릴 멋지게 고쳐 줄 거야. 네가 머리를 정말 자를 거라곤 상상도 못 했어. 진심으로 미안해."

"그래, 알았다고!"

"그나마 오늘이 마지막 밤이니까, 더 이상 문제 될 건 없지 뭐."

그러곤 마저리가 자신의 머리를 어깨 너머로 넘기고는 기다란 금발을 천천히 두 가닥으로 땋기 시작하자 버니스는 눈살을 찡그렸다. 얇은 크림색 가운을 걸친 그녀의 모습은 마치 영국 왕실 어느 공주의 우아한 초상화 같았다. 버니스는 완전히 빠져든 채 점점 길게 땋아지고 있는 마저리의 머리를 지켜보았다. 요리조리 피해 가는 뱀들처럼 매끄러운 손가락 사이에서 움직이고 있던 마저리의 묵직하고 풍성한 머리칼은 버니스에게 긴 머리에 대한 잔영과 컬을 만들던 고데 그리고 이튿날 일어나게 될 일들을 상기시켰다. 자신을 좋아했던 G. 리스 스토더드가 하버드 대학생 특유의 말투로 영화 보러 가자는 버니스의 제안을 너무 받아 주는 게 아니었다고 저녁 무도회의 파트너에게 얘기하는 장면과 드레이콧 디요가 그의 어머니와 눈짓을 주고받고는 의식적으로 자신에게 잘하려고 하는 모습이 눈에 선했다. 하지만 내일 쯤이면 디요 부인도 소식을 들을 것이고, 무도회에 나타나지 말았으면 좋겠다는 매몰찬 내용의 조그마한 쪽지를 보내오는지도 모를 일이었다. 사람들은 그녀의 등 뒤에서 웃음을 터뜨릴 것이고, 마저리가 그녀를 바보로 만들었다는 것과, 그녀가 미모를 드러낼 수 있는 기회가 한 이기적인 여자애의 질투 어린 변덕에 희생되고 말았다는 사실을 모두가 알게 될 것이었다. 그녀는 거울 앞에 풀썩 주저앉아 뺨 안쪽의 살을 짓씹었다.

"난 좋아," 하고 그녀는 애써 말했다. "이제 자리를 잡아 갈 거야."

마저리가 미소를 지었다.

"좋아 보인다니까. 제발이지 걱정 좀 하지 마!"

"걱정 안 할 거야."

"그래 잘 자, 버니스."

하지만 문이 닫히자 버니스의 가슴 안에서 뭔가가 툭 하며 부러졌다. 그녀는 두 손을 꽉 거머쥔 채로 자리에서 벌떡 일어나 재빨리 그리고 소리 없이 침대를 건너가 그 아래에서 여행 가방을 끌어냈다. 그리고 그 안에 화장품과 갈아입을 옷 한 벌을 던져 넣고, 서랍 두 개를 가득 채웠던 속옷과 여름옷들을 빠르게 쓸어 담았다. 그녀는 소리는 내지 않았지만 매우 효율적으로 움직였다. 45분쯤 지났을 때 트렁크는 닫히고 끈까지 조여졌다. 그녀는 마저리가 고르는 걸 도와준, 자신에게 잘 어울리는 새로 산 여행 복장을 갖춰 입었다.

그녀는 책상 앞에 앉아 하비 부인에게 남기는 짤막한 편지에 자신이 떠나게 된 대략적인 이유들을 써 내려갔다. 그것을 봉하고는 수신자의 이름을 쓰고 베개 위에 올려 놓았다. 그리고 시계를 끌어다 보았다. 기차는 1시에 떠나고, 두 블록 떨어진 말보로 호텔에 가면 어렵지 않게 택시를 탈 수 있었다.

그녀는 느닷없이 폐부가 꽉 차도록 숨을 들이쉬었다. 사람의 성격을 잘 읽어 내는 경험 많은 사람이라면 이발소 의자에 앉았을 때 그녀가 지어 보였던 것과 어떤 식으로든 연결되는, 어쩌면 그보다 한 단계 발전한 것이라 느낄 법한 표정 하나가 그녀의 두 눈에 섬광처럼 일어났다. 그것은 버니스에게는 전혀 뜻밖의 표정이었는데, 그 표정은 일련의 일들로 실행에 옮겨졌다.

그녀는 은밀히 서랍장으로 다가가 거기에 놓인 물건 하나를 집어 들고는 전등을 모두 끈 뒤 어둠이 눈에 익을 때까지 가만히 서 있었다. 그러곤 마저리의 방으로 가 부드럽게 문을 밀었다. 그녀는 양심의 가책이라곤 없이 곤하게 잠에 떨어진 나직한 숨소리를 들었다.

마침내 침대 가에 이른 그녀는 무척이나 신중하고 평온했다. 그녀는 재빨리 움직였다. 몸을 굽혀 마저리의 땋은 머리 둘 중 한 가닥을 찾아 내 머리에 가장 가까운 곳을 손으로 가늠했다. 그런 다음 잠이 든 사람이 전혀 느끼지 못할 만큼 느슨하게 잡고는 가위를 대고 가차 없이 잘라 버렸다. 한 손에 잘려 나온 땋은 머리를 든 채로 그녀는 숨을 죽였다. 마저리가 잠결에 뭐라고 웅얼거렸다. 버니스는 재빨리 반대편 머리를 잘라 냈고, 잠깐 멈춘 뒤, 가벼운 걸음으로 신속하고 소리 없이 자신의 방으로 돌아왔다.

아래층으로 내려와 육중한 현관문을 열고 밖으로 빠져나온 뒤 조심스럽게 문을 닫은 그녀는 기이한 행복과 충만감에 젖은 채 무거운 가방 손잡이를 마치 쇼핑백처럼 흔들며 달빛이 떨어지는 현관 계단을 내려딛었다.

잠깐 활기차게 걷던 그녀는 자신의 왼쪽 손에 아직 두 가닥의 많은 금발이 쥐여 있는 것을 발견했다. 느닷없이 웃음이 터졌고, 소리가 새 나오지 못하도록 입을 굳게 다물어야만 했다. 워런의 집 앞을 지나던 그녀는 느닷없이 짐을 내려놓고는 많은 머리 두 가닥을 마치 로프처럼 빙빙 돌리더니 나무로 된 현관을 향해 집어던졌다. 그것들이 희미하게 툭 소리를 내며 현관 위에 떨어졌다. 그녀는 다시 웃음을 터뜨렸고, 더는 웃음소리를 막지 않았다.

　"홍!" 그녀는 미친 듯 낄낄거렸다. "저만 아는 것들은 머리 가죽을 벗겨 버려야 해!"

　그러곤 여행 가방을 집어 들고는 달빛이 떨어지는 거리를 향해 거의 뛰듯이 걸음을 내디뎠다.

♦♦♦

　「버니스, 단발머리로 자르다」는 《새터데이 이브닝 포스트》(1920년 5월 1일 자)에 발표한 피츠제럴드의 네 번째 단편이자 첫 작품집 『말괄량이와 철학자들』 표지화의 밑그림으로 사용된 소설이다. 그의 작품 목록들 가운데 중요한 위치를 점하고 있는 이 소설은 피츠제럴드 특유의 주제들이 ― 훗날 이 주제들은 더욱 진지하게 탐색된다 ― 담긴 위트 넘치는 초기 작품으로, 무엇보다 사회적 성공을 위한 치열한 경쟁과 이와 관련된 등장인물들 ― 특히 젊은 여성들 ― 이 취하는 선택의 문제를 다루고 있다. 스토리는 젊은 남자들 사이에서 어떻게 하면 인기를 얻을 수 있는지에 대해 충고를 아끼지 않았던 피츠제럴드의 여동생 애너벨이 꼼꼼하게 적어 놓은 메모 '육체적 우아함을 신중하게 함양하라'에 바탕을 두고 있다(『스콧 피츠제럴드 서한집』 참조). 피츠제럴드는 「버니스, 단발머리로 자르다」의 초고가 쉽게 팔리기에는 몇 가지 문제점이 있다는 걸 발견하고 "간결하고 선명한 클라이맥스를 위해" 개작 과정에서 3,000단어가량을 잘라 냈다.

얼음 궁전
The Ice Palace

1

햇빛은 황금색 물감 통에서 흘러내린 물감처럼 지붕 위로 떨어지고, 군데군데 점처럼 박힌 그림자가 흥건히 고인 햇빛을 더욱 부각시켰다. 옆구리를 맞대고 있는 버터워스 씨의 집과 라킨 씨의 집은 우람한 거목들 뒤편에 꼼짝없이 붙박여 있었는데, 하퍼 씨의 집만이 햇빛을 가득 받으며 도로를 마주한 채 온종일 날아드는 먼지를 묵묵히 견뎌 내고 있었다. 9월 오후, 조지아 남단 탈턴 시의 풍경이었다.

샐리 캐럴 하퍼는 자신의 열아홉 살짜리 턱을 쉰다섯 살 먹은 침실 창턱에다 올려 놓은 채로 길모퉁이를 돌아 나오는 클라크 대로의 구형 포드를 지켜보고 있었다. 일부가 금속으로 되어 있는 자동차는 밖에서 들어오거나 안에서 내뿜는 모든 열기를 그러모아 한껏 달아올라 있었는데, 허리를 꼿꼿이 세운 채 운전대를 잡고 있는 클라크 대로는 마치 자신이 자동차의 예비 부품이라도 되는 양 자동차가 곧 고장이라도 날 것 같은 괴롭고 피곤한 표정을 짓고 있었다. 그는 흙바닥에 난 두 개의 바큇자국을 힘겹게 타 넘었는데, 느닷없는 마주침에 화라도 난 듯 바퀴들이 심하게 삐걱거렸다. 그러곤 잔뜩 인상을 쓰면서 변속 기어를 마지막으로 비틀어 빼고는 차를 하퍼 씨 집 계단 앞 적당한 곳에다 댔다. 가래 끓는 소리가 비어져 나오고 잠깐 잠잠해지는가 싶더니, 느닷없이 휘파람 소리가 허공을 갈랐다.

샐리 캐럴은 졸린 눈으로 아래를 내려다보았다. 그녀는 하품을 하려 했지만 창턱에서 턱을 떼지 않고서는 불가능하다는 생각이 들었다. 하품하려던 생각을 접은 그녀는, 형식적으로라도 보고 있으면 뭔가 기별이 올 거라는 마음을 품은 채로 운전석에 앉아 있던 클라크를 말없이 지켜보았다. 얼마 뒤 다시 휘파람 소리가 먼지 낀 허공을 날았다.

"좋은 아침."

클라크는 기다란 몸을 힘들게 꼬더니 창문 쪽으로 비딱하게 눈길을 던졌다.

"아침은 지났어, 샐리 캐럴."

"지난 거 확실?"

"뭐 하고 있었어?"

"사과 먹는 중."

"수영하러 가자. 가고 싶지?"

"응."

"서두르는 게 좋겠는데?"

"그럴게."

샐리 캐럴은 풋사과를 베어 먹으며 여동생을 위해 종이 인형에 색칠을 하고 있던 마룻바닥에서 무겁게 몸을 들어 올리며 무겁게 한숨을 내쉬었다. 거울 앞으로 간 그녀는 마음에 든다는 듯 기분 좋은 나른함이 깃든 표정을 지어 보이며 입술에다 립스틱을 두 번 문지르고 코에다 분을 한 번 두드리고는 옥수수 빛깔의 단발머리에 장미 무늬가 복잡하게 그려진 차양 모자를 씌웠다. 그러곤 물감 통을 걷어차고 말았는데, "이런, 젠장!" 하고 볼멘소리를 터뜨렸을 뿐 치우지도 않고 방을 나섰다.

"잘 있었어, 클라크?" 잠깐 뒤 그녀는 재빨리 옆자리에 미끄러지듯 올라타며 안부를 물었다.

"엄청 잘 있었지, 샐리 캐럴."

"어디로 수영하러 갈 거임?"

"월리 씨네 풀장. 메릴린한테 중간에 조 유잉을 태워서 갈 거라고 말해 뒀어."

가무잡잡한 피부에 호리호리한 클라크는 구부정하게 걸어 다녔다. 어쩌다 발견되는 눈부시도록 환한 미소를 제외하곤 그의 두 눈은 늘 불온했고 표정은 어딘지 성마르게 보였다. 클라크는 차에 기름을 넣고 별 불편 없이 살아가기에 충분할 만큼의 '돈벌이'를 하고 있었는데, 조지아 공대를 졸업하고 고향으로 돌아온 그가 지난 2년 동안 게으름이 넘쳐 나는 거리를 쑤석거리며 하릴없이 주절거려 댄 건 어떻게 투자를 해야 일확천금을 벌 수 있는지에 대한 거였다.

그렇게 돌아다니는 건 그에겐 전혀 힘든 일이 아니었다. 어린 여자애들은 예쁘게 커 있었고, 그들 가운데 으뜸은 놀랍도록 아름다운 샐

리 캐럴이었으며, 그는 그들과 어울려 수영도 하고 춤도 추고 저녁이
면 꽃들이 가득 핀 들판에서 사랑도 나누었다. 그들은 하나같이 클라
크를 끔찍이도 좋아했다. 여자애들과 어울리는 게 시들해지면 늘 뭔
가 할 준비가 되어 있는 젊은 친구들 대여섯 명과 어울려 골프 몇 홀
을 돌거나 당구를 치고, 그것도 아니면 1쿼터짜리 '노리끼리한 독주'
를 비워 내곤 했다. 이따금 또래들 중 누군가가 뉴욕이나 필라델피아,
혹은 피츠버그에 일자리를 얻어 간다고 작별 인사를 하곤 했지만, 대
부분은 꿈을 꾸는 듯한 하늘과 반딧불이가 날아다니는 저녁, 왁자한
흑인들의 거리 축제가 있는, 더구나 돈보다는 추억을 간직하며 살아
온 달콤한 목소리의 우아한 여자들이 있는 이 나른한 천국을 떠나지
않았다.

클라크와 샐리 캐럴을 태운 포드는 따분해 미치겠다고 툴툴거리듯
흥분한 상태로 벨리 대로를 덜컹거리며 굴러 흙길이 포장도로로 바뀐
제퍼슨 거리로 접어든 뒤, 크고 튼튼하게 지어진 부유한 저택들 대여
섯 채가 있는, 아편에 취한 듯한 밀리선트 구역을 지나 도심으로 들어
섰다. 쇼핑하는 시간이라 여기서부터는 운전하기가 쉽지 않았는데, 사
람들이 찻길을 아무 생각 없이 건너기도 하고, 조용히 움직이는 시가
전차 앞으로 낮게 음매거리며 소 떼들이 지나가는가 하면, 잠깐이지만
이제 곧 완전히 잠에 빠져들어 가기라도 하려는 듯 상점의 열린 출입
문들이 하품을 하고 창문들은 햇빛에 눈을 껌뻑이고 있었던 것이다.

"샐리 캐럴," 하고 갑자기 클라크가 말했다. "너, 정말 약혼한 거야?"

그녀의 얼굴이 재빨리 그에게로 향했다.

"어디서 들었대?"

"약혼했다는 거, 정말이야?"

"좋은 질문이야!"

"여자애가 그러던데, 지난여름 애슈빌에서 만난 북부 녀석이라고."

샐리 캐럴이 한숨을 내쉬었다.

"이 동네만큼 소문이 빠른 덴 없을 거야."

"북부 출신이랑 결혼하다니, 샐리 캐럴. 그냥 여기 있어 줘."

샐리 캐럴은 잠깐 말이 없었다.

"클라크," 하고 그녀가 불쑥 입을 뗐다. "그럼 대체 누구랑 결혼해?"

"이 몸을 제공할게."

"애, 넌 아내를 건사할 수가 없어." 그녀가 명랑하게 말했다. "아무튼, 난 널 너무 잘 알아서 너랑 사랑에 빠질 수가 없어."

"그렇다고 북부 놈이랑 결혼해야 하는 건 아니지," 하고 그가 우겨 댔다.

"그 사람을 사랑하는데도?"

클라크가 고개를 가로저었다.

"말이 안 돼. 그 녀석은 우리랑 달라도 한참 다를 테니까, 모든 면에 서."

곧 허물어질 것 같은 초라한 집 앞에 차를 세우는 동안 그는 입을 다물었다. 메릴린 웨이드와 조 유잉의 모습이 문간에 보였다.

"왔구나, 샐리 캐럴."

"안녕!"

"둘 다 잘 지냈어?"

"근데, 샐리 캐럴," 차가 출발하자 메릴린이 물었다. "너 약혼했어?"

"맙소사, 이 얘기 대체 어디서 시작된 거니? 어떻게 된 게 이 동네선 남자를 쳐다보기만 해도 약혼을 못 시켜 안달들이야."

클라크는 시선을 정면으로 옮기고는 아귀가 맞지 않아 덜거덕거리는 앞 유리의 나사 하나를 쏘아보았다.

"샐리 캐럴," 하고 부르고는 의문 가득한 질문을 던졌다. "우릴 좋아하지 않는 거니?"

"뭔 소리야?"

"여기 우리들 말이야."

"왜 그래, 클라크? 너희들 좋아하는 거 알잖아. 남자애들 다, 엄청 좋아해."

"근데 북부 녀석이랑은 뭣 땜에 약혼한 거야?"

"클라크, 그건 나도 몰라. 왜 그랬는지 나도 확실히 모르겠어. 하지만, 그러니까, 어디론가 가고 싶고 사람들을 만나고 싶었던 거 같아. 그러면 나도 뭔가 어른이 될 것 같았어. 뭔가 좀 스케일이 큰 데 가서 살고 싶었어."

"무슨 뜻이야?"

"아, 클라크. 널 좋아해. 조도, 벤 애럿도, 너희들 다. 하지만 너희들은, 그러니까 너희들은……"

"우린 다 실패한 놈들이란 거지?"

"응. 내 말은, 단지 돈 얘기가 아니야. 일테면, 무기력하고, 불쌍하고…… 아, 뭐라고 말해야 하지?"

"네 말은 우리가 여기, 탈턴에 붙어 있기 때문이란 거야?"

"그거야, 클라크. 너희들이 여길 좋아해서, 도대체 뭔가를 바꾸고 싶다거나, 그런 걸 생각하거나 밀어붙이려 들지 않는다는 거지."

그가 고개를 끄덕였고, 그녀는 손을 뻗어 그의 손을 잡았다.

"클라크," 하고 그녀가 부드럽게 말했다. "너랑 바꿀 수 있는 건 세상에 없어. 네 모습 그대로 충분히 좋아. 널 실패하게 만드는 것도 난 늘 사랑할 거야. 네가 보낸 지난 시간들, 게으른 밤과 낮들, 너의 경솔함, 관대함, 모두."

"하지만 넌 떠날 거잖아."

"응. 너랑은 결혼할 수가 없으니까. 넌 내 가슴에 자리하고 있어. 누구도 그 자릴 대신할 수 없지. 하지만 여기 붙박여 있는 건 날 불안하게 할 뿐이야. 나 자신을 낭비하고 있다는 생각만 들어. 너도 알겠지만, 난 두 가지 다른 면을 갖고 있잖아. 네가 좋아하는 활기라곤 없는 구닥다리 그리고 나를 열정적으로 움직이게 만드는 에너지, 그런 느낌. 내 이런 부분을 필요로 하는 데가 있을 테고, 더 이상 내가 예쁘지 않을 때에도 이것만은 여전할 거야."

그녀는 늘 하던 대로 급작스럽게 말을 끊고는 한숨을 내쉬었다. 그러곤 기분이 바뀐 듯 "아, 멋진 녀석!" 하고 말했다.

그녀는 반쯤 눈을 감고 등받이에 몸을 묻으며 머리를 기댔다. 기분 좋은 산들바람이 그녀의 눈을 어루만지고 단발머리의 부드러운 컬에 잔물결을 일으켰다. 그들은 키 낮은 연두색 잡목과 풀, 싱그럽게 환대라도 하듯 길가로 잎을 드리운 키 큰 나무들이 뒤엉킨 길을 빠르게 내달려 교외로 접어들었다. 이따금 낡고 초라한 흑인의 오두막을 지나곤 했는데, 늙어 빠진 백발노인이 문가에서 옥수숫대로 만든 파이프를 피우고 남루한 차림의 아이들 대여섯은 집 앞에 수북이 자란 잡풀 위에다 너덜너덜한 인형들을 늘어놓으며 놀고 있었다.

멀리 보이는 여유로운 옥수수 밭들은 일하는 사람들조차 태양이 대지에 제공한 실체 없는 그림자들 같았는데, 일을 하는 게 아니라 9월의 황금빛 들녘에서 오래된 전통을 느긋하게 즐기는 듯했다. 그리고 그 나른한 풍경을 둘러싼 나무와 오두막과 진흙투성이의 강들이 크고 따뜻한 젖가슴으로 어린 대지를 품듯 적의라고는 없이 그저 푸근하기만 한 열기를 실어 나르고 있었다.

"샐리 캐럴, 다 왔어!"

"불쌍한 울 애기는 곤히 잠들었네."

"자기야, 마침내 완벽한 게으름에 빠져든 거야?"

"강이야, 샐리 캐럴! 시원한 강이 널 기다리고 있어!"

그녀의 졸음에 겨운 두 눈이 열렸다.

"안녕!" 하고 그녀가 미소를 띠며 중얼거렸다.

2

11월에는 키도 크고 몸집도 우람하고 성격도 활달한 해리 벨러미가 북부의 도시에서 내려와 나흘 동안 머물렀다. 그가 내려온 건 지난여름 노스캐롤라이나의 애슈빌에서 샐리 캐럴을 만난 뒤 불길이 시들시들해져 가던 일에 매듭을 좀 지어 보자는 거였다. 그 매듭이 이루어진 건 더없이 조용한 어느 오후부터 저녁까지, 타오르는 화톳불 앞에서였다. 해리 벨러미는 그녀가 원하는 모든 것을 갖고 있었고, 그녀는 그를 사랑하고 있었으며, 사랑을 위해 자신 안에 특별히 간직해 두었던 또 다른 그녀 역시 그를 사랑하고 있었으므로 그건 당연한 일이었다. 샐리 캐럴은 명확하게 정의할 수 있는 꽤 많은 면모들을 갖고 있었다.

마지막 나흘째 되던 날 오후 둘은 산책을 나섰는데, 그녀는 무심결에 자신이 가장 좋아하는 산책 코스의 하나인 공동묘지로 발길이 향하고 있음을 알았다. 온화한 오후의 햇살 아래 회백색과 금빛이 도는 녹색 묘지가 눈에 들어왔을 때, 그녀는 철문 곁에서 걸음을 멈추곤 망설였다.

"자주 슬퍼질 때가 있지 않아요, 해리?" 그녀는 희미하게 미소를 띠며 물었다.

"슬퍼질 때? 아뇨, 난 안 그런데."

"그럼 여기 들어가 봐요. 우울해지는 사람들도 있다지만, 난 여기가 좋아요."

둘은 출입문을 지나 곰팡이가 슨 칙칙한 잿빛의 1850년대 무덤들과 꽃과 화병이 놓이고 진기하게 다듬어진 1870년대 무덤들 그리고 돌베개를 베고 깊은 잠에 빠진 통통한 대리석 천사들과 믿을 수 없을 만큼 커다란 이름 모를 화강암 꽃들이 장식적이면서도 흉측하게 핀 1890년대 무덤들이 물굽이를 이루고 있는 좁은 길을 따라 걸음을 옮겼다. 가끔 무릎을 꿇고 꽃을 바치는 사람의 모습이 보이긴 했지만, 거의 모든 무덤들은 살아 있는 자의 마음에서 저마다의 어두운 기억들을 깨어나게 할 만큼의 향기를 머금은 채 침묵과 시든 잎들에 싸여 있었다.

언덕 꼭대기에 닿았을 때 두 사람은 축축한 검은 점들이 박히고 넝쿨로 반이나 가려진 높다랗고 둥근 묘비와 마주쳤다.

"마저리 리," 하고 그녀가 묘비를 읽어 내려갔다. "1844년에서 1873년. 스물아홉 살에 돌아가셨네. 좋은 여자분이었겠죠? 마저리 리라는 분." 그녀가 나직이 말을 이었다. "이 여자분, 볼 수 있겠어요, 해리?"

"네, 보여요, 샐리 캐럴."

그는 자그마한 손이 자신의 손에 들어오는 걸 느꼈다.

"검은 피부였을 거란 생각이 드네요. 머리에 늘 리본을 하고, 잿빛을 띤 엷은 청색과 핑크색의 멋진 후프 스커트를 입고 있었을 거예요."

"맞아요."

"아, 이 여자분, 마음씨가 고왔을 거예요, 해리! 기둥이 있는 널따란 현관에까지 나와 손님들을 맞이하는 그런 여자 말예요. 전쟁에 나간 많은 남자들이 그녀에게 돌아오고 싶어 했지만, 아무도 돌아오지 못했을 거란 생각도 들어요."

그는 묘비 가까이 몸을 숙이고는 결혼을 한 기록이 있는지를 살펴보았다.

"이건 아무것도 보여 주질 않네요."

"당연하죠. '마저리 리'라는 이름 그리고 저 또렷한 연도만큼 더 잘 보여 줄 수 있는 게 어디 있겠어요?"

그녀가 그에게 가까이 다가갔고, 그녀의 노란 머리칼이 뺨에 닿았을 때 그는 생각하지 못한 커다란 뭔가가 목 안으로 밀려드는 걸 느꼈다.

"그녀가 어떤 사람이었는지 봤죠, 해리?"

"봤어요," 하고 그는 순순히 동의했다. "당신의 귀한 두 눈을 통해 봤어요. 당신은 지금 아름답고, 그녀 역시 그랬을 거라는 걸 알겠어요."

아무 말 없이 두 사람은 바짝 붙어 서 있었다. 그는 그녀의 두 어깨가 가볍게 떨리는 걸 느꼈다. 언덕을 쓸어 올리듯 불어온 느릿한 미풍이 그녀의 헐렁한 모자 가장자리를 흔들었다.

"저기로 내려가요!"

그녀는 언덕 반대편의 곧게 뻗은 평지를 가리켰다. 초록색 풀밭을 따라 끝도 없이 꽂혀 있는 엄청난 숫자의 회백색 십자가들은 마치 전투 부대의 무기들이 차곡차곡 열을 지어 쌓여 있는 것 같았다.

"남부 연합군 전사자들이에요," 하고 샐리 캐럴이 툭 던지듯 말했다.

그들은 걸음을 옮기며 비문들을 읽어 나갔다. 하나같이 이름과 날짜만 적혀 있을 뿐이었는데, 때로는 전혀 알아볼 수 없는 것들도 있었다.

"저기 뒤쪽의 마지막 줄이 가장 슬퍼요. 그저 날짜와 '무명용사'라고만 적혀 있을 뿐이죠."

그녀는 그를 바라보았다. 그녀의 두 눈에 눈물이 가득 고여 있었다.

"이 모든 게 저한테는 너무도 현실적이에요. 이런 느낌은 설명할 수가 없어요. 당신이 스스로 느껴야 할 테죠."

"당신이 느끼는 그것이 내겐 너무도 아름다워요."

"아뇨, 아니에요. 제가 아니라, 그들이에요. 예전의 전 그냥 제 안에 갇혀 살아가려 했을 뿐이죠. 이 사람들은 분명 중요하지 않던, '무명용사'일 수밖에 없는 그런 사람들이었을 테지만 이들은 세상에서 가장 아름다운 것, 죽은 남부를 위해 세상을 떠났어요." 그녀는 여전히 약간 쉰 듯한 목소리로, 눈물이 고여 반짝이는 두 눈으로 말을 이었다. "사람들은 물질에 붙박인 꿈들을 갖고 있고, 저 역시 늘 그런 꿈을 꾸며 자랐어요. 전 너무도 편해요. 꿈은 모두 사라졌고 제게 어떤 환멸도 남기지 않았으니까요. 전 노블레스 오블리주*라는 과거의 기준들을 지키며 살려고 노력해 왔어요. 이젠 마지막 자취만 겨우 남았을 뿐이지만요. 우리 모두를 둘러싸고 있는, 시들어 가는 오랜 정원의 장미들처럼 말예요. 이 사람들 중 몇몇은, 옆집에 사는 남부군 남자랑 나이 든 흑인들에게서 듣곤 했던 이야기들은, 범상치 않은 기품이랑 기사도

---

* 가진 자들이 지켜야 할 의무.

같은 걸 느끼게 해요. 아, 해리, 뭔가가 있어요. 분명히 뭔가가! 당신이 알아듣게 설명할 순 없지만, 여기엔 뭔가가 있어요."

"알아요," 하고 그는 다시 한 번 조용히 그녀의 말을 받아들였다.

샐리 캐럴이 미소를 지으며 그의 가슴 주머니에 꽂힌 손수건 끝으로 눈물을 닦아 냈다.

"우울해진 건 아니죠, 당신? 전 눈물이 날 때조차 여기선 행복해요. 힘 같은 걸 얻곤 하죠."

손을 잡은 채로 두 사람은 돌아서서 천천히 그곳을 떠났다. 부드러운 풀밭을 발견한 그녀는 그를 자신의 곁으로 끌었고, 두 사람은 나지막한 담벼락 잔해에 등을 기댔다.

"저기 노파 세 분이 사라져 주시면 고맙겠는데," 하고 그가 툴툴거렸다. "키스를 하고 싶은데 말이죠, 샐리 캐럴."

"저도요."

그들은 등 굽은 세 할머니의 모습이 사라지기를 조바심을 치며 기다렸고, 마침내 그녀는 하늘마저 완전히 사라져 버리고 미소와 눈물도 모두 사라져 버린 것 같은, 짧지만 영원히 지속될 것 같은 황홀한 몇 초의 키스를 그와 나누었다.

그 뒤 두 사람이 함께 천천히 걸음을 옮겨 마을로 돌아오는 사이에 땅거미가 드리운 길모퉁이에선 하루의 끝을 걸고 졸음에 겨운 흑백의 장기 놀이가 벌어지고 있었다.

"1월 중순쯤에 올라와요," 하고 그가 말했다. "그러곤 적어도 한 달은 지내도록 해요. 멋질 거야. 겨울 카니발이 열릴 거고, 눈을 한 번도 본 적이 없다면 요정의 나라에 온 것 같을 거예요. 스케이트도 타고, 스키도 타고, 터보건*도 타고, 썰매도 타고, 설피를 신은 채로 횃불을 들고 가는 온갖 행진들이 벌어질 겁니다. 몇 년 동안 하질 못했으니 이번에 열린다면 굉장할 겁니다."

"춥지 않을까요, 해리?" 하고 그녀가 불쑥 물었다.

"전혀. 코가 시리긴 하겠지만, 몸이 떨릴 정도로 춥진 않을 겁니다. 추위도 건조하니까요."

"전 여름만 좋아하는 아이 같아요. 조금만 추워도 싫더라고요."

그녀가 말을 멈추자 둘 사이엔 잠시 침묵이 흘렀다.

"샐리 캐럴," 하고 그가 아주 느리게 입을 뗐다. "그럼, 이렇게 말해 줄래요? 3월이면 괜찮을 거라고."

"제가 말하고 싶은 건, 당신을 사랑한다는 거예요."

"3월, 괜찮아요?"

"좋아요, 3월, 해리."

3

침대칸에서 보낸 밤은 무척이나 추웠다. 그녀는 초인종을 눌러 승무원에게 여분의 담요를 부탁했지만 담요는 끝내 오지 않았고, 침대 바닥에 잔뜩 웅크린 채로 침구를 두 겹으로 만들어 덮고는 몇 시간이라도 잠을 청해 보려 애썼지만 허사였다. 그녀는 멋진 모습으로 아침을 맞고 싶다는 생각뿐이었다.

6시에 일어나 불편한 자세로 옷을 꿰입은 뒤 그녀는 커피를 마시러

* 앞쪽이 위로 구부러진 좁고 긴 썰매.

식당칸으로 비틀거리며 걸음을 옮겼다. 연결 통로로 눈발이 새 들어와 출입문 앞이 반들거렸다. 추위는 무슨 음모라도 꾸미듯 곳곳에 스며들어 있었다. 그녀는 선명하게 드러나는 입김이 재밌다는 듯 허공으로 숨을 후후 불었다. 식당칸에 자리를 잡고 앉은 그녀는 창밖으로 하얀 산과 계곡들 그리고 군데군데 흩어져 있는 소나무들을 내다보았다. 소나무 가지들은 마치 차가운 눈을 성찬인 양 담고 있는 초록색 접시 같았다. 이따금 하얀 불모지 위에 초라하고 음산하고 외로이 서 있는 농가를 스쳐 갈 때면 그녀는 곧 그 안에 갇힌 채 봄을 기다리고 있을 사람들에 대한 연민에 빠져들었다.

식당칸을 떠나 비틀거리며 예의 침대칸으로 돌아왔을 때 그녀는 에너지가 마구 밀려드는 것을 느꼈는데, 어쩌면 그것이 해리가 말했던 기운을 북돋우는 공기일는지도 모른다는 생각이 들었다. 북부로, 이제 그녀의 땅이 될 북부로, 드디어 들어선 것이다!

불어라, 그대들 바람아, 마음껏!
난 그저 떠날 터이니,

그녀는 가슴 가득 차오르는 기쁨으로 노래를 불렀다.
"뭐라고 그러셨나요?" 하고 승무원이 정중하게 물었다.
"무시하세요, 라고 했어요."
전신주의 긴 전선들이 배로 늘어났고, 기차 옆으로 내달리던 두 개의 선로가 세 개에서 네 개가 되었으며, 지붕을 하얗게 덮은 집들이 이어지더니 차창에 성에가 낀 전차가 흘낏 보이고 점점 더 많은 거리들이 모습을 드러냈다. 도시였다.

얼어붙은 기차역을 한동안 멍하니 지켜보며 서 있던 그녀는 모피로 몸을 잔뜩 감싼 채 자신을 향해 내려오는 세 사람을 보았다.

"저기 있네!"

"오, 샐리 캐럴!"

샐리 캐럴이 가방을 내려놓았다.

"안녕!"

어딘지 낯이 익은 차가운 인상의 사람이 그녀에게 키스를 했고, 어느새 그녀는 무성하게 입김을 내뿜고 있는 사람들 사이에 묻혀 악수를 나누고 있었다. 그중에는 어딘지 모르게 해리를 흉내 낸 듯 보이는 고든이라는 작고 열성적인 서른 살의 남자와 담황색 머리에 자동차용 모피 모자를 쓴 생기라곤 없는 그의 아내 마이러가 있었다. 그녀를 본 순간, 샐리 캐럴은 그녀에게 조금이나마 스칸디나비아 피가 섞여 있을 거라는 생각이 들었다. 유쾌한 운전기사가 그녀의 가방을 들어 주었고, 완성되지 않은 문장들과 감탄사와 생기라곤 없이 건성으로 "내 사랑하는"이라고 주절거리는 마이러의 말들이 뒤섞이는 가운데 그들은 서로를 쓸어 대며 기차역을 빠져나왔다.

세단에 오른 그들은 아이들이 잔뜩 몰려나와 잡화점 수레며 자동차들 뒤편에서 썰매를 지치고 있는, 구불구불 이어지는 눈 덮인 거리를 통과했다.

"와," 하고 샐리 캐럴이 탄성을 질렀다. "저도 타 보고 싶어요! 안 될까요, 해리?"

"애들이나 타는 건데, 뭐, 굳이 타고 싶다면야……"

"서커스 하는 것처럼 보여요!" 그녀가 아쉬운 듯 말했다.

해리의 집은 하얀 눈밭 위에 덩그러니 세워진 목조 주택이었는데,

그녀를 맞이한 몸집이 크고 머리가 하얗게 센 남자와 그녀에게 키스를 한 달걀처럼 갸름한 여자가 해리의 부모님이었다. 제대로 나오지 않는 말과 뜨거운 물, 베이컨과 달걀 그리고 혼란으로 가득 찬 뭐라고 말할 수 없을 만큼 숨 막히는 시간을 보낸 뒤 해리와 함께 서재로 들어간 그녀는 담배를 피워도 되는지 물었다.

넓은 방에는 벽난로 위에 성모의 초상화가 걸려 있고 밝은 금색, 짙은 금색, 윤기가 흐르는 붉은색 표지의 책들이 가지런히 열을 지어 꽂혀 있었다. 의자들은 하나같이 머리가 닿는 부분에 레이스가 달린 조그만 사각형 천이 붙어 있고, 소파는 무척이나 편안해 보였으며, 몇 권의 책들은 읽은 듯 손때가 묻어 있었는데, 그것들을 보는 순간 샐리 캐럴은 아버지의 두꺼운 의학 서적과 유화로 그린 세 증조부의 초상화들, 45년 동안 수선을 거듭했지만 여전히 호사스러운 몽상에 잠기게 하는 오래된 소파가 있는 자기 집 낡은 서재를 떠올렸다. 해리의 집 서재는 그다지 매력적으로 느껴지진 않았지만 딱히 흠잡을 데도 없었다. 그저 모두가 15년 남짓 되어 보이는 무척 값비싼 물건들로 채워져 있는 그런 방이었다.

"올라와 보니 어때요?" 하고 해리가 기대에 찬 표정으로 물었다. "눈이 휘둥그레졌어요? 기대했던 대로?"

"기대한 건, 해리 당신이에요." 그녀는 나직이 말하고는 두 팔을 내밀었다. 하지만 짧게 입맞춤을 나눈 뒤 그는 뭔가 더 듣고 싶다는 듯한 표정을 지어 보였다.

"내 말은, 도시가 어떠냐는 겁니다. 마음에 들어요? 공기에서 활력이 느껴지나요?"

"오, 해리," 하고 그녀가 웃음을 터뜨렸다. "시간을 좀 주세요. 자꾸

질문만 하고 있잖아요."

그녀는 편안하게 숨을 내쉬듯 담배 연기를 내뿜었다.

"한 가지 부탁할 게 있어요," 하고 그는 꽤나 미안해하며 말하기 시작했다. "당신처럼 남부 사람들은 가족을 무척 중요하게 생각하죠. 그건, 물론 소중한 일이에요. 그래서 말인데, 여기선 좀 다를 겁니다. 내 말은, 당분간은 많은 게 다소 천박하게 느껴질 거란 거예요. 캐럴, 하지만 기억해 둬요. 이 도시가 형성된 건 삼 세대에 불과하다는 사실을요. 아버지 세대는 아직 살아 계시지만, 할아버지 세대는 반 정도만 생존해 계세요. 그 위로는 없죠."

"그럴 테죠," 하고 그녀가 혼잣말처럼 웅얼거렸다.

"알겠지만, 할아버지들이 이곳을 건설하셨고, 그 과정에서 많은 분들이 이런저런 괴상한 일들을 하셨더랬죠. 가령, 지금 이 도시에서 사회적 귀감이 되는 한 여성의 아버지는 공무원 신분을 가진 최초의 청소부였어요. 그런 식이죠."

"왜," 하고 샐리 캐럴이 곤혹스러운 표정을 지으며 말했다. "제가 이곳 사람들에 대해 이러쿵저러쿵할 거라고 생각했어요?"

"그런 건 아니고요," 하고 해리가 황급히 나섰다. "그리고 변명하려는 것도 아닙니다. 다만, 지난여름에 남부에서 한 여성분이 이곳에 왔었는데 몇 가지 적절하지 못한 말들을 했었거든요. 그걸 얘기해 주고 싶었을 뿐입니다."

샐리 캐럴은 마치 부당하게 뺨이라도 맞은 듯 갑자기 화가 치밀었다. 하지만 해리는 문제가 말끔히 해결되었다는 듯 다시 하던 말에 열을 올렸다.

"말했었죠, 지금이 카니발 시기라고요. 10년 만에 열리는 겁니다. 게 다가 얼음 궁전을 새로 짓고 있는데 1885년 이후로 처음 있는 일이죠. 가장 깨끗한 얼음을 찾아내서 엄청난 규모로 짓는다고 해요."

그녀는 자리에서 일어나 창문으로 걸어가더니 두꺼운 터키산 커튼을 옆으로 밀어내고는 밖을 내다보았다.

"아!" 하고 그녀가 불쑥 탄성을 터뜨렸다. "아이 둘이서 눈사람을 만들고 있어요! 해리, 제가 나가서 눈사람 만드는 걸 거들어 줘도 될까요?"

"그런 생각일랑 말아요! 이리 와서 키스해 줘요."

그녀는 못내 아쉬운 듯 창을 떠났다.

"키스하기엔 날씨가 좀 그렇지 않아요? 제 말은, 그냥 방 안에 있고 싶진 않다는 거예요. 당신은 안 그래요?"

"그냥 방 안에 있진 않을 겁니다. 당신이 머무는 첫 주 동안 휴가를 냈어요. 오늘 밤엔 댄스파티도 있을 거고요."

"오, 해리." 그녀는 그의 무릎과 베개에 몸을 반쯤씩 걸치고는 속마음을 털어놓았다. "솔직히 혼란스러워요. 여길 좋아하게 될지도 알 수 없고, 사람들이 뭘 기대하는지도 모르겠어요. 그러니 당신이 말해 주세요, 제발."

"말해 드리죠," 하고 그가 부드럽게 입을 뗐다. "이곳에 오니 기쁘다고 내게 말해 준다면요."

"기뻐요. 너무너무 기뻐요!" 그녀는 그녀만의 독특한 방식으로 그의 품에 안기며 속삭였다. "당신이 있는 곳이 저의 집이에요, 해리."

그 말을 하면서 그녀는 살면서 거의 처음으로 자신이 연기를 하고 있다는 느낌이 들었다.

그날 밤, 촛불이 일렁이는 가운데 여자들은 무관심한 얼굴로 거만하고 도도하게 앉아 있고 남자들이 대부분 수다를 떨어 대는 듯한 댄스 파티에서 그녀는 원편에 해리가 있음에도 불구하고 집처럼 편안함을 느끼지 못했다.

"다들 잘생겼지 않아요?" 하고 그가 물었다. "쓱 둘러봐요. 지난해 프린스턴에서 전방 수비수로 뛰었던 스퍼드 허버드도 있고, 주니 모턴도 있네요. 저 친구랑 옆에 있는 빨강 머리 둘 다 예일대 하키 팀 짱이죠. 주니는 나랑 같은 과였어요. 그래요, 세계 최고의 운동선수들은 이 일대의 주에서 배출되죠. 여기가 바로 남자들의 나랍니다. 존 J. 피시번도 왔네요!"

"누군데요?" 하고 샐리 캐럴이 순진하게 물었다.

"몰라요?"

"이름은 들어 봤어요."

"북서부에서 밀 사업을 가장 크게 하는 사람인데, 국내 최고의 금융업자 중 하나죠."

그녀가 오른쪽에서 들려온 목소리에 황급히 고개를 돌렸다.

"우릴 소개하는 걸 사람들이 깜빡한 모양이군요. 내 이름은 로저 패튼입니다."

"샐리 캐럴 하퍼예요," 하고 그녀가 정중하게 말했다.

"압니다. 해리한테서 오셨다는 얘기를 들었어요."

"해리와 친척이신가요?"

"아뇨, 난 선생입니다."

"아," 하며 그녀가 활짝 웃었다.

"대학에 있어요. 남부에서 오셨다고?"

"네, 조지아주 탈턴요."

그녀는 금세 그가 좋아졌다. 적갈색 콧수염과 특히 물기 어린 푸른 눈은 다른 사람들에게서는 발견되지 않는, 뭔가 타인을 존중하는 품성 같은 것을 느끼게 했다. 두 사람은 만찬 내내 매우 사적인 대화를 주고받았고, 그녀는 그를 다시 만나야겠다는 생각을 굳혔다.

커피를 마신 뒤 그녀는 잘생긴 청년들에게 소개가 되었다. 그 수가 굉장히 많았지만 하나같이 신중하게 춤을 추었고, 해리에 대한 얘기를 빼고는 당연히 그녀가 말하고 싶은 게 아무것도 없을 거라고 단정하는 듯 보였다.

'뭐야,' 하고 그녀는 속으로 생각했다. '약혼한 몸이라고 날 자기들보다 나이 많은 사람 취급을 하고 있잖아. 나한테 말하면 자기 엄마들한테 일러바치기라도 한단 거야?'

남부라면 약혼한 여자라도, 심지어 결혼한 젊은 여자까지도, 사교계의 아가씨들이 받는 애정 어린 가벼운 농담과 아부성 발언들을 기대하기 마련인데, 이곳에서 그런 건 불가능할 것 같았다. 샐리 캐럴의 눈에 대해 열변을 토하던 한 청년은 그녀가 들어설 때부터 그 눈에 반했다는 얘기를 늘어놓다가 그녀가 벨러미 가를 방문한 해리의 약혼녀라는 사실을 알게 되자 갑자기 몸 둘 바를 몰라 했다. 그는 마치 음란한 짓이나 씻을 수 없는 잘못을 저지르기라도 한 듯, 곧 정중한 태도를 보이더니 눈치를 보다가 그녀에게서 멀찍이 달아나 버렸다.

로저 패튼이 그녀의 파트너로 끼어들어 잠깐 밖으로 나가지 않겠냐고 제안했을 때 그녀는 꽤나 기뻤다.

"어때요," 하고 그가 유쾌하게 눈을 껌뻑거리며 물었다. "남부에서 온 카르멘 님?"

"엄청 좋아요. 어때요, 위험한 댄 맥그루* 선생님은요? 농담이에요.

하지만 그 사람이 그나마 제가 좀 아는 유일한 북부 사람이거든요."

그는 즐거워 보였다.

"그렇긴 하겠지만," 하고 그는 솔직하게 말했다. "문학 교수로서 말인데, '위험한 댄 맥그루'는 읽지 않는 게 좋죠."

"선생님은 이곳 토박이세요?"

"아뇨, 난 필라델피아 출신입니다. 프랑스어를 가르치러 하버드로 팔려 왔죠. 어느새 10년이 흘러가 버렸네요."

"저보다 9년하고도 364일 더 오래 계셨군요."

"여기, 마음에 들어요?"

"오, 마음에 쏙 들어요."

"정말이오?"

"왜, 안 되나요? 즐겁게 보이질 않나 봐요?"

"좀 전에 창밖을 내다보고 있는 걸 봤어요. 떨고 있던데."

"제가 원래 상상을 잘해요." 샐리 캐럴이 활짝 웃었다. "밖이 늘 고요한 데 익숙해 있다가, 이따금 눈보라가 날리는 걸 보면 마치 죽어 있던 뭔가가 살아서 움직이는 것 같아요."

그는 감탄하듯 고개를 끄덕였다.

"전에도 북부에 와 봤어요?"

"노스캐롤라이나 애슈빌에서 두 번 지낸 적 있어요. 두 번 모두 7월이었죠."

"다들 잘생겼죠?" 하고 패튼이 빙글빙글 돌며 춤을 추고 있는 홀을 가리키며 말했다.

---

* Dan McGrew. 1907년에 발표된 로버트 서비스의 설화시 「댄 맥그루의 총격」에 나오는 인물.

샐리 캐럴이 몸을 움찔했다. 해리도 똑같은 말을 했던 것이다.

"그래요! 저 사람들은, 개과예요."

"뭐라고요?"

그녀의 얼굴이 상기되었다.

"죄송해요. 생각보다 안 좋게 들렸겠네요. 저는 늘 사람들을 개과나 고양이과로 나누곤 하죠. 성별에 상관없이."

"당신은 어느 쪽?"

"전 고양이과예요. 선생님도요. 대부분의 남부 남자들도 고양이과예요. 여기 여자분들도 대부분."

"해리는?"

"해리는 영락없이 개과죠. 오늘 밤 만난 남자들은 모두가 개과인 것 같아요."

"개과엔 무슨 뜻이 담겨 있나요? 섬세함과 비교될 만한 어떤 의식적인 남성성?"

"그렇게 생각해도 될 것 같네요. 분석은 해 본 적 없어요. 그냥 사람들을 척 보고 '개과'다 아니면 '고양이과'다, 그렇게 생각할 뿐이에요. 제가 생각해도 터무니없는 일이죠."

"그렇지 않아요. 재밌네요. 나한테도 이곳 사람들에 대한 이론이 하나 있죠. 내가 보기에 이들은 얼어붙고 있어요."

"무슨 뜻인가요?"

"음, 이곳 사람들은 스웨덴 사람들처럼, 입센의 작품에 나오는 인물들처럼 돼 가고 있어요. 아주 조금씩 어둡고 침울해져 가고 있죠. 겨울이 길고 긴 탓입니다. 입센, 읽어 봤어요?"

그녀는 고개를 가로저었다.

"음, 아마도 읽어 보면 등장인물들에게서 어떤 음산한 경직성을 찾아낼 겁니다. 바르지만, 편협하고, 쓸쓸한 사람들이죠. 큰 슬픔도 기쁨도 영원히 가질 수 없는."

"미소도 눈물도 없는?"

"맞아요. 그게 내 이론입니다. 이곳엔 스웨덴 사람들이 수천 명 살고 있어요. 아마도 그 사람들이 여기로 온 건 이곳 날씨가 그들의 기질과 아주 비슷하기 때문일 겁니다. 그리고 점점 섞였지요. 어쩌면 오늘 밤 여기엔 대여섯 명도 안 될 텐데, 하지만 스웨덴 출신 주지사는 네 명이나 되죠. 내 얘기, 재미없죠?"

"정말 재있어요."

"나중에 동서가 될 사람도 반은 스웨덴 피를 갖고 있어요. 개인적으로 그녀를 좋아하지만, 스웨덴식 반응은 전체적으로 우리한테 무척 안 좋을 거라는 게 내 이론이라오. 당신도 알겠지만, 스칸디나비아는 세계에서 자살률이 가장 높죠."

"그렇게 우울한 곳이라면 선생님은 왜 떠나지 않으세요?"

"아, 난 영향을 받지 않아요. 완전히 담을 쌓고 사니까. 어쨌든 나한텐 사람보다는 책이 더 의미 있죠."

"하지만 작가들은 모두 남부가 비극이라 하던데요. 잘 아시겠지만, 스페인 아가씨들, 검은 머리칼, 단검, 혼을 빼놓는 음악 같은 거요."

그는 고개를 가로저었다.

"그렇지 않아요. 비극적인 인간은 북부 사람들이죠. 이곳 사람들은 눈물이라는 유쾌한 호사에는 절대 빠져들지 않아요."

샐리 캐럴은 즐겨 가던 묘지를 떠올렸다. 그녀는 묘지가 자신을 우울에 빠트리진 않는다고 했던 게 로저 교수가 뜻하는 것과 미미하게

나마 비슷하다는 생각이 들었다.

"세상에서 가장 즐거운 사람들은 이탈리아인들이죠. 그런데 참 재미없는 얘길 하고 있군요," 하며 그가 하던 말을 끊었다. "어쨌든, 아주 좋은 친구랑 결혼하게 됐다는 말은 해야겠어요."

샐리 캐럴은 갑작스럽게 생겨난 자신감에 가슴이 뭉클했다.

"알아요. 전 어떤 시기가 되면 보살핌을 받고 싶어 하는 그런 여자고, 그렇게 될 거라는 확신이 들어요."

"우리, 춤출까요?" 그는 자리에서 일어나며 말을 이었다. "무엇 때문에 결혼을 하는지 아는 여자분을 만나서 기분이 좋군요. 열에 아홉은 결혼이란 걸 영화에 나오는 황혼 속으로 걸어 들어가는 것처럼 생각하죠."

그녀는 그가 너무도 마음에 들어 활짝 웃었다.

두 시간 후, 그녀는 집으로 향하는 자동차 뒷좌석의 해리 곁에 편안히 앉아 있었다.

"오, 해리," 하고 그녀가 속삭였다. "너무 추워요!"

"하지만 여긴 따뜻하답니다, 아가씨."

"그래도 밖은 춥잖아요. 아, 몰아치는 바람 소리를 들어 봐요!"

그녀는 해리의 모피 코트에 얼굴을 깊이 묻었다. 그러곤 그의 차가운 입술이 귓불에 닿자 저도 모르게 몸을 부르르 떨었다.

4

첫 주는 정신없이 지나갔다. 그녀는 약속한 대로 자동차 뒤에 터보건 썰매를 매달고 차가운 1월의 황혼을 내달렸다. 어느 날 아침엔 모피로 몸을 둘둘 감은 채로 컨트리클럽 언덕에서 터보건을 탔으며, 스키에도 도전을 했는데 허공을 가르며 황홀한 순간을 만끽하다가 발이 엉켜 부드러운 눈 더미 위로 깔깔거리며 떨어지기도 했다. 오후 내내 옅은 금빛 햇살을 받으며 설피를 신고 눈부신 평원을 걸었던 스노슈잉을 제외하곤 마음에 들지 않는 겨울 스포츠가 없었지만, 그녀는 그 모든 게 어린아이들이나 즐기는 거라는 사실을 곧 깨달았다. 결국 기분을 낸 건 그녀였고, 주위 사람들은 그런 그녀를 즐겼던 것이다.

처음에 벨러미 가의 사람들은 그녀를 당혹감에 빠뜨렸다. 남자들은 신뢰감이 들어서 좋았는데, 특히 짙은 은발에 활력 넘치는 기품의 소유자인 벨러미 씨가 켄터키 태생이라는 사실을 알게 된 뒤엔 금세 호감이 생기며, 그로 인해 이전의 삶과 새로운 삶이 하나로 이어지는 듯했다. 하지만 여자들로부터는 적대감이 확연히 느껴졌다. 앞으로 동서가 될 마이러의 경우는 영혼이 담기지 않은 대화의 정수를 보는 듯했다. 그녀의 말에서는 개성이라고는 눈곱만큼도 찾아볼 수가 없어서 여자라도 일정 부분의 매력과 자신감을 갖추는 걸 당연한 것으로 여기는 촌동네 출신 샐리 캐럴로서는 그녀가 경멸스럽기까지 했다.

'예쁘게 생긴 걸 빼면 아무것도 없는 사람들이야,' 하고 그녀는 속으로 생각했다. '보고 있으면 그냥 사라져 버려. 가정부랑 다를 바 없잖아. 남자들이랑 같이 있으면 중심은 늘 남자지.'

마지막으로 샐리 캐럴이 몹시도 싫어하는 벨러미 여사가 남았다. 샐리 캐럴이 첫날에 받은 계란 같다는 인상은 금이 간 계란으로 굳어졌는데, 핏발이 선 듯한 목소리와 퉁명스럽고 무뚝뚝한 태도는 일단 넘어지기만 하면 곧장 스크램블이 되고 말 것 같은 계란을 연상시켰다.

게다가 그녀는 낯선 사람들에게 생래적으로 적대감을 가진 도시의 전형을 보여 주는 듯했다. 그녀는 샐리 캐럴을 "샐리"라고 불렀는데, 풀네임은 터무니없이 장황하기만 한 별명에 불과하다고 확신하고 있었다. 샐리 캐럴에게 이런 식으로 이름을 줄여 버리는 건 옷을 반만 걸치고 사람들 앞에 나서는 것과 같았다. 그녀는 "샐리 캐럴"이라고 불리는 게 좋았다. "샐리"는 끔찍이도 싫었다. 그녀는 또한 해리의 모친이 자신의 단발머리도 탐탁해하지 않는다는 걸 알고 있었으며, 첫날 서재로 들어와 코를 심하게 킁킁거리며 냄새를 맡는 걸 본 뒤로는 아래층에서 담배를 피우는 건 엄두도 내지 못했다.

그녀가 만난 남자들 가운데 가장 마음에 든 남자는 로저 패튼이었는데, 해리의 집을 빈번하게 방문했다. 그는 사람들이 입센의 작품에 등장하는 인물들 같다는 얘기를 다시 입에 올리지는 않았지만 어느 날 집에 와서 그녀가 몸을 잔뜩 웅크린 채 「페르귄트」*에 빠져 있는 걸 보고는 활짝 웃으며 자기가 한 말은 모두가 헛소리에 불과하니 잊어버리라고 말했다.

그러던 둘째 주 어느 오후, 그녀와 해리는 말다툼을 벌이다 위험천만한 벼랑에 봉착했다. 이 말다툼에서 세르비아인**은 구깃구깃한 바지를 입은 이름도 모르는 남자였지만, 그녀는 전적으로 해리에게 책임이 있다고 생각했다.

두 사람은 높다랗게 쌓인 눈 더미 사이를 걸어 집으로 돌아가고 있었고, 샐리 캐럴은 해가 떠 있다는 걸 거의 느낄 수 없었다. 그들 곁으

---

* 입센의 작품 중에서 가장 분방한 상상력을 구사한 5막의 극시.
** 제1차 세계대전의 원인이 된 사라예보 사건에 빗대어, 말다툼을 야기한 사람을 가리킬 때 쓰는 말이다.

로 회색 털옷을 잔뜩 껴입어서 조그만 곰 인형처럼 보이는 소녀가 지나가자, 모성애가 발동한 샐리 캐럴이 탄성을 터뜨렸다.

"저 아일 좀 봐요, 해리!"

"뭘요?"

"저기 조그만 여자애, 얼굴 봤어요?"

"봤어요. 근데 왜요?"

"조그만 딸기처럼 빨개요. 아, 너무 귀여워!"

"뭐, 당신 얼굴도 어느새 거의 빨간 걸요. 여기 사람들은 모두가 건강해요. 아장아장 걷기만 해도 추워도 밖으로 뛰쳐나오죠. 멋진 곳이에요!"

그녀는 그를 바라보며 그의 말에 동의할 수밖에 없었다. 그는 정말이지 건강하게 보였고, 그의 형도 마찬가지였다. 그리고 그녀는 바로 그날 아침 자신의 두 뺨에 전에 없던 홍조가 어린 걸 확인했었다.

갑자기 뭔가가 두 사람의 눈길을 잡아끌어 한동안 앞쪽 길모퉁이를 주시하도록 했다. 거기엔 한 남자가 서 있었는데, 무릎을 구부린 채 마치 금방이라도 차가운 하늘로 뛰어오르기라도 할 듯 긴장된 표정으로 위를 올려다보고 있었다. 하지만 그다음 순간 두 사람은 폭소를 터뜨리고 말았다. 남자에게 가까워지자 헐렁한 바지 때문에 일시적으로 착각을 했다는 사실을 알게 된 것이다.

"우리 둘 다 똑같이 생각했나 봐요," 하고 그녀가 활짝 웃으며 말했다.

"저 남자 분명히 남부 사람일 겁니다. 바지를 봐요." 해리가 장난스럽게 말을 던졌다.

"해리, 어쩜!"

그녀의 놀란 모습이 그를 짜증 나게 만들었음이 분명했다.

"빌어먹을 남부 녀석들!"

샐리 캐럴의 두 눈에 불이 번쩍였다.

"어떻게 그런 말을."

"미안합니다," 하고 해리가 말했지만, 정중한 사과는 아니었다. "하지만 내가 저 사람들을 어떻게 생각하는지 당신도 알잖아요. 저 사람들은, 말하자면, 퇴락한 자들입니다. 예전의 남부 사람들과 전혀 다르다고요. 저 아래쪽에서 흑인들과 너무도 오래 살아서 게으르고 무능한 인간이 돼 버렸어요."

"그 입 좀 다물라고요, 해리!" 그녀가 격분해 소리를 질렀다. "그렇지 않아요! 게으를 수도 있어요. 그런 기후에 살면 누구든 그럴 수 있어요. 하지만 그 사람들은 저의 절친한 친구들이고, 그런 식으로 싸잡아 비판하는 건 듣고 싶지 않네요. 그들 중엔 세상에서 가장 멋진 사람들도 끼어 있으니까요."

"아, 나도 알아요. 대학 진학을 위해 북부로 오는 사람들은 괜찮더군요. 하지만 하나같이 비굴하고, 패션 감각도 없고, 단정하지도 않은, 내가 본 사람들 중엔 시골뜨기 남부 녀석들이 최악이었어요."

샐리 캐럴은 장갑 낀 두 손을 꽉 움켜쥐고는 분을 참으며 입술을 깨물었다.

"음," 하고 해리가 다시 말을 이었다. "뉴헤이븐*의 같은 반에 어떤 녀석이 있었는데, 드디어 진짜 남부의 귀족을 발견했다고 다들 그랬었죠. 하지만 결국 귀족이 아니란 게 밝혀졌어요. 모빌** 일대의 목화밭

---

* 예일 대학 소재지로, 예일 대학을 가리킨다.
** 앨라배마주의 남서부 항구 도시.

을 몽땅 소유하고 있던, 북부에서 이주한 자의 아들이었죠."

"남부 사람은 당신이 지금 하는 식으로 말하진 않아요," 하고 그녀가 차분히 말했다.

"활력이 없는 거죠!"

"혹은 다른 뭔가가 있던가요."

"미안해요, 샐리 캐럴. 하지만 당신도 그 사람들과는 절대 결혼하지 않을 거라고 말했던 것 같은데……"

"그건 전혀 다른 얘기죠. 내가 말한 건 지금 탈턴에 살고 있는 남자애들이랑 맺어지는 건 원치 않는다는 거였어요. 절대 모두를 싸잡아서 얘기한 건 아니었어요."

둘은 말없이 걸음을 옮겼다.

"아무래도 허풍이 좀 지나쳤던 거 같네요, 샐리 캐럴. 미안해요."

그녀는 고개를 끄덕이긴 했지만 입은 꼭 다물고 있었다. 5분쯤 뒤 두 사람이 현관에 들어섰을 때, 그녀가 갑자기 팔을 뻗더니 그를 껴안았다.

"아, 해리." 그녀는 두 눈 가득 눈물을 담고서 울먹였다. "우리, 다음 주에 결혼해요. 아까처럼 법석을 떨게 될까 겁이 나요. 두려워요, 해리. 결혼을 하면 그러지 않겠죠."

하지만 해리는 잘못을 하고서도 여전히 화가 나 있었다.

"왜 그런 엉뚱한 생각을 해요. 3월에 하기로 했잖아요."

샐리 캐럴의 눈에 고였던 눈물이 사라졌고, 그녀의 표정이 얼마간 굳어졌다.

"잘 알겠어요. 입도 뻥긋하지 말았어야 했는데."

해리의 마음이 금세 누그러졌다.

"못살겠네, 우리 아가씨!" 하고 그가 큰 소리로 말했다. "이리 와서 키스해 줘요. 그리고 잊어버려요."

바로 그날 밤 보드빌 공연의 마지막에 오케스트라가 〈딕시〉*를 연주했는데, 샐리 캐럴은 낮 동안의 눈물과 미소보다 더 강하고 지속적인 뭔가가 자신의 내면에 가득 차오르는 것을 느꼈다. 그녀는 얼굴이 점점 달아오를 때까지 의자 팔걸이를 움켜쥔 채로 몸을 앞으로 기울였다.

"왜 그래요?" 해리가 귀엣말로 물었다.

하지만 그녀는 그의 말이 들리지 않았다. 바이올린의 좁다란 울림과 팀파니의 가슴을 울리는 리듬은 그녀의 가슴속에 남아 있던 오래전의 유령들을 불러와 어둠 속으로 행진하도록 만들었고, 횡적**이 울리며 한숨을 내쉬듯 낮은 소리로 앙코르를 연주할 때 그녀는 그들이 시야에서 멀어지기라도 하는 듯 작별의 손을 흔들 수밖에 없었다.

가거라, 멀리,
멀리, 남쪽 딕시로 내려가라!
가거라, 멀리,
멀리, 남쪽 딕시로 내려가라!

* 남부의 여러 주들을 지칭하는 '딕시랜드'를 뜻하는 것으로, 남북 전쟁 때 남부 연합군의 행진곡으로 차용된 노래.
** 작은 플루트처럼 생긴 악기.

유난히 추운 밤이었다. 하루 전만 해도 갑자기 날이 풀려 얼었던 길이 거의 녹았지만, 이제 거리엔 다시 가루로 된 유령들이 물결치듯 눈발이 흩날렸고 낮게 가라앉은 공기는 자잘한 안개 입자들로 채워지고 있었다. 하늘은 보이지 않았고, 오직 어둡고 음산한 장막만이 거리를 온통 덮은 채 거대한 눈보라 부대가 진군해 오고 있는 중이었다. 북풍은 창문에 어린 안온한 녹갈색 불빛을 차갑게 얼리고, 썰매를 끄는 말의 흔들림 없는 발굽 소리마저 쉼 없이 지워 냈다. '무서운 도시야,' 하고 그녀는 생각했다. '무서워.'

때로 밤이 오면 그녀는 마치 도시에 아무도 살지 않는 것처럼 느껴졌다. 이미 오래전에 사람들은 불을 켜둔 채 모두 떠났고, 마을은 눈보라에 묻혀 가고 있었다. 아, 그녀의 무덤 위에 눈이 덮인다면! 긴긴 겨울 내내 거대한 눈 더미 아래, 비석조차 옅은 음영들에 섞인 또 하나의 옅은 그림자에 지나지 않을 테지. 그녀의 무덤, 꽃들이 흩날리고 햇빛과 빗물에 씻겨야 할 무덤인데.

그녀는 기차를 타고 지나왔던 외딴 시골집들과 긴 겨울을 견디던 사람들, 끊임없이 햇빛을 튕기던 창문들, 부드러운 눈 더미 위에 만들어지던 딱딱한 얼음들을 떠올렸다. 마침내 느릿느릿 아무런 기쁨도 없이 얼음이 녹으면 로저 패튼이 말했던 혹독한 봄이 찾아올 것이다. 그러나 그녀의 봄, 라일락과 게으른 달콤함이 가슴을 휘젓던 그녀의 봄은 영원히 찾아오지 않을 것이다.

눈보라는 점점 거칠게 몰아쳤다. 샐리 캐럴은 속눈썹에 얇은 눈 조각이 얹혔다가 빠르게 녹는 것을 느꼈고, 모피 외투를 입은 해리가 팔을 뻗어 그녀의 들려 올라간 플란넬 모자를 내려 주었다. 뒤이어 조그만 눈송이들이 작은 전투를 벌이듯 밀려들었고, 말은 투명한 백색 물질이 몸에 달라붙을 때마다 연신 목을 구부렸다.

"어쩜, 춥겠어요, 해리," 하고 황급히 말했다.

"누구? 말? 오, 아닙니다. 말은 추워하지 않아요. 오히려 좋아해요!"

10분쯤 뒤 모퉁이를 돌아서자 목적지가 시야에 들어왔다. 겨울 하늘을 배경으로 초록빛 능선이 선명하게 드러나는 높다란 언덕에 얼음 궁전이 서 있었다. 허공에 우뚝 솟은 3층 건물에는 흉벽과 총안銃眼*, 고드름이 매달린 좁은 창문들이 붙어 있고, 내부에 달린 수많은 전구들은 커다란 중앙 홀을 화려하게 드러냈다. 샐리 캐럴은 모피 코트 아래로 해리의 손을 꼭 잡았다.

"아름다워!" 해리가 흥분에 휩싸여 소리를 질렀다. "이럴 수가, 이렇게 아름답다니! 1885년 이후엔 만들어진 적이 없는데!"

1885년 이후에는 한 번도 만들어진 적이 없다는 말이 왠지 그녀를 압박했다. 얼음은 유령이었고, 이 궁전엔 창백한 얼굴과 눈으로 채워진 빛바랜 머리카락의 1880년대 사람들이 살고 있는 게 분명했다.

"어서 와요," 하고 해리가 말했다.

그녀는 그를 따라 썰매에서 내려, 말을 매는 동안 기다렸다. 고든과 마이러, 로저 패튼 그리고 또 다른 여자 한 명까지, 일행인 듯한 네 사람이 종소리를 커다랗게 울리며 그들 곁으로 다가와 섰다. 벌써 사람들로 북적거렸는데, 모두들 모피나 양가죽을 두른 채 눈을 헤치며 큰 소리로 서로를 부르곤 했다. 눈발은 더욱 짙어져서 몇 미터만 떨어져

---

* 성벽 안쪽을 바깥쪽보다 넓게 뚫어 놓은 구멍.

도 사람들을 알아보기가 힘들었다.

"높이가 52미터나 돼." 일행이 입구 쪽으로 터덕터덕 걷고 있을 때 해리가 머플러를 두른 옆 사람에게 말했다. "면적은 1,500평."

그녀는 간간이 그들의 얘기 소리를 들을 수 있었다. "메인 홀 하나가 있고…… 벽 두께가 반 미터에서 1미터…… 얼음 동굴은 거의 1.5 킬로미터…… 이걸 만든 게 프랑스계 캐나다 사람인데……"

그들은 안쪽으로 길을 찾아 들어갔는데, 샐리 캐럴은 거대한 크리스털 벽들에 완전히 취한 채 「쿠블라 칸」*의 두 행을 외우고 또 외우고 있는 자신을 발견했다.

　　기적과도 같은 진기한 장치로다,
　　태양이 작열하는 호화로운 궁전에 얼음의 동굴이라니!

어둠이 차단된 반짝이는 거대한 동굴 안에서 그녀는 나무로 된 긴 의자에 앉았고, 저녁 내내 짓누르던 압박감도 사라졌다. 해리의 말 그대로였다. 얼음 궁전은 아름다웠다. 그녀의 눈길은 매끄러운 벽 표면, 그곳 사람들의 순수와 사랑을 드러내는 우윳빛 반투명 효과를 내기 위해 선택된 얼음 벽돌을 훑어 나갔다.

"저길 봐! 시작할 모양이야, 맙소사!" 하고 해리가 소리를 질렀다.

멀리 한쪽 구석에서 밴드가 〈만세, 만세, 사람들이 모두 여기 모였네!〉**를 연주하기 시작했는데, 소리들이 메아리를 치며 거칠게 뒤섞

---

* 1797년 영국의 시인 새뮤얼 콜리지가 몽골 제국을 지배한 쿠빌라이 칸의 여름 왕국 제너두 (Xanadu, 도원경)를 묘사한 글을 읽고 아편에 취해 잠이 들었다가 꿈을 꾸고 깨어나 써 내려간 것으로 알려진 54행의 미완성 시.

인 채 들려왔다. 그러다가 갑자기 불이 꺼졌고, 침묵이 차가운 벽들을 타고 흐르며 그들을 휩쓸어 가는 듯했다. 샐리 캐럴은 어둠 속으로 내뿜어지는 자신의 하얀 입김과 맞은편에 희미하게 늘어선 창백한 얼굴들을 볼 수 있었다.

음악이 한숨 섞인 불평을 잠재웠고, 밖으로부터 행진 클럽들이 목이 터져라 불러 대는 노랫소리가 흘러 들어왔다. 고대의 황야를 가로지르는 바이킹 족의 개선가와도 같은 노랫소리가 점점 커져 솟구쳐 오를수록 그들과의 거리가 더욱 가까워지면서 횃불들이 일렬로 나타나고는 계속 이어졌다. 모카신***을 신고 어깨에는 설피를 매달고 두꺼운 회색 모직 코트를 입은 사람들이 박자를 맞추며 일제히 밀려들어 왔는데, 그들의 목소리가 거대한 벽을 타고 일어나면서 횃불도 불길을 일으키며 번쩍였다.

회색의 행렬이 끝나고 또 다른 행렬이 뒤따랐다. 불빛이 붉은 터보건 모자 위로 화려하게 흘러내리고, 진홍색 모직 코트를 더욱 붉게 물들였다. 그들이 후렴구를 반복하며 들어선 뒤 청백색, 초록색, 흰색, 황갈색이 차례로 기다란 행렬을 이루며 안으로 들어왔다.

"저기 흰옷을 입은 사람들이 와쿠타 클럽이에요," 하고 해리가 들떠서 속삭였다. "댄스파티 때 만났지요."

목소리는 점점 커져 갔다. 거대한 동굴은 그 자체로 거대한 불의 제방들 안을 일렁이는 횃불, 온갖 색들 그리고 부드러운 가죽 신발의 리듬이 만들어 낸 한바탕 환각이었다. 선두에 섰던 행렬이 돌아서서 멈

** 베르디의 〈대장간의 합창〉을 패러디한 아서 설리번의 곡에 D. A. 에스럼이 가사를 붙여 1917년에 발표한 미국의 대중 가요.
*** 북미 원주민들이 신던 부드러운 가죽으로 만든 납작한 신.

추면 다음 행렬이 그 앞에 자리를 잡는 식으로 전체가 견고한 불의 깃발을 이룰 때까지 행렬이 계속되었는데, 수천 명의 목소리가 만들어 낸 엄청난 굉음은 천둥이 내려친 듯 대기를 가득 채우며 횃불을 파도처럼 흔들었다. 장엄하면서도 무시무시한 광경이었다. 샐리 캐럴에게 그것은 북부의 이교도들이 창백한 '눈의 신'을 위해 거대한 제단에 희생물을 바치는 의식이었다. 함성이 잦아들자 밴드가 다시 연주를 시작했고, 노래가 이어졌고, 클럽들이 터트린 환호성이 길게 울려 퍼졌다. 그녀는 입을 꽉 닫은 채로 짧고 날카롭게 끊어지는 함성이 만들어 내는 정적들에 귀를 기울였다. 그러다가 일시에 터져 나온 폭발음에 화들짝 놀랐다. 사진사들의 플래시가 터지면서 동굴 안이 거대한 연기구름에 휩싸였고, 그것으로 모임은 끝이 났다. 밴드를 앞세우고 클럽들이 다시 한 번 행렬을 이룬 채 찬가를 부르며 행진하기 시작했다.

"어서들 가자고!" 하고 해리가 소리를 질렀다. "불이 꺼지기 전에 아래층에 있는 미로를 봐야지!"

일행들이 모두 자리에서 일어나 활송 장치*를 향해 움직였다. 해리와 샐리 캐럴이 앞장을 섰다. 그녀의 조그만 벙어리장갑은 그의 커다란 모피 장갑 안에 파묻혀 있었다. 활송 장치를 통과하자 얼음으로 된 기다란 빈방이 나왔다. 천장이 너무 낮아 몸을 굽혀야 했는데, 그 바람에 두 사람은 손을 놓치고 말았다. 해리가 어떻게 됐는지를 그녀가 미처 가늠하기도 전에 어느새 해리는 방으로 연결된 대여섯 개의 반짝이는 통로들 중 하나로 쏜살같이 내려갔고, 초록빛 미광을 등진 채 흐릿해지는 얼룩처럼 점점 작아졌다.

* 사람이나 물건을 미끄러뜨리듯 이동시키는 장치.

"해리!" 그녀가 그를 불렀다.

"이리 와요!" 그가 되불렀다.

그녀는 텅 빈 방 안을 둘러보았다. 다른 일행들은 집으로 가기로 작정한 듯 벌써 눈발이 휘날리는 바깥에 나가 있었다. 그녀는 주저하다가 해리가 간 곳을 따라 내려갔다.

"해리!" 그녀가 큰 소리로 외쳤다.

그녀는 10미터쯤 아래 반환점에 도착했고, 왼쪽 멀리에서 알아듣기 힘든 희미한 소리를 듣고는 허둥거리며 그쪽으로 내달렸다. 그녀가 다시 방향을 바꾸어 내려가자 두 개의 좁은 통로가 입을 벌리고 있었다.

"해리!"

이번엔 아무런 대답이 없었다. 그녀는 앞쪽으로 곧장 뛰기 시작했고, 그러다가 번개처럼 되돌아 왔던 길로 빠르게 내달렸다. 얼음장 같은 공포가 돌연 그녀를 휩쌌다.

그녀는 갔던 길로 돌아왔다. '여기였나?' 이번엔 왼쪽 길을 택했다. 길고 낮은 방으로 들어가는 출구가 나오리라 생각했지만, 어둠에 싸인 또 다른 통로만이 반짝이고 있을 뿐이었다. 그녀는 다시 해리를 불렀지만, 얼음벽들은 반향도 없이 그저 낮고 맥 빠진 메아리를 되돌려 주었다. 그녀는 걸음을 되돌려 또 다른 구석으로 방향을 잡았고, 이번엔 널따란 통로를 따라갔다. 그곳은 홍해의 갈라진 물길 사이에 녹색 길이 놓여 있는 것 같기도 했고, 빈 무덤들을 연결해 놓은 축축한 납골당 같기도 했다.

걸음을 옮기던 그녀는 약간 미끄러지기도 했는데, 덧신 바닥에 얼음이 낀 탓이었다. 그녀는 균형을 잡기 위해 반은 미끄럽고 반은 쩍쩍 달라붙는 벽을 장갑으로 짚어 가며 내달려야 했다.

"해리!"

여전히 응답이 없었다. 그녀가 만든 소리가 놀리기라도 하듯 길 끝으로 통통 튀며 내려갔다.

그러다 한순간 불이 꺼졌고, 그녀는 완전히 암흑에 갇혀 버렸다. 그녀는 겁에 질려 조그만 소리로 울음을 터뜨렸고, 얼음 위에 쌓인 차가운 작은 둔덕에 주저앉았다. 그때 왼쪽 무릎에 뭔가가 닿은 느낌이 들었지만 길을 잃어버렸다는 두려움보다 더 큰 뭔지 모를 공포감에 휩싸여 거의 의식하지 못했다. 그녀는 북부가 빚어낸 상황에 외로이 놓여 있었다. 그것은 북극해의 얼음에 갇힌 포경선이나 탐험가의 하얗게 바랜 유골들이 흩뿌려진, 연기도 없고 발자취도 없는 황무지에서 일어나는 고독과 같았다. 차가운 죽음의 숨결이 굴러 내려와 그녀를 끌어안았다.

분노와 절망이 힘이 되어 다시 몸을 일으킨 그녀는 어둠을 더듬어 내려가기 시작했다. 어떻게든 밖으로 나와야만 했다. 며칠 동안 길을 잃고 헤매다 보면 동사를 하는지도 몰랐다. 책에서 읽은 것처럼 얼음에 갇힌 채 시체가 되어 누워 있다가 빙하가 녹으면 온전한 모습으로 발견될 것이다. 해리는 그녀가 다른 일행들과 떠났으리라 생각하고 지금은 여기를 떴을 것이고, 결국 내일이 되어서야 사람들은 그녀가 여기 있다는 걸 알게 될 것이다. 그녀는 벽을 향해 쓸쓸히 손을 뻗었다. 두께가 무려 1미터나 된다고 했었다. 1미터!

"아!"

양쪽 벽을 손으로 짚으며 내려가던 그녀는 기어가는 듯한 뭔가를, 이 궁전, 도시, 북부에 들린 축축한 영혼들을 느꼈다.

"아, 누구든 와 줘요, 누구든 좀 와 주세요!" 그녀는 큰 소리로 울부짖었다.

클라크 대로, 그 친구라면 이해할 터였다. 조 유잉도. 그러면 그녀가 영원히 이곳을 헤매다가 마음이, 몸이, 영혼이 얼어붙는 일은 일어나지 않을 것이다. 여기 있는 사람은 다른 누구도 아닌, 샐리 캐럴이었다! 행복을 구가하던 그녀였다. 행복한 소녀. 그녀는 따스함과 여름과 〈딕시〉를 좋아했다. 여기 있는 것들은 낯설고 낯설었다.

"울지 말아요," 하고 뭔가가 큰 소리로 말했다. "더 이상 울지 말아요. 눈물은 금방 얼어 버릴 테니까요. 여기선 눈물까지 얼어 버려요!"

그녀는 얼음 위에 완전히 드러누웠다.

"오, 신이여!" 하고 그녀가 중얼거렸다.

몇 분의 시간이 기다란 한줄기 실처럼 흘러가고 피곤이 거세게 밀려와 그녀의 눈을 감겼다. 그때 누군가가 그녀의 곁에 앉는 것 같더니 따뜻하고 부드러운 손길로 그녀의 얼굴을 매만졌다. 그녀는 가슴이 뭉클해 고개를 들었다.

"마저리 리군요." 그녀는 혼잣말을 낮게 중얼거렸다. "당신이 올 거란 걸 알고 있었어요." 그녀는 정말 마저리 리였고, 샐리 캐럴이 상상한 그대로 젊고 하얀 이마와 반가움이 담긴 커다란 눈에 너무도 포근하게 몸을 뉠 수 있는 부드러운 후프 스커트를 입고 있었다.

"마저리 리."

어둠은 더욱 짙어졌고, 비석들을 모두 새로 칠해야 했다. 물론 망쳐 버리게 될지도 몰랐다. 하지만 알아볼 수는 있어야 했다.

연노랑 태양에서 번져 나온 수많은 흐릿한 빛줄기들 속으로 순간순간들이 온전히 녹아내리며 때로는 빠르게 때로는 느리게 지나가고 난 뒤, 그녀는 전과는 전혀 다른 종류의 고요를 부서뜨리는 엄청난 굉음을 들었다.

그것은 태양이고, 빛이고, 횃불이었다. 하나의 횃불이 있고, 그 너머에 또 다른 횃불이, 다시 또 하나의 횃불이 있었다. 그 횃불 아래 여러 개의 목소리와 하나의 얼굴이 번쩍이며 드러나더니 육중한 두 팔이 그녀를 번쩍 들어 올렸다. 그녀는 뺨에 축축한 뭔가가 흘러내리는 것을 느꼈다. 누군가 그녀를 쓸어안더니 눈으로 그녀의 얼굴을 비벼 댔다. 너무도 이상했지만, 그건 분명 눈이었다!

"샐리 캐럴! 샐리 캐럴!"

그는 '위험한 댄 맥그루'였고, 그녀가 전혀 알지 못하는 두 개의 얼굴이 더 있었다.

"이봐, 아가씨, 아가씨! 두 시간이나 당신을 찾고 있었어요! 해리는 반쯤 미쳐 버렸어!"

모든 것이 제자리로 돌아가고 있었다. 노랫소리와 횃불들, 행진 클럽들의 엄청난 고함까지. 그녀는 패튼의 품을 파고들며 오랫동안 낮게 흐느꼈다.

"여기서 나가고 싶어요! 고향으로 돌아갈래요. 절 고향에 데려다주세요." 그녀의 음성이 높아지면서 비명이 되어 갔고, "내일!"이라는 말이 통로를 뛰어 내려오고 있던 해리의 가슴을 서늘하게 만들었다. 그녀는 미친 듯 울부짖고 있었지만, 오히려 그 욕구는 어떤 것에도 제약받지 않는 그녀의 마음 그대로였다. "내일! 내일! 내일!"

6

풍성한 황금빛 햇볕이 온종일 먼지 날리는 길과 마주한 집 너머로 많이 약해지긴 했지만 기묘하게도 안온한 열기를 쏟아 내고 있었다. 새 두 마리는 옆집의 나뭇가지 사이에서 찾아낸 시원한 그늘에서 부산을 떨었고, 거리에선 흑인 여자 하나가 노래를 흥얼거리며 딸기를 팔고 있었다. 4월의 오후였다.

한 팔로 턱을 고이고 다른 팔은 창가 오래된 의자에 걸쳐 놓은 샐리 캐럴 하퍼는 봄이 오고 처음으로 열기를 피워 올리고 있는 반짝거리는 흙먼지를 졸음에 겨운 눈으로 내려다보고 있었다. 그녀는 한참 오래된 포드 자동차 한 대가 위험하게 모퉁이를 돌아 덜커덕거리는 소리를 내며 달리다가 요동을 치고는 인도 끝에 멈추는 것을 지켜보았다. 그녀는 아무 소리도 내지 않은 채 가만히 있었고, 잠시 뒤 귀에 익은 날카로운 휘파람이 허공을 갈랐다. 샐리 캐럴은 미소를 지으며 눈을 깜박였다.

"좋은 아침."

자동차 지붕 아래로 얼굴 하나가 구부정하게 드러났다.

"아침이 아니란다, 샐리 캐럴."

"정말?" 그녀가 놀란 시늉을 하며 말했다. "그럴 거라 생각했지."

"뭐 해?"

"복숭아 먹고 있는데, 아직 안 익었어. 이제 나 죽을 거야."

클라크는 그녀의 얼굴을 보려고 몸을 뒤틀어 댔지만 잘 보이지 않았다.

"강물이 주전자 김만큼 따뜻해, 샐리 캐럴. 수영하고 싶지 않아?"

"꼼짝도 하기 싫지만," 하고 샐리 캐럴이 게으르게 한숨을 쉬고는 말했다. "그래도 가야겠지?"

◆◆◆

「얼음 궁전」은 《새터데이 이브닝 포스트》(1920년 5월 22일 자)에 발표된 후, 첫 소설집 『말괄량이와 철학자들』에 수록된 작품으로, 남부와 북부의 사회적, 문화적 차이를 다룬 일련의 작품들 중 맨 앞에 놓아야 할 소설이다. 피츠제럴드는 "그곳은 오래전에 내가 발견한 그대로, 또한 포크너가 풍성하게 그려 내고 있는 그대로, 기괴하도록 생생함을 지닌 시골이다"라고 1940년에 언급한 바 있다. 그는 남부라는 존재가 그 지역 여성들에게 미친 영향에 특별히 주목했는데, 앨라배마 미녀와의 결혼을 통해 더 깊은 관심을 가지게 된 것으로 보인다.

연안의 해적

The Offshore Pirate

1

이 존재할 것 같지 않은 이야기는 파란색 실크 스타킹만큼이나 현란한 푸른 빛깔의 꿈이 일렁이는 바다와, 어린아이들의 눈동자처럼 새파란 하늘 아래서 시작한다. 서녘 하늘에 뜬 태양은 바다를 향해 작은 황금색 원반들을 끊임없이 내던지고 있었는데, 만약 그걸 계속 지켜본다면 원반들이 파도의 끝과 끝을 타고 넘다가 직경이 반 킬로미터나 되는 거대한 금화처럼 한곳으로 그러모여 마침내 장엄한 일몰로 변해 가는 모습까지 확인하게 될 것이다. 플로리다 해변과 거대한 금화의 중간쯤에 정박한 백색의 우아한 최신형 증기 요트 고물에는 파란색과 흰색이 섞인 차양 아래 노랑머리 아가씨 하나가 긴 고리버들

의자에 비스듬히 누운 채 아나톨 프랑스의 소설 『천사들의 반란』을 읽고 있었다.

이제 막 열아홉 살이 된 그녀는 날씬하고 유연한 몸매에 퇴폐적으로 보일 만큼 매력적인 입술, 호기심으로 가득 찬 반짝이는 회색 눈을 가지고 있었다. 긴 의자의 팔걸이에 올려진, 스타킹을 신지 않은 발에는 푸른색 공단 슬리퍼가 신발이 아니라 장신구처럼 발가락에 걸린 채 무심히 흔들리고 있었다. 그녀는 이따금 손에 들고 있던 반쪽짜리 레몬을 혀에다 갖다 대곤 했는데, 빨아 먹다가 발치에 던져 놓은 말라 버린 나머지 반쪽은 일렁이는 파도에 감지할 수 없을 정도로 미미하게 흔들렸다.

손에 들린 레몬도 과육이 서서히 사라져 가며 노란색 가장자리만 덩그러니 남겨질 즈음, 계단을 밟고 오르는 육중한 소리가 갑자기 요트를 감싸고 있던 나른한 침묵을 깨며 들려왔다. 그러곤 잘 다듬은 회색 머리에 흰색 무명 양복 차림의 노신사가 갑판 승강구 앞쪽에 모습을 드러냈다. 그는 햇빛이 눈에 익을 때까지 한동안 붙박인 듯 서 있다가 차양 아래 여자를 응시하며 불만 가득한 소리로 한참이나 웅얼거렸다.

그가 만약 어떤 식으로든 반응을 기대했다면, 돌아온 건 실망뿐이었을 것이다. 여자는 아무 일 없다는 듯 무심히 책장을 넘길 뿐이었는데, 두 장을 한꺼번에 넘겼다가 다시 한 장을 도로 넘기고는 기계적으로 레몬을 입으로 가져가 맛을 보았다. 그러곤 아주 미미하긴 했지만 분명히 하품을 했다.

"아디타!" 하고 회색 머리의 남자가 엄한 목소리로 말했다.

아디타가 뭐라고 소리를 내긴 했지만 너무 작아 전혀 알아들을 수 없었다.

"아디타!" 남자가 거듭 여자의 이름을 불렀다. "아디타!"

아디타는 권태롭게 레몬을 집어 들더니 딱 세 마디만 내뱉고는 혀로 가져갔다.

"아, 정말 시끄러."

"아디타!"

"왜요?"

"내 말에 집중해. 안 그럼 하인을 불러다 내가 말하는 동안 널 붙들어 두도록 할 테니까."

레몬이 비웃듯 아주 느리게 아래로 움직였다.

"글로 쓰지 그래요."

"2분 동안만이라도 그 구역질 나는 책도 덮고 빌어먹을 그 레몬lemon도 가만 좀 놔둘래?"

"그러게, 1초만이라도 날 좀 내버려 두면lem me 안 될까요?"

"아디타, 해변에서 방금 전화가 왔었는데……"

"전화요?" 그녀로선 미미하게나마 처음으로 흥미를 나타낸 것이었다.

"그래, 그게……"

"그러니까 그 말은," 하고 그녀가 호기심을 드러내며 남자의 말을 가로막았다. "여기 바다에까지 선이 깔려 있단 거잖아요."

"그렇지. 아무튼 지금 막……"

"다른 배들에 부딪히진 않나요?"

"그렇진 않아. 바닥에 깔려 있으니까. 5분……"

"와, 세상에! 세상에나! 과학이란 게 정말 대단하군요. 안 그래요?"

"내 말 좀 들어줄래? 아직 시작도 안 했어."

"하세요!"

"그러니까, 그러니까 말이다. 내가 올라온 게," 그는 말을 멈추고는 몇 번이나 다급히 숨을 몰아쉬었다. "그래, 잘 들어. 모얼랜드 대령이 또 전화를 해서 널 꼭 만찬에 데려오라고 했다. 아들내미 토비가 뉴욕에서 널 만나러 온다더라. 다른 젊은이들도 여럿 초대했다고도 했고. 그러니까 넌……"

"싫어." 아디타는 단칼에 거절했다. "안 갈 거야. 내가 이 망할 크루즈 여행에 따라온 건 팜비치에 갈 수 있다는 그거 하나란 거, 삼촌도 알잖아. 빌어먹을 늙은 대령도, 토비도, 어떤 젊은 남자애들도 만나지 않을 거예요. 이 빌어먹을 주의 어떤 촌스런 도시에도 발을 들여놓고 싶지 않다고요. 날 팜비치에 데려다주든가, 아님 말씀 좀 그만하고 가세요."

"뭔 소린지 알겠다. 더는 못 봐주겠구나. 그자한테서 헤어나질 못하고 있다는 거잖아…… 방탕하다고 소문이 자자한, 네 아버지였다면 네 이름을 입에 올리지도 못하게 했을 놈인데…… 넌 지금 네가 자라온 환경이랑은 전혀 안 맞는 천박한 무리들이랑 어울리고 있어. 그러니까 이제부터……"

"알아요." 빈정거리듯 아디타가 말을 끊었다. "그러니 삼촌은 삼촌 식대로 하세요. 난 내 방식대로 할 거니까. 귀에 못이 박이도록 들은 얘기예요. 더 이상 아무것도 바라지 않는다는 거, 삼촌도 알잖아요."

"그래, 이제부터," 그는 선언하듯 과장스럽게 말했다. "넌 내 조카가 아니다. 난……"

"아, 정말!" 아디타는 영혼이 증발해 버리기라도 한 듯 고통스럽게 쥐어짜는 소리로 외쳤다. "날 좀 귀찮게 하지 말라고! 제발 가 줘요! 바다로 뛰어들든가! 기어이 이 책을 삼촌한테 던져야겠어요?"

"감히 네가 그런다면……"

쩡!

허공을 가르며 날아가다 간발의 차이로 목표를 빗나간 『천사들의 반란』이 경쾌한 소리를 내며 갑판 승강구 아래로 떨어졌다.

회색 머리의 노신사는 본능적으로 한발 물러났다가 조심스럽게 두 걸음 앞으로 다가섰다. 아디타는 160센티미터가 넘는 몸을 벌떡 일으키고는 신사를 노려보았다. 적의가 드러난 그녀의 회색 눈이 이글거리며 타오르고 있었다.

"비켜요!"

"버르장머리 없이!" 노신사가 언성을 높였다.

"버르장머리 없애는 게 내 소원이라고요!"

"점점 고약해지는구나! 네 성질이……"

"삼촌이 날 이렇게 만들었잖아! 어른들이 제대로 해 주기만 하면 이 세상에 성질 고약한 아인 하나도 없어! 지금 내가 어떻게 생겨 먹었든 모두 삼촌이 만든 거야."

숨을 몰아쉬며 뭐라고 웅얼거리던 그녀의 삼촌은 몸을 획 돌리더니 큰 소리로 출항 명령을 내리고는 뚜벅뚜벅 걸음을 옮겼다. 그가 차양 아래까지 돌아왔을 땐 아디타는 다시 전과 다름없이 자리를 잡고 앉아 레몬에 집중했다.

"난 이제 해변으로 갈 거다." 그가 느릿하게 말했다. "밤 9시에 다시 돌아오는 대로 뉴욕으로 돌아갈 거고, 고약한 성질머리를 타고난, 아니지 고약하게 길들여진 네 녀석을 숙모한테 넘겨줄 거야." 거기서 그는 잠시 말을 끊고는 그녀를 지그시 바라보았다. 그렇게 바라보고 있으니 순진하기 짝이 없는 그녀의 아름다움이 분노로 빵빵하게 채워져 있던 그의 타이어에서 일시에 바람을 빼 버리고는 무기력하고 불확실하며 너무도 비현실적인 감정으로 채워 넣었다.

"아디타." 그가 잔뜩 눈치를 보며 입을 뗐다. "나, 바보 아니다. 산전수전 다 겪은 사람이라고. 남자들에 대해서도 빠삭하단 뜻이지. 내 말 잘 들어라. 난봉꾼들은 말이다, 그 짓에 이골이 날 때까진 절대로 버릇을 고치지 않는 인간들이야. 이골이 났을 땐 껍데기만 남았을 뿐이란다." 그는 마치 동의를 구하듯 그녀를 바라보았지만 그녀가 아무런 표정도 보이지 않고 대꾸도 없자 계속 말을 이었다. "물론 그 남자가 널 사랑하는지도 모르지. 그럴 수도 있어. 그자는 분명 여러 여자들을 사랑했을 테고, 앞으론 더 많은 여자들을 사랑할 거야. 아직 한 달도, 그래 한 달도 되지 않았다는 거 아니, 아디타? 미미 메릴이라는 붉은 머리 여자랑 추잡한 연애 사건을 일으킨 게. 그 여자한테 다이아몬드가 박힌 팔찌를 준다고 그랬다지. 러시아 황제가 제 엄마한테 주었다는 그 팔찌 말이다. 너도 그 기사는 읽었겠지?"

"불안에 떠는 삼촌이 만들어 낸 스릴 만점의 추문들," 아디타가 늘어지게 하품을 했다. "영화로 만들어 보지 그래요. 사악한 사교계의 신사가 독선적인 왈가닥 아가씨에게 추파를 던진다. 독선적인 왈가닥 아가씨는 마침내 그의 어두운 과거에 혹해 버리고, 팜비치에서 그와 재회를 계획한다. 하지만 안달이 난 삼촌에 의해 수포로 돌아가고 만다."

"그 인간이랑 결혼하고 싶은 이유가 대체 뭐니?"

"한마디로 말하긴 힘들어요." 아디타가 툭 뱉었다. "그 사람이 착하든 않든 난 상관하지 않아요. 내가 좋아하는 건 풍부한 상상력에 용기와 확신을 가진 사람이니까. 이제껏 그런 사람은 본 적이 없어요. 어쩌면 가는 곳마다 꽁무니를 졸졸 따라다니며 쓸데없이 시간만 낭비하는 멍청한 젊은 애들로부터 벗어나고 싶은 건지도 모르죠. 하지만 그 유명한 러시아 팔찌에 대해선 신경 쓰지 않아도 돼요. 팜비치에서 나한테 주기로 했으니까요. 삼촌이 약간만이라도 지성을 발휘해 주신다면."

"붉은 머리 여자는 어떡하고?"

"6개월 전에 끝난 얘기예요." 그녀의 목소리에 짜증이 깃들어 있었다. "삼촌은 내가 그런 것도 생각 못 할 정도로 자존심 없는 아이로 보여요? 이제껏 원하면 누구랑 무슨 짓이든 할 수 있는 아이였다는 거, 몰라요?"

그녀는 마치 조각상 '프랑스를 깨우다'*처럼 턱을 치켜들었다. 그 바람에 레몬이 들려 올라가며 우스꽝스러운 모습이 되어 버렸다.

"러시아 팔찌에 혹한 거니?"

"괜한 소리 말아요. 그냥 삼촌 수준에 맞춰 주려고 한 거니까, 이제 제발 좀 가 줘요." 그녀는 다시금 화가 치미는 듯 짜증스럽게 말했다. "내 마음은 절대로 바뀌지 않아요. 사흘 동안 삼촌이 날 어찌나 귀찮게 했는지 돌아 버릴 지경이라고요. 난 해변으로 안 가! 안 갈 거라고! 들었죠? 안 간다고!"

"그래, 해변에 안 갈 거란 소리, 잘 들었다." 그가 말했다. "그리고 넌

---

* France Aroused. 미국의 조각가 조 데이비슨 (1883~1952)이 제1차 세계대전 당시 프랑스 상리스에 주둔한 독일군을 퇴각시킨 이야기를 토대로 두 팔을 위로 뻗쳐 든 분노한 여성 전사의 모습을 형상화한 조각 작품.

팜비치에도 가지 못할 게다. 대관절 네 녀석같이 이기적이고 막돼먹고 봐줄 데라곤 한 푼어치도 없는 계집애는⋯⋯"

철썩!

반쪽짜리 레몬이 남자의 목에 들러붙었다. 그와 동시에 건너편에서 출항을 알리는 외침이 들려왔다.

"출항 준비가 됐습니다, 파넘 씨."

분노에 찬 말들이 들끓었지만, 파넘 씨는 그저 경멸 가득한 눈빛으로 조카를 한 번 노려보고는 돌아서서 빠른 걸음으로 사다리를 타고 내려갔다.

2

오후 5시가 태양으로부터 벗어나 조용히 바닷속으로 잠겨 들었다. 황금빛 고리는 널따랗게 번져 반짝이는 섬을 이루고, 차양 가장자리에서 노닐며 푸른 슬리퍼 한 짝을 가만히 흔들고 있던 미풍은 느닷없이 노랫소리를 옮겨 왔다. 밀집화음에 리듬이 완벽한 남자들의 합창이 푸른 물결을 헤치는 노 젓는 소리에 실려 왔다. 아디타는 고개를 들고는 귀를 기울였다.

당근과 완두콩,
강낭콩이 제 발로 걸어오고,
바다엔 돼지들,
운도 좋아라!

미풍아 우리에게 불어라,

미풍아 우리에게 불어라,

미풍아 우리에게 불어라,

온 힘을 다하여.

아디타는 놀란 듯 미간을 좁혔다. 미동도 없이 앉아서 그녀는 막 시작된 합창의 2절에 귀를 바짝 기울였다.

양파와 완두콩,

장군과 사제,

골드버그와 그린,

코스텔로.

미풍아 우리에게 불어라,

미풍아 우리에게 불어라,

미풍아 우리에게 불어라,

네 온 힘을 다해.

탄성을 지르며 그녀는 책상 위에다 책을 던져 놓고는 쏜살같이 난간으로 달려갔다. 그녀가 던져 버린 책이 다리를 쩍 벌리듯 펼쳐졌다. 20여 미터 거리에 남자 일곱 명이 탄 커다란 보트가 다가오고 있었는데, 여섯 명은 노를 젓고 한 사람은 고물에 서서 지휘봉을 흔들며 박자를 맞추고 있었다.

석화와 바위,

톱밥과 양말,
누가 첼로로
시계를 만들어?

　지휘자의 눈에 호기심 가득한 표정으로 난간 밖으로 몸을 기울이고
있는 아디타가 순식간에 빨려 들어왔다. 그는 지휘봉을 재빨리 움직
였고, 일시에 노랫소리가 그쳤다. 아디타는 그가 유일한 백인 남자라
는 걸 알았다. 노를 젓는 여섯 명은 모두 흑인이었다.
　"안녕, 나르키소스!" 그가 점잖게 배 이름을 불렀다.
　"화음이 엉망이지 않아요?" 아디타가 명랑한 목소리로 물었다. "땅
콩농장 팀이 카운티 대표로 출전했는가 보네요?"
　어느새 요트 측면으로 다가온 보트의 뱃머리에 있던 덩치 큰 흑인
하나가 몸을 돌리더니 사다리를 움켜쥐었다. 그러자 지휘자가 고물을
떠나, 그의 의중이 무언지 아디타가 미처 알아채기도 전에, 사다리를
올라와 숨을 몰아쉬며 갑판 위의 그녀 앞에 섰다.
　"여자와 아이들은 해치지 않는다!" 하고 그가 거침없이 내뱉었다.
"우는 녀석들은 당장 바다로 던져 버릴 거고, 남자들은 모두 족쇄를
채운다!"
　갑자기 벌어진 사태에 놀라, 두 손을 황급히 호주머니에 찔러 넣은
아디타는 아무 소리도 하지 못한 채 그를 노려보았다. 젊은 남자의 검
고 불안정한 얼굴에는 비웃음이 가득한 입과 건강한 아이의 밝고 푸
른 눈동자가 함께 있었다. 옻처럼 검고 촉촉이 젖은 그의 곱슬머리는
그리스 조각상의 머리칼이 흑갈색으로 바뀐 것 같았다. 잘 다듬어진
몸매에 말끔한 차림, 우아하기까지 한 모습은 날렵한 쿼터백과 흡사

했다.

"이런, 빌어먹을!" 그녀가 어이없다는 듯 내뱉었다.

사내들이 서늘한 눈빛을 주고받았다.

"배를 넘겨주겠소?"

"지금 장난치는 거예요?" 아디타가 대들었다. "바보 아네요? 아니면 클럽 신고식이라도 벌이는 건가요?"

"배를 넘겨줄 거냐고 물었잖아."

"금주령이 내려져 있는 걸로 아는데요." 아디타가 질문엔 아랑곳하지 않고 말했다. "매니큐어라도 드셨나? 당장 배에서 내려요!"

"뭐라는 거야?" 젊은 남자가 도무지 믿어지지 않는다는 듯 말했다.

"배에서 내리라고요! 들었잖아요!"

그는 그녀의 말을 곱씹기라도 하듯 한동안 그녀를 바라보았다.

"아니." 비웃음 가득한 그의 입술이 천천히 움직였다. "그럴 순 없지. 난 배에서 내리지 않을 거야. 네가 원한다면 내려갈 순 있어."

그가 난간으로 자리를 옮기면서 짧게 명령을 내리자 곧바로 노 젓는 보트에 타고 있던 사람들이 사다리를 타고 올라와 그의 앞에 열을 지었는데, 한쪽 끝엔 건장한 흑인이 다른 쪽 끝엔 150센티미터 정도의 작달막한 흑백 혼혈 사내가 서 있었다. 색을 맞춰 입은 듯한, 흙먼지로 얼룩덜룩한 푸른색 정복은 넝마나 마찬가지였는데, 저마다 작지만 꽤 무거워 보이는 흰색 자루를 어깨에다 둘러메고 겨드랑이엔 악기가 담긴 게 분명한 커다란 검정색 케이스도 하나씩 꿰차고 있었다.

"전체— 차렷!" 젊은 남자가 뒤꿈치를 날렵하게 모으며 구령을 붙였다. "우로, 봐! 거기, 앞으로 나와! 신참, 앞으로!"

덩치가 제일 작은 흑인이 재빨리 앞으로 나와 경례를 붙였다.

"네!"

"지시한다. 밑으로 내려가 승무원들을 모두 잡아 결박하도록. 기관사는 놔두고. 기관사는 내가 데려온다. 아, 그리고 저 가방들은 저쪽 난간 옆에다 쌓아 놔."

"네, 알겠습니다!"

신참이 다시 경례를 붙이고는 돌아서서 다섯 사람에게 모이라는 동작을 취했다. 그러곤 잠깐 작은 소리로 의견을 주고받고 난 뒤 소리를 죽이며 일제히 갑판 승강구 계단을 내려갔다.

"자," 하고 젊은 사내가 쾌활한 목소리로 아디타에게 말했다. 그녀는 위압하듯 입을 꾹 다문 채로 눈앞에서 벌어진 일들을 하나도 놓치지 않고 지켜보고 있었다. "그대가 만약 신여성의 명예를 걸고, 그래 봐야 별것도 없겠지만, 48시간 동안 입을 꾹 닫고 있겠다고 약속한다면, 우리 보트로 노를 저어 해변까지 가게 해 줄 수는 있소."

"약속을 못 하겠다면요?"

"그럼 배를 타고 바다로 가는 거지."

고비 하나를 제대로 넘겼다는 듯 가느다랗게 한숨을 내쉬며 젊은 사내는 조금 전까지 아디타가 앉아 있던 긴 의자에 몸을 뉘고는 두 팔을 쭉 뻗었다. 줄무늬 가득한 차양과 반짝반짝 윤이 나는 놋쇠 장식, 갑판의 화려한 장비들을 둘러보는 그의 입가에 만족스러운 미소가 어렸다. 그의 시선이 책에 닿았다가 오그라 붙은 레몬으로 옮겨 갔다.

"음, 스톤월 잭슨* 장군이 그랬었지. 레몬주스가 머리를 맑게 해 준다고. 그대 머리도 좀 맑아진 거 같소?"

---

* 미국 남북 전쟁 당시 남군 소속 장군.

아디타는 대답할 생각조차 하지 않았다.

"떠날지 말지 5분 안에 결정하려면 정신이 맑아져야 할 텐데."

그는 책을 집어 들고는 호기심 어린 얼굴로 책장을 넘겼다.

"『천사들의 반란』이라. 제목 좋네. 프랑스 소설?" 그는 새로운 재밋거리가 생겼다는 듯 그녀를 응시했다. "당신, 프랑스 사람이었어?"

"아뇨."

"이름이 뭐요?"

"파넘."

"무슨 파넘?"

"아디타 파넘."

"그래, 아디타. 거기 서서 입술 깨물어 봤자 소용없어. 그런 못된 습관들은 어릴 때 고치는 게 좋아. 이리 와 앉으시지."

아디타는 주머니에서 옥을 깎아 만든 담뱃갑을 꺼내 담배 한 개비를 뽑아 들고는 애써 냉담한 척 불을 붙였지만 가늘게 떨리는 손은 감출 수가 없었다. 그러곤 나긋나긋 몸을 흔들며 반대편으로 건너가 다른 긴 의자에 엉덩이를 걸치고는 차양을 향해 한입 가득 머금었던 담배 연기를 내뿜었다.

"날 이 배에서 내리게 할 순 없을 거예요." 그녀가 침착하게 말했다. "그리고 이 배를 끌고 먼 바다까지 갈 수 있을 거라고 생각한다면 큰 오산이에요. 6시 반이면 삼촌이 온 바다에다 무선을 날릴 테니까요."

"음."

그녀는 사내의 표정을 빠르게 훑으며, 다소 의기소침해진 그의 입가에 불안감이 깃드는 것을 확인했다.

"난 아무래도 좋아요." 그녀는 어깨를 으쓱해 보이며 말했다. "내 배도 아니고. 두어 시간쯤 돌아다녀도 상관 안 해요. 그 책을 빌려줄 수도 있어요. 싱싱 형무소*까지 세무선稅務船을 타고 가는 동안 읽을거리가 필요할 테니까요."

그가 실실거리며 웃었다.

"굳이 그런 충고까지 할 필요 없어. 이 배가 있다는 걸 알기도 전에 세워진 계획이었으니까. 이 배가 없었다면 저 해안에 정박한 다른 배들 중 하나가 걸려들었겠지."

"도대체 누구예요?" 아디타가 불쑥 물었다. "뭐 하는 사람이에요?"

"해변으론 가지 않을 생각인가?"

"눈곱만큼도 생각해 본 적 없어요."

"우리 일곱 명은," 하고 그가 입을 뗐다. "〈겨울 정원〉과 〈한밤의 소동〉에서 공연하던 '커티스 칼라일과 여섯 명의 검둥이 녀석들'로 알려져 있지."

"가수들이에요?"

"좀 전까진 그랬었지. 오늘부로 저기 보이는 하얀 가방들 땜에 도망자 신세가 되겠지. 짐작건대 지금쯤 우리 목에 걸린 현상금이 2만 달러쯤 되지 않았을까 싶군."

"가방에 뭐가 들어 있죠?" 아디타가 호기심 어린 표정으로 물었다.

"글쎄," 하고 그가 말했다. "아직은 그냥 진흙 덩이라고만 하자고. 플로리다의 진흙 덩어리."

---

* 허드슨강에 면한 뉴욕주 오시닝에 있는 주립 교도소.

3

커티스 칼라일이 잔뜩 겁에 질린 기관사와 얘기를 나누고 채 10분도 되지 않아 나르키소스호는 온화한 열대의 해거름을 뚫고 연기를 뿜어내며 남쪽으로 길을 잡았다. 전체적인 통제는 칼라일로부터 두터운 신임을 받는 듯 보이는 자그마한 혼혈인 베이브가 맡고 있었다. 파넘 씨의 시종과 조리사는 기관사를 제외하곤 배에 남은 유일한 승무원들이었는데, 한바탕 싸움을 벌인 뒤 이제 자신들의 침대 아래 꼼짝없이 묶인 채 생각을 바꿔 가고 있는 중이었다. 덩치가 가장 큰 흑인 트럼본 모즈가 페인트 한 통을 써 가며 뱃머리에서 나르키소스라는 이름을 지우고 훌라훌라라는 새로운 배 이름을 분주하게 써넣는 동안 나머지는 배 뒷전에 모여 주사위 게임에 빠졌다. 칼라일은 7시 반에 갑판에서 식사할 수 있도록 하라는 명령을 하달한 뒤 다시 아디타가 있는 곳으로 와서 긴 의자에 몸을 파묻고는 반쯤 눈을 감은 채로 깊이 생각에 잠겼다.

조심스럽게 그를 살피던 아디타는 곧 그가 낭만적인 사람이라는 결론을 내렸다. 그가 하늘까지 치솟는 자신감으로 부실한 토대를 감추고 있다는 사실을 그녀가 간파해 낸 것은, 결정을 내릴 때마다 그의 입술에 잡히는 거만한 주름들 아래 일말의 망설임이 어리는 걸 발견했기 때문이다.

'저 사람은 나랑은 달라,' 하고 그녀는 생각했다. '뭔가 다른 구석이 있어.' 지독한 이기주의자인 아디타는 그저 자기 식으로밖에는 생각할 줄 몰랐는데, 그녀의 이런 이기주의적인 면모는 비난을 받기는커녕 오히려 그녀를 자연스럽게 드러냈으며, 그녀가 지닌 더할 나위 없는 매력을 훼손하지도 않았다. 열아홉 살이었지만 그녀는 활기 넘치는 성숙한 소녀의 이미지를 갖고 있었으며, 빛나는 그녀의 젊음과 아름다움은 그녀를 아는 모든 남자와 여자들을 그녀의 기분에 휩쓸려 떠돌아다니는 한낱 부유물로 만들어 버렸다. 그녀는 다른 이기주의자들과 마주치기도 했었다. 그녀가 발견한 것은 이기적인 사람들이 이기적이지 않은 사람들보다 덜 지루하다는 사실이었는데, 어쨌거나 결국에 가서 그녀 앞에 무릎을 꿇지 않은 이는 아무도 없었다.

그런데 지금 긴 의자에 몸을 파묻은 자가 이기주의자라는 걸 감지했음에도 불구하고 그녀는 여느 때와는 달리 전투 준비를 갖출 생각이 눈곱만큼도 들지 않았다. 그녀가 싸울 준비를 한다는 건 마음의 문을 단단히 걸어 잠그는 것을 의미하는데, 그러기는커녕 그녀로서는 왠지 이 남자가 얼마든 공략할 수 있을 정도로 완전히 무방비한 상태라는 게 본능적으로 느껴졌다. 아디타는 전통이란 것에 맞설 때—이즈음 그녀의 주된 관심사였다—강렬한 욕구에 휩싸이곤 했는데, 이 남자는 그와는 정반대로 그 자신과 맞서 싸우는 일에 완전히 사로잡혀 있다는 느낌이 들었다.

그녀는 자신이 처한 상황보다는 그에게 더 빠졌는데, 마치 주간 공연에 매료된 열 살짜리 아이 같았다. 하지만 그런 모습의 이면에는 언제 어떤 상황에서든 스스로를 챙길 수 있다는 자신감이 깃들어 있었다.

밤이 깊어 갔다. 창백한 초승달이 신비로운 눈빛으로 바다를 향해 미소를 짓고, 해안선이 흐릿해지며 검은 구름들이 멀리 수평선을 따라 바람에 쓸려 가는 낙엽처럼 흩날리자 갑자기 달빛이 거대한 회오리를 일으키며 배를 휘감더니 빠르게 움직이는 물길에 반짝이는 빛가루를 뿌려 댔다. 이따금 담뱃불을 붙이는 듯 성냥 빛이 밝게 깜빡이곤 했지만, 낮게 돌아가는 엔진 소리와 배 뒤편으로 빠져나가는 파도 소리를 제외하면 배는 마치 별들이 한데 모여 하늘을 떠가는 듯 적막했다. 그들을 굽어보듯 맴돌고 있는 밤바다 내음은 쉴 새 없이 우울을 불러왔다.

칼라일이 마침내 침묵을 걷어 냈다.

"부러울 게 없겠군." 그가 한숨을 쉬듯 말했다. "난 늘 부자가 되길 원했지. 부자가 되면 이 모든 아름다운 것들을 얻을 수 있으니까."

아디타가 입을 쩍 벌리며 하품을 했다.

"난 오히려 당신이 되고 싶은데요." 그녀가 속내를 털어놓았다.

"반나절이면 그렇게 될 거야. 근데, 막무가내치고는 배짱이 두둑한 아가씨 같아."

"날 얼마나 안다고."

"어이쿠, 실례."

"배짱이라 그랬죠." 그녀가 천천히 말을 이었다. "그게 내 장점 중에 하나긴 하죠. 하늘에서건 땅에서건 난 두려운 게 없어요."

"음, 나랑은 다르군."

"두려워한다는 건 말예요," 하고 아디타가 말했다. "아주 위대하고 강한 사람 아니면 겁쟁이가 가지는 거죠. 난 둘 모두 해당 사항 없어요." 거기서 그녀는 잠깐 말을 끊고는 뭔가 열망이 담긴 목소리로 말을 이었다. "당신 얘길 하고 싶네요. 대체 무슨 짓을 한 거죠? 그리고 어떻게 한 건가요?"

"왜 알고 싶은 거지?" 그가 냉소적으로 물었다. "영화라도 만들고 싶은 건가? 내 얘길 가지고?"

"계속해 봐요." 그녀가 보채듯 말했다. "달빛도 교교한데 날 녹여 보시죠. 멋진 얘길 한번 지어 보라고요."

그때 검둥이 하나가 나타나 차양 아래에다 조그만 등불을 켜고는 고리버들 탁자에다 저녁을 차리기 시작했다. 두 사람이 식품들로 가득 찬 배 하단 저장고에서 조달된 얇게 저민 차가운 닭고기와 샐러드, 딸기 잼을 바른 돼지감자로 저녁을 먹는 동안 처음엔 머뭇거리던 칼라일이 입을 떼기 시작하더니 그녀가 흥미로워하는 걸 보고는 열정적으로 떠들어 댔다. 아디타는 검게 그을린, 젊고 잘생기긴 했지만 어딘지 모르게 무기력한 그의 얼굴을 살피는 동안엔 음식에 거의 손을 대지 않았다.

그는 테네시의 한 마을에서 가난한 아이로 인생을 시작했는데, 너무도 가난해서 그 일대에서 그의 가족이 유일한 백인이었다는 얘기를 털어놓았다. 그의 기억에 남아 있는 백인 아이는 단 한 명도 없었지만, 그가 늘 궁지에 몰아넣기도 하고 그 궁지에서 빼내 오기도 했던 십여 명의 흑인 아이들이 생생한 상상 속에서는 여전히 그의 열정적인 숭배자로 남아 있었다. 그리고 어찌 된 일인지는 알 수 없지만 이런 유대감이 무척이나 진기한 그의 음악적 재능으로 전환된 듯했다.

벨 포프 캘훈이라는 이름을 가진 유색인 여자가 백인 아이들을 위한 파티에서 피아노를 연주하곤 했는데, 때깔 좋은 그 백인 아이들은 커티스 칼라일을 보면 코웃음을 치며 지나가곤 했다. 하지만 누더기를 걸친 '불쌍한 백인' 꼬마는 그녀의 피아노 곁에 끈질기게 붙어 앉아 아이들이 불어 대는 커주*의 높은 음에 맞춰 보려고 애를 쓰곤 했

* kazoo. 피리처럼 생긴 간단한 악기.

다. 그랬던 그는 열세 살이 되기 전에 내슈빌의 조그만 카페들을 돌아다니며 낡은 바이올린으로 쉼 없이 밀었다 당기는 생동감 넘치는 흑인 음악을 연주하기 시작했다. 그로부터 8년 뒤, 흑인 음악이 전국을 휩쓸 때, 그는 여섯 명의 흑인들로 구성된 오르페움 순회 공연단을 꾸렸다. 그들 중 다섯은 꼬맹이 때부터 함께 자란 친구들이었고 나머지 하나는 자그마한 키의 베이브 디바인이라는 혼혈로 뉴욕 일대의 선창가에서 지내던 검둥이였는데, 그 한참 전에는, 그러니까 주인의 등에다 20센티미터짜리 단검을 꽂기 전까지는 버뮤다의 농장에서 일을 했었다. 당시는 칼라일로서는 브로드웨이에서 거둘 멋진 성공을 예감하기도 전이었다. 여기저기서 계약이 쏟아지고 꿈도 꾸지 못한 돈들이 쏟아져 들어오는.

그런데 그즈음, 그에게 어떤 전반적인 변화가, 기이하면서도 심각한 변화가 일어나기 시작했다. 자신의 황금기를 여러 명의 흑인들과 무대에서 알아들을 수 없는 소리를 지껄이며 보내고 있다는 자각이 일어난 때였다. 그의 공연은 멋졌다. 트롬본 셋에 색소폰 셋, 칼라일의 플루트, 거기에 그의 독특한 리듬감은 여타의 공연들과 확연히 달랐다. 하지만 공연에 점점 더 예민해지기 시작하면서 무대에 오른다는 생각 자체가 싫어지기 시작했고, 하루하루가 두려웠다.

수입은 짭짤했고 공연 계약을 맺을 때마다 그는 더 많은 돈을 요구했다. 하지만 6인조 밴드와 독립해서 정식 피아니스트가 되고 싶다고 매니저들에게 가서 말하면 그들은 미쳤냐고, 그건 예술적 자살 행위라고 하며 웃어 댔다. 그는 그 '예술적 자살 행위'라는 말을 듣고 나면 웃음이 터지곤 했다. 매니저들은 하나같이 그 말을 입에 올렸다.

그의 밴드는 대여섯 번 정도 하룻밤에 3,000달러를 받고 개인 댄스파티에서 연주를 했었는데, 아마도 그것이 당시 그의 삶에 대한 혐오감을 구체화시켰을 것이다. 그런 파티들은 그로선 대낮엔 가 볼 수가 없었던 클럽과 저택에서 열렸다. 결국 그는 죽을 때까지 원숭이 짓이나 하는, 아무리 잘 봐줘도 광대에 지나지 않았다. 그는 공연장 특유의 냄새에, 분과 루주와 분장실의 수다에, 특석 관객들이 보내오는 거만한 끄덕거림에 넌더리가 나 있었다. 더 이상 마음에서 우러나는 연주는 불가능했다. 안락한 여유로움에 느릿느릿 다가가고 있다는 생각이 그를 안달 나게 만들었다. 물론, 그는 그곳을 향해 가고 있었지만, 어린아이가 그렇듯, 아이스크림을 너무 천천히 빨아 먹어 맛을 전혀 느낄 수가 없었던 것이다.

그는 두둑한 돈과 시간, 읽고 즐길 기회를 그리고 결코 가져 볼 수 없었던 부류의 남자와 여자들을, 과거 그에게 경멸의 시선을 던지곤 하던 그런 부류의 사람들을 주위에 두고 싶었다. 요컨대, 그는 상류 계급이라는 것에 뭉뚱그려 넣기 시작한 그 모든 것을 원했는데, 자신이 벌어들이는 돈으로는 어림 반 푼어치도 없는 일이었다. 당시 스물다섯 살이었던 그는 뒤를 받쳐 줄 집안도 학위도, 사업을 해 성공하리란 보장도 없었다. 그는 정신없이 투기에 빠져들기 시작했고, 3주가 지나지 않아 모아 두었던 마지막 한 푼까지 털려 버렸다.

그리고 전쟁이 일어났다. 그는 플래츠버그로 갔고, 거기서도 그의 이력이 따라붙었다. 육군 준장이 본부로 불러 밴드 리더로 조국에 봉사하는 게 더 나을 수도 있을 거라고 한 말 한마디에 그는 전쟁이 치러지는 동안 후방에서 본부대 밴드와 함께 유명 인사들을 즐겁게 해 주며 보냈다. 그리 나쁘진 않았지만, 보병들이 최전선에서 돌아올 때면 그 무리에 끼어 있고 싶다는 생각이 들곤 했다. 그들이 뒤집어쓴 땀과 진흙 또한 영원히 자신을 피해 가기만 하는, 감히 만져 볼 수조차 없는 상류 계급의 상징 중 하나인 것 같았다.

"문제는 댄스파티들이었어. 전쟁에서 돌아온 뒤에 나는 예전에 하던 일을 다시 시작했지. 우린 플로리다 호텔 조합으로부터 요청을 받았는데, 그땐 시간만 나면 얼마든 가능했어."

그가 말을 끊자 아디타가 다음 얘기를 기대하며 그를 바라보았다. 하지만 그는 고개를 가로저었다.

"아냐," 하고 그가 말했다. "그 얘긴 하지 않을래. 지금 엄청 즐거운데 이걸 누구랑 나누면 즐거움이 조금이라도 줄어들까 겁나. 나란 놈이 고개를 연신 까닥거리며 꽥꽥 소리나 질러 대는 빌어먹을 딴따라일 뿐이란 걸 알게 해 준 그 사람들, 그들 앞에서 참 드물게 찾아왔던 숨 막히게 근사한 순간들을 좀 더 즐기고 싶으니까."

그때 느닷없이 위쪽에서 낮은 노랫소리가 들려왔다. 흑인들이 갑판에 한데 모여 가슴 찡한 멜로디를 읊조리고 있었는데, 그들의 목소리가 기막힌 화음을 만들어 내며 달을 향해 솟아올랐다. 아디타도 완전히 빠져든 채 그 소리에 귀를 기울였다.

오, 아래,
저 아래로,
엄마는 은하수 저 아래로 날 데려가고 싶어 했지.
오, 아래로,
저 아래로,
아빠는 내일, 내일이라고 말하지만
엄마는 오늘이라 말하지.

그래, 엄마는 오늘이라고!

　칼라일은 한숨을 내쉬며 한동안 아무 말 없이 따뜻한 하늘 위 호광등弧光燈처럼 반짝이는 별 무리를 올려다보았다. 흑인들의 노랫소리는 구슬픈 허밍으로 서서히 스러져 갔지만 시간이 지나면서 빛과 육중한 침묵은 더욱 커져 가는 듯했는데, 마침내 달빛 아래서 인어들이 물이 뚝뚝 듣는 은빛 곱슬머리를 빗질하며 저 아래 초록빛으로 물든 유백색 거리의 멋진 난파선에서 살던 얘기를 주고받는 소리까지 들릴 것만 같았다.

　"그런데 말이야," 하고 칼라일이 부드럽게 말했다. "이게 바로 내가 원하는 아름다움이라고. 아름다움이란 사람의 마음을 뒤흔들어 충격에 빠뜨려 버리지. 그건 꿈처럼, 소녀의 예민한 눈빛처럼 네 안으로 쏜살같이 들어와 버려."

　그가 그녀에게로 고개를 돌렸지만 그녀는 아무 말도 하지 못했다.

　"안 그래, 아니타? 오, 아디타였지."

　이번에도 그녀는 아무 대답이 없었다. 그녀는 이미 깊은 잠에 빠진 뒤였다.

4

　햇빛이 넘치듯 쏟아지는 이튿날 정오, 바다에 박혀 있던 점 하나가 문득 아주 작은 녹회색 섬이 되어 그들 앞에 펼쳐졌는데, 북쪽 끝의 거대한 화강암 절벽이 1킬로미터나 뻗은 선명한 관목 숲과 풀밭을 지나

모래사장이 파도 속으로 나른하게 잠겨 드는 남쪽으로 기울어져 있었다. 자신이 좋아하는 의자에 앉아 『천사들의 반란』 마지막 페이지를 읽고 난 아디타가 책장을 덮으며 고개를 들었을 때, 그 풍경이 눈에 들어왔다. 그녀는 조그맣게 감탄을 터뜨리며 우울한 표정으로 난간에 기대서 있던 칼라일을 불렀다.

"여기예요? 당신이 가려던 거기 맞아요?"

칼라일이 심드렁하게 어깨를 으쓱해 보였다.

"어떻게 알았지?" 그가 목소리를 높여 임시 선장을 호출했다. "이봐, 베이브. 여기가 네가 말한 그 섬이야?"

"빙고!"

칼라일이 아디타에게로 왔다.

"뭔가 즐길 거리가 많을 것 같은데, 안 그래?"

"그러네요," 하고 그녀가 동의했다. "근데, 숨을 만한 데는 그다지 많아 보이질 않네요."

"아직 그대 삼촌이 사방에다 깔아 놨다는 무선망을 믿는 건가?"

"그럴 리가요." 아디타가 솔직히 말했다. "난 완전히 당신 편이에요. 당신이 도주에 성공하는 걸 꼭 보고 싶어요."

그가 웃음을 터뜨렸다.

"행운의 여신이군. 우리 마스코트로 그댈 데리고 있어야겠어. 어쨌든 지금은."

"나한테 헤엄쳐서 돌아가라 그럴까 봐 겁나네요." 그녀가 빈정거리듯 말했다. "만약 그런다면 어젯밤에 들은 당신의 그 지루한 인생사를 싸구려 소설로 써 버릴 거니까 알아서 해요."

그의 얼굴이 붉어지더니 표정이 살짝 굳어졌다.

"지루했다니 유감이군."

"뭐, 다 지루했던 건 아니고…… 여자들한테 연주만 해 주고 춤을 출 수 없었다는 것 땜에 화가 잔뜩 났었다는 그 얘기 전까진 괜찮았어요."

그가 신경질적으로 일어섰다.

"말씀이 아주 지독하군."

"미안해요." 그녀의 말소리가 웃음 속으로 빨려 들어갔다. "하지만 남자들이 제 앞에서 야심만만한 인생사를 엮어 내는 데는 익숙하지가 않거든요. 엄청 고상한 인생사들은 특히나."

"이유가 뭐지? 대체 그대 앞에다 무슨 얘기들을 늘어놓았을까?"

"아, 제 얘기였어요." 그녀가 하품을 하며 말했다. "저더러 젊음과 아름다움의 표상이라는, 그런 말들 말예요."

"그러면 그대는 뭐라고 하지?"

"뭐, 가만히 동의를 하죠."

"그러면 그대를 만난 남자들은 사랑한다는 말을 해 댔겠지?"

아디타가 고개를 끄덕였다.

"왜 안 그랬겠어요? 인생이란 게 그저 앞으로 나아가는 거다 싶지만, 물러나기도 하는 거죠. 물러나면서 한마디하는 게 바로 '사랑해'라는 거고요."

칼라일이 웃음을 터뜨리며 자리에 앉았다.

"제대로 봤군. 정말 그래. 나쁘지 않아. 그대가 생각해 낸 건가?"

"그렇긴 해요. 하지만 발견했다고 하는 게 맞아요. 그렇다고 특별한 의미는 없어요. 그냥 좀 영리한 정도."

"그런 게 바로," 하고 그가 굳은 표정으로 입을 뗐다. "그대들의 전형적인 말투지."

"아하," 하고 그녀가 재빨리 그의 말을 끊었다. "또 상류 계급에 대한 강의를 시작할 모양이군요! 난 눈을 뜨면서부터 일사불란하게 설쳐 대는 인간들은 믿을 수가 없어요. 가볍긴 하지만 그것도 일종의 광기죠. 아침엔 꼭 오트밀을 먹어야 한다는 식의. 아침 시간엔 느긋하게 일어나 수영을 하면서 한가하게 지내야 하는 거라고요."

10분쯤 뒤, 그들은 마치 북쪽으로 섬에 접근할 듯 커다란 원을 그리며 돌았다.

'뭔가 꿍꿍이가 있어,' 하고 아디타는 속으로 생각했다. '이쪽 벼랑에다 그냥 닻을 내리는 건 무리야.'

그들이 탄 배는 30미터가 넘는 견고한 바위를 향해 곧장 나아가고 있었다. 벼랑에 50미터가량 다가가서야 아디타는 정박할 수 있는 곳을 확인할 수 있었다. 그녀는 기뻐서 박수를 쳐 댔다. 벼랑에는 기묘하게 바위가 겹쳐 있어 완벽하게 감추어진 공간이 하나 있었는데, 높다란 회색 벽들 사이로 수정처럼 맑은 물이 흐르는 좁은 수로를 따라 배가 천천히 미끄러져 들어갔다. 그러곤 녹색과 황금색으로 이루어진 자그마한 세상, 유리처럼 반들거리는 키 작은 야자나무들로 둘러싸인 금빛 모래사장에 닻을 내렸는데, 그 모양이 어린아이들이 모래 더미에다 만든 거울 호수와 나무를 꼭 빼닮아 있었다.

"뭐가 이리 근사해!" 칼라일이 흥분해 소리를 질렀다. "저 쬐그만 녀석이 대서양 이 구석진 데까지 알고 있다니."

그의 흥분이 전염되었는지 아디타도 어지간히 마음이 들떴다.

"완벽한 은신처군요!"

"그러게 말이야! 그대가 읽던 책에나 나올 법한 그런."

노 젓는 보트가 황금빛 호수에 내려지고 이내 기슭을 향해 나아갔다.

"자, 살펴들 보자고." 물기를 잔뜩 머금은 모래벌판에 닿자 칼라일이 말했다. "뭐가 있는지."

가지를 늘어뜨린 야자나무들이 왕복 1킬로미터쯤 되는 평평한 모래 땅에 열을 지어 서 있었다. 그들은 그곳을 따라 남쪽으로 내려가기 시작했고, 멀리 열대식물들로 에워싸인 곳을 지나자 사람의 발길이 닿지 않은 푸르스름한 회백색 해변이 모습을 드러냈다. 그곳에 이르자 아디타는 다시는 스타킹조차 신지 않겠다는 듯 갈색 골프화를 벗어 던지더니 물이 있는 곳으로 걸어갔다. 그들은 설렁설렁 거닐다가 배로 돌아왔는데, 지칠 줄 모르는 베이브가 그들을 위해 점심을 준비해 두고 있었다. 그는 북쪽으로 통하는 높다란 벼랑에 감시할 인원을 두라고 지시를 내리긴 했지만, 보통은 벼랑 안으로 들어오는 입구를 찾기 힘들 거라고 확신했다. 그 섬이 표시돼 있는 지도를 본 적이 없었던 것이다.

"이름이 뭐죠?" 아디타가 물었다. "이 섬요."

"이름 같은 거 없어," 하고 베이브가 낄낄거리며 말했다. "그냥 섬이지 뭐. 그냥 섬."

오후가 기울어 갈 무렵 그들은 벼랑의 가장 높은 지점에 있는 커다란 둥근 바위에 등을 기대고 앉았다. 칼라일은 명확한 건 아니었지만 자신이 세워 놓은 몇 가지 계획을 그녀에게 들려주었다. 그는 지금쯤 사람들이 맹렬하게 추적하고 있을 거라고 확신했다. 그녀에게 자세하게 알려 주진 않았지만 그동안 끌어모은 것들을 모두 합치면 100만 달러에 조금 못 미칠 거였다. 그는 이곳에서 몇 주 더 뭉그적거리다가 남쪽으로 떠나 보통의 항로를 벗어나서 혼 곳*을 돌아 페루의 카야오를 향해 계속 항해할 생각이었다. 석탄과 식량 조달은 전적으로 베이브가 맡았는데, 커피 무역선의 사환에서 브라질 해적단의 실질적 일등항해사까지 두루 경험한 사람으로 그럴 만한 자격이 충분히 있어 보였다. 해적단 두목이 교수형에 처해진 건 오래전 일이었다.

"저 사람이 백인이었다면 오래전에 남미의 제왕이 됐을 거야." 칼라일이 확신하듯 말했다. "머리 좋기로 따지면 부커 T. 워싱턴**은 저 사람 발꿈치에도 못 따라가지. 베이브의 핏속엔 분명 모든 인종과 국적이 교묘하게 들어가 있어. 적어도 대여섯 개는 될 거야. 아니라면 내 손에 장을 지지지. 그런 사람이 왜 내게 존경을 표하는지 알아? 자기보다 흑인 음악을 더 잘하니까. 우린 뉴욕의 부둣가에 앉아 있곤 했었지. 저 사람은 바순, 난 오보에를 들고. 우린 천 년이나 된 아프리카식 화음에 마이너 키를 버무려서 연주를 했는데, 축음기 앞에 개들이 모이듯 쥐들이 말뚝을 기어 올라와서는 우리 주위에서 찍찍거리곤 했었지."

아디타가 폭소를 터뜨렸다.

"말도 안 돼!"

---

* 케이프 혼. 대서양과 태평양이 이어지는 남미 최남단 지역.
** Booker T. Washington(1856~1915). 미국의 교육자이자 연설가. 흑인 사회의 대표적 리더로 활동했다. 노예로 태어나 남북 전쟁 이후 자유로운 몸이 되어 흑인의 경제적 자립을 돕기 위해 앨라배마에 터스키기 기술학교를 설립하는 등, 투쟁을 포기하고 백인 우월 체제를 받아들이는 방식으로 해결점을 찾으려는 타협적인 태도를 보였다. 그의 타협 정신은 애틀랜타 목화박람회(1895)에서 행한 "흑인과 백인은 손가락처럼 갈라져 있다. 그렇지만 서로의 발전을 위해 하나로 합쳐질 수 있다"는 이른바 '손가락 연설'로 유명하다. 훗날 급진적 흑인 민족주의자들은 그의 태도를 백인에게 복종한 '톰 아저씨의 생각Uncle Tomism'이라고 비판했지만 당시 흑인들에게 달리 방법이 없었다는 점에서 그의 업적이 높이 평가되기도 한다.

칼라일도 이를 훤히 드러내며 웃었다.

"사람 말을 그렇게 못 믿어서야⋯⋯"

"카야오에 가면 뭘 할 거죠?" 그의 말을 자르며 그녀가 물었다.

"인도로 가는 배를 탈 거야. 인도에서 왕이 되는 게 꿈이지. 진심이야. 아프가니스탄 어디쯤 가서 궁궐도 사고 명성도 쌓을 생각이야. 그렇게 5년쯤 뒤 외국인 말투에, 신비한 과거를 지닌 사람이 되어서 영국으로 납시는 거지. 그러자면 먼저 인도로 가야겠지. 그거 알아? 세상의 모든 황금이 야금야금 인도로 돌아가고 있다는 거. 내 귀를 아주 솔깃하게 하는 이야기지. 그리고 내가 원하는 건 책을 읽을 한가로운 시간이야. 엄청난 양의 책을 읽을 수 있는."

"그런 다음엔요?"

"그다음엔," 하고 거만하게 대답했다. "그야말로 귀족이 되는 거지. 비웃고 싶으면 그렇게 해. 하지만 적어도 내가 자기 자신이 원하는 게 무언지 알고 있는 사람이란 사실은, 그대가 원하는 것보다 더 많은 걸 상상하고 있다는 사실은 인정해야 할 거야."

"잘못 생각하셨네요." 아디타가 주머니에서 담뱃갑을 꺼내며 맞받아쳤다. "당신과 만날 즈음에 난 내 친구들, 내 친척들과 대판 싸움을 벌이던 중이었죠. 바로 내가 뭘 원하는지를 알고 있어서였죠."

"그게 뭐였는데?"

"남자."

그가 몸을 움찔했다.

"약혼이라도 했다는 얘기야?"

"비슷한 얘기죠. 당신이 배에 오르지만 않았다면 어제저녁에—참 길게도 느껴지네요—몰래 육지로 가서 팜비치에서 그 사람을 만날 생각이었어요. 그 사람은 한때 러시아의 카타리나 여제가 찼던 팔찌를 갖고 날 기다리고 있을 거예요. 그러니 귀족 운운하는 얘긴 다신 하지 말아요." 그녀는 재빨리 다음 말을 이었다. "내가 그 사람을 좋아하는 이유는 간단해요. 상상력이 풍부하다는 것 그리고 자신이 확신하는 걸 자신 있게 말할 수 있는 용기를 가지고 있다는 거죠."

"그런데 그대 집안사람들은 인정하지 않는다, 그런 건가?"

"집안사람들이라 해 봐야 멍청한 삼촌이랑 더 멍청한 숙모밖에 없어요. 아마도 그 사람이 미민가 뭔가 하는 빨강 머리 여자랑 스캔들이 있었던 모양인데, 그 사람 말로는 엄청나게 과장되었다고 하더군요. 남자들은 내 앞에선 거짓말을 하지 않아요. 그리고 그 사람이 뭘 했든 상관없어요. 중요한 건 미래니까요. 내가 보고 싶은 건 지난 일이 아니에요. 남자들은 나랑 사랑에 빠지면 다른 것들은 즐기려 하질 않아요. 난 그 사람한테 그 여자를 핫케이크처럼 던져 버리라고 했어요. 그리고 그는 그렇게 했죠."

"질투가 좀 나는군," 하고 칼라일이 눈살을 찌푸리며 말했다. 그러곤 웃음을 터뜨렸다. "카야오까지 그대를 데려가겠어. 거기 도착하면 미국으로 돌아갈 돈을 넉넉히 빌려주지. 그동안 그 신사 양반에 대해 생각할 시간을 가질 수 있을 테지."

"나한테 그런 식으로 말하지 말아요!" 아디타가 격분했다. "꼰대처럼 구는 건 질색이야! 알아들어요?"

그는 낄낄거리던 웃음을 멈추었는데, 그녀의 서슬 푸른 태도에 적잖이 당황한 듯했다.

"미안하게 됐어." 그가 적당히 얼버무렸다.

"아, 사과도 하지 말아요! 신사인 체하면서 속없이 미안하다고 말하는 남자들, 정말이지 밥맛없으니까요. 그냥 가만히 있어요!"

침묵이 이어졌다. 칼라일은 침묵이 꽤나 어색했지만 아디타는 그렇지 않은 듯 태연히 앉아 담배를 즐기며 밝게 빛나는 바다를 응시하고 있었다. 얼마 뒤, 그녀는 바위를 기어서 가장자리 밖으로 얼굴을 내밀고는 벼랑 아래를 내려다보았다. 그녀를 지켜보면서 칼라일은 생각했다. 그녀에게서 우아하지 않은 모습을 찾아내기란 불가능하다는 것을.

"와, 저기 좀 봐요," 하고 그녀가 소리를 쳤다. "저 아래 선반처럼 생긴 것들이 엄청 많아. 널찍한 것들이 높이는 다 달라요."

그도 그녀에게로 가서 현기증이 일어날 것 같은 아래쪽을 내려다보았다.

"우리, 오늘 밤에 수영해요!" 그녀가 흥분해 말했다. "달빛 맞으면서."

"저쪽 끝에 있는 해변으로 가는 게 낫지 않을까?"

"절대로 안 돼요. 난 다이빙을 좋아하거든요. 당신은 삼촌 수영복을 입도록 해요. 자루를 뒤집어쓴 것 같겠지만. 워낙 뚱보거든요. 내 건 원피스 수영복인데, 비더퍼드 연안에서 세인트오거스틴까지 대서양 일대 사람들 넋을 완전히 빼 버렸죠."

"수영 실력이 상어 뺨칠 정도 되나 보군."

"그래요. 아주 잘해요. 자태는 또 어떻고요. 지난여름 라이에 갔을 때 어떤 조각가는 내 종아리가 500달러짜리라고 말했죠."

대답할 말을 잊은 듯 칼라일은 입을 꾹 닫은 채 의미심장한 미소 한 조각만 입가에 그리고 있을 뿐이었다.

5

　푸르스름한 은빛 물결 위로 밤 그늘이 드리워지자 그들은 보트를 저어 은은하게 빛나는 수로를 지나 삐죽이 나온 바위에다 묶어 두고는 함께 벼랑을 오르기 시작했다. 선반처럼 생긴 첫 번째 것은 3미터쯤 되는 널찍한 바위였는데 영락없는 천연 다이빙대였다. 둘은 밝은 달빛을 받으며 바위에 앉아서 쉴 새 없이 밀려들던 파도가 썰물이 빠져나가며 잦아들다가 거의 고요해지는 것을 지켜보았다.

　"행복해?" 그가 갑자기 물었다.

　그녀의 고개가 끄덕끄덕 움직였다.

　"바다 곁에 있으면 늘 행복하잖아요," 하며 그녀가 말을 이었다. "종일 당신이랑 내가 어딘지 모르게 닮았단 생각을 했어요. 둘 다 반항적이라는 거 — 물론 이유는 다르겠지만요. 2년 전, 열여덟 살 때…… 당신은……"

　"스물다섯."

　"……그때 우린, 겉으론 성공한 듯 보였을 거예요. 난 더할 나위 없이 매혹적인 상류 사교계 아가씨였고, 당신은 성공 가도를 달리는 음악가로 군에 입대를 한……"

　"그런 걸 합법적으로 신사라 그러지." 그가 비꼬듯 툭 던졌다.

　"뭐 어쨌든, 우린 둘 다 괜찮았어요. 우리의 모난 구석들이 깎인 게 아니라면, 적어도 속절없이 끌려들어 간 상태였을 테죠. 하지만 우리 가슴 깊은 곳에 있던 뭔가는 더 큰 행복을 갈구하게 만들었을 거예요. 난 내가 원하는 게 뭔지 몰랐죠. 이 남자에서 저 남자로 쉴 새 없이 조바심을 치며 옮겨 다녔어요. 그렇게 한 달 한 달 지나면서 순종은 점점 사라지고 불만은 커져 갔죠. 이따금 난 입 안의 살을 씹으면서 점점 미쳐 가고 있다는 생각을 하며 앉아 있곤 했어요. 인생이 덧없다는 끔찍한 생각이 들었어요. 난 그때 뭔가를 원했어요. 지금도, 지금 당장도 그래요! 그때 난 아름다웠어요. 지금도 아름다워요. 안 그래요?"

"그래," 하고 칼라일이 망설이며 동의했다.

아디타가 갑자기 벌떡 일어났다.

"잠깐만 기다려요. 기쁨으로 가득 차 보이는 이 바다에 뛰어들고 싶네요."

그녀는 너럭바위 끝으로 걸어가더니 미처 말릴 틈도 없이 바다를 향해 몸을 던졌는데, 공중에서 몸을 접었다 곧게 펴는 완벽한 새우 다이빙을 선보이며 칼날처럼 물속으로 파고들었다. 잠시 뒤 그녀의 목소리가 그를 향해 불쑥 날아왔다.

"알는지 모르겠지만, 난 하루 온종일, 밤에도 대부분 책을 읽곤 했어요. 사회에 대해 불만을 갖기 시작했죠……"

"그만 올라와," 하고 그가 그녀의 말을 끊으며 말했다. "대체 뭘 하고 있는 거야?"

"그냥 누운 채로 떠 있는 거예요. 조금 있다 올라가서 얘기해 드리죠. 내가 유일하게 즐겼던 건 사람들을 놀라게 하는 거였어요. 가장무도회에 아무도 상상하지 못한 걸 입고 가는 거, 뉴욕에서 가장 잽싼 남자들이랑 돌아다니는 거, 생각할 수 있는 가장 끔찍한 싸움을 벌이는 거."

그녀의 말소리에 첨벙거리는 소리가 뒤섞이나 싶더니, 너럭바위 한쪽 가로 올라오기 시작하는 그녀의 가쁜 숨소리가 들려왔다.

"들어가 보시죠!" 그녀가 소리를 질렀다.

그 말에 복종이라도 하듯 그가 몸을 일으키더니 물속으로 뛰어들었다. 물 밖으로 모습을 드러낸 그가 물을 뚝뚝 들으며 바위로 올라왔을 때 그녀는 너럭바위에 없었다. 밝은 웃음소리에 깜짝 놀란 그는 3미터쯤 위쪽 다른 바위에 올라가 있는 그녀를 보았다. 그는 거기로 올라갔다. 두 사람은 팔로 무릎을 안은 채 올라오느라 가빠진 숨을 고르며 한동안 아무 말 없이 바위에 앉아 있었다.

"가족들이 난리였죠." 그녀가 불쑥 입을 뗐다. "결혼을 시켜 버리려고요. 그런데 인생이란 게 결국 살아갈 가치가 별로 없다는 걸 느끼기 시작하면서 난 뭔가를 발견했어요." 그녀의 두 눈이 기쁨으로 가득 차며 하늘로 향했다. "뭔가를 발견한 거예요!"

칼라일은 묵묵히 기다렸고, 그녀의 말소리가 빠르게 밀려 나왔다.

"용기, 그거였죠. 용기는 삶의 규칙이자 항상 고수해야 할 무엇이었어요. 난 이 원대한 신념을 내 안에 쌓아 놓기 시작했어요. 난 과거의 내 모든 우상들이 무의식적으로 나를 끌어당겼던 게 용기가 발현된 때문이었다는 걸 깨닫기 시작했죠. 난 용기와 용기 아닌 것들을 구별해 내기 시작했어요. 난 모든 종류의 용기들을 봤어요. 두들겨 맞아 피투성이가 된 프로 복서가 더 맹렬하게 달려드는 용기. 그걸 보고 싶어서 남자들에게 권투 경기장으로 데려다 달라고 말하곤 했죠. 하층 계급의 여자가 수많은 남자들을 손쉽게 요리하면서 그들을 신발에 묻은 흙처럼 여기는 것, 당신이 변함없이 좋아하는 걸 좋아하는 것, 다른 사람의 생각은 깡그리 무시하는 것, 언제나 내가 살고 싶은 대로 살고 내 방식대로 죽는 것— 이게 다 용기죠. 담배 갖고 왔어요?"

그는 담배 한 개비를 건네고는 말없이 성냥불을 켜 주었다.

"남자들이," 하고 아디타가 말을 이었다. "쉴 틈 없이 모여들었어요.

나이 든 남자들, 젊은 남자들, 정신적이든 육체적이든 그들 대부분은 나를 압도하질 못하면서도 하나같이 날 갖고 싶어 안달했죠. 내가 구축해 놓은 이 엄청나게 자랑스러운 전통을 소유하고 싶었던 거죠. 무슨 얘긴지 이해하죠?"

"얼마큼은. 그댄 져 본 적도 없고, 사과 따윈 해 본 적도 없겠군."

"단 한 번도!"

그녀는 벌떡 일어나 바위 가장자리로 가더니 허공을 향해 잠깐 십자가에 못 박힌 모습을 취하고는, 어두운 포물선을 그리며 떨어져 6미터 아래 은빛 파도와 파도 사이로 소리도 없이 잠겨 들었다.

다시 그녀의 목소리가 그에게로 솟아올랐다.

"내게 용기란 건 인생에 빽빽이 드리워진 회색 안개를 뚫고 나간다는 걸 의미해요. 사람들과 조건들에 굴하지 않는 것만이 아니라 살아가는 일의 쓸쓸함에도 굴하지 않는 거죠. 인생엔 가치가 있고, 순식간에 사라지는 것들에도 그 값어치가 있다는 걸 말하고 싶다고나 할까요."

말을 마칠 즈음 그녀는 바위로 기어 올라왔고, 매끈하게 넘겨진 물기 머금은 그녀의 금발이 그의 눈앞에 나타났다.

"다 좋아, 그런데," 하고 칼라일이 반기를 들었다. "그대는 그런 걸 용기라고 말할 수도 있지만, 사실 그대가 가진 용기란 건, 결국, 그대가 가지고 태어난 자부심 위에 세워진 거야. 그런 반항적 기질을 갖도록 키워진 거지. 잿빛 나날들을 보낸 나 같은 인간에겐 용기조차도 잿빛의 생기라곤 없는 수많은 것들 중 하나일 뿐이라고."

그녀는 바위 가장자리 가까이에 앉아 두 팔로 무릎을 껴안고는 하얗게 빛나는 달을 물끄러미 올려다보고 있었다. 그 뒤로 멀찍이 떨어진 곳에 웅크린 그의 모습은 마치 바위 틈새에 낀 기괴한 신상神像처럼 보였다.

"난 대책 없는 낙천주의자로 보이고 싶진 않아요." 그녀가 다시 입을 뗐다. "그런 사람으로 봤다면 당신은 아직 날 알지 못해요. 내 용기는 신념이에요. 영원한 복원력에 대한 믿음 말예요. 즐거움, 희망, 자연 그대로의 나 자신으로 언제든 다시 돌아올 수 있다는 믿음. 그렇게 될 때까지 난 입을 꽉 다문 채로 턱을 치켜들고, 두 눈은 크게 뜨고, 실없는 미소 따윈 짓지 않아야 한다는 걸 느껴요. 아, 이따금 난 징징거리는 소리 한 번 내지 않고 지옥을 통과하기도 했었죠. 남자들보다는 여자들에게 더 끔찍한 지옥 말이에요."

"하지만 말이야," 하고 칼라일이 운을 뗐다. "즐거움이니 희망이니 하는 모든 것들이 생겨나기 전에 그대 앞에 막이 내려와 버린다면 어쩔 거야?"

아디타는 몸을 일으키더니 3미터에서 5미터쯤 높이에 있는 다른 너럭바위로 낑낑거리며 기어올랐다.

"상관없어요." 그녀의 목소리가 되돌아왔다. "그땐 내가 승리를 거머쥔 뒤일 테니까."

그는 그녀의 모습이 보일 때까지 바위 가장자리로 다가갔다.

"거기선 뛰어내리지 않는 게 좋을 거야! 등이 부러질 테니까." 그가 빠르게 말했다.

그녀가 웃음을 터뜨렸다.

"내겐 그런 일 안 일어나요!"

백조처럼 천천히 두 팔을 벌리고 선 그녀의 모습은 더할 수 없이 충만한 젊음, 그 안에 깃든 자신감을 발산하며 칼라일의 가슴에 따스한 불길을 피워 냈다.

"우린 두 팔을 활짝 펴고 두 다리를 돌고래 꼬리처럼 곧게 편 채로 검은 허공을 가로질러 가면서 생각하죠. 저 아래 은빛 물결에 닿지 못할지도 모른다고요. 하지만 그 순간 기다렸다는 듯 따스한 파도들이 우리를 휘감으며 몰려와 키스를 퍼붓고 애무해 주죠."

그러곤 그녀는 허공으로 날아올랐고, 칼라일은 자신도 모르게 숨을 멈추었다. 그는 그녀가 10미터도 넘는 높이에서 뛰어내렸다는 걸 미처 깨닫지 못했다. 그녀가 수면에 닿는 짧지만 강렬한 소리가 들려올 때까지 그는 마치 영원한 시간이 흐른 것 같았다.

그리고 물기 가득 머금은 밝은 그녀의 웃음소리가 벼랑으로부터 굽이져 올라와 그의 귓속으로 밀려들었을 때, 그는 안도의 한숨을 내쉬며 자신이 그녀를 사랑하고 있다는 사실을 깨달았다.

6

시간은 아무것도 요구하지 않은 채 사흘의 낮들을 두 사람에게 내려 주었다. 동이 트고 한 시간쯤 지나 햇살이 아디타의 선실 현창을 맑게 비추면 그녀는 기분 좋게 일어나 수영복으로 갈아입고 갑판으로 올라갔다. 흑인들은 그녀를 발견하면 일손을 멈추고는 난간으로 우르르 몰려가 날래고 조그만 물고기처럼 깨끗한 수면으로 떠올랐다 잠겨드는 그녀를 내려다보면서 낄낄거리며 수다를 떨어 댔다. 서늘한 오후에도 그녀는 수영을 하곤 했다. 그러곤 벼랑 위에서 칼라일과 한가롭게 담배를 피우거나 남쪽 해변의 모래사장에 나란히 누워 얘기는 별로 나누지 않은 채 하루가 한없는 나른함 속으로 화려하면서도 비극적으로 잠겨드는 열대의 저녁을 지켜보곤 했다.

사막과도 같은 현실에서 불쑥 일어난 무모하고도 사소한 연애 사건 정도로 여겼던 아디타의 생각은 한낮의 긴 시간들이 흘러가면서 조금씩 바뀌어 갔다. 그녀는 그와 함께 남쪽으로 가게 되었을 때 자신에게 일어나게 될 모든 일들이 두려워지면서, 생각한다는 게 갑자기 귀찮아지고 뭔가 결정해야 한다는 것도 싫어졌다. 그녀의 영혼에 생각지도 못한 종교적 기운이 스며들어 기원이란 걸 하게 된다면, 그녀는 잠깐만이라도 부대끼지 않고 살아갈 수 있기를, 늘 만반의 준비가 되어 있는 단순 명료한 칼라일의 생각들과 소년처럼 생동감 넘치는 상상력에 그리고 기질에 완전히 녹아 흘러 행동 하나하나를 만들어 내는 그의 편집광적인 혈기에 군소리하지 않고 따를 수 있기를 바랐다.

하지만 이건 하나의 섬에서 일어난 두 사람에 얽힌 이야기도, 본질적으론 격리된 상황이 불러온 연애 사건도 아니다. 단지 두 개성적 인물이 등장하는, 목가적인 멕시코만의 야자수들 사이에서 일어난 지극히 우연한 사건에 불과하다. 대대수의 인간은 생존과 번식에 그리고 이 둘을 행사할 권리를 위한 투쟁에 만족하며 살아간다. 그것을 뛰어넘으려는 생각, 즉 자신의 운명을 조정해 보려는 승산 희박한 시도는 지독한 행운이나 불운을 갖고 태어난 소수에게만 주어질 뿐이다. 내가 아디타에게 흥미를 느끼고 있는 것은 바로 그녀가 가진 아름다움과 젊음, 그것과 함께 퇴색해 갈 그녀의 용기였다.

"날 데려가 줘요." 두 사람이 야자수 아래 넓게 그늘진 풀밭에 한가로이 앉아 있던 어느 늦은 밤, 그녀가 말했다. 흑인들은 각자의 악기를 가지고 해변으로 몰려와, 멋진 흑인 음악이 따스한 밤공기를 타고 부드럽게 떠다니고 있었다. "10년 후쯤이면 난 엄청나게 부유한 상류 계급의 인도 여자로 바뀌어 있겠죠." 그녀의 말이 음악 소리에 실려 왔다.

칼라일이 그녀를 빠르게 훑었다.

"그대가 원한다면 얼마든."

그녀가 웃음을 터뜨렸다.

"청혼하는 거예요? 호외요! 아디타 파넘, 해적의 신부가 되다. 재즈 음악가 은행 강도에게 납치된 사교계 여인."

"은행은 아니지."

"그럼요? 뭔지 얘기해 줘요."

"그대의 환상을 깨고 싶지가 않군."

"꿈 한번 야무지네요, 난 당신에게 환상 따윈 갖고 있지 않다고요."

"내 말은, 그대 자신에 대한 환상이야."

그녀가 놀라며 고개를 들었다.

"나 자신이라고! 대체 당신이 저지른 못된 일이 왜 나랑 관련이 있다는 거죠?"

"두고 보면 알게 되겠지."

그녀가 손을 뻗어 그의 손을 톡톡 쳤다.

"친애하는 커티스 칼라일 씨," 하고 그녀가 부드럽게 말했다. "절 사랑하세요?"

"중요한 일인 것처럼 말하는군."

"중요하죠. 아무래도 내가 당신을 사랑하는 것 같으니까요."

그가 의아한 눈길로 그녀를 바라보았다.

"이렇게 1월에만 여섯 명이 된 건가?" 그러곤 그가 물었다. "내친김에 나랑 인도에 가겠냐고 청한다면?"

"갔으면 좋겠어요?"

그가 어깨를 으쓱해 보였다.

"카야오에서 식을 올릴 수 있을 거야."

"내게 어떤 인생을 줄 수 있죠? 불쾌하게 하려는 게 아니라, 진지하게 묻는 거예요. 현상금 2만 달러를 노린 사람들이 당신을 잡아가면 난 어떻게 되는 거죠?"

"그대라면 두려워하지 않을 거라 생각했는데."

"절대 두려워하진 않아요. 하지만 두렵지 않다고 그 남자만 바라보며 내 인생을 내던질 순 없잖아요."

"그대가 가난했다면 좋았을걸. 그저 울타리 너머로 꿈을 실어 보내는 따뜻한 소의 나라에 사는 가난한 소녀였더라면."

"그랬으면 과연 좋았을까요?"

"그랬다면 그대가 놀라는 걸 보며, 두 눈이 휘둥그레지는 걸 보면서 즐거워했겠지. 그대가 그런 걸 바라기만 한다면! 무슨 말인지 모르겠어?"

"알아요. 보석 가게 쇼윈도를 들여다보는 소녀들 같은."

"그래, 그대는 가장자리에 다이아몬드가 박힌 커다란 타원형 백금 시계를 갖고 싶어 해. 하지만 그건 너무 비싸다고 생각하고는 100달러짜리 흰색 합금을 골라. 그러면 내가 말하지. '비싸서 그러는 거야? 비싸긴 뭐가 비싸!' 그러곤 우린 가게로 들어가고, 얼마 있지 않아 그대 손목엔 백금 시계가 번쩍거리며 빛을 발하지."

"듣긴 좋은데 꽤 상스럽네요. 재밌긴 하네요. 안 그래요?" 아디타가 혼잣말처럼 중얼거렸다.

"안 재밌을 리가 있나? 여기저기 돌아다니면서 돈을 써 대는 게 그려지지 않아? 우릴 존경스런 눈으로 보고 있는 벨보이랑 웨이터들도. 아, 부자로 태어난 자들은 얼마나 축복받은 인간들인가!"

"우리가 그렇게 되길 진심으로 빌어요."

"사랑해, 아디타," 하고 그가 부드럽게 말했다.

한순간 어린아이 같은 모습이 사라진 그녀의 얼굴에 어색한 엄숙함이 깃들었다.

"당신이랑 함께 있어서 좋아요," 하고 그녀가 말했다. "내가 만난 어떤 남자보다 더. 당신 얼굴도, 검은 머리칼도, 해변에 배가 닿았을 때 난간을 타고 넘어가는 당신 모습도 좋아요. 사실, 커티스 칼라일이 하는 모든 게, 너무도 자연스러워서 좋아요. 당신은 배짱이 두둑한 사람이에요. 나 또한 그렇다는 걸 당신은 알고 있어요. 때로 당신과 있으면 갑자기 키스를 하고 싶은 유혹에 빠지곤 해요. 그리고 말하고 싶었어요. 당신은 머릿속이 계급 의식으로 가득 찬 몽상가 소년 같다고요. 내가 조금 더 나이가 들었다면, 사는 게 좀 더 심드렁했더라면, 당신을 따라갔을 테죠. 이미 말했듯이, 난 돌아가서 결혼할 생각이에요. 당신이 아닌 다른 남자랑."

은빛 호수 너머로 흑인들이 달빛 아래에서 몸을 뒤틀거나 꿈틀거리는 모습이 보였는데, 마치 곡예사들이 너무 오랫동안 쉬어서 남아도는 힘을 주체하지 못하고 마구 재주를 넘는 것 같았다. 그들은 일렬종대로 행진을 하는가 싶더니 동심원을 그리다가 이젠 머리를 뒤로 젖히기도 하고 파우누스*가 피리를 불 듯 몸을 구부린 채 저마다 악기들

---

* 남자의 얼굴과 몸에 염소 다리와 뿔을 가진, 고대 로마 신화에 나오는 숲의 신.

을 불어 댔다. 트롬본과 색소폰에서 쉼 없이 흘러나와 마구 뒤섞인 애처로운 멜로디는 때로는 요란하도록 즐겁게, 때로는 콩고 내륙 깊은 곳에서 들려오는 죽은 자를 위한 춤처럼 뭔가에 사로잡힌 듯한 슬픈 여운을 남겼다.

"우리 춤 춰요," 하고 아디타가 큰 소리로 말했다. "저렇게 완벽한 재즈에 가만있을 순 없죠."

그는 그녀의 손을 잡은 채 달빛이 휘황하게 덮인, 굳게 다져진 널따란 모래흙으로 그녀를 이끌었다. 그들은 몽롱하게 쏟아지는 빛줄기 아래에서 퍼덕거리는 나방처럼 떠돌았다. 환상적인 교향곡이 흐느끼다가 격렬하게 뛰어오르고, 굽이치다가 절망을 토해 내는 동안 마지막 남은 아디타의 현실감도 서서히 사라져 갔다. 열대의 꽃들이 뿜어내는 꿈꾸는 듯한 여름의 향기와 머리 위로 무수히 반짝이는 별들에게 자신의 상상력을 내던져 버린 그녀는 눈을 뜨는 순간 자신이 만들어 낸 환상의 땅에서 유령과 춤을 추는 자신을 발견하게 될 것만 같았다.

"이거 완전히 고위층 개인 파티인 걸." 그가 귀엣말로 속삭였다.

"정신이 나가 버릴 것 같아요. 나가더라도 즐겁게 나가겠죠!"

"우린 마법에 걸린 거야. 숱한 세월 속을 살았던 수많은 카니발의 영령들이 저 높다란 벼랑 끝에서 우릴 지켜보고 있어."

"카니발의 여인들이 말하지 않아요? 우리가 너무 가까이서 춤을 추고 있다고. 그리고 내가 불경스럽게도 코걸이를 하지 않고 왔다고요."

둘은 소리를 죽이며 웃었다. 호수를 건너오던 트롬본 소리가 중간 소절에서 멈추고 색소폰이 신음을 내다 사라지면서 그들의 웃음소리도 멈추었다.

"왜 그래?" 하고 칼라일이 소리를 쳤다.

잠깐의 침묵이 흐른 뒤, 두 사람은 은빛 호수를 돌아 달려오는 시꺼먼 남자의 형상 하나를 보았다. 가까이 다가왔을 때에야 그들은 그것이 베이브라는 걸 알 수 있었는데, 그는 평소와는 달리 흥분한 상태였다. 그는 그들 앞에 걸음을 멈추고는 숨을 가쁘게 몰아쉬며 이야기를 전했다.

"해변에 배 한 척이 있는데, 채 1킬로미터도 안 떨어져 있는뎁쇼. 모즈 녀석이 지켜봤는데, 닻을 내린 것 같다네요."

"배라고? 어떤 배지?" 하고 칼라일이 초조하게 물었다.

당황한 기운이 그의 목소리에 역력했다. 갑자기 의기소침해진 그의 얼굴을 보는 순간 아디타의 심사도 급격히 뒤틀렸다.

"그 친구도 모르겠다네요, 대장."

"보트는 내려진 거야?"

"아뇨, 대장."

"올라가 보세," 하고 칼라일이 말했다.

그들은 아무 말 없이 언덕을 오르기 시작했다. 아디타의 손은 여전히 춤이 끝났을 때 그대로 칼라일의 손에 쥐여 있었다. 이따금 그녀의 손이 꽉 조였지만, 그는 손을 쥐고 있다는 걸 인식하지 못하는 듯했다. 그럴 때마다 아프긴 했지만 그녀는 손을 빼내려 하지 않았다. 그들이 가장 높은 곳에 이르러 윤곽이 희미하게 드러난 평지를 조심스럽게 더듬어 벼랑 끝까지 기어가는 데 좋이 한 시간은 걸린 것 같았다. 힐끗 살펴보고 난 칼라일은 저도 모르게 짧은 탄식을 내뱉었다. 배의 선두와 후미에 구경 150밀리미터짜리 기관총을 장착한 세관 감시선이 있었던 것이다.

"알아냈군!" 하고 그가 짧게 숨을 들이쉬며 말했다. "저들이 알아 버렸어! 어디선가 단서를 찾아낸 거야."

"수로에 관해서도 알고 있을까요? 그냥 해가 뜨면 섬을 한번 살펴보려고 정박해 있는 걸 수도 있죠. 저들이 있는 곳에선 벼랑 사이 통로는 보이지 않을 거예요."

"쌍안경으로 본다면 얘기가 달라질 수도 있지." 그는 낙심한 듯 말했다. 그는 손목시계를 보았다. "2시가 가까웠군. 동틀 때까진 저들도 움직이진 않을 거야. 그건 확실해. 합류할 다른 배를 기다리고 있을지도 모르겠지만. 어쩌면 석탄 수송선일지도 모르겠군."

"내 생각엔, 우리도 여기 가만히 있어야 할 것 같네요."

시간이 흘러갔다. 입을 굳게 다문 그들은 꿈에 잠긴 아이들처럼 두 손을 뺨에 댄 채로 나란히 누워 있었다. 그들 뒤편에서 몸을 잔뜩 웅크린 채 참을성 있게, 묵묵히, 찍소리도 내지 않던 흑인들 사이에서 뭔가 조금씩 소리가 나오기 시작했는데, 쏟아지는 잠을 이겨 낼 수 없었던 듯 아프리카인들은 목전에 닥친 위험에 아랑곳하지 않고 코를 골아 댔다.

5시가 되기 직전 베이브가 칼라일에게로 다가왔다. 그는 나르키소스호에 총이 대여섯 자루 있다는 얘기를 했다. 저항을 해야겠다는 생각이라도 한 걸까? 아마도 그는 작전만 제대로 세운다면 싸워 볼 만하다는 생각을 한 모양이었다.

칼라일이 웃음을 터뜨리며 고개를 저었다.

"저 녀석들은 스페인 말을 쓰는 오합지졸들이랑 달라, 베이브. 세관 감시선이라고. 활 갖고 기관총에 덤비는 거랑 같아. 저 자루들을 묻어 뒀다가 나중에 찾을 방도가 있다면 그렇게 하게. 하지만 소용없을 거야. 저 친구들은 섬을 몽땅 파헤칠 테니까. 어차피 승산 없는 싸움이야, 베이브."

베이브는 아무 말 없이 고개를 떨구고 돌아섰다. 칼라일이 아디타를 돌아보며 잠긴 목소리를 흘렸다.

"이제껏 가장 멋진 친구였어. 날 위해 죽을 수도 있는. 내가 그렇게 하라면 자랑스럽게 그렇게 할 친구지."

"포기한 건가요?"

"방법이 없잖아. 물론 늘 그렇지만 길이 하나 있긴 하지. 확실한 길. 하지만 거기까진 아직 시간이 있고. 무슨 일이 있어도 난 내 재판을 놓치진 않을 거야. 악명이란 게 어떤 건지 알 수 있는 흥미로운 실험이 되겠지. '미스 파넘, 해적은 한시도 신사답지 않은 행동을 한 적이 없다고 증언하다.'"

"그러지 말아요!" 하고 그녀가 말했다. "너무 속상하니까."

어두운 하늘빛이 점점 바래면서 윤기 없는 푸른색이 무거운 잿빛으로 돌변해 가자 갑판 위의 광경이 눈에 들어왔는데, 흰색 베옷 차림의 선원 한 무리가 배 난간에 모여 있었다. 그들은 쌍안경을 손에 들고 섬을 유심히 살피고 있었다.

"다 끝났군." 칼라일이 무겁게 입을 뗐다.

"우라질," 하고 아디타가 중얼거렸다. 그녀는 눈에 물기가 고이는 걸 느꼈다.

"우린 배로 돌아간다," 하고 그가 말했다. "여기 있다가 쥐새끼처럼 쫓기는 것보단 낫지."

평지를 벗어나 언덕을 내려가 호수에 닿자 흑인들은 입을 꾹 닫은 채로 배를 향해 노를 저었다. 그러곤 파랗게 질리고 피로에 지친 채 긴 의자에 몸을 묻고 기다렸다.

　30분쯤 뒤, 흐릿한 잿빛을 뚫고 세관 감시선의 코끝이 수로 안으로 들어서더니 멈추었는데, 만의 바닥이 얕을 것 같아 주저하는 게 분명했다. 남자와 여자가 긴 의자에 누워 있고 흑인들이 호기심 어린 얼굴로 난간에 기대어 있는 평화로운 배 안 풍경에, 그들은 분명 어떤 저항도 일어나지 않을 거라고 판단한 모양이었다. 그런 탓인지 두 대의 보트가 배 옆으로 무심히 내려졌는데, 한 보트에는 장교 하나와 수병 여섯이, 네 명이 노를 젓고 있는 다른 보트에는 선미에 요트용 플란넬 차림에 머리가 하얗게 센 남자 두 명이 타고 있었다. 아디타와 칼라일이 일어서서 반쯤 얼이 빠진 눈으로 서로를 바라보았다. 움직임이 없던 칼라일이 갑자기 주머니에 손을 넣더니 둥그스름하고 반짝이는 물건 하나를 꺼내 그녀에게 건넸다.

　"뭐예요?" 하고 그녀가 놀라 물었다.

　"확신은 못 하지만, 안쪽에 러시아 말이 새겨져 있는 걸 보면 그대가 받기로 약속한 팔찌일지도 모르지."

　"어디서…… 대체 어디서 이걸……"

　"저 자루들 중에서 나왔지. 그대도 알듯이, 커티스 칼라일과 여섯 명의 흑인 친구들은 팜비치에 있는 호텔 찻집에서 공연을 하던 중간에 갑자기 악기 대신 자동소총을 꺼내 들고 관객들을 털었어. 내가 이 팔찌를 뺏은 건 입술을 꽤나 빨갛게 칠한 빨강 머리의 예쁘장한 여자였지."

　아디타가 미간을 찡그리다가 곧 미소를 지었다.

　"그럼 바로 그 팔찌겠군요! 당신, 정말 배짱 좋네요!"

　그가 고개를 숙여 보였다.

"그 유명한 부르주아의 자질이라고나 할까," 하고 그가 말했다.

그때 기다렸다는 듯 새벽빛이 갑판을 가로지르며 비쳐 들어 구석에 깔려 있던 잿빛 어둠을 날려 버렸다. 이슬이 피어오르며 금빛 안개로 바뀌었고, 꿈처럼 엷게 그들을 감싸며 지난밤의 섬세한 자취들마저 덧없이 사라지게 했다. 잠깐 바다와 하늘이 숨을 죽였고, 새벽이 분홍빛 손길을 뻗어 젊은이의 입술을 덮었다. 그 순간, 건너편 호수로부터 노가 물결을 쳐 내는 찰싹임이 들려왔다.

동쪽에 낮게 드리워진 황금빛 용광로를 배경으로 느닷없이 두 개의 우아한 형상이 하나로 모이며 나타났을 때, 남자가 젊은 말괄량이에게 입을 맞추었다.

"영광이군," 하고 잠깐 뜸을 들인 뒤 그가 웅얼거렸다.

그녀가 미소 띤 얼굴로 그를 올려다보았다.

"행복…… 해요?"

그녀의 한숨은 하나의 축복, 지금이 그녀가 기억하는 그 어느 때보다 더 젊고 아름답다는 사실에 대한 황홀한 증거였다. 찰나와도 같은 그 순간에 삶은 밝게 빛났고, 시간은 존재하지 않았으며, 두 사람의 힘은 영원한 것이었다. 그리고 보트가 배 옆을 긁는 소리가 들려왔다.

머리가 하얗게 센 남자 둘과 권총을 손에 든 장교 그리고 수병 둘이 사다리를 타고 올라왔다. 파넘 씨는 팔짱을 긴 채 조카딸을 응시하며 서 있었다.

"이제," 하고 그가 고개를 천천히 끄덕이며 말했다.

한숨 소리와 함께 칼라일의 목에 감겨 있던 아디타의 팔이 풀렸고, 꿈이라도 꾸듯 멀리로 건너갔다 돌아온 그녀의 아름다운 두 눈이 배에 오른 사람들에게로 옮겨 갔다. 그녀의 삼촌은 부루퉁하게 튀어나온 오만한 그녀의 윗입술이 익히 보아 왔던 대로 천천히 부풀어 오르는 것을 보았다.

"이제." 그가 냉담하게 같은 말을 반복했다. "이게 네가 생각하는 로맨스란 거냐? 해적이랑 눈 맞아 도망치는 게?"

아디타는 심드렁하게 그를 흘끗 보았다.

"나이는 코로 드셨군!" 그녀가 나직하게 말했다.

"할 말이 고작 그거야?"

"아뇨." 그녀는 마치 고심하기라도 한 듯 말했다. "그럴 리가요. 할 말이 또 있죠. 지난 몇 년 동안 삼촌이랑 나눈 대화의 대부분을 마무리한 그 유명한 말― 입 좀 닥치시죠, 라는 거!"

그러곤 몸을 돌리더니 두 명의 나이 든 남자와 장교 그리고 수병 둘을 향해 경멸 가득한 눈길을 짧게 던지고는 거만하게 갑판 승강구 계단을 밟고 내려갔다.

그러나 조금만 더 지체를 했더라면 그녀는 삼촌으로부터 그동안은 전혀 듣지 못했던 소리를 들었을 것이다. 그는 꽤나 즐겁다는 듯 키득거리며 웃었고, 옆에 있던 나이 든 남자도 그 웃음에 합세했다.

노신사가 이 광경을 은밀하게 즐기며 지켜보고 있던 칼라일을 향해 활기차게 돌아섰다.

"자, 토비." 노신사가 다정하게 말했다. "네 녀석같이 무지개나 좇는 고집불통 낭만주의자를 누가 말리겠니? 그래, 저 아이가 네가 찾던 여자였더냐?"

칼라일이 자신만만한 미소를 보냈다.

"당연하죠. 왜 아니겠어요," 하고 그가 말했다. "제멋대로 자랐다는 애길 처음 듣는 순간에 딱 알아봤죠. 그래서 어젯밤에 베이브를 시켜

서 신호탄을 쏘게 한 겁니다."

"찾았다니 나도 좋구나." 모어랜드 대령이 진지한 표정으로 말했다. "일면식도 없던 흑인 여섯이랑 문제가 일어나지 않을까 싶어서 아주 가까운 데서 지켜보고 있었지. 그리고 너희 둘이 몹시나 민망한 모습으로 나타나길 바랐는데 말이야." 그가 한숨을 내쉬곤 말을 이었다. "어쨌거나 성질 못된 놈이 성질 못된 애를 잡았군."

"자네 부친이랑 밤새도록 앉아서 잘되길 바랐었지. 어쩌면 제대로 안 되길 바랐을지도 몰라. 어쨌든, 자네가 저 애 마음에 쏙 들었단 건 인정해. 저 애 땜에 내가 아주 돌아 버릴 지경이라고. 내가 고용한 탐정이 미미라는 여자한테서 구해 온 러시아 팔찌는 주었나?"

칼라일이 고개를 끄덕였다.

"쉿!" 하고 그가 말했다. "갑판으로 올라오는 것 같아요."

승강구 계단 위로 올라온 아디타가 무심히 칼라일의 손목으로 눈길을 돌렸다. 곤혹스러운 표정이 그녀의 얼굴을 스쳐 갔다. 선미에서 흑인들의 노래가 들려왔고, 새벽이 찾아오며 싱그럽게 드러난 차가운 호수 위로 나지막한 노랫소리가 평온하게 울렸다.

"아디타." 칼라일이 불안한 표정을 지으며 말했다.

그녀가 그에게로 한 걸음 다가섰다.

"아디타." 숨도 제대로 가다듬지 못한 채 그가 다시 그녀의 이름을 불렀다. "할 얘기가 있어. 사실을 말해 줄게, 아디타. 이거 다 연극이었어. 내 이름도 칼라일이 아니라, 모어랜드, 토비 모어랜드고. 내 얘기도 지어낸 거였어, 플로리다에서 불쑥 지어낸 거, 아디타."

그를 응시하는 그녀의 얼굴에 당혹감과 놀라움, 의심과 분노가 빠르게 스쳐 갔다. 세 명의 남자는 숨을 멈췄다. 나이 든 모어랜드가 그녀에게로 다가섰고, 갑작스러운 공황에 빠진 파넘 씨는 입을 살짝 벌린 채 한바탕 벌어질 소동을 기다렸다.

하지만 소동은 일어나지 않았다. 아디타의 얼굴이 돌연 환하게 빛나더니 젊은 모어랜드를 향해 가벼운 웃음까지 날렸다. 그녀는 분노라곤 눈곱만큼도 담겨져 있지 않은 회색 눈으로 그를 올려다보았다.

"맹세할 수 있어요?" 하고 그녀가 빠르게 말했다. "이게 모두 당신의 머리에서 나온 게 사실인가요?"

"맹세할 수 있어." 젊은 모어랜드가 진지한 표정으로 말했다.

그녀가 그의 얼굴을 끌어 내려 다정하게 입을 맞추었다.

"대단한 상상력이었어요!" 그녀의 말은 부드러웠지만 질투 또한 가득 담겨 있었다. "앞으로도 계속 그런 달콤한 거짓말을 해 주길 바랄게요."

잠결에 취한 듯 뒤편을 떠다니던 흑인들의 음성이 이전에 그녀가 들었던 노래로 바뀌어 갔다.

시간은 도둑이라네.
기쁨과 슬픔이라네.
나뭇잎에 매달려
노랗게 변해 가네.

"자루엔 뭐가 들어 있었어요?" 그녀가 다정하게 물었다.

"플로리다의 진흙," 하고 그가 대답했다. "내가 그대에게 말한 두 가지 진실 중 하나지."

"나머지 하나는 알 수 있을 거 같네요," 하고 그녀가 말했다. 그러곤

발꿈치를 들어 올려 나머지 진실 하나를 알려 주듯 그의 입술에 부드
럽게 입을 맞추었다.

◆◆◆

「연안의 해적」은 《새터데이 이브닝 포스트》(1920년 5월 29일 자)에 세 번째로 발표한 작품으로, 「얼음 궁전」이 실린 그 달에 연이어 연재됨으로써 그가 뛰어난 재능을 가진 소설가로 급속하게 성장하고 있음을 여실히 보여 주었다. 이 작품은 여주인공이 연인의 특별한 행동 하나를 계속 반추하는 피츠제럴드 특유의 구성 작법이 드러나는 첫 번째 이야기이다.

전체가 주인공 아디타의 몽상으로 이루어진 이 소설은, 원래 구체적인 설명 없이 끝나는 구조를 가지고 있었지만 소설의 내러티브를 강조하기 위해 결말 부분이 다시 쓰였는데, 여기에 대해 피츠제럴드는 다음과 같은 말을 남겼다. "마지막 단락은 로리머 씨(《새터데이 이브닝 포스트》의 편집장)가 들려준 말을 거의 그대로 옮겨 놓았어요. 내가 쓴 가장 멋진 단락 중 하나라고 할 수 있습니다." 「연안의 해적」은 피츠제럴드의 첫 소설집 『말괄량이와 철학자들』에 수록되었다.

5월의 첫날
May Day

전쟁이 있었다. 싸워서 이겼다. 전승국의 대도시는 승리의 아치들이 세워지고, 희고 붉은 장미들이 뿌려지며 생생하게 돋아났다. 긴긴 봄날 내내 간선도로는 흥겹게 연주되는 취주악대의 음악 소리에 맞춰 행진하는 귀환 군인들로 가득 찼고, 잠시나마 흥정과 숫자를 떠나 창가로 몰려들어 행렬을 바라보는 상인과 점원들의 창백한 얼굴은 무척이나 엄숙했다.

그 대도시에는 일찍이 볼 수 없었던 장관이 펼쳐지고 있었는데, 전쟁에서의 승리는 풍요를 끌어왔고, 상인들은 남부와 서부 사람들이 가족들과 함께 몰려들어 요란스럽게 축제를 즐기고 더 큰 즐길 거리를 준비하는 광경을 지켜보았다. 그들은 여자들을 위해 겨울용 털옷과 금실로 짠 망사 가방을, 온갖 색들이 다 들어간 실크 슬리퍼며 은이며 장미색 견직물이며 금색 피륙까지 사 주었다.

전승국의 작가와 시인들이 요란하게 읊어 주는 내일의 평화와 번영을 위한 노래들은 지방에서 사람들을 몰고 와 도취의 술잔을 들게 만들었으며, 그들이 몰려들수록 더 빠르게 장신구와 신발들을 팔아 치운 장사꾼들은 여분의 장신구와 신발을 주문하느라 목청을 높였다. 밀려드는 수요에 맞추려면 하는 수 없었다. 어떤 장사꾼들은 절망적으로 두 손을 번쩍 들고 소리를 치기도 했다.

"제기랄! 신발이 더는 없다고! 세상에 이럴 수가! 물건들이 동났단 말이오! 하느님 맙소사지, 날더러 어쩌라고!"

하지만 그런 소리에 귀를 기울이는 사람은 아무도 없었다. 그러기엔 떼 지어 몰려드는 사람들은 저마다 너무도 분주했다. 간선도로를 따라 기운차게 행진하는 병사들의 행렬은 매일 계속되었고, 사람들은 그 젊은이들의 순수와 용기, 튼실한 치아와 장밋빛 뺨에 흥분과 기쁨을 감추지 못했다. 거기에다 남자를 사귀어 보지 못한 젊은 여성들의 얼굴과 몸매는 어여쁘기 이를 데 없었다.

모험이 넘쳐 나는 이 무렵의 대도시, 거기에서 일어난 몇 가지 일들을—어쩌면 한 가지일지도 모르지만—써 보려 한다.

1

1919년 5월 1일, 오전 9시, 한 젊은이가 맨해튼의 빌트모어 호텔 객실 담당 직원에게 필립 딘 씨가 투숙하고 있는지, 투숙하고 있다면 그의 방에 전화를 연결해 줄 수 있는지를 물었다. 젊은이는 몸에 잘 맞긴 했지만 남루한 양복을 입고 있었다. 몸이 작고 여위었어도 미남형이었다. 눈썹은 평균 이상으로 길었고, 눈 아래쪽 반원은 건강이 좋지 않은 듯 푸른빛을 띠고 있었는데, 특히 늘 미열에 시달리는 듯한 불그죽죽한 안색으로 인해 그 푸른빛을 띤 반원이 더 두드러져 보였다.

딘 씨는 그곳에 머물고 있었다. 젊은이는 곧 곁에 있던 전화기로 안내되었다.

얼마 뒤 전화가 연결되었고, 송화기에서 잠결에 받은 것 같은 목소리가 들려왔다.

"딘?" 간절함이 가득 배어 있었다. "이런, 필, 나 고든이야. 고든 스터렛. 지금 아래층에 있어. 네가 뉴욕에 왔다는 얘길 들었는데, 혹시나 여기 묵고 있지 않을까 했지."

잠결에 받은 것 같은 목소리에 열기가 스며들었다. 그래, 고디, 자네로군! 생각지도 못했는데, 반갑구먼! 세상에나, 당장 올라와!

몇 분 뒤, 푸른색 실크 잠옷을 입은 필립 딘이 객실 문을 열었고, 둘은 열렬하지만 어딘지 좀 어색하게 인사를 나누었다. 둘 모두 스물네 살 정도로, 전쟁 전에 함께 예일 대학을 졸업했더랬다. 하지만 그 이상의 공통점은 눈을 씻고 봐도 찾을 수 없다. 금발에 혈색 좋은 딘은 얇은 파자마를 입고 있었다. 건강과 안락이 그의 몸 구석구석에서 배어났다. 툭하면 미소를 지어 보였는데, 그럴 때마다 크고 돌출된 치아가 드러났다.

"나도 자넬 찾아보려던 참이었지," 하고 그가 열을 내며 말했다. "두 주짜리 휴가를 보내고 있어. 잠깐 좀 앉아 있어. 샤워하고 곧 돌아올 테니."

그가 욕실로 사라지자 방문객의 검은 두 눈동자는 초조하게 방 안을 둘러보았다. 구석에 놓인 커다란 영국제 가방에 잠깐 머물렀던 시선은 매력적인 넥타이들과 부드러운 모직 양말이 걸쳐진 의자 위의 두꺼운 실크 셔츠 무더기로 옮겨 갔다.

고든은 자리에서 일어나 셔츠 하나를 집어 들고는 꼼꼼하게 살폈다. 연한 푸른색 줄무늬의 노란색 실크는 제법 무게가 나갔다. 그런 셔츠가 거의 열 벌이 넘었다. 그는 절로 자신이 입고 있는 셔츠를 바라보았는데, 해어져 보풀이 일어난 가장자리는 빛바랜 옅은 회색을 띠고 있었다. 그는 실크 셔츠를 툭 던져 놓고는 자신의 외투 소맷부리를 끌어당겨 해어진 셔츠 소매가 보이지 않도록 감추었다. 그러곤 거울 앞으로 가서 열의라곤 느껴지지 않는, 불만 가득한 표정으로 자신의 모습을 바라보았다. 한때는 반짝반짝 빛났지만 윤기라곤 남아 있지 않은, 쭈글쭈글한 엄지 자국이 잡힌 넥타이는 비뚤비뚤한 셔츠 칼라의 단춧구멍들조차 가려 주지 못했다. 그는 불과 3년 전 졸업반 학생들 가운데서 베스트드레서를 뽑는 인기투표에서 한 표를 얻었던 일을 아무 감흥 없이 떠올렸다.

딘이 물기를 닦으며 욕실에서 나왔다.

"어젯밤에 네 옛날 친구를 봤어," 하고 그가 말했다. "호텔 로비를 지나가는데 도대체 이름이 생각나질 않는 거야. 네가 졸업반 때 뉴헤이븐에서 데려왔던 그 아가씨였는데."

고든이 놀랐다.

"이디스 브래딘? 그 여자 말하는 거야?"

"그래, 그 여자. 정말 이쁘더라. 여전히 예쁜 인형 같더라고. 무슨 뜻인지 알지? 만지면 때가 탈 거 같더란 말이야."

그는 윤기가 잘잘 흐르는 자신의 몸을 거울에 비춰 보고는 이를 드러내며 싱긋 미소를 지었다.

"스물세 살이 됐겠군," 하고 그가 말을 이었다.

"지난 달로 스물두 살 됐지." 고든이 멍한 표정으로 말했다.

"뭐? 지난 달로 스물둘? 암튼, 감마 프사이 댄스파티 땜에 온 모양이군. 오늘 밤에 델모니코 호텔에서 예일대 감마 프사이 댄스파티가 있는 거 알지? 고디, 너도 오는 게 좋을 거야. 아마도 뉴헤이븐에 있는 애들 반은 올 거야. 네 초대장은 내가 얻어다 줄 수 있어."

귀찮다는 듯 새 속옷으로 갈아입으며 딘은 담배에 불을 붙이더니 열려 있는 창문 쪽으로 걸어가서는 안으로 비쳐 드는 아침 햇살에 허벅지와 무릎을 이리저리 살폈다.

"앉아, 고든," 하고 그가 말했다. "이제껏 뭘 하면서 지냈는지, 지금은 뭘 하고 있는지, 털어놔 봐."

고든은 느닷없이 침대에 털썩 몸을 던지고는 한동안 죽은 듯 누워 있었다. 아무 소리 않고 있을 때면 버릇처럼 입이 살짝 벌어지는 그의 모습이 갑자기 무기력하고 비애스럽게 변했다.

"무슨 일이야?" 하고 딘이 재빨리 물었다.

"아, 세상에!"

"무슨 일이냐고?"

"모든 게 엉망진창이 돼 버렸어." 그가 비참하게 말했다. "산산조각 났다고, 필. 완전히 지쳤어."

"뭔 소리야?"

"완전히 지쳐 버렸다고." 그는 목소리를 심하게 떨어 댔다.

딘은 파란색 눈을 반들거리며 그를 더 꼼꼼히 살폈다.

"확실히 지친 것 같긴 하네."

"맞아. 모든 걸 엉망으로 만들어 버렸어." 그는 거기서 멈췄다가 다시 입을 열었다. "처음부터 얘기하는 게 낫겠군. 괜찮겠어?"

"물론. 계속해." 그렇게 말하긴 했지만 딘의 목소리에는 마지못해 듣는다는 기미가 어려 있었다. 이번 동부 쪽 여행은 휴일처럼 지낼 계획이었는데, 곤경에 처한 고든 스터렛을 만나게 되니 얼마간 화가 치밀었다.

"계속하라고." 같은 말을 반복하고 나서 그는 반쯤은 우물거리는 소리로 덧붙였다. "어서 끝내자고."

"근데, 그게 말이야," 하고 고든이 불안한 표정으로 다시 입을 열었다. "2월에 프랑스에서 돌아와서 고향인 해리스버그에서 한 달을 지냈지. 그런 뒤에 일자리를 구해 볼까 싶어 뉴욕으로 왔어. 한 군데를 찾았지. 수출 회사였는데, 어제 쫓겨났어."

"널 해고시켰다고?"

"그 얘기를 하려던 참이었어, 필. 네게 솔직히 털어놓고 싶어. 이런 얘기를 나눌 사람이라곤 너밖에 없어. 속엣얘기 다 털어놔도 괜찮겠지, 필?"

딘의 몸이 더 뻣뻣하게 굳어졌다. 무릎을 치는 손길은 무척이나 형식적이었다. 그는 괜히 덤터기를 쓰게 됐다는 느낌이 들었다. 친구의 얘기를 정말 듣고 싶은 건지도 확신할 수 없었다. 별것도 아닌 어려움에 처한 고든 스터렛을 보는 건 그다지 놀랄 일도 아니었지만, 비참한 지경에 빠진 그의 모습은 호기심을 자극하는 면이 없지 않으면서도 괜스레 몸을 경직시켰다.

"계속해 봐."

"여자 문제야."

"그렇군." 딘은 무슨 일이 있어도 자신의 여행을 망쳐선 안 된다고 마음을 먹었다. 고든이 계속 귀찮게 군다면, 거리를 두면 될 터였다.

"그녀의 이름은 주얼 허드슨이야." 침대에서 잔뜩 풀 죽은 목소리가 비어져 나왔다. "그 여잔 말 그대로 순수했었지. 1년 전까지만 해도 말이야. 여기 뉴욕의 넉넉지 않은 가정에 살았더랬지. 가족들은 모두 죽고 나이 든 고모 한 분과 함께 살아. 내가 그녀를 만난 건, 사람들이 프랑스에서 일제히 돌아오기 시작할 무렵이었어. 내가 하는 일이라곤 그저 그 사람들을 반갑게 환영하고 파티를 벌이는 것뿐이었어. 그들을 하나하나 만나는 게 그저 즐겁기만 하던 그때, 일이 시작된 거야, 필."

"마음을 좀 더 단단히 먹었어야지."

"나도 알고 있었지." 거기서 고든은 잠깐 멈추었다가 생기 없는 목소리로 말을 이었다. "너도 알겠지만, 지금 난 입에 풀칠은 하고 있어. 필, 내가 없이 사는 건 참질 못하잖나. 근데 하필이면 이럴 때 그 여자가 나타난 거야. 그녀도 한동안은 나 못지않게 사랑에 빠졌더랬지. 나야 심하게 빠져들고 싶지 않았지만, 어딜 가면 꼭 그 여잘 만나게 되더라고. 수출 회사에서 내가 어떤 일을 하는지는 너도 상상할 수 있겠지. 물론, 난 늘 그림을 그리고 싶어 했지만. 잡지에 삽화 그리는 것 말이야. 벌이가 제법 쏠쏠하기도 하지."

"하지 그랬어. 뭐든 잘하고 싶으면 심지가 굳어야 하지만." 딘은 냉정하게 격식을 차리며 말했다.

"나도 노력이야 했지. 하지만 나란 놈이 워낙 그렇잖아. 재능이야 있지, 필. 얼마든 그릴 수 있다고. 다만 방법을 모를 뿐이지. 미술 학교에 다녀야 하는데 그럴 여유가 없어. 근데, 일주일 전에 위기가 닥쳤단 말이야. 잔고가 몇 달러밖에 없는데 이 여자가 날 괴롭히기 시작하더라고. 돈이 필요하다는데, 주지 않으면 나를 곤경에 빠뜨릴 수도 있다잖아."

"정말 그녀가 그럴 수 있는 거야?"

"내가 걱정하는 게 바로 그거야. 회사에서 쫓겨난 것도 그중 하나지. 그 여자가 시도 때도 없이 회사에다 전화를 걸어 대는데, 견디는 게 불가능했어. 우리 집에다 보낼 편지까지 써 놨더라고. 아, 난 완전히 잡혀 버렸어. 지금 내게 필요한 건 그녀한테 줄 돈 몇 푼이야."

어색한 침묵이 흘렀다. 고든은 두 손을 틀어쥔 채로 꼼짝 않고 누워 있었다.

"완전히 지쳤어." 그가 예의 떨리는 음성으로 말을 이었다. "반쯤은 제정신이 아니야, 필. 네가 동부로 온다는 걸 몰랐다면, 난 아마 자살했을지도 몰라. 300달러만 꿔 줬으면 해."

양말을 신지 않은 맨뒤꿈치를 두드리고 있던 딘의 두 손이 갑자기 멈추었고, 둘 사이에 놓여 있던 묘한 불확실성이 팽팽한 긴장감으로 바뀌어 갔다.

잠깐의 시간이 흐르고 고든의 말이 이어졌다.

"가족들한테는 땡전 한 푼까지 끌어다 썼더니 창피해서 말이야."

딘은 여전히 아무런 대답도 하지 않았다.

"주얼은 200달러를 요구하고 있어."

"마음대로 해 보라고 그러지 그래."

"그래, 말은 쉽지. 하지만 내가 술 취한 김에 썼던 편지 두어 통을 갖고 있더라고. 안타깝게도 그 여잔 네가 생각하는 만큼 호락호락한 여자가 아니야."

딘의 얼굴에 불쾌감이 어렸다.

"그런 여자 꼴은 봐줄 수가 없지. 멀리해야 된다고."

"알지," 하고 고든이 심드렁하게 인정했다.

"현실을 똑바로 봐야 된다고. 수중에 돈이 없으면 일을 해야 하고, 여자도 멀리하고."

"세상 돈을 다 가진 너라면," 하고 고든은 눈을 가늘게 뜨며 얘기를 시작했다. "그런 말은 얼마든 할 수 있지."

"그렇지 않아. 가족들이 내가 쓰는 한 푼까지 다 감시를 하고 있어. 여유가 좀 있다는 그게 바로 취약이란 거야. 헤프게 쓰기 시작하면 끝장이라고."

그는 블라인드를 올려 햇빛이 더 들어오도록 했다.

"내가 까다로운 인간이 아닌 건 하느님도 아시지." 그는 신중하게 입을 열었다. "난 즐기며 사는 걸 좋아해. 이런 휴가 땐 더욱이나. 하지만 지금의 넌, 넌 아주 끔찍해. 넌 이런 식으로 말한 적이 없어. 파산이라도 당한 것 같아. 주머니만 빈 게 아니라 머리까지 텅 비어 버렸어."

"그 둘은 대체로 함께 일어나지 않나?"

딘은 조바심을 치듯 고개를 흔들었다.

"너한테서는 지금 내가 이해하지 못하는 뭔가가 느껴져. 일종의 사악함 같은."

"불안과 빈곤과 불면의 밤이 느껴질 테지." 고든이 비아냥거리듯 말했다.

"그런 건 모르겠고."

"그래, 내가 우울에 빠져 있다는 건 인정해. 우울의 늪에 빠져 있지. 하지만 필, 빌어먹을, 나도 일주일만 쉬고, 새 양복을 차려입고 돈도 좀 생기면 예전처럼, 예전처럼 될 거야. 필, 너도 알잖아. 내가 그림에 재주가 있다는 거. 그렇지만 대개는 제대로 된 화구를 마련할 돈도 없는 데다, 지치고 낙담할 땐 도무지 그릴 수가 없어. 수중에 돈이 좀 들어오면 몇 주 정도 원기를 회복해서 다시 시작할 수 있을 텐데 말이야."

"그 돈 딴 여자한테 안 쓸 거라고 보장할 수 있어?"

"왜 자꾸 아픈 델 건드려?" 하고 고든이 나직하게 말했다.

"아픈 델 건드리는 게 아니야. 네 이런 모습을 보는 게 싫어."

"돈이나 좀 꿔 줘, 필."

"당장 결정할 수 있는 일이 아니야. 액수도 그렇고, 내 사정도 편칠 않고."

"자네가 꿔 줄 수 없다면 난 끝장이야. 내가 징징대고 있다는 거 알아. 모든 게 내 잘못이지. 하지만 달리 방도가 없어."

"언제쯤 갚을 건데?"

서광이 보였다. 고든은 생각했다. 솔직하게 말하는 게 가장 현명한 방법일 듯싶었다.

"물론, 다음 달에 갚는다고 약속은 할 수가 있어. 그렇지만, 석 달 뒤라고 말하는 게 낫겠어. 그림이 팔리기 시작하면 곧바로."

"그림이 팔릴 거라고 어떻게 믿지?"

이전과는 달리 딱딱하게 굳은 딘의 목소리에 약하지만 서늘한 의심이 끼어들며 고든의 귓속으로 파고들었다. 돈을 빌릴 수 없으면 어쩌지?

"그래도 얼마쯤은 날 믿을 거라 생각했는데."

"예전엔 그랬지. 하지만 지금 이런 모습을 보고 있으니 의심이 들기 시작하는군."

"궁지에 몰리지만 않았다면 이런 식으로 찾아오진 않았겠지. 이런 꼴 보이고 싶어서 찾아왔겠어?" 그는 갑자기 말을 멈추고는 목소리에 화를 싣지 않는 게 좋다는 생각을 하며 입술을 짓씹었다. 어쨌든 부탁하는 입장에 있는 건 자신이었다.

"넌 지금 이게 별거 아니라고 생각하니?" 딘이 화를 내며 말했다. "너한테 돈을 빌려주지 않으면 멍청한 녀석이라도 된다는 듯 말하고 있잖아. 그래, 네 태도가 지금 그래. 너한테 말해 두는데, 300달러가 누구네 집 강아지 이름이 아니야. 내가 땅 파서 돈 줍는 게 아니라고. 만약에 그 돈을 떼먹히면 당장 타격이 온다는 말이야."

그는 의자에서 벗어나 신경을 써 가며 옷을 골라 입기 시작했다. 고든은 팔을 뻗어 침대 가장자리를 부여잡고는 울분이 터지려는 걸 가까스로 참아 냈다. 머리가 깨지는 듯 현기증이 일고, 입은 바짝 마르고 소태를 씹은 듯 썼으며, 마치 지붕에서 천천히 물방울이 똑똑 떨어지듯 핏속의 열이 일정한 간격으로 쉼 없이 녹아 떨어지는 것 같았다.

딘은 넥타이를 똑바로 매고는 눈썹을 가지런히 빗고 의식을 치르듯이에 붙은 담뱃잎을 떼어 냈다. 그러곤 담배를 담배 상자에다 담은 뒤 빈 담뱃갑을 신중하게 쓰레기통에다 던져 넣고는 상자를 조끼 주머니에 집어넣었다.

"아침은?" 하고 그가 물었다.

"아직. 요즘은 아침을 안 먹어."

"그래, 오늘은 같이 나가서 먹어. 돈 얘기는 나중에 하고. 그런 얘긴 질색이야. 즐기려고 동부로 왔으니까. 예일 클럽으로 가 보세." 그는 연신 언짢은 표정으로 핀잔하듯 덧붙였다. "직장도 그만뒀으니, 할 일도 없잖아."

"주머니만 좀 채워지면 할 일이야 많지," 하고 고든이 쏴붙이듯 말했다.

"아, 정말, 돈 얘긴 좀 접어 두자고! 여행을 죄다 망치고 싶진 않아. 여기, 이 돈이나 받아 둬."

그가 지갑에서 5달러짜리 지폐 한 장을 꺼내 고든에게 건네주자, 고든은 조심스럽게 받아 들고는 주머니에 넣었다. 그의 볼이 발갛게 물든 건 열 때문이 아니었다. 방을 나서려던 둘의 눈이 허공에서 잠깐 마주쳤고, 두 사람은 동시에 뭔가를 느낀 듯 재빨리 시선을 아래로 내렸다. 그 짧은 순간에 그들의 뇌리를 스치고 지나간 건 분명히 서로에 대한 증오였다.

2

5번 대로와 44번가는 정오 무렵에 밀려 나온 사람들로 가득 찼다. 풍요와 행복으로 가득한 밝은 빛을 퉁기며 고가품을 파는 가게의 두꺼운 유리창으로 빨려 든 햇빛은 망사 가방과 지갑, 잿빛 벨벳 상자에 담긴 진주 목걸이와 온갖 화려한 빛깔의 깃털 부채, 값비싼 드레스와 비단, 실내 장식가들이 전시 공간들에다 꾸며 놓은 온갖 허접한 그림과 고가구들을 비추고 있었다.

둘씩 짝을 짓거나 여러 명이 무리를 이룬 직장 여성들이 쇼윈도 앞을 서성거리며 제각기 미래의 침실에서 쓰게 될 물건들을, 누군가는 남자 실크 잠옷까지 찜해 놓느라 바빴다. 보석 가게 앞에서 걸음을 멈춘 채 약혼 반지와 결혼 반지와 백금 손목시계를 고른 그들은 깃털 부채와 야외용 외투를 보러 자리를 옮겼는데, 그러는 동안 점심에 먹은 샌드위치와 아이스크림이 모두 내려갔다.

이 무리들 안에는 허드슨강에 정박한 함선의 수병들과 매사추세츠주에서 캘리포니아주까지 온갖 종류의 사단 마크를 단 군복 차림의 사병들이 뒤섞여 있었다. 군인들은 하나같이 사람들의 시선을 끌려고 무척이나 애를 썼지만 이제 이곳 대도시 시민들은 무거운 배낭에 소총을 메고 열을 지어 행진하는 병사들이 아닌 다른 군인들에겐 거의 눈길을 주지 않았다.

이렇게 사람들 무리에 섞인 채 딘과 고든은 이리저리 움직여 갔고, 딘은 실속은 없이 외양만 번지르르한 사람들의 모습을 흥미로운 눈길로 보았지만 고든은 그들에게서 부실한 음식에 산적한 업무로 피곤에 절었던 자신의 모습을 새삼스럽게 떠올렸다. 딘에게는 그들의 치열한 다툼이 의미와 젊음과 생기였지만, 고든에게는 우울과 무의미의 무한한 연속일 뿐이었다.

예일 클럽에서 그들은 한 무리의 동기생들을 만났다. 동기생들은 딘의 방문을 요란스럽다 싶을 만큼 반가워했다. 그들은 커다란 의자에 반원을 그리며 앉아 하나같이 하이볼을 마셨다.

고든은 대화가 지루하게 이어지고 있다는 생각이 들었다. 오후가 시작될 무렵 술로 몸이 따뜻해진 그들은 우르르 몰려가 점심을 먹었다. 그들은 그날 밤에 예정된 감마 프사이 댄스파티에 참석할 예정이었는데, 전쟁 이후 가장 멋진 파티가 될 게 틀림없었다.

"이디스 브래딘도 온다더라," 하고 누군가가 고든에게 말했다. "그 아가씨 네 옛 애인 아니었어? 둘 다 해리스버그 출신이잖아."

"그렇지." 그는 얘기를 바꿔 보려고 했다. "그녀 오빠랑은 가끔 만나고 있어. 얼치기 사회주의자지. 여기 뉴욕에서 신문사를 하고 있다던가."

"유쾌한 여동생이랑은 다른가 보지?" 호기심 많은 소식통은 얘기를 끊지 않았다. "근데, 그 아가씨 오늘은 피터 힘멜이라는 3학년생이랑 온다던데."

고든은 8시에 주얼 허드슨과 만나 돈을 전해 주기로 약속이 되어 있었다. 그는 몇 번이나 초조하게 손목시계를 들여다보았다. 다행히 4시가 되자 딘은 자리에서 일어나며 셔츠 칼라와 넥타이를 사러 리버스브라더스로 가야 한다고 말했다. 하지만 클럽을 나왔을 때 한 녀석이 따라나서는 바람에 고든의 심기는 불편해졌다. 그날 밤 열릴 파티에 들떠 있던 딘은 기분이 좋았는지 얼마간 수다스럽기까지 했다. 그는 리버스 브라더스에 도착했을 때 함께 따라온 녀석과 한참이나 얘기를 나누면서 넥타이를 마구 고르더니 십여 개나 구입했다. 좁은 넥타이가 다시 유행한다는 거야 뭐야? 근데 리버스는 월치 마것슨에서 만든 칼라들을 더 많이 갖다 놨어야지, 창피하지도 않나? '커빙턴'만한 칼라는 절대 없었지.

고든은 공황 상태 비슷한 것에 빠져 있었다. 당장 돈이 필요했던 것이다. 그러면서도 그날 밤에 열릴 감마 프사이 댄스파티에 참가하는 데 대해서도 약간이나마 생각해 보았다. 이디스를 보고 싶었다. 프랑스 전선으로 떠나기 직전에 해리스버그 컨트리클럽에서 하룻밤을 로맨틱하게 보낸 뒤론 통 만나질 못했다. 전쟁의 소용돌이에 휘말린 데다, 지난 석 달간 예상치도 못한 사건을 겪으면서 도무지 그녀를 생각할 틈도 없는 사이에 둘의 관계는 끝나 버렸다. 하지만 중요하지도 않은 얘기를 침을 튀어 가며 열정적이고도 즐겁게 떠들어 대는 그녀의 모습이 떠오르자 문득 그녀와 얽힌 수백 가지 추억들이 되살아났다. 대학을 다니는 동안 그로 하여금 고고하면서도 애정 어린 감탄을 자아내게 했던, 그가 줄곧 소중하게 간직하고 있던 것은 바로 그녀의 얼굴이었다. 그는 그녀를 그리는 게 좋았다. 그의 방에는 그녀를 그린, 골프를 하고 수영을 하는 그녀를 스케치한 그림이 십여 장이나 있었다. 사람의 마음을 잡아끄는 활달한 그녀의 옆모습을 그는 눈을 감고도 그릴 수 있었다.

5시 30분에 리버스 상점을 나온 그들은 잠시 길거리에 서 있었다.

"자, 그럼," 하고 딘이 다정하게 입을 뗐다. "이걸로 난 준비가 끝났어. 호텔로 돌아가서 면도랑 이발을 하고, 마사지도 받아야겠어."

"그거 좋지." 따라온 녀석이 말했다. "너랑 같이 가야겠군."

고든은 완전히 당했다는 생각이 들었다. 녀석에게 "당장 꺼져, 이 자식아!" 하고 윽박지르고 싶은 생각을 간신히 참아 냈다. 그는 절망에 잠긴 채, 어쩌면 딘이 녀석에게 자신의 얘기를 했을지도 모른다는 생각이 들었다. 녀석을 데리고 다니는 게 돈 얘기를 더 이상 꺼내지 못하게 하려는 수작인지도 몰랐다.

그들은 빌트모어 호텔로 들어섰다. 빌트모어는 여자들로 생기가 넘쳐흘렀는데, 대부분 서부와 남부의 여러 도시에서 온 아가씨들로, 유명 대학의 유명한 댄스파티에 참석하려는, 말하자면 사교계의 샛별들이었다. 하지만 고든에게 그들은 꿈속의 얼굴들일 뿐이었다. 그가 마지막으로 부탁을 하기 위해 온 힘을 끌어모으고 있을 때, 갑자기 딘이 함께 따라온 녀석에서 양해를 구하고는 고든의 팔을 잡아 옆으로 끌었다. 무슨 말을 하고 싶은 건지 도무지 짐작이 가질 않았다.

"고디," 하고 그가 빠르게 말했다. "아무리 생각해 봐도 돈을 빌려줄 수가 없겠어. 생각 같아선 얼마든 그러고 싶은데, 그렇게 하고 나면 내가 한 달 동안 쪼들릴 것 같아서 말이야."

멍한 눈으로 그를 바라보던 고든은 그의 윗니들이 유난히 돌출돼 있는 걸 왜 이제야 보았는지 의아했다.

"정말 미안해, 고든," 하고 딘이 말을 이었다. "사정 좀 봐줘."

그는 지갑을 꺼내더니 신중하게 75달러를 셌다.

"자," 하고 그가 돈을 내밀며 말했다. "75달러야. 아까 준 것까지 하면 80달러지. 이번 여행에 쓴 경비를 빼고 이게 내가 가진 현금 전부야."

움켜쥐어져 있던 고든의 손이 반사적으로 올라가 마치 집게를 쥐려는 것처럼 펼쳐지더니 다시 지폐를 꽉 움켜잡았다.

"댄스파티에서 만나." 딘이 다시 말을 이었다. "난 이발소에 가야겠어."

"그래, 가." 고든이 긴장해 쉰 목소리로 말했다.

"잘 가."

딘의 얼굴에 미소가 어리기 시작했지만 마음은 이미 돌아선 것 같았다. 그는 빠르게 고개를 끄덕이고는 자리를 떴다.

하지만 고든은 그곳을 떠나지 못했다. 잘생긴 얼굴엔 일그러진 번민이, 손아귀엔 지폐 뭉치가 단단히 움켜쥐어져 있었다. 울컥 쏟아진 눈물에 시야가 흐려진 그는 빌트모어의 계단을 비틀거리며 내려갔다.

그날 밤 9시경, 두 사람이 6번 대로의 허접한 식당을 나섰다. 둘 모두 추레한 몰골에 영양 상태도 좋지 않았으며, 최하 수준의 지능에도 미치지 못할 듯 보이는 데다 최소한의 동물적인 활력조차 느낄 수 없었다. 그들은 얼마 전까지만 해도 이국의 낯설고 지저분한 도시에서 벌레에 뜯기고 추위와 허기에 시달리며 돈도 친구도 없이 살았다. 세상에 던져진 순간부터 파도에 밀려 이리저리 떠다니는 부목浮木처럼 살아왔던 그들은 그런 상태로 죽음으로 던져질는지도 몰랐다. 그들이 입고 있는 군복 견장에는 뉴저지주에서 소집한 사단의 마크가 붙어 있었는데, 사흘 전에 상륙한 부대였다.

둘 중 키가 큰 남자는 이름이 캐럴 키인데, 그 이름은 세대가 지나면서 다소 묽어지긴 했지만 여전히 얼마큼의 가능성이 그의 핏속에 흐르고 있음을 시사했다. 하지만 턱이 들어간 긴 얼굴에 물기 어린 멍한 눈, 유난히 불거진 광대뼈는 선조들이 지닌 진가나 타고난 임기응변 능력 따위와는 영 거리가 멀었다.

그와 함께 있는 남자는 피부가 거무칙칙했고, 다리는 안짱다리, 눈은 쥐눈에다 매부리코는 여러 차례 부러진 듯 보였다. 반항적인 분위기는 그렇게 보이려고 위장한 것이 틀림없었는데, 그의 삶으로부터 한시도 떠나 본 적 없던 육체적 허세와 위협의 세계, 늘 으르렁대며 살아온 그 세계에서 자연스럽게 얻어진 방어 무기였다. 그의 이름은 거스 로즈였다.

카페를 나온 그들은 대단히 즐거우면서도 완전히 초연하게 이쑤시개로 이를 후비며 6번 대로를 따라 어슬렁어슬렁 내려갔다.

"어디로 가지?" 그는 키가 남태평양 섬나라로 가자고 제안을 해도 전혀 놀라지 않을 것 같은 말투로 물었다.

"배 속에다 술을 좀 넣어 줘야 하지 않느냐, 그런 말이렸다?" 아직 금주법이 발효된 건 아니지만, 그의 말에 일말의 주저가 담긴 건 군인 들에게 술을 파는 게 법으로 금지되어 있기 때문이었다.

로즈도 술 얘기엔 격하게 동의했다.

"잠깐만," 하고 키가 말하고는 잠시 생각에 잠겼다가 말을 이었다. "여기 어디에 형이 살아."

"뉴욕에?"

"응. 나이 좀 든 친구지." 나이 많은 형이란 뜻이었다. "싸구려 식당 에서 웨이터로 있어."

"그럼 기대해 봐도 좋겠군."

"내 말이."

"장담하는데, 난 내일 이 빌어먹을 군복을 벗고야 말겠어. 다시는 입 지 않을 거라고. 민간인 옷을 좀 구해야겠어."

"뭐, 난 괜찮은데."

둘이 가진 걸 합해 봐야 5달러도 되지 않았으므로 이런 식의 너스레 는 마음을 달래 보려고 악의 없이 지껄이는 말장난에 불과했다. 낄낄 거리며 성경에 등장하는 인물들을 입에 올리면서 "오, 이런!", "바로 그거야!", "내 말이 그 말이라고!" 따위를 몇 번이고 되풀이해 대는 걸 보면 그런 게 둘을 즐겁게 하는 모양이었다.

이 두 남자의 온전한 정신적 양식이 되어 준 것은 지난 몇 년 동안 그들의 목숨을 부지시켜 준 조직—군대나 기업이나 빈민 구제소—과 그 조직의 직속상관에 대해 콧방귀를 뀌며 날리는 독설이었다. 바로 오늘 아침까지는 '정부'가 그 조직의 역할을 담당했고, 그 직속상관은 '대위'였다. 이 둘로부터 미끄러져 나온 두 남자는 자신들을 예속시킬 다음 조직을 고를 때까지 다시금 알 수 없는 불안감 속에 놓였다. 그들은 불명확하고 불만스러운, 뭔지 모를 초조감에 사로잡혀 있었다. 두 사람은 군대에서 풀려난 해방감을 만끽하는 것으로 그리고 군대의 규율 따위에 다시는 자유를 사랑하는 자신들의 굳건한 의지를 억압당하지 않을 거라고 서로에게 다짐하는 것으로 이런 초조감을 달랬다. 하지만 그들에게 고향 집 같은 안식을 느끼게 해 줄 수 있는 건 이런 식의 새로 찾은 명확한 자유가 아니라 감옥이었다.

키가 느닷없이 걷는 속도를 높였다. 고개를 빼고 키의 시선을 쫓아가던 로즈는 길 아래쪽 50여 미터쯤에 한 무리의 사람들이 모여들고 있는 걸 발견했다. 키가 낄낄거리며 사람들을 향해 뛰기 시작했다. 그러자 로즈 역시 성큼성큼 내딛는 친구와 보조를 맞추려고 짤따란 안짱다리를 부지런히 놀렸다.

사람들 무리에 다다른 두 남자는 곧 누가 누구인지 구별할 수 없을 정도로 무리의 일부가 되었다. 억병으로 취한 민간인들과, 부대도 다양하고 취한 정도도 가지각색인 온갖 병사들이 흥분해 두 팔을 휘둘러 대며 또렷한 어조로 열변을 토하는 구레나룻이 시꺼먼 유대인을 빙 둘러싸고 있었다. 앞쪽까지 비집고 나간 키와 로즈는 유대인 사내의 말이 자신들의 평범한 의식을 파고드는 걸 느끼며 잔뜩 의심 어린 눈으로 그를 살폈다.

"……전쟁에서 여러분이 얻은 건 뭡니까?" 유대인 사내가 사납게 외쳤다. "둘러보세요, 주위를 한번 둘러보세요! 여러분은 부잡니까? 주머니가 두둑합니까? 어림없는 소리, 목숨 붙어서 두 다리 멀쩡하게 돌아온 것만도 다행이죠. 그렇게 돌아와 보니 마누라가 돈으로 징집을 면한 놈이랑 배가 맞아 도망치지 않았다면 그것도 요행이죠. 그야말로 하늘이 도운 겁니다! J. P. 모건과 존 D. 록펠러를 제외하고 이 전쟁에서 조금이라도 이득을 본 자가 대체 누굽니까?"

이 순간, 조그만 유대인 사내의 연설은, 적의에 찬 주먹이 날아와 수염으로 덮인 그의 턱에 꽂혀 그가 도로 위로 벌렁 나자빠지는 바람에, 더 이상 이어지지 못했다.

"우라질 놈의 빨갱이 새끼!" 소리를 버럭 지르며 주먹을 날린 덩치 큰 군인은 전직 대장장이였다. 그의 말에 동조하는 소리가 들리는가 싶더니 군중들이 쓰러진 사내에게로 더 가까이 다가갔다.

유대인 사내가 휘청거리며 일어서려 하자 대여섯 명이 한꺼번에 달려들어 주먹을 날려 그를 다시 쓰러뜨렸다. 그가 입술 안팎이 모두 찢어진 듯 피를 줄줄 흘리며 바닥에 주저앉아 거칠게 숨을 몰아쉬었다.

떠들썩한 소리가 들려오고 얼마 있지 않아 로즈와 키는 무리에 뒤섞인 채 6번 대로를 따라 내려갔는데, 선두에는 널따란 챙 모자에 깡마른 체구의 남자와 한 방에 유대인 사내의 열변을 잠재워 버린 그 건강한 군인이 서 있었다. 사람들 수가 무섭게 불어나 별 관심도 없던 시민들까지 길 양쪽으로 무리를 따라 걷다가 이따금 정신적 지지를 보내듯 환호성을 내지르곤 했다.

"어디로 가는 거요?" 키가 바로 옆에 있는 남자에게 큰 소리로 물었다.

남자가 선두에 서서 무리를 이끌고 있는 널따란 챙 모자를 쓴 사내를 가리켰다.

"저 친구가 놈들 많은 데를 알고 있소! 놈들에게 맛 좀 보여 주러 가는 거라고!"

"놈들에게 맛을 보여 주러 간다!" 키가 들떠서 로즈에게 속삭이자 로즈는 광분한 채로 반대편 남자에게 같은 말을 되풀이했다.

행렬이 6번 대로를 쓸고 내려가는 동안 여기저기서 육군과 해병들이 합세를 했고, 이따금 민간인들이 방금 제대를 했다고 소리를 지르며 끼어들곤 했는데, 새로 생긴 스포츠 오락 클럽 회원권을 선물로 받은 듯 요란을 떨어 댔다.

그러다가 행렬은 사거리에서 방향을 틀어 5번 대로 쪽을 향해 나아가기 시작했고, 여기저기서 톨리버 홀에서 열리는 빨갱이들 집회로 간다는 얘기가 흘러나왔다.

"거기가 어디지?"

이 물음이 열을 따라 올라가고 얼마 뒤에 대답이 되돌아왔다. 톨리버 홀은 10번가로 내려가는 곳에 있었다. 다른 군인들 한 떼가 집회를 때려 엎기 위해 이미 내려가 있다는 얘기가 들려왔다!

하지만 10번가는 꽤나 멀게 느껴져서 스무 명쯤은 실망한 듯 투덜거리며 대열에서 빠져나갔다. 이탈자 중에는 로즈와 키도 섞여 있었는데, 둘은 걸음을 천천히 옮기면서 열에 들뜬 사람들이 지나갈 수 있도록 틈을 내주었다.

"아무래도 술이 좀 들어가야 할 것 같아," 하고 키가 말했다. 둘은 걸음을 멈추고는 "쫌챙이들!"이니 "겁쟁이들!" 같은 고함을 들으며 인도 중간으로 올라섰다.

"형님이 이 근처에서 일한다고?" 로즈가 여느 때와 달리 제대로 된 말투로 물었다.

"아마도," 하고 키가 대답했다. "두어 해는 코빼기도 못 봤어. 내가 줄곧 펜실베이니아에 가 있었으니까. 어쩌면 밤엔 일을 안 할지도 몰라. 여기 어디쯤이었는데. 딴 데로 간 게 아니라면 술은 얻어먹을 수 있을 거야."

몇 분쯤 거리를 헤맨 끝에 둘은 그곳을 찾아냈다. 5번 대로와 브로드웨이 중간쯤에 있는 추레한 식당이었다. 키가 안으로 들어가 형 조지가 있는지 알아보는 동안 로즈는 인도에서 기다렸다.

"이젠 여기서 일을 안 한다는데." 키가 나타나 말했다. "델모니코 식당 웨이터로 옮겼다는군."

로즈는 마치 충분히 예상한 일이었다는 듯 재빨리 고개를 끄덕였다. 능력자가 때로 직장을 옮기는 건 그리 놀랄 일이 아니었다. 그는 한때 알고 지냈던 웨이터 얘기를 꺼냈고, 둘은 팁보다 봉급을 더 많이 받는 웨이터가 있는지에 대해 꽤 오래 얘기를 나누고는 결국 그건 웨이터가 일하는 식당의 품격에 달린 문제라고 결론을 내렸다. 둘은 델모니코 식당 만찬에서 샴페인을 터뜨린 뒤 50달러를 팁으로 던져 주는 백만장자의 모습을 생생히 그려 보고는 웨이터가 되는 게 어떨까 궁리를 했다. 실제로 키의 좁혀진 미간에는 형에게 일자리를 부탁해 봐야겠다는 결의가 숨겨져 있었다.

"웨이터는 손님이 남긴 샴페인을 몽땅 마실 수가 있지." 로즈가 구미가 당긴다는 듯 생각을 굳히고는 말을 이었다. "아, 얼마나 좋아!"

두 사람이 델모니코 식당에 도착했을 때는 어느새 10시 반이었는데, 입구에 줄을 지어 댄 택시에서 자태가 보통이 아닌, 모자를 쓰지 않은 젊은 여자들이 파티복 차림에다 목에 힘이 잔뜩 들어간 젊은 신사들의 시중을 받으며 내리는 모습에 눈이 휘둥그레졌다.

"파티가 있는 모양이야," 하고 로즈가 주눅이 들어 말했다. "차라리

들어가지 않는 게 나을 거 같아. 자네 형님도 바쁠 거 같고."

"아냐, 형은 아닐 거야. 괜찮을 거야."

얼마간의 망설임 끝에 그들은 그나마 사람들의 왕래가 적은 목각으로 장식된 문으로 들어가 주뼛주뼛거리며 서성대다가 눈에 잘 띄지 않는 구석 자리로 가 앉았다. 그들은 모자를 벗어 손에 들고 있었다. 음울한 기운이 잔뜩 내려앉은 두 사람은 한쪽 문이 벌컥 열리며 웨이터 하나가 혜성처럼 나타나 플로어를 요란하게 가로질러 반대편 문으로 사라지는 것을 보고는 두려움에 휩싸이고 말았다.

웨이터들이 셋이나 번개처럼 지나간 뒤에야 그들은 용기를 짜내 간신히 하나를 불러 세웠다. 웨이터는 몸을 돌려 의심 어린 눈으로 그들을 살펴보고는 여차하면 돌아서서 가 버리기라도 할 듯한 낌새를 보이며 살금살금 고양이 걸음으로 다가왔다.

"그런데 말이오," 하고 키가 입을 뗐다. "그러니까, 내 형을 아시오? 여기서 웨이터로 일을 하는데."

"성이 키, 라고 합니다." 로즈가 덧붙였다.

그랬다. 웨이터는 키를 알고 있었다. 웨이터는 그가 위층에 있을 거라고 생각했다. 중앙 무도회장에서 큰 댄스파티가 열릴 예정이었다. 웨이터가 그를 부르러 갔다.

10분쯤 뒤 조지 키가 모습을 드러내고는 몹시 의심 어린 눈으로 동생을 맞이했는데, 조지에게 맨 처음이자 아주 자연스럽게 떠오른 생각은 동생이 돈을 뜯으러 왔으리라는 거였다.

조지도 키가 크고 턱이 가늘긴 했지만, 그 외엔 동생과 닮은 데가 아무 곳도 없었다. 웨이터의 눈은 전혀 멍청하게 보이지 않았고, 오히려 경계의 빛이 반짝반짝 빛났으며 태도는 상냥하면서도 실내에서 주로 생활하는 사람 특유의 다소 거만한 분위기마저 풍겼다. 형과 동생은 상투적인 인사를 나누었다. 조지는 결혼을 해서 아이가 셋 있었다. 그는 캐럴 키가 입대를 해서 해외에 나갔었다는 소식에 얼마간 흥미를 느끼는 것 같긴 했지만 그다지 깊은 인상을 받은 것 같지는 않았다. 이건 캐럴에게 실망하고 있다는 얘기였다.

"조지 형." 인사를 대충 마무리하고는 동생이 말했다. "술이 좀 필요한데, 우리한텐 도무지 팔지를 않아. 좀 마실 수 없을까?"

조지는 잠시 생각에 잠겼다.

"그러지 뭐. 구할 수 있을 거야. 근데, 30분은 기다려야 돼."

"좋아." 캐럴이 동의를 했다. "그쯤은 기다릴 수 있어."

로즈는 여기까지 얘기를 듣고 있다가 막 안락의자에 앉았고, 그 순간 화가 난 조지가 소리를 지르는 바람에 화들짝 놀라고 말았다.

"이봐! 조심하라고, 당신! 이 자린 앉을 수 없어! 이 방은 자정 연회로 예약된 방이라고."

"저도 망가뜨릴 생각은 없었어요," 하고 로즈도 화가 나서 말했다. "이 잡는 약도 뿌렸다고요."

"괜한 소리 말고." 조지가 엄한 표정으로 말했다. "너희랑 잡담하고 있는 걸 웨이터장이 보면 가만두지 않을 거야."

"아."

웨이터장이라는 단어는 두 사람에게 더 이상의 설명이 필요 없는 말이었고, 그들은 물 건너 온 모자를 조심스럽게 손에 들고 지시를 기다렸다.

"잘 들어." 조지가 잠깐 말을 끊었다가 이었다. "너희가 기다릴 만한 데로 데려다줄 테니, 곧장 날 따라와."

그를 따라 먼 쪽 문을 빠져나가 인적이 없는 식료품 보관소를 통과해 한 쌍의 어두운 나선 계단을 올라가자 두 사람 앞에 물통과 청소용 솔 더미가 쌓여 있고 전등이 희미하게 켜진 조그만 방이 나타났다. 그는 2달러를 내놓으라고 하며 30분 뒤에 1리터짜리 위스키를 갖고 돌아오겠다고 하고는 그들을 남겨 놓고 자리를 떴다.

"아무래도 조지 형이 돈을 좀 만지는 거 같아." 물통을 뒤집어 앉으며 키가 침울한 표정으로 말했다. "틀림없이 일주일에 50달러는 벌 거야."

로즈가 고개를 끄덕이다가 침을 뱉었다.

"나도 같은 생각이야."

"무슨 파티라고 그랬지?"

"대학생 녀석들이 잔뜩 있더라고. 예일 대학."

둘은 마주 보며 심각한 표정으로 고개를 끄덕였다.

"그 군바리들은 지금쯤 어디에 있을까나?"

"모르지. 나한텐 걸어가기에 너무 먼 곳이었어."

"나한테도 그래. 난 그렇게 멀리까진 못 걸어."

10분이 지나자 그들은 불안감에 휩싸였다.

"바깥에 뭐가 있는지 좀 보고 올게," 하고 말하며 로즈는 다른 쪽 문으로 조심스럽게 걸음을 옮겼다.

녹색 천이 드리워진 여닫이문을 그가 아주 조금만 젖혔다.

"뭐가 보여?"

로즈의 다급한 호흡이 대답을 대신했다.

"우와! 술이 제법 많아."

"술?"

키도 로즈가 있는 문으로 다가가 뚫어지게 들여다보았다.

"저게 다 술이란 말이야?" 그가 한동안 넋이 나간 듯 바라보고는 말했다.

홀은 그들이 있는 방의 두 배는 큰 듯했고, 위스키들이 황홀한 빛을 발하며 놓여 있었다. 흰색 식탁보가 덮인 테이블 두 개에 술을 옮겨 놓는 사이펀과 펀치를 담아 내는 두 개의 커다란 빈 주발은 물론 위스키와 진, 브랜디, 프랑스식과 이탈리아식 베르무트 칵테일, 오렌지 주스가 벽을 이루며 늘어서 있었다. 거기엔 아직 아무도 없었다.

"댄스파티가 곧 열리겠지?" 하고 키가 낮은 소리로 말했다. "바이올린 소리 들려? 이거, 뭐지? 나도 춤 좀 추고 싶어지는 이 기분."

두 사람은 살그머니 문을 닫고는 서로의 마음을 이해한다는 듯한 눈빛을 주고받았다. 더 이상의 교감은 필요치 않았다.

"두어 병 집어 오고 싶은 걸," 하고 로즈가 결연히 말했다.

"나도."

"근데, 괜찮을까?"

키가 생각에 잠겼다.

"애들이 마시기 시작할 때까지 기다리는 게 좋겠어. 나란히 놓여 있으니까 비게 되면 들킬지도 몰라."

이 문제를 두고 그들은 몇 분쯤 얘기를 나누었다. 로즈는 누가 들어오기 전에 한 병을 슬쩍해 외투 속에 감추어 두자고 했지만 키는 조심하는 게 좋겠다고 주장했다. 그는 형을 곤란하게 만들까 두려웠다. 마개를 딴 술병이 몇 병쯤 생길 때까지 기다린다면 그때 한 병을 슬쩍한다 해도 문제 될 건 없을 것 같았다. 대학생 녀석들 중 누군가의 소행이라고 생각할 테니까.

둘이 여전히 이 문제를 두고 옥신각신하는 사이에 조지 키가 황급히 문을 열고 들어오더니 그다지 투덜거리지도 않고 녹색 천이 드리워진 문 안으로 사라졌다. 잠시 뒤 마개를 따는 소리가 들려왔고, 얼음이 부딪치는 소리와 술을 따르는 소리가 이어졌다. 조지는 펀치 칵테일을 만들고 있었다.

두 퇴역 군인이 환하게 미소를 주고받았다.

"아, 이런!" 로즈가 낮게 속삭였다.

조지의 모습이 다시 나타났다.

"얌전히 있어, 친구들," 하고 그가 빠르게 말했다. "5분만 기다리면 갖다 줄 테니까."

그가 자신이 들어왔던 문으로 다시 사라졌다.

조지의 발소리가 계단을 밟고 내려가자마자 로즈는 조심스럽게 주위를 살피고는 쏜살같이 불이 훤히 밝혀진 홀로 들어가더니 손에 병하나를 거머쥐고 돌아왔다.

"내 말 잘 들어 봐." 빛의 속도로 술 한 잔씩을 배 속으로 밀어 넣고는 로즈가 말했다. "조지가 술을 갖고 오면 말이지, 형이 가져온 술을 여기서 마시게 해 줄 수 있냐고 청을 해 보는 거야. 어때? 술 마실 데가 마땅히 없다고 말해 보는 거지. 그러면 아무도 없을 때 홀로 들어가서 외투에다 한 병씩 감춰 올 수 있잖아. 그 정도면 이틀치는 충분히 되지 않겠어?"

"좋은 생각이야," 하고 로즈가 맞장구를 쳤다. "영리한 친구! 마음만 먹으면 언제든 군바리들한테 팔 수도 있고 말이야."

두 남자는 잠시 동안 달콤한 생각에 젖은 채 입을 다물었다. 그때 키가 손을 위로 뻗어 자신이 입고 있던 일직사관 코트 칼라의 단추를 끌렀다.

"여기 좀 덥지 않아?"

로즈가 격하게 동의를 보냈다.

"우라지게 덥네."

4

무도회장으로 통하는 휴게실을 가로지르고 있던 그녀는 여전히 화가 풀리지 않은 상태였는데, 사교 생활에서 비일비재하게 일어나는 일이라 대수로울 것도 없었지만 문제는 하필이면 그 일이 일어난 게 그날 밤이라는 사실이었다. 자책할 일은 하나도 없었다. 늘 해 왔던 대로 위엄과 과묵한 동정을 적당히 섞어 놓으면 간단하고도 교묘하게 그를 따돌릴 수 있을 터였다.

그 일은 택시가 빌트모어 호텔을 반 블록도 채 빠져나가지 않았을 때 일어났다. 그가 어색하게 오른팔을 들더니—그녀는 그의 오른편에 앉아 있었다—그녀가 입고 있던 진홍색 연극 관람용 모피 코트에 슬며시 손을 얹으려 한 것이다. 이것 자체가 실수였다. 젊은 남자가 상대의 의향도 모르는 상태에서 젊은 여자를 감싸려 했다면 먼저 먼 쪽 팔을 둘렀어야 했다. 그래야 상대에게 가까운 쪽 팔을 드는 이상한 동작을 피할 수 있었을 것이다.

그가 저지른 두 번째 실수는 무의식적인 것이었다. 그녀는 그날 오후를 미용실에서 머리를 다듬으며 보냈는데, 그녀로선 머리카락이 헝클어지는 건 생각하기도 싫었다. 따라서 피터란 남자가 팔꿈치로 살짝이나마 그녀의 머리를 건드린 건 참으로 불운한 일이었다. 이것이 그의 두 번째 실수였다. 두 가지만으로도 충분했다.

그는 뭐라고 중얼거리기 시작했다. 그 소리를 처음 들었을 때 그녀는 그가 그저 애송이 대학생에 지나지 않는다고 확정했다. 이디스의 나이 스물둘, 어쨌든 전쟁이 끝나고 처음으로 열리는 댄스파티라 생각에 생각이 꼬리를 물고 일어났는데, 어느 댄스파티와 어떤 남자가 뇌리를 스쳤다. 하지만 그 남자에 대해 남아 있는 감정은 일말의 슬픈 여운을 자아내는 사춘기 소녀의 몽상에 불과했다. 이디스 브래딘이 푹 빠져 있는 건 고든 스터렛과의 추억이었다.

그런 탓인지 그녀는 델모니코 호텔 탈의실을 나와 잠깐 문 앞에 선 채 검은 드레스 차림을 한 여자의 어깨 너머로 층계 위쪽에 무리를 짓고 선 기품 있는 나방처럼 보이는 예일 대학생들을 물끄러미 건너다보았다. 그녀가 나왔던 방에서 젊고 예쁜 여자들이 수시로 들락거려서 짙은 향수 냄새가 풍겨 나왔는데, 홀의 매캐한 담배 연기와 뒤섞여 더욱 자극적인 향기로 변해 계단을 따라 감마 프사이 댄스파티가 열리고 있는 무도회장 구석구석으로 퍼져 나갔다. 그녀에게 매우 익숙한 그 냄새는 흥분을 일으키고, 자극하고, 불안할 정도로 달콤한, 사교계 댄스파티 특유의 냄새였다.

그녀는 자신의 외모에 대해 생각했다. 맨살이 드러난 두 팔과 어깨엔 크림 타입의 흰색 분이 발라져 있었다. 그녀는 자신의 팔과 어깨가 유난히 부드럽고, 오늘 밤 그림자처럼 서 있을 남자들의 검은 등을 배경으로 우유처럼 밝게 빛날 거라는 사실을 알고 있었다. 미용사의 솜씨는 완벽했으니, 불그스름한 머리칼을 부풀려 한 올도 흐트러지지 않으면서도 움직이는 곡선을 가진 도도한 조각품을 만들어 놓았다.

진홍빛 입술도 세심하게 그려 놓았고, 두 눈동자의 홍채는 도자기로 빚은 것처럼 섬세하고 깨질 듯한 푸른빛을 띠고 있었다. 그녀는 완벽하게 손질된 머리부터 작고 가는 두 발까지, 영원히 손상될 것 같지 않은 우아함과 흠잡을 곳 하나 없이 너무도 완벽하게 다듬어진 아름다움으로 하나의 선을 이루었다.

높고 낮은 소리로 웃음을 터뜨리고 느긋하게 걸음을 옮기며 짝을 지어 층계를 오르내리는 동안 이미 얼마간 시선을 사로잡은 그녀는 오늘 밤 파티에서 무슨 얘기를 하면 좋을지를 생각했다. 그녀는 여러 해 동안 사용해 왔던 자신만의 화술을 쓰는 게 좋겠다고 마음을 먹었는데, 약간의 언론 문투에 대학생들이 쓰는 은어를 섞어 새롭게 완성한, 요즘 한창 유행하는 표현으로 경솔한 듯하면서도 살짝 도전적이며 미묘하게 감성을 건드리는 말투였다. 바로 옆 층계에 있던 한 여자가 "그게 뭔지 반도 몰라, 당신은!" 하고 말하는 걸 듣고 그녀는 살짝 미소를 머금었다.

미소를 머금는 사이에 좀 전의 화는 사그라졌고, 그녀는 눈을 지그시 감고 기쁨이 담긴 숨을 깊이 들이쉬었다. 그러곤 두 팔을 옆구리로 내려 몸을 휘감고 있던 매끈한 드레스를 가볍게 만졌다. 자신의 살결이 이렇게나 부드럽고 팔이 희다는 게 새삼스럽게 느껴졌다.

"달콤한 향기가 나," 하고 그녀는 무심히 혼잣말로 중얼거리고는 또 다른 생각에 빠져들었다. "난 사랑받을 수밖에 없어."

혼자 중얼거린 말이 너무도 좋아서 다시 생각했는데, 그 순간 자신도 모르게 고든에 대한 그리움이 새삼스럽게 밀려들었다. 두 달 전 그를 다시 보고 싶다는 예기치도 못한 욕구를 일으키게 했던 그 뒤틀린 상상이 바로 이 시간 댄스파티로까지 이어지고 있는지도 몰랐다.

겉으론 날렵한 미인이었지만 이디스는 무덤덤하고 느긋한 구석이 있는 여자였다. 깊이 생각에 잠기는 경향은 그녀의 오빠로 하여금 젊은 이상주의자에서 사회주의자에 평화운동가로 탈바꿈하게 한 기질과 비슷했다. 경제학 강사를 지내던 코넬 대학을 떠나 뉴욕으로 온 헨리 브래딘은 급진주의 주간지의 칼럼에 치유 불능의 악에 대한 최신 치료법을 쏟아 내고 있는 중이었다.

오빠보다는 얼이 좀 덜 빠진 이디스는 고든 스터렛을 치료한 것으로 만족하고 있을지도 몰랐다. 고든에겐 모성 본능을 자극하는 연약함과 보호해 주고 싶게 만드는 유약함이 있었는데, 그녀로서도 오랫동안 알아 온 누군가를, 예전부터 자신을 사랑해 온 누군가를 원했다. 그녀는 얼마큼 지쳐 있었고, 결혼도 하고 싶었다. 산더미처럼 쌓인 편지와 대여섯 장의 사진 그리고 수많은 추억들이 이런 권태와 함께 그녀로 하여금 고든을 다시 만난다면 관계를 새롭게 바꾸어야겠다는 결심을 하게 만들었다. 그런 상황이 생긴다면 변화를 끌어낼 말을 하게 되는 건 그녀일 터였다. 그날 밤이 그랬다. 그날 밤은 그녀의 밤이었다. 아니, 밤은 모두 그녀의 밤이었다.

그때, 마음이 상한 듯한 표정을 한 대학생 하나가 그녀 앞에서 예의를 갖추며 머리를 숙여 보이는 바람에 그녀의 생각은 거기서 멈추었다. 그녀와 함께 온 피터 힘멜이었다. 훤칠한 키에 유머러스하고, 뿔테 안경을 쓴 그에게선 매력적인 기분파의 분위기가 풍겼다. 그녀는 갑자기 그가 꼴불견으로 보였는데, 모르긴 해도 그녀에게 키스를 하려다가 성공하지 못했기 때문이었을 것이다.

"그런데 말예요," 하고 그녀가 입을 뗐다. "아직 저한테 화가 풀리지 않은 거예요?"

"아뇨, 전혀요."

그녀는 앞으로 다가가 그의 팔을 잡았다.

"미안해요." 그녀가 부드럽게 말했다. "왜 그렇게 사납게 말했는지 저도 모르겠어요. 오늘 밤은 웬일인지 흥이 나질 않네요. 미안해요."

"괜찮습니다." 그가 기어들어 가는 소리로 말했다. "신경 쓰지 말아요."

그는 불쾌하고 당황스러웠다. 아까 한 실수를 또 들먹이는 건 뭐지?

"제 잘못이었어요." 그녀는 여전히 의식적으로 친절한 척하며 말을 이었다. "우리 그 일은 잊기로 해요." 이 말을 듣고 나자 그는 여자가 싫어졌다.

몇 분쯤 뒤 특별 초청된 재즈 오케스트라 단원들이 몸을 건들거리며 한숨을 내쉬듯 무도회장을 가득 채운 사람들을 향해 "색소폰과 나만 남았다면, 우린 친구가 될 수밖에!"라는 노래를 부르는 동안 두 사람은 무대로 나갔다.

콧수염을 기른 사내가 춤을 청하기 위해 끼어들었다.

"안녕하셔," 하고 그가 빈정거리듯 입을 뗐다. "날 기억하지 못하는군."

"이름은 기억할 수가 없네요." 그녀가 가볍게 말했다. "하지만 당신에 대해선 잘 알아요."

"우리가 만난 게, 그러니까……" 그의 목소리는 짙은 금발의 남자가 끼어드는 바람에 슬그머니 잦아들었다. 이디스는 낯선 얼굴의 남자에게 "고마워요, 춤은 나중에 추기로 하죠," 하고 건성으로 웅얼거렸다.

짙은 금발 남자는 막무가내로 그녀와 악수를 하려고 했다. 그의 이름이 그녀가 알고 있는 수많은 '짐' 중 하나일 거라는 생각은 들었지만 성은 도무지 알 수 없었다. 그녀는 그가 기이한 리듬으로 춤을 춘다는 사실을 기억해 냈는데, 추어 보니 과연 그랬다.

"여긴 오래 머물 예정인가요?" 그가 비밀스럽게 목소리를 낮추어 물었다.

그녀는 몸을 뒤로 젖히며 그를 올려다보았다.

"두어 주쯤."

"어디서 지내요?"

"빌트모어 호텔. 언제 전화 주세요."

"장난하는 거 아니죠?" 그가 그녀에게 확답을 받듯 말했다. "전화 걸게요. 차 한잔해요."

"그래요. 그렇게 하세요."

검은 얼굴의 남자가 몹시 굳은 표정으로 춤을 청했다.

"날 기억하죠? 안 나요?" 그가 엄숙하게 물었다.

"아뇨, 기억나요. 당신 이름이 할런이잖아요."

"이런, 발로입니다."

"글쎄 뭐, 어쨌든 두 음절이란 건 알고 있었어요. 하워드 마셜의 파티에서 우쿨렐레를 멋지게 연주하던 분이었죠."

"내가 연주한 건 그게 아니고……"

앞니가 돌출된 남자가 춤을 청했다. 이디스의 코 속으로 미미한 위스키 냄새가 스며들었다. 그녀는 술을 어느 정도 할 줄 아는 남자가 좋았는데, 술이 좀 들어가면 더 유쾌해지고 감사와 칭찬도 더 잘해서 얘기하기가 수월해지기 때문이었다.

"제 이름은 딘, 필립 딘입니다." 그가 유쾌하게 말했다. "당신은 절 기억하지 못하겠지만, 전 당신을 알아요. 졸업반 때 뉴헤이븐에 자주 왔었잖아요. 제 룸메이트랑요. 고든 스터렛이라고."

이디스가 재빨리 고개를 들었다.

"맞아요. 그 사람이랑 두 번 갔었어요…… 펌프 슬리퍼 무도회랑 2학년 댄스파티."

"물론, 그 친구 봤겠네요." 딘이 별생각 없이 말했다. "오늘 밤 여기 와 있어요. 방금 전에 봤었는데."

이디스는 깜짝 놀랐다. 하지만 그가 여기 있으리라는 확신이 들긴 했었다.

"아뇨, 아직……"

빨간 머리칼의 뚱뚱한 남자가 끼어들었다.

"안녕, 이디스," 하고 그가 말했다.

"아, 안녕."

미끄러진 듯 그녀가 살짝 비틀거렸다.

"어머, 미안," 하고 그녀가 기계적으로 중얼거렸다.

그녀의 눈에 고든의 모습이 들어왔다. 고든은 몹시 창백하고 무표정한 얼굴로 출입문 가에 기대서서 담배를 피우며 무도회장을 바라보고 있었다. 이디스는 그의 얼굴이 야위고 병적으로 파리하다는 생각을 했다. 담배를 입술로 가져가는 그의 손이 떨리고 있었다. 둘은 춤을 추며 그와 아주 가까운 거리까지 다가갔다.

"……조연들을 너무 많이 출연시켜 놔서……," 키가 조그만 남자가 푸념을 늘어놓았다.

"안녕, 고든," 하고 이디스가 파트너의 어깨 너머로 그를 불렀다. 그녀의 가슴이 거칠게 뛰고 있었다.

고든의 크고 검은 눈동자가 그녀에게 붙박였다. 그는 그녀 쪽으로 한 걸음 다가섰다. 그녀의 파트너가 방향을 바꾸었고, 남자의 푸념이 그녀의 귀에 흘러들었다.

"······그렇지만 혼자 온 녀석들은 일찌감치 취해서 떠나 버리죠, 그래서······"

그때 그녀의 옆쪽에서 낮은 목소리가 들려왔다.

"실례지만, 함께 추실까요?"

어느새 그녀는 고든과 춤을 추고 있었는데, 그녀는 자신을 감싼 그의 팔이 이따금씩 꽉 조여지는 것과 활짝 펼쳐진 그의 손이 자신의 등에 붙어 있는 걸 느꼈다. 레이스 달린 조그만 손수건을 쥐고 있는 그녀의 손은 그의 손에 으스러지듯 쥐어져 있었다.

"고든." 그녀가 막힐 것 같은 숨을 몰아쉬며 입을 뗐다.

"안녕, 이디스."

그녀는 다시 발을 삐걱했는데, 균형을 잡느라고 몸이 앞으로 기울어지는 바람에 그녀의 얼굴이 그의 검정 야회복에 닿았다. 그녀는 그를 사랑했다. 그를 사랑하고 있다는 사실을 부인할 수 없었다. 미묘한 불안감이 스멀스멀 기어오르며 한동안 입을 뗄 수가 없었다. 뭔가 이상했다.

갑자기 그녀는 가슴이 뒤틀리는 것 같았고, 그 이상한 느낌이 무엇 때문인지를 깨닫는 순간 속이 뒤집히는 기분이 들었다. 그는 초라하고 비참한 모습에, 술도 약간 취한 듯하고 몹시 지쳐 보였다.

"이런," 하고 그녀는 자신도 모르게 소리를 질렀다.

그의 두 눈이 그녀를 내려다보고 있었다. 그의 눈에 서 있는 핏발과 제멋대로 움직이는 눈동자가 그녀의 눈에 불쑥 빨려 들어왔다.

"고든," 하고 그녀가 작은 소리로 웅얼거렸다. "우리, 자리에 앉도록 해. 앉고 싶어."

그들은 거의 무대 중앙으로 가고 있었는데, 그녀는 방 반대편 양쪽 끝에서 남자 둘이 자신에게로 다가오고 있는 것을 발견하고는 걸음을 멈추더니 고든의 힘 빠진 손을 잡은 채로 사람들과 거칠게 부딪히면서 그를 끌고 갔다. 루주를 바른 그녀의 입술은 굳게 닫혀 있었고, 얼굴은 아주 창백했으며, 눈물이 흘러내리는 눈은 떨리고 있었다.

그녀는 부드러운 카펫이 깔린 계단을 찾아냈고, 그는 그녀의 곁에 무거운 몸을 내려놓았다.

"어쨌든," 하고 그는 흔들리는 눈으로 그녀를 바라보며 입을 뗐다. "널 볼 수 있으니 기쁘긴 하네, 이디스."

그녀는 대답 없이 그를 바라보았다. 그녀는 이 상황이 믿어지지 않았다. 지난 몇 년 동안 숙부들에서 운전기사들까지 온갖 종류의 술 취한 남자들을 보아 왔고, 흥미로움에서 역겨움까지 참으로 다양한 감정을 느꼈지만, 지금처럼 형언할 수 없을 정도의 공포는 이제껏 느껴 보지 못한 전혀 새로운 것이었다.

"고든," 하고 그녀가 힐난하듯 입을 뗐는데, 거의 울음에 가까웠다. "네 모습, 이게 뭐야?"

그가 고개를 끄덕였다. "곤란한 지경에 빠져 있어서 그래, 이디스."

"무슨 곤란?"

"모든 종류의 곤란이지. 우리 집 사람들한텐 아무 말도 하지 마. 난 완전히 풍비박산이 나 버렸어. 엉망이 돼 버렸다고, 이디스."

그의 아랫입술이 축 처졌다. 그는 거의 그녀의 눈을 피하는 것 같았다.

"뭔지…… 무슨 일인지……," 그녀는 말을 쉽게 잇지 못했다. "무슨 일인지 말해 줘야 하는 거 아냐, 고든? 내가 늘 당신 생각하고 있다는 거 알잖아."

그녀는 입술을 깨물었다. 뭔가 더 강한 말을 하고 싶었지만, 결국 꺼낼 수 없다는 것을 그녀는 깨달았다.

고든이 바보처럼 고개를 흔들었다. "네겐 말해 줄 수 없어. 넌 좋은 여자야. 좋은 여자한텐 해 줄 수 없는 얘기야."

"멍청이," 하고 그녀가 쏘아붙였다. "그런 식으로 좋은 여자라고 하는 건 모욕일 뿐이야. 욕하는 거라고. 그동안 술에 절어 지냈구나, 고든."

"고마워." 그가 고개를 푹 숙였다. "정답을 맞춰 줘서 고마워."

"술을 왜 마시는데?"

"비참하니까. 끔찍이도 비참하니까."

"술을 마시면 그런 상황이 나아져?"

"뭐 하는 거야…… 날 고쳐 보겠다는 거야?"

"아니. 그냥 도우려는 거야, 고든. 무슨 일이 있었는지 말해 주면 안 돼?"

"엉망진창이야. 네가 할 수 있는 최선의 일은 날 모른 척하는 거라고."

"왜 그런데, 고든?"

"춤추는 데 껴들어서 미안해…… 너한텐 안 맞아. 넌 순수한 여자야…… 모든 면에서. 자, 내가 너랑 춤출 상대를 데려다줄게."

그는 비틀거리며 일어서려 했지만 그녀가 손을 뻗어 다시 계단 위 자신 곁으로 끌어 앉혔다.

"봐, 고든. 네 모습 좀 보라고. 널 보는 내 마음이 너무 아파. 넌 마치…… 정신 나간 사람처럼 행동하고 있어."

"인정해. 나, 정신 많이 나갔어. 뭔가 잘못됐다고, 이디스. 뭔가 날 떠나 버렸어. 그런 건 문제 될 거 없어."

"문제인 것 같아. 나한테 말해 줘."

"그렇단 얘기야. 난 늘 이상한 놈이었잖아…… 애들이랑 좀 달랐잖아. 대학 땐 괜찮았지만, 이제 뭐 하나 되는 게 없어. 지난 넉 달 동안 단추가 옷에서 뜯겨져 나가듯 내 안에서 자꾸만 뭔가가 빠져나갔지. 단추가 몇 개 더 뜯겨 나갈 것 같아. 점점 더 미쳐 가고 있는 거지."

그는 고개를 돌려 그녀를 똑바로 바라보며 웃기 시작했고, 그녀는 그에게서 몸을 웅크려 피했다.

"대체 왜 그러는 거야?"

"나 말이야," 하고 그는 되풀이했다. "미쳐 가고 있는 중이라고. 여기 이곳, 여기 델모니코 호텔이 내겐 꿈만 같아……"

고든이 주절거리는 동안 그녀는 그가 완전히 변했다는 사실을 알았다. 밝고 즐거운, 무엇에도 구애받지 않던 성격은 완전히 사라지고 권태와 무기력이 송두리째 그를 삼켜 버렸다. 혐오감이 그녀를 휩싸더니 현기증과 함께 뜻 모를 따분함이 밀려들었다. 그의 목소리가 거대한 공허 속에서 울려 나오는 것 같았다.

"이디스," 하고 그가 말했다. "난 똑똑하고 재능 있는 예술가라고 생각하곤 했었지. 이제 난 아무것도 아니란 걸 알았어. 그림을 그릴 수도 없어, 이디스. 왜 이런 얘기를 너한테 하고 있는지도 모르겠군."

그는 무심히 고개를 끄덕였다.

"그림을 그릴 수도 없고, 아무것도 할 수가 없어. 교회의 시궁쥐처럼 빈털터리가 돼 버렸다고." 그가 씁쓸하지만 몹시 요란하게 웃음을 터뜨렸다. "난 우라질 거지꼴을 하고 있어. 거머리처럼 친구들에게 붙어 살아. 실패자라고. 땡전 한 푼 없는 알거지."

그녀의 혐오감은 점점 커져 갔다. 이제 그녀는 거의 고개도 끄덕이지 않은 채, 먼저 일어설 수 있는 기회만 엿보고 있었다.

그때 갑자기 고든의 눈에 눈물이 가득 고였다.

"이디스." 자제를 해 보려고 무던히도 애를 쓰며 그가 그녀에게로 고개를 돌렸다. "그나마 내게 관심을 가진 사람이 한 사람이라도 있다는 걸 알게 되어 말할 수 없이 기뻐."

그가 손을 뻗어 그녀의 손을 톡톡 두드렸지만, 그녀는 자신도 모르게 손을 치웠다.

"널 봐서 너무 좋아." 그가 같은 말을 반복했다.

"그러게," 하고 그녀가 그의 눈을 응시하며 천천히 말했다. "옛 친구를 만나면 항상 좋지…… 그런데, 당신 이런 모습을 보는 건 싫어, 고든."

서로를 마주 보는 동안 두 사람 사이에 침묵이 흘렀다. 그의 눈에 순간적으로 떠올랐던 열망이 흔들렸다. 자리에서 일어나 그를 내려다보는 그녀의 얼굴에는 아무런 표정도 떠오르지 않았다.

"우리 춤출래?" 그녀가 냉담하게 제의했다.

사랑은 쉽게 부서지지, 하고 그녀는 생각했다. 하지만 부서진 파편들은 저장해 둘 수가 있어. 입술에 맴돌던 말들, 얘기할 수 있을 것 같았던 그 말들은, 새로운 사랑의 말들, 사랑으로부터 익혔던 달콤한 그 말들은, 다음에 찾아올 연인을 위해 소중히 저장해 두어야 해.

5

사랑스러운 이디스의 호위 무사 노릇을 하고 있던 피터 힘멜은 무시당하는 건 잘 참지 못했는데, 그런 대접을 받고 있다는 생각이 든 그는 마음의 상처를 입고는 당황해하다가 수치심까지 느꼈다. 지난 두 달여 동안 이디스 브래딘과 속달 우편을 주고받으면서 속달로 편지를 주고받는 게 감성적인 마음을 전하는 데 유용한 가치가 있다는 걸 알았으므로 그는 자신의 입지가 무척이나 확고하다는 사실을 굳게 믿고 있었다. 별것 아닌 키스 문제로 그녀가 이런 식의 태도를 보이는 이유가 무엇인지 그로선 도무지 알 길이 없었다.

그래서 그는 콧수염이 있는 남자가 이디스에게 춤을 청하는 사이에 홀로 나가서 문장을 하나 만들어서는 몇 번이고 되뇌었다. 고심을 하며 줄이고 줄인 끝에 남은 문장은 이랬다.

"그래, 어떤 여자가 남자더러 관심을 갖게 하고는 무안을 준다면, 그녀도…… 그래, 내가 나가서 엉망으로 취해 버린다면 마냥 재밌지만은 않겠지."

결국 그는 식당을 빠져나가 저녁 무렵에 봐 두었던 조그만 방으로 들어갔다. 여러 개의 커다란 펀치용 주발과 함께 병들이 잔뜩 늘어선 방이었다. 그는 술병이 놓여 있는 테이블 가에 자리를 잡고 앉았다.

하이볼을 두 잔째 마셨을 때 권태와 역겨움도, 단조로운 시간의 흐름도, 혼란스러운 사건도 거미줄이 반짝거리는 희미한 배경들 안으로 가라앉았다. 모든 것이 선반에 정렬이 되듯 제자리를 찾아 얌전히 놓였는데, 그날 일어난 모든 문젯거리들이 질서 정연하게 대열을 갖추고는 그의 해산 명령 한 마디에 일제히 걸어 나가더니 사라져 버렸다.

걱정거리가 사라진 곳에 빛이 환히 퍼져 나오는 상징물이 모습을 드러냈다. 이디스는 변덕스럽고 하찮은 계집애가 돼 버렸는데, 걱정해야 할 존재이기보다는 오히려 비웃음을 날려야 할 대상이었다. 그녀는 그의 꿈속에 존재하는 인물처럼 자신이 만든 겉만 번드르르한 세계에 적합했다. 그 또한 얼마큼은 형식을 따지는, 절제력을 가진 술꾼에 노는 데는 탁월한 몽상가였다.

시간이 좀 지나자 형식적인 분위기 따위는 사라지기 시작했는데, 하이볼을 석 잔째 마시고 나자 상상력은 뜨끈한 열기 속으로 잠겨 들고 기분 좋은 수면 위에 떠 있는 것 같은 기분이 들었다. 그와 가까운 곳에 녹색 천이 드리워진 문이 5센티미터쯤 벌어져 있었는데, 그 틈새로 눈동자 두 개가 자신을 뚫어지게 노려보고 있다는 걸 깨달은 건 바로 그 순간이었다.

"음," 하고 피터가 나직하게 웅얼거렸다.

녹색 문이 닫혔다가 조금 뒤에 다시 열렸는데, 이번엔 1센티미터가 넘을까 말까 했다.

"까— 꿍," 하고 피터가 낮은 소리를 냈다.

문은 열린 그대로였는데, 이따금 잔뜩 긴장한 음성으로 속삭이는 소리가 들려왔다.

"한 녀석이야."

"뭘 하는데?"

"앉은 채로 보고 있어."

"저 자식이 가야, 한 병 더 갖고 올 텐데 말이야."

피터는 의식 깊숙한 곳까지 그 소리가 닿도록 귀를 기울였다.

"지금 이거," 하고 그는 생각했다. "심상찮아."

흥분이 일었다. 기분도 좋았다. 은밀한 상황에 놓인 것 같은 느낌이 들었다. 그는 짐짓 딴청을 부리며 자리에서 일어나 테이블 주위를 돌았다. 그러곤 재빨리 몸을 돌려 녹색 천이 드리워진 문을 열어젖혔고, 로즈가 엉겁결에 방으로 뛰어들었다.

피터가 꾸벅 인사를 했다.

"안녕하십니까?" 하고 그가 말했다.

군복 차림의 로즈는 싸우려는 태세를 갖추듯 한쪽 발을 반대편 발보다 살짝 앞으로 내밀긴 했지만, 싸울 것인지 타협을 할 것인지 궁리했다.

"처음 뵙겠습니다," 하고 피터가 다시 공손히 말했다.

"뭐, 그럭저럭."

"한잔 드릴까요?"

로즈 사병은 놀림을 당하고 있을지도 모른다는 생각에 그를 유심히 살폈다.

"괜찮소," 하고 마침내 그가 말했다.

피터가 의자를 가리켰다.

"앉으시죠."

"친구랑 같이 있소," 하고 로즈가 말했다. "저기 있소." 그가 녹색 문을 가리켰다.

"그분도 오라고 그러시죠."

피터는 방을 가로질러 가더니 문을 열고는 예의 사병 복장을 한 키를 반갑게 맞이했는데, 그의 얼굴엔 의심과 불확실과 죄의식이 뒤얽혀 있었다. 세 사람은 의자를 끌어다 펀치용 주발 주위에 자리를 잡았다. 피터가 두 사람에게 하이볼 한 잔씩을 건네주고는 담배 상자에서 담배도 꺼내 권했다. 두 남자는 머뭇거리며 술과 담배를 받았다.

"그런데 말이죠," 하고 피터가 가볍게 말을 이었다. "신사분들께서 이 즐거운 시간에 빗자루밖에 안 보이는 이 초라한 방에 틀어박혀 있는 이유가 뭔지 궁금하군요. 더구나 일요일을 제하고 날마다 의자를 1,700개나 만들어 내는 시대로까지 발전한 이 마당에……" 피터는 거기서 잠깐 말을 끊었다. 로즈와 키는 멍한 표정으로 그를 바라보았다. "말씀해 주시겠습니까?" 하고 피터가 말을 이었다. "왜 한 곳에서 다른 곳으로 물을 옮겨 놓는 데 쓰는 물건들 위에 걸터앉아 있었는지 말입니다."

그때 로즈가 불만 섞인 소리를 냈다.

"마지막으로 묻겠는데요," 하고 피터가 마무리를 지었다. "이 건물엔 어마어마한 촛대들이 아름답게 불을 밝히고 있는데 두 분은 어째서 저녁 내내 달랑 전구 하나만 켜진 방에서 지내는 걸 더 좋아하시는지요?"

로즈는 키를, 키는 로즈를 바라보았다. 그러곤 웃음을 터뜨렸다. 웃음은 포복절도에 가까웠는데, 그렇게 웃지 않고 서로를 그냥 보고 있을 수가 없었다. 사내와 함께 웃지 않는다는 건 그를 비웃는다는 뜻이었다. 그들에게 이런 방식으로 말한다는 건 어지간히 술이 취했거나 정신 나간 인간이란 것을 의미했다.

"두 분은 예일대 출신이겠군요." 피터가 잔을 비우고 다시 하이볼을 만들었다.

두 사람은 다시 웃음을 터뜨렸다.

"무슨 말씀."

"네? 셰필드 공과대학이라고 흔히 부르는 좀 저렴한 학과 학생이었을 거라고 생각했었는데."

"천만의 말씀."

"음, 유감인데요. 그렇다면, 신문에 나온…… 예일의 상징색인 남보라의 천국이라는 데서 익명으로 활동하는 하버드생들이 틀림없겠군요."

"이런 젠장," 하고 키가 경멸하듯 말했다. "우린 그냥 누굴 좀 기다리고 있을 뿐이오."

"아." 피터가 자리에서 일어나 두 사람의 잔을 채우며 큰 소리로 말했다. "흥미진진하군요. 청소부 아가씨랑 데이트라도 할 건가요, 그래요?"

둘은 화를 벌컥 내며 부인했다.

"좋아요," 하고 피터가 두 사람을 진정시켰다. "변명할 필욘 없어요. 청소부 아가씨라고 세상 여자들이랑 다를 게 뭐가 있다고요. 키플링이 썼잖아요. '옷만 벗겨 버리면 주디 오그래디도 그냥 여자일 뿐'*이라고요."

"물론 그렇기야 하지," 하고 키가 로즈에게 눈을 크게 찡긋하며 말했다.

"제 경우를 예로 들면 말이죠," 하고 피터가 잔을 비우고 말을 이었다. "제가 여기 데리곤 온 여자는 버릇이 안 좋아요. 제가 본 여자 중에서 최악이죠. 아무 이유도 없이 키스를 거절하더라고요. 내게 키스를 해 달라고 꼬셔 놓고는 한 방 먹인 겁니다! 그러곤 차 버렸어요! 이놈의 젊은 세대란 게 대체 어디로 가고 있는 겁니까?"

---

* 『정글북』, 『킴』의 작가 러디어드 키플링의 시 「숙녀들The ladies」의 한 구절.

"운이 지지리도," 하고 키가 말했다. "재수에 옴이 붙었군요."

"아, 저런!" 로즈도 거들었다.

"한 잔 더?" 하고 피터가 물었다.

"우린 한동안 전투 같은 걸 벌였답니다." 키는 잠깐 멈추었다가 말을 이었다. "하지만 이젠 먼 나라 얘기지."

"전투라고 했어요? ……대박!" 피터가 비틀대다가 자리에 앉으며 말했다. "몽땅 쓸어 버려! 나도 군대에 있었어요."

"우린 볼셰비키 빨갱이들이랑 싸웠다오."

"오, 대박!" 피터가 열광적으로 소리를 질렀다. "내 말이 그 말입니다! 볼셰비키를 죽여! 놈들을 몽땅 쳐 죽여!"

"우린 미국인이야," 하고 로즈가 굳세고 용감한 애국자라도 된 양 말했다.

"맞아," 하고 피터가 말했다. "세계에서 가장 위대한 민족! 우린 모두 미국인! 한 잔 더 합시다."

세 사람은 다시 잔을 들었다.

6

밤 1시에 특별 초청된 악단들 중에서도 특별한 악단이 델모니코 호텔에 도착했는데, 거만한 표정으로 피아노를 둘러싸고 앉은 단원들은 감마 프사이 댄스파티의 음악을 주도했다. 물구나무서기 묘기도 부리고 최신 재즈곡을 플루트로 연주하면서 어깨춤을 추는 것으로 뉴욕 바닥에 평판이 자자한 유명 플루트주자가 악단을 이끌고 있었다. 그의 연주가 진행되는 동안 조명들은 모두 꺼지고, 오직 그에게 집중된 스포트라이트와 대규모 댄서들 너머로 끊임없이 깜박이는 불빛만이 있을 뿐이었다.

이디스는 지치도록 춤을 춘 상태였는데, 사교계 여자들에게만 습관적으로 일어나는 이런 몽롱한 상태는 깊숙한 잔으로 하이볼을 여러 잔을 마신 뒤 고상한 영혼이 달아오르는 기분과 흡사했다. 이디스의 마음은 음악에 실려 부윰하게 떠돌았고, 온갖 빛깔로 변하는 흐릿한 조명 아래서 파트너는 실체가 없는 환영처럼 시시각각 변했으며, 몽롱한 의식은 댄스파티가 시작되고 몇 날이 흐른 것 같은 느낌을 자아냈다. 그녀는 수많은 남자들과 일관성 없이 이어지는 수많은 주제들로 얘기를 나누었다. 누군가와 한 번 입을 맞추었고, 여섯 번 사랑한다는 고백을 받았다. 이른 저녁에는 여러 명의 학부생들이 그녀와 춤을 추었지만, 이제 인기 있는 여자들에게 흔히 일어나듯 대여섯 명의 용감한 남자들이 그녀 하나를 에워싸거나 그녀의 매력을 다른 미인의 매력과 견주어 가며 만끽하고 있었는데, 그들은 마치 순서를 정해 놓은 듯 어김없이 그녀에게 춤을 청했다.

몇 번 그녀는 고든을 보았다. 그는 손바닥으로 얼굴을 괴고 오랫동안 계단에 걸터앉아 멍한 눈으로 바닥을 노려보고 있었는데, 몹시 침울하고 술도 꽤 취한 듯 보였다. 하지만 그럴 때마다 이디스는 얼른 시선을 다른 곳으로 돌려 버렸다. 모든 게 오래전 일처럼 느껴졌는데, 이제 완전히 수동적이 되어 버린 그녀는 감각들이 혼곤한 잠에 빠져 버린 듯했다. 발은 저절로 움직이며 춤을 추고, 목소리는 흐릿한 감상에 젖은 채 가벼운 농담을 던져 댔다.

하지만 이디스는 술에 완전히 절어 헬렐레해져 춤을 추자고 끼어든 피터 힘멜의 태도에 모욕감을 느끼지 못할 정도로 지친 상태는 아니었다. 그녀는 씩씩거리며 그를 노려보았다.

"뭐 하잔 건가요, 피터!"

"내가 좀 취했죠, 이디스."

"뭐 하잔 거냐고요, 피터. 얼굴 한번 잘 익었네요, 아주 발갛게! 저한테 이러는 거, 좀 무례한 거 아닌가요?"

그러다가 그녀는 맥없이 미소를 짓고 말았다. 올빼미처럼 감상적인 얼굴이 느닷없이 실없는 미소를 떠올리며 자신을 바라보았기 때문이었다.

"내 사랑, 이디스," 하고 그가 꽤나 진지하게 입을 뗐다. "내가 당신을 사랑한다는 거 알잖아요. 그쵸?"

"입에 달고 사는 말이죠."

"사랑합니다…… 난 그저 당신이 내게 키스해 주길 바랐을 뿐입니다." 그는 처량하게 덧붙였다.

어색함도, 부끄러움도, 그에겐 남아 있지 않았다. 그에게 그녀는 세상에서 가장 아름다운 여자였다. 세상에서 가장 아름다운 두 눈이 밤하늘의 별처럼 떠 있었다. 그는 사과를 하고 싶었다. 우선은 억지로 그녀에게 키스를 하려 했던 것에 그리고 술에 취한 것에. 하지만 그는 자신 때문에 그녀가 미친 듯 화가 났다는 생각에 기가 꺾이고 말았다.

얼굴이 붉고 뚱뚱한 남자가 춤을 청하며 환한 미소를 띤 채 이디스를 쳐다보았다.

"같이 온 분이 없나요?" 하고 그녀가 물었다.

없었다. 붉은 얼굴의 뚱뚱한 남자는 혼자 온 사람이었다.

"저, 혼자 오셨다니 부탁 하나 드릴게요…… 정말이지 성가시겠지만…… 오늘 밤 절 집까지 바래다주실 수 있나요?"(이런 식의 극단적인 자신 없음은 이디스가 가진 매력적인 위장술 중 하나였다. 그녀는 붉은 얼굴의 뚱보가 당장 기쁨에 겨워 녹아 버릴 거라는 사실을 알고 있었다.)

"성가시다니요, 천만의 말씀입니다. 기꺼이 모셔다드려야지요! 제가 오히려 영광입니다."

"어머나, 고마워요! 정말이지 친절하시네요."

그녀는 손목을 끌어다 시계를 보았다. 1시 30분이었다. 그녀가 "1시 30분이군," 하고 혼잣말로 중얼거렸을 때, 그녀는 언젠가 오빠가 점심을 먹으면서 매일 밤 1시 30분 이후까지 신문사에서 일을 한다고 했던 말이 생각났다.

이디스가 막 파트너가 된 남자에게로 몸을 휙 돌렸다.

"델모니코 호텔이 몇 번 거리에 있는 거죠?"

"거리요? 아, 여기, 5번 대로죠."

"제 말은, 거리 이름이 어떻게 되느냐는 거예요."

"그러니까…… 그게…… 44번 거리일 겁니다."

그녀가 생각한 게 맞았다. 헨리의 사무실은 길 건너 모퉁이를 돌아가면 있을 것이다. 오빠에게 살짝 들러 놀라게 해 줘야겠다는 생각이 불현듯 들었다. 새로 산 진홍색 야회용 망토를 걸친 자신의 멋진 모습을 보여 주면서 오빠를 '기운 나게' 해 줘야겠다는 생각이 든 것이다. 이거야말로 이디스가 관습에 얽매이지 않는 자유로운 영혼의 소유자라는 증거였다. 생각이 손을 쑥 내밀어 상상의 나래를 움켜쥐었지만, 그녀는 잠깐 멈칫하고는 결행하기로 마음을 먹었다.

"머리가 완전히 주저앉아 버렸어요." 그녀는 파트너에게 명랑하게 말했다. "가서 머리 좀 만지고 와도 되겠죠?"

"물론이죠."

"너그러운 분이시군요."

몇 분쯤 지난 뒤, 진홍색 야회용 망토를 걸친 그녀는 자신이 생각해 낸 조그만 모험에 흥분해 볼을 반짝이며 층계를 가볍게 내려가고 있었다. 출입문에 서 있던 두 남녀를—턱이 가느다란 웨이터와 입술을 지나치게 빨갛게 칠한 젊은 여자가 심하게 다투고 있었다—뛰듯이 스쳐 지나가며 바깥쪽 문을 열고 따뜻한 5월의 밤공기 속으로 걸어 들어갔다.

7

입술을 지나치게 붉게 바른 젊은 여자가 무뚝뚝하고 못마땅한 눈으로 이디스를 좇다가 다시 턱이 가느다란 웨이터와 말다툼을 이어 나갔다.

"올라가서 내가 왔다고 그 사람한테 얘기해 달란 말예요," 하고 그녀가 거칠게 쏘아붙였다. "하기 싫으면 직접 올라가게 해 달라고요."

"안 됩니다. 올라갈 수 없습니다!" 하고 조지가 완강하게 말했다.

여자는 빈정거리듯 미소를 지었다.

"하, 그럴 수 없다? 올라갈 수 없단 말이지? 이봐요, 난 당신이 지금까지 봤던 것보다 더 많은 대학생들을 알고 있고, 그 사람들이 나를 알고 있고, 날 파티에 데려가려고 법석을 떨었거든요?"

"그럴 수도……"

"그럴 수가 아니라," 하고 그녀가 말을 가로챘다. "지금 막 달려 나간 저 여자는 괜찮다 이건데…… 어디로 가는지 뻔할 텐데…… 부탁받고 온 저런 여자는 마음대로 드나들 수가 있지만…… 친구를 만나러 온 난 햄이나 도넛 심부름이나 하는 싸구려 웨이터가 못 들어가게 막고 서 있다?"

"이봐요," 하고 키의 형이 화가 난 목소리로 말했다. "내가 쫓겨나면 당신이 책임질 수 있어요? 당신이 말하는 그 친구란 사람이 당신을 만나고 싶어 하지 않을 수도 있잖습니까."

"하, 당연히 만나고 싶어 하죠."

"어쨌든, 사람들로 꽉 차 있어서 찾기도 힘들고요."

"아, 거기 있으니까 얼마든 찾을 수 있어요," 하고 그녀는 자신 있게 말했다. "누구든 붙들고 고든 스터렛이 어디 있는지 물어보기만 하면 가르쳐 줄 거예요. 친구끼리라 잘 알고 있을 테니까요."

그녀는 들고 있던 망사 가방을 열어 1달러짜리 지폐를 꺼내 조지에게 건넸다.

"받아요," 하고 그녀가 말했다. "뇌물이에요. 그 사람 찾거든 내 말을 전해 줘요. 5분 안에 안 나오면 내가 올라간다고요."

조지는 하는 수 없이 고개를 흔들고는 어떻게 하는 게 좋을지 잠시 생각하다가 손을 거칠게 내젓고는 자리를 떴다.

경고했던 시간도 되기 전에 고든이 층계를 내려왔다. 이른 저녁보다 더 취한 상태였고, 취한 모양새도 달랐다. 술이 상처라도 되는 양 그에게 딱지처럼 눌어붙어 있었다. 몸은 둔하게 비틀댔고, 맥락도 없는 얘기를 주절거렸다.

"흐, 주얼," 하고 그가 꽉 잠긴 소리로 말했다. "총알같이 내려왔지,

주얼. 근데 돈은 구하질 못했어. 최선을 다해 봤는데 말이야."

"돈이 문제가 아니라고요!" 하고 그녀가 쏘붙였다. "열흘 동안 내 앞에 얼씬도 하지 않았잖아요. 어떻게 된 거죠?"

그는 천천히 고개를 저었다.

"그럴 형편이 아니었어, 주얼. 아팠거든."

"왜 아프단 얘길 안 했어요? 내가 돈에나 매달리는 여자로 보였어요? 당신이 날 외면하기 시작할 때까진 돈 문제로 당신을 괴롭히진 않았잖아요."

그는 다시 고개를 흔들었다.

"당신을 외면한 적 없어. 전혀."

"없다고요? 얼씬하지 않은 게 벌써 3주예요. 그나마 얼씬이라도 할 땐 늘 술에 절어 있었고."

"아팠다니까, 주얼," 하고 그는 지쳤다는 듯 눈길을 돌리며 같은 말을 반복했다.

"여기 비까번쩍한 친구들이랑 어울릴 기운은 있단 말이죠. 나한텐 저녁을 먹자고 그러고 돈도 구해 오겠다고 그랬잖아요. 그래 놓곤 전화 한 통 안 걸었어요."

"돈을 구하질 못했으니까."

"돈 문제가 아니라고 했잖아요. 내가 원하는 건 당신이라고요, 고든. 그런데 당신은 나보다 다른 여잘 더 좋아하는 거 같아."

그는 그녀의 말을 완강하게 부인했다.

"그럼 모자 갖고 당장 가요," 하고 그녀가 말했다.

고든이 망설이는 눈치를 보이자 그녀가 갑자기 그에게로 다가가더니 팔로 목을 감싸 안았다.

"나랑 가요, 고든." 그녀가 거의 속삭이듯 말했다. "데비너리스에 가서 술 한잔하고, 내 아파트로 가요."

"그건 좀 곤란해, 주얼······"

"곤란할 거 없어요," 하고 그녀가 집요하게 말했다.

"난 지금 몹시 아프다고!"

"그럼 더 안 좋죠. 이런 데서 춤을 추고 있다니."

그녀는 안도와 절망이 뒤섞인 눈으로 주위를 둘러보며 주뼛거리고 있는 고든을 획 잡아끌더니 부드럽고 촉촉한 입술로 키스를 퍼부었다.

"알았어," 하고 그가 무겁게 입을 뗐다. "모자 갖고 올게."

8

깨끗하고 푸른 5월의 밤으로 뛰쳐나온 이디스는 대로가 온통 비어 있는 걸 발견했다. 불이 꺼져 어두운 큰 상점의 진열창과 거대한 철가면 같은 창살이 쳐 있는 문들은 낮 동안의 화려함이 묻힌, 그림자 덮인 무덤들을 연상시켰다. 42번 거리로 내려온 그녀의 눈길에 심야 영업을 하고 있는 식당들에서 쏟아져 나온 불빛들이 어지럽게 뒤섞인 채 희부옇게 빛나고 있었다. 6번 대로에는 전차가 고가철도의 궤도를 따라 불꽃을 튀기며 역과 나란히 늘어선 불빛 사이로 굉음을 내며 거리를 가로질러 단단히 얼어붙은 것 같은 어둠 속으로 사라져 갔다. 하지만 44번 거리는 너무도 고요했다.

망토를 바짝 끌어당기며 이디스는 5번 대로를 내쏘듯 건넜다. 혼자 걸어가던 사내 하나가 그녀의 곁을 지나치며 꽉 잠긴 소리로 "어딜 그리 바삐 가나, 아가씨?" 하고 속삭이는 바람에 그녀는 화들짝 놀랐다. 어릴 때 밤에 잠옷을 입은 채로 집 주변을 돌아다니다가 이상하게 널따란 뒷마당에서 개가 짖어 대던 기억이 떠올랐다.

얼마 지나지 않아 그녀는 목적지에 도착했는데, 44번 거리에선 비교적 오래된 건물이었다. 2층 창에서 환하게 쏟아지고 있는 불빛에 마음이 놓였다. 불빛 덕분에 창문 아래 걸려 있는 '뉴욕 트럼펫'이라는 간판을 충분히 읽을 수 있었다. 어둠이 드리워진 현관으로 걸음을 옮겨 놓고 시간이 좀 흐르자 구석에 있는 층계가 눈에 들어왔다.

그러곤 책상이 여러 개 놓여 있고 네 개의 벽에 모두 신문철이 걸려 있는, 천장이 낮은 길쭉한 방으로 들어섰다. 방 안엔 두 사람이 있을 뿐이었다. 양쪽 끝에 한 사람씩 앉은 채로 하나짜리 탁상용 스탠드 아래서 원고를 쓰고 있었다.

뭘 해야 할지 몰라 한동안 문가에 서 있던 그녀는 두 남자가 동시에 고개를 들자 오빠를 알아보았다.

"이런, 이디스잖아!" 그가 황급히 일어나 보안용保眼用 차양*을 걷어 내며 그녀에게로 다가갔다. 키가 크고 말랐으며, 살갗은 검고, 무척이나 두꺼운 안경 너머의 검은 눈은 찌를 듯 날카로웠다. 꿈에 젖은 듯한 그의 두 눈은 얘기를 하는 동안 늘 상대의 머리 너머 한 지점에 붙박여 있었다.

그는 두 손으로 그녀의 팔을 잡고 볼에다 키스를 했다.

"어떻게 된 거야?" 그가 꽤나 놀라며 같은 말을 반복했다.

"길 건너 델모니코 호텔에서 열린 댄스파티에 갔었어, 헨리 오빠,"

---

* eyeshade. 테니스 칠 때나 전등불 밑에서 독서를 할 때 쓰는 차양만 달리고 머리 덮개는 없는 모자.

하고 그녀가 흥분해서 말했다. "여기까지 오니까 오빠가 너무 보고 싶은 거 있지."

"와 줘서 고맙구나." 긴장했던 그의 얼굴은 평소의 알 수 없는 표정으로 빠르게 바뀌었다. "그래도 이렇게 늦은 밤엔 혼자 다니면 안 되지, 안 그래?"

방 반대편에서 호기심 어린 눈으로 두 사람을 살피고 있던 남자가 헨리의 손짓을 보고 다가왔다. 반짝거리는 눈에 몸집이 꽤 뚱뚱한 남자가 칼라와 넥타이를 푼 모습이 일요일 오후를 즐기는 중서부 농부를 연상시켰다.

"내 동생," 하고 헨리가 말했다. "날 보러 잠깐 들렀다는군."

"처음 뵙겠습니다," 하고 뚱뚱한 남자가 미소를 띠며 말했다. "제 이름은 바살러뮤라고 합니다, 브래딘 양. 오빠분은 제 이름을 벌써 잊어버렸을 겁니다."

이디스가 상냥하게 웃었다.

"그런데," 하고 입을 떼고는 그가 덧붙였다. "사무실이 근사하질 못하네요."

이디스가 방 안을 둘러보았다.

"아주 근사한데요 뭘," 하고 그녀가 대답했다. "근데 폭탄은 어디다 감춰 뒀죠?"

"폭탄이라고요?" 바살러뮤가 웃음을 터뜨리며 말했다. "재밌는 얘긴데요…… 폭탄이라. 너도 들었지, 헨리? 네 동생분이 폭탄을 어디다 감춰 뒀는지 알고 싶어 하는군. 정말이지 재밌는 얘기야."

이디스는 빈 책상에 걸터앉더니 춤을 추듯 책상 위까지 다리를 흔들어 댔다. 그녀의 오빠는 그녀 옆 의자에 앉았다.

"그래," 하고는 그가 무심히 물었다. "이번 뉴욕 여행은 어땠니?"

"나쁘진 않아. 일요일까지 호이츠네랑 빌트모어 호텔에서 지낼 거야. 내일 점심 하러 올 수 있어?"

그는 잠깐 생각에 잠겼다.

"특히나 바쁜 때라," 하고 그는 부탁을 들어주지 않았다. "그리고 난 무리 지어 다니는 여자들은 별로야."

"좋아," 하고 그녀는 순순히 받아들였다. "그럼 오빠랑 나랑만 먹자."

"아주 좋지."

"12시에 전화할게."

바살러뮤는 자기 자리로 돌아가고 싶었지만 농담이라도 주고받으며 작별하지 않으면 예의가 아닐 것 같다는 생각이 들었다.

"그런데 말입니다," 하고 그가 어눌하게 입을 뗐다.

두 사람이 그를 돌아보았다.

"우리…… 초저녁엔 신났었어요."

두 남자가 시선을 주고받았다.

"일찍 왔었더라면 좋았을 텐데 말이죠," 하고 바살러뮤가 다소 용기를 얻은 듯 말을 이었다. "정기 보드빌 쇼를 구경했었거든요."

"정말요?"

"세레나데였다고나 할까," 하고 헨리가 말했다. "군인들이 저 아래 거리에 떼거리로 몰려와서 간판에 대고 소리를 질러 대기 시작하더군."

"왜 그랬는데?" 하고 그녀가 물었다.

"그냥 떼를 지은 거지," 하고 헨리가 별것 아닌 양 말했다. "떼를 지으면 소리를 질러 대게 돼 있잖아. 앞장서는 자가 없어서 그나마 다행이었지, 안 그랬으면 아마 여기도 엉망이 됐을 거야."

"맞아요," 하고 바살러뮤가 다시 이디스에게로 고개를 돌리며 말했다. "대단한 구경거리였죠."

이쯤 했으면 물러나도 되겠다고 생각한 듯, 그는 재빨리 돌아서더니 자신의 책상으로 돌아갔다.

"군인들은 하나같이 사회주의자들을 못마땅하게 생각하는 거야?" 이디스가 오빠에게 물었다. "내 말은 오빠한테 공격을 가하고 그러는가, 그런 뜻이야."

헨리는 다시 보안용 차양을 쓰고는 하품을 했다.

"인간이 유구한 세월을 살아오긴 했지," 하고 그가 툭 뱉었다. "하지만 대부분은 거꾸로 가고 있어. 군인들은 자신이 무얼 원하는지, 무얼 증오하는지, 무얼 좋아하는지도 몰라. 그저 집단의 일원으로 행동하는 데 익숙해져 있고, 뭔가 집단적으로 보여 줘야 한다고 생각하는 것 같아. 그러다 우리가 걸려든 거야. 오늘 밤 뉴욕 전체가 온통 폭동이었잖아. 오늘이 오월제*란 거, 너도 알지?"

"여기도 심각한 소동이 있었던 거야?"

"소동이랄 것도 없고." 그는 비꼬듯 말했다. "스물댓 명 정도가 9시쯤 거리로 몰려와서 달을 보면서 큰 소리로 짖기 시작했었지."

"아하," 하고 그녀는 화제를 바꾸었다. "날 봐서 기쁜 거 맞지, 헨리 오빠?"

"왜 아니겠니."

---

* May Day. 5월 1일에 열리는 봄 축제. 일부 국가에선 이날을 '노동절'로 삼는다.

"근데 별로 안 그래 보여."

"무슨 소리."

"오빠 생각에 난…… 쓸모없는 인간일 거야. 세계에서 가장 바람 잘 피우는 여자 정도?"

헨리가 웃음을 터뜨렸다.

"말도 안 돼. 젊을 때 실컷 즐겨. 괜한 소리 하지 말고. 내가 그렇게 잘난 체하는 범생이처럼 보여?"

"아니," 하고 그녀는 말을 멈추었다. "……하지만 여긴 내가 갔던 댄스파티랑 완전히 다른 데란 생각이 들어. 목적부터가 다르잖아. 뭐랄까…… 앞뒤가 안 맞다 그래야 하나? ……난 그런 파티에 가고, 오빤 이런 데서 일하고. 오빠가 생각하는 게 이루어진다면 그런 파티는 결코 열리지 않겠지."

"난 그렇게 생각하지 않아. 넌 젊고, 자라면서 익혀 온 대로 행동할 뿐이야. 그냥 그렇게 해…… 마음껏 즐기라고."

아무 생각 없이 흔들고 있던 다리를 멈추고 그녀는 한 음계 낮은 소리를 툭 떨구었다.

"난 오빠가…… 해리스버그로 돌아가서 행복하게 살았으면 좋겠어. 오빠가 지금 하는 게 옳은 일이라고 느껴지는지……"

"스타킹 멋지구나," 하고 그는 짐짓 그녀의 말을 가로막았다. "그런 건 어디서 난 거야?"

"수를 놓은 거야," 하고 그녀는 시선을 떨구며 말했다. "멋지지?" 그녀가 치마를 들어 올려 실크 스타킹을 신은 날씬한 종아리를 내밀었다. "오빠한텐 이런 실크 스타킹도 마음에 들지 않지?"

헨리는 살짝 짜증이 나는 듯, 검은 두 눈을 찡그리며 동생을 뚫어지게 바라보았다.

"내가 너한테 트집을 잡으려 한다고 생각하니, 이디스?"

"아니, 전혀⋯⋯"

그녀가 말을 이으려다 멈추었다. 바살러뮤가 투덜거리는 소리를 냈다. 그녀가 고개를 돌리자 그가 책상을 떠나 창가에 서 있었다.

"무슨 일 있어?" 하고 헨리가 물었다.

"사람들." 바살러뮤가 말했다. 그러곤 조금 있다 덧붙였다. "굉장한데. 6번 대로에서 몰려오고 있군."

"사람들이라고?"

뚱뚱한 남자는 유리창에 거의 코를 대고 있었다.

"젠장, 군인들이야!" 하고 그가 강한 어조로 말했다. "아무래도 저녁에 왔던 그자들인 것 같아."

이디스가 자리에서 풀쩍 뛰어내려 바살러뮤가 서 있는 창가로 뛰어갔다.

"엄청 많아요!" 그녀가 흥분해서 소리를 질렀다. "이리 와 봐, 오빠!"

헨리는 차양을 고쳐 쓰기만 하고 그냥 자리에 앉았다.

"불을 끄고 있는 게 좋지 않을까?" 하고 바살러뮤가 제안을 했다.

"아냐, 곧 돌아갈 거야."

"안 그럴 것 같아." 이디스가 창밖을 노려보며 말했다. "저 사람들 돌아갈 생각이 아예 없는 것 같아. 사람들이 더 몰려오고 있어. 저기 봐⋯⋯ 굉장히 많은 사람들이 6번 대로 모퉁이를 돌아오고 있어."

누런 가로등 불빛과 푸르스름한 그림자로 그녀는 인도에 사람들이 가득 차 있다는 걸 알 수 있었다. 대부분 군복을 입고 있었는데, 더러는 술을 마시지 않은 것 같았지만 더러는 완전히 술에 취한 듯했다. 하나같이 고함과 함성을 질러 댔는데 무슨 말인지 알아들을 수는 없었다.

헨리가 자리에서 일어나 창가로 가자 사무실 불빛에 비쳐 창에 기다란 그림자가 어렸다. 곧 고함 소리는 야유로 바뀌어 계속 이어졌고, 짧은 담배꽁초와 담뱃갑, 심지어 1페니짜리 동전까지 일제히 날아와 창문에 부딪쳤다. 마침내 회전문 돌아가는 소리와 함께 층계를 올라오는 소리가 들려왔다.

"사람들이 올라오고 있어!" 바살러뮤가 소리를 질렀다.

이디스는 불안한 얼굴로 헨리에게로 고개를 돌렸다.

"사람들이 오고 있어, 헨리 오빠."

아래층 현관 계단으로부터 이제 사람들의 고함 소리가 아주 또렷하게 들려왔다.

"……빌어먹을 사회주의자 놈들!"

"독일의 앞잡이들! 독일에 붙어먹는 놈들!"

"2층 앞쪽이다! 저기로 가자!"

"놈들을 때려잡……"

그리고 5분은 꿈처럼 흘러갔다. 이디스는 세 사람을 향해 갑자기 아우성이 빗발처럼 몰아치고 계단을 뛰어오르는 발소리들이 천둥처럼 밀려드는 것을 들었다. 헨리가 자신의 팔을 붙잡고는 사무실 뒤편으로 끌고 가는 것이 느껴졌다. 그러곤 문이 열리며 사내들이 방으로 밀려들어 왔는데, 무리를 이끄는 사람들이기보다는 그저 앞에 서 있던 사람들이었다.

"어이, 이놈들아!"

"밤늦게까지 무슨 작당을 하는 거지?"

"이놈들, 계집도 있군. 어디 맛 좀 봐라!"

술에 잔뜩 전 군인 둘이 앞으로 떠밀리면서 멍청하게 비틀대는 것을 그녀는 보았다. 그중 하나는 키가 작고 얼굴이 검었으며 다른 하나는 키가 크고 턱이 가늘었다.

헨리가 그들 앞으로 나서며 손을 번쩍 들었다.

"이봐요, 동지들!" 하고 그가 말했다.

아우성이 일순간 스러지고 간간이 웅얼거리는 소리만 들려왔다.

"동지 여러분!" 그가 다시 같은 말을 반복했다. 그의 몽롱한 두 눈은 예의 사람들 머리 위에 붙박여 있었다. "오늘 밤 이곳에서 맞붙어 깨진다면 상처 입는 건 동지들일 뿐입니다. 우리가 부자로 보입니까? 독일 놈들처럼 보입니까? 어떤 거짓도 없이 동지들께 묻겠습니다……"

"아가리 닥쳐!"

"네놈이 말한 대로 보이는구먼!"

"이봐, 네 옆에 있는 여잔 누구야? 애인이야?"

책상 위를 뒤지고 있던 민간인 차림의 남자 하나가 갑자기 신문을 집어 들었다.

"여기 있네!" 그가 소리를 질렀다. "이자들은 독일이 전쟁에서 이기길 바랐던 놈들이야!"

새로운 한 무리가 계단을 타고 올라와 사무실은 순식간에 사람들로 가득 찼고, 이미 들어와 있던 창백한 얼굴의 무리들은 사람들에게 에워싸인 채 뒤편으로 밀려나고 있었다. 이디스는 턱이 가느다란 껑다리 군인 하나가 여전히 맨 앞에 서 있는 것을 보았다. 키가 작고 거무스름한 얼굴의 군인은 보이지 않았다.

그녀는 가만히 뒤로 물러나 맑고 시원한 밤공기가 밀려들어 오는 열린 창 가까이로 다가섰다.

그러고 나서 사무실은 아수라장이 되었다. 그녀는 군인들이 밀려드는 걸 깨달았고, 뚱뚱한 남자가 머리 위로 의자를 들어 올려 흔들어 대는 걸 보았으며, 곧 전기가 나가면서 거칠거칠한 옷감에 감싸인 뜨끈한 몸이 밀려오는 게 느껴지는가 싶더니 귓속으로 고함 소리와 요란한 발소리와 거친 숨소리가 밀려들었다.

그러다 어디선가 한 사람의 형상이 그녀에게로 달려들었는데, 비틀거리다가 한옆으로 넘어가더니 갑자기 단말마의 비명과 함께 열린 창밖으로 맥없이 사라져 버렸다. 겁에 질린 것 같은 그 비명은 사람들의 요란한 외침 소리에 툭툭 끊기며 묻혀 버렸다. 뒤편 건물에서 흘러나온 흐릿한 불빛을 통해 이디스가 확인한 바로는 턱이 가느다란 꺽다리 군인인 듯했다.

놀랍게도 분노가 그녀의 몸속에서 솟아올랐다. 그녀는 두 팔을 거칠게 휘두르며 사람들이 온통 뒤엉켜 있는 곳을 향해 막무가내로 밀고 들어 갔다. 불만과 저주와 욕설과 주먹이 맞부딪치는 소리가 그녀의 귀를 파고들었다.

"헨리 오빠!" 하고 그녀는 미친 듯 소리를 질렀다. "헨리 오빠!"

그리고 몇 분이 지났을 때, 그녀는 갑자기 사무실에 지금과는 다른 사람들이 있다는 걸 느꼈다. 그녀는 명령을 내리는 쩌렁쩌렁한 굵은 목소리를 들었고, 혼란 속을 이리저리 지나가는 노란 불빛을 보았다. 고함이 들려오는 것도 훨씬 더뎌졌다. 몸싸움도 치열해지는가 싶더니 뚝 멈추었다.

갑자기 사무실에 전기가 들어오면서 양손에 곤봉을 든 경찰들이 가득 차 있는 게 보였다. 다시 그 굵은 목소리가 울려 나왔다.

"이제 그만! 그만! 그만하라고!"

그러고 나서 또 다른 소리가 이어졌다.

"조용히 내려가서 해산하시오! 이제 끝났소!"

방 안은 세면대에 물이 빠져나가듯 일시에 비었다. 구석에서 군인과 몸싸움을 벌이던 경찰관 하나가 잡고 있던 손을 놓아 주고는 출입문 쪽으로 밀어붙였다. 굵은 목소리는 계속 들려왔다. 이디스는 황소처럼 굵은 목소리의 주인이 출입문 쪽에 서 있는 경감이라는 걸 비로소 확인했다.

"그만하라고! 그만하라고 했잖소! 당신네 군인 하나가 창밖으로 떠밀려 죽었다고!"

"헨리 오빠!" 하고 이디스가 큰 소리로 말했다. "헨리 오빠!"

그녀는 앞에 서 있는 남자의 등을 거칠게 주먹으로 치면서 다른 두 사람 사이를 싸우듯 비집고 들어가 몹시 파리한 얼굴로 책상 옆에 주저앉아 있는 사람에게로 다가갔다.

"헨리 오빠!" 그녀가 열에 들뜬 소리로 그를 불렀다. "어떻게 된 거야? 괜찮아? 다친 데 없어?"

그의 두 눈은 감겨 있었다. 그가 신음 소리를 내다가 속이 거북한 듯 눈을 들어 올리며 말했다. "다리가 부러진 것 같아. 젠장, 바보 같은 녀석들!"

"그만해!" 경감이 소리를 질렀다. "끝났다고! 이제 그만하라고!"

9

59번 거리에 있는 '차일스Childs'는 여느 날 아침 8시까지는 대리석 테이블의 크기나 프라이팬이 반들반들하게 닦여져 있는 정도를 제외하면 다른 매장들과 별반 다를 게 없었다. 가만 지켜보면 알게 될 일이지만, 가난한 사람들은 잠이 덜 깬 눈으로 들어와서는 가능하면 다른 가난한 사람들과 시선을 마주치지 않기 위해 애써 음식에만 눈을 붙박아 둔다. 하지만 이 59번 거리의 차일스도 네 시간 전이라면 오리건주 포틀랜드에서 메인주 포틀랜드까지의 다른 차일스 레스토랑과는 사정이 완전히 다르다. 흐릿하긴 하지만 깨끗한 벽으로 둘러싸인 이 식당은 코러스 걸과 남자 대학생들, 사교계 아가씨들, 건달에 몸 파는 여자들까지, 심지어 브로드웨이와 5번 대로에서 고개 좀 쳐들고 사는 인간들 역시 뻔질나게 드나드는 곳이었다.

5월 둘째 날 이른 아침은 평소와는 달리 몹시 붐볐다. 아비들이 마을 전체를 소유하고 있다는 몇몇 집안의 망나니 딸들이 흥분한 얼굴을 테이블의 대리석 상판에 박은 채 메밀 케이크와 스크램블을 허겁지겁 먹어 치우고 있었는데, 모르긴 해도 네 시간 뒤라면 똑같은 장소에서 누구도 손을 대지조차 않을 음식이었다.

식당을 가득 메운 손님들 대부분은, 구석 자리를 차지하고 앉은 채 쇼가 끝난 뒤에 화장을 좀 더 깨끗이 지울 걸 그랬다고 생각하고 있는 심야 쇼 코러스 걸 몇을 제외하곤, 모두 델모니코 호텔의 감마 프사이 댄스파티를 마치고 쏟아져 나온 사람들이었다. 그런데 이런 곳과는 영 어울리지 않는, 생쥐 같은 추레한 몰골에 지치고 곤혹스러운 호기심이 담긴 눈으로 아가씨들을 지켜보는 사람들도 식당 군데군데 앉아 있었다. 하지만 그런 추레한 몰골들은 어디까지나 예외에 속했다. 오월제 이튿날 아침이 밝아 오고 있었고, 축제의 분위기는 여전히 이어지고 있었다.

술은 깼지만 여전히 어질어질한 상태인 거스 로즈 또한 추레한 몰골들 중 하나로 분류되어야 할 것이었다. 한밤의 소동이 지나간 뒤 44번 거리에서 59번 거리까지 어떻게 온 건지 겨우 반 정도만 흐릿하게 기억날 뿐이었다. 캐럴 키의 시신이 구급차에 실려 떠나는 걸 확인한 그는 두세 명의 군인들과 어울려 시내로 향했었다. 함께 가던 군인들이 어떤 여자들을 만나 종적을 감춘 건 44번 거리와 59번 거리 사이 어딘가였다. 그 뒤 이리저리 헤매다가 콜럼버스 서클*까지 온 로즈는 커피와 도넛이 맹렬하게 먹고 싶다는 생각이 들어 차일스의 번쩍거리는 불빛을 선택했다. 그리고 거기로 들어가 자리를 잡은 것이다.

알맹이 없는 수다와 높다란 웃음소리가 그를 온통 둘러싸고 떠돌고 있었다. 도무지 이해가 되지 않는 시간이 5분쯤 지난 뒤에야 비로소 그는 요란한 파티의 여흥을 즐기고 있다는 사실을 깨달았다. 흥분이 가라앉지 않는 듯 젊은 친구 하나가 여기저기를 분주하게 오가며 아무하고나 악수를 하고 이따금 걸음을 멈추어 농담을 늘어놓고 있는 동안, 덩달아 마음이 바쁜 웨이터들은 케이크와 계란을 쳐 들고 지나가면서 그 젊은 친구를 못마땅해하며 길을 막지 말라고 일부러 몸을 부딪치곤 했다. 사람들 눈에도 잘 띄지 않고 붐비지도 않는 테이블에 자리를 잡고 앉은 로즈에게 그런 모습들은 아름답고 소란스러운 즐거움이 있는 한 편의 화려한 서커스였다.

* 맨해튼 어퍼웨스트사이드에 있는 원형 광장.

잠깐의 시간이 흐르면서 조금씩 그의 눈으로 빨려 들기 시작한 것은 다른 손님들과 등진 채 비스듬히 앉아 있는 맞은편 커플이었는데, 식당 안에서 단연 흥미를 끄는 한 쌍이었다. 남자는 술에 취해 있었다. 그는 야회복 정장 차림이었지만 넥타이는 느슨하게 풀어지고 셔츠는 물과 술에 젖어 후줄근했다. 몽롱하고 핏발이 선 두 눈은 이리저리 불안정하게 옮겨 다녔다. 숨소리는 입술 사이로 가쁘게 나오고 있었다.

'요란하게 놀아 댔군!' 하고 로즈는 생각했다.

여자는 술을 거의 마시지 않은 것 같았다. 검은 눈에 미열이라도 있는 듯 발그레한 얼굴의 미인이었는데, 매처럼 경계심 가득한 눈으로 계속 상대를 주시하고 있었다. 이따금 여자가 몸을 앞으로 기울여 낮은 소리로 뭔가 열심히 속삭이고 나면 남자가 무겁게 고개를 끄덕이거나 음산하고 섬뜩하게 눈을 찡긋거리는 걸로 대답을 대신했다.

로즈는 그녀의 불쾌한 시선이 날아온 뒤에야 몇 분 동안 멍하니 그들을 살펴보던 눈을 거두었고, 그러곤 여전히 테이블을 옮겨 다니며 유난히 수선을 떨어 대는 두 남자에게로 눈을 돌렸다. 놀랍게도 둘 중 하나가 지난밤 델모니코 호텔에서 말도 안 되는 접대를 해 주었던 젊은 남자란 사실을 깨달았다. 덕분에 로즈는 흐릿한 감상과 완전히 떨쳐지지 않는 공포 속에서 키를 떠올렸다. 키는 이제 이 세상 사람이 아니었다. 그는 10여 미터 아래로 떨어져 야자열매처럼 머리가 으깨져 죽었다.

'참 좋은 녀석이었는데,' 하고 로즈는 쓰라린 마음으로 생각했다. '정말이지 좋은 녀석이었는데. 지지리 운도 없지.'

요란하게 돌아다니던 두 남자는 로즈가 앉아 있는 테이블과 그 옆 테이블 사이로 다가오면서 아는 사람이든 낯선 사람이든 상관없이 즐겁게 떠들어 댔다. 둘 중 금발에 치아가 돌출된 남자가 멈칫하더니 앞쪽의 커플을 보며 힐난하듯 고개를 흔드는 게 로즈의 눈에 들어왔다.

눈에 핏발이 선 남자의 고개가 위로 들어 올려졌다.

"고디!" 하고 돌출 치아가 말했다. "고디."

"응, 안녕." 얼룩 셔츠가 꽉 잠긴 소리로 말했다.

돌출 치아는 의기소침한 듯 여자에게 차가운 시선을 보내며 두 사람을 향해 손가락을 흔들어 보였다.

"내가 뭐라 그랬어, 고디?"

고든이 앉은 채로 몸을 건들거렸다.

"지옥에나 가 버려!" 하고 그가 말했다.

딘은 계속 손가락을 흔들어 보이며 서 있었다. 여자가 화를 내기 시작했다.

"저리 가요!" 하고 그녀가 날카롭게 소리를 질렀다. "당신, 취했어. 취했다고!"

"취한 건 이 녀석도 마찬가지야," 하고 딘이 고든 쪽으로 손가락을 흔들어 대며 말했다.

피터 힘멜이 느릿느릿 다가왔는데, 입에 잔뜩 할 말이 담겨져 있는 모양새가 올빼미 같았다.

"이제 그만들 하라고." 그는 마치 애들 싸움을 뜯어말리는 투로 말하기 시작했다. "아직 안 끝난 거라도 있어?"

"당신 친구 좀 데려가시죠," 하고 주얼이 쏘아붙였다. "얘기를 방해하고 있으니까요."

"뭐라고?"

"말했잖아요!" 그녀가 새된 소리로 말했다. "술에 전 당신 친구 좀 데려가라고요."

그녀의 높다란 목소리가 식당 안의 온갖 소리들을 째고 올라가자, 웨이터가 급히 달려왔다.

"조용히 해 주세요!"

"이 사람이 술에 취해서," 하고 그녀가 소리를 높였다. "우릴 괴롭히고 있다고요."

"아, 이봐 고디," 비난을 받고 있는 사내가 계속 어깃장을 났다. "내가 그랬잖아." 그가 웨이터에게로 몸을 돌렸다. "고디랑 난 친구라고요. 내가 이 사람을 도와주려던 거였어요, 안 그래, 고디?"

고디가 쳐다보았다.

"날 도와줬다고? 빌어먹을, 말도 안 되는 소리!" 주얼이 갑자기 일어나더니 고든의 팔을 잡고 일으켜 세웠다.

"가자, 고디!" 하고 그녀가 그에게 몸을 기대며 반쯤 속삭이듯 말했다. "여기서 나가. 이 사람, 술을 아주 더럽게 마셨어."

고든은 그녀에게 이끌려 자리에서 일어나 문 쪽으로 향했다. 주얼이 잠깐 고개를 돌리고는 자리를 뜨게 만든 장본인에게 한마디를 던졌다.

"당신에 대해 다 알고 있어!" 그녀는 사납게 쏘아붙였다. "멋진 친구를 뒀더군요. 그 사람이 나한테 다 말해 줬죠."

그러곤 그녀는 고든의 팔을 붙들고 호기심 어린 눈으로 쳐다보고 있는 사람들을 뚫고 계산을 치르고는 밖으로 나갔다.

"자리에 앉아 주세요." 두 사람이 나가자 웨이터가 피터에게 말했다.

"뭐라고? 앉으라고?"

"네…… 아니면 나가 주세요."

피터가 딘을 돌아보았다.

"이런," 하고 그가 말했다. "이 웨이터, 좀 두들겨 줄까?"

"좋지."

둘은 인상을 잔뜩 쓰면서 웨이터에게로 다가갔다. 웨이터가 뒤로 물러섰다.

피터가 느닷없이 옆 테이블로 손을 뻗더니 접시에 담긴 다진 고기를 한 움큼 움켜쥐고는 공중으로 흩뿌렸다. 그것이 눈송이처럼 천천히 포물선을 그리다가 가까이 있던 손님들 머리 위로 떨어졌다.

"이봐! 진정해!"

"그 친구 끌어내!"

"앉아, 피터!"

"바보 같은 짓 그만둬!"

피터가 웃음을 터뜨리며 절을 꾸벅했다.

"신사 숙녀 여러분의 친절한 호응에 감사드립니다. 누구든 얼마간의 다진 고기 요리랑 운두 높은 모자를 빌려주신다면, 연기를 계속하도록 하겠습니다."

식당 경비원이 황급히 다가왔다.

"나가세요!" 하고 그가 피터에게 말했다.

"천만에, 안 가!"

"그 사람, 내 친구요!" 하고 딘이 화를 내며 끼어들었다.

웨이터들이 일제히 합세했다. "끌어내!"

"일단 가는 게 좋겠어, 피터."

잠깐 다툼을 벌이던 두 사람은 가장자리로 밀리다가 출입문 쪽으로 나갔다.

"모자랑 코트를 찾아야 돼!" 하고 피터가 소리를 질렀다.

"그럼, 얼른 가서 가지고 와!"

경비원이 손을 놓은 사이에 재빨리 달려 나간 피터는 익살맞은 표정을 지으며 테이블을 돌더니 화가 난 웨이터들을 향해 엄지손가락을 코에다 대고 비웃음을 날렸다.

"여기서 좀 더 기다리는 게 좋겠어." 그가 말했다.

추격전이 시작됐다. 웨이터 넷이 한쪽으로 돌고 다른 네 명이 그 반대편으로 돌았다. 딘이 외투로 둘을 제어하면서 새로운 싸움이 벌어졌고 이어 피터가 쫓기기 시작했는데, 설탕 그릇과 커피 잔 여러 개를 뒤엎은 뒤에야 마침내 붙들렸다. 계산대에선 경찰에게 던져 줘야 한다며 다진 고기 요리 한 접시를 사겠다고 해서 또다시 말다툼이 일어났다.

하지만 그가 밀려 나가면서 일어난 소동은 식당을 가득 채운 사람들의 감탄 어린 시선과 무심결에 "오오!" 하는 긴 함성을 끌어내면서 잦아들었다.

식당 정면에 붙은 커다란 판유리가 맥스필드 패리시*의 그림에 나오는 달빛 같은 짙푸른색으로 바뀌었는데, 그 푸른 빛깔이 유리창에 스미어 식당 안까지 스며들 것 같은 느낌이 들 정도였다. 새벽이 콜럼버스 광장으로 밀려들고 있었다. 마법이라도 부리듯 바람 한 점 없는 새벽은 죽음을 모르는 크리스토퍼 콜럼버스의 거대한 동상에 그림자를 드리우고, 식당 안에서 가물거리며 흘러나온 노란색 전등 불빛과

---

* Maxfield Parrish(1870~1966). 90세가 넘도록 왕성하게 활동한 미국의 화가로, 파스텔 톤으로 꿈을 꾸는 듯한 동화적 세계를 그린 삽화로 더 유명하다.

뒤섞이며 기묘하고 신비로운 분위기를 만들어 내고 있었다.

10

미스터 인In도 미스터 아웃Out도 인구조사원이 작성한 명단에는 들어 있지 않다. 당신은 사교계 명사 인명록이든 출생, 혼인, 사망 기록부든, 식료품 가게의 외상 장부든, 어디서도 그들을 발견할 수는 없을 것이다. 망각이 그들을 삼켜 버렸고, 그들이 존재했었다는 사실을 확증시켜 줄 증서는 너무도 낡고 바래 법정에서도 받아들일 수 없는 휴지 조각에 불과했다. 하지만 나는 미스터 인과 미스터 아웃이 잠깐이긴 했지만 분명히 살아 숨 쉬었고, 이름을 부르면 대답을 했으며, 자기들의 고유한 개성을 생생하게 발휘했었다는 사실을 최고 권위자의 말씀을 빌려 입증할 수가 있다.

길지 않은 생애를 사는 동안 그들은 원주민의 의상을 걸친 채 한 위대한 국가의 대로를 걸으며 사람들로부터 비웃음을 당하고 욕설을 듣고 쫓기고 달아나는 삶을 살았다. 그리고 그들은 사라졌고, 완전히 잊혔다.

지붕을 열어젖힌 택시 한 대가 빛이 거의 잦아든 5월의 새벽을 헤치며 달릴 때 그들은 이미 희미하게나마 모습을 갖추고 있었다. 택시에는 미스터 인과 미스터 아웃의 영혼이 앉아 크리스토퍼 콜럼버스 동상 너머로 펼쳐진 하늘을 이르게 물들이고 있던 푸른 빛깔에 놀라움을 드러내며 대화를 나누었는데, 한편으론 일찍 일어난 늙수그레한 잿빛 얼굴들이 잿빛 호수 위로 떠다니는 종잇조각처럼 거리를 따라 힘없이 걸어가고 있는 것에 대해서도 당혹스러운 표정으로 얘기를 나누었다. 그들은 차일스 레스토랑의 경비원이 저지른 바보 같은 짓부터 삶의 허무함까지 모든 것에 의견이 일치했다. 그들은 자신들의 타오르는 영혼에 너무도 눈물겨운 행복감을 일깨워 준 아침에 현기증마저 느꼈다. 사실, 살아 있다는 기쁨이 너무도 신선하고 생생하게 느껴진 나머지 커다란 소리로 이 기분을 표현하지 않고는 참을 수가 없었다.

"야호!" 하고 피터가 손나팔을 만들어 외쳤고, 딘도 여기에 화답하듯 의미심장하고 상징적이긴 마찬가지지만 발음이 제대로 되지 않아 오히려 울려 퍼지는 것 같은 소리를 냈다.

"요호! 예! 요호! 요부바!"

53번 거리에서 검은색 단발머리 미인이 탄 버스와 마주쳤다. 52번 거리에선 청소부가 잽싸게 몸을 피하며 고통과 슬픔이 담긴 목소리로 "똑바로 보고 다녀!"라고 소리를 질렀다. 50번 거리에서는 유난히 흰 건물 앞에 놓인 유난히 흰 인도에 무리 지어 서 있던 남자들이 그들의 뒤통수에다 대고 소리를 질렀다.

"파티 한번 요란하게 하는군, 짜식들!"

49번 거리에서 피터는 딘을 돌아보며, "아름다운 아침이군," 하고 올빼미처럼 눈을 가늘게 뜨고는 엄숙하게 말했다.

"그런 것 같네."

"아침이나 먹으러 갈까, 친구?"

딘이 동의를 하고는 조건을 달았다.

"해장술도 같이."

"해장술이라," 하고 피터가 같은 말을 반복했고, 둘은 서로를 바라보며 고개를 끄덕였다. "지당한 말씀."

그러곤 둘은 요란하게 폭소를 터뜨렸다.

"아침 식사와 해장술! 아, 끝내주는군!"

"하지만 둘 다 할 수 있는 덴 없잖아," 하고 피터가 나섰다.

"술을 내놓지 않을까 봐? 신경 꺼. 내놓게 하고 말 거야. 강제로라도."

"지당한 말씀."

택시가 갑자기 브로드웨이를 돌아 교차로를 따라가더니 5번 대로에 있는 육중한 무덤처럼 생긴 빌딩 앞에 멈추었다.

"왜 여길 왔지?"

택시 운전사가 둘에게 델모니코 호텔이라고 알려 주었다.

이런 황당한 일이라니. 두 사람은 꽤 오랫동안 생각을 모으고는, 이곳으로 오게 했다면 그 이유가 무엇인지에 대해 궁리를 했다.

"코트 얘기를 들은 것 같은데," 하고 택시 운전사가 말했다.

그랬다. 피터의 코트와 모자였다. 그가 그걸 델모니코 호텔에다 두고 온 것이었다. 이유를 찾아낸 두 사람은 택시에서 내려 팔짱을 낀 채 출입구를 향해 여유롭게 걸어갔다.

"이봐들!" 하고 택시 운전사가 그들을 불렀다.

"왜요?"

"택시비는 내고 가야지."

그들은 정신이 나간 듯 머리를 흔들어 댔다.

"나중에, 지금 말고. 명령은 우리가 하니까, 아저씬 거기서 기다리셔." 택시 운전사는 고개를 저으며 지금 당장 택시비를 받아야겠다고 말했다. 무시무시한 자제력을 연습하기라도 하듯 둘은 경멸과 겸손이 뒤섞인 표정으로 그에게 택시비를 지불했다.

안으로 들어간 피터는 어둑한 데다 사람도 하나 없는 휴대품 보관소에서 자신의 코트와 중산모자를 찾아보았지만 아무것도 보이지 않았다.

"젠장, 누가 갖고 가 버렸군."

"셰필드 공과대학 녀석들이겠지."

"틀림없어."

"신경 꺼," 하고 딘이 근엄하게 말했다. "내 걸 여기다 두고 갈 거야…… 그럼 우리 둘 다 같은 차림이 될 거 아냐."

그는 코트와 모자를 벗어 벽에다 걸어 두려고 둘러보다가 보관소 문에 붙어 있는 커다란 사각 보드지에 눈길이 멈추었다. 왼쪽 문에는 커다란 검정 글씨로 '인IN'이라고 쓰여 있고, 오른쪽 문에는 역시 도드라진 글씨로 '아웃OUT'이라고 쓰여 있었다.

"이것 좀 봐!" 하고 그가 흡족한 표정으로 소리를 질렀다.

피터의 눈길이 딘의 손가락을 좇았다.

"뭔데?"

"저 팻말들 좀 봐. 가져가자."

"좋은 생각이야."

"이 한 쌍이 상상도 못 한 가치를 발휘할지도 모르지. 요긴하게 써먹을 수 있을 것 같아."

피터가 왼쪽 문에 붙은 팻말을 떼어 내 품속에 감추려고 했다. 하지만 생각보다 커서 다루기가 쉽지 않았다. 그러다 아이디어 하나가 떠올라 그는 짐짓 위엄을 떨며 몸을 돌렸다. 그러곤 잠시 뒤 존경스러운 표정을 하고 있는 딘에게로 연극을 하듯 돌아서더니 두 팔을 활짝 펼쳤다. 팻말을 조끼 안에다 집어넣고는 셔츠 앞면으로 감쪽같이 가린 것이다. 마치 셔츠에다 커다란 검정색 글씨로 '인'이라고 써 놓은 것이나 마찬가지였다.

"요호!" 하고 딘이 환호를 질렀다. "미스터 인."

그는 다른 팻말 하나를 똑같이 집어넣었다.

"미스터 아웃!" 하고 그가 승리의 환호성을 내질렀다. "미스터 인과 미스터 아웃이 만나다."

둘은 서로 다가서서 악수를 했다. 다시 배를 움켜잡고는 떠나갈 듯 요란하게 웃음을 터뜨렸다.

"요호!"

"이제 아침 먹으러 가도 되는 거지?"

"가자고, 코모도어 호텔로."

팔짱을 끼고 출입구를 빠져나온 두 사람은 44번 거리에서 동쪽으로 꺾어 코모도어 호텔로 향했다.

그들이 밖으로 나왔을 때 생기라곤 없이 인도를 따라 어슬렁거리고 있던 키가 작고 얼굴이 가무잡잡한 군인 하나가 몹시 창백하고 지친 모습으로 그들을 돌아보았다.

두 사람에게 말을 걸어 보려던 그는 이내 모른 척하며 외면하는 냉랭한 시선에 그들이 비틀대며 거리를 내려갈 때까지 기다렸다가 마흔 걸음쯤 거리를 두고 뒤를 쫓기 시작했다. 혼자 낄낄거리며 웃기도 하고 뭔가 흥미로운 일들이 일어날 것 같은 예감에 즐거운 듯 "옳거니!" 하며 혼잣말을 중얼거리기도 했다.

한편, 미스터 인과 미스터 아웃은 그들의 미래에 대해 농담을 주고받고 있었다.

"술이 필요해. 아침도 물론 필요하고. 둘 중 하나라도 빠져선 안 돼. 둘을 떼 놓을 순 없어."

"우리에겐 둘 다 필요해!"

"둘 다!"

날이 완전히 밝자 지나가던 사람들이 두 사람을 이상한 눈으로 바라보기 시작했다. 둘은 얘기를 나누느라 정신이 없어서 그런 낌새도 채지 못했다. 이따금 그들은 뭐가 재밌는지 미친 듯 폭소를 터뜨리곤 했는데 팔짱을 끼고 있어서 거의 동시에 몸을 굽혀야만 했다.

코모도어 호텔에 도착한 그들은 졸린 눈으로 서 있는 도어맨과 시답잖은 농담 몇 마디를 주고받고는 간신히 회전문을 지나 로비에 드문드문 앉아 있는 손님들의 놀란 시선을 받으며 식당으로 들어섰고, 의아한 표정을 짓던 웨이터가 그들을 눈에 잘 띄지 않는 구석 자리로 안내했다. 그들은 맥없이 메뉴판을 들여다보며 알아들을 수 없는 소리로 서로에게 요리 이름을 주절거렸다.

"술은 어디에도 없잖아," 하고 피터가 투덜거렸다.

웨이터가 뭐라고 말했지만 알아들을 수가 없었다.

"다시 말하지만," 하고 피터가 화를 꾹 참으며 말했다. "이 메뉴판을 봐선 뭔지를 알 수가 없을뿐더러 술은 아예 적혀 있질 않단 말이오."

"이봐!" 하고 딘이 자신에 차서 말했다. "저 친구한텐 내가 말할게." 그가 웨이터에게 고개를 돌렸다. "갖고 올 건 말이지…… 우리한테 갖다 줄 게 뭐냔 말이지," 하고는 메뉴판을 열심히 훑었다. "우리한테 1리터짜리 샴페인이랑…… 음…… 그리고 햄 샌드위치가 좋겠군."

웨이터가 의아한 표정으로 바라보았다.

"어서 가져와!" 하고 미스터 인과 미스터 아웃이 합창하듯 소리를 질렀다.

웨이터가 기침을 하고는 사라졌다. 잠깐 기다리는 동안 수석 웨이터가 두 사람 몰래 그들을 면밀히 살폈다. 그러고 나서 샴페인이 도착했고, 미스터 인과 미스터 아웃의 눈이 기쁨으로 넘쳤다.

"아침 식사를 하면서 샴페인을 마실 거라고 누가 상상했겠어…… 상상 불가지."

두 사람은 이 멋진 가능성을 만끽하고 있었지만, 만끽하는 것만으로도 부족했다. 둘의 상상력을 한데 그러모은다 해도 아침 식사를 하며 샴페인을 마실 수 있다는 걸 상상하기란 결코 쉬운 일이 아니었다. 웨이터가 요란하게 소리를 내며 샴페인 마개를 땄고, 이내 두 사람의 잔에 노란 거품이 일었다.

"자네의 건강을 위해, 미스터 인."

"자네도 역시, 미스터 아웃."

웨이터가 자리를 뜨고 몇 분이 지나지 않아 샴페인은 바닥에 깔릴 정도가 되었다.

"이게…… 이게 아주 더러워," 하고 딘이 느닷없이 말했다.

"뭐가 더럽단 거지?"

"아침 식사를 하면서 샴페인을 마시는 우릴 못마땅해하는 자들이 있다고 생각하는 거 말이야."

"그게 더럽다고?" 피터가 골똘하게 생각하다 말했다. "그래, 맞는 말이야…… 더러워."

다시 그들은 "더러워"라는 말을 서로에게 던지며 폭소를 터뜨리고, 소리를 지르고, 몸을 젖히고, 의자를 앞뒤로 흔들어 댔는데, 그 말을 되풀이할 때마다 더 멋지게 부조리해지기라도 하는 듯했다.

그렇게 몇 분 동안 유난을 떨어 대다 그들은 샴페인 한 병을 더 마시기로 합의를 봤다. 불안해진 웨이터는 직속상관에게 문의를 했는데, 이 신중한 상관은 더 이상의 샴페인은 내줘선 안 된다는 뜻이 담긴 지시를 내렸다. 그리고 그들에게 계산서가 전해졌다.

그로부터 5분 뒤, 두 사람은 팔짱을 끼고 코모도어 호텔을 나와 이상한 눈으로 자신들을 바라보는 사람들을 헤치며 42번 거리를 통해 밴더빌트 대로에 있는 빌트모어 호텔까지 걸어갔다. 호텔로 들어서자 갑자기 묘안을 생각해 낸 그들은 위기를 빠져나가듯 빠른 걸음으로 로비를 가로지른 다음 점잔을 빼며 꼿꼿하게 섰다.

일단 식당으로 들어가 그들은 이미 시연한 적 있는 연극을 되풀이했다. 중간중간 발작적인 웃음을 터뜨리다가 갑자기 정치와 대학과 자신들의 해맑은 성향에 대해 논쟁을 벌였다. 시곗바늘은 이제 9시를 가리키고 있었는데, 문득 살아가면서 항상 떠올릴 만한 무언가를, 기억에 깊이 각인될 파티를 해야 하지 않을까, 하는 막연한 생각이 들었다. 그들은 마시지 못한 또 한 병의 샴페인에 미련이 남아 있었다. 누구든 "더러워"라는 말을 입에 올리기만 하면 둘은 숨이 넘어갈 듯 웃어 댔다. 식당은 이제 윙윙 소리를 내며 돌아가고 있었는데, 기이한 가벼움이 스며들며 무거운 분위기를 희석시키고 있었다.

계산을 치른 두 사람은 로비로 걸어 나왔다.

바로 그때, 그날 아침만 해도 수천 번은 돌았을 회전문을 통해 눈두덩이 시꺼멓게 죽은 몹시 창백한 젊은 미인이 로비로 들어서고 있었는데, 이브닝드레스도 온통 구겨져 있었다. 그녀는 평범한 인상의 뚱뚱한 사내를 동반하고 있었는데 아무리 봐도 그냥 바래다주는 것 같지는 않았다.

층계 꼭대기에서 이 두 사람은 미스터 인과 미스터 아웃과 마주쳤다.

"이디스!" 하고 말하며 미스터 인이 그녀 앞으로 불쑥 다가서더니 꾸벅 절을 했다. "내 사랑, 안녕하시오?"

뚱뚱한 사내가 이 자식을 당장 던져 버려도 되겠느냐고 묻는 듯한 표정으로 이디스를 바라보았다.

"무례를 용서하소서." 피터가 생각해 보더니 덧붙였다. "이디스, 좋은 아침이야."

그는 딘의 팔꿈치를 잡더니 앞으로 끌어당겼다.

"미스터 인이랑 만난 거야, 이디스. 나의 절친. 미스터 인과 미스터 아웃은 떼 놓을 수가 없어."

미스터 아웃이 다가서며 인사를 했는데, 실은 너무 가까이 가서 고개를 숙이는 바람에 살짝 균형을 잃어 이디스의 어깨를 손으로 가볍게 짚고서야 간신히 자세를 바로잡을 수가 있었다.

"저는 미스터 아웃이라고 합니다, 이디스 양," 하고 그는 재밌다는 듯 우물거렸다. "미스터 인, 미스터 아웃."

"미스터 인, 미스터 아웃." 피터가 자랑스럽게 말했다.

하지만 이디스는 그들을 보지도 않은 채 건너편 회랑의 어느 한곳에 눈을 박고 있었다. 그녀가 뚱뚱한 사내에게 고개를 까닥해 보이자 그가 두 사람에게로 황소처럼 다가가더니 완강하고 빠른 동작으로 미스터 인과 미스터 아웃을 양옆으로 밀어붙였다. 그 사이로 그와 이디스가 빠져나갔다.

하지만 열 걸음쯤 나가다가 이디스는 다시 걸음을 멈추고 곧장 키가 작고 가무잡잡한 얼굴의 군인을 가리켰다. 그는 층계 꼭대기의 사람들을 보고 있었는데, 그중에서도 특히 무슨 역사적 인물이라도 되는 양 인상적인 모습의 미스터 인과 미스터 아웃을 넋이 나간 듯한 눈길로 쳐다보고 있었다.

"저기," 하고 이디스가 소리를 높였다. "저길 봐요!" 치솟은 그녀의 목소리가 날카롭게 찢어졌다. 그녀의 손가락이 가늘게 떨리고 있었다.

"우리 오빠 다리를 부러뜨린 군인이라고요."

십여 명 남짓한 사람들이 비명을 질렀다. 앞자락을 비스듬하게 재단한 코트를 입은 남자 하나가 안내 데스크 가까이에 있던 자리에서 나와 조심스럽게 앞으로 나갔고, 뚱뚱한 사내가 번개처럼 튀어나와 키가 작고 가무잡잡한 군인에게로 달려들었다. 그러자 로비에 있던 사람들이 주위로 몰려드는 바람에 미스터 인과 미스터 아웃은 아무것도 볼 수 없었다.

하지만 미스터 인과 미스터 아웃에게는 이 사건 역시 그저 윙윙거리며 빙글빙글 돌아가는 다채롭고 현란한 세계의 일부에 지나지 않았다.

높다란 소리가 들렸고, 뚱뚱한 남자가 달려가는 게 보였다가, 갑자기 풍경이 흐릿해져 버렸다.

그런 다음 그들은 하늘을 향해 올라가는 엘리베이터 안에 있었다.

"몇 층으로 갈까요, 손님?" 하고 엘리베이터 승무원이 물었다.

"아무 층이나," 하고 미스터 인이 말했다.

"맨 꼭대기로," 하고 미스터 아웃이 말했다.

"여기가 맨 꼭대기인데요," 하고 승무원이 말했다.

"더 올라가 봐," 하고 미스터 아웃이 말했다.

"더 높이." 미스터 인이 말했다.

"하늘까지." 미스터 아웃이 말했다.

11

고든 스터렛은 6번 대로에서 약간 떨어진 조그만 호텔 침실에서 뒷머리가 지끈거리고 맥박이 심하게 뛰는 걸 느끼며 깨어났다. 그는 방 구석구석에 드리워진 어두운 잿빛 그림자와 구석에 놓인 오랫동안 사용해 속이 드러날 것 같은 커다란 가죽 의자를 바라보았다. 바닥에 아무렇게나 던져진 쭈글쭈글한 옷가지에 눈길을 던지던 그는 퀴퀴한 담배 냄새와 찌든 술 냄새를 맡았다. 창문은 굳게 닫혀 있었다. 창밖에서 들어온 밝은 햇살에 먼지가 가득 피어올랐고, 햇살은 그가 몸을 뉘고 있는 널따란 나무 침대의 머릿장에서 더 이상 나아가지 못했다. 그는 누운 채로 꼼짝하지 않았는데, 혼수상태에 빠졌거나 마약에 취한 것 같기도 했다. 두 눈은 크게 뜨여 있고, 가슴은 기름칠이 되지 않은 기계처럼 뻑뻑했다.

먼지를 머금은 햇살과 해진 커다란 가죽 의자에 눈길이 멎은 지 30초쯤 되었을 것이다. 그는 가까이에 생명체가 있다는 것을 간신히 느꼈는데, 그렇게 다시 30초쯤 지났을 때 그는 주얼 허드슨과 돌이킬 수 없는 혼인 관계를 맺었다는 사실을 깨달았다.

그는 30분쯤 뒤에 밖으로 나가 스포츠용품 가게에서 리볼버 권총을 샀다. 그러곤 택시를 잡아타고 이스트 27번 거리에 있는 자신의 방으로 돌아가 그림 도구들이 놓인 탁자에 비스듬히 기대어 관자놀이 바로 뒤에 총구를 대고는 방아쇠를 당겼다.

◆◆◆

「5월의 첫날」은 피츠제럴드의 첫 번째 중편소설*로, 작가 생활을 시작하던 첫해인 1920년 7월에 발표한 작품이다. 피츠제럴드는 이 작품을 아마도 《새터데이 이브닝 포스트》나 잡지 같은 데 먼저 의뢰하지 않고 H. L. 멘켄H. L.Mencken과 조지 진 네이션George Jean Nathan이 편집자로 있던 《스마트 셋》에 직접 판매한 듯싶은데, 대중적 매체에 싣기에는 소재가 지나치게 강하거나 사실적이라는 이유 때문이었던 것 같다. 피츠제럴드는 한동안 자연주의 혹은 운명론 계열의 소설에 흥미를 가졌는데, 「5월의 첫날」은 당시 그런 영향 하에 집필한 것 중 가장 성공한 작품에 해당한다. 피츠제럴드의 독자들로부터 사랑받은 작품이긴 했지만 《스마트 셋》은 이 명작에 단지 200달러를 지불했을 뿐이었다. 그는 『재즈 시대 이야기들Tales of the Jazz Age』(1922)에 이 작품을 수록하며 다음과 같이 언급한 바 있다.

그다지 유쾌하지 못한 이 이야기는…… 지난해 봄에 일어난 일련의 사건들과 관련이 있다. 세 개의 사건 하나하나는 내게 깊은 인상을 남겼다. 재즈의 시대로 돌입한 지난봄 내내 누구나 갖고 있던 과도한 신경증을 제외하곤 보통은 살면서 그리 흔하게 마주치지 않는 일들이었는데, 내가 하려던 이야기는 결국 두려움 때문에 이루지 못한, 그것들을 모두 집어넣을 수 있는, 적어도 젊은 세대의 한 구성원으로 보이기는 했던 뉴욕에서의 몇 달 동안 찾아보려고 무던히도 애썼던 하나의 패턴이었다.

* novelette. 우리에게 익숙한 200자 원고지 300매 내외의 중편소설로 볼 수도 있지만, 서양 문학에서 노벨레테라고 할 때는 단편소설보다 길이가 길 뿐 아니라 소재의 측면에서 '가벼운 연애 사건'을 다룬 소설에 국한하는 것이 일반적이다.

젤리빈

The Jelly-Bean

1

짐 파월은 젤리빈*이었다. 그를 그럴 듯한 인물로 그려 보고 싶은 마음이야 굴뚝같지만, 그건 양심을 속이는 일이 아닐 수 없다. 그는 뼛속 깊이, 철저한, 99.99퍼센트 젤리빈이었으며, 젤리빈이 유행이던 동안, 어느 한 해의 예외도 없이, 메이슨-딕슨 선**의 한참 아랫녘 젤리빈들이 들끓는 동네에서 전혀 바쁠 것 없는 성장기를 보냈다.

만약 멤피스 남자가 젤리빈이라고 불린다면 아마도 그는 주머니에

---

* 원래는 겉이 딱딱하고 속은 젤리로 된 콩 모양의 과자를 말하지만, 20세기 초반에는 옷을 잘 입는 젊은 사람을 속되게 표현하는 말로 사용되었다.
** 메릴랜드주와 펜실베이니아주의 경계선으로, 미국 남부와 북부의 경계. 노예 제도 찬성 주와 반대 주의 경계로 사용되기도 했다.

264

서 길고 질긴 밧줄을 꺼내 눈에 띄는 전신주에다 그 사람의 목을 매달아 버릴 것이다. 만약 뉴올리언스 남자가 젤리빈이라는 말을 듣는다면 그는 분명 씽긋 웃으며 당신 애인을 참회 화요일* 댄스파티에 데려갈 사람이 누구냐고 물을 것이다. 이 역사적 사실의 주인공을 낳은 문제의 젤리빈 지역은 그 두 도시 사이에 위치한, 4만 년 동안이나 꾸벅꾸벅 졸다가 이따금 잠에서 깨어나 언젠가 어딘가에서 일어났던, 남들은 모두 오래전에 잊어버린 전쟁에 관해 주절대는 남부 조지아의 인구 4만 명 남짓한 조그만 도시였다.

짐은 젤리빈이었다. 내가 이 말을 다시 쓰는 건 마치 "짐은 멋진 아이였다"로 시작하는 동화의 첫 대목처럼 좋게 들리기 때문이다. 그 어감은 어딘지 동글동글하고 호감이 가는 얼굴에다 머리엔 온갖 종류의 잎과 식물들이 돋아난 모습을 연상시킨다. 길고 마른 얼굴에 하도 당구대에 엎드려 있어서 허리가 구부정한 짐은 신중치 못한 북부였다면 영락없이 부랑자 취급을 받았을 게 뻔했다. 하지만 '젤리빈'은 평생을 "나는 게을렀고, 나는 게으르고, 나는 게으를 것이다"라고, 일인칭 단수에 '게으르다'는 형용사를 동사로 사용해 문장을 쓰는, 무너뜨릴 수 없는 남부만의 이름이었다.

짐은 숲이 우거진 외곽의 하얀 집에서 태어났다. 집 앞쪽은 온갖 비바람을 견뎌 온 기둥 네 개가 버티고, 집 뒤편은 격자무늬 울타리가 촘촘하게 박혀 있어서, 꽃도 많고 햇볕이 풍성하게 내리쬐는 잔디밭에 생기 가득한 십자가를 만들었다. 원래 이 하얀 집에 살던 사람들은 옆집과 그 옆집, 그 옆집의 옆집 땅까지 가지고 있었는데 워낙 오래전의

---

* 사순절이 시작되기 전날.

일이라 짐의 부친도 제대로 기억하지 못했다. 사실, 이 문제를 그다지 중요하게 생각하지 않았던 짐의 부친은 전투에서 입은 총상으로 세상을 떠나면서도 어린 짐에게 말해 주지 않았는데, 짐도 다섯 살에 불과한 데다 겁에 잔뜩 질려 있었다. 그 후 하얀 집은 메이컨에서 올라온 말 없는 여자가 운영하는 하숙집이 되었는데, 짐은 메이미 이모라고 부르던 그녀를 지독하게도 싫어했다.

열다섯 살의 짐은 덥수룩한 검은 머리에 여자애들을 두려워하는 고등학생이었다. 그는 네 여자와 노인 하나가 한 해 여름에서 다음 해 여름까지 하는 얘기라고는 그의 집안이 갖고 있던 땅에 대한 게 아니면 다음에 무슨 꽃이 필 것인지밖에 없는 집을 싫어했다. 이따금 짐의 모친을 기억하고 그녀의 검은 눈과 머리칼을 닮은 짐의 모습을 좋아해 주던 동네 어린 여자애들의 부모들이 그를 파티에 초대하긴 했지만, 파티를 즐길 만큼 숫기가 있지 않았던 그는 틸리네 정비소에서 부러진 차축에 걸터앉아 주사위 놀이를 하거나 긴 밀짚을 지치지도 않고 질경질경 씹어 대는 걸 더 좋아했다. 용돈을 벌기 위해 잡일들을 하게 된 건 파티를 가지 않아도 되는 좋은 구실이었다. 세 번째 파티에 갔을 때는 마저리 헤이트가 소리가 다 들릴 만한 거리에서 경박하게 속삭이는 걸 들었는데, 그가 가끔 식료품 배달도 하는 녀석이라는 거였다. 덕분에 짐은 투스텝과 폴카 대신 주사위를 던져 원하는 숫자가 나오게 하는 법을 터득했고, 지난 50년 동안 근동에서 일어난 모든 짜릿한 충격 사건의 전모를 들을 수 있었다.

그의 나이 열여덟 살. 전쟁이 발발했고, 입대를 한 그는 찰스턴 해군 정비창에서 1년 동안 죽어라고 축받이쇠를 닦았다.

전쟁이 끝나고 집으로 돌아왔을 때, 그는 스물한 살이었다. 바지는 지나치게 짧아졌고 지나치게 끼었다. 단추가 달린 신발은 길고 좁았다. 넥타이는 보라와 분홍이 현란한 소용돌이를 이루는 난해한 것이었는데, 그 위의 푸른 두 눈동자는 오랜 세월 햇볕에 노출된 멋진 옛날 옷의 일부인 듯 빛바래 있었다.

포근한 잿빛이 목화밭을 따라 흘러내려 타는 듯 뜨거운 시내를 덮고 있던 4월의 어느 저물녘, 나무 울타리에 기댄 채 휘파람을 불며 잭슨 거리의 불빛 위에 걸린 달무리를 응시하고 있는 그가 흐릿한 모습으로 보였다. 그는 한 시간 동안 한 가지 문제에 온통 몰두해 있었다. 우리의 젤리빈께서 파티에 초대를 받은 것이었다.

남자애들이 여자애들이라면 무조건 싫어하던 시절, 클라크 대로와 짐은 짝꿍이었다. 하지만 짐의 사회적 열망이 정비소의 기름 냄새에 질식한 사이, 클라크는 사랑에 빠졌다 헤어지기도 하고 대학도 가고 술에 절어 지내다 술을 끊기도 한, 요컨대, 마을 최고의 인기남 중 하나가 되어 있었다. 하지만 클라크와 짐의 우정은 변함이 없었는데, 그 사실은 무심한 듯했지만 더할 수 없이 명확했다. 그날 오후, 클라크의 구형 포드가 인도를 걸어가던 짐 곁으로 천천히 다가가더니, 클라크가 느닷없이 컨트리클럽 파티에 초대했다. 충동적으로 제안을 한 클라크나 그걸 불쑥 받아들인 짐이나 느닷없기는 마찬가지였다. 짐의 경우는 아마도 권태가 무의식적으로 작용했을 텐데, 반쯤은 모험에 대한 두려움이 깃들어 있었을 것이다. 그리고 이제 짐은 제정신을 회복하고 그 일에 대해 생각하고 있었다.

그의 입에서 노래가 흥얼거리며 흘러나왔다. 길쭉한 발이 느릿느릿 보도블록을 두드리고, 낮고 탁한 소리에 맞춰 위아래로 움직였다.

젤리빈 마을, 집에서 1킬로미터 떨어진 곳,

젤리빈 여왕, 진이 살고 있지.

주사위 놀이를 좋아하는 그녀는 주사위도 잘 다뤄.

그녀에게 주사위 놀인 너무도 쉬워.

그는 노래를 멈추더니 보도블록 위에서 거칠게 발을 굴렸다.

"빌어먹을!" 하고 그는 반쯤 소리 내어 혼잣말을 중얼거렸다.

모두가 거기 있을 터였다. 오래전 그 패거리들. 원래는 하얀 집의 소유였지만 오래전에 팔려 나갔던 집과 벽난로 선반 위 회색 제복을 입은 장교의 초상화까지, 응당 짐의 것이어야 했던 그것들도. 하지만 그 패거리들은 여자애들의 드레스가 조금씩 길어지고 남자애들의 바지가 갑자기 발목까지 올라가는 만큼 점점 긴밀해지면서 함께 자라났다. 성은 빼고 이름만 부르며 쉽게 달아올랐다 쉽게 식어 버리는 풋사랑이나 하던 그 패거리들에게 짐은 가난한 백인들의 친구이긴 했지만 왕따였다. 사내애들은 대부분 그를 알고 있었지만 거들먹거렸고, 여자애들과는 서넛에게 인사를 건네는 정도였다. 그게 전부였다.

땅거미가 짙어지면서 달빛이 푸르스름한 빛을 뿌리며 떠오를 즈음, 그는 후텁지근하면서도 기분 좋게 자극적인 시내를 지나 잭슨 거리로 걸어갔다. 가게들이 문을 닫고 있었고, 마지막으로 장을 본 사람들이 집을 향해 걸어가는 모습이 마치 꿈을 꾸듯 천천히 돌아가는 회전목마 같았다. 아래로 멀리 온갖 색들로 치장한 노점상들이 화려한 행렬을 이루고 있는 거리 축제장엔 증기 오르간에 맞춘 동양식 춤과 프리크 쇼*장 앞에서 흘러나오는 음울한 나팔 소리, 손풍금에 맞춘 〈테네시 고향으로 돌아가리〉의 경쾌한 연주가 온통 뒤섞인 채 밤을 도와 흐르고 있었다.

젤리빈은 가게 한 곳에 들러 칼라를 샀다. 그러곤 샘의 소다수 가게를 향해 느릿느릿 걸어갔는데, 여느 여름날 저녁과 다름없이 자동차가 서너 대 세워진 채 검둥이 애들이 아이스크림선디**와 레모네이드를 가지고 분주하게 왔다 갔다 하고 있었다.

"안녕, 짐."

팔꿈치 쪽에서 들려온 소리였다. 조 유잉이 메릴린 웨이드와 자동차에 타고 있었다. 뒷자리에는 낸시 라마와 낯선 사내 하나가 앉아 있었다.

젤리빈이 재빨리 모자 끝을 만지며 인사를 보냈다.

"안녕, 벤," 하고 말한 뒤, 아주 잠깐 말을 끊었다가 이었다. "다들 안녕?"

그는 그들을 지나 2층에 자신의 방이 있는 정비소로 천천히 걸어갔다. 그가 "다들 안녕?"이라고 한 건 낸시 라마에게 한 말이었는데, 15년 동안 얘기를 나눠 본 적 없는 사이였다.

낸시는 부다페스트 태생의 모친으로부터 물려받은, 키스를 한다면 평생 기억에 남을 것 같은 입술과 검은 눈동자, 푸른빛이 감도는 검은 머리칼을 가지고 있었다. 짐은 종종 두 손을 주머니에 찌른 채 머슴애처럼 걸어가는 그녀를 거리에서 마주치곤 했는데, 단짝 친구인 샐리 캐럴과 함께 그녀가 마음에 상처를 준 남자애들을 늘어세우면 애틀랜타에서 뉴올리언스까지 닿을 거란 걸 그는 잘 알고 있었다.

아주 잠깐이었지만 짐은 자신이 춤을 잘 추었으면 하고 바랐다. 그

* 기형인 사람이나 동물을 보여 주는 쇼.
** 기다란 유리잔에 아이스크림을 넣고 시럽과 견과류, 과일 조각 등을 얹은 것.

러다가 웃음을 터뜨렸고, 문가에 이르렀을 때 부드럽게 노래를 흥얼
거리기 시작했다.

그녀의 젤리롤*이 네 마음을 비틀 수도 있어.
그녀의 눈은 커다란 갈색.
그녀는 젤리빈들의 여왕 중 여왕.
젤리빈 마을의 나의 진.

2

9시 반에 짐은 샘의 소다수 가게 앞에서 클라크를 만나 그의 포드를
타고 컨트리클럽으로 향했다.

"짐," 하고 클라크가 무심히 불렀다. 재스민 향기가 짙게 풍기는 밤
길을 덜커덩거리며 달리고 있던 중이었다. "먹고살 만해?"

젤리빈은 입을 다문 채로 생각에 빠져들었다.

"글쎄." 이윽고 그가 입을 열었다. "틸리네 정비소 2층 방에 들어가
살고 있어. 오후에 차들 좀 봐 준다고 공짜로 내준 거야. 가끔 거기 택
시들 중에 하나를 몰기도 하는데, 그런 식으로 살고 있지 뭐. 끼니는
꼬박꼬박 먹고 있어."

"그게 다야?"

"뭐, 도와줄 일이 많은 날은 일당을 받기도 해. 대개 토요일이 그런

* 젤리를 바른 스펀지케이크. 젤리빈의 여성적 상대라는 의미로 쓰였다.

날이지. 이건 잘 얘기 안 하는데, 짭짤한 수입원이 하나 있어. 내가 마을 주사위 놀이 챔피언이었던 거 기억하는지 모르겠네. 사람들은 이제 주사위를 컵에다 넣고 던지게 해. 왜냐면 주사위 한 쌍이 내 손맛을 보게 되면 녀석들이 내 맘을 알아서 저절로 굴러가니까."

클라크가 알고 있다는 듯 싱긋 웃었다.

"난 아무리 해도 뜻대로 안 되던데. 언제 낸시 라마랑 붙어서 돈을 몽땅 따 버려. 걔는 남자애들이랑 붙는데, 제 아버지한테서 받는 용돈보다 더 많이 잃지. 지난달엔 빌린 돈 갚느라고 반지까지 판 걸 우연히 들었어."

젤리빈은 입을 꾹 다물고 있었다.

"느릅나무 거리에 있는 하얀 집은 아직 너네 거니?"

짐이 고개를 저었다.

"팔았어. 이젠 좋은 동네도 아닌데 값은 꽤 괜찮았지. 변호사가 전시 공채*를 사 두라고 하더라. 그런데 메이미 이모가 의식을 잃고 쓰러져서 그레이트 팜스 요양원에 들어갔는데 이자가 거기로 다 들어가."

"음."

"시골에 나이 많은 삼촌이 한 분 계신데, 오갈 데 없어지면 거기 가서 살면 돼. 괜찮은 농장이긴 한데 일할 만한 검둥이들이 많지가 않나 봐. 삼촌이 와서 도와달라고 했는데, 아직은 크게 마음이 내키진 않아. 우라지게 외로울 거야." 그러다가 불쑥 말했다. "클라크, 날 불러 줘서 무지 고맙다는 말을 너한테 하고 싶긴 한데, 난 그냥 여기 내려서 시내로 돌아가는 게 나을 거 같아."

---

* 제1차 세계대전 중에 모집한 공채. '자유공채'라고도 한다.

"뭐야?" 하고 클라크가 투덜거렸다. "너도 애들이랑 어울리고 그래. 춤 같은 건 안 춰도 돼. 그냥 플로어에서 몸을 흔들기만 하면 된다고."

"잠깐만," 하고 짐이 걱정스럽게 소리를 질렀다. "너 혹시 날 여자애들한테 데려가서 거기다 혼자 남겨 놓고 춤을 추게 만들려는 건 아니지?"

클라크가 웃음을 터뜨렸다.

"그랬다간," 하고 짐이 주눅 든 목소리로 말을 이었다. "그러지 않겠다고 맹세하지 않으면 지금 당장 내려서 이 튼튼한 두 다리로 잭슨 거리까지 걸어갈 거야."

둘은 얼마간 티격태격하다가 합의를 봤다. 짐을 여자애들 놀림감이 되게 하지 않을 것이고, 구석 자리에 앉아서 구경만 하게 놔둘 것이며, 춤을 추지 않을 때마다 클라크가 짐에게로 가서 함께 있기로 약속한 것이다.

그렇게 10시가 되었을 때, 젤리빈은 다리를 꼬고 꼰대처럼 팔짱을 낀 채로 춤 따위엔 관심이 없는 듯 편안하고 점잖게 보이려 애를 쓰고 있었다. 하지만 그의 마음은 찍어 누르는 듯한 자의식과 자신을 둘러싸고 돌아가는 모든 일에 대해 일어나는 강렬한 호기심이 반으로 나뉘어 있었다. 그는 여자애들이 하나씩 탈의실에서 나와 화려한 새처럼 몸을 늘였다가 펼치고, 분을 바른 어깨 너머로 샤프롱*에게 미소를 던지다가 동시에 재빨리 시선을 방 입구로 옮기며 분위기를 살피고는, 다시 대기 중인 파트너들에게 새처럼 가만히 팔을 내려놓곤 하는 모습들을 보았다. 금발에 시력이 나쁜 샐리 캐럴 호퍼는 그녀가 가장

* 과거 사교 행사 때 젊은 미혼 여성을 보살펴 주던 나이 든 여자.

272

좋아하는 분홍색 옷을 입고 막 피어난 장미처럼 눈을 깜빡거리며 나타났다. 정오까지만 해도 잭슨 거리를 빈둥거리며 돌아다니던 마저리 헤이트와 메릴린 웨이드와 해리엇 캐리는 고데 머리에 광택제를 발라 위쪽에서 떨어지는 불빛이 우아하게 스며들어 마치 가게에서 금방 가져와서 아직 완전히 마르지 않은, 어디서도 본 적이 없는 분홍과 청색과 적색과 황금색 드레스덴 도자기처럼 보였다.

그는 30분째 그곳에 있었는데, 클라크가 쾌활한 얼굴로 찾아와서는 "안녕, 친구, 잘되고 있는 거야?"라고 말하며 무릎을 철썩 때리곤 했지만 즐길 마음이 눈곱만큼도 생기지 않았다. 열 명 남짓한 남자애들이 그에게 말을 걸거나 잠깐 그의 곁에 있다 갔지만, 그들은 하나같이 그가 그곳에 있다는 걸 놀라워하고 한둘 정도는 좀 싫어하는 눈치였다는 걸 그는 읽고 있었다. 그러나 10시 반이 되면서 낭패감이 갑자기 사라지면서 숨이 막힐 것 같은 흥미가 그를 완전히 사로잡아 버렸다. 낸시 라마가 탈의실에서 나온 것과 무관하지 않았다.

그녀가 입고 있는 얇은 모슬린 드레스는 뒤편에 삼단 주름과 커다란 매듭이 달려 있는 것으로 어디 한 군데 흠잡을 데라곤 없었는데, 인광을 발하는 듯 그녀의 주위에 검고 노란 빛을 뿜어내고 있었다. 젤리빈은 두 눈이 활짝 열리고 목이 꽉 막히는 기분이었다. 잠시 문가에 서 있을 때 그녀의 파트너가 급히 다가갔다. 짐은 그가 그날 오후 조 유잉의 차에 그녀와 함께 타고 있던 낯선 사내란 걸 알아챘다. 짐은 그녀가 두 손을 허리에 대고 낮은 목소리로 뭔가 얘기하다가 웃음을 터트리는 걸 보았다. 남자도 웃음을 터뜨렸는데, 짐은 가슴을 찌르는 것 같은 아픔을 느꼈다. 전혀 겪어 보지 못한 것이었다. 뭔지 모를 빛줄기가 두 사람 사이로 지나갔다. 그것은 마치 잠깐 자신을 따뜻하게 해 주었던 태양에서 뿜어져 나온 한줄기 아름다움과 같았다. 우리의 젤리빈은 갑자기 그늘진 곳에서 자라는 잡초가 된 기분이 들었다.

1분쯤 지난 뒤 클라크가 눈을 반짝반짝 빛내며 그에게로 다가왔다.

"안녕, 불알친구," 하고 독창성이라곤 전혀 없는 소리로 커다랗게 말했다. "버틸 만한고?"

짐은 생각했던 대로 버티고 있다는 대답을 돌려주었다.

"나랑 같이 가," 하고 클라크가 명령하듯 말했다. "오늘 밤을 근사하게 해 줄 걸 구해 놨지."

짐은 그의 뒤를 따라 어색하게 플로어를 가로질러 계단을 밟고 남자 탈의실로 들어갔는데, 클라크가 이름을 알 수 없는 노란 액체가 담긴 병을 꺼냈다.

"끝내주는 옥수수 발효주."

진저에일이 쟁반에 받쳐져 왔다. '끝내주는 옥수수 발효주' 같은 독주는 탄산수 같은 걸로 희석할 필요가 있었다.

"근데 말이야," 하고 클라크가 숨을 헐떡거리며 소리를 질렀다. "낸시 라마, 넌 예쁘지 않냐?"

짐이 고개를 끄덕였다.

"정말 예쁘지," 하고 그가 맞장구를 쳤다.

"근데 걔, 오늘 밤 작별 인사를 하려고 예쁘게 차려입은 거야." 클라크가 덧붙였다. "낸시랑 같이 있던 놈 봤지?"

"덩치 큰 놈? 흰 바지 입고?"

"그래, 서배너에서 왔다더라. 이름이 오그던 메리트라고. 그놈 아버지가 메리트 안전면도기를 만들었다지. 놈은 낸시한테 완전히 빠졌어. 1년 동안 줄곧 쫓아다녔다더군."

"낸시가 선머슴애잖니," 하고 클라크가 계속 말을 이었다. "그래도 난 걔가 좋아. 걜 안 좋아하는 녀석은 없지. 하지만 낸시 걔가 미친 짓을 하고 다니는 건 사실이잖아. 그럭저럭 넘어가긴 했지만, 평판 안 좋은 일들이 어디 한두 개여야지."

"그런가?" 짐이 술잔을 건넸다. "끝내주는 옥수수 발효주 맞네."

"나쁘지 않지? 아, 낸시 걔 정말 거친 애야. 주사위 도박까지 하잖아! 그리고 하이볼도 엄청 좋아하고. 나중에 한잔 사 준다고 약속했었는데."

"낸시가 메리트란 남자한테 빠진 거야?"

"젠장, 나야 모르지. 어쨌거나 이 동네서 괜찮은 여자애들은 죄다 결혼해서 떠나고 있어."

그는 술을 한 잔 더 따르고는 조심스럽게 마개를 닫았다.

"야, 짐, 난 춤추러 가야겠어. 넌 춤출 생각 없다니까 이 옥수수 술병 잘 챙겨 놓고 있어. 내가 술 마신 걸 한 녀석이라도 알면 달라고 달려들 테고, 그럼 금방 바닥이 날 거야. 그건 녀석들 좋은 일만 시키는 거잖아."

그랬다. 낸시 라마는 결혼을 할 예정이었다. 마을의 보배가 하얀 바지 입은 녀석의 사적 소유물이 되게 생긴 것이다. 이 모든 건 하얀 바지의 아버지란 작자가 이 동네 아버지들보다 더 나은 면도기를 만들었기 때문이었다. 계단을 내려가는 동안 그 생각이 짐을 까닭 모를 침울 속으로 끌어내렸다. 살면서 처음으로 그는 막연하고 낭만적인 열망에 사로잡혔다. 그의 상상 속에서 그녀의 모습이 만들어지기 시작했다. 낸시는 거리를 따라 머슴애처럼 쾌활하게 걷는다. 그녀라면 사족을 못 쓰는 과일 가게 남자로부터 십일조로 오렌지를 받는다. 샘의 소다수 가게에서 코카콜라를 사고는 유령 장부에다 달아 놓고 훈남들로부터 호송을 받으며 물 쓰듯 돈을 쓰며 노래를 불러 대는 오후를 만끽하기 위해 승리자의 포즈로 차에 오르고, 차는 떠난다.

젤리빈은 현관을 벗어나 달빛이 떨어지는 잔디밭과 파티장 문에 비치고 있는 외등 사이 어둠에 잠긴 외떨어진 구석으로 걸어갔다. 거기서 그는 의자 하나를 발견하고는 담배에 불을 붙이며 늘 그랬듯 아무생각 없이 몽상에 잠겨 들었다. 하지만 이제 그의 몽상은 잠과 촉촉한 분첩에서 풍겨 나오는 짜릿한 향기, 가슴이 깊이 파인 드레스와 열어놓은 문을 통해 퍼져 나오는 오만 가지 풍성한 냄새로 인해 관능적이되어 있었다. 요란한 트롬본 소리에 흐릿해진 음악은 그 자체로 뜨거우면서도 흐릿해져, 수많은 구두와 덧신이 마루를 긁고 가는 소리에나른하게 뒤섞인 채 울려 나왔다.

문밖으로 흘러나온 노란 불빛이 사각형을 이룬 곳에 갑자기 검은형상이 덮였다. 여자 하나가 탈의실에서 나오더니 현관에서 채 3미터도 벗어나지 않은 곳에 우뚝 섰다. 짐은 "젠장," 하고 낮게 토해 내는소리를 들었는데, 그때 여자가 몸을 돌렸고, 그와 마주쳤다. 낸시 라마였다.

짐이 자리에서 벌떡 일어났다.

"안녕?"

"안녕." 그녀가 말을 멈추고는, 머뭇거리다가 다가왔다. "아, 짐 파월이구나."

그는 살짝 고개를 숙여 보이고는 자연스럽게 붙일 수 있는 말을 궁리했다.

"너 말이야," 하고 그녀가 빠르게 말하기 시작했다. "그러니까, 혹시

껌에 대해서 뭘 좀 아니?"

"뭐라고?"

"구두에 껌이 붙었거든. 어떤 빌어먹을 자식인지 계집앤지, 바닥에 다 껌을 버렸는데 그걸 내가 밟아 버렸지 뭐야."

짐은 어울리지 않게 얼굴을 붉혔다.

"어떻게 떼어 내는지 알아?" 하고 그녀가 안달을 하며 물었다. "칼도 써 봤고, 탈의실에 있는 것도 다 사용해 봤어. 비누, 물, 심지어 향수까지. 괜히 분첩으로 해 보다가 망가뜨리기만 했지 뭐야."

짐은 좀 흥분한 상태에서 해결책을 찾아보려고 고심했다.

"그거, 휘발유를 사용해 보면 어떨지……"

그의 입에서 이 말이 떨어지기 무섭게 그녀가 그의 손을 잡아 끌어당기고는 낮은 베란다에서 뛰어내린 뒤 화단을 넘어 전속력으로 골프장 첫 홀 옆쪽으로 달빛을 받으며 주차되어 있는 차들로 달려갔다.

"연료 통 열어," 하고 그녀가 숨을 몰아쉬며 명령조로 말했다.

"뭐라고?"

"껌을 떼야지. 떼야 한다고. 껌이 붙은 채론 춤을 출 수가 없어."

짐은 순순히 자동차 쪽으로 돌아서서는 껌을 녹일 수 있는 용제를 얻을 수 있는지 살펴보기 시작했다. 그녀가 만약 엔진 실린더를 원했다면 그는 최선을 다해 그것을 떼어 냈을 것이다.

"여기," 하고 그가 잠깐 살펴보고 말했다. "이게 좀 쉬울 거 같아. 손수건 있어?"

"2층에 젖은 채로 있어. 물에 적셔서 비누를 칠했었거든."

짐은 자신의 주머니를 열심히 뒤졌다.

"나도 없네."

"젠장! 그럼, 뚜껑을 열어서 땅바닥에다 흘러내리게 해 보자."

그가 뚜껑을 살살 돌리자 기름이 똑똑 떨어지기 시작했다.

"좀 더!"

그가 주유구를 완전히 돌렸다. 똑똑 떨어지던 기름이 주르르 흐르기 시작하더니 땅바닥이 반짝거릴 정도로 고였다. 기름 속에서 십여 개의 달이 몸을 떨어 댔다.

"오," 하고 그녀가 만족스러운 소리를 흘렸다. "모두 빼내. 이제 여길 걸어가기만 하면 되잖아."

짐이 하는 수 없다는 듯 마개를 끝까지 열자 웅덩이를 이루고 있던 기름이 갑자기 조그만 강을 이루다가 사방으로 실개천을 만들며 흘러 갔다.

"아주 좋아. 이 정도는 돼야지."

그녀는 치마를 들어 올리고는 우아하게 걸음을 떼었다.

"이젠 떨어지겠지," 하고 그녀가 혼잣말을 했다.

짐의 얼굴에 미소가 번졌다.

"차는 얼마든 있어."

예의 우아하게 기름 웅덩이에서 빠져나온 낸시는 신발 옆과 바닥을 자동차 발판에다 대고 문지르기 시작했다. 젤리빈은 그냥 지켜보고 있을 수가 없었다. 그는 허리를 꺾으며 웃음을 터뜨렸고, 곧 그녀도 따라 웃었다.

"클라크 대로랑 같이 온 거지?" 베란다로 돌아가며 그녀가 물었다.

"응."

"걔는 지금 어딨어?"

"춤추고 있을걸, 아마."

"짜식, 나한테 하이볼 준다고 했었는데."

"그래," 하고 짐이 말했다. "그거라면 가능하지. 술병이 지금 내 주머니에 있거든."

낸시가 그에게 환한 미소를 날렸다.

"그런데 진저에일이 있어야 할 텐데." 짐이 덧붙였다.

"난 아냐. 스트레이트로 그냥 마셔."

"정말?"

그녀가 비웃듯 웃음을 터뜨렸다.

"난 말이야, 남자가 마실 수 있는 건 다 마셔. 앉자."

낸시는 테이블 가에 자리를 잡고 앉았고, 짐은 그녀 옆에 놓인 고리 버들 의자들 중 하나에 털썩 앉았다. 코르크 마개를 벗겨 낸 그녀는 술병에다 입을 대고는 한참이나 들이마셨다. 그는 넋이 나간 듯 그녀를 바라보았다.

"맛은 괜찮아?"

그녀가 숨을 몰아쉬며 고개를 저었다.

"아니, 그냥 술이란 게 주는 느낌이 좋아. 술 좋아하는 사람들이 다들 그렇잖아."

짐이 동의했다.

"우리 아빠도 지나치게 좋아하셨지. 결국 술이 아빨 먹어 치웠지만."

"미국 남자들은 말이야," 하고 낸시가 무겁게 입을 뗐다. "술 마실 줄을 몰라."

"무슨 뜻이야?" 짐이 놀라며 물었다.

"사실," 하고 그녀가 가볍게 말을 이었다. "미국 남자들은 뭐든 제대로 할 줄 아는 게 없어. 내 인생에서 후회하는 것 한 가지는 말이야, 영국에서 태어나지 않은 거야."

"영국?"

"그래. 그렇지 못해서 내가 후회하는 유일한 거."

"거기가 그렇게 좋아?"

"그럼, 너무도. 가 본 적은 없지만 이곳 군부대에 파견 나와 있는 영국 남자들을 꽤 만났었는데, 옥스퍼드랑 케임브리지 남자들, 너도 알잖아, 이쪽에 있는 스와니 대학이랑 조지아 대학 같은 데. 그리고 당연히 영국 소설도 많이 읽었지."

짐은 흥미롭기도 하고 놀랍기도 했다.

"다이애나 매너스 부인이라고 들어 본 적 있어?" 하고 그녀가 진지하게 물었다.

짐은 전혀 들어 본 적이 없는 이름이었다.

"나 말이야, 난 그녀처럼 되고 싶어. 어둡고, 거친 게, 정말이지 나랑 비슷하거든. 그 사람은 성당인지 교회인지 모르겠지만 아무튼 거기 계단을 말을 탄 채로 막 올라갔던 여자였지. 그 뒤로 소설가들이 하나같이 여주인공들을 그렇게 하게 만들었다고 해."

짐이 정중하게 고개를 끄덕였다. 하지만 그의 이해를 넘어서는 얘기였다.

"술병 줘 봐," 하고 낸시가 말했다. "좀 더 마실 거야. 더 마신다고 잘못되진 않을 거야." 그녀는 한 모금을 마시고는 숨을 멈춘 뒤 다시 말을 이었다. "너도 알 거야. 거기 사람들은 스타일이란 게 있어. 여긴 스타일이고 뭐고 개뿔도 없어. 내 말은, 여기 남자들은 내가 드레스 입어 줄 만한 가치도, 눈이 휘둥그레질 만큼 갖춰 입어 줄 가치도 없단 말이야. 무슨 뜻인지 알아?"

"알 만해…… 그, 그러니까 무슨 뜻인지 모른다는 거지," 하고 짐이 얼버무렸다.

"그러니까 말이야, 난 그걸 다 하고 싶다고. 스타일이라는 게 뭔지 우리 동네에서 아는 건 정말이지 나 하나뿐이야."

낸시는 두 팔을 쭉 뻗고는 기분 좋게 하품을 했다.

"예쁜 밤이다."

"그래, 맞아," 하고 짐이 받았다.

"보트가 있으면 좋을 텐데." 그녀가 꿈을 꾸듯 말했다. "은빛 호수 위를 떠가는 것 같이, 일테면 템스강 같은 곳을 말이야. 샴페인이랑 캐비아 샌드위치를 가지고. 여덟 명쯤 같이 타고서. 그중에 한 남자가 사람들을 즐겁게 해 주려고 강물로 뛰어들었다가 익사하는 거지. 다이애나 매너스 부인과 함께 있던 그 남자처럼."

"그 남자는 부인을 즐겁게 해 주려고 그랬던 거야?"

"설마 즐겁게 해 주려고 그랬던 건 아니겠지. 그저 보트 밖으로 뛰어들어서 사람들을 웃기려고 했던 거겠지."

"그 남자가 물에 빠졌을 때 사람들이 엄청 웃었을 것 같기는 해."

"그래, 웃긴 했을 거야," 하고 낸시도 인정을 했다. "어쨌든, 부인도 그랬을 거야. 내 생각에 부인이 무척 강한 사람이었던 같아. 나처럼."

"네가 강하다고?"

"못처럼." 그녀는 다시 하품을 하고는 덧붙였다. "술병 한 번만 더 줘 봐."

짐이 머뭇거리자 그녀는 반항하듯 손을 내밀었다.

"날 여자 취급하지 마," 하고 그녀가 경고를 보냈다. "난 그동안 네가 봐 왔던 그런 여자애들과는 달라." 그러곤 생각에 잠겼다가 입을 열었다. "뭐, 네가 옳을지도 모르지. 넌, 몸은 젊지만 머리는 엔간히 나이를 먹었으니까."

낸시가 벌떡 일어나서는 출입문으로 걸어갔다. 젤리빈도 따라 일어났다.

"안녕," 하고 그녀가 정중하게 말했다. "잘 가. 고마웠어, 젤리빈."

그런 다음 그녀는 안으로 들어갔고, 그는 두 눈을 커다랗게 뜬 채 현관에 남겨졌다.

3

자정이 되었을 때, 망토를 걸친 여자애들이 여자 탈의실에서 한 줄로 나오더니 마치 사교춤을 추는 사람들이 상대를 맞이하듯 코트를 걸친 남자애들과 하나씩 짝을 이루고는 졸리지만 행복한 웃음을 가득 머금은 채 문밖으로 흘러나왔다. 문밖 어두운 곳엔 후진한 자동차들이 부르릉대고 있었고, 사람들이 일행들을 부르며 음료수 냉각기 주변으로 모여들었다.

외진 곳에 앉아 있던 짐도 자리에서 일어나 클라크를 찾았다. 클라크는 11시에 왔다가 다시 춤을 추러 갔었다. 짐은 그를 찾으며 돌아다니다가 술을 마시던 음료수 스탠드로 가 보았다. 모두가 떠나고 텅 비어 버린 방에는 카운터 뒤편에서 졸고 있는 검둥이 하나와 테이블 하나를 차지하고 하릴없이 주사위 놀이를 하고 있는 남자애 둘밖에 없었다. 짐이 그곳을 막 떠나려 할 때 클라크가 들어오는 게 보였다. 동시에 클라크도 그를 보았다.

"이봐, 짐," 하고 그가 명령하듯 말했다. "이리 와서 술병 비우는 거 좀 거들어. 얼마 남지 않은 거 같은데, 한 잔씩 나눠 마심 될 거야."

낸시와 서배너에서 온 남자, 메릴린 웨이드와 조 유잉이 축 늘어진 채 문가에 서서 웃고 있었다. 낸시가 짐과 눈이 마주치자 우스꽝스럽게 눈을 찡긋했다.

그들은 테이블로 옮겨 가 둘러앉고는 웨이터가 진저에일을 가져올 때까지 기다렸다. 짐은 불안해하면서 낸시를 바라보았는데, 그녀는 옆 테이블에서 남자애 둘이 벌이고 있는 주사위 내기에 빠져 있었다.

"이제 가져와," 하고 클라크가 말했다.

조가 주위를 둘러보았다.

"애들이 모여들면 어떡하려고. 클럽 규칙에 어긋나잖아."

"아무도 없어," 하고 클라크가 반발했다. "테일러 씨 빼고는. 그 사람, 지금 자기 차에서 휘발유 빼 간 놈 잡으려고 난리니까 염려 붙들어 매."

모두들 웃음을 터뜨렸다.

"낸시 구두에 뭐 묻었다에 100만 달러 건다. 걔 가는 데는 차 끌고 가면 안 돼."

"야, 낸시. 테일러 씨가 널 찾고 있어!"

주사위 내기에 빠져 낸시의 두 뺨이 발갛게 물들어 있었다. "그 사람 똥차 본 게 2주 전이야."

짐은 갑자기 잠잠해진 걸 느꼈다. 고개를 돌리자 문가에 나이를 짐작하기 힘든 남자 하나가 서 있는 게 보였다.

클라크의 목소리가 당혹감에 젖어 있었다.

"저희랑 같이 하실래요, 테일러 씨?"

"고맙구나."

테일러 씨는 전혀 환영받지 않는 자리에 다리를 쩍 벌리고 앉았다. "어쩔 수 없구나. 휘발유를 좀 퍼 올릴 수 있을 때까지 기다려야겠어. 어떤 녀석이 내 차에다 재밌는 짓을 해 놨으니."

미간을 좁힌 채로 그는 한 사람씩 빠르게 훑어 나갔다. 짐은 그가 문 가에서 들은 게 있는지 궁금해하며, 낸시랑 무슨 얘기를 했었는지 기억해 내려고 애썼다.

"오늘 밤은 운이 아주 좋아." 낸시가 노래를 부르듯 말했다. "50센트 땄다."

"나도 50센트 걸지!" 하고 테일러 씨가 느닷없이 나섰다.

"어머, 테일러 씨. 주사위 내기도 하실 줄 아세요?" 그가 곧바로 내기에 끼어들자 낸시가 대놓고 기뻐했다. 테일러 씨가 일방적으로 구애를 하고 낸시가 그걸 보기 좋게 거절했던 날 밤 이후로 두 사람은 공공연하게 서로에 대해 적대감을 드러내는 사이가 되어 버렸다.

"그래, 요 이쁜이들, 너네 엄마가 나가신다. 일곱보다 하나만 적으면 된다고요." 낸시가 주사위에다 대고 속삭였다. 그녀는 자신 있게 손을 들고 흔들다가 테이블 위로 주사위 두 개를 굴렸다.

"오호! 이럴 줄 알았지. 그럼, 이제 다시 1달러 올리시고."

다섯 번이나 내리 그녀가 이기는 바람에, 테일러는 쓰라린 패배를 맛보아야 했다. 그녀는 내기에 목숨을 걸기라도 한 듯 보였다. 짐은 이길 때마다 승리감에 도취된 그녀의 얼굴을 지켜보았다. 그녀는 이길 때마다 판돈을 두 배로 올렸는데, 그런 식의 행운이 계속된다는 건 불가능한 일이었다.

"천천히 해," 하고 그가 소심한 경고의 말을 그녀에게 던졌다.

"그래, 하지만 이걸 좀 보라고," 하고 그녀가 낮은 소리로 말했다. 8달러까지 올라가고 그녀가 주사위 숫자를 불렀다.

"귀여운 내 딸아, 이번에도 아랫녘으로 가 보자꾸나."

낸시의 딸이 테이블 위를 굴렀다. 그녀는 발갛게 상기된 얼굴에 거의 광분한 상태였지만, 행운은 계속 그녀를 따라다녔다. 그녀는 멈추지 않고 판을 키웠다. 테일러는 손가락으로 초조하게 탁자를 두드렸지만, 그 역시 내기를 끝내진 않았다.

그렇게 판돈 10달러짜리 내기에서 낸시는 무릎을 꿇었다. 테일러는 욕심 사납게 주사위를 쥐었다. 그는 아무 말도 하지 않고 주사위를 던졌고, 주사위가 탁자를 구르는 소리만이 한 번, 또 한 번, 흥분의 소용돌이 속으로 빠져들었다.

낸시가 주사위를 다시 잡긴 했지만, 그녀의 행운은 산산조각이 난 뒤였다. 그렇게 한 시간이 흘러갔다. 주거니 받거니는 계속되었다. 그러다 테일러가 다시 주사위를 잡게 되었고, 이후 연속해서 놓지 않았다. 동점이 된 상황에서 최종적으로 낸시가 5달러를 잃고 말았다.

"수표 걸어도 돼요?" 하고 그녀가 빠르게 말했다. "50달러짜린데. 이걸 몽땅 걸고 한판 붙을래요?" 그녀의 목소리는 꽤 불안정했고, 돈을 건네는 손도 떨리고 있었다. 클라크는 조 유잉과 뭔지 모를 두려움이 깃든 눈길을 주고받았다. 테일러가 주사위를 다시 던졌다. 그리고 낸시의 수표를 땄다.

"한 판 더, 어때요?" 하고 그녀가 거칠게 내뱉었다. "빌어먹을, 은행에 쌓인 게 돈인데 뭘."

짐은 그녀에게 주었던 '끝내주는 옥수수 발효주'가 문제였음을, 그걸 마시게 한 게 여기까지 오게 만들었음을 깨달았다. 그는 내기에 끼어들고 싶었다. 낸시는 은행 계좌를 두 개씩이나 갖고 있을 나이가 아니었다. 시계가 2시를 가리켰을 때, 짐은 더 이상 가만히 있을 수가 없었다.

"내가, 한번 던져 보면 안 될까?" 하고 그가 낮고 느릿한, 조금은 긴장된 목소리로 말했다.

갑자기 졸리기도 하고 심드렁해지기도 했던 낸시가 짐 앞에다 주사위를 내려놓았다.

"그렇게 해, 소꿉친구! 다이애나 매너스 부인이 했던 것처럼 말해 볼까. '어디 한번 던져 봐, 젤리빈.' 난 운이 다한 거 같으니."

"테일러 씨," 하고 짐이 무심히 입을 뗐다. "저기 있는 수표랑 현금 박치기, 괜찮죠?"

그로부터 30분이 지난 뒤, 낸시는 앞으로 몸을 흔들어 대며 짐의 등을 토닥거리고 있었다.

"내 행운은 니가 몽땅 훔쳐 갔군." 그녀는 점잖게 고개를 끄덕였다. 짐은 마지막 수표까지 쓸어 담았고, 그 수표를 다른 수표들과 함께 겹쳐 놓고는 잘게 찢어 버린 뒤 바닥에다 흩날렸다. 누군가 노래를 부르기 시작했고, 낸시가 의자를 뒤로 걸어차고는 벌떡 일어났다.

"신사 숙녀 여러분," 하고 그녀가 선언하듯 말했다. "이봐 숙녀들, 메릴린 너 말이야. 저는 지금, 이 도시에서 젤리빈으로 널리 알려진 짐 파월 씨가 '주사위에 운이 따르는 자는 사랑엔 불운한 자'라는 철칙의 유일한 예외자란 사실을 만천하에 고하고 싶군요. 이분은 주사위에도 운이 따랐을 뿐 아니라, 사랑에도 운이 따른 분입니다. 사실, 제가 이분을 사랑하게 되었으니까요. 친애하는 신사 숙녀 여러분, 이런 경우엔 다른 여자들도 종종 실리기도 하지만, 《헤럴드》에 가장 인기 있는 젊은 친구 중의 하나로 흔하게 오르내렸던 유명한 흑발 미인, 저 낸시 라마가, 중대한 발표를 하려고 합니다. 어쨌든, 중대한 발표를…… 신사 여러분……" 하고 말하는 순간 그녀의 몸이 갑자기 기우뚱했다. 클라크가 붙잡아 준 뒤에야 그녀는 겨우 균형을 잡았다.

"아, 미안," 하고 그녀가 웃음을 터뜨렸다. "이 몸이 머리 숙여…… 어쨌든, 머리 숙여…… 건배를 제안합니다. 젤리빈 님께…… 그니까 짐 파월 씨, 젤리빈 중의 젤리빈을 위하여!"

몇 분 뒤, 낸시가 휘발유를 찾으러 갔었던 현관 구석 어둠 속에서 짐이 손에 모자를 들고 클라크를 기다리고 있을 때, 그녀가 갑자기 그의 옆에서 튀어나왔다.

"젤리빈?" 하고 그녀가 말했다. "너 여기 있었어, 젤리빈? 내 생각엔……" 그녀가 살짝 불안정한 모습을 보인 것도 뭔가에 홀린 듯한 꿈의 일부처럼 느껴졌다. "넌 나의 가장 달콤한 키스를 받을 자격이 있어, 젤리빈."

그 순간, 그녀의 팔이 그의 목에 감겼고, 그녀의 입술이 그의 입술을 찍어 눌렀다.

"난 세상에 둘도 없는 야생마야, 젤리빈. 하지만 넌 그런 내게 참으로 친절했어."

그런 다음 그녀는 몸을 돌려 현관을 내려가더니 귀뚜라미 소리로 가득한 잔디밭을 건너갔다. 짐은 메리트가 정문에서 나와 그녀에게 화를 벌컥 내며 뭔가 말하는 걸 보았는데, 그녀는 웃음을 터뜨리며 돌아서더니 그의 차가 있는 쪽으로 눈길을 돌리고는 그쪽으로 걸어갔다. 메릴린과 조가 뒤를 따라가며 어느 재즈광에 대한 느릿한 노래를 불렀다.

밖으로 나온 클라크가 짐과 함께 계단을 내려갔다. "열 확 받은 거 같아," 하고 말하며 클라크가 하품을 했다. "메리트 기분이 영 엉망일 거야. 낸시가 못마땅해 죽을 테지."

골프장 코스를 따라 동쪽 멀리로 희미한 잿빛 어둠이 융단처럼 깔리며 밤의 발치를 휘감고 퍼져 나가고 있었다. 차에 오른 일행들이 엔진이 달아오르는 동안 합창을 하기 시작했다.

"모두 잘들 가," 하고 클라크가 소리를 쳤다.

"잘 가, 클라크."

"잘 가."

잠깐 말이 멈추어지고, 이내 부드럽고 행복한 목소리가 덧붙여졌다. "잘 가, 젤리빈."

자동차는 터져 나오는 노랫소리와 함께 사라졌다. 건너편 어느 농가에서 수탉이 외롭고 쓸쓸하게 울었고, 마지막으로 남은 검둥이 웨이터가 그들이 떠난 현관의 전등을 껐다. 짐과 클라크는 포드를 향해 터덜터덜 걸었다. 자갈을 깔아 만든 도로 위로 두 사람의 신발 바닥이 끌리는 소리가 스르륵스르륵 소란스럽게 들려왔다.

"정말이지 너!" 하고 클라크가 나직이 숨을 내쉬며 말했다. "넌 주사위 놀이 천재야!"

짐의 야윈 뺨이 붉게 물드는 걸, 보통은 보기 힘들었던 부끄러움이 그의 뺨을 붉힌 걸 클라크가 확인하기엔, 아직 날이 너무 어두웠다.

틸리네 정비소 2층 어두컴컴한 방에서는 하루 종일 아래층으로부터 덜컹거리는 소리, 부르릉거리는 소리, 검둥이 세차공들이 차에다 호스로 물을 부으며 부르는 노랫소리가 밀려 올라왔다. 을씨년스러운 사각형의 방에 있는 거라곤 침대와 낡은 식탁 그리고 식탁 위에 놓인 책 대여섯 권이 전부였다. 그 책들 중에는 오래된 판형이라 각주가 엄청나게 달려 있는 조 밀러의 『아칸소행 완행열차』와 『루실』 그리고 해럴드 벨 라이트의 『세상의 눈』과 앞쪽 빈 책장에 앨리스 파월이란 이름과 1831년이란 연대가 적힌 성공회 초기 기도서도 있었다.

하나밖에 없는 전등이 켜지자 젤리빈이 정비소를 들어설 때 잿빛을 띠던 동쪽이 짙고 선명한 푸른빛으로 변해 있었다. 그는 다시 불을 끄고는 창문으로 다가가 창턱에 팔꿈치를 댄 채로 아침을 향해 깊어지고 있는 어둠을 묵묵히 바라보았다. 감각들이 깨어나면서 그에게 처음으로 인지된 것은 허무감, 자신의 삶에 어떤 빛도 존재하지 않는다는 데 대한 무지근한 통증이었다. 벽이 하나 불쑥 솟아오르며 그를 둘러쌌는데, 그것은 자신의 횅댕그렁한 방의 새하얀 벽만큼이나 분명히 만져 볼 수 있는 벽이었다. 이 벽을 인지하자 모든 것이, 자신의 존재에 대한 사랑과 무심, 유쾌한 경솔과 삶에 대한 기적과도 같은 관대함이 감쪽같이 사라져 버렸다. 느릿한 노래를 흥얼거리며 잭슨 거리를 터덜터덜 걷던, 동네 가게와 노점들 모두가 알아보던, 언제나 편안하게 인사를 건네고 그 동네에서만 통하는 우스갯소리를 풍부하게 갖고 있던, 오직 슬픔을 위해서가 아니면 시간을 흘려보내기 위해서만 이따금 슬펐던 젤리빈이, 그 젤리빈이 갑자기 사라져 버린 것이다. 그것의 이름은 책망이거나 시시함이었다. 그는 너무도 잘 알 수 있었다. 메리트가 자신을 몹시도 경멸하고 있다는 사실을. 메리트에게 새벽녘 낸시의 입맞춤은 질투가 아니라 낸시 자신이 자신을 저렴하게 만들어 버린 모욕이었다. 그리고 젤리빈은 정비소에서 익힌 더러운 속임수를 그녀를 위해 사용한 것이었다. 그는 그녀를 도덕적으로 세탁시켜 준, 스스로 오욕을 뒤집어쓴 존재였다.

잿빛이 푸르게 변하고 그 푸른빛이 방을 밝히고 채울 즈음에서야 그는 침대에 걸터앉았다가 몸을 던지고는 침대 가를 거칠게 움켜쥐었다.

"사랑해, 낸시," 하고 소리를 질렀다. "아!"

그렇게 말하고 나자 목구멍 안에 고여 있던 덩어리가 녹아 버리듯 가슴이 뻥 뚫렸다. 공기가 신선해졌고, 새벽이 빛줄기를 내쏘았고, 그는 몸을 돌려 베개에 얼굴을 묻고는 소리를 죽이며 울기 시작했다.

오후 3시의 햇빛 속을 힘에 부친 듯 털털거리는 차를 몰고 잭슨 거리를 따라가던 클라크 대로가 조끼 주머니에 손을 집어넣은 채 인도에 서 있던 짐을 발견하고 손을 번쩍 들었다.

"안녕!" 하고 말하며 클라크가 황급히 자신의 포드를 길옆에다 댔다. "이제 일어난 거야?"

젤리빈이 고개를 흔들었다.

"한숨도 못 잤어. 도무지 진정이 되질 않아서 아침부터 시골길을 따라 줄곧 걸었지. 이제 막 시내로 들어온 거야."

"진정 못 하겠구나 생각했지. 나도 온종일 그랬으니까."

"이 동네를 떠야겠다 싶어," 하고 말하고는 젤리빈은 생각에 잠겼다가 덧붙였다. "농장으로 가려고. 던 삼촌한테서 일이나 좀 배워야겠어. 너무 오래 빈둥거린 것 같아."

클라크는 아무 말도 하지 않았고, 젤리빈이 말을 이었다. "메이미 이모가 세상을 떠나면 내 앞으로 나오는 돈을 농장에다 투자할 수 있을 거야. 그럼 돈이 좀 불어나겠지. 원래 우리 집안이 대대로 저기 위쪽 일대에 살았잖아. 넓은 땅이었지."

클라크가 신기한 눈으로 그를 보았다.

"재밌네," 하고 그가 말했다. "이번 일, 이게 나한테도 똑같은 식으로 영향을 준 거 같아."

젤리빈은 입을 달싹거리기만 했다.

"모르겠어," 하고 그는 천천히 입을 열었다. "뭔가에 대해서 얘길 했었지. 어젯밤에, 다이애나 매너스란 이름을 가진 부인에 대해 얘길 했었는데…… 영국 사람인데, 내게 무슨 영감을 준 거 같아!" 그는 몸을 꼿꼿하게 펴고는 기묘한 표정으로 클라크를 바라보았다. "내게도 한때는 가족이 있었는데 말이야," 하고 퉁명스럽게 말했다.

클라크가 고개를 끄덕였다.

"그랬지."

"근데 나 하나밖에 남질 않았어." 젤리빈은 목소리를 약간 높이며 말을 이었다. "빌어먹을, 아무 짝에도 쓸모없는 놈만 남은 거야. 사람들이 부르는 젤리라는 거, 그건 약하고 물렁물렁하다는 거잖아. 우리 가족들이 많았을 때 별 볼 일 없던 자들이 지금은 고개 빳빳이 들고 다니잖아. 거리에서 날 만나도 그냥 지나치지."

클라크는 다시 입을 다물었다.

"그래서 나도 그만두려고. 오늘 떠날 거야. 다시 돌아올 땐, 말 그대로 신사가 되어 있을 거야."

클라크가 손수건을 꺼내 땀에 젖은 이마를 닦아 냈다.

"어제 일로 너만 충격 먹은 게 아니야," 하고 그가 우울하게 인정했다. "여자애들이 그렇게 싸돌아다니는 건 이제 그만해야 돼. 너무 안좋아, 너무. 사람들이 죄다 그 꼴을 봐야 하니."

"네 말은 그러니까," 하고 짐이 놀라며 물었다. "그게 다 소문나 버렸다는 거야?"

"소문? 설마 조용히 넘어갈 수 있을 거라고 생각한 건 아니지? 아마오늘 자 조간에도 실릴 거야. 라마 박사는 어떻게든 자기 이름을 지키긴 하겠지만."

짐은 자동차 옆에다 두 손을 대고는 기다란 손가락으로 차체를 꽉눌렀다.

"네 말은, 테일러가 어제 그 수표들이 낸시 아빠 거란 걸 알아봤다는 거야?"

이번엔 클라크가 놀랄 차례였다.

"무슨 일이 있었는지 못 들은 거야?"

짐의 놀란 두 눈으로 대답은 충분했다.

"젠장," 하고 클라크가 연극 대사를 읊조리듯 말했다. "네 사람이 옥수수 발효주 한 병을 더 비우고 마을을 좀 떠들썩하게 만들어 보자고 작당했어. 그래서 낸시랑 메리트란 그 녀석이 오늘 아침 7시에 록빌에서 결혼을 해 버렸지."

젤리빈의 손가락에 눌려 있던 철판에 조그맣게 자국이 생겼다.

"결혼을 했다고?"

"틀림없어. 술이 깨고 나서 낸시가 부랴부랴 동네로 돌아왔는데 겁에 잔뜩 질려 울고불고 난리였다더라. 전부 다 실수였다고 하면서. 처음엔 라마 박사가 메리트 녀석을 죽여 버리겠다고 광분을 했었는데, 그러다가 어찌어찌 수습을 해 놓고는 낸시랑 메리트가 2시 반 기차로 서배너로 떠났어."

짐은 눈을 감고는 욱하고 치미는 욕지기를 누르려 애썼다.

"어쩔 수 없는 일이지," 하고 클라크가 철학적으로 말했다. "결혼한 걸 뜻하는 게 아니야. 그건 뭐 잘한 일이란 생각이 들어. 낸시가 그 녀석한테 조금이라도 애정이 있는진 모르겠지만. 어쨌든 문제는 낸시 같이 괜찮은 애가 이런 식으로 가족들한테 상처를 준 건 잘못이란 거야."

젤리빈은 자동차에서 손을 떼고 몸을 돌렸다. 또다시 뭔가가 속에서 밀려 올라왔는데, 설명할 길은 없었지만 몸 자체에 무슨 변화가 일어난 것 같았다.

"어디 갈 거야?" 하고 클라크가 물었다.

젤리빈이 고개를 돌리더니 어깨 너머로 멍하니 바라보았다.

"가야지," 하고 그가 혼잣말을 웅얼거렸다. "너무 걸어서, 발이 아파."

"아, 그래."

오후 3시의 거리는 뜨거웠다. 4시가 되자 더 달아올랐다. 태양을 그물로 잡아챈 듯한 4월의 흙먼지, 마치 세상이 처음 생겨났을 때 시작된 농담이 오후 내내 사람들의 입에서 입으로 끊임없이 되풀이되었듯 또다시 번져 나가고 있었다. 하지만 4시에서 30분이 더 지났을 때, 첫 번째 적막이 드리워지면서 무성한 잎들을 넓게 펼친 나무 그늘도 길게 늘어지기 시작했다. 이런 식의 열기에는 어떤 의미도 담겨 있지 않은 법이다. 인생이란 날씨와 같은 것이다. 아무런 의미도 갖고 있지 않은 사건들이 지친 이마에 얹힌 여인의 손처럼 부드럽고 온화한 서늘함에 열기를 가라앉히는. 조지아에서는 뭔가가, 명확히 말하긴 힘들지만 뭔가가, 남부의 가장 위대한 지혜임이 분명한 뭔가가 느껴진다. 그래서 얼마쯤 뒤 우리의 젤리빈은 잭슨 거리에 있는 내기 당구장으로 발길을 돌렸다. 거기선 분명 입맛이 비슷한 무리들을 만날 것이고, 오래 묵은 농담들을 주거니 받거니 하게 될 거라는 걸, 그는 알고 있었다.

◆◆◆

「젤리빈」은 「얼음 궁전」의 속편으로 쓰였다. 《새터데이 이브닝 포스트》로부터 게재를 거절당한 피츠제럴드는 등장인물의 이름들을 바꾸긴 했지만 결말을 해피엔딩으로 바꾸지는 않았다. 이 단편은 1920년 《메트로폴리탄 매거진》에 발표되었는데, 피츠제럴드의 원고료가 편당 100달러에서 900달러로 치솟던 무렵 판매했던 여섯 편 중 하나이다. 피츠제럴드는 이 작품을 『재즈 시대 이야기들』에 수록하며 다음과 같은 설명을 남겼다.

이 작품은 남부를 소재로 한 이야기인데, 조지아주의 탈턴이라는 조그만 도시를 무대로 삼고 있다. 탈턴이 내게 깊은 영향을 미친 곳이기는 하지만, 이곳과 관련된 이야기를 발표할 때마다 어쩐 일인지 아무리 봐도 나를 비난하는 것이 틀림없는 편지들이 남부 전역으로부터 날아왔다. 「젤리빈」……에는 이런 경고의 메시지를 가감 없이 공유하려는 의미가 담겨 있다. 이 작품은 첫 소설을 발표한 지 얼마 뒤에 닥친, 여느 때와는 다른 여건들 속에서 쓰였다. 게다가 공동 집필자의 도움을 받은 첫 소설이기도 하다. 그럴 수밖에 없었던 게 우연히 일어나는 에피소드를 다루는 게 가능한 일이 아님을 발견한 나는 그 부분들을 남부 출신인 아내에게 의지할 수밖에 없었다. 그녀는 그 엄청나게 넓은 지역의 놀이 문화 기법과 용어에 관한 한 거의 전문가에 가까웠다.

벤저민 버튼에게 일어난 기이한 현상

The Curious Case of Benjamin Button

1

1860년이니 오래전이다. 그때는 집에서 아이를 낳는 게 흔한 일이었다. 하지만 내가 듣기로 지금은, 고귀한 의학의 신들이 포고하기를, 아기들의 첫 울음소리가 들려와야 하는 곳은 마취약 냄새 자욱한 병원, 가능한 한 최신식 병원이어야 한다는 것이다. 따라서 1860년 여름 어느 날, 젊은 로저 버튼 부부가 첫아이를 병원에서 낳아야 한다고 결심한 것은 무려 50년이나 앞선 생각이었다. 막 써 내려가기 시작한 이 놀라운 인간사에 혹시 연대 착오가 있었던 건 아닌지, 여기에 대해선 어쩌면 영원히 밝혀지지 않을지도 모를 일이다.

내가 할 수 있는 건 그저 일어난 일을 전하는 것뿐, 판단은 당신의 몫이다.

로저 버튼 부부는 남북 전쟁이 있기 전 볼티모어에서 사회적으로나 경제적으로나 사람들의 부러움을 살 만한 지위에 있던 사람들이었다. 그들은 남부 사람이면 누구나 다 아는, 남부연방에 다수 거주하며 거대한 귀족 사회를 형성하고 있던 가문들과 혈연으로 얽혀 있었다. 아이를 갖는다는 매혹적인 오랜 전통을 처음으로 경험하는 것이었기에, 버튼 씨의 신경이 날카로워진 것은 당연했다. 그는 아기가 아들이기를 바랐는데, 그러면 코네티컷에 있는 예일 대학에 보낼 수 있을 것이었다. 그의 모교이기도 한 그 학교를 다니던 4년 동안 버튼 씨에게 붙어 있던 '커프'*라는 별명은 얼마간 짐작 가능한 것이었다.

엄청난 사건이 일어나게 되는 9월의 그 아침, 그는 6시에 초조한 마음으로 일어나 옷을 갖춰 입고 근사한 목도리를 두른 뒤, 지난밤의 어둠이 새로운 생명을 품에서 내보냈는지 확인하기 위해 볼티모어의 거리들을 지나 황급히 병원으로 향했다.

그는 '신사 숙녀를 위한 메릴랜드 사립병원'으로부터 100여 미터나 떨어진 곳에서 집안의 주치의인 킨 박사가 손을 씻듯 두 손을 비비며 현관 계단을 내려오고 있는 모습을 보았는데, 직업 윤리상 모든 의사들에게 불문율처럼 요구되는 것이었다.

철물 도매업체 로저 버튼 사 사장인 로저 버튼 씨는 저 고풍스러운 시대의 남부 신사에게서 기대할 수 있는 위엄을 완전히 무너뜨린 채 킨 박사를 향해 내달리기 시작했다. "킨 박사님!" 하고 그가 큰 소리로 말했다. "아, 박사님!"

---

* 윗도리나 셔츠의 소맷동을 의미하는 이 말은 '바지 아랫단을 밖으로 접어 올려 마무리한 것'을 나타내기도 하는데, 귀족 가문의 남자를 상징적으로 표현하는 것으로 쓰였다.

의사는 그의 목소리를 듣고 얼굴을 돌리고는 선 채로 기다렸는데, 그가 가까이 다가오자 의사 특유의 냉담한 얼굴에 묘한 표정이 그려졌다.

"어떻게 됐죠?" 하고 버튼 씨가 숨을 몰아쉬며 물었다. "어떻게 됐나요? 산모는요? 아들인가요? 괜찮은가요? 어서……"

"정신 차리게!" 하고 킨 박사가 날카롭게 뱉었다. 뭔가 화가 난 듯했다.

"아기가 나오긴 한 거죠?" 버튼 씨가 누그러지며 물었다.

킨 박사가 얼굴을 찡그리며 "그래, 나오긴 했지. 어쨌든," 하고 말하고는 다시 그 묘한 시선을 버튼 씨에게로 던졌다.

"아내는 괜찮은가요?"

"응."

"아들인가요, 딸인가요?"

"여기까지!" 하고 킨 박사가 화가 머리끝까지 뻗친 듯 소리를 질렀다. "당장 가서 자네 눈으로 확인하게. 해괴한!" 박사는 마지막 말을 한 단어로 끝내고는 돌아서며 낮게 웅얼거렸다. "내 명성에 먹칠을 하려고 이런 일을 벌인 건가? 한 번이라도 더 일어난다면 난 끝장이야. 누구든 끝장이지."

"대체 무슨 일인데 이러시는 겁니까?" 하고 버튼 씨가 넋이 나간 듯 물었다. "세쌍둥이라도 낳은 건가요?"

"젠장, 세쌍둥이라면 차라리 낫겠군!" 의사가 매섭게 내뱉었다. "더 묻지 말고, 자네가 가서 직접 확인하게. 그리고 다른 의사를 구하도록 하게. 자네가 세상에 나올 땐 내가 받았었지. 난 40년 동안 자네 집안의 주치의였고. 하지만 자네와는 이걸로 끝이네. 자네는 물론이고, 자네 집안사람들 누구도 다신 보고 싶지 않아! 작별 인사는 필요 없네!"

그러더니 박사는 재빨리 돌아서서 더 이상은 한마디도 하지 않은 채 길가에 대기하고 있던 자신의 마차에 오르고는 거칠게 말을 몰아 그 자리를 떠났다.

버튼 씨는 머리에서 발끝까지 부들부들 떨어 대며 인도에 꼼짝 않고 서 있었다. 대체 무슨 끔찍한 일이 일어났다는 건가? '신사 숙녀를 위한 메릴랜드 사립병원'으로 들어가려는 열망이 한순간에 싸늘히 식어 버렸다. 그렇게 얼마의 시간이 흐른 뒤, 그는 떨어지지 않는 걸음을 억지로 옮기며 계단을 하나씩 밟고 올라 현관문 안으로 들어섰다.

어두컴컴한 홀 책상 뒤편에 간호사 한 사람이 앉아 있었다. 밀려 올라오는 수치심을 삼키며 버튼 씨가 그녀에게로 다가갔다.

"안녕하세요." 그녀가 상냥하게 그를 올려다보며 말했다.

"네, 안녕하세요. 저는, 버튼이라고 합니다."

그의 말이 떨어지는 순간, 극심한 공포가 그녀의 얼굴을 뒤덮었다. 느닷없이 자리에서 일어난 그녀는 금방이라도 홀을 뛰쳐나갈 듯 보였는데, 가까스로 참아 내는 모습이 역력했다.

"아기를 보고 싶군요," 하고 버튼 씨가 말했다.

간호사의 입에서 작지만 비명이 터져 나왔다. "아, 그래야죠!" 하고 그녀는 허둥거리며 목소리를 높였다. "위층입니다. 층계 바로 위예요. 올라가…… 보세요!"

그녀가 손가락으로 방향을 가리켰고, 버튼 씨는 식은땀이 범벅이 된 얼굴로 머뭇거리며 돌아서서 2층으로 올라가기 시작했다. 2층 홀에서 그는 대야를 든 채로 자신을 향해 다가오고 있는 다른 간호사에게 말을 걸었다. "저는 버튼이라고 합니다," 하고 또박또박, 그러나 간신히 말했다. "제 아기를 보고 싶……"

탱그렁! 요란한 소리를 내며 바닥에 떨어진 대야가 층계 쪽으로 굴러갔다. 탱! 탱그렁! 대야는 마치 이 젊은 신사가 불러온 공포를 공평하게 나누어 놓기라도 하듯 계단을 하나씩 때리며 내려갔다.

"우리 아기를 보고 싶다고!" 버튼 씨는 거의 비명을 지르듯 소리를 높였다. 그는 쓰러지기 일보 직전의 상태였다. 탱그렁, 탱! 대야가 아래층 바닥에 닿은 것 같았다. 간호사가 정신을 수습하고는 버튼 씨를 향해 경멸로 가득한 시선을 던졌다.

"좋아요, 버튼 씨," 하고 간호사는 낮은 소리로 말했다. "알았어요! 하지만 오늘 아침 우리가 어떤 상황에 처했었는지는 알아주셨으면 고맙겠네요! 정말이지 해괴한 일이었으니까요! 이제 우리 병원의 손상된 명예는 결코 회복될 수가 없……"

"제발!" 하고 그가 꽉 잠긴 목소리로 소리쳤다. "더 이상 견딜 수가 없소!"

"그래요, 이쪽으로 가시죠, 버튼 씨."

그는 몸을 끌다시피 하며 간호사의 뒤를 따랐다. 기다란 홀 끝 병실에 도착했을 때 온갖 울부짖는 소리들이 울려 나왔는데, 실제로 훗날 그 방에는 '울부짖는 방'이라는 별명이 붙게 된다. 두 사람이 병실 안으로 들어섰다. 병실에는 벽 주위로 바퀴가 대여섯 개 달린 하얀 에나멜 아기 침대가 놓여 있고, 머리맡에는 이름표가 붙어 있었다.

"그런데," 하고 버튼 씨가 숨을 헐떡이며 물었다. "어느 아기가 제 아기죠?"

"저기요!" 하고 간호사가 말했다.

버튼 씨의 눈이 그녀의 손가락을 따라 움직였고, 그의 눈으로 확인한 것은 이랬다. 여러 개의 아기 침대들 중 한 곳에 앉아 있는 것은 널따란 하얀 담요에 싸인, 담요의 한쪽 부위를 꽉 채우고 있는, 70세쯤 되어 보이는 노인이었다. 몇 가닥 남아 있지 않은 백발에 가까운 머리칼과 턱에 기다랗게 매달린 잿빛 수염이 창문을 타고 들어온 산들바람에 어색하게 나부꼈다. 노인은 의문을 가득 담은 어둡고 흐릿한 두 눈으로 버튼 씨를 올려다보고 있었다.

"제가 지금 미친 건가요?" 하고 버튼 씨가 벽력같이 소리를 질렀다. 그에게 깃들어 있던 공포는 분노로 바뀌었다. "병원에서 이런 장난을 치면 안 되지요."

"우리한텐 장난으로 보이지 않는데요," 하고 간호사가 싸늘하게 말했다. "선생님이 미쳤는지 아닌지는 알 수 없지만, 선생님의 아기는 확실히 그런 거 같네요."

버튼 씨의 이마에서 흘러내리던 식은땀은 두 배나 늘어난 듯했다. 그는 눈을 감았다가 뜨고는 다시 바라보았다. 잘못 본 게 아니었다. 그는 환갑에서 10년이나 지난, 칠순의 나이에 이른 남자를, 침대 밖으로 두 발을 늘어뜨린 아기를 뚫어지게 바라보고 있었다.

노인은 한동안 조용히 두 사람을 하나씩 번갈아 바라보았다. 그러곤 갑자기 심하게 갈라진 노인 특유의 목소리로 "당신이 제 아버지인가요?" 하고 물었다.

버튼 씨와 간호사는 혼이 쑥 빠져나가는 것처럼 놀랐다.

"만약에 그렇다면," 하고 노인은 불만 가득한 표정으로 말을 이었다. "여기서 날 좀 데려갔으면 좋겠어요. 아니면, 최소한 좀 편한 흔들의자 같은 걸 갖다 주시든가."

"대체 당신은 어디서 온 거요? 당신, 누구요?" 버튼 씨가 미친 듯 소리를 질렀다.

"내가 누구인지 정확히 말할 순 없지요," 하고 불만 어린 소리가 대답으로 남겨졌다. "세상에 나온 지 고작 몇 시간밖에 안 되니까요. 하지만 내 성이 버튼이라는 건 확실합니다."

"거짓말! 이런 사기꾼!"

노인은 지친 듯 간호사에게로 고개를 돌렸다. "막 태어난 아이를 이런 식으로 맞다니요," 하고 쇠약한 목소리로 불평했다. "저분한테 제대로 설명해 주지 않고 뭐 하십니까?"

"선생님이 틀렸어요, 버튼 씨." 간호사가 싸늘한 음성으로 말했다. "이 사람은 선생님의 아기가 맞고, 선생님께서 최선을 다해 보살피셔야 합니다. 가능한 한 빨리, 오늘 중으로 이 사람을 댁으로 데려가 주시길 부탁드립니다."

"집으로?" 하고 버튼 씨가 믿을 수 없다는 듯 읊조렸다.

"네, 저희는 이 사람을 여기 둘 수가 없습니다. 그럴 순 없죠. 안 그렇습니까?"

"나도 그랬으면 정말 좋겠어요," 하고 노인이 칭얼거리듯 말했다. "조용한 걸 좋아하는 아이가 있기엔 여긴 좀 그래요. 여기 애들이 하나같이 울고불고 난리니까 한숨도 잘 수가 없어요. 먹을 걸 좀 갖다 달라고 하면," 하고 말할 때 그의 목소리는 따지듯 날카로워졌다. "젖병을 가져다주더라고요!"

버튼 씨는 자신의 아들 가까이에 놓인 의자에 털썩 주저앉으며 두 손으로 얼굴을 감싸 쥐고는 "오, 하느님!" 하며 극단의 공포에 휩싸인 채 혼잣말을 중얼거렸다. "사람들이 뭐라고 할까? 이제 어떻게 해야 하지?"

"저 사람을 집으로 데려가 주세요," 하고 간호사가 다시 재촉했다. "당장요!"

고통에 젖은 그의 눈앞으로 기괴한 장면 하나가 끔찍하도록 선명하게 지나갔다. 그가 사람들로 가득한 도시의 거리들을 등골이 오싹해지는 유령과 함께 걸어가고 있었다.

"못 해. 난 못 해," 하고 그가 신음을 토해 냈다.

길을 가던 사람들은 발길을 멈추고 그에게 물을 것이다. 어떻게 된 일인가요? 그러면 그는 이, 이 칠순의 노인을 "아들입니다. 오늘 아침에 태어난 제 아들입니다," 하고 그들에게 소개하지 않을 수가 없을 것이다. 그리고 그때 이 노인은 담요를 끌어다 덮을 것이고, 두 사람은 가던 길을 계속 갈 것이고, 손님들로 분주한 가게와 노예 시장을―암울하게 가라앉던 그 순간, 버튼 씨는 차라리 자신의 아들이 흑인으로 태어났으면 하고 바랐다―지날 것이고, 주택가의 화려한 저택들을 지날 것이고, 양로원을 지날 것이고……

"저기요! 정신 좀 차리세요," 하고 간호사가 명령하듯 말했다.

"여기 좀요." 노인이 불쑥 나섰다. "이 담요를 두른 채로 내 발로 집까지 갈 거라고 생각한다면, 완전히 잘못 생각한 거요."

"아기들은 담요를 둘러야지."

심술궂게 딱딱거리는 소리를 내며 노인이 조그만 흰색 배냇저고리를 집어 들었다. 그러곤 "이것 좀 보세요!" 하고 덜덜 떨며 덧붙였다. "이게 여기 사람들이 나보고 입으라고 한 거라고요."

"아기들은 누구나 입는 거라고," 하고 간호사가 단호하게 말했다.

"그래요," 하고 노인이 말했다. "2분 뒤에 이 아가는 아무것도 입지 않을 테니 알아서 해요. 이 담요는 따끔따끔하다고요. 시트라도 한 장

갖다 주면 모를까."

"입고 있어! 입고 있으라고!" 하고 버튼 씨가 황급히 말했다. 그는 간호사에게로 고개를 돌렸다. "내가 뭘 하면 됩니까?"

"시내로 가셔서 아드님 입을 옷가지를 좀 사 오세요."

버튼 씨의 아들이 내는 목소리가 홀에 들어선 그의 뒤를 따라붙었다. "그리고 지팡이도요, 아버지. 지팡이가 있어야 돼요."

버튼 씨는 바깥쪽 문을 거칠게 닫았고……

2

"안녕하십니까?" 버튼 씨가 체서피크 의류점 점원에게 초조한 표정으로 말했다. "우리 아이에게 입힐 옷이 좀 필요합니다만."

"아이가 몇 살이죠, 선생님?"

"태어난 지 여섯 시간쯤 됐습니다." 버튼 씨는 별생각 없이 대답했다.

"아기들 옷은 뒤편에 있습니다."

"근데, 뭘 사야 할지…… 사실 어떤 게 맞을지 모르겠군요. 그게…… 아기가 좀 많이 커서 말이죠. 보통 아기들보다…… 그러니까 많이 크단 얘깁니다."

"제일 큰 치수로 하시죠."

"아동복도 있나요?" 하고 버튼 씨가 하는 수 없이 생각을 바꾸며 물었다. 점원이 자신의 수치스러운 비밀을 알고 있다는 느낌이 들었다.

"여기 있습니다."

"아, 이게……," 하고 그는 머뭇거렸다. 이제 갓 태어난 자신의 아들에게 다 큰 남자의 옷을 입힌다는 게 내키지 않았다. 만약에, 일테면, 아주 큰 아동복을 입힐 수만 있다면, 길고 흉한 턱수염을 잘라 내고 흰머리도 갈색으로 염색해서 그럭저럭 최악은 면할 수 있을 것 같았는데, 그렇게만 할 수 있다면 볼티모어 사교계에서 자신의 지위는 물론 자존심도 다소나마 회복할 수 있을 거란 생각이 들었다.

하지만 아동복 진열대를 미친 듯 뒤져 봤지만 갓 태어난 버튼에게 맞을 만한 옷은 보이지 않았다. 그는 의류점이 원망스러웠다. 물론, 이런 경우에 의류점을 탓하는 건 잘못된 일은 아니었다.

"아드님이 몇 살이라고 그러셨죠?" 하고 점원이 이상한 듯 물었다.

"그러니까…… 열여섯 살입니다."

"아, 제가 잘못 생각했었군요. 전 태어난 지 여섯 시간밖에 되지 않았다고 들어서요. 청소년 옷은 옆 통로입니다."

버튼 씨는 비참한 심정으로 몸을 돌렸다. 그러곤 멈춰 서더니 밝은 표정이 되어 유리 진열장에 전시돼 있는 옷을 손가락으로 가리켰다. "저기 저거!" 하고 그는 큰 소리로 말했다. "저기 저 옷이면 맞을 거 같군요."

점원이 멍하니 바라보았다. "저건," 하고 의아해했다. "아이들 옷이 아닌데요. 입어도 상관은 없지만, 무도회 의상이라. 선생님이 입으셔야 할 것 같네요."

"저걸 싸 주시오," 하고 손님이 초조하게 우겼다. "내가 원하는 건 저 옷입니다."

깜짝 놀란 점원은 손님의 말에 따랐다.

병원으로 돌아온 버튼 씨는 신생아실로 들어가 포장된 것을 그의 아들에게 거의 던지다시피 건넸다. 그러곤 "네 옷이다," 하고 툭 뱉었다.

노인은 포장을 풀더니 미심쩍은 눈으로 내용물을 훑었다.

"저한테 좀 안 어울릴 것 같은데요," 하고 그가 툴툴거렸다. "원숭이가 되고 싶진 않……"

"넌 이미 날 원숭이로 만들었어!" 하고 버튼 씨가 사납게 받아쳤다. "안 어울린다는 생각 따윈 하지도 마. 그냥 입어. 안 그러면…… 널 때릴지도 몰라." 그는 자신의 마지막 말을 거북해하며 취소하긴 했지만 틀린 말은 아니란 생각을 했다.

"알겠어요, 아버지." 이 말에는 자식으로서 응당 보여야 할 존경심이 기이한 형태로 위장되어 있었다. "아버지가 더 오래 사셨으니 어련히 아시겠어요. 아버지 말씀대로 할게요."

좀 전에도 그랬지만, '아버지'라는 단어가 버튼 씨의 가슴을 놀라움으로 휩쌌다.

"서둘러라."

"서두르고 있어요, 아버지."

아들이 옷을 입고 나자 버튼 씨는 우울한 표정으로 그를 바라보았다.

점박이 양말에 분홍색 바지 그리고 널따란 흰색 칼라가 달린 줄무늬 재킷— 재킷 아래로 희끗한 긴 수염이 거의 허리께까지 굽실거리며 늘어져 있었다. 모양새가 좋을 리 없었다.

"잠깐만!"

버튼 씨는 병원용 가위를 쥐고는 세 번 정도 빠르게 놀려 턱수염의 상당 부분을 잘라 냈다. 하지만 그런 식의 변화만으로 완전해지기를 바라는 건 턱도 없었다. 몇 가닥 남지 않은 성긴 머리칼, 물기가 어린 눈, 오래된 치아는 그가 입고 있는 화려한 옷과 통 어울리지 않았다. 그렇긴 했지만 버튼 씨는 단호하게 그를 향해 손을 내밀고는 "가자!" 하고 엄한 목소리로 말했다.

그의 아들은 안도의 숨을 내쉬며 손을 잡았다. "저를 뭐라고 부르실 거예요, 아빠?" 신생아실을 걸어 나가며 그가 떨리는 목소리로 물었다. "그냥 '아가야'라고 부르실 건가요? 좋은 이름이 생각나실 때까지는 그렇게 부르시겠죠?"

버튼 씨가 불만 어린 목소리로 말했다. "모르겠다." 그가 거칠게 덧붙였다. "지금은 므두셀라*밖엔 생각이 나지 않는구나."

3

버튼 가문에 더하여진 새로운 일원을 위해, 성긴 머리는 짧게 잘라 어색하긴 하지만 검게 물을 들이고, 얼굴이 반짝반짝 빛이 나도록 빤빤하게 면도를 시키고, 당황스러움을 도무지 감추지 못하는 재단사를 시켜 아동복을 맞춰 입혔다. 그런 노력에도 불구하고 버튼 씨는 그가 그저 명색만 아들일 뿐, 첫아이라기에는 너무도 어울리지 않는다는 사실을 부인할 수 없었다. 노인의 구부정한 모습을 하고 있긴 했지만, 벤저민 버튼─이것이, 어울리긴 했지만 공정할 수는 없는 므두셀라를 대신해 그에게 붙여진 이름이었다─은 신장이 170센티미터에

* 성경에 나오는 인물로, 969년을 살아서 연령이 아주 많은 생명체를 가리키는 말로 흔히 사용된다.

이르렀다. 옷이 그의 신장을 감추어 줄 수 없었듯 눈썹을 손질하고 염색해도 그 아래에 놓인 어둡고 축축하며 지친 두 눈을 가릴 수는 없었다. 사실, 아이를 돌봐 주기로 선약이 되어 있던 유모는 딱 한 번 보고는 질겁을 하고 도망치듯 집을 떠났다.

하지만 버튼 씨는 자신이 목표한 것을 흔들림 없이 지속해 나갔다. 벤저민은 아이였고, 아이여야 했다. 처음에 그는 벤저민이 따뜻한 우유를 먹으려 들지 않는다면 다른 음식도 먹을 수 없다고 선언했지만, 결국 아들에게 버터 바른 빵을, 심지어 오트밀까지 주며 타협하지 않을 수 없었다. 어떤 날은 딸랑이 하나를 사 가지고 와서는 아무런 설명도 하지 않고 "갖고 놀아," 하고 말하며 벤저민에게 주었는데, 그는 그걸 받은 노인 아들이 권태로운 표정으로 하루 종일 일정한 간격으로 흔들어 대는 딸랑거리는 소리를 들어야 했다.

당연한 일이겠지만, 벤저민은 딸랑이에 싫증이 났다. 그러다가 그는 다른 뭔가를 발견했고, 그것은 혼자 남겨져 있을 때 큰 위안을 주었다. 버튼 씨는 어느 날 자신이 그 전주보다 시가를 더 많이 피웠다는 사실을 알게 되었는데, 아기의 방에 불쑥 들어갔을 때 푸르스름한 연기가 가득 차 있는 걸 보고 그 이유를 알아챘다. 벤저민이 죄책감 비슷한 게 어린 얼굴로 짙은 색 아바나산 시가를 감추려 하고 있었다. 이것은 물론 따끔하게 매를 들어야 할 일이었지만, 버튼 씨는 그렇게 하고 싶은 마음이 들지 않았다. 그래서 그는 아들에게 "성장에 해로워," 하고 경고하는 것에 그쳤다.

그럼에도 불구하고 그는 자신의 태도를 고집스럽게 지켜 나갔다. 그는 장난감 병정들과 장난감 기차들을 집으로 가져왔고, 면으로 만든 커다랗고 귀여운 동물들을 사 가지고 왔으며, 적어도 자신이 스스로 만들어 낸 환상을 완벽하게 실현하기 위해 장난감 가게 점원에게 "아기가 입에 넣어도 분홍색 오리의 칠이 벗겨지지 않는지"를 열정적으로 묻곤 했다. 아버지로서 할 수 있는 모든 노력들을 기울였지만 벤저민은 전혀 흥미를 보이지 않았다. 그는 뒤 계단을 통해 브리태니커 백과사전 한 권을 아기방으로 몰래 가져와서는 오후 내내 탐독했는데, 그러는 동안 면으로 만든 젖소들과 노아의 방주는 마루에 우두커니 놓여 있었다. 버튼 씨의 그 어떤 노력도 벤저민의 완고한 고집을 꺾을 수는 없었다.

볼티모어를 몰아친 충격은, 처음엔, 굉장했다. 남북 전쟁이 일어나 시민들의 관심이 다른 데로 쏠리지 않았다면 이 사건이 버튼 부부와 친족들에게 얼마큼의 사회적 재난으로 작용했을지는 판단 불가능한 일이다. 변함없이 우호적이었던 많은 사람들은 벤저민의 부모에게 위로가 될 만한 말들을 찾느라 머리에 쥐가 날 지경이었는데, 그렇게 해서 만들어 낸 말은 아이가 할아버지를 꼭 닮았다는 거였다. 일흔 살의 남자라면 누구나 가진 그 표준적인 쇠약은 부인할 수 없는 사실이긴 했다. 로저 버튼 부부가 그 말을 달갑게 받아들일 리 만무했고, 벤저민의 할아버지는 모욕감에 치를 떨었다.

벤저민의 생활은, 일단 병원을 떠난 뒤로는, 마음대로 할 수 있는 게 없었다. 여러 명의 남자애들을 데려다 그와 놀게 했고, 그도 팽이치기와 구슬치기에 흥미를 가져 보려고 관절이 뻣뻣해지도록 무던히 애를 썼다. 우연한 일이었지만 그가 새총으로 주방 유리창을 깨뜨리는 일까지 일어났는데, 그것은 그의 아버지를 은근히 즐겁게 만들었다.

그 이후로 벤저민은 매일 뭐든 깨뜨렸는데, 모두들 자신에게 그것을 기대하고 있었기 때문에 거기에 자연스럽게 맞추어 주려고 한 것뿐이었다.

할아버지가 처음에 가졌던 적대감으로부터 벗어나자, 벤저민과 노신사가 함께 지내는 일은 엄청난 즐거움으로 변해 갔다. 두 사람은 나이와 경험에서 현저한 차이가 있음에도 불구하고 마치 오랜 친구라도 되는 듯 몇 시간이나 함께 앉아 단조롭게 흘러가는 일상들에 대해 지치지도 않고 얘기를 나누었다. 벤저민은 부모와 있을 때보다 할아버지와 함께 있는 것이 더 편했는데, 부모는 늘 뭔가 자신을 경계하는 듯하다는 느낌이 들기도 하는 데다 권위적인 태도를 보이다가도 이따금 자신에게 '씨'를 붙이곤 했던 것이다.

사실 그 역시 나이 많은 사람의 마음과 몸을 가지고 태어난 것에 대해 남들 못지않게 당혹스러웠다. 의학 학술지를 샅샅이 읽어 봤지만 자신과 같은 경우가 일어난 예를 찾을 수는 없었다. 아버지가 억지로 시키기도 했지만 그도 다른 남자애들과 놀아 보려고 성실하게 노력도 하고 때로는 다소 가벼운 게임에도 참가하곤 했는데, 축구는 머리가 어질어질할 정도로 힘든 데다 뼈라도 부러지면 다시 붙지 않을까 봐 겁이 나기도 했다.

다섯 살이 되었을 때 그는 유치원에 보내졌다. 거기서 그는 처음으로 주황색 종이에 초록색 종이를 붙이고, 색깔이 칠해진 지도를 맞추고, 두꺼운 종이로 끝도 없이 이어지는 기다란 목걸이를 만들기도 했다. 그러다가 그는 중간에 잠이 들기도 했는데, 젊은 교사들에겐 짜증이 나기도 하고 무섭기도 한 일이었다. 여교사가 그의 부모에게 불만을 표출하는 바람에 유치원을 그만두게 된 건 그로선 다행스런 일이었다. 로저 버튼 부부는 친구들에게 그가 아직은 많이 어린 것 같다는 얘기를 털어놓았다.

열두 살이 될 무렵, 그의 부모도 점차 그에게 익숙해졌다. 사실, 습관이란 게 엄청난 힘을 가지고 있어서 그들은 더 이상 그가 여느 아이들과 다르다는 걸 거의 느끼지 못했는데, 한 가지 예외가 있다면 뭔가 기이한 변이가 일어나고 있다는 것이었다. 열두 번째 생일이 지나고 몇 주일쯤 됐을 때 벤저민은 거울을 보다가 그 놀라운 사실을 발견했거나 발견한 것 같은 생각이 들었다. 그의 두 눈이 잘못된 게 아니라면 지난 12년 동안 염색으로 감추어 왔던 백발이 짙은 회색으로 바뀌어 있었던 것이다. 얼굴을 가득 덮고 있던 주름도 점점 희미해지고 있었다. 피부도 더 건강하고 단단해졌으며, 겨울이면 발갛게 변하는 것처럼 홍조마저 띠었다. 그는 이유를 알 수 없었다. 하지만 등도 더 이상 구부정하지 않았고, 신체적인 조건도 지금까지와는 다르다는 것을 느낄 수 있었다.

'이게 가능한 일인가……?' 하고 그는 속으로 생각했다기보다는 간신히 그런 생각을 해도 되는지에 대해 생각했다.

그는 아버지에게로 갔다. "제가 큰 것 같습니다," 하고 당당하게 말했다. "긴바지를 입었으면 합니다."

그의 아버지는 얼른 결정을 하지 못했다. "그래," 하고 마침내 입을 뗐다. "어떻게 해야 할지 나도 잘 모르겠구나. 열네 살은 돼야 긴바지를 입는 건데, 넌 이제 열두 살이니까 말이다."

"하지만 아버지도 인정하실 겁니다," 하고 벤저민이 맞섰다. "나이보다 제가 크다는 걸요."

그의 아버지가 왠지 모를 억지스러운 생각에 빠진 채 그를 바라보고는 말했다. "아, 꼭 그렇진 않아. 나도 열두 살에 너만큼 컸더랬지."

이건 사실이 아니었다. 자신의 아들이 정상이라고 믿고 싶었던 로저 버튼이 그 자신과 맺은 무언의 합의일 뿐이었다.

결국 타협이 이루어졌다. 벤저민은 머리 염색을 계속하기로 했다. 그는 또래의 남자애들과 노는 것도 더 열심히 하기로 했다. 그는 거리를 지날 때 안경을 쓰거나 지팡이를 짚는 것은 하지 않기로 했다. 이런 양보의 대가로 그는 태어나 처음으로 긴바지를 입는 게 허락되었는데……

4

열두 살에서 스물한 살에 이르는 벤저민 버튼의 인생에 대해서는 간략하게만 말하고 싶다. 일반적인 성장과는 반대 방향*으로 자라기는 했지만 매우 정상적이었다고 말하는 정도면 충분하다고 생각한다. 열여덟 살이 된 벤저민은 쉰 살의 남자처럼 몸이 곧게 펴졌고, 머리칼도 풍성해지고 색깔도 검정색이 많은 회색빛을 띠었으며, 걷는 것도 힘찼고, 쉬고 떨리던 목소리도 건강한 바리톤 음성으로 바뀌었다. 그래서 그의 아버지는 예일 대학 입학시험을 치르게 하기 위해 그를 코네티컷으로 보냈다. 벤저민은 시험에 합격했고, 신입생이 되었다.

입학식을 하고 사흘째 되는 날, 그는 학적과 직원인 하트 씨로부터 사무실에 들러 수강 신청을 하라는 통보를 받았다. 거울을 들여다보고 있던 벤저민은 머리를 갈색으로 다시 염색해야겠다는 생각을 했지

---

* 이쯤이면 독자들도 눈치챘겠지만, 벤저민 버튼은 아기에서 태어나 자라는 '정상적인 성장'과 정반대인, 노인으로 태어나 점점 어려지는 과정을 거치는 삶을 살아간다. 그에게 열두 살에서 스물한 살은 이런 반대 방향으로의 성장이 '정상적인 성장 과정'의 경우와 외형적으로 크게 다르지 않았음을 알 수 있다.

만 서랍을 아무리 뒤져 봐도 염색약은 어디에도 없었다. 그제야 그는 지난번에 마지막으로 쓰고 약통을 버렸다는 걸 기억했다.

그는 고민에 빠졌다. 5분 안에 학적 사무실로 가야만 했다. 하는 수 없이 그는 그냥 갈 수밖에 없었고, 그렇게 했다.

"안녕하십니까?" 학적 담당자가 친절하게 말했다. "아드님 등록 관계로 오셨군요."

"그게, 사실은, 제가 버튼……," 하고 벤저민이 얘기를 시작했지만 하트 씨가 말을 잘랐다.

"뵙게 돼서 무척 반갑습니다. 아드님이 곧 이리로 올 겁니다."

"제가 그 사람입니다!" 하고 벤저민이 불쑥 말했다. "이번에 입학한."

"예?"

"이번에 입학한 신입생입니다."

"농담도."

"농담이 아닙니다."

학적 담당자는 미간을 찡그리며 앞에 놓인 신상 기록부를 들여다보았다. "여기엔, 그러니까, 벤저민 버튼 군 나이가 열여덟 살로 적혀 있는데요."

"그게 제 나이 맞습니다." 벤저민이 살짝 얼굴을 붉히며 말했다.

피곤이 깃든 학적과 직원의 눈이 그에게로 건너왔다. "보십시오, 버튼 씨, 저보고 그걸 지금 믿으라는 겁니까?"

벤저민 역시 피곤이 깃든 눈으로 미소를 지어 보였다. "열여덟 살 맞습니다," 하고 다시 말했다.

학적과 직원이 단호하게 출입문을 가리키고는 "나가세요," 하고 말했다. "우리 대학에서 나가세요. 그리고 우리 도시에서도 떠나세요. 완전히 돌았군요."

"저는 열여덟 살, 맞습니다."

하트 씨가 출입문을 열고는 "그러고 싶겠지!" 하고 소리를 질렀다. "신입생이 되기엔 나이가 너무 많다는 생각이 들지 않아요? 열여덟 살이라고, 당신이? 18분은 드릴게요. 우리 도시를 떠나는 데."

벤저민 버튼은 위엄을 흐트러뜨리지 않은 채 사무실을 나갔고, 홀에서 대기 중이던 대여섯 명의 학생들이 이상한 눈으로 그를 좇았다. 그는 얼마쯤 가다가 고개를 돌려, 아직 화가 풀리지 않은 채 사무실 문가에 서 있던 학적 담당자를 향해 단호한 목소리로 똑같은 말을 던졌다. "제 나이는 분명히 열여덟 살입니다."

학생들 사이에서 일제히 터져 나온 키득거림을 뒤로한 채 벤저민은 그곳을 떠났다.

하지만 그에게 닥친 운명은 쉽게 벗어날 수 있는 게 아니었다. 울적한 심정으로 기차역을 향해 걷고 있던 그는 한 무리의 사람들이 따라오고 있다는 걸 알았는데, 처음엔 그저 학생들 몇 명이던 게 벌 떼처럼 모여들더니 마침내 거대한 군중을 이루었다. 웬 미친놈 하나가 나이를 열여덟 살이라고 속여 예일 대학 입학시험을 통과했다는 말이 삽시간에 돈 것이다. 흥분의 열기가 캠퍼스 곳곳으로 퍼져 갔다. 남학생들이 모자도 쓰지 않은 채 강의실에서 튀어나왔고, 축구팀은 연습을 중단한 채 군중들에 합류했으며, 챙 없는 모자를 쓴 교수 부인들이 체면을 돌볼 틈도 없이 행렬 뒤를 좇으며 소리를 질러 댔는데, 모두들 벤저민 버튼의 말랑한 감성에 대해 쉴 새 없이 말들을 쏟아 내고 있었다.

"틀림없이 떠돌이 유대인일 거야!"

"차라리 고등학교에 갔어야지!"

"신동 났구먼!"

"양로원이라고 생각한 거 아냐?"

"하버드로 가라!"

벤저민은 걷는 속도를 높이다가 곧 뛰기 시작했다. 두고 보자! 하버드로 갈 거야! 악담 늘어놓은 걸 후회하게 만들어 주지!

무사히 볼티모어행 기차에 오른 그는 창밖으로 얼굴을 내밀고는 소리를 질렀다. "너희들 후회할 테니 두고 봐!"

"하하하!" 학생들이 일제히 웃음을 터뜨렸다. "하하하!" 그것은 예일 대학이 개교한 이래로 저질러진 가장 큰 실수였는데……

5

1880년, 벤저민 버튼은 아버지가 운영하던 로저 버튼 철물 도매상에서 일을 하는 것으로 의미심장한 스무 번째 생일을 맞이했다. 같은 해에 그는 이른바 '사교계 활동'도 시작했는데, 그의 아버지는 그를 사교계 댄스파티 여러 곳에 데려갈 것이라고 공언한 바 있었다. 꼭 쉰 살이 된 로저 버튼은 아들과 함께 있으면 점점 더 친구 사이처럼 보였다. 사실, 벤저민이 (여전히 회색빛이 감돌기는 했지만) 염색을 중단하면서 두 사람은 거의 같은 나이로 보였는데, 형제라고 해도 무리가 아닐 정도였다.

8월의 어느 밤, 정장을 말끔히 차려입은 두 사람은 마차를 타고 댄스파티가 열리는 볼티모어 외곽 셰블린 가의 별장으로 향했다. 멋진 저녁이었다. 보름달에서 쏟아져 나온 빛은 도로를 백금빛으로 물들였고, 뒤늦게 흐드러지게 핀 꽃들이 바람도 없는 잔잔한 공기 속으로 날려 보낸 향기는 마치 낮게 깔린 채 은은히 들려오는 웃음소리 같았다. 밝은 빛의 밀밭이 카펫처럼 펼쳐진 탁 트인 시골 정경은 마치 한낮인 듯 투명했다. 잡티라곤 섞이지 않은 아름다운 하늘로부터 마음의 동요가 일어나지 않기란 참으로, 정말이지 불가능했다.

"의류 사업의 미래는 아주 밝아," 하고 로저 버튼이 말했다. 그는 정신적인 것을 추구하는 사람은 아니었고, 미적 감각은 바닥 수준이었다.

"나같이 나이가 든 사람들은 새로운 기술을 배울 수가 없어," 하고 그는 진심으로 말했다. "위대한 미래는 에너지와 활력을 가진 젊은 너희들 것이야."

길 저편 멀리 셰블린 가의 별장에서 흘러나온 불빛이 시야에 들어왔는데, 이내 그들을 향해 한숨을 내쉬는 듯한 소리가 살금살금 기어왔다. 애잔한 슬픔을 연주하는 바이올린이든가 달빛 아래 밀밭에서 들려오는 은빛 속삭임일는지 몰랐다.

두 사람은 사람들이 내리고 있는 멋진 사륜마차 뒤에 멈추어 섰다. 한 부인이 먼저 내리고 이어 나이가 든 신사가 내린 뒤 다른 젊은 여인이 내렸는데, 숨이 막힐 듯 아름다웠다. 흠칫 놀란 벤저민은 몸 안의 모든 성분들이 녹아 버리고 새롭게 교체되는 듯한 화학적 변화가 일어나는 것을 느꼈다. 온몸이 굳고, 피가 뺨과 이마로 몰려들었으며, 요란한 쿵쿵거림이 고막을 때렸다. 그에게 닥친 첫 번째 사랑이었다.

여자는 연약하다 싶을 만큼 호리호리했는데, 달빛 아래서 회색빛을 띠던 머리칼은 파닥거리는 현관 불빛 아래서는 벌꿀색으로 바뀌었다.

어깨는 스페인풍의 까만색 나비들이 그려진 아주 연한 노란색의 널따란 베일이 감싸여 있었고, 버슬 드레스* 아랫단 밑으로 비어져 나온 두 발은 반짝거리는 단추 같았다.

로저 버튼이 아들에게 몸을 기울이며 "저 아이가," 하고 입을 뗐다. "힐데가드 몽크리프라고, 몽크리프 장군의 딸이란다."

벤저민이 차가운 표정으로 고개를 끄덕였다. "예쁘군요," 하고 그가 무심하게 말했다. 하지만 흑인 소년이 사륜마차를 끌고 갔을 때 이렇게 덧붙였다. "아빠, 저 여자에게 저를 좀 소개시켜 주세요."

두 사람은 몽크리프 양을 둘러싸고 있는 무리들로 다가갔다. 옛 전통 속에서 배우고 자란 그녀는 벤저민에게 발을 뒤로 빼고 무릎을 낮추는 인사를 보냈다. 그래, 춤을 추게 된다면 당신과, 하고 그는 생각하며, 그녀에게 감사를 표시하고는 휘청거리는 걸음으로 자리를 떴다.

그에게 차례가 올 때까지 꽤 오랜 시간이 걸렸다. 그러는 동안 그는 수수께끼 같은 표정을 지은 채 말없이 벽 가까이에 붙어 서서 힐데가드 몽크리프 주위를 맴돌고 있는 남자들을, 주체할 수 없는 경외감이 드러난 그들의 얼굴을 곧 살인이라도 저지를 듯한 눈길로 바라보았다. 벤저민에게 그 얼굴들은 욕지기가 날 정도로 불쾌하고, 민망할 정도로 붉었다. 양쪽으로 꼬여 올라간 그들의 갈색 수염은 소화불량을 일으킬 정도였다.

하지만 그에게 차례가 돌아와 그녀와 함께 음악에 맞춰 파리에서 막 전해져 온 왈츠를 추며 플로어에 서자, 들끓던 질투와 두려움이 눈처럼 녹아내렸다. 그녀에게 완전히 매료되어 버린 그는 비로소 인생

* 철 받침대나 쿠션을 이용해 엉덩이 부분을 부풀린 드레스.

이 시작된 것 같은 느낌이 들었다.

"선생님께서 형님이랑 오신 게 저희가 막 도착했을 때, 맞죠?" 하고 힐데가드가 푸른색 에나멜처럼 빛나는 두 눈으로 그를 올려다보며 물었다.

벤저민은 얼른 대답을 하지 못했다. 그는 자신을 아버지의 동생으로 여기는 그녀에게 사실대로 알려 주는 게 최선인지를 생각하고 있었다. 그는 예일 대학에서 겪은 일을 떠올렸고, 알려 주지 않을 거라고 결심했다. 여자의 말을 무시하는 게 무례한 일이긴 했지만, 이런 멋진 순간을 출생의 비밀 따위로 망치는 것도 죄악이란 생각이 들었다. 그래, 훗날을 기약하자. 그래서 그는 미소를 지으며 고개를 끄덕임으로써 그녀의 말을 흘려듣지 않았다는 걸 표시했고, 행복했다.

"전 선생님처럼 나이가 든 남자들이 좋아요," 하고 힐데가드가 말했다. "젊은 남자애들은 너무 바보스러워요. 하는 얘기라곤 대학에서 얼마나 샴페인을 마셔 댔는지, 카드 내기에서 돈을 얼마나 잃었는지 하는 것밖엔 없죠. 나이 든 남자들은 여자가 존중받을 가치가 있는 존재라는 걸 알죠."

벤저민은 당장에 프러포즈를 하고 싶은 마음이 일었지만, 충동을 자제하려고 애썼다.

"선생님 연배는 정말 로맨틱한 나이예요." 그러곤 그녀는 다시 말을 이었다. "쉰 살 말이죠. 스물다섯 살은 지나치게 세상 물정에 민감하고, 서른 살은 일에 지쳐 활기를 잃어버리고, 마흔은 시가 한 대를 다 태우도록 끝나지 않는 온갖 사연들을 갖고 있죠. 예순은, 아, 예순 살은 금방 일흔이 돼 버려요. 쉰 살이야말로 정말 무르익은 나이예요. 전 쉰 살이 좋아요."

쉰이라는 나이는 벤저민에게 눈이 부시도록 아름다운 나이가 되어 버렸다. 그는 쉰 살이 되고 싶은 열망에 빠져들었다.

"전 늘 말했어요," 하고 힐데가드가 말을 이었다. "서른 살의 남자와 결혼해서 그를 돌보느니 차라리 쉰 살의 남자랑 결혼해서 그에게서 돌봄을 받겠다고요."

벤저민에게 남아 있던 저녁 시간들이 모두 꿀처럼 달콤한 안개에 젖어 버렸다. 그와 힐데가드는 두 번 더 춤을 추었고, 두 사람은 그날 제기된 모든 문제들에 놀랍도록 의견이 일치한다는 사실을 발견했다. 그녀는 오는 일요일에 그와 드라이브를 하기로 했는데, 두 사람이 더 많은 의문들에 대해 얘기를 나누게 될 거라는 건 자명했다.

마차에 실려 집으로 돌아온 것은 처음으로 깨어난 꿀벌들이 윙윙거리며 날고 사위어 가는 달빛이 차가운 이슬 안에서 흐릿하게 깜박이던, 여전히 철물 도매업에 대한 얘기를 늘어놓고 있던 아버지의 목소리가 벤저민의 귀에 잘 들어오지 않던, 동이 막 틀 무렵이었다.

"……그렇다면 망치와 못 말고 우리가 가장 주목해야 할 만한 게 뭐라고 생각하니?" 하고 나이 든 버튼이 물었다.

"사랑Love요." 벤저민이 아무 생각 없이 툭 뱉었다.

"지렛대Lugs라고?" 로저 버튼이 소리를 높였다. "뭐야, 지렛대 얘기는 내가 막 했었잖아."

벤저민이 몽롱한 눈으로 그를 바라보고 있을 때, 동쪽 하늘이 갑자기 열리면서 빛줄기가 쏟아졌고, 잠에서 깨어나 하루를 시작하는 숲에서 꾀꼬리 한 마리가 부리를 찢어져라 벌리며 하품을 했는데……

6

첫 만남으로부터 반년이 흐른 뒤, 힐데가드 몽크리프와 벤저민 버튼이 약혼을 했다는 사실이 알려졌을 때('알려졌다'고 말할 수밖에 없는 건, 몽크리프 장군이 스스로 알리느니 차라리 검으로 자신을 베어 버리겠다고 선언했기 때문이다), 볼티모어 사교계에 일어난 흥분의 열기는 최고조에 달했다. 사람의 기억에서 거의 잊혀져 가던 벤저민의 탄생에 얽힌 이야기들이 다시 사람들의 기억에 되살아났는데, 그것은 악한惡漢 소설이나 황당한 이야기에나 나올 법한 추잡한 소문이 되어 바람처럼 번져 갔다. 그 소문들에는 벤저민이 실은 로저 버튼의 아버지라거나 40년 동안 감옥에 갇혀 있던 그의 동생이라는 얘기도 있었고, 링컨의 암살자인 존 윌크스 부스가 변장을 하고 나타난 거라는 얘기도 끼어 있었으며, 마침내는 그의 머리에 조그만 원뿔이 돋아나 있다는 얘기까지 나왔다.

그의 이야기를 다룬 뉴욕 신문들의 일요 증보판에는 흥미진진한 삽화가 실렸는데, 벤저민 버튼의 머리가 물고기나 뱀으로 묘사되어 있었고, 심지어 몸통을 단단한 놋쇠로 그려 놓은 것도 있었다. 언론에서 그는 메릴랜드의 신비로운 사나이로 알려져 있었다. 하지만 그의 실제 이야기를 다룬 매체는, 흔히 그렇듯, 극소수에 불과했다.

어쨌든, 사람들은 하나같이 볼티모어에 사는 어떤 남자와도 결혼이 가능했던 사랑스러운 아가씨가 누가 봐도 쉰 살임이 틀림없는 남자의 품에 스스로 안긴 건 '범죄'일 수밖에 없다는 몽크리프 장군의 심정에 동의했다. 로저 버튼 씨가 아들의 출생증명서를《볼티모어 블레이즈》에 큼지막한 활자로 실었지만 소용이 없었다. 누구 하나 믿어 주지 않았다. 벤저민을 보기만 해도 그럴 수밖에 없었던 것이다.

하지만 두 사람은 이런 소동에 아무런 관심도 없었다. 자신의 약혼자에 대한 소문들이 모두 거짓이라고 생각하고 있던 힐데가드는 사실조차도 완강히 거부했다. 50대 남자들의—50대로 보이는 남자들도 마찬가지로—사망률이 높다는 몽크리프 장군의 지적도 소용없었다. 철물 도매업이 불안정하다는 얘기 역시 그녀에겐 먹혀들지 않았다. 힐데가드는 완숙한 사람과의 결혼을 선택했고, 마침내 그녀는 그렇게 결혼을 했는데……

7

적어도 한 가지 점에 있어서는 힐데가드 몽크리프의 친구들이 잘못 판단한 것이 있었다. 철물 도매업이 놀랍도록 번창했다는 사실이다. 벤저민 버튼이 결혼을 한 1880년에서 그의 아버지가 일선에서 물러난 1895년까지 15년 사이에 버튼 가문의 재산은 두 배로 늘어났는데, 이런 번창의 이유 가운데 대부분은 바로 가문에서 가장 나이 어린 친구 덕분이었다.

당연한 일이겠지만, 볼티모어는 마침내 벤저민 부부를 진심으로 받아들였다. 연로한 몽크리프 장군조차도 사위와 화해를 하게 되었는데, 내로라하는 출판사 아홉 군데로부터 퇴짜를 맞았던 스무 권짜리 『남북 전쟁의 역사』가 벤저민의 자금으로 출간되었을 때였다.

벤저민에게도 그 15년은 많은 변화를 겪은 시기였다. 그는 자신의 혈관 속으로 새로운 활력을 가진 피가 흐르는 것 같은 느낌을 받았다.

아침에 침대에서 일어나고, 사람들로 분주하게 움직이는 햇빛 가득한 거리로 힘차게 발을 내딛고, 망치와 못을 지치지 않고 실어 내는 것 자체가 하나의 즐거움이 되기 시작한 것이다. 그는 1890년에 저 유명한 자신의 사업적 혁명을 단행하게 된다. 못 운반용 상자를 밀봉하는 데 사용된 못들은 모두 송출자送出者의 재산이라고 명시한 제안서를 포실 대법원장의 승인을 받아 합법화시켰는데, 이로 인해 로저 버튼 철물 도매상은 해마다 600개 이상의 못을 절약할 수 있었다.

여기에 더해, 벤저민은 삶이 지닌 즐거운 측면에 자신이 점점 더 매혹되어 가고 있음을 발견했다. 그가 점점 즐거움을 탐닉하는 정도가 커지고 있다는 전형적인 예는 볼티모어에서 처음으로 자동차를 소유하여 몰고 다닌다는 거였다. 그와 같은 시대를 살았던 사람들은 거리에서 그를 만나면 하나같이 건강하고 활력이 넘치는 그의 모습을 부러움 가득한 눈으로 바라보곤 했다.

"저 사람은 해마다 젊어지는 것 같아," 하고 그들은 말했다. 예순다섯 살로 접어든 로저 버튼 역시, 제대로 그를 받아들이지 못했던 처음의 태도를 완전히 바꿔 전폭적인 지지를 보냄으로써 아들에게 지웠던 예전의 빚을 말끔히 갚았다.

이제 우리는 즐겁지 않은 얘기 하나를 짚고 넘어가야 할 텐데, 가능하면 빨리 하고 넘어가겠다. 그것은 바로 벤저민 버튼이 가진 유일한 걱정거리— 아내가 더 이상 그를 매혹시키지 못한다는 사실이었다.

당시 힐데가드는 서른다섯 살에 열네 살짜리 아들 로스코를 두고 있었다. 신혼 때의 벤저민은 그녀를 숭배할 정도였다. 하지만 해가 가면서 그녀의 벌꿀빛 머리칼은 평범한 갈색으로 변했고, 푸른 에나멜 같던 두 눈은 싸구려 도자기로 바뀌었으며, 게다가, 가장 끔찍한 것은 그녀만의 삶법에 너무도 안주해 버렸다는 거였다. 그녀는 너무도 평온하고, 너무도 자족적이며, 자극에 대해선 너무나도 무관심했고, 취향 또한 너무도 평범했다. 신혼 시절의 그녀는 온갖 댄스파티와 만찬에 벤저민을 '끌고' 갔었지만, 상황은 완전히 뒤바뀌어 있었다. 여전히 그녀는 그와 사교 모임에 가긴 했지만, 열정은 사라졌고, 삶이 끝날 때까지 우리들 각자가 간직하고 살아가야 하는 영원한 권태 속으로 이미 빠져들고 있었다.

벤저민의 불만은 점점 더 강해졌다. 1898년, 스페인과 미국 사이에 전쟁이 일어났을 때, 가정에 전혀 매력을 느끼지 못했던 그는 참전을 결심했다. 사업가로서의 영향력을 인정받아 대위로 임관한 그는 맡은 바 임무를 너무도 충실히 수행함으로써 소령으로 진급했고, 중령 계급장을 달았을 때 마침 저 유명한 산후안 고지 점령 작전에 투입되었다. 그 전투에서 가벼운 부상을 입은 그는 훈장을 받았다.

벤저민은 군대 생활의 활력과 자극에 완전히 매료되어 제대를 하고 싶지 않았지만, 사업도 돌봐야 할 처지라 결국 퇴역하고 집으로 돌아왔다. 그가 기차역에 도착하던 날, 마중 나온 취주악대는 그를 집까지 호위해 주었다.

8

힐데가드는 커다란 비단 깃발을 흔들며 현관에서 그를 맞아 주었지만, 그녀에게 키스를 할 때도 그는 3년이라는 시간이 두 사람 사이에서 아무것도 끌어내지 못했다는 사실에 가슴이 무너지는 것 같았다.

그녀는 이제 머리칼이 희끗희끗한 마흔 살의 중년 여인이 되어 있었다. 그 모습이 그를 우울하게 만들었다.

자신의 방으로 올라간 그는 친숙한 거울에 비친 자신의 모습을 보자, 좀 더 가까이로 가서 유심히 얼굴을 살피다가 전쟁에 나가기 직전에 군복을 입고 찍은 사진과 비교해 보았다.

"이런 세상에!" 하고 그는 큰 소리로 외마디를 질렀다. 자신에게 일어나는 일련의 진행이 여전히 계속되고 있었던 것이다. 의심할 수 없었던 것이, 그의 지금 모습은 서른 살 남자와 흡사했기 때문이었다. 기쁨 대신 거북함이 일었다. 그는 점점 젊어지고 있었다. 지금껏 그가 바랐던 것은, 그의 실제 나이가 신체적인 나이에 맞춰지는 시점이 되면 태어나면서부터 시작되었던 기이한 현상이 멈추게 되리라는 것이었다. 그는 부르르 진저리를 쳤다. 그는 자신의 운명이 끔찍하고도, 믿기 힘들었다.

아래층으로 내려왔을 때 힐데가드가 그를 기다리고 있었다. 그녀는 화가 난 듯 보였는데, 그는 마침내 그녀가 뭔가 잘못되어 가고 있다는 걸 발견했을지 모른다는 생각이 들었다. 둘 사이에 생겨난 긴장을 풀기 위해 그는 저녁을 먹으며 세심하게 계산된 방식으로 그 문제를 거론해 보기로 했다.

"그런데 말이야," 하고 그는 가볍게 운을 뗐다. "사람들이 하나같이 내가 예전보다 젊어 보인다는군."

힐데가드가 냉소적으로 그를 바라보았다. 그녀는 코웃음을 치며 말했다. "그게 자랑할 일이라고 생각해요?"

"자랑하는 게 아니오," 하고 그는 언짢은 듯 말했다.

그녀가 다시 코웃음을 치고 "그 생각이란 것," 하고 말하고는 잠깐 멈추었다. "전, 당신이 이제 그걸 중단하는 게 자존심을 지키는 일이라고 생각해요."

"날더러 뭘 하라는 거요?" 그가 물었다.

"당신과 논쟁을 하자는 게 아니에요," 하고 그녀가 반박했다. "하지만 무엇이든 옳은 방법이 있고, 옳지 않은 방법이 있어요. 당신이 만약 세상 사람들과 달라야겠다고 생각했다면, 저로선 막을 수가 없겠죠. 그렇지만 이건 정말이지 사려 깊은 일이란 생각은 들지 않네요."

"하지만, 힐데가드, 내겐 방법이 없소."

"당신은 할 수 있어요. 당신이 고집을 부리고 있을 뿐이에요. 다른 사람들과 같아지고 싶지 않은 거죠. 늘 그런 식이었고, 앞으로도 그럴 거예요. 하지만 모든 사람들이 당신이 보는 식으로 바라본다고 한번 생각해 보세요. 세상이 어떻게 되겠어요?"

이런 식의 논쟁은 터무니없거니와 답을 내릴 수 있는 것도 아니어서 벤저민은 아예 대꾸를 하지 않았는데, 그때부터 둘 사이에 골이 깊어지기 시작했다. 그는 문득 그녀가 자신에게 매력을 느꼈던 게 무엇이었는지 궁금했다.

그렇게 깊어진 골과 함께 그는 새로운 세기가 다가오면서 자신을 즐겁게 하는 것에 대한 갈증이 점점 더 강해지는 것을 느꼈다. 그가 볼티모어에서 열리는 온갖 종류의 파티에 가고, 결혼한 젊은 여자들 중에서 가장 예쁜 여자와 춤을 추고, 사교계 여인들 중에서 가장 인기 있는 여자와 담소를 즐기며 그들과 함께한다는 것에 매력을 느낀 반면, 사악한 저주에 걸린 귀족 미망인이 되어 버린 그의 아내는 샤프롱들 사이에 앉아 오만하게 불만을 터뜨리거나 침통하고 혼란스러우며 불만 가득한 눈으로 그를 좇고 있었다.

"저기 좀 봐요!" 하고 사람들이 수군거렸다. "정말이지 안됐어! 저렇게 젊은 남자가 마흔다섯 살 먹은 여자한테 잡혀 있다니. 아내보다 스무 살은 어릴 거야." 그들은 까맣게 잊고 있었다. 사람들의 기억이란 그런 것이다. 1880년에 그들의 엄마와 아빠들이 지금과 똑같이 어울리지 않는 커플이라고 수군댔었다는 것을.

집에서 생겨나는 벤저민의 불만은 넘쳐나는 새로운 흥밋거리들로 보상되었다. 그는 골프를 시작했고, 엄청난 성공을 거두었다. 그는 춤의 세계로도 진출해 1906년에 '보스턴'* 전문가가 되었고, 1908년에는 브라질 '머시셔' 춤의 대가로 인정받았으며, 1909년에는 '캐슬 워크'**로 도시의 모든 젊은이들로부터 부러움을 한 몸에 받았다.

그의 사교계 활동들은, 당연한 일이지만, 사업이 번창하는 데는 일정 부분 방해가 되었는데, 그는 25년 동안 열심히 해 왔다고 자부하고 있던 철물 도매업을 최근 하버드를 졸업한 아들 로스코에게 곧 넘기면 된다고 생각하고 있었다.

사실, 사람들은 그와 그의 아들을 종종 헛갈리곤 했다. 이런 일은 벤저민을 즐겁게 했는데, 스페인과의 전쟁에서 돌아왔을 때 불쑥 찾아들었던 공포는 잊은 지 오래였으며, 오히려 자신의 외모에 천진난만하게 탐닉해 들어갔다. 옥에 티가 하나 있었다면, 아내와 함께 사람들 앞에 나서는 게 끔찍이도 싫다는 사실이었다. 힐데가르드는 쉰 살에 가까워서 그녀의 모습을 보고 있으면 우스꽝스럽기까지 했는데……

* 20세기 초에 미국에서 생겨난 춤. 슬로 왈츠의 전신에 해당하는 것으로, 남녀가 산책하듯이 나란히 서서 추는 프롬나드 포지션promenade position을 위주로 미끄러지듯이 움직이는 스텝이 특징이다.
** 1920년대에 크게 유행한 사교댄스로 짝을 지어 춤을 추며 느릿느릿한 스텝이 특징이다.

9

1910년 9월 어느 날―로저 버튼 철물 도매상이 젊은 로스코 버튼에게로 넘겨지고 몇 년이 지난―누가 봐도 스무 살로 보이는 한 남자가 케임브리지 소재 하버드 대학 신입생으로 입학했다. 그는 자신이 결코 쉰 살이 되지 못할 거라는 사실이나 10년 전에 이미 자신의 아들이 이 대학을 졸업했다는 사실을 발설하는 따위의 실수는 저지르지 않았다.

입학시험을 통과한 그는 얼마 가지 않아 같은 학년에서 단연 두각을 나타냈는데, 평균적으로 열여덟 살인 다른 신입생들에 비해 몇 살 더 많았기 때문으로 여겨지는 듯했다.

하지만 그의 성공에 기여한 것 대부분은 예일 대학과의 미식축구 시합에서 너무도 뛰어난 기량을 보인 것이었는데, 분노 어린 냉혹하고도 무자비한 그의 공격은 일곱 개의 터치다운과 네 개의 필드골을 성공시켰을 뿐 아니라 열한 명에 이르는 예일대 선수들이 하나씩 차례로 의식을 잃은 채 필드 밖으로 실려 나가도록 만들었다. 그는 하버드에서 최고의 유명 인사가 되었다.

하지만 이상하게도 3학년으로 올라간 그는 팀을 위해 거의 '활약'할 수가 없었다. 코치들은 그의 체중이 많이 빠졌다고 입을 모았는데, 눈썰미가 있는 사람이라면 그의 키 역시 전보다 꽤 줄어들었다는 사실을 발견할 수 있었을 것이다. 한 번도 터치다운을 성공시키지 못하는 그가 팀에 남을 수 있었던 것은 그의 엄청난 명성이 예일대 팀에 공포와 혼란을 가져다주길 바란 덕분이었다.

4학년으로 올라간 뒤엔 그는 아예 팀에 들어가지도 못했다. 그는 더 야위고 약해져서 어느 날은 2학년 학생들이 그를 신입생으로 착각하기까지 했는데, 이 사건은 그의 자존심에 엄청난 손상을 입혔다. 그가 신동으로 알려지게 된 것은 분명히 열여섯 살로밖에 보이지 않는데 4학년이라는 사실 때문이었는데, 이 사실은 종종 몇몇 동급생들의 현실 감각에 충격으로 작용하곤 했다. 그에게 공부는 점점 버겁게 느껴졌고, 내용들도 너무 앞서 있다는 느낌이 들었다. 그는 동기들로부터 아주 많은 친구들이 유명한 예비학교인 성聖 미다스에 들어가서 대학 입시를 준비했다는 얘기를 듣고, 대학을 졸업한 뒤에 성 미다스에 들어가기로 마음을 굳혔는데 그곳에서 덩치가 비슷한 남자애들과 어울리면 좀 더 편하게 생활할 수 있을 것 같아서였다.

1914년에 4학년을 마친 그는 하버드 대학 졸업장을 주머니에 넣고 볼티모어의 집으로 돌아왔다. 힐데가드는 이탈리아에 살고 있었으므로 벤저민은 아들 로스코네로 가서 살았다. 대체로 그를 반기기는 했지만 그를 대하는 로스코의 마음에는 진심이 담겨져 있지 않은 게 확실했다. 벤저민은 아들의 눈에 얼이 약간 빠진 채로 집 안을 휘적휘적 돌아다니는 사춘기 소년처럼 보였는데, 그건 분명 문제였다. 로스코도 이제는 결혼을 했고, 볼티모어 사회에서 저명인사였으며, 가족과 관련해서 안 좋은 얘기가 새어 나가는 걸 원치 않았다.

더 이상 사교계 여성들과 젊은 대학생들이 선호하는 인물이 아니었던 벤저민은 이웃에 사는 열다섯 살짜리 남자애들 서넛과 노는 걸 제외하면 많은 시간을 혼자서 보냈다. 성 미다스 학교로 가려던 생각이 다시 떠올랐다.

"그런데 말이다," 하고 어느 날 그는 로스코에게 말했다. "전에도 계속 얘기했지만, 예비학교에 갔으면 싶다."

"그래요, 가세요, 그럼." 로스코는 간단하게 대답했다. 그로서는 골치 아픈 문제였지만 논쟁을 벌이고 싶지 않았다.

"혼자선 갈 수가 없구나," 하고 벤저민이 힘없이 말했다. "네가 날 거기로 데려가서 입학을 시켜 줘야겠다."

"저한테 그럴 시간이 어딨어요," 하고 로스코가 퉁명스럽게 말했다. 아버지를 바라보는 그의 가늘어진 눈에 불편한 심기가 묻어 있었다. 그러곤 "사실," 하고 덧붙였다. "아버진 이제 사업에서 손을 떼시는 게 좋을 거 같아요. 관두시는 게 낫다는 겁니다. 그게 나아요. 그게……" 거기서 그는 말을 멈추었다. 그의 벌겋게 달아오른 얼굴이 다음 말을 찾고 있었다. "가시던 걸음을 되돌려서, 반대편으로 돌아가시는 게 낫겠어요. 너무 멀리 오셨어요. 장난이 심하셨다고요. 더 이상은 재미없어요. 아버지라면…… 아버지답게 행동하세요!"

벤저민은 눈물이 가득 고인 눈으로 아들을 바라보았다.

"그리고 한 가지 더요," 하고 로스코가 말을 이었다. "집에 손님들이 있으면 절 '삼촌'이라고 불러 주셨으면 좋겠어요. '로스코'가 아니라 '삼촌', 이해하시겠어요? 열다섯 살짜리가 제 이름을 부르는 건 이상하잖아요. 차라리 이제부터 절 '삼촌'이라고 부르시는 게 더 낫겠네요. 그러면 아버지도 익숙해지실 테고요."

딱딱한 눈길로 아버지를 바라보던 로스코가 돌아서서 자리를 떴는데……

10

아들과의 대화가 끝나고 우울한 마음으로 2층으로 올라간 벤저민은 거울 속에 비친 자신을 응시했다. 석 달 동안 면도를 하지 않았지만 얼굴엔 굳이 만져 볼 필요도 없이 하얀 솜털만 흐릿하게 나 있을 뿐 말끔했다.

그가 하버드에서 집으로 처음 돌아왔을 무렵, 로스코가 그에게 다가와 안경을 쓰고 뺨에다 접착제로 가짜 수염을 붙여 보면 어떻겠냐고 제안을 해서 받아들인 적이 있는데, 잠깐이었지만 지나간 어린 시절의 웃음거리가 재현되는 것 같았다. 그리고 붙인 수염은 간지러웠고, 그를 수치스럽게 만들었다. 울음을 터뜨리는 그를 본 뒤에야 로스코는 하는 수 없이 동정심을 보였다.

벤저민은 『비미니 베이의 보이 스카우트』라는 소년 소설을 펼쳐 읽기 시작했다. 하지만 그의 생각은 줄곧 전쟁에 관한 거였다. 지난달에 미국은 연합군 측에 가담을 했는데, 벤저민은 참전을 하고 싶었지만 징집 최소 연령인 열여섯 살로도 채 보이지 않았다. 실제 나이인 쉰일곱 살도 자격이 되지 못할 건 뻔했지만.

노크 소리가 들리더니 집사가 한쪽 구석에 커다랗게 공공 소인이 찍힌 편지 하나를 가지고 나타났다. 수신인은 벤저민 버튼 씨로 되어 있었다. 벤저민은 잔뜩 기대를 가지고 봉투를 뜯고는 읽어 나갔다. 편지에는 스페인과의 전쟁에 참전했던 많은 퇴역 장교들을 더 높은 계급으로 재참전시키고 있는데, 벤저민을 미 육군 준장으로 임명하니 즉시 신고하라는 명령이 적혀 있었다.

벤저민은 뛸 듯이 기쁘고 흥분으로 몸이 마구 떨렸다. 그가 원하던 게 바로 이것이었다. 그는 모자를 집어 들었다. 10분 후에 그는 찰스 거리에 있는 큰 양복점으로 들어가 명확하지 않고 높기만 한 소리로 군복 한 벌을 주문했다.

"전쟁 놀이를 하고 싶은 거구나, 아니니?" 하고 양복점 직원이 별생각 없이 물었다. 벤저민의 얼굴이 붉게 물들었다.

"이보시오! 놀이를 하자는 게 아니오!" 그는 화를 내며 말했다. "내 이름은 버튼이오. 마운틴 버넌 플레이스에 살고 있고, 내가 군복값 정도는 갖고 있다는 걸 당신도 알 거요."

"그런가," 하면서 직원이 머뭇머뭇 시인을 했다. "네가 아니라면, 네 아빠는 그분이 맞겠군, 그래."

벤저민이 치수를 재고 일주일 후, 군복이 완성되었다. 그는 제대로 된 장군 휘장을 구하는 데 어려움을 겪었는데, 휘장 가게 주인이 YWCA 배지가 더 잘 어울리며 갖고 놀기에는 그게 더 재밌을 거라고 계속 주장했기 때문이었다.

그는 로스코에게 아무런 말도 남기지 않은 채 어느 날 밤 집을 떠나 기차를 타고 자신이 지휘할 보병여단이 있는 사우스캐롤라이나 소재 캠프 모즈비로 찾아갔다. 4월의 찌는 듯한 더위를 뚫고 캠프 입구에 도착한 그는 기차역부터 그를 태우고 온 택시 기사에게 요금을 지불하고는 보초병에게로 몸을 돌렸다.

"내 짐을 갖고 갈 병사를 불러 주게!" 하고 그가 활기차게 말했다.

초병이 못마땅한 얼굴로 그를 노려보았다. "이런," 하고 그가 입을 뗐다. "장군 복장을 하고 어딜 가시려는 건가요, 꼬마 장군님?"

스페인-미국 전쟁 참전 용사 벤저민은 불길이 일어나는 눈으로 주위를 둘러보고는 버럭 고함을 질렀지만, 안타깝게도, 변성기의 새된 목소리일 뿐이었다.

"차렷!" 하고 그는 우레와 같은 소리를 내 보려 애썼다. 그러곤 잠깐 숨을 몰아쉬는데, 갑자기 초병이 뒤꿈치를 한데 모으고 소총을 세우는 모습이 그의 눈에 들어왔다. 벤저민의 얼굴에 은근히 떠오르던 흐뭇한 미소는 주위를 흘끗 보는 사이에 사라졌다. 초병으로 하여금 받들어총을 하게 만든 것은 그가 아니라 말을 타고 다가오고 있던 당당한 모습의 포병대 대령이었다.

"대령!" 하고 벤저민이 새된 소리로 불렀다.

대령이 다가오더니 고삐를 당기고는 눈을 깜박이며 유심히 그를 내려다보았다. "어느 집 자제분인가?" 하고 다정하게 물었다.

"내가 어느 집 자제인지는 그대에게 곧 알려 주겠네!" 벤저민은 사납게 쏘아붙였다. "당장 말에서 내려!"

대령이 폭소를 터뜨렸다.

"말을 타고 싶은 거군요, 그런가요, 장군?"

"여기!" 하고 벤저민이 생각다 못해 소리를 질렀다. "이걸 읽어 보시오." 그리고 대령에게 자신 앞으로 온 임명장을 내밀었다. 그걸 읽고 난 대령의 눈이 빠질 듯 튀어나왔다.

"이거 어디서 난 거냐?" 대령이 임명장을 주머니에 밀어 넣으며 물었다.

"곧 알게 되겠지만, 정부로부터 받은 거요."

"나랑 함께 가자꾸나," 하고 대령은 기묘한 표정을 지으며 말했다. "본부로 올라가서 이 얘기를 다시 해 보도록 하지. 따라오거라."

대령은 본부 쪽 방향으로 말을 돌려세우고는 움직이기 시작했다. 벤저민은 가능한 한 위엄을 지키면서 뒤를 따라가는 수밖에 도리가 없었는데, 확실하게 본때를 보여 줘야겠다고 속으로 다짐했다.

하지만 그의 다짐은 실현되지 못했다. 이틀 뒤, 볼티모어에서부터 무덥고 느닷없는 여행을 해야 했던 그의 아들 로스코가 하고 있던 생각은 실현되었는데, 로스코는 군복도 없이 징징 울어 대는 장군을 데리고 집으로 돌아온 것이다.

11

1920년에 로스코 버튼의 첫 아이가 태어났다. 하지만 잔치가 열리는 동안 그 누구도, 납으로 만든 장난감 병정과 서커스 미니어처를 가지고 집 안을 돌아다니며 놀고 있는 열 살쯤 돼 보이는 조그맣고 꾀죄죄한 아이가 이제 막 태어난 아기의 할아버지라는 것을 말하는 게 '옳은 일'이라고 생각하지 않았다.

맑고 유쾌한 얼굴에 살짝 슬픔의 여운이 깃든 조그만 남자애를 누구도 싫어하지 않았지만, 그런 모습이 로스코 버튼에게만은 고통의 근원이었다. 로스코는 이런 문제를 '쓸데없는' 것으로 여기는 세대에 속해 있었다. 그에게는 예순 살로는 보이지 않는 자신의 아버지가 '혈기 왕성한 인간'—이것은 로스코가 가장 좋아하는 표현이었다—으로 행동하지 않을 뿐더러 뭔가 이상하고 심술궂은 태도를 가진 듯 보였다. 사실, 이 문제에 대해 30분만 생각을 해도 그는 미쳐 버릴 것만 같았다. 로스코는 '왕성한 활동가들'은 젊음을 유지한다고 믿고 있었지만, 저 정도까지는, 정말이지, 정말이지 쓸데없는 짓이었다. 그리고 거기까지가 로스코가 생각할 수 있는 한계였다.

그로부터 5년 후, 로스코의 어린 아들은 한 유모가 지켜보는 가운데 이제 더 어려진 벤저민과 함께 놀 수 있는 나이가 되었다. 로스코는 둘을 같은 날 같은 유치원에 데리고 갔고, 벤저민은 색종이를 가늘고 길게 자르고, 방석과 사슬과 기묘하고 아름다운 모양들을 만드는 게 세상에서 가장 흥미로운 놀이란 걸 알게 되었다. 어떤 날은 잘못을 해서 구석에 가서 서 있기도 했지만—그때 그는 울음을 터뜨렸다—대부분은 햇빛이 창문으로 비쳐 드는 즐거운 교실에서 유쾌한 시간들을 보냈으며 이따금 베일리 선생님의 다정한 손이 잠깐 그의 헝클어진 머리 위에 놓여 있기도 했다.

한 해 뒤에 로스코의 아들은 1학년으로 올라갔지만, 벤저민은 여전히 유치원에 남았다. 그는 무척이나 행복했다. 가끔 다른 아이들이 커서 되고 싶은 것들에 대해 얘기할 때면 어두운 그늘이, 마치 어렴풋하긴 했지만 그런 일들은 자신에게 결코 일어나지 않을 거라는 걸 알고 있기라도 하듯 그의 작은 얼굴 위를 스쳐 지나가곤 했다.

하루하루가 늘 비슷비슷한 만족감을 안겨 주며 흘러갔다. 그는 3년 동안 유치원에 다녔지만, 이제 너무 어려져서 밝게 빛나는 종이 사슬을 왜 만드는지를 이해할 수 없었다. 그는 다른 남자애들이 자신보다 크다는 이유로 울음을 터뜨렸고, 그 애들을 무서워했다. 선생님이 설명을 해 주기도 했고 그 역시 이해하려고 애를 썼지만 모두를 이해할 수는 없었다.

그는 유치원을 그만두었다. 풀 먹인 크고 투박한 드레스를 입은 유모 나나가 그의 조그만 세계의 중심이 되었다. 날이 밝은 날은 공원을 거닐었다. 나나가 엄청나게 큰 회색 괴물을 가리키며 "코끼리"라고 말하면 벤저민이 그녀의 말을 따라 한 적이 있었는데, 그날 잠자리에 들며 옷을 갈아입힐 때 그는 큰 소리로 계속 "콕기리, 콕기리, 콕기리" 하고 외쳤다. 가끔 나나는 침대에서 뛰는 걸 허락해 주었는데, 그게 재밌었던 건 꼿꼿한 자세로 앉아 있다가 다시 발을 굴려 뛰어오르면서 "아―" 하고 오랫동안 말하면 그 소리가 희한하게 뚝뚝 끊겨서 들리기 때문이었다.

그는 모자걸이에서 커다란 지팡이를 꺼내 의자와 탁자를 치고 그 주위를 돌면서 "한판 붙어, 싸우자, 싸워," 하고 말하며 노는 걸 무척이나 좋아했다. 어쩌다 사람들이 있으면 나이 든 여인들은 그를 보며 혀를 끌끌 찼는데 오히려 그는 그걸 재밌어했다. 젊은 아가씨들이 그에게 뽀뽀를 하려고 하면 그는 다소 심드렁해하면서 허락을 하곤 했다. 긴 하루가 지나 5시가 되면 그는 나나와 함께 위층으로 올라가 숟가락으로 떠먹여 주는 오트밀과 맛있는 유동식을 받아먹었다.

그는 어린아이처럼 잠이 들었고, 그런 모습에는 어떤 힘겨운 기억들도― 대학 시절 호기로웠던 나날들도, 수많은 여자들의 가슴을 달뜨게 했던 빛나던 시절도 남아 있지 않았다. 그저 유아용 침대의 하얗고 폭신한 벽만이, 나나와 이따금 그를 보러 오는 한 남자 그리고 잠이 들 무렵 그가 손가락으로 가리키며 말했던 "태양"만이 있을 뿐이었다. 태양이 지고, 그의 눈이 감기면, 꿈도 없이, 그를 괴롭히는 어떤 꿈도 꾸지 않고 그는 잠에 빠져들었다.

지나간 날들이―부하들을 이끌고 산후안 고지를 향해 달려가던 거친 돌격도, 사랑하던 젊은 힐데가르드를 위해 여름밤의 도시에 짙게 어둠이 내릴 때까지 일에 파묻혔던 신혼 시절도―그보다 앞서 먼로 거리에 있던 음산한 버튼 가의 옛집에서 할아버지와 함께 앉아 밤이 늦도록 시가를 피우던 날들이 마치 결코 존재하지 않았다는 듯, 그의 기억에서 몽롱한 꿈처럼 사라져 버렸다.

그는 아무것도 기억하지 못했다. 어제 먹었던 우유가 따뜻했는지 차가웠는지도, 혹은 어떻게 하루하루가 지나갔는지도, 그는 기억하지 못했다. 오직 아기 침대와 나나의 친숙한 얼굴만이 있을 뿐이었다. 그에게 기억이란 존재하지 않았다. 배가 고프면 울었고, 그것이 전부였다. 낮에도, 밤에도, 그는 숨을 쉬었고, 그의 위에서 부드럽게 중얼거리는 소리와 속삭이는 소리가 아주 희미하게 들려왔으며, 거의 알아볼 수 없는 냄새와 빛과 어둠만이 있을 뿐이었다.

그리고 모든 것이 어두워졌고, 하얀 아기 침대와 위쪽에서 어른거리던 흐릿한 얼굴과 우유의 따뜻하고 달콤한 향기가, 그의 마음에서 일시에 사라져 버렸다.

♦♦♦

「벤저민 버튼에게 일어난 기이한 현상」(1922년 5월 22일 대중잡지 《콜리어스》에 게재)은 팔기 어려웠던 작품이다. 피츠제럴드는 나중에 에이전트 해럴드 오버에게 "잡지들이 내게 원하는 게 신여성이 등장하는 소설들뿐이란 걸 잘 압니다. 「벤저민 버튼」이랑 「리츠 호텔만큼 큰 다이아몬드」 같은 작품은 곤란하다는 거죠"라는 내용이 담긴 편지를 보냈다. 「벤저민 버튼에게 일어난 기이한 현상」은 재기 넘치는 스토리를 가진 피츠제럴드의 환상적인 혹은 초자연적인 분위기를 가진 소설들 가운데 두 번째 작품이다(첫 번째 작품은 「무늬가 새겨진 유리그릇」). 피츠제럴드는 아마도 낭만주의와 리얼리즘 사이에 갈등이 일어나는 이런 식의 창작에 매력을 갖고 있었던 것 같은데, 환상적인 이야기에 도전하는 것이야말로 불가능한 사건들에 설득력을 부여하는 일이라고 여긴 듯하다. 피츠제럴드는 「벤저민 버튼에게 일어난 기이한 현상」을 『재즈 시대 이야기들』에 수록하며 어떻게 이 작품을 구상하게 됐는지를 다음과 같이 얘기했다.

이 이야기는, 삶은 최선의 시작과 최악의 끝으로 구성되어 있다는 마크 트웨인의 말에서 영감을 얻어 쓰였다. 내가 만약 완벽하게 정상적인 세계에 살고 있는 유일한 인간을 다루게 된다면 그의 생각을 공정하게 시험하는 건 불가능한 일이다. 탈고를 하고 몇 주가 지난 뒤, 나는 이 작품이 새뮤얼 버틀러Samuel Butler의 『노트북』과 구성이 거의 동일하다는 사실을 알게 되었다.

리츠* 호텔만큼 큰 다이아몬드

The Diamond as Big as The Ritz

1

존 T. 웅거는 미시시피 강에 걸쳐 있는 조그만 도시 헤이디즈**에서 여러 세대를 살아온 유명한 집안 출신이다. 존의 부친은 수많은 대회에 참가해 치열한 경쟁을 벌이며 아마추어 골프 챔피언을 차지했다. 모친인 웅거 부인은 "몸이 뜨거운 여자는 어디서도 표가 난다"는 그

---

* 원제 'The Diamond as Big as The Ritz'에서 Ritz는 본문에도 나오지만, 왕관 위에 사자가 얹혀 있는 로고로 유명한 세계적인 '리츠칼튼 호텔'을 가리킨다. 이 호텔의 이름은 창립자인 스위스 출신의 세자르 리츠에서 따왔는데, 미국에서 ritz는 (특히 the Ritz는) '부유한 귀족적 스타일'이라는 뜻과 함께 '겉치레, 과시'를 의미한다.

** Hades. 그리스 신화에 나오는 '죽은 자들의 나라' 하데스를 빌려왔지만, 실제로 미시시피 강에 걸쳐 있는 일리노이주 세인트클레어 카운티에 속한 도시이기도 하다.

지역의 속담처럼 정치적 연설로 유명했다. 긴바지를 입는 나이가 되기도 전에 뉴욕에서 유행하는 최신 댄스까지 모두 섭렵한 존 T. 웅거는 이제 막 열여섯 살이 되었다. 그는 한동안 고향을 떠나 있게 될 터였다. 뉴잉글랜드의 교육에 대한 경모敬慕의 맹독이 모든 지역에 퍼져 있어서 해마다 그 지역의 촉망받는 젊은이들을 송두리째 빼앗아 갔는데, 웅거의 부모들 역시 그것에 감염된 상태였다. 존으로선 보스턴 인근에 있는 성 미다스 학교에 가는 것 외엔 그런 부모를 만족시킬 수 있는 방법이 없었다. 헤이디즈는 그들의 사랑스럽고 재주 많은 아들을 붙들고 있기엔 너무도 작은 동네였다.

당시 헤이디즈에서는—그곳을 가 본 적이 있는 사람이면 누구나 알 수 있듯—아무리 사교계에 이름난 예비학교나 대학도 크게 의미가 없었다. 그곳 사람들은 너무나 오랫동안 세상과 떨어져 있어서, 드레스나 매너나 문학에서는 유행을 좇으려는 모습을 보이긴 했지만 대부분은 풍문이 아니면 시카고의 '미스 소고기'가 보고 두 손을 번쩍 쳐들며 "왜 이리 저렴해요?"라고 할 만한 행사에나 의지하고 있는 형편이었다.

존 T. 웅거가 고행을 떠나기 바로 전날이었다. 웅거 부인은 모친들이 흔히 저지르듯 트렁크마다 리넨 정장들과 선풍기까지 욱여넣었고, 웅거 씨는 돈을 가득 채운, 석면이 들어간 지갑을 아들에게 선물로 주었다.

"잊지 마라. 우린 항상 널 맞이할 준비가 되어 있다는 걸," 하고 그가 말했다. "이 집이 불에 타는 일은 없을 테니, 마음 푹 놔, 아들."

"알아요," 하고 존은 꽉 잠긴 소리로 대답했다.

"네가 누군지, 어디 출신인지, 잊지 마." 그의 부친은 자랑스럽게 덧붙였다. "아무도 널 해치지 못할 거다. 너는 헤이디즈의 웅거 가문 사람이니까."

그렇게 나이 든 남자와 젊은 남자는 손을 맞잡았고, 존은 눈물을 훔치며 길을 떠났다. 10여 분 뒤 도시의 경계를 벗어나던 그는 멈추어 서서 마지막으로 뒤를 돌아보았다. 거리 진입구 위쪽에 붙어 있는 옛 빅토리아식 문장이 기이한 매력으로 다가왔다. 그의 부친은 시간이 날 때마다 그것을 좀 더 진취적이고 활기차게 바꾸어 보려 무척 애를 썼다. 가령 '헤이디즈─기회의 땅'이나 아니면 그냥 평범하게 '환영'이라고 써서 진지하게 악수하는 그림이 그려진 표지판 위에다 걸고 전구로 장식하는 식으로. 웅거 씨는 옛날식 문장을 볼 때마다 마음이 꽤나 울적해졌는데, 하지만 이젠 뭐……

존은 그윽이 바라보고는 단호하게 돌아서더니 목적지를 향해 나아갔다. 그가 돌아서자 하늘을 거느린 채 빛나던 헤이디즈의 불빛들이 따스하고 열정적인 아름다움으로 가득 차오르는 듯했다.

성 미다스 학교는 롤스피어스 자동차로 보스턴에서 30분 거리에 있다. 실제 거리는 아무도 알 수 없을 텐데, 존 T. 웅거를 제외하곤 누구도 롤스피어스를 타고 거기까지 가 본 적도 없고, 앞으로도 그럴 것이기 때문이다. 성 미다스는 세상에서 가장 학비가 비싸고 들어가기도 힘든 남자 예비학교였다.

그곳에서 보낸 존의 처음 두 학년은 즐거웠다. 남학생들의 아버지들은 하나같이 부자여서 여름방학이면 존은 친구들의 멋진 별장을 돌아다니며 지냈다. 그는 그 친구들이 모두 무척이나 좋았지만, 그 아버지들은 어딘지 모르게 거의 한사람인 듯했는데, 아직 어려서인지 그들의 지나치게 닮은 구석에 종종 놀라곤 했다. 그가 고향이 어디라고 얘기하면 그들은 기분이 좋아진 듯 묻곤 했다. "거기 아래쪽은 무척 덥지?"라는 물음에 존은 희미하게 미소를 지으며 "정말 그렇습니다," 하고 대답하곤 했다. 그들이 이런 식의 농담을 던지지 않았다면 그는 마음에서 더 우러나오는 대답을 했겠지만, 그들은 기껏해야 "넌 저 아랫녘 더위를 지겹도록 맛보았겠구나?" 하고 물었을 뿐이다. 그것 역시 싫기는 마찬가지였다.

두 번째 해가 반쯤 지났을 때, 퍼시 워싱턴이라는 조용하고 잘생긴 남학생이 2학년으로 들어왔다. 새로운 전입생은 예의도 발랐지만 성 미다스 학생으로도 지나치게 옷을 잘 입었는데, 무슨 이유에선지 다른 애들과 일정한 거리를 유지했다. 그가 친하게 지내는 유일한 학생이 존 T. 웅거였다. 하지만 존에게조차 자신의 집이나 가족 얘기만은 일절 꺼내지 않았다. 그가 부잣집 아들이었다는 건 말할 필요도 없지만, 몇 가지 추측만 할 수 있을 뿐 친구로서 그에 대해 아는 건 거의 없었으므로 퍼시가 '서부에 있는' 그의 고향 집으로 가서 여름을 보내자고 말했을 때 그의 호기심은 더없는 달콤함에 젖었다. 그로선 초대에 응하지 않을 이유가 없었다.

두 사람이 기차에 몸을 실었을 때에야 퍼시는 처음으로 제법 터놓고 얘기를 시작했다. 어느 날 식당차에서 점심을 먹으며 성격이 좀 이상한 애들에 대해 얘기를 나누던 중에 퍼시는 갑자기 말투를 바꾸며 한마디를 툭 뱉었다.

"우리 아버지가 말이야," 하고 그가 말했다. "아마도 세상에서 가장 부자일 거야."

"아," 하고 존이 품위 있게 받았다. 그런 식의 자신감에 어떻게 반응해야 할지 난감했다. 그는 "정말 멋지군"이라는 말을 생각해 보았지만 어딘지 공허하게 들렸고, "정말?"이라고 말하려고도 해 봤지만 퍼시의 말을 의심하는 것처럼 들릴지도 몰라 그만두었다. 그런 놀라운 발언에 의문을 다는 건 좋을 게 없었다.

"단연 제일 큰 부자지," 하고 퍼시가 똑같이 말했다.

"내가 세계 연감을 읽고 있는데," 하고 존이 입을 뗐다. "미국에서 한 해 수입이 500만 달러가 넘는 사람이 한 사람이고, 300만 달러를 넘게 버는 사람이 네 사람이더라. 그리고……"

"응, 그 사람들은 아무것도 아니야." 퍼시의 입꼬리가 반달처럼 올라가 있었다. "그 사람들은 말이야, 돈만 벌면 그만인 자본가들이거나 푼돈 정도 만지는 사람들 아니면 시시한 장사꾼이나 고리대금업자들이지. 우리 아버진 그 사람들이 갖고 있는 돈을 몽땅 가져와도 티도 안나."

"근데 너네 아버진 어떻게……"

"연감 만드는 사람들이 우리 아버지 소득세를 왜 체크하지 않았을까? 아버지가 내지 않았으니까. 물론 조그만 건 냈지만, 진짜 소득엔 한 푼도 세금을 내지 않지."

"엄청나게 부자이신 게 틀림없겠군," 하고 존이 간단히 말했다. "잘됐다. 난 엄청나게 부자인 사람들이 좋아. 부자면 부자일수록 더 좋아져." 그의 거무스름한 얼굴엔 더없이 솔직한 표정이 어려 있었다. "지난번 부활절엔 신리처머피네 집을 방문했는데 말이야. 비비언 신리처머피 부인은 달걀만 한 루비들을 갖고 있었는데, 그 안에 반짝거리는 전구 같은 사파이어가 박혀 있었어……"

"나도 보석을 아주 좋아해," 하고 퍼시가 열렬히 동의했다. "물론 학교 애들이 알게 되는 건 싫지만, 나도 꽤 모으고 있지. 난 우표 대신 보석을 수집했었어."

"다이아몬드도 있었어," 하고 존이 신이 나서 말을 이었다. "신리처 머피 부부는 호두만 한 다이아몬드들을 갖고 있더라고."

"그건 아무것도 아니야." 퍼시가 몸을 앞으로 기울이더니 목소리를 낮게 떨구었다. "정말이지 그런 건 아무것도 아니야. 우리 아버지가 갖고 있는 다이아몬드는 리츠칼튼 호텔만 하니까."

2

두 산봉우리 사이에 걸쳐진 몬태나의 석양은 거대한 멍 자국처럼 거뭇한 핏물이 독을 품은 하늘 가득 퍼져 있었다. 그 하늘로부터 까마득한 거리를 두고 '피시'라는, 사람들의 뇌리에 남아 있지 않은 조그맣고 음산한 마을이 웅크리고 있었다. 피시에 사는 사람들이래야 열두 명에 불과하다고 알려져 있는데, 그 열두 명의 침울하고 이해하기 힘든 영혼들이 빨아 먹으며 살아가는 (거의 문자 그대로) 헐벗은 바위에서 흘러나오는 한 줄기 메마른 젖에는 그들로 하여금 그곳에 살도록 만드는 신비로운 힘이 깃들어 있었다. 그것이 그들로 하여금 오지의 종족으로, 마치 자연이 부린 초기의 변덕에 의해 생겨난 종족들인 양 열두 명의 피시인으로 만들었는데, 어쩌면 그들은 사투를 벌이다 멸종되어 버리도록 내버려진 것일지도 몰랐다.

멀리 푸르죽죽한 멍 자국으로부터 기다란 선 한 줄기를 그리며 움직이는 빛들이 황폐한 땅 위로 기어 오자 열두 명의 피시 사람들이 시카고에서 출발한 7시 대륙횡단열차가 지나가는 걸 보기 위해 보잘것 없는 기차역으로 모여들고 있었다. 대륙횡단열차는 1년이면 여섯 번 정도, 어떤 믿기 힘든 권력이 작용한 것인지 피시 마을에 정차했는데, 이 경우엔 한두 사람 정도가 기차에서 내리는 일이 일어났고, 이럴 때면 늘 해 질 녘에 나타나는 사륜마차에 올라타고는 멍 자국 같은 황혼을 향해 떠나곤 했다. 이 맥락 없고 터무니없는 현상을 지켜보는 것이 피시 마을 사람들에겐 일종의 제의祭儀였다. 지켜본다는 것, 그것이 전부였는데, 거기에는, 그들을 경이롭게 하거나 생각에 잠기게 만드는 생명성이 깃든 환상 따위는 전혀 담겨 있지 않았다. 그렇지 않았다면 아마도 이 신비로운 방문을 둘러싸고 종교 같은 것이 생겨났을지도 모른다. 하지만 피시 사람들은 모든 종교를 초월해 있었다. 기독교의 신조들 가운데 가장 원시적이고 야생적인 것들조차 그들의 저 헐벗은 바위 위로 한 발자국도 오를 수 없었으며—그래서 제단도, 사제도, 희생물도 없었다—그저 그날 저녁 7시에 보잘것없는 기차역 옆에 조용히 모여 흐릿하고 활기라곤 없는 기도를 올렸을 뿐이다.

6월 이 밤, 그들이 만약 천상의 주인으로 선택하려 했다면 신으로 받들어졌을 '위대한 기관사'는 7시 기차가 피시 기차역에 사람을(혹은 사람이 아닐지도 모르는 뭔가를) 내려놓을 거라는 계시를 내렸다. 7시에서 2분이 지난 뒤, 기차에서 내린 피시 워싱턴과 존 T. 웅거는 열두 명의 피시 사람들이 가진 마법에 걸린, 하느님의 사랑에 취한, 두려움 가득한 눈을 허겁지겁 지나 어딘지 모르는 곳에서 홀연히 나타난 사륜마차에 올라 그곳을 떠났다.

30분이 지나 해 질 녘 어스름이 어둠 속으로 완전히 잠겨 들었을 때, 말없이 마차를 몰던 흑인이 그들 앞 어둑한 곳 어딘가에 있던 흐릿한 형체에게 큰 소리로 인사를 했다. 그 큰 소리에 화답을 하듯 어둠 저편에서 둥그런 불빛이 그들을 비추었는데, 아무것도 보이지 않는 어둠 속에서 악의로 가득 찬 눈길이 그들을 지켜보고 있는 것만 같았다. 가까이 다가가자 존은 그것이 엄청나게 큰 자동차의 미등이라는 것을 알았다. 이제껏 본 적이 없을 정도로 크고 멋진 자동차였다. 본체는 니켈보다 더 반짝였고 은보다 더 밝았으며, 바퀴의 중심부에는 보는 각도에 따라 색깔이 달라지는 초록색과 노란색의 기하학적 장식이 붙어 있었는데, 존은 그게 유리인지 보석인지 함부로 판단할 수가 없었다.

런던 왕실의 행렬을 찍은 사진에서나 본 듯한 번쩍거리는 제복을 입은 흑인 두 명이 차 옆에 부동자세로 서 있다가 두 젊은이가 마차에서 내리자 손님이 알아들을 수 없는 언어로 인사를 올렸다. 남부 흑인 방언들 가운데서도 몹시 심한 사투리가 아닌가 싶었다.

"타." 그들이 갖고 온 트렁크들이 리무진의 새까만 지붕에 올라가고 나자, 퍼시가 친구에게 말했다. "여기까지 마차로 데려와서 미안한데, 기차에 탄 승객들이나 신으로부터 버림받은 피시 사람들한테 이 자동차를 보인다는 게 좀 그래서."

"정말! 이런 자동차가 있었다니!" 자동차 내부를 보니 감탄이 절로 터져 나왔다. 존은 자동차 내부가 황금색 천에 보석과 자수를 이용해 수천 가닥의 정교한 실크 태피스트리로 짜인 것을 발견했다. 두 남자애들이 호화롭게 앉은 안락의자 형태의 시트 두 개는 벨벳류의 듀베틴과 흡사한 재질이었지만, 온갖 색깔이 다 담긴 타조 깃털의 끝부분을 꼬아서 만든 것 같았다.

"이런 차가 있었다니!" 하고 존이 다시 놀라움에 휩싸여 소리를 질렀다.

"이 정도가?" 퍼시가 웃음을 터뜨렸다. "이건 스테이션왜건처럼 쓰는 고물이야."

그러는 동안 그들은 두 개의 봉우리 사이로 어둠을 뚫고 미끄러져 갔다.

"한 시간 반쯤 가면 돼." 퍼시가 시계를 보며 말했다. "지금까지 본 거랑은 다를 거라고 미리 말해 줘야겠군."

지금 타고 가는 자동차가 살짝 맛을 본 거라면, 얼마나 더 놀라게 될지 존은 마음의 준비를 하고 있었다. 헤이디즈에는 단순한 신조 하나가 널리 퍼져 있었는데, 부자들을 진심으로 존경하고 존중한다는 것이었다. 존이 만약 부자들 앞에서 기꺼이 겸손해하지 않는다면, 그의 부모조차 그 불경함에 질려 돌아서 버릴 것이다.

그들은 마침내 두 개의 산이 갈라진 곳에 도착해 그 안으로 들어갔고, 몹시 거친 길이 나타났다.

"달이 밝았으면 우리가 들어온 협곡이 얼마나 큰지 볼 수 있을 텐데," 하고 퍼시가 차창 밖을 유심히 내다보며 말했다. 그가 송화구에다 대고 몇 마디를 하자 즉시 하인이 탐조등을 켰고, 엄청난 빛줄기가 산허리를 쓸며 지나갔다.

"저기, 돌들 봐. 어지간한 차라면 30분만 달려도 퍼져 버릴 거야. 사실, 길을 모르면 탱크가 아닌 다음엔 갈 수가 없지. 지금 비탈을 올라가는 게 느껴지지?"

자동차는 분명히 비탈을 올라가고 있었고, 몇 분쯤 뒤 높다랗게 솟아 있는 곳을 건너갔는데, 멀리서 막 떠오른 창백한 달이 흘긋 보였다. 그때 차가 갑자기 멈추더니 옆쪽 어둠 속에서 여러 개의 형상들이 모습을 드러냈는데, 역시 흑인들이었다. 다시 두 젊은이는 똑같이 거의 알아들을 수 없는 사투리로 된 인사를 받았다. 그런 다음 흑인들이 작업을 시작했고, 마침내 머리 위에 매달려 있던 엄청나게 큰 케이블 네 개를 보석 박힌 커다란 바퀴 중심에다 갈고리로 연결했다. 존은 "헤이 야!" 하는 소리와 함께 차가 땅에서 천천히 들려 올라가는 걸 느꼈다. 차는 점점 위로 올라가더니 양쪽에 솟아 있는 가장 높은 바위보다 더 높이 올라가서도 계속 더 위로 올라갔다. 그러다가 마침내 그는 눈앞에 달빛에 일렁이는 계곡이 펼쳐진 광경을 볼 수 있었다. 그것은 그들이 막 지나 왔던 돌투성이 길과는 완전히 달랐다. 한쪽에는 여전히 돌이 무성했는데, 갑자기 옆으로는 물론 주변 어디에도 돌이라곤 보이지 않았다.

허공에서 수직을 이루며 칼날처럼 솟아 있는 몇 개의 거대한 돌을 타 넘어 온 것은 분명했다. 잠시 후 그들은 다시 내려가기 시작하더니 마침내 부드럽게 부딪치는 느낌과 함께 매끈한 땅에 닿았다.

"최악은 끝났어," 하고 차창 밖을 일별하며 퍼시가 말했다. "이제 우리 길을 따라 8킬로미터 정도만 더 가면 돼. 우리 길은 모두가 태피스트리처럼 블록으로 깔려 있지. 여기가 다 우리 거야. 아버지는 여길, 미국이 끝나는 곳이라고 말씀하시지."

"우리가 캐나다에 있는 거야?"

"아니. 몬태나 로키 산맥 한가운데야. 하지만 넌 지금 미국에서 한 번도 측량된 적이 없는 유일한 400만 평 위에 있는 거야."

"측량하지 않은 이유가 뭐야? 잊어먹었나?"

"아니," 하고 퍼시가 빙그레 웃으며 말했다. "세 번이나 하려고 했었지. 처음엔 우리 할아버지가 측량국 직원 모두에게 뇌물을 줘서 무산

시켜 버렸고, 두 번째는 미국 공식 지도에 살짝 손을 봐 줬는데 15년 동안 아무 말도 나지 않았지. 마지막은 좀 어려웠어. 우리 아버지가 이제껏 만들어진 적이 없는 강력한 자기장으로 나침반을 인위적으로 조종했으니까. 아버지는 우리 땅이 나타나지 않도록 약간 결함이 있는 측량기구 일습을 멀쩡한 기구들과 바꿔치기를 해 놓았지. 그런 다음 강줄기를 아래쪽으로 굽히고, 둔덕 위에 마을이 있는 것처럼 보이게 만들었어. 그렇게 해서 마을이 계곡에서 무려 13킬로미터나 떨어져 있다고 생각하게 만들었지. 이제 우리 아버지가 두려워하는 건 한 가지뿐이야," 하고 그가 결론을 내리듯 말했다. "세상에서 우리를 찾아낼 수 있는 유일한 것."

"그게 뭔데?"

퍼시는 소리를 낮추며 속삭이듯 말했다.

"비행기." 그는 거의 들리지 않는 목소리로 말을 이었다. "우리한테는 고사포가 대여섯 대 있는데, 이제껏 잘 처리를 해 왔어. 하지만 사망자도 다수 생기고 포로도 아주 많아. 그렇다고 아버지나 내가 크게 신경 쓰는 건 아니야. 걱정하는 건 어머니랑 여동생들이지. 언젠가는 우리가 처리할 수 없는 일이 생길 수도 있을 거라고."

녹색 달이 뜬 하늘에 잘게 찢어 흩어 놓은 친칠라 가죽 같은 엄전한 구름이, 마치 타타르족 황제의 시찰 행렬을 이룬 동양의 진귀한 물품들 같은 녹색 달을 지나가고 있었다. 존은 지금이 낮이고, 그의 머리 위 허공으로 젊은이들 몇 명이 바위로 둘러싸인 초라한 마을에 절망을 디디고 일어설 수 있는 희망의 메시지가 담긴 조그만 책자들과 의약품을 뿌리며 날아가는 걸 본 듯한 느낌이 들었다. 그는 그 젊은이들이 구름 밖을 유심히 내려다보는 모습을 볼 수 있었는데, 그들이 웅시하는 것은 그가 가고 있는 그곳인 듯했다. 거기에 무엇이 있는 것일까? 그들은 알 수 없는 어떤 장치에 의해 강제로 착륙을 하게 되고 심판의 날이 올 때까지 의약품과 소책자들에게서 떨어져 감옥에 갇히게 되는 걸까? 아니면, 덫에 걸리지 않고 빠르게 연기를 뿜어 내는 그들을 추락시키기 위해 일제히 고사포를 쏘아서 퍼시의 어머니와 여동생들을 '두려움에 휩싸이도록' 만드는 걸까? 존은 고개를 흔들었고, 그의 벌어진 입술 사이로 공허한 웃음의 유령이 조용히 새 나왔다. 대체 이곳엔 어떤 견디기 힘든 일이 숨어 있는 것일까? 기괴한 성격을 가진 크로이소스 왕*의 부도덕한 위장술이라도 되는 걸까? 대체 어떤 끔찍하고도 교묘한 미스터리가……?

친칠라 구름들이 흘러간 몬태나의 밤은 대낮처럼 밝았고, 태피스트리처럼 블록으로 엮어진 길을 커다란 바퀴가 부드럽게 닿으며 달빛 반짝이는 고요한 호수를 끼고 돌았다. 잠깐 어둠 속을 지나갔는데, 짙은 향기를 뿜어내던 조그만 소나무 숲은 서늘했다. 그러곤 잔디가 깔린 널따란 길로 들어섰고, 퍼시의 "집에 왔군," 하는 짤막한 말이 떨어지기 무섭게 존은 즐거운 탄성을 내질렀다.

별빛을 가득 받고 있는 멋진 성채 하나가 호수 가장자리를 끼고 솟아 있었는데, 대리석이 뿜어내는 광채가 가까이 있는 산의 반이나 기어올라 우아하고 완벽한 대칭을 이루며 드러날 듯 말 듯 여성적인 연약함을 지닌 채 소나무 숲의 거대한 어둠 속으로 잠겨 들고 있었다. 수많은 탑들, 가느다란 무늬로 장식된 비스듬히 기울어진 흉벽들, 황금빛으로 빛나는 타원형과 육각형과 삼각형의 정교하게 조각된 노란 창

---

* 큰 부자로 유명했던, 기원전 6세기 리디아 최후의 왕.

문들, 별빛과 푸르스름한 음영이 부드럽게 흩어지는 서로 엇갈리게 만들어진 평면들—그 모든 것들이 존의 영혼에 화음을 이루며 진동하고 있었다. 가장 높고 하단부가 가장 검은 한 첨탑 꼭대기의 외부 조명들은 동화의 나라에 떠다니는 불빛 같았다. 마법에 걸린 듯 따스한 눈길로 그곳을 응시하고 있을 때 존의 귀에 이전에는 들어 본 적이 없는 바이올린 소리가 끊길 듯 말 듯 섬세하게 하모니를 이루며 희미하게 들려왔다. 그러고 나서 자동차가 넓고 높다란 대리석 계단 앞에 멈추었다. 밤공기는 수많은 꽃향기에 젖어 있었다. 계단 맨 꼭대기에서 두 개의 커다란 문이 소리 없이 열리더니 샛노란 호박빛 불빛이 어둠 속으로 흘러나왔다. 그 안에서 검은 머리를 높다랗게 틀어 올린 아름다운 여인의 윤곽이 드러나더니 그들을 향해 두 팔을 쭉 뻗었다.

"어머니," 하고 퍼시가 말했다. "여긴 헤이디즈에서 온 제 친구 존 웅거예요."

그렇게 첫날밤을 지내며 존의 기억에 남겨진 것은 온갖 색깔과 빠르고 감각적인 인상들, 사랑을 속삭이는 듯한 부드러운 음악, 아름다운 물건들, 아름다운 빛과 그림자들, 아름다운 움직임과 얼굴들이었다. 금색 자루가 달린 고리 모양의 수정 잔에 여러 가지 색을 띤 코디얼주를 선 채로 마시던 백발의 한 남자가 있었다. 셰익스피어의 〈한여름 밤의 꿈〉에 나오는 요정 나라의 여왕 티타니아처럼 드레스를 입고 머리를 사파이어로 장식한 소녀도 하나 있었다. 어떤 방은 손으로 누르면 자국이 날 정도로 견고하면서도 부드러운 금으로 된 벽으로 둘러싸여 있었고, 플라톤의 철학서에 나오는 완벽한 감옥*을 연상시키는 어떤 방은 지붕과 마루에 모두 엄청난 양의 깨지지 않는 온갖 크기와 모양의 다이아몬드를 나란히 붙여 놓았는데, 구석구석 놓여 있는 보라색 램프에 불이 켜지자 어떤 것에도 비교할 수 없을 정도의, 인간으로선 바라지도 꿈꾸지도 못할 백색이 눈을 어지럽혔다.

이런 방들을 두 젊은 남자들은 미로처럼 돌아다녔다. 이따금 그들의 발아래 바닥에서 올라온 빛이 멋진 무늬들을 만들어 내곤 했는데, 그렇게 떠오른 무늬들은 아드리아해의 어느 회교 사원에서 가져온 것이 분명한, 때로는 색깔들이 전혀 조화를 이루지 못하고, 어느 때는 미묘한 파스텔 톤이기도 하고, 이따금은 순백색이기도 했으며, 그러다가 미묘하고 복잡한 모자이크를 이루기도 했다. 때로는 두꺼운 수정들이 겹겹이 쌓인 바닥 아래로 파란색인지 초록색인지 모를 물이 소용돌이 치는 걸 볼 수 있었는데, 싱싱한 물고기와 무지갯빛 수초들이 자라고 있었다. 그러곤 온갖 재질과 색깔의 모피를 밟으며 걷기도 하고, 세상에서 가장 옅은 빛깔의 상아가 있는 복도를 걸어가기도 했는데, 인류가 생기기도 전에 멸종된 공룡의 거대한 이빨을 정교하게 다듬은 듯 깨진 곳 하나 없었고······

그러다가 슬그머니 이동한 것 같은데, 어느샌가 그들은 저녁을 먹고 있었다. 식탁에 놓인 접시들은 구분하기 힘들 정도로 정교하게 견고한 다이아몬드가 두 층을 이루었는데, 그 사이에 에메랄드가 마치 초록색 공기를 얇게 저며 놓은 것처럼 매우 섬세하게 박혀 있었다. 복도 저 멀리서 흘러나오는 음악은 머뭇거리듯 조심스러웠고, 그의 등을 은밀하게 감싼, 굴곡이 진 깃털 장식 의자는 포트와인 첫 잔을 마시는

---

* platonic conception of the ultimate prison. 어떤 판본에는 prison이 prism(프리즘)으로 되어 있다고 하나, 플라톤이 『파이돈』에서 말한 "참다운 지知를 사랑하는 철학자는 살아 있을 때부터 육체를 정화하여 영혼의 감옥이라 할 만한 육체에서 해방될 수 있다"는 언설에 미루어, 존 웅거가 자신이 목격한 곳을 '화려하게 육화된 플라톤의 감옥과 같은 방'으로 본 것이라고 생각할 수 있다.

동안 그를 삼켜 버린 듯 꼼짝할 수 없게 만들었다. 그는 졸음이 밀려드
는 상태에서 자신에게 던져진 질문에 대답을 하려 했지만, 그의 몸을
휘감은 달콤한 호사가 환각과도 같은 잠 속으로 더 깊이 그를 끌어당
겼으며, 온갖 보석과 옷감들, 술과 금속들이 달콤한 안개가 밀려들듯
그의 눈을 가렸다……

"그렇습니다," 하고 그는 공손하게 대답하려고 애썼다. "저 아래 지
역은 확실히 제게도 덥지요."

그는 간신히 웃긴 했지만 분명하진 않았다. 그러곤 움직이지도, 저
항도 하지 못한 채, 떠오르는 것 같더니 꿈같은 분홍빛의 차가운 디저
트를 둔 채로 허공으로 떠올라 사라지는가 싶었는데…… 그렇게 잠에
빠져들었다.

잠에서 깨어났을 때는 몇 시간이 흘러가 있었다. 그가 있는 곳은 벽
이 새까맣고 단단한 나무로 된 크고 조용한 방이었는데, 조명이 너무
도 흐릿하고 엷게 퍼져 있어서 빛이라고 하기 힘들 정도였다. 젊은 주
인이 우두커니 서서 그를 내려다보고 있었다.

"저녁 먹다가 잠이 들더라," 하고 퍼시가 말했다. "나도 거의 그럴
뻔했어. 1년 동안 학교를 다니다 편해져서 그런가, 아주 나른하군. 너,
잠든 동안에 하인들이 옷까지 벗기고 목욕시킨 거 몰랐을 거야."

"이건 침대야, 구름이야?" 하고 존이 한숨을 내쉬었다. "퍼시, 퍼시,
네가 가기 전에 너한테 사과해야겠어."

"뭔데?"

"리츠칼튼 호텔만 한 다이아몬드를 갖고 있다고 말했을 때, 의심했
었거든."

퍼시가 미소를 머금었다.

"믿지 않는구나, 생각했었지. 그게 바로 이 산이야."

"산?"

"이 성이 있는 산. 산이라고 하기엔 좀 작지만. 15미터쯤 되는 잔디랑 자갈을 걷어 내면 다이아몬드가 나타나지. 단 한 개로 된 다이아몬드. 부피가 100만 리터쯤 된다고 생각하면 될 거야. 듣고 있는 거야? 그러니까……"

하지만 존 T. 웅거는 또다시 잠에 빠져든 뒤였다.

3

아침. 잠에서 깨어난 그는 졸음이 덜 깬 상태에서도 햇빛이 방 안을 가득 메우고 있다는 느낌이 들었다. 한쪽 벽에 붙어 있는 검정색 나무 판자들이 옆으로 밀려서 실내의 절반가량이 빛으로 열려 있었다. 하얀색 유니폼을 입은 몸집이 큰 흑인 하나가 침대 곁에 서 있었다.

"좋은 저녁입니다," 하고 존은 어질거리는 정신을 수습해 보려 애쓰며 우물거렸다.

"좋은 아침입니다, 손님. 목욕을 하실까요, 손님? 아, 일어나지 않으셔도 됩니다. 잠옷 단추만 푸시면 제가 욕실 안으로 모셔 갈 겁니다. 감사합니다, 손님."

잠옷이 벗겨지는 동안 가만히 누워 있던 존은 재밌고 즐거웠다. 그는 시중을 들고 있는 거구의 흑인이 자신을 어린아이처럼 가볍게 들어 올릴 거라고 짐작했지만 그런 일은 벌어지지 않았다. 대신 침대가 한쪽으로 서서히 기울어지는가 싶더니 그의 몸이 벽 쪽으로 구르기 시작했다. 처음엔 깜짝 놀랐지만 이내 벽에 닿는 것과 동시에 벽에 붙어 있던 장막이 열리면서 양털처럼 부드러운 경사로를 2미터 정도 더 미끄러진 뒤 체온과 똑같은 온도의 물속으로 가볍게 빠져 들어갔다.

그는 주변을 둘러보았다. 그가 지나왔으리라 싶었던 통로나 경사로는 제자리에 부드럽게 접혀 있었다. 그는 원래 있던 방이 아닌 다른 방, 머리가 닿는 부분이 마루와 거의 같은 높이인 욕조 안에 앉아 있었다. 방 안의 벽이나 욕조의 옆면과 바닥까지, 그를 둘러싸고 있는 모든 것이 푸른 빛깔의 수족관이었는데, 그가 앉아 있는 수정으로 된 표면을 통해 물고기들이 길게 뻗은 그의 다리와 발가락에는 전혀 아랑곳하지 않은 채 샛노란 불빛 속을 헤엄치는 게 보였다. 그와 물고기 사이에는 오직 두꺼운 수정만이 놓여 있을 뿐이었다. 머리 위쪽에서는 햇빛이 녹색 바다를 연상시키는 유리를 통해 비쳐 들고 있었다.

"오늘 아침엔 장미 향수를 넣은 뜨거운 물과 비누 거품을 원하실 것 같아서 그렇게 했습니다, 손님. 헹구는 건 차가운 소금물이 좋을 듯싶군요."

흑인은 그의 옆에 서 있었다.

"그래요," 하고 존이 넋이 나간 듯한 표정으로 동의했다. "좋을 대로 해요." 자신의 변변치 못한 생활 수준에 맞춰서 주문한다는 건 생각만으로도 건방지고, 또 좋은 일이란 생각도 들지 않았다.

흑인이 단추를 눌렀고, 따뜻한 비가 쏟아지기 시작했다. 분명히 머리 위에서 떨어졌다고 생각했는데, 실은 존도 잠시 후에 발견하긴 했지만, 옆쪽의 분수에서 뿌려진 것이었다. 물이 연한 장밋빛으로 변하면서 비누가 섞인 물줄기가 욕조 구석에 붙은 작은 해마의 머리에서 뿜어져 나왔다. 그러다가 얼마 있지 않아 양쪽에 붙은 십여 개의 작은 외륜外輪들이 비눗물을 저어서 눈이 부시도록 현란한 분홍빛 무지개 거품을 만들어 그를 부드럽게 감쌌다. 그의 주변 여기저기에서 발그레한 거품들이 반짝거리며 터졌다.

"영화를 틀어드릴까요, 손님?" 하고 흑인이 정중하게 물었다. "오늘은 좋은 단편 코미디 영화가 들어 있답니다. 다른 걸 원하신다면, 진지한 작품으로 틀어드릴 수도 있고요."

"아니, 괜찮아요." 존은 공손하지만 단호하게 대답했다. 그는 목욕을 즐기는 게 너무도 좋아서 다른 덴 관심이 없었다. 하지만 주의를 끄는 게 나타났다. 그는 가까운 바깥에서 들려오는 플루트 소리에 귀를 기울였다. 플루트의 선율은 폭포처럼, 욕실의 시원스러운 녹색인 양 떨어졌는데, 거기에 섞인 거품 같은 피콜로 소리는 그를 황홀하게 감쌌던 비누 거품보다 더 연약하게 울려왔다.

차가운 소금물로 말끔하게 헹군 뒤, 그는 밖으로 나와 양털로 된 가운을 걸치고 같은 재질의 소파에서 오일과 알코올과 향료로 마사지를 받았다. 그런 다음 그는 방만한 자세로 앉아 면도와 머리 손질을 받았다.

"퍼시 도련님께서 손님 거실에서 기다리고 계십니다." 모든 과정들이 끝나자 흑인이 말했다. "제 이름은 긱섬입니다, 웅거 씨. 매일 아침 절 만나실 수 있을 겁니다."

존은 활기에 찬 거실의 햇빛 속으로 걸어 들어갔다. 아침 식사와 퍼시가 그를 기다리고 있었다. 그는 멋진 하얀색 골프 바지를 입고 안락의자에 기댄 채 담배를 피우고 있었다.

4

아침을 먹는 동안 퍼시는 워싱턴 가문에 얽힌 이야기를 존에게 들려주었다.

워싱턴 씨의 부친은 버지니아 사람으로 초대 대통령인 조지 워싱턴과 볼티모어 경의 직계 후손이었다. 남북 전쟁이 끝났을 때 스물다섯 살에 대령 계급장을 달고 있었던 그는 보잘것없는 농장 하나와 1,000달러쯤 되는 금을 갖고 있을 뿐이었다.

피츠 노먼 컬페퍼 워싱턴이 젊은 대령의 이름이었는데, 그는 버지니아의 재산을 손아래 남동생에게 주고는 서부로 떠나기로 결심했다. 그는 가장 믿음직한, 물론 자신을 정성껏 받들어 모시는, 흑인 스물네 명을 고르고 스물다섯 장의 서부행 기차표를 끊었다. 그의 복안은 그들의 이름으로 땅을 분양받아 양과 소를 키우는 방목장을 운영하는 것이었다.

몬태나에 한 달 남짓 머무는 동안 상황은 최악으로 치달았는데, 뜻밖에도 그는 놀라운 발견을 하게 된다. 말을 타고 산을 오르다 그는 길을 잃었고, 아무것도 먹지 못한 채 하루를 보내자 배가 몹시 고팠다. 총도 가지고 있지 않아서 맨손으로 다람쥐를 쫓을 수밖에 없었는데, 그러던 중에 다람쥐의 입에 뭔가 반짝거리는 것이 물려 있는 걸 보았다. 구멍으로 사라지기 직전에 다람쥐는—신이 그에게 다람쥐를 내려준 것은 허기를 달래기 위함이 아니었다—물고 가던 것을 떨어뜨렸다. 앉은 채로 생각에 잠겨 있던 피츠 노먼의 눈에 옆쪽 풀숲에서 반짝거리는 뭔가가 들어왔다. 10여 초쯤 지났을 때, 그는 완전히 식욕을 잃었지만 대신 10만 달러가 얻어걸렸다. 먹을거리가 되기를 완강히 거부했던 다람쥐가 크고 완벽한 다이아몬드를 그에게 안겨 준 것이다.

그날 밤이 이슥했을 때에야 그는 캠프로 가는 길을 찾아냈고, 열두 시간이 지난 뒤 그가 데리고 있던 흑인들 중 남자들은 흥분에 휩싸인 채 산허리에 있던 다람쥐의 구멍을 파고 있었다. 그가 라인이라는 유사 다이아몬드 광산을 발견했다고 그들에게 말했는데, 다이아몬드라고 생각될 만한 건 아주 조그만 것 한두 개에 불과했으므로 그들은 의문을 달지 않았다. 막상 자신이 발견한 게 어느 정도의 규모인지를 알게 된 그는 난처한 입장에 빠지고 말았다. 산 자체가 하나의 다이아몬드, 문자 그대로 순수한 다이아몬드 덩어리였던 것이다. 그는 반짝거리는 견본품들을 부대 네 개에다 가득 담은 뒤 말에 싣고 세인트폴로 향했다. 그곳에서 그는 어렵사리 조그만 것 대여섯 개를 처분할 수 있었는데, 더 큰 것 하나를 팔려다가 점주가 기겁을 하는 바람에 공공질서 문란 혐의로 체포되었다. 감옥에 갇혔다가 탈출에 성공한 그는 그 길로 뉴욕행 기차에 올랐고, 뉴욕에서 중간 정도 크기의 다이아몬드 몇 개를 팔아 20만 달러 상당의 금을 구입했다. 하지만 아주 큰 다이아몬드들은 함부로 내놓지 않았다. 사실, 그즈음에 뉴욕을 떠난 것은 운이 좋았다. 보석상들 사이에서 엄청난 파문이 일어났던 것이다. 다이아몬드의 크기보다는 출처를 알 수 없는 다이아몬드가 뉴욕에 등장했다는 사실 때문이었다. 캐츠킬이다, 뉴저지 해안이다, 심지어 워싱턴 광장 아래서 발견됐다는 소문까지, 다이아몬드 광산을 둘러싼 황당한 소문들이 나돌기 시작했다. 곡괭이와 삽을 든 남자들로 가득 찬 원정 열차들이 한 시간에 한 대씩 뉴욕을 떠나 인근의 온갖 엘도라도들로 향했다. 하지만 젊은 피츠 노먼은 그때 이미 몬태나로 돌아가는 중이었다.

보름이 지났을 무렵, 그는 산에 매장된 다이아몬드가 세상에 존재하는 것으로 알려진 다이아몬드 전체에 맞먹는 양이라는 판단이 섰다. 정확히 계산할 수 있는 일반적인 방법은 없었지만 한 덩어리로 된 다이아몬드라는 점에서 팔려고 내놓기만 해도 시장이 발칵 뒤집어질 것이고, 다이아몬드란 게 크기에 따라 가치가 커지는 법이니 10분의 1만으로도 세상에 있는 금을 모두 사들이고도 남을 터였다. 게다가 그런 크기의 다이아몬드로 뭘 할 수 있겠는가?

그가 처한 곤경은 보통이 아니었다. 생각하면 그는 세상에서 가장 큰 부자였지만, 전혀 그렇지 않을 수도 있었다. 비밀이 새 나가기라도 한다면 정부가 금만이 아니라 보석을 둘러싸고 일어날 공황을 막기 위해 무슨 조치를 취할지 알 수 없었다. 정부가 권리를 주장하면서 즉시 독점권을 행사할는지도 몰랐다.

비밀리에 산을 매각하는 수밖에 달리 뾰족한 수가 없었다. 그는 남동생을 남부로 보내 노예제가 폐지되었다는 걸 전혀 알지 못하는 흑인들을 맡게 했다. 이를 명확하게 하기 위해 그는 포레스트 장군이 흩어져 있던 남군을 재조직해 한 번의 격전 끝에 북군을 패퇴시켰다는 내용이 적힌 선언문을 만들어 흑인들 앞에서 읽었다. 흑인들은 아무도 그의 말을 의심하지 않았다. 그들은 그것이 잘된 일임을 투표를 통해 의결하고, 즉시 하인으로서의 일을 다시 시작했다.

그런 조처를 취해 놓고 피츠 노먼 자신은 10만 달러의 현금과 온갖 크기의 다이아몬드 원석들을 여행 가방 두 개에다 가득 채우고는 외국으로 떠났다. 그는 중국 국적의 범선을 타고 러시아로 향했는데, 몬태나를 떠난 지 6개월 뒤 상트페테르부르크에 도착했다. 그는 사람들의 눈에 잘 띄지 않는 곳에 숙소를 마련한 뒤 곧 궁정의 보석상에게 황제를 위한 다이아몬드를 가지고 있다는 사실을 알렸다. 상트페테르부르크에 머물던 보름 동안 끊임없이 살해당할 위험에 처했던 그는 이곳저곳 숙소를 옮겨야 했는데, 다이아몬드가 든 여행 가방에 가까이 가는 것조차 겁이 나 서너 번 이상 접근하지도 못했다.

한 해 뒤에 더 크고 좋은 물건을 가지고 다시 오겠다는 약속을 하고서야 그는 인도로 떠나도 된다는 허가를 받아 낼 수 있었다. 그가 떠나기 전, 러시아의 궁정 재무 담당관은 미국의 여러 은행들에 네 개의 차명계좌로 모두 1500만 달러를 송금했다.

그가 미국으로 돌아온 것은 2년이 조금 지난 1868년이었다. 그는 22개국의 수도를 방문하며, 다섯 명의 황제와 열한 명의 왕, 세 명의 왕자 그리고 칸과 술탄 한 명씩을 만났다. 당시 피츠 노먼의 재산은 10억 달러로 추정된다. 그의 비밀을 지속적으로 유지시켜 준 것은 한 가지 사실이었다. 그가 내놓은 큰 다이아몬드들은 사람들의 눈에 띈 지 일주일이 지나지 않아 처음 바빌로니아 제국이 세워진 이후 줄곧 이어져 온 죽음과 사랑, 혁명과 전쟁의 역사에 사용되었던 것이다.

1870년에서 그가 세상을 떠난 1900년까지, 피츠 노먼 워싱턴의 삶은 금빛 찬란한 길고 긴 서사시였다. 물론 지엽적인 문제들이 없는 건 아니어서, 측량을 아슬아슬하게 피해 가고, 버지니아 여성과 결혼을 해서 아들을 하나 낳았으며, 이런저런 불운과 난제들이 얽혀 남동생을 살해할 수밖에 없었던 일도 있었다. 동생은 신중하지 못하게 인사불성이 되도록 술을 마시는 버릇이 있었는데, 그로 인해 여러 차례 그들의 안전에 위협이 되는 일이 일어나곤 했었다. 하지만 발전과 확장을 이룩한 그의 행복한 날들에 오점이 될 만한 다른 살인 사건들은 거의 일어나지 않았다.

그는 세상을 떠나기 바로 직전에 정책을 바꾸어서 외부의 재산들 중에 수백만 달러를 남기고는 모두 희귀한 광물을 대량으로 사들이는 데 사용했는데, 그것들을 골동품으로 표시한 뒤 세계 곳곳의 은행 금고에 예치해 놓았다. 그의 아들 브래독 탈턴 워싱턴은 이 원칙을 더 밀도 있게 추진해 나갔다. 광물들을 가장 희귀한 원소인 라듐으로 대체했고, 덕분에 10억 달러 가치의 금에 해당하는 양을 시가 한 상자 크기로 저장할 수 있었다.

피츠 노먼이 세상을 떠나고 3년 후, 그의 아들 브래독은 사업이 충분히 진척되었다는 판단을 내렸다. 그와 그의 부친이 산에서 캐낸 부는 명확하게 계산할 수 없을 정도였다. 그는 수천 개의 은행에 차명으로 개설한 금고에 어느 정도의 라듐을 보관하고 있는지를 장부에다 암호로 기록해 놓았다. 그러곤 아주 간단히 끝내 버렸다. 광산을 닫은 것이다.

그는 광산을 봉인했다. 그동안 캐낸 것만으로도 워싱턴 가문의 미래 세대들이 그 누구와도 비할 수 없는 부귀를 누리고도 남을 정도였다. 그에게 남은 한 가지 걱정은 비밀을 지키는 일이었다. 비밀이 지켜지지 않았을 때 일어날 대혼란은 결국 세상의 모든 자산가들과 함께 결국 그 또한 극심한 빈곤으로 추락하게 만들 것이었다.

이들이 존 T. 웅거가 머물고 있는 가문이었으며, 이것이 바로 그가 도착한 다음 날 아침, 은으로 된 벽으로 둘러싸인 방에서 들은 이야기였다.

5

아침을 먹은 뒤 대리석으로 된 거대한 출입구 바깥쪽에 길이 있다는 걸 찾아낸 존은 눈앞에 펼쳐진 광경을 신기한 듯 바라보았다. 다이아몬드가 묻힌 산에서 8킬로미터 가량 떨어진 곳의 가파른 화강암 절벽까지 계곡 전체를 휩싸고 있는 금빛 아지랑이는 잔디밭과 호수와 정원들로 이어진 길고 완만한 곡선을 따라 한가롭게 떠다니고 있었다. 군데군데 무리를 이루고 있는 느릅나무들은 우아한 그림자를 드리운 채, 암청색 녹조처럼 산 전체를 덮고 있는 투박한 소나무 숲과 기이하게 대조를 이루었다. 경치를 감상하고 있던 존의 눈에 새끼 사슴 세 마리가 채 1킬로미터도 떨어지지 않은 숲에서 차례로 걸어 나오더니 서투르게 장난을 치면서 검은 이랑이 파인 희미한 숲속으로 사라지는 게 보였다. 염소가 나무들 사이로 피리를 불며 지나가는 걸 봤다거나 푸르디푸른 나뭇잎 사이로 분홍색 피부와 금빛 머리칼을 가진 요정을 보았다 해도 존은 그다지 놀라지 않았을 것이다.

모든 게 가능할 것 같은 상황 속에서 대리석 층계를 내려가던 그는 아래쪽 바닥에서 잠들어 있는 비단 같은 털을 가진 러시아산 늑대개 두 마리를 슬쩍 건드리고는 희고 파란 벽돌로 된, 어디로 이어져 있는지 알 수 없는 길을 따라 걷기 시작했다.

그는 가능한 한 더 많은 것들을 즐겼다. 결코 현재만을 살아갈 수 없다는 것은 젊음이 가진 결함이면서 동시에 지극한 행복이다. 그러나 젊음은 자신이 상상하는 눈부신 미래의 그날이 어떨지를 항상 그려 보아야 할 것을 주문한다. 그렇게, 꽃과 황금, 여자와 별들은 어디에도 비길 수 없고 얻어 내기도 힘든 젊은 날의 꿈에 대한 예시이며 예언일 뿐이다.

　존은 장미가 숲을 이루어 공기가 온통 진한 꽃향기로 가득한, 완만하게 꺾인 모퉁이를 돌아 공원을 가로질러 나무 아래가 이끼로 덮인 곳을 향해 걸음을 옮겼다. 이끼 위에 누워 본 적이 없던 그는 이끼의 형용사형이 왜 부드럽다는 뜻으로 쓰이는지를 확인해 보고 싶었다. 그때 그는 풀밭을 건너 자신에게로 오고 있는 한 소녀를 발견했다. 그렇게 아름다운 자태는 이제껏 본 적이 없었다.

　그녀는 무릎 바로 아래까지 오는 조그만 흰색 가운을 입고 얇은 푸른색 사파이어 조각들이 박힌 목서초木犀草 화관을 머리에 쓰고 있었다. 걸을 때마다 그녀의 분홍빛 맨발에서 이슬이 튀어 올랐다. 그녀는 존보다 어린 듯했는데, 열여섯 살 정도로밖에 보이지 않았다.

　"안녕," 하고 그녀가 부드럽게 소리를 높였다. "난 키스마인."

　존은 이미 그녀에게 매료되어 버렸다. 그녀에게로 다가간 그는, 가까이로 가는 동안 그녀의 맨발을 밟을까 봐 거의 움직이지 않았다.

　"날 처음 보는 거지?" 하고 그녀가 부드러운 목소리로 말했다. 그녀의 푸른 눈이 말을 이었다. "그건, 중요한 걸 놓쳤다는 말이지. ……재스민 언니는 어젯밤에 만났을 테고. 난 상추를 잘못 먹어서 앓았거든." 그녀의 부드러운 목소리도, 그녀의 시선도 계속 이어졌다. "앓고 있으면 난 상냥해져. 건강할 때도 그렇지만."

　"넌 내게 도저히 지워지지 않을 인상을 남겼어," 하고 존의 눈이 말했다. "그리고 나도 그렇게 둔하진 않아." 그런 다음, 그의 목소리가 말했다. "안녕? 오늘 아침엔 다 나았다면 좋겠군." 거기까지 말을 하고는 다시 그의 두 눈이 뜰면서 "사랑스러운 소녀야," 하고 덧붙였다.

　존은 소녀와 함께 길을 따라 걷고 있다는 사실을 알아챘다. 그녀는 이끼 위에 앉자고 제안했다. 존이 부드러움에 대해 알아보려 했다가 하지 않았던 그 이끼였다.

여자들을 그다지 달갑게 생각하지 않던 그였다. 발목이 두껍다거나 목소리가 거칠다거나 유리 같은 눈을 가지고 있다는 것― 그런 한 가지 단점만으로도 그는 금방 여자에게 극단적으로 무관심해졌다. 그런데 태어나 처음으로 완벽한 육체를 가진 여자를 본 것이다. 그것도 바로 곁에 그 여자가 있었다.

"동부 출신이야?" 하고 키스마인이 무척이나 관심을 보이며 물었다.

"아니." 존이 간단히 대답했다. "헤이디즈 출신이야."

헤이디즈에 대해 전혀 들은 게 없었는지, 아니면 말하고 싶은 생각이 들지 않았는지, 그녀는 더 이상 거기에 대해선 언급을 하지 않았다.

"난 이번 가을에 동부에 있는 학교로 갈 거야," 하고 그녀가 말했다. "내가 거길 좋아하게 될까? 뉴욕에 있는 미스 벌지 학교야. 무척 엄하다던데. 주말은 뉴욕에 있는 우리 집에서 가족들과 함께 지낼 거야. 아버지가 들으셨다던데, 여자애들은 둘씩 짝을 지어서 다녀야 한다고 해서 말이야."

"너네 아버지는 네가 자부심을 갖길 바라는 거지," 하고 존이 말했다.

"우린 그래," 하고 품위 가득한 두 눈을 반짝이며 그녀가 대답했다. "우린 벌이란 걸 받아 본 적이 없어. 아버진 말씀하셨지. 벌은 받아선 안 되는 거라고. 한번은 재스민 언니가 층계에서 아버지를 민 적이 있었어. 하지만 아버진 그냥 일어나서서 절룩거리며 가 버리셨지." 키스마인이 계속 말을 이었다. "어머닌, 음, 좀 놀라셨던 거 같아. 그곳, 오빠 출신이라는 그곳 얘기를 들었을 때 말이야. 어머닌 어렸을 땐, 하지

리츠 호텔만큼 큰 다이아몬드 363

만 그땐, 스페인 사람이었고 시대에 뒤떨어졌었다고 말씀하셨어."

"여길 떠나서도 시간을 많이 보내니?" 존은 고향에 대한 그녀의 말에 뭔가 상처받았다는 걸 감추며 물었다. 자신의 고향이 모욕당한 느낌이 들었다.

"퍼시 오빠랑 재스민 언니랑 나는 해마다 여름이면 이곳에 와. 하지만 내년 여름에 재스민 언니는 뉴포트로 갈 거야. 가을엔 1년 동안 런던에 있을 거라고 했어. 왕실에도 초대를 받을 거라더라."

"너 그거 알아?" 하고 존이 주저하며 입을 뗐다. "처음 봤을 때 생각한 것보다 네가 훨씬 날라리라는 거."

"아, 아니야, 안 그래," 하고 그녀는 황급히 부인했다. "아, 난 그런 거랑은 거리가 멀어. 그런 애들이 얼마나 많은데. 안 그래? 난 전혀 아니야, 정말. 그런 말 또 하면, 울어 버릴 거야."

그녀는 몹시 충격을 받은 듯 입술까지 떨어 댔다. 존은 자신의 말을 부정할 수밖에 없었다.

"그런 뜻이 아니었어. 그냥, 널 놀리려고 한 말이었어."

"내가 정말 그런 애라면 상관하지 않았을 거야," 하고 그녀가 투덜거렸다. "하지만 난 아니야. 무척이나 순진한, 그냥 여자애. 담배도 술도 해 본 적 없고, 독서도 시만 읽어. 수학이나 화학도 거의 알지 못하고. 옷도 아주 단순하게 입지. 사실, 옷을 입는다고 할 수도 없어. 날라리라는 건 정말이지 나한텐 전혀 해당되지 않는 말이라고. 난 여자애들이 건전하게 젊음을 즐겨야 한다고 믿어."

"실은, 나도 그래," 하고 존이 진심으로 말하자 키스마인이 다시 명랑해졌다. 그에게 미소 짓는 그녀의 푸른 눈 한쪽 구석에 한참이나 고여 있던 눈물이 굴러떨어졌다.

"오빠가 좋아," 하고 그녀가 다정하게 속삭였다. "여기 있는 동안 계속 퍼시 오빠랑만 시간을 보낼 거야? 아니면, 나한테도 잘해 줄래? 생각해 봐. 난 완전한 처녀지야. 어떤 남자애와도 사랑해 본 적이 없거든. 퍼시 오빠 빼놓곤 남자애들을 보는 것조차 허락된 적이 없으니까. 내가 여기 숲으로 온 건 혹시 오빠랑 마주칠 수 있을까 싶어서였어. 이 주변엔 가족들이 오질 않거든."

몹시 우쭐해진 존은 헤이디즈의 학교 댄스파티에서 배웠던 대로 엉덩이를 뒤로 빼며 허리를 숙였다.

"이제 가는 게 좋겠다," 하고 키스마인이 달콤한 목소리로 말했다. "11시에는 어머니랑 같이 있어야 돼. 오빤 키스해도 되냐고 묻질 않는구나. 요즘 남재애들은 누구나 그런다고 생각했는데."

존이 거만하게 몸을 세웠다.

"그런 애들도 있지," 하고 그가 대답했다. "하지만 난 아니야. 헤이디즈에선 여자애들도 그렇게 하지 않아."

둘은 집을 향해 나란히 걸음을 옮겼다.

6

존은 가득 쏟아지는 햇살을 받으며 브래독 워싱턴 씨와 마주 보며 서 있었다. 득의만만하면서도 표정이 드러나지 않는 얼굴에 지적인 눈과 단단한 몸을 가진 마흔 살가량의 남자였다. 아침이면 그에게서는 말의 냄새가, 준마의 냄새가 났다. 그는 평범한 회색 자작나무 지팡이를 들고 있었는데, 손잡이 쪽에 큼지막한 오팔이 하나 박혀 있었다.

그 남자와 퍼시가 존에게 주변을 안내했다.

"저기가 노예들 숙소라네." 그의 지팡이가 왼쪽 산허리를 따라 세워진 수도원을 닮은 우아한 고딕 양식의 대리석 건물을 가리켰다. "젊었을 때 난 한동안 우스꽝스런 이상주의에 빠져서 사업을 등한시했지. 덕분에 당시 노예들은 호사를 누렸더랬지. 가령, 방마다 타일이 깔린 욕실을 하나씩 만들어 주기도 했었다네."

"제 생각엔," 하고 존이 환심을 사려는 듯한 웃음을 터뜨리며 과감하게 말했다. "그들은 욕조를 석탄 보관용으로 쓰지 않았을까 싶네요. 신리처머피 씨가 들려준 건데, 한번은 그분이……"

"신리처머피 씨 생각이 뭐 그리 중요한가 싶군," 하고 브래독 워싱턴이 차갑게 말을 잘랐다. "내 노예들은 욕조에다 석탄 따위를 넣어두진 않았다네. 그들은 매일 목욕을 하도록 지시를 받았고, 그렇게 했지. 지시를 어겼다면 황산으로 된 비누를 써야 했을지 몰라. 내가 목욕을 중단시킨 건 다른 이유야. 꽤 여럿이 감기에 걸려 죽어 버렸거든. 물이 모든 종족들에게 좋은 건 아니었던가 봐. 마시는 것만 빼고."

존은 웃음을 터뜨리고는, 고개를 끄덕이며 진지한 동의를 표하기로 마음먹었다. 그는 브래독 워싱턴이 왠지 편하질 않았다.

"여기 있는 검둥이들은 모두가 우리 선친께서 북쪽으로 데려온 노예의 후손들이지. 250명쯤 될 거야. 자네도 봐서 알겠지만, 세상과 아주 오래 떨어져 있어서 이들이 쓰는 원래 방언은 거의 알아들을 수 없게 되었지. 몇 명은 영어를 할 수 있게 가르쳤어. 비서랑 집에서 부리는 하인 두셋. 여긴 골프 코스라네." 벨벳처럼 푹신한 겨울 잔디밭을 걸어가며 그는 계속 말을 이었다. "보다시피 흙은 없고 모두 잔디밭이지. 페어웨이도, 러프도, 해저드도 없어."

그는 기분이 좋은 듯 존에게 미소를 던졌다.

"철창에 사람들이 많이 갇혀 있죠, 아버지?" 하고 퍼시가 불쑥 물었다. 브래독 워싱턴이 당황하며 무의식적으로 욕설을 뱉었다.

"있어야 할 숫자에서 하나가 모자라." 그는 험악하게 말을 뱉고는 잠시 후 덧붙였다. "곤란한 일이 있었지."

"어머니 말씀이," 하고 퍼시가 나섰다. "이탈리아어 선생이……"

"일어나선 안 될 실수였어," 하고 브래독 워싱턴이 화를 내며 말했다. "하지만 그자를 잡을 수 있을 거야. 숲에 쓰러져 있거나, 절벽에 떨어져 있겠지. 설사 여길 벗어났다고 해도 그자의 말을 곧이곧대로 믿을 사람이 얼마나 되겠니. 스무 명쯤 풀어서 주변 마을을 뒤지고 있다."

"연락이 없나요?"

"있긴 했지. 그자와 인상착의가 비슷한 자를 척결했다고 우리 대리인에게 알려 온 게 열네 명이나 돼. 물론 현상금을 노리고 거짓 보고를 했을 수도 있지만……"

그는 얘기를 하다 말고 멈췄다. 그들은 땅바닥에 회전목마 크기로 난 커다란 구멍에 이르렀는데, 튼튼한 쇠창살로 덮여 있었다. 브래독 워싱턴은 존에게 손짓을 하더니 들고 있던 지팡이를 쇠창살 아래에 넣어 안을 가리켰다. 존이 창살 가장자리로 다가가 안을 유심히 들여다보았다. 이내 아래쪽에서 거친 아우성이 그의 귓속을 비집고 들어왔다.

"지옥으로 내려와!"

"이봐, 어린 친구, 거기 공기는 어때?"

"여기 보라고! 밧줄을 던져!"

"먹다 남긴 도넛 같은 거 없어, 친구? 아니면 샌드위치라도."

"이봐, 친구. 너 같은 애 하나 내려보내 봐. 우리가 감쪽같이 사라지게 하는 마술을 보여 주지."

"나 대신 그 자식 한 대 때려 주지 않겠나?"

너무 어두워서 구멍 아래쪽이 선명하게 보이질 않았지만, 존은 표현과 목소리가 가진 상스러운 낙관주의와 난폭한 활기로 미루어 그들이 기가 아주 센 미국 중산층 출신이라는 걸 알 수가 있었다. 그때 워싱턴 씨가 지팡이를 앞으로 쑥 빼내 풀밭에 있는 단추를 누르자 아래쪽으로 빛이 비쳐 들었다.

"이자들은 모험심 많은 뱃사람들인데, 안타깝게도 엘도라도를 발견해 버렸지," 하고 그가 말했다.

그들 아래쪽 땅속으로 뚫린 커다란 공간은 마치 사발 같은 모양을 하고 있었다. 양옆은 가파르게 경사가 져 있고 겉은 미끄러운 유리로 된 것이 분명했으며, 약간 안쪽으로 파여 들어간 표면에 스물네다섯 명의 남자들이 서 있었는데, 소품 의상 같기도 하고 군복 같기도 한 비행사 복장을 하고 있었다. 위쪽을 향한 채 분노와 적의, 절망과 냉소적인 웃음이 번쩍거리는 그들의 얼굴은 기다란 수염으로 덮여 있었다. 몇 명은 표가 나게 야위어 보였지만, 대부분은 식사를 제대로 한 듯 건강해 보였다.

브래독 워싱턴은 정원 의자를 구멍 가장자리로 끌어다 놓고 앉았다.

"그래, 잘 지내고 있는가, 친구들?" 하고 그가 다정하게 물었다.

소리를 지르기에도 지쳐 보이는 몇 명을 제외하곤 모두들 합창을 하듯 햇살이 비쳐 드는 위쪽을 향해 저주를 퍼붓기 시작했다. 브래독 워싱턴은 아랑곳하지 않은 채 조용히 듣고만 있었다. 마지막 메아리까지 스러졌을 때, 그가 다시 입을 열었다.

"이 곤경에서 빠져나갈 방법은 찾아냈는가?"

여기저기서 반응들이 올라왔다.

"여기가 좋아서 그냥 머물러 있기로 했어!"

"일단 거기로 올려줘 봐, 그럼 방법을 찾아낼 테니!"

브래독 워싱턴은 그들이 다시 조용해질 때까지 기다렸다. 그런 다음 말했다.

"내가 그대들 처지를 말했을 텐데. 나도 그대들이 여기 있는 걸 원치 않는다고 말이야. 정말이지 그대들을 보고 싶지가 않아. 그대들이 여기 있는 건 그대들의 그 알량한 호기심 때문이니까. 언제든 나와 내 권리를 침해하지 않는 방법을 찾아낸다면 나도 기꺼이 고려해 볼 걸세. 하지만 그대들이 터널 파는 데만 정신이 팔려 있는 한, 그래, 그대들이 새로 터널을 파는 거 알고 있다네. 얼마나 더 팔 수 있을 거라고 생각하나? 어렵게 생각할 일이 아니야. 그대들이 고향 집에 있는 가족들을 염려하고 사랑하는 마음이 있었다면, 처음부터 비행 자체를 하지 말았어야지."

키가 큰 남자 하나가 다른 사람들로부터 떨어져 나오더니 손을 들어 자신을 철창에 잡아넣은 자의 주의를 끌었다.

"질문 좀 해도 되겠소?" 하고 그가 소리를 질렀다. "당신, 공정한 척하는데 말이야."

"말이 안 되지. 내 위치에 있는 사람이 어떻게 그대한테 공정할 수 있겠나? 스페인 사람에게 스테이크한테 공정하라고 할 순 없잖아."

이 지독한 말에 스물몇 개의 고개가 아래로 떨어졌다. 하지만 키 큰 남자는 멈추지 않았다.

"그래, 좋아," 하고 그는 소리를 질렀다. "전에도 이 문제로 논쟁을 벌였더랬지. 당신은 인도주의자도 아니고, 공정한 인간도 아니야. 하지만 당신은 인간이야. 적어도 당신 입으로 그렇게 말할 테니까. 그렇다면 우리 입장에서 충분히 생각해 볼 수 있지 않겠어? 어떻게 이런…… 어떻게 이런……"

"이런 뭐?" 하고 워싱턴이 차갑게 물었다.

"이런 터무니없는 일을……"

"나한텐 터무니없지 않아."

"어떻게 이런 잔인한……"

"그건 이미 설명했을 텐데. 스스로를 지키는 일에 잔인함은 존재하지 않는다고 말이야. 자네들은 군인이었어. 그러니 그 정도는 알고 있지 않나? 다른 걸 얘기해 봐."

"그래, 좋아, 이건 아주 어리석은 일이야."

"그건 그렇다고 생각해," 하고 워싱턴은 인정을 했다. "하지만 대안을 생각해 보게. 난 그대들 모두가, 아니면 몇이라도, 원한다면 고통 없이 보내 줄 수 있다고 얘길 했었지. 그리고 그대들 아내, 애인, 자식들, 모친들, 누구든 납치해서 여기로 데려올 수 있다고도 했고. 거기 아래에다 공간을 넓혀서 평생 먹이고 입혀 줄 수 있어. 영원히 기억상실증에 걸리게만 할 수 있다면 당장 그대들을 저 바깥 아무 데나 풀어줄 거야. 그런데 내가 생각해 낼 수 있는 건 여기까지라고."

"우리가 당신을 밀고하지 않을 거라는 걸 믿어 주는 건 어떻소?" 하고 누군가 큰 소리로 말했다.

"진지하게 들리지 않는군." 워싱턴은 비꼬듯 말했다. "내 딸아이한테 이탈리아어를 가르쳐 주겠다는 친구를 꺼내 줬더랬지. 그런데 그 친구가 지난주에 도망을 쳤단 말이야."

갑자기 요란한 기쁨의 함성이 스물네다섯의 목청에서 터져 나오더니 잇따라 환호작약하는 대혼란이 빚어졌다. 철창에 갇힌 자들이 나막신을 신고 추는 춤을 추기 시작했고, 환호성을 지르고, 요들송을 부르고, 서로를 부둥켜안고 뒹구는, 생각지도 못한 동물적 활기에 휩싸였다. 그들은 심지어 사발 모양의 유리벽 양쪽으로 최대한 뛰어올라 서로의 몸을 쿠션 삼아 등을 대고 바닥으로 미끄럼을 타며 내려오기도 했다. 키 큰 남자가 노래를 부르기 시작하자 모두가 따라 불렀다.

오, 우리는 황제의 목을 매달 것이다.
시큼한 사과가 매달린 사과나무에……*

브래독 워싱턴은 노래가 끝날 때까지 수수께끼 같은 침묵을 지키며 앉아 있었다.

"그대들도 알듯이." 그는 다소 주의를 끌 수 있게 되자 입을 열었다. "난 그대들에게 어떤 악감정도 없다네. 그대들이 즐거워하는 걸 보는 게 좋아. 내가 사실을 한꺼번에 말하지 않은 것도 그 때문이지. 그자의 이름이 뭐였더라? 크리치티치엘로? 아무튼 그 친구는 대리인들 몇 명이 쏜 총에 맞았다더군. 열네 곳이라던데."

열네 곳이란 게 서로 다른 도시를 뜻한다는 생각을 하지 못한 탓에 환호의 소용돌이가 일시에 가라앉았다.

"어쨌든 중요한 건," 하고 워싱턴이 큰 소리로 분노를 터뜨렸다. "그

---

* 남북 전쟁 당시 북군에서 유행했던 행진곡 〈존 브라운의 시체〉 중 일부.

자가 도망을 치려 했다는 거였어. 이런 상황을 겪었는데도 내가 그대들에게 기회를 줄 수 있을 거라고 기대하는 건가?"

다시 아우성이 빗발쳤다.

"당연하지!"

"당신 딸내미가 중국어를 배우고 싶다고 하지 않아?"

"이봐, 이탈리아어는 나도 할 수 있어! 내 모친이 이탈리아분이시거든."

"뉴욕 스타일을 배우고 싶어 할지도 모르겠군!"

"그 크고 파란 눈을 가진 어린 아가씨라면, 이탈리아어 말고 더 많은 걸 가르쳐 줄 수 있는데 말이야."

"난 아일랜드 노래를 좀 알고 있어. 예전에 놋쇠 좀 두들겼지."

워싱턴 씨가 갑자기 지팡이를 앞으로 뻗어 잔디밭에 숨겨진 단추를 누르자 아래쪽 광경이 일시에 사라져 버리고는 쇠창살의 검은 이빨이 음산하게 드리워진 거대한 검은 입구만이 남겨졌다.

"이봐!" 하고 아래쪽에서 목소리 하나가 외쳤다. "우리한테 축복을 내려 주지도 않고 가 버릴 거야?"

하지만 워싱턴 씨는 뒤따르는 남자애 둘과 함께 이미 골프 코스의 9번 홀을 향해 걸음을 뗀 뒤였다. 마치 그 구덩이와 그 안에 들어 있는 것들이 손에 익은 아이언으로 간단히 넘겨 버릴 수 있는 해저드*라도 된다는 듯이.

---

* 골프에서 경기의 원활한 진행을 어렵게 만들기 위해 일부러 만들어 놓는 벙커, 혹은 못이나 냇물, 나무, 수풀 등 자연적으로 생성된 장애물 구역.

7월이었지만 다이아몬드가 묻힌 산에 어둠이 내리면 담요를 덮어야 할 정도였다. 하지만 낮에는 따뜻하고 햇살도 밝았다. 존과 키스마인은 사랑에 빠졌다. 그는 자신이 준 (라틴어로 '신과 조국과 성 미다스를 위하여'라고 새겨져 있는) 자그마한 축구공이 매달린 백금 목걸이가 그녀의 가슴에 드리워져 있다는 걸 눈치채지 못했다. 그녀 역시 어느 날 자신의 평범한 머리 장식에서 떨어져 나간 사파이어가 존의 보석 상자 안에 정성스럽게 담겨 있다는 사실을 알지 못했다.

루비와 흰 담비로 장식된 음악실이 고요에 잠긴 어느 늦은 오후, 둘은 그곳에서 한 시간쯤을 보냈다. 그는 그녀의 손을 잡고 있었고, 그녀는 자신의 이름이 다 들릴 정도로 속삭이는 그를 바라보았다. 그녀가 그에게 몸을 기울이다가 주저하며 말했다.

"지금 '키스마인'이라고 한 거야?" 하고 나직이 물었다. "아니면……"

그녀는 확신을 갖고 싶었다. 자신이 오해하고 있을지도 모른다고 생각한 것이다.

둘 모두 키스를 해 본 적이 없었지만, 그런 건 그들이 함께 보낸 한 시간 동안엔 아무런 의미도 없었다.

오후가 빠르게 흘러갔다. 그날 밤, 가장 높은 탑에서 마지막 음악의 숨결이 흘러내려 왔을 때, 둘은 잠이 들지 못했다. 행복에 젖은 채 하루의 매 순간들을 꿈처럼 반추했다. 두 사람 모두 가능하면 빨리 결혼을 해야겠다는 생각을 굳힌 상태였다.

8

워싱턴 씨와 두 젊은이는 매일 사냥이나 낚시를 하러 숲 깊숙한 곳까지 들어가는가 하면 지루하게 이어진 코스를 따라가며 골프를 치기도 하고—존은 예의상 자신을 초대해 준 분에게 승리를 양보했다—시원한 산속 호수에서 수영을 즐기기도 했다. 그러면서 존은 워싱턴 씨가 조금 엄격한 성격이라는 걸 알게 되었다. 그는 자신의 생각 외엔 다른 의견이나 생각을 철저히 무시했다. 워싱턴 부인은 매사에 쌀쌀하고 말수도 많지 않았다. 그런 무심함은 두 딸을 대할 때도 마찬가지였다. 아들인 퍼시에게는 오히려 너무도 열중했는데, 저녁을 먹을 땐 빠른 스페인어로 쉬지 않고 얘기를 걸었다.

재스민은 다리가 약간 휘고 손과 발이 크다는 걸 제외하면 외모만으론 동생인 키스마인과 흡사했다. 하지만 기질은 완전히 달랐다. 그녀는 혼자가 된 아버지를 위해 집안을 돌보는 가난한 소녀의 이야기가 담긴 책만 유난히 좋아했다. 존이 재스민에 대해 키스마인으로부터 들은 얘기는, 군부대 매점 담당자로 막 유럽으로 떠나려던 참이었던 그녀가 세계대전이 끝나는 바람에 받게 된 충격과 실망에서 전혀 회복하지 못했다는 거였다. 그녀의 몸이 한동안 바짝 말라서 브래독 워싱턴은 발칸 반도에서 새로운 전쟁이 일어나도록 조치를 취하게 할 정도였다. 하지만 그녀는 부상당한 세르비아 병사들 사진 한 장을 보고 나서 모든 것에 흥미를 잃고 말았다. 재스민과 달리, 퍼시와 키스마인은 부친으로부터 모든 냉혹한 기품에 깃든 오만한 태도를 고스란히 물려받은 듯했다. 품위가 있으면서도 이기심 또한 고스란히 유지되는 그 모습은 마치 그들의 모든 생각을 관통하는 하나의 일정한 패턴과도 같았다.

존은 성과 계곡이 만들어 내는 경이로움에 매료되어 버렸다. 퍼시가 설명해 준 바에 따르면, 브래독 워싱턴은 정원사와 건축가, 무대 디자이너, 심지어 지난 세기의 유산과도 같은 프랑스 퇴폐주의 시인까지 납치해 데려왔다. 그는 그들로 하여금 모든 검둥이들을 마음대로 쓸 수 있도록 해 주었고, 세상에서 구할 수 있는 재료들은 무엇이든 제공할 수 있다고 공언했으며, 그들의 생각을 마음껏 펼칠 수 있도록 해 주었다. 하지만 그들이 쓸모가 없다는 것이 차례로 드러나기 시작했다. 가령, 퇴폐주의 시인은 어느 봄날 자신이 인파로 가득 찬 대로에서 벗어나 있다는 사실에 큰 슬픔을 느끼기 시작하고 향료와 유인원과 상아에 대한 모호한 말들만 늘어놓을 뿐 실질적인 가치를 가진 그 어떤 문장도 만들어 내지 못했다. 무대 디자이너는 일련의 기교를 통해 계곡 전체에 눈이 휘둥그레질 만한 효과를 연출해 보고 싶어 했지만, 워싱턴 부부는 그런 상태에 곧 싫증을 내곤 했다. 건축가와 정원사 역시 관습적인 것에 매여 있기는 마찬가지였다. 그들은 이건 이렇게 저건 저렇게 만들어야 한다고 고집을 부렸다.

하지만 그들은, 적어도, 자신들과 관련된 문제만은 해결해 놓았다. 어느 이른 아침, 분수의 위치를 정하기 위해 한 방에 모여 밤을 새우고는 모두 정신줄을 놔 버려서, 코네티컷주 웨스트포트에 있는 어느 정신병원에 편안히 모셔지는 신세가 된 것이다.

"그러면," 하고 존이 의아해하며 물었다. "여기 있는 멋진 응접실이랑 홀들, 복도며 욕실들은 모두 누가 설계한 거야?"

"그건," 하고 퍼시가 입을 뗐다. "말하기가 좀 쑥스러운데, 영화 만드는 사람이 한 거야. 그나마 그 사람이 그 막대한 자금을 제대로 사용할 줄 아는 유일한 사람이었으니까. 냅킨을 양복 주머니에다 꽂기도 하고, 읽을 줄도 쓸 줄도 몰랐지만 말이야."

8월이 점점 끝나 가자 존은 곧 학교로 돌아가야 한다는 게 아쉬워지기 시작했다. 그와 키스마인은 내년 6월에 함께 사랑의 도피를 하기로 결정한 뒤였다.

"여기서 결혼하면 더 멋지긴 할 텐데," 하고 키스마인이 솔직한 심정을 말했다. "하지만 물론 아버지 허락을 받을 순 없을 거야. 차라리 도망을 치는 게 나아. 요즘 부유한 사람들이 미국에서 결혼하는 걸 보면 끔찍해. 유물을 걸치고 결혼할 거라고 언론에다 성명서를 보내야 하니까. 그건 무슨 뜻이겠어. 낡은 진주랑 외제니 황후*가 한 번 썼던 레이스를 다시 써야 한다는 거잖아."

"알아." 존이 열렬히 동의했다. "신리처머피네를 방문한 적이 있었는데, 웨스트버지니아 절반을 소유한 사람의 아들과 결혼한 큰딸 그 웬덜린으로부터 온 편지를 읽고 있었지. 그녀가 은행원인 남편의 봉급으로는 버티기가 몹시 힘들다는 편지를 집에다 보낸 거야. 편지 말미엔 '감사합니다, 하느님. 그래도 제게는 좋은 하인이 네 명이나 있어서 조금은 도움을 받고 있으니까요'라고 적혀 있었지."

"말도 안 돼," 하고 키스마인이 말했다. "생각해 봐, 세상에 있는 수백만, 수천만이나 되는 사람들을, 노동자들 같은 사람들을, 하인이 둘밖에 안 되는 사람들을 말이야."

8월이 다 지나가던 어느 날 오후, 우연히 던진 키스마인의 한마디가 상황을 완전히 바꾸어 버리고, 존을 공포의 도가니로 몰아넣었다.

---

* Empress Eugénie(1826~1920). 스페인 태생으로, 나폴레옹 3세의 비妃.

그들이 가장 좋아하는 조그만 숲이었고, 키스를 나누는 사이사이에 존은 어떤 로맨틱한 예감에 휩싸였다. 그것은 그로 하여금 그들의 관계에 날카로운 아픔이 찾아오리라는 상상을 하게 만들었다.

"때로 난 우리가 결국 결혼하지 못할 거라는 생각을 해," 하고 그가 쓸쓸하게 말했다. "넌 아주 부유하고, 너무도 아름다워. 너처럼 부유한 집안의 여자가 다른 여자들과 같을 순 없잖아. 나 같은 남자는 오마하나 수 인디언 마을에서 온 돈 많은 철물 도매상의 딸과 결혼해서 그녀의 지참금 50만 달러에 만족하며 사는 게 옳을지도 모르지."

"언젠가 어떤 철물 도매상의 딸을 만난 적이 있어," 하고 키스마인이 말했다. "오빠가 그런 여자에게 만족할 거란 생각은 들지 않아. 그 여잔 언니 친구였는데, 여길 왔더랬지."

"와, 다른 손님들도 오는구나," 하고 존이 놀라며 말했다. 키스마인은 괜한 말을 했다고 생각하는 듯했다.

"응, 그럼." 그녀가 황급히 말했다. "좀 있지."

"그럴 때 넌…… 네 아버지는 그 사람들이 밖에 나가 얘기할까 봐 걱정하지 않으셔?"

"아, 어느 정도는, 어느 정도는," 하고 그녀가 대답했다. "다른 얘기하자. 더 재미난 거."

하지만 존은 호기심을 누를 수가 없었다.

"더 재미난 거?" 하고 그가 물었다. "그 얘기는 재미없어? 착한 여자애들이 아니었던 거야?"

키스마인이 흐느껴 울기 시작하자 그는 몹시 놀랐다.

"아니…… 착한…… 착한 사람이었어…… 그래서 문제였지. 몇 사람과는 사이가 아주 좋았어. 재스민 언니도 그랬고. 그런데 재스민이 아무 때나 그 사람들을 초대했어. 난 정말이지…… 이해가 안 되었어."

뭔지 모를 의심이 존의 가슴에 움트기 시작했다.

"네 말은, 그 사람들이 발설을 했고, 그래서 네 아버지가 그들을…… 없애 버렸다는 뜻이야?"

"그것보다, 더, 안, 좋았지," 하고 그녀의 웅얼거림이 뚝뚝 끊어졌다. "아버지는 그런 기회를 아예 주지 않으려고 했던 거지…… 그런데 재스민 언니는 그들에게 계속 오라고 편지를 보냈어. 그 사람들은 정말 좋은 시간을 보냈지!"

그녀는 슬픔이 폭발해 완전히 지쳐 버렸다.

느닷없이 터져 나온 얘기에 충격을 받은 존은 입을 딱 벌린 채 앉아 있었다. 마치 수많은 참새들이 자신의 척추 위로 몰려와 지저귀는 것처럼 몸 안의 모든 신경들이 시끄럽게 우짖었다.

"이런, 결국 말해 버렸네. 하면 안 되는데," 하고는 갑자기 입을 다문 그녀가 검푸른 두 눈에 흐르던 눈물을 닦아 냈다.

"네 얘기는, 그 사람들이 떠나기 전에 네 아버지가 그들을 살해했다는 뜻이니?"

그녀가 고개를 끄덕였다.

"대개는 8월이었는데, 9월 초일 때도 있었어. 우린 먼저 그 사람들과 즐겼어. 그게 자연스러운 일이니까."

"어떻게 그럴 수가! 어떻게…… 대체 왜…… 미쳐 버릴 것 같아! 네 말을 정말 믿어도 되는……"

"사실이야," 하고 키스마인이 어깨를 으쓱해 보이며 존의 말을 잘랐다. "비행사들처럼 철창에 가둘 수는 없었어. 매일같이 계속 우리를 비난할 테니까. 그렇게 하는 게 재스민 언니나 내게는 늘 더 편했어. 아버지는 우리가 예상한 것보다 더 빨리 일을 끝냈으니까. 그렇게 하면 작별 인사를 나눌 필요가 없고—."

"결국 그들을 죽였다는 거잖아! 응?" 하고 존이 소리를 질렀다.

"전혀 고통 없이 보내 줬어. 잠든 상태에서 투약을 했으니까…… 이 경우 가족들에겐 늘 뷰트*에서 성홍열에 걸려 죽었다고 말했었지."

"그런데…… 그런데 왜 사람들을 계속 초청한 건지 이해할 수가 없어!"

"내가 한 건 아니야," 하고 키스마인이 화를 냈다. "난 단 한 명도 초청하지 않았어. 재스민 언니가 한 거라고. 그리고 그 사람들은 늘 정말 좋은 시간을 보냈어. 재스민 언니는 마지막이 가까워지면 제일 멋진 선물들을 주었지. 나도 어쩌면 손님들을 오게 할는지도 몰라…… 그 정도로 강해진다면. 살아 있는 동안은 인생을 즐겨야 한다고 생각해. 죽음 같은 어쩔 수 없는 것 때문에 피할 수는 없어. 여기에 살면서 우리 외에 아무도 없다면 얼마나 외로울지 생각해 봐. 왜 그래야 해? 아버지랑 어머니도 우리와 똑같이 가장 절친한 친구들 중 몇 사람을 희생시켰어."

"그래서," 하고 존이 비난의 소리를 높였다. "그래서 넌, 내가 살아서 여길 나갈 수 없다는 걸 완벽하게 알고 있었으니 널 사랑하도록 허락도 하고, 사랑을 되돌려 주는 척도 하고, 결혼 얘기도 했던 거였군."

"아니야," 하고 그녀는 격렬하게 부정했다. "이젠 아니야. 처음에 그랬다는 거지. 오빠가 여기 있었으니까. 나로선 어쩔 수 없었어. 오빠의 마지막 날들이 우리도 오빠도 즐거웠으면 좋겠다고 생각했어. 하

---

* 캘리포니아주 글렌 카운티에 있는 자치구.

지만 오빠랑 사랑에 빠져 버렸고…… 그리고 솔직히 안타까워…… 오빠가…… 죽어야 한다는 게…… 다른 여자애랑 키스를 하는 것보다는 차라리 죽게 하는 게 나을지도 모르지만."

"아, 그렇다고, 그렇단 말이지?" 존이 격분하며 소리를 질렀다.

"솔직히 그래. 난 늘 들었었지. 결혼할 수 없다는 걸 알게 된 남자랑 사귀는 게 더 재밌는 일이라고. 아, 왜 내가 오빠한테 말했지? 이제 오빠의 좋은 시간들을 망쳐 버렸어. 오빠가 몰랐을 때는 우리 정말 재밌었는데 말이야. 우리 존 오빠, 얼마나 상심이 클까."

"그래, 넌 알고 있었어. 그랬어." 존의 목소리가 분노로 떨렸다. "이 얘긴 이걸로 충분해. 시체보다 나을 게 없다는 걸 알면서도 그런 놈과 애정 행각을 벌였다? 네가 가진 자부심과 품위가 그 정도였다니, 너랑 더 이상 같이 있고 싶지가 않군!"

"오빤 시체가 아니야!" 하고 그녀는 겁에 질려 저항했다. "오빤 시체가 아니라고! 내가 키스한 게 시체였다고 말하지 마!"

"난 그렇게 말하지 않았어!"

"그랬어! 오빠가 말했잖아. 내가 시체랑 키스를 했다고!"

"그런 적 없어!"

둘의 목소리는 격앙되어 갔지만 갑자기 누군가 끼어드는 바람에 두 사람은 일시에 침묵에 빠져 버렸다. 발자국 소리가 길을 따라 그들 쪽으로 다가오더니 잠시 후 장미 덩굴이 갈라지며 브래독 워싱턴이 모습을 드러냈다. 훤하긴 했지만 어딘지 공허해 보이는 얼굴에 붙은 지적인 두 눈이 둘을 유심히 들여다보고 있었다.

"누가 시체에 키스를 했다고?" 그는 불만을 명확히 드러내며 물었다.

"아니에요," 하고 키스마인이 재빨리 대답했다. "농담한 거예요."

"어쨌든, 둘이 여기서 뭐 하고 있는 거니?" 그가 퉁명스럽게 물었다. "키스마인, 넌 지금 언니랑 독서를 하거나 골프를 치고 있어야 할 텐데? 어서 책 읽으러 가! 골프도 치고! 다시 돌아왔을 때 내 눈에 띄지 않도록 해!"

그러곤 존에게 인사를 건네고는 길을 따라 올라갔다.

"이제 알겠지?" 아버지가 들을 수 없을 정도까지 갔을 때 키스마인이 몸을 기울이며 말했다. "오빠가 다 망쳐 버렸다는 거. 우린 이제 더 이상 만날 수 없어. 아버지가 오빨 만나지 못하게 할 테니까. 우리가 사랑하는 사이가 된 걸 아시면 오빠를 독살해 버릴 거야."

"우린 사랑하는 사이가 아니야, 이제!" 존이 사납게 고함을 쳤다. "그러니 네 아버진 신경 꺼도 돼. 그리고 내가 여기 계속 머물 거라는 바보 같은 생각 집어치워. 여섯 시간이면 저 산들을 넘어갈 수 있겠지. 길을 만들어서라도 갈 거야. 동부로."

둘 모두 자리에서 몸을 일으켰다. 그의 말에 키스마인이 가까이 다가가며 그의 팔짱을 꼈다.

"나도 갈 거야."

"미쳤군. 네가……"

"내가 가는 건 당연하잖아," 하고 그녀는 조바심을 치며 말을 잘랐다.

"당연히 넌 안 돼. 넌……"

"그럼 알았어," 하고 그녀가 침착하게 받았다. "우리, 아버지한테 가서 이 문제에 대해서 얘길 해요."

존은 기가 막혀 쓸쓸히 미소를 지었다.

"너란 애, 어쩔 수 없네." 그는 동의를 하긴 했지만, 그녀를 사랑은 하는 것인지 확신이 서지 않았다. "그래, 같이 가자."

그녀에 대한 사랑이 되돌아와 고요히 그의 가슴에 깃들었다. 그녀는 그의 것이었고, 그녀는 그의 위험들을 공유하기 위해 그와 함께 가려 했다. 그는 그녀에게 팔을 두르고는 격렬하게 키스를 퍼부었다. 결국 그녀는 그를 사랑했다. 사실, 그녀는 이미 그를 구하려 했었다.

둘은 그 문제에 대해 얘기를 나누며 천천히 걸어 성으로 돌아갔다. 그들이 함께 있는 걸 브래독 워싱턴이 본 이상 밤중에 떠나는 것이 최선이라는 데 두 사람은 합의를 했다. 하지만 존의 입술은 저녁을 먹는 내내 표가 나게 말라 있었으며, 초조한 나머지 크게 한 숟가락을 삼킨 공작 수프는 왼쪽 폐로 흘러들어 가고 말았다. 그는 터키옥과 검은담비로 장식된 카드놀이실로 옮겨졌고, 하급 집사들 중 한 사람이 그의 등을 두들겼다. 퍼시는 무척이나 재밌는 장난이라고 생각했다.

9

자정이 한참이나 지난 뒤, 존의 몸이 심하게 경련을 일으키는가 싶더니 그가 벌떡 일어나 깊이 잠든 방의 베일을 응시했다. 열려 있는 창문들, 그 푸르스름하고 네모난 어둠을 뚫고 희미한 소리가 들려왔다. 하지만 불편한 꿈들로 뒤덮인 그의 기억이 그 정체를 확인하기도 전에 소리는 바람에 실려 사라져 버렸다. 하지만 날카로운 소음이 바짝 다가오더니 방 바로 바깥까지 밀려들었다. 손잡이가 딸깍하고 돌아가는 소리가 들리고 한 발을 내딛는 소리에 이어 알아들을 수 없는 소곤

거리는 소리가 그의 명치끝에 단단히 뭉쳐졌다. 바짝 신경을 쓰며 귀를 기울이는 순간, 그의 몸 전체로 통증이 엄습했다. 그 순간 베일들 중 하나가 사라지는 것 같더니 문가에 희끄무레한 형상이 서 있는 게 보였다. 그것은 어둠 속에서 그저 희미한 덩어리로밖에는 보이지 않았는데, 커튼 주름과 뒤엉켜 형체가 뭉그러진 탓에 마치 뭔가가 잔뜩 묻은 판유리에 비친 것 같았다.

공포 때문이었는지 결단이었는지, 존은 황급히 침대 옆에 붙은 버튼을 눌렀다. 그러자 그는 옆방의 움푹하게 팬 녹색 욕조에 앉아 있었다. 욕조에 반쯤 담겨 있던 차가운 물에 화들짝 놀라 그는 완전히 잠에서 깨어났다.

그는 튕겨 오르듯 일어나 욕조를 빠져나왔다. 물에 젖은 잠옷 뒤편으로 물이 줄줄 흘러내리며 흩어졌다. 그는 남청색 문을 향해 내달리며 생각했다. 문을 나서면 2층의 상아로 된 층계참으로 나갈 수 있을 거라고. 문이 소리 없이 열렸다. 위로 거대한 둥근 지붕에 켜진 진홍색 램프 하나가 너무도 아름답게 조각이 된 계단의 길고 완만한 곡선을 비추고 있었다. 존은 자신을 둘러싸고 있는 화려한 침묵에 압도되어 잠깐 흔들렸다. 그 침묵은 상아로 된 층계참에서 몸을 떨며 서 있는 왜소한 존재를 짓누른 고독을 거대한 주름들과 윤곽 속으로 봉인해 버린 것만 같았다. 그때 두 가지 일이 동시에 일어났다. 그가 있던 방의 거실 문이 활짝 열리며 웃통을 벗어젖힌 흑인 셋이 홀로 뛰어 들어갔고, 공포에 휩싸인 존이 층계를 향해 내달리려 했을 때 복도 반대편의 또 다른 문이 벽 쪽으로 밀리면서 열렸다. 불이 환하게 켜진 엘리베이터 안에 털 코트에 무릎까지 오는 승마화를 신고 장미색 잠옷을 번쩍이며 브래독 워싱턴이 서 있었다.

그 순간, 세 명의 흑인들—존은 전혀 본 적이 없는 얼굴이었는데, 집행 전문가들이 틀림없다는 생각이 번개처럼 떠올랐다—이 존을 향해 달려들던 동작을 멈추더니 엘리베이터에 탄 남자의 명령을 기다리듯 돌아섰고, 남자는 큰 소리로 고압적인 명령을 하달했다.

"이리로 와! 셋 모두! 얼른 오라고!"

그러자 아주 순식간에 흑인 셋은 엘리베이터 안으로 꽂히듯 들어갔고, 문이 미끄러져 닫히며 타원형 불빛도 사라졌다. 홀에는 다시 존밖에 없었다. 그는 상아로 된 층계에 힘없이 주저앉았다.

뭔가 불길한 일이, 그에게 일어날 이차적 재앙을 적어도 순간적으로나마 연장시켜 주는 뭔가가 일어난 게 분명했다. 대체 무슨 일일까? 검둥이들이 폭동이라도 일으킨 걸까? 비행사들이 쇠창살을 부러뜨리기라도 한 걸까? 아니면 피시 마을 주민들이 어둠을 더듬어 산을 타고 넘어와 기쁨이라곤 담겨 있지 않은 그 황량한 눈으로 화려한 계곡을 쳐다보고 있기라도 하단 말인가? 존이 알 수 있는 건 없었다. 엘리베이터가 빠르게 올라가고 나자 위잉거리는 바람 소리가 그의 귓속으로 밀려들었다. 그리고 잠깐의 시간이 지난 뒤, 엘리베이터가 다시 내려갔다. 퍼시가 아버지를 돕기 위해 급히 가는 건지도 몰랐다. 그때 퍼뜩, 지금이 키스마인과 달아날 기회라는 생각이 존의 뇌리를 스쳐 갔다. 존은 엘리베이터가 잠잠해질 때까지 한동안, 젖은 잠옷을 파고드는 서늘한 밤기운에 몸을 떨며 기다렸다. 그러곤 방으로 돌아와 재빨리 옷을 갈아입었다. 그런 다음 긴 층계를 올라가 러시아산 검은담비 카펫이 깔린 복도 쪽으로 돌아 내려가 키스마인이 머무는 스위트룸으로 향했다.

그녀의 방 거실 문은 열려져 있고 램프들도 켜져 있었다. 앙고라로 만든 일본식 잠옷 차림의 키스마인은 귀를 기울이는 자세로 창문 가까이에 서 있었는데, 존이 조용히 안으로 들어가자 몸을 돌렸다.

"아, 오빠!" 하고 낮게 말하며 그녀가 방을 가로질러 그에게로 다가왔다. "오빠도 들었지?"

"너네 아버지 노예들이 내……"

"아냐," 하고 그녀가 흥분해서 말을 잘랐다. "비행기야!"

"비행기? 날 깨운 게 그럼 그 소리였군."

"적어도 십여 대는 되는 것 같아. 조금 전 한 대가 달을 등지고 지나가는 걸 봤어. 벼랑 뒤편에 있던 경계병이 총을 쏘아서 아버지를 깨운 거야. 우린 지금 곧 사격을 가할 거야."

"저들은 뭔가 알고 여기 온 거겠지?"

"그럼…… 도망친 이탈리아 사람이 알려 줬을 거야."

그녀의 말이 떨어지기 무섭게 찢어지는 듯한 날카로운 소리가 연속해서 열어 놓은 창문을 통해 날아들었다. 키스마인은 조그맣게 비명을 지르며 떨리는 손가락으로 화장대 위에 놓인 상자에서 동전 하나를 꺼내더니 여러 개의 전등들 중 한 곳을 향해 달려갔다. 그 순간, 성이 모두 어둠에 휩싸였다. 그녀가 동전을 이용해 퓨즈를 끊어 버린 것이다.

"이쪽이야, 오빠!" 하고 그녀가 소리를 질렀다. "지붕 정원으로 올라가서 지켜보자!"

망토를 두른 그녀는 그의 손을 잡았다. 그리고 둘은 문밖으로 나가는 길을 찾아냈다. 탑으로 올라가는 엘리베이터까지는 한걸음이었다. 그녀가 상향 버튼을 누르고 엘리베이터가 올라가는 동안 그는 어둠을 더듬어 그녀를 감싸 안고는 입을 맞추었다. 사랑은 결국 존 웅거를 외면하지 않았다. 잠시 후 두 사람은 별빛으로 하얗게 빛나는 누대로 올라섰다. 밤하늘에서 십여 대의 검은 날개를 단 비행기의 몸체가 희미한 달 아래 구름 조각들 안으로 들어갔다 나오고 나왔다가는 다시 들어가면서 끊임없이 원을 그리며 돌고 있었다. 계곡 여기저기서 그들을 향해 날아가는 섬광이 번쩍였고, 날카로운 폭발음이 이어졌다. 키스마인이 기뻐하며 박수를 쳐 댔다. 하지만 잠시 후 사전에 예정된 신호에 따라 비행기들이 폭탄을 투하하기 시작하면서 계곡 전체가 굉음과 붉은 화염으로 뒤덮이자 그녀의 기쁨은 경악으로 변했다.

오래 지나지 않아 포격자들의 표적이 대공포가 설치된 곳으로 집중되었고, 거의 그 즉시로 대공포 하나가 거대한 숯덩이가 된 채 장미가 숲을 이룬 정원으로 날아가 처박혔다.

"키스마인," 하고 존이 간절하게 불렀다. "내가 살해당하기 직전에 이 공격이 시작됐다는 걸 안다면 너도 기뻐할 테지. 경비병이 쏜 총소리를 듣지 못했다면 지금쯤 난 뻣뻣한 시체로……"

"무슨 소린지 안 들려!" 키스마인은 눈앞에 펼쳐진 광경에 시선을 박은 채로 소리를 질렀다. "더 크게 얘기해 봐, 오빠!"

"내 말은," 하고 존이 큰 소리로 외쳤다. "저들이 성을 무너뜨리기 전에 여길 떠나는 게 좋을 것 같다는 거야!"

그때 갑자기 흑인들이 거주하는 건물 현관들이 모두 산산이 부서지고 회랑 아래서 화염이 일어나며 부서진 대리석 조각들이 멀리 호숫가까지 날아갔다.

"노예 5만 달러어치가 날아가는군," 하고 키스마인이 큰 소리로 말했다. "전쟁 이전 가격으로. 자산 가치를 존중하는 미국인들은 아주 드물어."

존은 다시 그녀에게 떠나야 한다는 걸 강하게 피력했다. 비행기들의 표적은 시시각각 더욱 정밀해졌고, 여전히 포탄을 쏘고 있는 대공화기는 겨우 두 대밖에 남질 않았다. 화염에 휩싸인 요새가 오래 버틸 수 없다는 건 자명했다.

"어서!" 하고 존이 키스마인의 팔을 끌어당기며 고함을 질렀다. "가야 해. 조종사들에게 발견되면 죽은 목숨이야, 모르겠어?"

그녀는 그의 말에 동의할 수밖에 없었다.

"재스민 언니를 깨워야 해!" 하고 말하고는 그녀가 다급히 엘리베이터를 향했다. 그러곤 어린애처럼 천진하게 즐거워하며 덧붙였다. "이제 우린 가난해지겠지? 책에 나오는 것처럼 말이야. 고아가 될 테지만 완전히 자유로워지기도 하겠지. 자유와 가난! 재밌겠다!" 그녀가 걸음을 멈추더니 그에게로 고개를 들어 달콤하게 키스했다.

"두 가지를 모두 갖는 건 불가능해," 하고 존이 엄숙한 표정으로 말했다. "사람들은 그걸 알고 있어. 내가 만약 선택해야 한다면 자유를 택할 거야. 혹시 모르니, 네 보석 상자에 있는 것들을 주머니에 담아 가는 게 좋을 거야."

10분이 지나 두 여자는 어두운 복도에서 존과 함께 성의 맨 아래층으로 내려갔다. 화려한 홀의 장엄함을 마지막으로 지나 테라스로 나온 그들은 잠깐 걸음을 멈추고는 화염에 휩싸인 흑인들의 막사와 호수 반대편에 추락해 불길이 잦아들고 있는 두 대의 비행기를 바라보았다. 한 대 남은 대공화기에선 여전히 억세게 총알이 쏘아졌고, 포격자들은 더 아래로 내려오는 걸 주저하는 듯했지만 여전히 천둥이 치는 듯한 소리를 내며 대공화기 주위로 포탄을 떨어뜨렸다. 그리고 마침내 우연히 떨어진 포탄 한 발이 에티오피아 경비병을 저세상으로 보내 버렸다.

존과 두 자매는 대리석 계단을 내려가 빠르게 왼쪽으로 꺾어서, 다이아몬드 산 주변을 고무 밴드처럼 휘감고 있는 좁은 길을 올라가기 시작했다. 키스마인은 반쯤 올라간 곳에 몸을 숨긴 채 계속해서 벌어지는 광란의 밤을 지켜볼 수 있는, 그러다 어쩔 수 없는 상황이 벌어지면 바위로 가득 찬 비밀 통로로 탈출이 가능한 울창한 숲이 있다는 걸 알고 있었다.

10

그들이 목적지에 도착했을 때는 3시였다. 배려심도 있고 침착하기도 한 재스민은 커다란 나무의 밑동에 기대자마자 잠에 빠져들었고, 존과 그의 팔에 안겨 있던 키스마인은 아침까지만 해도 멀쩡했던 정원이 막바지 전투를 치르며 썰물이 빠져나가듯 폐허로 변해 가는 모습을 지켜보았다. 4시를 넘기고 얼마 있지 않아 마지막 남아 있던 대공화기가 철커덩거리는 소리와 함께 붉은 연기를 날름거리며 작동을 멈추었다. 달은 서산으로 넘어갔지만 비행체가 지상 가까이에서 선회하는 모습은 볼 수 있었다. 궁지에 몰린 자들이 더 이상 저항할 무기가 없다는 게 확실해지면 비행기들이 착륙을 할 것이고, 워싱턴 가문의 음험하고 화려했던 지배의 역사도 끝이 날 것이다.

사격이 멈춘 계곡엔 깊은 정적이 내려앉았다. 추락한 두 대의 비행기가 타다 남은 불빛이 마치 풀밭에 웅크린 괴물의 두 눈처럼 번들거렸다. 어둡고 고요히 서 있는 성의 자태는 빛이 전혀 없음에도 태양 아래에서처럼 아름다웠으며, 인과응보의 피할 수 없는 운명이 공기를 흔들어 대는 소리가 불평을 털어놓듯 점점 커지다가 잦아들었다. 그 때 존은 키스마인도 그녀의 언니처럼 깊이 잠들어 있다는 것을 알았다.

그들이 조금 전 올라왔던 길을 따라 들려오는 발소리를 알아차린 것은 4시가 훨씬 지나서였다. 그는 숨을 죽인 채 발소리의 주인이 자신들이 있는 곳을 지나치기만을 기다렸다. 공기 속에는 인간의 것이 아닌 희미한 움직임이 있었고, 차가운 이슬은 곧 새벽이 밝아 오리란 걸 예감하게 했다. 존은 발소리가 멀리 산 위로 올라가 더 이상 들리지 않을 때까지 기다렸다. 그러곤 그 뒤를 따랐다. 가파른 정상으로부터 반쯤 떨어진 곳에 나무들이 쓰러져 있고, 안장처럼 생긴 견고한 바위 하나가 다이아몬드를 덮은 채 넓게 펼쳐져 있었다. 그곳에 이르기 직전, 그는 동물적 감각으로 바로 위쪽에 사람이 있다는 것을 알아채고 걷는 속도를 줄였다. 높다랗게 솟은 바위로 다가간 그는 천천히 바위 가장자리로 고개를 들어 올렸다. 그의 육감은 소득을 얻어 냈다. 그의 눈에 들어온 것은 이랬다.

브래독 워싱턴이 아무런 움직임도, 어떤 생명의 소리나 기척도 없이 회색 하늘을 배경으로 형체만 드러낸 채 서 있었다. 동쪽으로부터 차가운 녹색을 대지에 흩뿌리며 서서히 새벽이 밀려오고 있을 때, 새로운 아침과 그 고독한 형상이 무의미하게 엇갈렸다.

존이 지켜보고 있는 동안, 알 길 없는 생각에 잠겨 있던 남자는 발치에 웅크리고 있던 검둥이 둘에게 짐을 들어 올리라고 손짓을 보냈다. 그들이 힘겹게 몸을 일으켰을 때, 태양의 첫 번째 노란 빛줄기가 정교하게 다듬어진 거대한 다이아몬드의 무수한 각기둥에 부딪히며 튕겨

오르고, 한줄기 백색 광채가 샛별 파편처럼 허공으로 빛을 쏘았다. 짐을 들쳐 업은 노예들은 한동안 그 무게 때문에 조금씩 비틀댔고, 젖어서 번들거리는 피부 아래에 잔물결이 일렁거리는 듯한 근육이 단단히 잡혀 있었다. 세 사람의 형상은 저항해 봐야 소용이 없다는 듯 다시 꿈쩍도 하지 않고 하늘 아래 붙박여 있었다.

잠시 후 백인 남자는 고개를 들더니 마치 거대한 군중들에게 귀를 기울이라고 주의를 끌듯 천천히 손을 올렸다. 하지만 어디에도 군중은 없었다. 있다면 오직, 숲 사이로 빠져나온 희미한 새들의 지저귐에 부서져 버린 산과 하늘의 거대한 침묵뿐이었다. 바위 위의 형상은 무겁게, 스러지지 않는 한 조각 자긍심을 실어 한마디를 뱉어 냈다.

"당신…… 거기 당신……!" 하고 그가 떨리는 목소리로 외쳤다. "거기…… 당신……!" 그는 말을 멈추고는 여전히 팔을 올린 상태로 마치 대답을 기다리듯 주의 깊게 고개를 들었다. 존은 산 아래로 내려오는 사람이라도 있는지 두 눈을 부릅뜨고 바라보았지만 사람이라곤 그림자도 없었다. 오직 하늘과 플루트와 흡사한 소리를 내며 나무 꼭대기로 불어 가는 바람뿐이었다. 워싱턴이 기도를 하는 걸까? 잠깐 존은 궁리했다. 그때 환상이 깨졌다. 그가 보여 주는 전반적인 태도에는 기도와는 전혀 다른 뭔가가 있었다.

"아, 거기 위에 있는 당신!"

목소리는 강하고 확신에 차 있었다. 그것은 쓸쓸한 애원이 아니었다. 뭔가가 있다면, 그건 가공할 만큼의 겸손이었다.

"거기 있는 당신 말이야……"

말들이, 너무도 빨라 이해하기가 힘든, 하나의 말이 다른 말들을 타고 흐르는…… 존이 숨을 죽인 채 귀를 기울여 여기서 한 문구, 저기서 다시 한 문구를 얻는 동안, 그의 목소리는 끊어졌다 이어지고, 다시 이어지다 끊겼다. 때로는 강하게 주장하는 듯하다가 때로는 느리고 곤혹스러운 성마름에 젖어 있었다. 그러다가 문득, 홀로 그 소리를 듣고 있던 자에게 어떤 확신이 찾아들었다. 마치 깨달음이 그의 온몸을 기어오르듯, 핏줄기 하나가 동맥을 타고 빠르게 내달렸다. 브래독 워싱턴은 신에게 뇌물을 바치고 있는 중이었다!

바로 그것이었다. 의심의 여지가 없었다. 노예들의 팔에 들려 있는 다이아몬드는 이제 더 많은 것들이 따라올 것임을 약속하는, 일종의 견본이었다.

그것은—존이 깨달은 건 시간이 좀 흐른 뒤였다—그의 말들을 엮는 실타래였다. 풍족해진 프로메테우스가 예수의 탄생 이전에 행해졌던 잊힌 희생물, 잊힌 제의, 한물간 기도에 응답해 달라고 요청하고 있었다. 한동안 그의 이야기는 신이 인간에게 바치도록 허락한 이런저런 선물을 신에게 상기하게 하는 형식으로 진행되었다. 재앙에서 도시를 구해 주었을 때 바친 거대한 교회들, 몰약과 황금, 인간의 산목숨과 아름다운 여인과 포로로 잡힌 병사들, 어린아이와 여왕들, 숲과 들판의 짐승들, 양과 염소, 곡식과 도시들, 욕망의 대가로 바쳐졌던 모든 정복지들, 혹은 신의 분노를 잠재울 수 있으리라 여겨 사들였던, 당신을 위로하는 피— 이제 그는, 브래독 워싱턴은, 다이아몬드의 제왕은, 황금시대의 왕이며 사제는, 화려함과 호사로움의 최고 권위자는, 이전의 어떤 왕자들도 바쳐 본 적 없는 보물을, 애원이 아니라 자긍심을 가지고 바치려 하고 있었다.

그는 이어 신에게 바치려는 구체적인 제물을 언급했다. 세상에서 가장 큰 다이아몬드였다. 이 다이아몬드는 나무 잎사귀보다 더 많은 수

천 개의 면으로 깎이게 될 것이고, 그렇게 되더라도 파리 한 마리보다 크지 않은 완벽한 보석의 형태를 가지게 될 것이라고 했다. 많은 사람들이 여러 해에 걸쳐 작업을 할 것이다. 작업은 금박을 입힌 거대한 돔에서 이루어질 것이다. 돔은 멋지게 조각된 오팔로 만든 문을 달고 사파이어로 뒤덮을 것이다. 한가운데는 비워서 예배를 올릴 수 있는 곳으로 사용할 것이고, 중앙에 놓인 제단은 보는 각도에 따라 색깔이 바뀌고 성분이 분해되고 끊임없이 바뀌는 라듐으로 만들어 기도를 올리다 고개를 쳐드는 자들의 눈을 태워 버릴 것이며, 은혜를 베푸는 신의 즐거움을 위해 당신이 선택하시는 제물을, 설사 가장 위대하고 가장 큰 권력을 가진 살아 있는 인간이라 할지라도 기꺼이 바칠 것이다.

이 모든 것의 대가로 그가 요청하는 것은 단 한 가지, 신에게는 우스꽝스러울 정도로 손쉬운 것이었다. 모든 것을 지금 당장 어제처럼 되게 해 달라는 그리고 계속 그렇게 남아 있도록 해 달라는. 이 얼마나 간단한 일인가! 그저 하늘을 열어 저 인간들과 비행기들을 삼켜 버린 뒤 다시 닫으면 되는 일이다. 그리고 그에게 다시 한 번 노예들을, 생명과 건강이 회복된 노예들을 안겨 주면 되는 것이다.

이제껏 그에겐 누구도 필요치 않았다. 대접해야 할 존재도, 협상할 대상도.

그는 자신이 던져 준 미끼가 덥석 물 정도로 충분히 큰 것인지만 궁금해하면 되었다. 신도 물론 미끼를 물 것이다. 신은 인간의 형상으로 만들어졌다고들 말하지 않는가. 그렇다면 당신도 미끼를, 뇌물을 받아먹을 것이다. 다만 보통의 미끼로는 안 될 것이다. 여러 해에 걸쳐 지은 대성당도, 수만 명을 동원해 지은 피라미드도, 그가 바치려는 이 성당, 이 피라미드에는 미치지 못할 것이다.

그는 거기서 얘기를 멈췄다. 그의 제안은 던져졌다. 모든 것이 자세히 얘기되어졌고, 그가 바치려 한 것은 결코 천박하지도 싸구려도 아니라고 그는 확신했다. 그는 자신의 희생물을 받아들이든 물리치든 그것은 이제 당신의 몫이라고, 최후 통첩을 날렸다.

마지막을 향해 가면서 그가 흘려 놓는 말들은 툭툭 끊어지고, 짧아지고, 불확실해졌으며, 그의 몸은 뻣뻣해져서 그를 둘러싼 공간에서 밀려오는 아주 작은 움직임이나 숨탄것의 속삭임조차 알아챌 수 있을 것 같았다. 그가 말을 하는 동안 머리카락이 점점 하얗게 변해 간 탓에 하늘로 높이 고개를 쳐든 모습이 완전히 미쳐 버린 늙은 예언자와 흡사했다.

존이 아찔한 매력에 빠진 채 바라보던 그때, 기이한 현상이 그를 둘러싼 곳에서 일어나는 것이 느껴졌다. 일시에 하늘이 어두워지고 거센 바람이 윙윙거리며 몰아치는 듯했다. 멀리선 트럼펫들이, 가까이에선 커다란 비단옷이 바스락거리는 듯한 한숨 소리가 들려왔다. 한동안 주위의 자연이 이런 어둠에 완전히 젖어 들었다. 새들은 지저귐을 멈추고, 나무들도 잎을 나부끼지 않았으며, 산 너머 먼 곳에서 둔탁하고 음산한 천둥이 우르릉우르릉 울렸다.

그렇게 끝이 났다. 바람은 계곡의 웃자란 풀들에 묻혀 들었다. 동이 트고, 하루가 제시간에 제자리를 찾고, 솟아오르는 태양은 뜨겁고 노란 안개의 물결을 흘려 보내 앞길을 환히 비추었다. 나뭇잎들은 햇살 안에서 웃음을 터뜨렸고, 그들의 웃음소리는 나무를 흔들어 나뭇가지 하나씩을 마치 동화 나라의 여학교처럼 만들었다. 신은 그의 뇌물을 받지 않았다.

다음 순간, 존은 그날의 승리를 목격했다. 고개를 돌린 그는 호숫가로 내려앉는 갈색의 날개를 보았다. 하나가 내려앉고 또 다른 날개가, 이어 또 하나의 날개가, 차례로, 마치 금빛 날개를 단 천사가 구름을 뚫고 춤을 추듯 내려앉았다. 비행기들이 지상으로 내려온 것이었다.

존은 바위에서 미끄러져 내려 산허리를 달려 내려가 숲으로 뛰어들었다. 거기엔 잠에서 깬 두 소녀가 그를 기다리고 있었다. 퉁기듯 키스마인이 일어나자 그녀의 주머니에 들어 있던 보석들이 쨍그랑거리는 소리를 냈다. 그녀가 입술을 떼려는 게 분명했지만 존은 말을 할 계제가 아니라는 사실을 본능적으로 깨달았다. 그들은 잠시도 지체할 시간이 없었다. 곧 산을 떠나지 않으면 안 되었다. 그는 두 소녀의 손을 하나씩 잡았고, 그들은 단 한 마디도 하지 않고 햇살 속으로 퍼져 가는 아침 안개에 젖은 채 나무 사이를 헤쳐 나갔다. 그들 뒤편의 계곡에선 아무 소리도 들리지 않았다. 멀리 떨어진 공작과 기분 좋은 아침의 괜한 툴툴거림뿐.

채 1킬로미터도 가지 않아 그들은 정원에서 벗어나 언덕으로 이어진 좁은 길로 들어섰다. 언덕 가장 높은 곳에서 그들은 걸음을 멈추고 뒤를 돌아보았다. 그들의 눈길이 막 떠나왔던, 곧 닥치게 될 비극을 암시하듯 어둡게 가라앉은 산기슭에 머물렀다.

하늘을 배경으로 기가 꺾인 백발의 남자가 천천히 비탈을 내려가는 게 보였다. 그 뒤로 여전히 햇빛 속에서 번들거리며 빛을 발하고 있는, 아무런 감정도 느껴지지 않는 덩치 큰 흑인 두 명이 짐을 들쳐 업은 채로 그를 따르고 있었다. 반쯤 내려갔을 때, 다른 두 사람이 나와 그들을 맞았다. 존은 그들이 워싱턴 부인과 아들이라는 걸 알 수 있었는데, 부인이 아들의 팔에 의지하고 있는 게 보였다. 비행기에서 내린 조종사들은 성채 앞의 널따란 잔디밭을 향해 소총을 소지한 채 전투 대형을 이루며 다이아몬드가 묻힌 산을 기어올랐다.

반면 멀리 위쪽에 작은 무리를 짓고 있는 다섯 사람은 지켜보는 사람들의 주의를 집중시킨 채 선반처럼 튀어나온 절벽 바위 위에 우뚝 서 있었다.

흑인들이 허리를 굽히더니 산등성이에 붙은 작은 문처럼 보이는 것을 끌어당겼다. 그러곤 그 안으로 모두가 사라졌다. 백발의 남자가 먼저 들어가고, 그다음 그의 아내와 아들이, 마지막으로 두 흑인이 들어갔는데, 보석이 달린 머리 장식의 끄트머리가 잠깐 반짝이는가 싶더니 작은 문이 내려오고 사람들의 모습이 빨려들어 갔다.

키스마인이 존의 팔을 꽉 붙잡았다.

"아," 하고 그녀가 격렬하게 소리를 질렀다. "저기가 어딜까? 대체 뭘 하려는 걸까?"

"지하에 탈출로가 숨겨져 있는 게 분명……"

두 여자의 크지 않은 비명이 그의 말을 가로막았다.

"오빠 몰라?" 하고 키스마인이 미친 듯 흐느꼈다. "산에는 폭파 장치가 되어 있다고!"

그녀가 그 말을 하는 순간 존은 두 손을 들어 자신의 시야를 가렸다. 그들의 눈앞으로 산의 표면 전체가 갑자기 눈부시게 타오르는 노란 빛으로 변하더니 마치 인간의 손가락 사이로 빛이 새어 나오듯 산을 덮고 있는 풀밭들을 뚫고 나왔다. 한동안 참기 힘들 정도로 밝은 빛이 이어지다가 필라멘트가 꺼지듯 훅 사라졌다. 그리고 그곳에서 식물의 잔해와 인간의 살까지 모두 태워 버리는 푸른 연기를 천천히 흩뿌리며 검은 폐허가 드러나고 있었다. 조종사들은 피도 뼈도 남은 것이 없었다. 그들은 땅속으로 들어간 다섯 사람처럼 완전히 사라지고 말았다.

동시에 그리고 엄청난 충격과 함께, 성채가 문자 그대로 허공으로 솟구쳐 올랐다. 폭발이 일며 산산이 흩어진 파편들이 불꽃을 머금고 솟구쳐 올랐다가 다시 땅바닥으로 마구 쏟아져 내렸는데, 연기를 뿜어내는 토막 난 것들의 반은 호수의 물속으로 곧장 날아갔다. 더 이상 불은 일어나지 않았다. 연기가 햇빛과 뒤섞인 채 흩어졌고, 몇 분이 지난 뒤 대리석 가루가 한때는 보석으로 온통 치장된 저택이었던, 이제는 형체도 없이 그저 거대한 덩어리로 변해 버린 잔해로부터 풀풀 날렸다. 거기에는 어떤 소리도 더 이상 존재하지 않았다. 계곡에 남아 있는 사람도 세 명이 전부였다.

11

해가 지고 있었다. 존과 두 동행자는 거대한 벼랑에 다다랐다. 워싱턴 가문이 소유한 토지의 경계였다. 돌아서서 바라본 계곡은 놀 속에서 고요하고 아름다웠다. 그들은 자리에 앉아 재스민이 바구니에 담아 왔던 음식을 차렸다.

"와!" 식탁보를 펼쳐 그 위에 샌드위치를 가지런히 쌓으며 그녀가 말했다. "이거 맛있어 보이지 않아? 보면 늘 밖에서 먹는 음식이 맛있어."

"그렇게 말하는 걸 보니," 하고 키스마인이 입을 뗐다. "언니도 중산층이네."

"이제," 하고 존이 간절하게 말을 시작했다. "호주머니에 있는 걸 꺼내 봐. 어떤 보석들을 가지고 왔는지 보게. 괜찮은 걸 골랐다면 우리 셋 모두 여생을 편안하게 살 수 있을 거야."

키스마인이 고분고분 주머니에 손을 넣고는 두 주먹 가득 반짝거리는 보석들을 그의 앞에다 내려놓았다.

"나쁘지 않네," 하고 존이 열에 들떠 큰 소리로 말했다. "그렇게 큰 건 아니군. 근데 이건!" 그는 표정이 바뀌며 보석들 중에서 하나를 집어 저물어 가는 해를 향해 들어 올렸다. "왜들, 다이아몬드가 아니지? 어떻게 된 거야?"

"어머!" 하고 키스마인이 놀란 표정을 하며 소리를 질렀다. "바보짓을 했어!"

"몽땅 모조 다이아야!" 존이 큰 소리로 말했다.

"그러게," 하고 그녀가 웃음을 터뜨렸다. "엉뚱한 서랍을 연 거야. 이건 모두 재스민 언니를 보러 왔던 여자가 쓴 옷장에 있던 거였어. 내가 다이아몬드랑 바꿨었거든. 그땐 다이아몬드 외엔 아무것도 본 적이 없었으니까."

"그래서 네가 가져온 건 다 이런 거야?"

"그런 거 같아." 그녀는 반짝이는 것들이 탐난다는 듯 손가락으로 가리켰다. "난 이게 더 좋아 보이는데? 다이아몬드는 좀 싫증 났어."

"그래, 뭐," 하고 존이 우울하게 말했다. "우린 앞으로 헤이디즈에서 살 수밖에 없겠군. 그리고 넌 의심 많은 여자들에게 엉뚱한 서랍을 열었다고 말하면서 나이가 들어 갈 거고. 안타깝게도, 너네 아버지 계좌들도 그분과 함께 사라졌으니."

"뭐, 헤이디즈가 어때서?"

"내 나이에 아내를 데리고 집으로 돌아가면 우리 아버진 틀림없이 날 벌겋게 달아오른 석탄 난로에다 집어넣어 버릴 거야, 저 아랫동네에선 그렇게들 해."

재스민이 별일 아니라는 듯 입을 열었다.

"난 빨래하는 거 좋아해." 그녀는 평온한 얼굴이었다. "항상 내 손수건은 내가 빨았어. 내가 세탁 일을 해서 두 사람을 도울게."

"헤이디즈에도 세탁부는 있겠지?" 하고 키스마인이 순진한 얼굴로 물었다.

"물론," 하고 존이 대답했다. "다른 동네랑 똑같아."

"난 또…… 거긴 너무 더워서 옷을 아예 안 입을 거라 생각했지."

존이 웃음을 터뜨렸다.

"부딪쳐 봐!" 하고 그가 툭 던졌다. "두 사람이 시작도 하기 전에 사람들이 못살게 굴지도 몰라."

"아버지도 거기 오실 건가?" 하고 그녀가 물었다.

존이 놀라서 그녀를 돌아보았다.

"너네 아버진 죽었어." 그가 침울한 표정으로 대답했다. "그러니 당연히 헤이디즈엔 갈 수가 없지. 넌 이미 오래전에 사라져 버린 다른 곳이랑 혼동한 거야."

저녁을 먹은 후 그들은 식탁보를 접고는 밤을 보내기 위해 담요를 펼쳤다.

"꿈이라도 꾼 것 같아." 키스마인이 한숨을 내쉬며 하늘을 올려다보았다. "옷 한 벌에 돈 한 푼 없는 약혼자랑 여기 이렇게 있다니, 너무 이상해! 별이 저렇게 빛나는데," 하고 그녀는 같은 말을 반복했다. "전엔 별이 있다는 걸 몰랐어. 난 늘 별이 누군가가 가진 엄청나게 큰 다이아몬드라고 생각했어. 이제 보니 겁이 나. 모든 게 꿈이었다고, 내 어린 시절이 모두 꿈이었다고 말하는 것 같아."

"꿈이었어," 하고 존이 나직이 말했다. "누구에게나 어린 시절은 꿈이야. 몸 안에 있는 미친 성분들이 만들어 낸."

"미친다는 것도 꽤 재밌는 일이네!"

"그렇다고들 말하지." 존이 어두운 표정으로 말했다. "내가 아는 건 거기까지야. 어쨌든 우리. 한동안은, 한 해쯤은, 사랑을 하자. 너랑 나랑. 그게 우리가 해 볼 수 있는 신성한 광기가 아닐까 싶어. 이 세상에 있는 모든 게 다이아몬드야. 다이아몬드들이랑, 또 어쩌면 환멸이라는 초라한 선물뿐. 그래, 그런 건 나중에 갖기로 하고, 난 늘 하던 대로 그냥 무시할래." 그는 가볍게 몸을 떨었다. "코트 깃을 올리셔, 어린 아가씨. 밤엔 추울 테니까. 감기 걸릴지도 모르니. 의식이란 걸 최초로 만든 신은 엄청난 죄인이야. 자, 몇 시간만이라도 그걸 잃어버리도록 하자고."

그러곤 담요로 몸을 둘러싼 그는 깊은 잠에 빠져들었다.

◆◆◆

　「리츠 호텔만큼 큰 다이아몬드」(1922년 6월)는 미국의 문예지
《스마트 셋》에 처음 발표되었다. 원제목이 「허공의 다이아몬드The
Diamond in the Sky」였던 이 고전적인 중편소설은 《새터데이 이브닝
포스트》를 비롯해 여러 대중 잡지로부터 게재를 거절당했는데, 피츠
제럴드가 손수 2만 단어를 1만 5,000단어로 줄였음에도 불구하고
사정은 다르지 않았다(줄이기 전의 원고는 보관되어 있지 않다).『재
즈 시대 이야기들』에 수록하기 위해 그는 또다시 800단어를 더 줄여
훨씬 밀도 있게 수정했다. 편집자들은 이렇게 수정된 작품을 부富에
대한 황당하거나 불경스러운, 혹은 무례한 풍자로 평가했다.《스마트
셋》은 이 작품을 구입하며 단 300달러만을 지불했는데, 당시 이보다
좀 더 긴 작품에 대한 《새터데이 이브닝 포스트》의 구입가는 1,500
달러였다. 피츠제럴드는 이 작품에 대해 "나는 굉장한 기대를 갖고 3
주를 투자했다……하지만 편집자 로리머는 '아직 돈을 더 벌어야 할
것 같다'고 했다"며 한 편집자의 반응에 기운을 잃었다고 전해진다.
피츠제럴드는 「리츠 호텔만큼 큰 다이아몬드」를 『재즈 시대 이야기
들』에 수록하며 다음과 같이 언급했다.

　……순전히 나 자신만의 흥미를 충족시키기 위해 구상된 작품이
　었다. 나는 사치에 대한 완벽한 열망이라는 정조에 빠져 있었다.
　이야기는 세상에 존재하지 않는 가상의 물질에 대한 열망을 충족
　하려는 시도로부터 시작된다. 어느 유명한 평론가는 내가 써 왔던
　그 어떤 작품보다 이런 식의 화려한 오락물이 더 좋다고 얘기했다.

겨울의 꿈들
Winter Dreams

1

캐디들은 대개 지지리도 가난해서 앞마당에 신경질적인 암소가 매여 있고 방도 하나밖에 없는 집에서들 살고 있었는데, 덱스터 그린의 아버지는 블랙베어에서 두 번째로 좋은 식료품 가게를 소유하고 있었다. 제일 좋은 곳은 셰리아일랜드 출신의 부유한 사람들이 단골로 드나드는 '허브'라는 가게였다. 그런 덱스터가 캐디 일을 하는 건 그저 용돈을 벌기 위해서일 뿐이었다.

날이 서늘해지고 회색빛을 띠어 가기 시작하는 가을 그리고 상자의 하얀색 뚜껑처럼 닫히는 미네소타의 기나긴 겨울이면, 덱스터의 스키는 골프장 잔디밭을 뒤덮은 눈 위를 질주했다. 이때의 시골은 그에게 깊은 우울을 가져다주는데, 겨울 시즌이 끝날 때까지 문을 닫을 수밖에 없는 골프장이 볼썽사나운 참새들에게 완전히 점령당하는 것도 그를 짜증 나게 했다. 여름 내내 화려한 색깔의 깃발이 펄럭대던 티*들마다 딱딱하게 굳은 얼음 속에 무릎 높이의 모래 상자들만이 덩그러니 놓여 있는 모습도 황량하기 이를 데 없었다. 언덕을 가로지를 때면 바람은 견디기 힘들 만큼 차가웠고, 해가 떠 있을 때면 사방에서 온통 번쩍대는 빛으로 눈을 제대로 뜨지도 못한 채 터벅거리며 걸어야 했다.

4월이면 겨울은 돌연히 끝나 버린다. 잔디밭을 덮은 눈은 성급한 골퍼들이 과감히 몰려들어 붉고 검은 공들을 쳐 대기 전에 대부분은 블랙베어 호수로 흘러내렸다. 우쭐대지도 않고, 대지를 촉촉이 적셔 대는 장관을 틈틈이 연출하지도 않고, 추위는 사라져 버린다.

덱스터는 이 북부의 봄에 뭔지 모를 음울함이 있음을 알았다. 그것은 마치 가을에 뭔지 모를 화려함이 존재하고 있음을 아는 것과 같았다. 가을은 그로 하여금 두 주먹을 틀어쥐게 만들었고, 뜻 모를 문장들을 계속 읊조리게 만들었으며, 머릿속에서 상상해 낸 관객과 군인들을 향해 갑작스럽게 강렬한 명령을 내리는 동작을 하게 만들었다. 10월은 그를 희망으로 가득 차게 했고, 11월은 그 희망을 승리의 무아경으로 몰아넣었으며, 이런 분위기 속에서 덧없이 지나가 버리는 셰리아일랜드의 여름, 그 화려한 인상들은 그의 주머니를 불려 주었다. 그는 수백 번의 경기를 치르면서 매번 멋지게 T. A. 헤드릭 씨를 물리치고 골프 챔피언에 오르는 상상을 하곤 했었는데, 그 세부적인 내용들은 경기마다 끊임없이 바뀌었다. 때로는 실소가 터질 만큼 쉽게 이겼

---

* 골프에서 맨 처음 공을 올려놓고 치는 곳.

고, 때로는 계속 따라붙다가 멋지게 경기를 뒤집기도 했다. 어떤 경우엔 모티머 존스 씨처럼 고급 승용차 피어스애로에서 내려 셰리아일랜드 골프 클럽의 휴게실을 무심히 걸어 다니기도 했고, 혹은 감탄을 터뜨리는 관중들에 둘러싸여 있다가 클럽 래프트의 출발대에서 멋지게 다이빙하는 장면을 연출하는데, 가만 보니 사람들 사이에 모티머 존스 씨가 입을 딱 벌린 채 지켜보고 있더라는……

그런 어느 날, 존스 씨가— 상상 속의 그가 아니라 진짜 그가— 눈물 글썽거리는 눈으로 덱스터에게 다가오더니, 덱스터가 클럽에서 최고의 캐디라고, 자기가 가치를 인정해 줄 테니 그만둘 생각은 하지 말아 달라고, 왜냐하면 다른 캐디들은 홀을 한 번 돌 때마다 어김없이 공을 하나씩 잃어버리기 때문이라고 말했다.

"아닙니다, 사장님," 하고 덱스터가 단호하게 말했다. "전 더 이상 캐디 일을 하고 싶지가 않습니다." 그러곤 잠깐 말을 끊었다가 이었다. "나이가 너무 많아서요."

"자넨 열네 살도 안 됐잖아. 하필이면 왜 오늘 아침에 그만두려고 마음을 먹은 건가? 다음 주에 나랑 주 토너먼트에 나가기로 약속을 했잖아."

"아무래도 나이를 너무 먹었습니다."

덱스터는 A등급 배지를 반납하고 캐디 팀장으로부터 일당을 받은 뒤에 블랙베어 마을에 있는 집으로 걸어갔다.

"내가 본 캐디 중에…… 최고였는데." 모티머 존스 씨는 그날 오후 술을 마시며 그렇게 소리를 질러 댔다. "공을 잃어 본 적이 없어! 머리 좋지! 조용하지! 성실하지! 고마워할 줄도 알지!"

이렇게 된 데는 열한 살짜리 조그만—지금은 예쁜 티가 많이 나지도 않고 오히려 못생긴 듯하지만 몇 년만 지나면 말로 표현할 수 없을 만큼 사랑스러워져서 뭇 남자들에게 끔찍한 슬픔을 안겨 주게 될— 소녀가 있었다. 하지만 싹은 이미 돋아나 있었다. 미소를 지을 때면 입술 가장자리가 아래로 비틀리는 것이나—세상에!—두 눈에 엿보이는 거의 뇌쇄적이라 할 만한 기질은 부도덕해 보이기까지 했다. 생명력은 그런 유형의 여자들에게는 일찍이 타고나는 법이다. 그녀의 가냘픈 몸매에서 발해지는 광채가 이를 충분히 증명하고 있었다.

그녀는 오전 9시면 하얀 무명옷을 입은 보모와 함께 한껏 기대하는 표정으로 골프장에 나타났는데, 보모의 손에는 새 골프채 다섯 개가 담긴 두꺼운 하얀색 천 가방이 들려 있었다. 캐디 하우스 옆에 서 있는 그녀를 처음 보았을 때, 덱스터의 눈에는 그녀가 어딘지 불안하게 보였다. 놀라움과 호기심이 담긴 표정으로 짐짓 우아하게 미간을 찡그리며 보모와 어색하게 대화하는 모습에서 불안함을 감추려 한다는 게 티가 났다.

"와, 날씨 정말 좋아, 힐다." 덱스터가 들은 그녀의 말은 그랬다. 그녀는 입가를 아래로 내리며 미소를 짓고는 몰래 주위를 살폈다. 잠깐 덱스터에게 닿았던 그녀의 눈길이 아래로 떨어졌다.

그러곤 보모에게 말했다.

"그런데 오늘 아침엔 사람들이 별로 없네, 안 그래?"

다시 미소가 떠올랐다. 반짝반짝 빛이 나고, 일부러 짓는다는 게 티가 나지만, 빨려 들게 했다.

"어떻게 해야 할지 모르겠네," 하고 특별히 어딜 보려는 곳도 없이 그저 둘러보며 보모가 말했다.

"뭐, 괜찮아. 내가 해 볼게."

덱스터는 정말이지 꼼짝도 하지 않고 서 있었다. 입만 조금 벌린 상태로. 한 걸음 앞으로 옮기면 그녀가 시야에 완전히 들어오고, 한 걸음 뒤로 물러나면 그녀의 얼굴이 완전히 가려질 거라는 걸 그는 알고 있었다. 잠깐이었지만 그는 그녀가 얼마나 어린아이인지를 자각하지 못했다. 그러다가 지난해에 그녀를 여러 번 봤었다는 게 기억이 났다. 블루머 반바지* 차림의.

갑자기, 전혀 예기치 못한 웃음이, 맥락 없이 픗, 하고 터졌다. 제풀에 흠칫 놀란 그는 돌아서서 재빨리 걸음을 옮기기 시작했다.

"이봐요!"

덱스터가 걸음을 멈추었다.

"저기……"

그를 부르는 게 틀림없었다. 그뿐이 아니었다. 그 이상한, 알 수 없는, 적어도 열두어 명의 남자들은 중년이 될 때까지 기억에 담아 둘 미소까지, 그에게 보내고 있었다.

"저기요, 골프 선생님이 어디 계신지 아세요?"

"그분은 레슨 중입니다."

"그럼, 캐디 팀장님은 어딨죠?"

"그분은 아직 출근을 안 하셨어요."

"아." 한동안 난처한 표정을 지어 보이던 그녀는 오른발과 왼발을 번갈아 들어 올리며 서 있었다.

"우린 지금 캐디가 필요하거든요," 하고 보모가 말했다. "모티머 존스 씨가 여기 가서 골프를 쳐 보라고 하셔서 왔는데, 캐디 없이 어떻게

---

* 예전의 미국 여성들이 운동을 하거나 자전거를 탈 때 입던, 무릎 부분을 조이게 만든 헐렁한 반바지.

해야 할지 모르겠네요."

거기서 그녀는 존스 양의 심상찮은 눈길과 곧 이어진 그 기묘한 미소를 받고 말을 멈추었다.

"저 말고는 캐디가 없습니다," 하고 덱스터가 보모에게 말했다. "그런데 전 캐디 팀장이 출근할 때까지 자리를 지켜야 하고요."

"아."

존스 양과 그녀의 보모는 돌아서서 걸어가 덱스터로부터 어느 정도 거리가 떨어지자 열띠게 논쟁을 벌이는가 싶더니, 존스 양이 골프채 하나를 집어 거칠게 바닥을 내려치는 바람에 얘기가 중단되었다. 뭔가 더 강조할 게 있는 듯 그녀가 다시 골프채를 들어 올리더니 보모의 가슴팍을 향해 세차게 내려쳤는데, 그 순간 보모가 골프채를 그러잡아 비틀어 그녀의 손에서 빼앗았다.

"빌어먹을 쪼그만 늙은 게!" 하고 존스 양이 거칠게 소리를 질렀다.

다시 말다툼이 이어졌다. 그들이 하는 꼴이 어지간히 웃기다는 생각이 든 덱스터는 몇 번이나 웃음이 터졌지만, 그럴 때마다 소리가 새 나가지 않게 참았다. 그는 왠지 어린 여자애가 보모를 때리는 게 잘못된 것 같지 않다는 기괴한 확신을 억누르기 힘들었다.

마침 캐디 팀장이 나타나 보모가 곧바로 그에게 부탁을 하면서 상황이 해결되었다.

"존스 아가씨는 어린 캐디였으면 해요. 그런데 저기 저 친구는 갈 수가 없다는군요."

"매케너 씨가 팀장님이 오실 때까지 기다리고 했었어요," 하고 덱스터가 재빨리 말했다.

"이제, 그분이 왔으니 됐죠?" 하고 캐디 팀장을 향해 존스 양이 활짝 미소를 지었다. 그러곤 가방을 떨구듯 내려놓더니 오만하게 첫 번째 티를 향해 짧고 빠르게 걸음을 옮겼다.

"뭐 해?" 캐디 팀장이 덱스터에게로 고개를 돌렸다. "왜 거기 바보처럼 서 있는 거야? 어서 가서 아가씨 클럽 뽑아 드리지 않고."

"오늘은 나갈 마음이 없네요," 하고 덱스터가 말했다.

"마음이 없……"

"캐디, 그만두겠어요."

엄청난 결정이라 그도 놀랐다. 그는 골퍼들로부터 사랑받는 캐디였고, 여름 시즌에 월 30달러는 호수 마을 어디서도 쉽게 벌 수 있는 돈이 아니었다. 하지만 그가 받은 정서적 충격이 너무도 강해서, 마음에 일어난 동요를 격렬하면서도 즉각적으로 배출해야만 했다.

그러나 문제는 그렇게 간단한 게 아니었다. 앞날의 일이란 게 흔히 그렇듯, 덱스터의 무의식은 이미 그가 꾸는 겨울의 꿈들로부터 벗어날 수 없는 상태에 놓여 있었다.

2

물론, 이제 이 겨울의 꿈들이 가진 특질과 계절적인 특성은 변했지만, 그 소재만큼은 그대로 남아 있다. 이 꿈들은 덱스터로 하여금 여러 해 뒤 주립대학 경영학 과정을 그만두고—그의 부친은 이제 사업이 번창해 학비를 대 줄 수 있게 되었지만 여전히 경제 사정이 어려워 곤혹스럽긴 해도 동부에 있는 좀 더 전통이 있고 유명한 대학에 진학하게 했다—그러나 그의 겨울 꿈들이 시작 단계에서부터 부자들에 대한 깊은 관심과 함께 작동되었다고 해서 이 소년의 내면에 속물적인 뭔가만 있다고 단정하지 말았으면 한다. 그가 바란 건 화려한 것들 그 자체였지, 화려한 것들과 관련되거나 그런 사람들과 유대를 맺고 싶은 것은 아니었다. 종종 그는 자신이 왜 그걸 원하는지도 모른 채 세상에서 가장 좋은 것을 손에 넣으려 했고, 그러다 보면 이따금씩 삶을 곤궁에 빠뜨리는 기이한 형태의 거부와 금기들에 부닥치곤 했다. 지금부터 하게 될 이야기는 그가 겪은 전부가 아니라 그런 거부들 중의 하나이다.

그는 돈을 벌었다. 얼마큼은 놀랄 만한 일이었다. 대학을 졸업한 그는 블랙베어 호수가 부유한 단골들을 끌어모으는 그 도시로 갔다. 겨우 스물세 살에 그곳에서 채 2년도 살지 않았지만, 그는 이미 사람들로부터 "괜찮은 친구가 하나 있는데……"라는 얘기를 들을 정도가 되었다. 그의 주변에 있는 부잣집 자식들은 하나같이 막무가내로 채권을 팔거나, 물려받은 유산을 무턱대고 투자를 하거나, '조지 워싱턴 상과대학' 통신 과정 스물네 권을 독파하려 들었지만, 덱스터는 대학 학위와 자신감 넘치는 언변으로 1,000달러를 빌려 세탁소를 사들인 뒤 동업을 시작했다.

시작은 조그만 세탁소였지만 덱스터는 영국 사람들이 질 좋은 모직 골프 양말을 줄어들지 않게 하는 특별한 기술을 배워 한 해 만에 골프용 니커보커스를 입고 다니는 사람들을 고객으로 확보했다. 사람들은 잃어버린 골프공을 잘 찾는 캐디를 고집하듯이 자신들의 셰틀랜드산 긴 양말과 스웨터를 굳이 그의 세탁소에 맡기려 했다. 얼마 지나지 않아 그는 그들의 아내가 입는 속옷까지 맡게 되었고, 그 도시 곳곳에 다섯 개의 지점을 운영하기에 이르렀다. 그가 지역에서 가장 큰 규모의 세탁소 체인을 소유하게 된 건 스물일곱 살이 되기도 전이었다. 그리고 그는 사업체를 매각해 뉴욕으로 떠났다. 하지만 그에 대해 우리가 주목해야 할 이야기를 하자면 그가 처음 큰 성공을 이룬 시절로 돌아가야 한다.

그의 나이 스물세 살 때, 하트 씨—"괜찮은 친구가 하나 있는데……"라고 즐겨 말하던 머리 희끗한 남자들 중 하나— 가 그에게 주말에 사용할 수 있는 셰리아일랜드 골프 클럽 고객 카드 하나를 주었다. 그래서 그는 고객 명부에 사인을 하고 그날 오후 하트 씨와 샌드우드 씨, T. A. 헤드릭 씨와 4인조로 골프 시합을 했다. 그는 한때 이 골프장에서 하트 씨의 골프 가방을 둘러메고 다녔으며, 웅덩이니 도랑이 어디에 있는지는 눈을 감고도 훤히 안다는 얘기까지 굳이 할 필요는 없다고 생각했다. 하지만 그들의 뒤를 따르는 네 명의 캐디를 힐끔 보며 그는 자신의 예전 모습을 떠올리다가 지금과 예전의 거리를 좁힐 수 있는 징후나 몸짓이 뭐가 있을까 헤아렸다.

좀 이상한 날이었다. 갑자기 휙휙 친숙한 인상들이 지나가는. 문득 불법 침입자가 될 것 같은 느낌이 들었다. 그러다 그는 T. A. 헤드릭 씨가, 지루해진 데다 예전만큼 골프도 잘 치지 못하게 된 그가 별 볼일 없어진 듯한, 어마 무시한 우월감 같은 걸 느끼게 되었다.

그런데, 하트 씨가 15번 홀 부근에서 잃어버린 공 때문에 엄청난 해프닝이 일어났다. 그들이 러프*의 뻣뻣한 풀밭을 뒤지고 있는 동안 뒤편 언덕 너머에서 "앞쪽에 공요!"** 하는 소리가 또렷하게 들려왔다. 그

---

* 골프에서 코스 바깥쪽 긴 풀들이 자라 있는 지역.
** Fore. 골프에서 공이 가는 쪽에 있는 사람에게 경고하는 소리로, 영어권에선 '앞'을 뜻하는 단어 "fore!"를 외친다.

소리에 그들은 급하게 몸을 돌렸는데 언덕을 넘어 날아온 밝은 빛깔의 새 공이 느닷없이 T. A. 헤드릭 씨의 복부를 강타했다.

"어이쿠!" 하고 T. A. 헤드릭 씨가 비명을 질렀다. "저 미친 여자들을 골프장에서 쫓아 버려야 해. 점점 열 받아 못살겠어."

언덕 너머에서 고개 하나가 불쑥 나타나며 목소리가 날아왔다.

"계속 쳐도 될까요?"

"당신이 친 공이 내 배를 맞혔어요!" 헤드릭 씨가 거칠게 항의했다.

"제가요?" 공을 친 아가씨가 남자들에게로 다가왔다. "죄송해요. 그래서 제가 '앞쪽에 공요' 하고 소리를 질렀던 건데."

그녀는 무심한 눈으로 남자들을 하나씩 훑어보았다. 그러곤 페어웨이에서 자신이 친 공을 찾아보았다.

"제가 러프에다 빠뜨렸나요?"

그녀의 물음이 솔직한 거였는지 심술궂은 거였는지는 쉽게 판단할 수가 없었다. 하지만 조금 뒤 그녀의 파트너가 언덕을 넘어왔을 때 그녀가 명랑하게 이렇게 말한 걸 보면 의심의 여지가 없었다.

"저 여기 있어요! 어딘가에 맞질 않았다면 제 공은 그린에 가 있을 거예요."

그녀가 5번 아이언으로 짧은 매시샷을 치려고 자세를 잡는 동안, 덱스터는 그녀를 유심히 지켜보았다. 그녀가 입은 파란 체크무늬 원피스의 목과 어깨 쪽이 파여 있어 가장자리의 하얀 살결이 그을린 피부를 도드라지게 했다. 열정이 가득한 두 눈과 아래쪽으로 앙다문 입매 때문인지 열한 살 때의 과장스럽고 얍상하던 모습은 어디에도 없었다. 그녀는 시선을 뗄 수 없을 정도로 예뻤다. 두 뺨의 색깔은 그림에 그려진 것 같은 농도를 띠고 있었는데, '짙은' 것이 아니라 수시로 변하는 미열과도 같은, 너무도 옅어서 금방이라도 내려가 사라져 버릴 것만 같은 그런 색이었다. 이런 색과 입술의 움직임은 삶의 흐름과 밀도를, 열정적인 생명력을 쉴 틈 없이 전해 주었는데, 슬픔과 화려함이 함께 담긴 그녀의 두 눈에 의해 아슬아슬하게나마 지탱되고 있었다.

그녀는 조급하기도 하고 별 흥미도 없이 5번 아이언을 휘둘러 반대편 그린의 모래 구덩이에다 공을 빠뜨렸다. 그러곤 빠르고 가식적인 미소와 함께 "고마워요, 여러분!" 하고 톡 뱉고는 공이 있는 곳으로 갔다.

"주디 존스, 저 자식!" 하고 헤드릭 씨가 다음 티에서 말했다. 그들은 그녀가 계속 경기를 하도록 한동안 대기하고 있었다. "저런 녀석은 여섯 달 동안 엎어 놓고 볼기를 친 뒤에 고지식한 기병대 대위한테 시집을 보내 버려야 해."

"왜 그러세요, 예쁜데요!" 하고 갓 서른을 넘긴 샌드우드 씨가 말했다.

"예뻐 보이겠지!" 헤드릭 씨가 비웃듯 말했다. "항상 키스해 주길 기다리고 있는 것처럼 보일 테니까! 마을에 있는 모든 어린 소들에게 저 큰 암소 눈을 돌리고 있으니!"

헤드릭 씨가 얘기하고 싶은 게 모성 본능일 리는 없었다.

"노력만 좀 하면 저 아가씬 골프를 꽤 치겠어요," 하고 샌드우드 씨가 말했다.

"폼이 안 나오잖아." 헤드릭 씨가 진지하게 말했다.

"몸은 잘 빠졌어요." 샌드우드 씨가 말했다.

"속도가 더 안 나오기에 망정이지," 하고 하트 씨가 덱스터에게 눈을 찡긋거리며 말했다.

늦은 오후, 금빛과 변화무쌍한 푸른색, 진홍색이 뒤섞인 채 해가 떨어지고 메말라 바싹거리는 서부의 여름밤이 찾아들었다. 덱스터는 골프 클럽 베란다에서 추분의 보름달 아래로 불어 가는 잔잔한 바람에 은빛 당밀 같은 물결이 살랑거리는 장면이 겹쳐지고 있는 걸 지켜보았다. 그러다가 달이 손가락 하나를 입술에 대자 호수가 옅은 푸른빛의 잔잔하게 맑은 수영장으로 바뀌었다. 덱스터는 수영복으로 갈아입고는 가장 멀리 떨어진 부교浮橋까지 헤엄쳐 가서는 물에 젖은 구름판 끝부분에 물방울을 들으며 팔을 쭉 뻗었다.

호수 위로 물고기가 한 마리 뛰어오르고, 밤하늘엔 별이 하나 빛을 발하고, 호수 주변의 불빛들이 환하게 비쳤다. 어둠 너머 저편 어느 대륙에서 누군가가 연주하는 지난여름의 노래가, 지난여름보다 더 지나간 여름의 노래—〈친친〉과 〈룩셈부르크 백작〉과 〈초콜릿 병사〉*에 나오는 곡—가, 피아노 소리가 들려왔다. 물 위로 길게 뻗어 나가는 피아노 소리는 덱스터에겐 언제나 아름다웠으므로 온통 숨을 죽인 채 누워 귀를 바짝 기울일 수밖에 없었다.

그 순간에 들려오던 피아노의 곡조는 덱스터가 대학 2학년이었던 5년 전엔 즐겁고 새로웠다. 한번은 주머니 사정이 좋지 않아 호화로운 댄스파티에 갈 수가 없었는데, 그래서 체육관 밖에 우두커니 선 채로 이 곡을 들은 적이 있었다. 그때 느꼈던 이 곡의 황홀함이 지금 그에게 일어나는 것 같았다. 너무도 고마운 느낌이, 이번 한 번만은 그런 감흥이 일어날 것 같았다. 그를 둘러싸고 있는 모든 것이 자신으로선 다시는 알아낼 수 없을 것 같은 광휘와 마력을 내뿜고 있다는 느낌.

* 1900년대 초에 인기를 끌었던 뮤지컬. 차례대로 〈Chin-Chin〉, 〈The Count of Luxemburg〉, 〈The Chocolate Soldier〉.

낮고 파리한 타원형의 물체가 섬에 드리워진 어둠으로부터 느닷없이 분리되더니 앞으로 툭 뻗어지듯 경기용 모터보트의 요란한 소리가 퍼져 나갔다. 뒤편으로 흰 물결이 두 줄기로 갈라지는가 싶더니 거의 동시에 보트가 그의 옆에 와 있었다. 그리고 건반을 강렬하게 때리던 피아노 소리조차 윙윙거리며 일어나는 물보라 소리에 묻혀 버렸다. 두 팔을 짚고 일어난 덱스터는 보트의 타륜을 잡은 채 서 있는 형상을, 그 검은 두 눈이 길게 퍼진 물길 너머로 자신을 주시하고 있다는 걸 알아챘다. 그러다가 보트는 그를 지나쳐 내달려 가더니 호수 한가운데에서 하릴없이 커다란 원을 그리며 돌고 또 돌았다. 그러곤 또 이유도 없이 그 원들 중 하나를 뭉개며 부교를 향해 되돌아왔다.

"그쪽, 누구?" 하고 여자의 목소리가 물었다. 엔진이 꺼졌다. 여자와의 거리가 아주 가까워져서 덱스터는 그녀가 입고 있는 분홍색 원피스 수영복을 또렷이 볼 수 있었다.

보트 앞 끝이 부교에 부딪치고, 부교 끝부분이 비스듬히 기울면서 그가 여자 쪽으로 곤두박질을 쳤다. 그 순간 둘은 각자 다른 흥미를 가지고 서로를 알아보았다.

"오늘 오후에 남자분들이랑 같이 골프 친 분 아닌가요?" 하고 그녀가 물었다.

당연히 그였다.

"혹시, 모터보트 운전할 줄 알아요? 안다면 제가 뒤에서 서핑보드를 타 볼까 해서요. 전 주디 존스라고 해요." 그녀는 어색하게 싱글싱글 웃어 보였는데, 일부러 그렇게 보이려고 한 것 같았다. 그에겐 그 웃음이 어색하기는커녕 그저 아름다울 뿐이기 때문이었다. "저 건너편 섬에 있는 집에 살고요, 그 집엔 절 기다리는 남자가 한 분 계시죠. 그분이 문 앞으로 차를 몰고 왔을 때, 전 보트를 몰고 선착장을 떠났어요. 그분이 절 자신의 이상형이라고 말해서요."

호수 위로 물고기가 한 마리 뛰어오르고, 밤하늘엔 별이 하나 빛을 발하고, 호수 주변의 불빛들이 환하게 비쳤다. 주디 존스는 곁에 앉은 덱스터에게 보트 운전하는 법을 설명해 주었다. 그러곤 물속으로 뛰어들어 물 위에 떠 있는 서핑보드까지 나긋나긋하게 헤엄을 쳐 갔다. 그녀를 지켜보는 건 바람에 흔들리는 나뭇가지나 날아가는 갈매기를 보는 것만큼이나 편안했다. 햇볕에 그을려 버터호두 빛깔을 띤 그녀의 두 팔이 희끄무레한 백금 같은 잔물결 사이로 나긋나긋 움직였다. 팔꿈치 하나가 올라오면 리드미컬하게 물이 떨어지면서 다른 팔뚝이 뒤편으로 구부러지고, 그러면 몸이 앞쪽 아래로 쭉 뻗으며 머리에서부터 날렵하게 물길이 열렸다.

그들이 호수 안으로 움직이기 시작하면서 고개를 돌린 덱스터의 눈에 그녀가 위로 기울어진 서핑보드의 뒤쪽 낮은 곳에 무릎을 꿇고 앉아 있는 게 보였다.

"더 빨리 달려 봐요," 하고 그녀가 주문했다. "갈 수 있는 데까지 빨리."

그녀가 시키는 대로 그가 레버를 앞으로 당기자 보트 뱃머리에 하얀 물보라가 솟아올랐다. 그가 다시 뒤쪽을 돌아보자 소녀가 달리는 서핑보드 위에 선 채로 팔을 한껏 펼치고 달을 향해 고개를 치켜들고 있었다.

"엄청 추워요," 하고 그녀가 소리를 질렀다. "그런데 이름이 뭐예요?"

그가 그녀에게 이름을 말해 주었다.

"근데, 내일 저녁에 식사하러 오지 않을래요?"

그의 심장이 마치 보트의 플라이휠*처럼 돌아가기 시작했다. 그리고 그것은, 그녀의 변덕이 그에게 새로운 삶의 방향을 제시해 준 두 번째 사건이었다.

3

다음 날 저녁, 그녀가 아래층으로 내려오길 기다리며 덱스터는 그윽하게 깊어 가는 여름의 밤과 밤을 향해 열려 있는 유리로 된 현관으로 사람들을 꾸역꾸역 불러 모았다. 주디 존스를 사랑했었던 숱한 사내들을. 그들이 어떤 애들인지를 그는 잘 알고 있었다. 처음 대학에 들어 갔을 때 그가 보았던, 우아한 옷에 건강한 여름을 보낸 짙은 갈색 피부를 가진 대단한 예비학교 출신들. 어떤 점에선, 그는 그들보다 더 낫다고 자부했다. 자신이 더 참신하고, 더 힘이 셌다. 하지만 그의 자식들은 그들처럼 되기를 바랐고, 그건 결국 자신은 자식들의 싹을 오래오래 틔워 주어야 하는 거칠지만 강력한 거름이란 사실을 인정하는 데 불과했다.

멋진 옷을 입어야 할 때가 찾아오자 그는 미국에서 가장 뛰어난 재단사가 누구인지를 알아냈고, 그날 저녁 그가 입고 있는 양복이 바로 그 재단사가 만든 것이었다. 그는 타 대학들과는 다른, 자신이 다닌 대학만이 지닌 독특한 신중함을 받아들였더랬다. 그는 그런 태도가 자

---

* 기계나 엔진의 회전 속도에 안정감을 주기 위한 무거운 바퀴.

신에게 가치 있는 일이란 것을 인식했고, 그래서 그걸 받아들였던 것이다. 그는 옷이나 태도에 신경을 쓰지 않는 게 신경을 쓰는 것보다 더 큰 자신감을 필요로 한다는 사실을 알고 있었다. 하지만 신경 쓰지 않는다는 건 자식들이 해야 할 일이었다. 그의 모친은 이름이 크림스리흐였다. 그녀는 보헤미아 농부의 딸로, 세상을 떠나던 날까지 엉터리 영어로만 말했다. 그녀의 아들은 일정한 형식을 꼭 지켜야만 했다.

7시가 조금 지났을 때 주디 존스가 아래층으로 내려왔다. 실크 재질의 파란색 약식 야회복을 입은 그녀를 본 그는 뭔가 더 정성을 들여 입지 않은 것에 처음엔 실망감이 들었다. 이 실망감은 간단하게 인사를 나눈 뒤 그녀가 집사들이 드나드는 주방으로 다가가 문을 열며 "저녁 차려 줘, 마사," 하고 소리를 질렀을 때 증폭되었다. 그가 예상한 것은 집사가 저녁을 차려 놓아서 칵테일도 한잔하게 되리라는 거였다. 그런데 라운지에 나란히 앉아 서로의 얼굴을 보자 이런 생각들은 뒤편으로 휙 날아가 버렸다.

"아버지랑 엄마는 안 계세요," 하고 그녀가 친절하게 말했다.

그는 마지막으로 그녀의 아버지를 보았던 때를 기억했다. 그녀의 부모가 오늘 밤 집에 있지 않다는 게 기뻤다. 그는 북쪽으로 80킬로미터나 떨어진 미네소타의 작은 마을 키블에서 태어났고, 늘 자신의 고향은 블랙베어 마을이 아니라 키블이라고 말해 왔었다. 보는 데 그다지 불편할 게 없고 부유층들이 애용하는 호수를 발받침대 정도로 이용할 수 있는 곳이라면 시골 마을 출신이라 해도 그리 나쁠 건 없었다.

둘이 그가 다녔던 대학에 대해 얘기를 나누다가 그녀가 지난 2년 동안 그곳을 자주 방문했다는 얘기가 나왔다. 그러다 셰리아일랜드로 단골들을 끌어다 주는 근처의 도시에 대한 얘기도 나누고, 다음 날 덱스터가 번창 일로에 있는 자기 세탁소로 돌아갈 것 같다는 얘기도 했다.

저녁을 먹는 동안 그녀가 시무룩해지는 바람에 덱스터는 마음이 불편해졌다. 꽉 잠긴 목소리로 그녀가 투덜댈 때마다 그는 불안했고, 그녀가 그에게든 닭 간에게든, 혹은 아무것도 아닌 것에조차 미소를 보낼 때도 그는 불안했다. 그 미소가 기쁘거나 즐거워서 짓는 게 아닐 것 같다는 생각이 든 것이었다. 진홍색 입술 끝이 곡선을 그리며 아래로 떨어질 때, 그것은 미소이기보다는 키스를 해 달라는 것이라고 봐야 옳았다.

그렇게 식사가 끝나고 그녀는 그를 유리로 둘러싸인 현관으로 데리고 가서 일부러 분위기를 바꾸려 했다.

"제가 좀 울어도 괜찮겠어요?" 하고 그녀가 물었다.

"제가 좀 재미가 없죠?" 하고 재빨리 그가 되물었다.

"그렇지 않아요. 당신이 좋아요. 끔찍하게 보낸 오후가 생각났거든요. 제가 좋아했던 남자가 있었는데, 오늘 오후에 느닷없이 제게 말하는 거예요. 찢어지게 가난하다고요. 그런 티를 전혀 안 냈던 사람이었죠. 제 얘기가 너무 속되게 들리죠?"

"아마도 당신에게 말하는 게 두려웠을 겁니다."

"그럴지도요," 하고 그녀가 대답했다. "그 사람은 제대로 시작을 못한 거예요. 그렇잖아요, 그 사람이 가난하다는 걸 알았어도, 그래요, 제가 좋아하는 남자들 중에 가난한 사람들도 많았고, 그 사람들이랑 얼마든 결혼도 할 수 있다고 생각했어요. 하지만 이번 경우엔, 그 사람을 그렇게 생각할 수가 없더라고요. 제가 그 사람에게 가진 관심이 충격을 이겨 낼 만큼 강하지 못했던 거죠. 마치 이건, 어떤 여자가 약혼자

에게 자신은 과부라고 아무렇지 않게 말하는 것과 같아요. 어쩌면 그
사람은 과부라도 괜찮았을지도 모르지만⋯⋯"

"우린 제대로 시작하기로 해요," 하고 그녀가 갑자기 말을 바꾸었
다. "음, 당신은 어떤 분인가요?"

덱스터는 잠깐 주저하다 말했다.

"별거 없어요." 그는 발표하듯 말을 이었다. "제 이력은 거의 미래의
것이죠."

"가난해요?"

"그렇진 않아요," 하고 그가 솔직하게 말했다. "북서부에선 또래들
중에 누구보다 많이 벌고 있을 겁니다. 제 입으로 얘기하기가 그렇지
만, 제대로 시작하자고 해서 드리는 말입니다."

잠깐의 침묵이 흘렀다. 그러다 그녀가 미소를 지었고, 입꼬리가 아
래로 쳐졌고, 거의 알아챌 수는 없었지만 그에게로 좀 더 다가가며 눈
을 올려다보았다. 덱스터는 목에 덩어리 같은 게 걸린 듯한 느낌이 들
면서, 무슨 일이 벌어질지 기대하는 마음에 숨이 제대로 쉬어지지
않았다. 그들의 입술이 뭔가 신비로운 현상을 만들어 낼 것 같은 느낌
이었다. 그때 그는 알았다. 그녀는 자신의 달아오른 감정을 키스로 아
낌없이, 깊이, 전해 주고 있음을. 그리고 그것은 어떤 약속이 아니라
성취라는 것을. 그녀가 퍼붓는 키스는 그에게 새로운 것에 대한 갈증
을 느끼게 하는 것이 아니라 가득 채우고도 더 채우려는 포만을 불러
오는, 아낌없이 내주고도 부족함을 느끼게 하는 자선과도 같았다.

그가 자신감에 넘치고 야망에 부풀었던 어린 시절부터 줄곧 자신이
주디 존스를 원했다는 사실을 확인하는 데는 그리 오랜 시간이 걸리
지 않았다.

4

그렇게 시작되었다. 그리고 계속되었다. 빛깔은 다양하게 변했지만 모양은 대단원의 막을 내릴 때까지 그렇게 유지되었다. 덱스터는 자신이 관계를 맺어 본 사람들 중에 가장 숨김없고 부도덕한 성격의 소유자에게 자신의 일부를 바쳤다. 주디는 원하는 것이면 무엇이든 자신이 가진 매력을 최대한 발휘해 그것을 추구했다. 방법을 달리하지도, 유리한 자리를 차지하려고 다투거나 효과를 미리 따져 보지도 않았다. 그녀의 어떤 일에서든 일말의 정신적 측면도 찾을 수 없었다. 그녀가 한 것은 남자들로 하여금 자신의 육체적 아름다움을 가장 높은 단계로 의식하도록 만드는 것이었다. 덱스터에겐 그녀를 변화시키겠다는 열망이 전혀 없었다. 그녀에게 결핍된 것들은 그 결핍된 것들을 초월하고 정당화하는 열정적인 에너지와 떼려야 뗄 수 없는 관계에 있었다.

첫날밤, 주디가 그의 어깨에 머리를 기대며 "제가 왜 이러는지 모르겠어요. 어젯밤엔 어떤 남자를 사랑한다고 생각했는데, 지금은 당신을 사랑한다고 생각하고 있으니⋯⋯," 하고 속삭였을 때, 그녀의 말은 그에게 아름답고 로맨틱하게 들렸다. 그런 아름다운 자극은 오랜 시간 그가 통제하고 소유할 수 있는 게 아니었다. 과연, 일주일 뒤, 그는 이 똑같은 정황을 다른 불빛 아래서 볼 수밖에 없었는데, 그를 자신의 자동차에 태워 가벼운 만찬장으로 데리고 간 그녀가 식사가 끝나자 사라져 버린 것이다. 그 자동차에 다른 녀석을 태우고. 속이 완전히 뒤집어진 덱스터는 만찬장에 모인 사람들을 점잖게 대할 수가 없었다. 그녀석과 키스를 하지 않았다고 그녀가 확고하게 말했을 때 거짓말이란 걸 그는 알고 있었지만, 그녀가 자신에게 애써 거짓말을 했다는 게 오히려 기뻤다.

그는, 여름이 끝나기 전, 자신이 그녀의 주위를 맴돌고 있던 십여 명쯤 되는 각양각색의 사내들 중 하나란 사실을 알게 되었다. 그들 각자는, 한 번씩들은, 나머지 사내들보다 각별한 애정을 받은 적이 있었는데, 반 정도는 언젠가 그녀의 감정이 되살아날 거라고 여전히 자신을 위로하고 있었다. 오랫동안의 무관심으로 인해 누군가가 떨어져 나갈 조짐을 보이면 그녀는 그에게 달콤한 시간을 허락했고, 그러면 그는 다시 용기를 얻어 한두 해를 버텨 냈다. 주디는 악의라곤 없이 그 허약하고 패배감에 젖은 사내들을 급습하곤 했는데, 자신의 행동에 어떤 식으로든 장난기가 배어 있다는 사실을 전혀 의식하지 못했다.

새로운 사내가 마을에 나타나면 모두가 일제히 물러섰고, 데이트는 자동으로 취소되었다.

그녀가 그 모든 것을 주재한다는 것은 뭔가를 해 보려 한다는 것 자체를 무기력하게 만들었다. 그녀는 동적인 감각에 있어 '이길 수' 있는 대상이 아니었다. 영리함도, 매력도, 그녀에겐 통하지 않았다. 그런 것들로 그녀를 강하게 압박할 경우, 그녀는 즉시 육체를 기반으로 문제를 해결해 버렸으며, 일단 그녀의 육체적 현란함이라는 마법에 걸려 버리면 똑똑한 사내들만이 아니라 강한 사내들도 그들의 규칙이 아니라 그녀의 규칙으로 게임을 치러야 했다. 그녀는 오직 자신이 가진 욕망을 충족시키고 자신이 가진 매력을 직접 행사함으로써 즐거움을 얻었다. 어쩌면 그토록 많은 젊은 사랑, 그토록 많은 젊은 연인으로부터 그녀가 얻은 것은, 자신을 스스로 지켜 내는, 완벽한 내적 자양분이었을지 모른다.

처음의 들뜬 기분이 지나가자 덱스터에게 찾아온 건 불안과 불만이었다. 그녀에게 속절없이 빠져들어 가는 황홀감은 원기를 돋워 주기보다는 옴짝하지 못하게 만들었다. 겨울이라 그런 황홀한 순간들이 자주 찾아오지 않았다는 게 일을 하는 데는 다행이었다. 사귀기 시작할 무렵 한동안은 깊으면서도 자연스럽게 서로에 대해 매력을 느끼는 듯했었다. 가령, 8월 초순 사흘 동안, 그녀의 집 어둑한 베란다에서 보냈던 긴 저녁들, 눈에 잘 띄지 않는 그늘진 정원의 격자 울타리에서 기이하고 나른한 입맞춤을 하며 보냈던 늦은 오후들, 꿈처럼 신선한 모습으로 마주쳤을 때 수줍어하는 듯 보였던 투명하게 새로운 하루가 시작하던 아침들 같은. 거기엔 약혼을 하지 않았다는 자각으로부터 날카롭게 일어난, 약혼이라는 것이 주는 황홀함이 존재했다. 그가 처음으로 그녀에게 청혼을 한 것이 바로 그 사흘 동안에 일어난 일이었다. 그녀는 "언젠가는," 하고 말했고, "키스해 줘요," 하고 말했고, "당신과 결혼하고 싶어요," 하고 말했고, "사랑해요," 하고 말했다. 결국, 그녀가 말한 건 아무것도 없었다.

그 사흘은 뉴욕에서 온 한 남자가 9월의 절반을 그녀의 집에 머무는 동안 중단되었다. 그들과 관련된 소문은 덱스터를 고통스럽게 했다. 그 남자는 큰 신탁회사 사장의 아들이었다. 그런데 어느 월말 주디가 심심해한다는 얘기가 전해졌다. 어느 날 열린 댄스파티에서 그녀는 지역의 미남 하나랑 저녁 내내 모터보트를 탔고, 그러는 동안 뉴욕 남자는 미친 듯 그녀를 찾아 클럽을 헤맸다. 그녀는 지역의 미남에게 자신의 집을 방문한 남자가 지루하다는 얘기를 했고, 이틀 뒤 그 남자는 떠났다. 그녀가 기차역으로 그와 함께 간 게 목격되었고, 남자가 몹시도 슬픈 얼굴을 하고 있었다는 게 알려졌다.

이런 분위기 속에서 여름이 끝났다. 덱스터는 스물네 살이 되었고, 차츰 자신이 원하는 걸 할 수 있는 위치에 있음을 발견했다. 도시의 두 클럽에 가입을 했고, 그중 한 곳에서 살다시피 했다. 그는 여자 파트너를 동반하지 않는 축에 든 건 아니었지만, 주디 존스가 나타날 법한 댄스파티엔 어떻게든 참석했다. 시내의 어른들 눈에 사윗감으로 인기를 얻고 있었던 그는 원한다면 얼마든 사교 모임에 갈 수도 있었다. 주디 존스에게 사랑을 고백한 게 오히려 그의 입지를 굳히는 역할도 해 주었다. 하지만 그에겐 사교계에 대한 야망 따위도 없었거니와, 목요일이나 토요일 파티를 위해 언제든 시간을 비워 두는 사내들과 조금이라도 더 젊은 부부들로 댄스파티를 채우려는 인간들은 경멸했다. 그의 머릿속은 이미 동부의 뉴욕으로 가려는 생각으로 꽉 차 있었다. 그는 주디 존스와 함께 가기를 원했다. 그녀가 자라 온 세계에 대한 어떤 환멸도 그녀가 괜찮은 여자라는 환상을 걷어 내지는 못했다.

이걸 잊어선 안 된다. 그녀에 대한 그의 몰두는 바로 이 환상의 빛으로만 이해할 수 있다는 것을.

주디 존스를 처음 만나고 18개월 뒤, 그는 다른 여자와 약혼을 했다. 그녀의 이름은 아이린 시어러, 그녀의 부친은 덱스터를 믿음직한 청년으로 신뢰해 온 사람들 중 하나였다. 아이린은 밝은 빛깔의 머리에 상냥하고 정직하며 약간 통통한 편이었으며, 구혼자가 둘이나 되었지만 덱스터가 청혼을 하자 흔쾌히 받아들였다.

여름과 가을, 겨울과 봄, 또 다른 여름과 가을이 지나는 동안, 그는 자신의 역동적인 삶 가운데 너무도 많은 부분을 주디 존스의 그 구제 불능인 입술에 바쳤었다. 그녀는 재미와 격려로, 악의와 무관심으로, 경멸로 그를 대했었다. 그녀는 그럴 때 일어날 수 있는 헤아릴 수 없이 많은 모욕과 수치를 그에게 안겨 주었다. 그것은 마치 그를 사랑한 것에 대한 철저한 복수와도 같았다. 그녀는 그를 손짓해 부르고는 하품을 했고, 다시 손짓을 해 부르고는 비꼬듯 눈을 가늘게 뜨고 바라보곤 했다. 그녀는 그에게 황홀한 행복과 견디기 힘든 마음의 고통을 동시에 가져다주었다. 그녀는 그에게 말로 표현하기 힘든 불편함과 적지 않은 골칫거리를 야기시켰다. 그녀는 그에게 창피를 주는가 하면, 그를 짓밟기도 했으며, 그의 일에 대한 흥미와 자신에 대한 흥미를 순전히 재미로만 비교하기도 했다. 그녀는 그를 비난하는 걸 제외하고는 무엇이든 했다. 그랬다. 비난하는 것만은 하지 않았다. 그렇게 하는 것은 그녀가 그에 대해 말하고 진정으로 느꼈던 철저한 무관심에 손상을 입히는 일일 수 있었기 때문인 듯했다.

가을이 왔다가 갔을 때, 그는 자기로선 주디 존스를 가질 수 없다는 생각이 들었다. 이 문제를 생각하고 또 생각하다가 마침내 확신에 이른 것이었다. 그는 한동안 밤에도 잠을 이루지 못한 채 골몰했다. 그는 그녀가 자신에게 야기시켰던 많은 골칫거리와 고통을 떠올렸고, 그녀가 아내로서 얼마나 큰 결함들을 가지고 있는지를 하나씩 열거해 보았다. 그러고 나서도 그는 그녀를 여전히 사랑한다고 중얼거린 뒤, 꽤 한참이 지나서야 잠이 들었다. 그로부터 일주일 동안, 송화기를 타고 들려오는 그녀의 허스키한 목소리나 점심을 먹을 때 자신을 바라보던 그녀의 눈을 떠올리지 않기 위해 그는 열심히 늦게까지 일을 하고 밤이면 사무실에 남아 몇 년 앞의 일까지 계획하곤 했다.

어느 주말, 한 댄스파티에 간 그는 그녀와 한번 얘기를 섞었다. 그들이 만나고 거의 처음으로 그는 그녀에게 끝나고 보자거나 그녀가 사랑스럽다는 말을 하지 않았다. 이런 말들을 그녀가 별로 기다린 것 같지 않았다는 생각이 들자 그는 마음이 아팠다. 하지만 그것으로 다였다. 그는 그날 밤 그녀가 새 남자와 함께 있는 걸 보았지만 질투가 일지는 않았다. 질투로 부글부글 끓는 건 오래전 일이었다.

그는 늦게까지 댄스파티에 남아 있었다. 그는 아이린 시어러와 한시간 동안 자리에 앉아 책과 음악에 대해 얘기를 나누었다. 그 두 가지에 대해 그는 아는 게 별로 없었다. 하지만 이제 자신의 시간을 충분히 가질 수 있는 위치에 올라서기도 했으니—젊은 데다 이미 엄청난 성공을 거둔 덱스터 그린이 아니던가—그런 것들에 대해 더 많이 알아야 하는 건 일종의 의무라고 으스대는 마음도 생겼다.

스물다섯 살이 되던, 10월의 일이었다. 1월에 덱스터와 아이린은 약혼을 했다. 6월에 결혼 발표를 하고, 석 달 뒤에 식을 올리기로 했다.

미네소타의 겨울은 영원히 끝나지 않을 것처럼 계속되었다. 바람이 부드러워지면서 눈이 녹아 블랙베어 호수로 흘러들어 가려면 거의 5월이 되어야 했다. 지난 1년 가운데 처음으로 덱스터는 마음의 평온을 즐기고 있었다. 주디 존스는 플로리다에 머물다 핫스프링스로 옮겼고, 어딘가에서 약혼을 했다가 어딘가에서 깨 버렸다. 덱스터가 그녀를 완전히 단념하고 난 뒤 초기의 한때는 사람들이 여전히 그들을 엮어서 보고 그녀의 안부를 묻곤 해서 그를 슬프게 했지만, 아이린 시어러와 저녁을 먹기 시작하면서 사람들은 더 이상 그녀에 대해 묻지 않았다. 오히려 사람들이 그에게 그녀의 소식을 알려 주었다. 그가 그녀를 독점하던 시절은 끝이 난 것이다.

마침내 찾아온 5월. 어둠이 비처럼 추적추적 떨어지는 밤, 거리를 걷고 있던 덱스터는 너무도 이르게, 너무도 간단히, 그렇게 많았던 황홀이 자신에게서 사라져 버렸다는 사실에 당혹했다. 주디의 신랄하고 용서할 수 없는, 그러나 끝내 용서된 소동으로 각인되었던 한 해 전의 5월은 그녀의 사랑이 점점 커져 간다고 상상하던 희귀한 시간들 중 하나였었다. 그는 이 풍성한 자족을 위해 오래 묵혀 두었던 조그만 행복을 대가로 지불했었다. 그는 아이린이 자신의 뒤편에 드리워진 커튼이나 반짝이는 찻잔을 향해 움직이는 손, 자식들을 부르는 목소리……에 지나지 않을 거란 사실을 잘 알고 있었다. 열망과 사랑은 사라졌지만, 마법과도 같은 밤들, 경이롭게 바뀌던 시간과 계절들…… 아래로 처지며 그의 입술에 떨어져 눈앞에 천국을 펼쳐 주던 얇은 입술…… 그 모든 것들은 그의 내면 깊숙한 곳으로 잠겨 들었다. 그런 것들을 가볍게 날려 버리기엔 그는 너무도 강하고 생생히 살아 있었다.

본격적인 여름으로 건너가는 가느다란 다리 위에서 며칠 동안 날씨가 균형을 잡고 있던 5월 중순의 어느 날 밤, 그는 아이린의 집으로 발길을 돌렸다. 약혼을 발표할 날이 일주일 앞으로 다가온 때였다. 누구도 그 소식에 놀랄 사람은 없을 터였다. 그리고 그날 밤 둘은 대학 클럽 파티장 라운지에 함께 앉아 춤추는 사람들을 한 시간쯤 보게 될 터였다. 그녀와 함께 가면 마음이 편했다. 그녀의 인기는 아주 튼튼했고, 대단히 '대단'했다.

부유한 집의 계단을 밟고 오른 그는 안으로 들어섰다.

"아이린," 하고 그가 불렀다.

시어러 부인이 그를 맞으러 거실에서 나왔다.

"덱스터," 하고 그녀가 말했다. "아이린은 머리가 깨질 것 같다고 2층에 올라갔다네. 자네랑 같이 가고 싶어 했지만, 내가 잠을 좀 자게 했어."

"별일 없을 겁니다. 제가……"

"아니, 아냐. 아침엔 자네랑 골프를 칠 수 있을 거야. 오늘 밤만 그냥 둬 주지 그래, 덱스터?"

그녀의 미소는 부드러웠다. 그녀와 덱스터는 서로를 좋아했다. 작별 인사를 하기 전에 두 사람은 거실에서 잠깐 얘기를 나누었다.

대학 클럽 파티장으로 돌아온 그는 한동안 문가에 서서 춤추는 사람들을 지켜보았다. 문설주에 기댄 채로 그는 한두 사람에게 고개를 끄덕여 보이고는 하품을 쏟아 냈다.

"안녕, 자기."

팔꿈치 쪽에서 들려온 낯익은 목소리가 그를 깜짝 놀라게 했다. 주디 존스가 한 남자를 떠나 방을 가로질러 그에게로 온 거였다. 그녀는 금으로 된 옷을 입혀 놓은 호리호리한 도자기 인형 같았다. 머리 밴드도 금이었고, 드레스 단 아래로 보이는 슬리퍼 끝도 금이었다. 그를 보며 미소를 지을 때 그녀의 얼굴에 옅은 홍조가 피어올랐다. 따스하고 가벼운 산들바람이 방 전체로 불어왔다. 야회복 재킷 주머니에 찌른 그의 두 손이 경련하듯 꽉 쥐어졌다. 갑작스러운 흥분이 그의 온몸을 채웠다.

"언제 돌아왔어요?" 하고 그가 무심하게 물었다.

"이쪽으로 와요. 얘기해 줄게요."

그녀가 몸을 돌렸고, 그가 그녀의 뒤를 따랐다. 그동안 마을을 떠나 있던 그녀가, 다시 돌아온 것에 감격해 그는 눈물이 날 것만 같았다. 그녀는 마법에 걸린 거리들을, 도발적인 음악처럼 돌아다녔더랬다. 그리고 이제 그녀와 함께 사라졌던 모든 신비로운 일들이, 모든 생생하고 활달한 희망이, 그녀와 함께 돌아온 것이다.

그녀는 문가에서 몸을 다시 돌렸다.

"차 갖고 왔어요? 아니면, 제 차로."

"조그만 거 갖고 왔어요."

그러곤 금으로 된 옷을 바스락거리며 차에 올랐다. 그가 문을 쾅 소리가 나도록 닫았다. 그동안 그녀는 수없이 많은 자동차에 올랐었다. 이런 식으로, 저런 식으로. 가죽 시트에 등을 대고, 팔꿈치를 문에다 올려놓고, 기다렸다. 그녀를 더럽힐 수 있는 뭔가가—그녀를 제외하고— 있었다면 그녀는 오래전에 더럽혀졌을 것이다. 하지만 지금 그녀는 스스로 토해 내고 있었다.

그는 억지로 힘을 돋우어 차를 출발시키고는 거리로 되돌아갔다. 이건 아무 일도 아니라고, 그는 새삼스럽게 기억했다. 그녀는 예전에도 이런 식이었으며, 그는 그녀를 뒤편으로 밀쳐 버렸다. 그녀를 회수할 수 없는 빚으로 치부해 버린 것이다.

그는 천천히 시내로 차를 몰았다. 상념에 젖은 듯 자신을 감춘 채 상업 지역의 황량한 거리를 가로질렀다. 여기저기 보이는 사람들은 영화관에서 무리를 지어 나오는 사람들 아니면 내기 당구장 앞에서 빈둥거리고 있는 낭비벽이 심하거나 권투 선수처럼 덩치가 큰 젊은 친구들이었다. 흐릿한 유리창에 지저분한 노란색 등이 켜진 살롱들에서, 지붕이 덮인 거리에서, 유리잔이 부딪히는 쨍그랑거리는 소리와 손바닥으로 카운터를 치는 소리가 들려왔다.

그녀는 그를 유심히 지켜보고 있었고, 침묵이 당혹스럽긴 해도 이런 위기를 구해 줄 만한 우연한 한마디도 찾을 수 없었던 그는 그저 시간을 더럽히기만 할 뿐이었다. 차를 넉넉히 돌릴 수 있는 공간에 이르자 그는 대학 클럽 파티장으로 다시 차를 되돌려 가기 시작했다.

"제가 보고 싶었어요?" 하고 그녀가 불쑥 물었다.

"누구나 당신을 보고 싶어 하잖아요."

그는 그녀가 아이린 시어러를 알고 있는지 궁금했다. 그녀가 돌아온 건 하루 전이었다. 그녀가 떠나 있었던 것과 그가 약혼한 것은 시기적으로 거의 일치했다.

"참 멋진 대답이네요!" 주디가 쓸쓸하게 웃었다. 쓸쓸함은 전혀 들어 있지 않은. 그녀는 그를 취조하듯 바라보았다. 그는 계기판만 들여다보고 있었다.

"전보다 더 핸섬해졌어요." 그녀가 골똘히 생각한 듯 말했다. "덱스터, 당신의 눈은 정말 잊히지 않을 거예요."

그는 이 말에 웃음이 터지려 했지만 웃지는 않았다. 대학 2학년생이나 할 법한 말이었다. 하지만 왠지 그의 가슴을 파고들었다.

"정말이지 모든 게 다 지겨워, 자기." 그녀는 누구든 '자기'라고 불렀다. 거기엔 사랑보다는 무책임하고 개인적인 우정만이 들어 있을 뿐이었다. "자기가 나랑 결혼해 줬으면 좋겠어."

느닷없는 솔직함에 그는 당황했다. 결혼할 여자가 있다는 얘기를 해야 했지만 그렇게 말할 수가 없었다. 그것은 그녀를 사랑한 적이 전혀 없었다고 맹세하는 것과 다르지 않았다.

"당신이 만약," 하고 그녀는 말을 이었다. 높낮이에 변화가 없었다. "날 잊지 않았고, 다른 여자랑 사랑에 빠지지 않았다면, 우린 여전히 좋은 사이라고 생각해요."

그녀의 확신은 정말이지 대단했다. 실제로 그녀는, 그가 만약 그녀를 잊고 다른 여자와 사랑에 빠진 거라면 그건 어린애처럼 분별없는 짓을 저지른 것이라고, 그럴 거라고 믿는 건 불가능한 일이라고 말하고 있었다. 어쩌면 그렇다는 걸 보여 주려 한 것인지도 몰랐다. 설사 그렇다 하더라도 그녀는 그를 용서해 줄 것이었다. 중요한 일이 아니어서가 아니라 차라리 가볍게 무시해도 될 일이기 때문에.

"물론 당신은 날 빼곤 누구와도 사랑에 빠질 순 없겠죠," 하고 다시 그녀는 말을 이었다. "당신이 날 사랑하는 그 방식이 좋아요. 아, 덱스터, 지난해를 잊지 않았겠죠?"

"그래, 잊지 않았지."

"나도 그래요!"

그녀는 정말 감동을 받은 것일까? 아니면 자신의 연기에 빠져든 걸까?

"다시 그렇게 될 수 있었으면 좋겠어요," 하고 그녀가 말했다. 그는 대답을 해야 한다는 생각이 들었다.

"그렇겐 할 수 없어."

"나도 그렇게 생각은…… 아이린 시어러에게 열렬히 대시했다는 얘긴 들었어요."

아이린의 이름을 전혀 강조하지 않았지만 덱스터는 갑자기 무안해졌다.

"아, 나 집에 갈래." 주디가 느닷없이 소리를 질렀다. "어린애들만 잔뜩 있는 바보 같은 댄스파티로 돌아가고 싶지 않아."

그렇게 차를 돌려 주택가로 이어진 도로를 올라가고 있을 때, 주디가 조용히 흐느끼기 시작했다. 그는 이제껏 그녀가 우는 걸 본 적이 없었다.

어두운 거리에 켜진 가로등 불빛이 부자들의 집을 희미하게 비추고 있었다. 그는 모티머 존스의 거대한, 졸음에 빠진, 화려한, 달빛에 흠뻑 젖은 흰 저택 앞에 자신의 소형차를 세웠다. 저택의 견고함이 그를 놀라게 했다. 단단한 담장들, 철제 대들보, 웅장함과 광휘와 화려함은 그의 곁에 있는 미모의 젊은 여자와 선명한 대조를 이루었다. 저택의 견고함이 그녀의 가냘픔을 돋보이게 하는 것은 마치 산들바람이 나비의 날갯짓으로도 만들어질 수 있음을 보여 주려는 것과 같았다.

온 신경이 거칠게 요동을 치고 있었지만 그는 미동도 하지 않은 채 앉아 있었다. 조금이라도 움직이면 그녀가 속절없이 자신의 팔에 안겨 올 것만 같아 두려웠다. 두 줄기 눈물이 그녀의 젖은 볼을 타고 떨리는 윗입술로 흘러내렸다.

"나보다 아름다운 여자는 아무도 없어." 그녀가 훌쩍거리며 말했다. "그런데 왜 행복할 수가 없지?" 그녀의 젖은 두 눈이 그의 굳은 가슴을 찢어 냈고, 그녀의 입술이 아름다운 슬픔을 그리며 천천히 아래로 처졌다. "당신이 날 받아 준다면 당신과 결혼하고 싶어요, 덱스터. 내가 당신이 받아들일 만큼은 아닐지 모르지만, 당신에게 넘치도록 아름다운 여자인 건 맞잖아요, 덱스터."

증오와 자부심, 열정과 증오와 애정이 뒤섞인 수없이 많은 문장들이 그의 입 안에서 맴돌았다. 그러다 완벽한 감정의 파도가 밀려와 그를 말끔히 씻어 냈다. 그 파도는 지혜의, 인습의, 의심의, 명예의 찌꺼기들마저 쓸어가 버렸다. 이 여자야말로 그의, 그의 아름다운, 그의 자부심 그 자체인 여자였다.

"들어갈래요?" 그는 빠르게 들이쉬는 그녀의 숨소리를 들었다.

기다렸다.

"그래," 하는 그의 목소리가 가늘게 떨렸다. "들어갈게."

5

이상하게도 그에게 그날 밤이 후회되지 않는 건 그들의 관계가 끝났을 때나 그러고도 한참이나 지난 뒤에나 마찬가지였다. 10년이라는 시간이 지나서 바라보아도, 그에 대한 주디의 열정이 겨우 한 달간 지속되었을 뿐이라는 사실도 그리 중요하지 않았다. 자신이 무너짐으로써 결국 자신에게 더 깊은 고통을 안겨 주었다는 사실도, 아이린 시어러는 물론 자신을 친구처럼 대해 주었던 아이린의 부모에게 심각한 상처를 안겨 주었다는 사실도, 역시 문제가 되지 않았다. 아이린의 슬픔에 대해서라면 그의 마음에 깊이 각인될 만한 그림은 존재하지 않았다.

덱스터는 사실 심지가 굳은 사람이었다. 그의 행동에 대한 동네 사람들의 태도는 그에게 전혀 중요하지 않았는데, 동네를 떠나기로 했기 때문이 아니라 그 상황에 대한 외부의 태도는 피상적인 것일 수밖에 없기 때문이었다. 그는 시중의 생각들에는 완전히 무심했다. 그와 마찬가지로, 근본적으로 주디를 감동시키거나 붙잡아 놓을 필요도 없고, 그럴 만한 힘이 자신에게 있지도 않다는 것을 알았을 때, 그는 그녀에 대한 어떤 나쁜 감정도 가지지 않았다. 그는 그녀를 사랑했고, 사랑을 하기엔 너무 나이가 많아질 때까지 그녀를 사랑할 테지만, 그녀를 자신만의 사람으로 만들 수는 없었다. 그래서 그는 아주 잠깐만 깊은 행복감을 맛볼 수 있었듯, 심지가 굳은 사람만이 누릴 수 있는 깊은 고통을 맛보아야 했다.

아이린에게서 '그를 빼앗고' 싶지 않다는 이유로―다른 이유를 델 것도 없었다―주디가 약혼을 파기한 데는 본질적으로 거짓이 깔려 있었지만, 거기에도 그는 전혀 반감을 가지지 않았다. 그런 점에서 덱스터는 혐오도 즐거움도 초월한 인간이었다.

그는 세탁소를 처분하고 뉴욕으로 이주할 생각으로 2월에 동부로 떠났다. 하지만 3월에 전쟁의 그림자가 미국에 드리워지자 그의 계획은 바뀌었다. 다시 서부로 돌아온 그는 사업 경영을 동업자에게 넘겨주고 4월 말에 첫 장교 훈련소에 입대했다. 그는 일정 부분 안도감을 가진 채 혼란스런 감정의 거미줄로부터 풀려난 것이 반가웠던 수천 명의 젊은이들 중 하나였다.

6

비록 그가 젊었을 때 꾸었던 꿈들과는 아무런 상관이 없는 것들이 끼어들긴 했지만, 이건 이미 얘기했었다. 이 이야기가 그의 전기는 아니란 것을. 그 꿈들에 대해서는 그리고 그에 대해서는 이제 할 만큼 했다. 남은 건 한 가지 사건 정도밖에 없는데, 그건 7년이나 뒤에 일어나게 된다.

그 일은 그가 잘나가던, 너무도 잘나가서 넘지 못할 만한 장벽이 존재하지 않던 뉴욕에서 일어났다. 그는 서른두 살이었고, 전쟁이 끝난 뒤에 비행기를 타고 한 번 여행한 걸 빼면 7년 동안 서부에는 전혀 가지 않았었다. 디트로이트에서 온 데블린이라는 남자가 사업차 그를 만나러 사무실로 찾아왔는데, 그때 거기서 이 사건이 일어났으며, 이른바 그의 삶에서 특별한 한 장면이 막을 내리게 된다.

"그러니까 사장님은 중서부 출신이군요," 하고 데블린이란 남자가 겉으론 무심한 척하면서도 호기심을 가지고 말했다. "재밌네요. 사장님 같은 분이라면 당연히 월스트리트에서 나서 자랐을 거라고 생각했거든요. 그런데 말이죠, 디트로이트에 사는 제 가장 친한 친구 아내가 사장님이랑 같은 도시 출신이에요. 그 친구 결혼식 사회를 제가 봤어요."

덱스터는 별 신경을 쓰지 않고 다음 얘기를 기다렸다.

"주디 심스입니다, 이름이." 데블린은 대수롭지 않게 말했다. "결혼 전엔 주디 존스였고요."

"그래요, 아는 사람이네요." 나른한 조바심이 그의 온몸에 퍼져 갔다. 물론, 그녀가 결혼했다는 걸 들은 적이 있었다. 그 뒤의 소식들은 어쩌면 의도적으로 들으려 하지 않았을지 몰랐다.

"정말 멋진 여자죠." 데블린은 큰 의미는 두지 않았지만 골똘히 생각하고 말했다. "왠지 안돼 보이긴 하지만요."

"왜 그런데요?" 덱스터의 내면에 뭔가, 경고와 관심이 동시에 일어났다.

"아, 어떤 점에서 보면 러드 심스란 친구가 자포자기를 한 거 같아서 말이죠. 그녀를 학대했다거나 그런 뜻은 아니지만, 그 친구 술을 마시곤 여기저기 돌아다니……"

"그녀는 돌아다니지 않나요?"

"네, 아이들과 함께 집에만 있죠."

"아."

"그녀가 그 친구한테는 나이가 좀 많죠," 하고 데블린이 말했다.

"좀 많다?" 덱스터가 소리를 질렀다. "무슨 말입니까, 그게? 그녀는 스물일곱 살일 텐데요."

그는 당장 뛰어나가 디트로이트행 기차를 타 버릴까 하는 생각에 사로잡혔다. 발작이라도 일으키듯 그는 자리에서 벌떡 일어났다.

"바쁘신가 보군요," 하고 데블린이 재빨리 사과했다. "그것도 모르고⋯⋯"

"아닙니다. 바쁘지 않아요." 덱스터가 목소리를 가라앉히며 말했다. "전혀 바쁘지 않아요. 전혀. 그러니까 지금 댁이, 스물일곱 살이라고 했던가요? 아, 제가 말했군요. 스물일곱이라고."

"맞습니다, 사장님께서 그러셨죠." 데블린이 대수롭지 않게 동의했다.

"계속해 보세요. 말씀 계속하세요."

"무슨 이야기를⋯⋯?"

"주디 존스에 대한 거."

데블린이 당혹스러운 표정으로 그를 바라보았다.

"그런데 그게⋯⋯ 모두 말씀을 드렸거든요. 그러니까, 그 친구는 그녀를 마귀 보듯 대해요. 아, 그렇다고 이혼 같은 건 안 할 거예요. 그 친구가 아무리 못되게 굴어도 그녀가 용서를 해 주니까요. 사실, 제 생각엔 그녀가 그 친구를 무척 사랑하는 것 같아요. 디트로이트에 처음 왔을 때가 생각나네요. 그녀는 예쁜 아가씨였죠."

예쁜 아가씨라! 그 말이 덱스터로 하여금 폭소를 터뜨리게 만들었다.

"지금은, 예쁘지 않은가요?"

"아, 괜찮아요."

"이보세요," 하고 덱스터가 갑자기 털썩 자리에 앉으며 말했다. "이해가 안 가잖아요. 분명 '예쁜 아가씨'라고 말해 놓고 이젠 '괜찮다'?

그 말을 어떻게 이해해야 하는 겁니까? 주디 존스는 예쁜 아가씨가 아니었어요. 그년 정말로 아름다운 아가씨였어요. 왜냐? 내가 그녀를 아니까. 난 그녀를 안다고. 그녀가……"

데블린이 유쾌하게 웃음을 터뜨렸다.

"이러다 싸움 나겠습니다," 하고 그가 말했다. "주디가 멋진 아가씨라고 생각하고 있고, 저도 좋아합니다. 제가 이해할 수 없는 건, 어떻게 러드 심스 같은 친구가 그녀와 미치도록 사랑에 빠질 수 있었을까, 하는 거죠. 하지만 그 친구는 그랬거든요." 그러곤 덧붙였다. "여자들도 대부분은 그녀를 좋아해요."

덱스터는 데블린이란 남자가 왠지 둔감하거나 아니면 그녀에 대해 뭔가 사적인 감정을 가지고 있는 게 아닌지, 그럴 만한 이유가 분명히 있는 것 같다는 생각을 하면서 남자를 유심히 바라보았다.

"많은 여자들이 그렇게 시들어 가죠," 하고 데블린이 손가락을 꺾으며 말했다. "사장님도 분명 그런 걸 봤을 테죠. 어쩌면 결혼식 때 그녀가 얼마나 예뻤었는지를 잊어버리고 있었을지도 모릅니다. 그 이후에 수없이 봤으니까요. 정말 멋진 눈을 가진 여자죠."

뭔가 멍한 느낌이 덱스터에게 몰려들었다. 태어나 처음으로 술에 완전히 취한 듯한 느낌이었다. 데블린이 뭔가 말을 하자 큰 소리로 웃고 있다는 걸 알았지만, 그게 무슨 얘기였는지, 그게 왜 웃음을 터뜨릴 만한 거였는지, 도무지 생각나지 않았다. 몇 분이 지나 데블린이 떠나자 그는 라운지에 누운 채로 창을 통해 뉴욕의 빌딩 숲을 올려다보았다. 태양이 분홍과 금빛이 흐릿하게 뒤섞인 아름다운 그늘 속으로 잠겨들고 있었다.

그는 아무것도 가진 것이 없었으므로 잃을 것도 없다는 생각을 했었더랬다. 하지만 그는 생각지도 못한 뭔가를 잃어버렸다는 것을 알았다. 그것은 주디 존스와 결혼을 했고 그녀가 시들어 가는 것을 눈앞에서 지켜보고 있기라도 하듯 선명했다.

꿈은 사라졌다. 뭔가가 그에게서 빠져나갔다. 제정신을 잃어버린 듯 그는 손바닥으로 두 눈을 감싸고는 셰리아일랜드의 찰싹이는 물결과 달빛이 어린 베란다를, 골프장의 반바지와 메마른 태양, 그녀의 목덜미에 돋아 있던 부드러운 금빛 솜털을 기억하려고 애썼다. 그리고 키스할 때의 촉촉하던 그녀의 입술과 우수에 젖은 슬픈 두 눈, 아침이면 새로 짠 멋진 옷감 같던 그녀의 신선함. 어쩌다 이 모든 것들이 더 이상 세상에 존재하지 않는단 말인가! 분명히 존재했으나, 더 이상 존재하지 않았다.

몇 년 만에 처음으로, 눈물이 그의 뺨을 타고 흘러내렸다. 하지만 그 눈물은 이제 그 자신을 위한 거였다. 그의 입을, 눈을, 두 손을 그대로 놔두었다. 어떻게 해 보고 싶었지만, 할 수가 없었다. 그는 오래전에 멀리 사라져 버렸으므로, 더는 돌아올 수도 없었다. 문들은 모두 닫혔고, 태양도 떨어져 버렸으며, 아름다움도, 영원히 스러지지 않는 쇠붙이 같은 아름다움만 남겨 놓은 채 스러져 버렸다. 그가 견뎌 낼 수 있었던 슬픔마저도 환상의 나라 저 뒤편에, 겨울의 꿈들이 무성히 피어나던 청춘의 나라, 삶이 더없이 풍요로웠던 그 나라, 저 뒤편에 남겨져 있을 뿐이었다.

"오래전에," 하고 그가 입을 떼었다. "오래전에, 내게 뭔가가 있었지. 하지만 이제 그건 없어. 이제 사라져 버렸어. 가 버렸어. 올 수도 없구나. 어떻게 해 볼 수도 없구나. 다시는 돌아오지 않겠구나."

「겨울의 꿈들」(1922년 12월)은 미국 잡지 《메트로폴리탄 매거진》에 먼저 발표를 하고 나중에 작품집 『모든 슬픈 젊은이들All the Sad Young Men』(1926)에 수록되었다. 피츠제럴드가 세 번째 장편 『위대한 개츠비』를 구상하는 동안에 쓴 이 작품은 일련의 '개츠비 이야기'들 가운데 가장 센 이야기라고 할 수 있다. 『위대한 개츠비』와 마찬가지로, 이 소설 역시 이기적인 부잣집 아가씨로부터 동질감을 느끼는 한 야망 어린 젊은 남자를 다루고 있다. 실제로, 피츠제럴드는 이 소설을 장편 『위대한 개츠비』에 수록할 때는 잡지에 발표했던 원작품에서 덱스터 그린이 주디 존스의 집에 보낸 답장 부분을 빼고 제이 개츠비가 데이지 페이의 집에 보낸 답장으로 대체했다.

　　이 작품의 마지막 네 단락은 덱스터의 변덕스러운 감정에 대한 피츠제럴드의 "그는 자신의 비통해하는 능력을 상실한 것에 비통해한다"는 쉽지 않은 설명으로 이해할 수 있다.

주사위, 쇳조각 그리고 기타
Dice, Brassknuckles & Guitar

알다시피, 뉴저지 일부가 물에 잠기고, 다른 곳들도 당국의 지속적인 감독 아래 놓여 있다. 하지만 정원으로 유명한 마을 이곳저곳에는 옛 양식의 저택들이 점점이 자리하고 있는데, 저택들에는 하나같이 그늘이 진 널따란 현관과 붉은색 그네가 매달린 잔디밭이 있었다. 어쩌면 가장 널따랗기도 하고 가장 그늘이 많이 드리워지기도 한 현관에는 해먹이 유행하던 때의 그 해먹이 빅토리아 중기의 바람에 실려 살랑살랑 흔들리고 있을지도 모른다.

이 지나간 세기의 유산과도 같은 건물들 앞에 이르면 여행객들은 차를 멈추고는 한동안 멍하니 바라보다가 "그래, 지금 저런 걸 볼 수 있다는 게 얼마나 다행이야? 신에게 감사할 일이지," 하고 중얼거린다. 아니면 이렇게 말하기도 한다. "흠, 저런 집들은 대부분 당연히 복도로 되어 있을 거고, 화장실은 하나일 거고, 쥐도 득실거릴 거야. 하지만 분위기는 분명 있단 말이지."

여행객은 오래 머물지 않는다. 그는 차를 몰고 납작 눌린 마분지 같은 엘리자베스 시대풍의 별장이나 노르만 양식의 정육점, 혹은 중세 이탈리아식 비둘기 우리로 향한다. 지금은 20세기이고, 빅토리아풍의 집들은 험프리 워드 여사*의 작품만큼이나 촌스럽다.

도로에서 바라본 그의 눈엔 해먹이 보이지 않지만, 이따금 해먹에 한 젊은 여자가 누워 있곤 한다. 오늘 오후가 그랬다. 그녀는 자신을 둘러싼 예술품의 섬뜩함―잔디밭 햇빛 아래 놓인 디아나의 석상이 짓고 있는 멍청한 미소 같은―은 전혀 눈치채지 못한 채 해먹에서 잠에 빠져 있었다.

모든 정경은 유난히 노란빛으로 가득했다. 일단 햇빛이 그랬고, 해먹은 이상하게도 흉물스러운 노란색이었는데, 시샘 날 만큼 비교되는 그녀의 금발이 해먹 위에 흐드러지게 펼쳐져 있었다.

그녀는 젊은 여자들이 으레 그렇듯, 입은 꼭 다물고 두 손은 머리 뒤를 그러쥔 채 잠들어 있었다. 가슴은 해먹 가장자리가 흔들리는 꼭 그만큼 부드럽게 오르내렸다.

그녀의 이름은 아만티스, 자신이 살고 있는 오래된 집만큼이나 옛냄새 풀풀 날리는 아가씨였다. 유감스럽게도 이 지점에서 그녀와 중세 빅토리아풍의 연결점은 갑자기 모호해진다.

이게 만약 영화였다면(물론, 언젠가는 만들어지길 바란다) 나는 일단 그녀를 최대한 멀리서 찍다가, 카메라를 바짝 끌어와 그녀의 뒷목

* Mrs. Humphry Ward(1851~1920). 기독교 신앙이나 신학보다 사회 운동에 더 많은 관심을 가졌던 영국의 여성 소설가. 대표작으로 『로버트 엘스미어』가 있다.

부터 머리카락을 따라 노란빛을 보여 주고, 뺨과 팔의 따뜻한 피부색을 찍을 것이다. 그녀가 마치 당신의 젊었을 적과 다르지 않은 모습으로 잠들어 있다는 걸 보여 줄 수 있도록 말이다. 그러곤 이즈리얼 글루코스라는 남자를 고용해 장면이 바뀔 때 들어가는 순진무구한 자막을 쓰게 하고는, 아래쪽 멀리로 내려다보이는 도로를 비춰 줄 생각이다.

그 도로 위로는 자동차가 달리고 있고, 차에는 서부의 신사가 시종과 함께 타고 있다. 그는 뉴욕으로 향하고 있는 건 분명했지만, 자동차의 위아래 아귀가 정확하게 맞지 않아 고생을 좀 하고 있었다. 두 사람은 자주 차에서 내려 차체를 이리저리 밀고 나서 다시 출발하는 식이었는데, 모터가 돌기 시작하면 자동차는 또다시 흔들거렸다.

차는 뒤쪽에 문이 달려 있지 않다는 것만 빼면, 산업 시대 초기에 만들어진 것처럼 보이기도 했다. 여덟 개 주州의 진흙이 다닥다닥 달라붙은 자동차 앞쪽엔 요즘엔 생산되지 않는 커다란 휘장이 달려 있고, 뒤쪽은 '전설의 조지아, 탈턴'이라고 적힌 지저분한 우승기로 장식되어 있었다. 깃발의 꼴하고는 아주 오래전에 누군가 노란색을 반쯤 칠하다가 호출당하는 바람에 작업을 채 끝내지 못한 것처럼 보였다.

신사와 시종의 차 몸통이 마침내 떨어져 나간 것은 아만티스가 아름다운 모습으로 해먹에 잠들어 있는 집 옆을 지나가던 중이었다. 하필이면 그 순간 그곳에서 이 일이 일어났다고 말하는 게 좀 그렇지만, 정말이지 순식간에 벌어진 일이었다. 소음이 잦아들고 먼지가 바람에 날려 사라질 무렵, 주인과 시종은 자리에서 일어나 두 동강 난 차를 살펴보았다.

"이것 좀 봐." 신사는 넌더리 난다는 듯 말했다. "이 망할 게 아주 보란 듯이 단번에 갈라졌군."

"두 동강이 나 버렸네요," 하고 시종이 거들었다.

"휴고," 신사는 잠깐 생각하다 입을 열었다. "망치랑 못을 구할 수 있으면 붙여 봐야겠어."

두 사람은 빅토리아풍의 집을 올려다보았다. 인적이라곤 없는 땅 위로 흐릿하고 울퉁불퉁한 뜰이 넓게 펼쳐져 있었다. 선택의 여지가 없음을 깨달은 흑인 휴고는 대문을 열고 주인을 따라 자갈길을 걸었다. 그는 숙련된 여행자 특유의 심드렁한 눈으로 붉은 그네를, 폭풍이 일 것 같은 눈길로 그들을 내려다보고 있는 디아나의 석상을 올려다보았다.

그들이 현관에 다다른 순간, 아만티스가 잠에서 깨어났다. 그녀는 황급히 일어나 앉아 두 사람을 훑어보았다.

스물네 살 정도로 보이는 젊은 신사의 이름은 짐 파월이었다. 그는 먼지투성이의 꽉 끼는 기성복을 입고 있었는데, 어디선가 도망쳐 나온 사람처럼 보였다. 게다가 그의 윗도리에는 우스꽝스럽게도 단추가 여섯 개나 달려 있었다.

기성복 소매에 붙은 단추 역시 필요 이상으로 많았다. 아만티스는 그의 바지 옆에도 단추들이 달려 있는지 보고 싶다는 유혹을 뿌리칠 수 없었다. 하지만 그의 바지 밑단은 종 모양으로 퍼져 있을 뿐이었다. 깊게 파인 조끼는 넥타이가 바람에 펄럭이는 걸 열심히 막아 내고 있었다.

그는 밀짚모자로 무릎에 묻은 먼지를 털며 정중하게 고개를 숙였고, 동시에 푸른 눈을 반쯤 접으며 웃었다. 그러자 하얗고 고른 이가 드러났다.

"좋은 저녁이군요." 그는 스러진 조지 왕조 시대의 어투로 말했다.

"제 자동차가 여기 근처에서 망가지고 말았습니다. 실례가 안 된다면 잠시 망치와 못 몇 개를 빌려도 괜찮겠습니까?"

아만티스는 웃음을 터뜨렸다. 그녀는 한동안 주체할 수 없이 웃어 댔다. 짐 파월도 그녀를 따라, 예의 바르게 웃음을 보였다. 오직 유색 인종으로서 사춘기의 고통에 빠져 있던 그의 시종만 심각한 얼굴을 풀지 않았다.

"먼저 저를 소개하는 게 맞는 일 같군요." 신사가 말했다. "저는 파월입니다. 조지아의 탈턴에 살죠. 여기 있는 흑인은 제 꼬마 휴고입니다."

"아들이라고요!" 그녀는 흥미를 드러내며 둘을 번갈아 바라보았다.

"아니요, 제 시종입니다. 남부에서는 흑인을 꼬마라 부르죠."

신사가 고향의 풍속을 소개하는 동안 꼬마 휴고는 뒷짐을 진 채 인상을 잔뜩 찡그리며 거만하게 잔디를 내려다보았다.

"예, 부인." 그가 우물우물 입술을 움직거렸다. "저는 시종입니다."

"어딜 가시던 중이었나요?" 하고 아만티스가 물었다.

"여름휴가를 보내러 북부로 향하고 있었죠."

"북부 어디요?"

그는 애디론댁 산맥을 가리키는 건지 아니면 사우전드 제도諸島인지, 뉴포트인지, 모호하게 손짓을 해 보이고는 말했다.

"뉴욕에 가 보려고 합니다."

"예전에 가 보시진 않았나 보죠?"

"아직요. 하지만 애틀랜타에는 많이 가 봤습니다. 사실 이번 여행에서 저희는 도시란 도시는 다 거쳐 왔어요. 어휴!"

그는 자신의 여행이 아주 대단했었다는 걸 드러내려는 듯 휘파람까지 불었다.

"저기," 하고 아만티스가 진지하게 입을 뗐다. "뭘 좀 드시는 게 좋을 듯하네요. 당신 시종더러 집 뒤편으로 돌아가서 요리사한테 샌드위치랑 레모네이드 좀 보내 달란다고 전하도록 해 주세요. 레모네이드를 싫어하실 수도 있겠네요. 그런 사람은 아주 드물지만."

파월 씨는 손가락을 둥글게 모아 휴고에게 손짓을 보냈다. 그러고 나서 흔들의자에 조심스럽게 앉아 손으로 밀짚모자를 빠르게 돌리기 시작했다.

"정말 친절하시군요," 하고 그가 그녀에게 말했다. "레모네이드보다 좀 센 걸 원하신다면, 제 차에 오래 묵힌 옥수수 발효주가 한 병 있습니다만. 이곳에 오면 남부 위스키를 마실 수 없을 것 같아서 가지고 왔죠."

"사실," 하고 그녀가 입을 뗐다. "제 성도 파월이에요. 아만티스 파월."

"정말입니까?" 그는 호탕하게 웃음을 터뜨렸다. "어쩌면 우린 친척일지도 모르겠군요. 우리 가문 사람들은 정말 선량하죠," 하고는 말을 이었다. "가난하긴 하지만요. 제겐 고모님 한 분이 계셨는데, 나중에 요양원에 가게 되면 쓰려고 모아 두셨던 돈이 제법 있었는데 돌아가시는 바람에 그게 저한테 오게 됐어요." 그는 고인이 된 고모를 추모하듯 잠깐 말을 멈췄다. 그리고 딱딱하고 냉담한 투로 말을 마쳤다. "원금에는 손을 대지 않았어요. 하지만 한꺼번에 꽤 많은 돈이 들어오다 보니, 갑자기 북부에서 여름휴가를 보내면 좋겠다는 생각이 든 겁니다."

이때 베란다에서 휴고의 목소리가 들려왔다.

"주방 백인 아주머니께서 저한테도 먹을 걸 좀 원하느냐고 물어보시는데, 뭐라고 대답할까요?"

시종의 주인이 대답했다. "괜찮으시다면 그러겠다고 말씀드리렴." 휴고가 자리를 뜨자 그가 아만티스에게 낮은 소리로 소곤거렸다. "제 꼬마는 판단력이 좀 없지요. 제게 허락을 받지 않고서는 아무것도 하려고 들지 않는답니다. 저 아이를 기른 게 저였거든요." 그는 그다지 자랑스럽지는 않다는 투로 덧붙였다.

샌드위치가 도착하자, 파월 씨가 자리에서 일어섰다. 백인 시종에겐 익숙하지 않았던 그는 주방 아주머니를 자신에게 소개해 주기를 기다렸다.

"결혼을 했습니까?" 시종이 돌아가자 그가 아만티스에게 물었다.

"아니요," 하고 그녀가 대답했다. 그러곤 열여덟 살이란 걸 들키지 않으려 "전 나이 많은 하녀랍니다." 하고 덧붙였다.

그가 또다시 예의에 어긋나지 않게 웃음을 터뜨렸다.

"사교계 아가씨라는 뜻이군요."

그녀가 고개를 저었다. 파월 씨는 그녀의 금발이 유난히 노란빛을 띠고 있다는 것을 알아챘다. 그는 당혹스러울 만큼 열정이 솟구치는 걸 느꼈다.

"우리 동네가 그렇게 구식으로 보이시나요?" 그녀의 묻는 목소리가 발랄했다. "그렇군요, 당신은 저를 시골 아가씨 정도로 보고 있겠죠. 색깔도, 낮이니까 어쨌든, 백 퍼센트 자연 친화적일 테니까요. 제게 구혼하는 남자들은 하나같이 이웃 마을의 젊고 유망한 이발사랍니다. 코트 소매에 남의 머리카락을 붙이고 다니는 사람들 말예요."

"부친께서 당신을 그런 시골 이발사들에게 보내지 말아야 할 텐데요." 파월 씨는 못마땅하다는 듯 말했다. 그가 잠시 고민하더니 입을 열었다. "당신은 뉴욕의 사교계 아가씨가 되어야 해요."

"아니요." 아만티스가 슬픈 표정을 지으며 고개를 저었다. "전 예쁘기만 해서 안 돼요. 듣자니 뉴욕 아가씨들은 모두 코가 길고 뻐드렁니에, 3년 전 여배우들이 입었던 드레스를 입는다던데요."

파월 씨는 아까부터 발로 박자를 맞추며 현관 바닥을 두드리고 있었는데, 어느 순간 아만티스는 자신도 모르는 새에 그를 따라 하고 있다는 걸 깨달았다.

"그만!" 하고 그녀가 소리를 질렀다. "제가 따라 하게 되잖아요. 그러지 마세요."

그는 고개를 숙여 자신의 발을 내려다보았다.

"죄송합니다." 그가 어색하게 사과를 건넸다. "미처 몰랐습니다. 그냥 습관이 돼 놔서요."

휴고가 나타나 두 사람의 대화는 다시 중단되었다. 그의 손에는 못과 망치가 한 움큼 들려 있었다.

파월 씨는 마지못해 자리에서 일어나며 시계를 확인했다.

"아, 이런. 이제 가야겠군요." 그가 미간을 찡그리며 말했다. "저기요, 정말이지 뉴욕 사교계 아가씨가 되고 싶지 않아요? 책에서 읽었던 거랑 똑같습니다. 무도회란 무도회엔 모두 갈 수 있어요. 금화가 철철 넘치는. 가고 싶지 않나요?"

아만티스는 호기심 가득한 얼굴로 그를 바라보았다.

"사교계에 아는 사람들이 없나요?" 하고 그가 계속 물었다.

"저는 제 아버지밖엔 몰라요. 아버진 판사세요. 짐작하시겠죠?"

"안됐네요," 하고 그가 알겠다는 듯 동의했다.

그녀는 해먹에서 억지로 빠져나왔고, 그들은 나란히 도로로 내려갔다.

"제가 잘 살펴보고 연락을 드리도록 하겠습니다," 하고 말하곤 그가 덧붙였다. "당신처럼 아름다운 아가씨는 사교계로 진출을 해야 됩니다. 그리고 우린 친척일지도 모르잖습니까. 우리 파월 집안은 함께 다녀야 해요."

"뉴욕에선 뭘 하실 건가요?"

그들이 거의 대문에 다다랐을 때, 파월 씨는 절망적인 모양새로 두 동강이 난 차를 가리켜 보였다.

"택시 운전을 할 겁니다. 바로 이 차로요. 늘 반으로 쪼개져 버리곤 하지만요."

"저걸 뉴욕까지 몰고 간다고요?"

파월 씨가 자신 없는 눈으로 그녀를 바라보았다. 이 아름다운 아가씨는 악의 없이 사람에게 충격을 주는 버릇을 고칠 필요가 있었다.

"그렇답니다," 하고 그는 예의를 잃지 않고 대답했다.

아만티스는 그들이 차체 위아래를 맞붙여 놓고 못으로 때려 박는 모습을 우두커니 지켜보았다. 못을 때려 박은 뒤 짐이 바퀴를 들어 올렸고, 시종이 그를 거들었다.

"당신의 환대에 큰 힘을 받고 갑니다. 부친께 부디 제 존경의 마음을 전해 주시길요."

"그럴게요," 하고 그녀가 대답했다. "돌아가실 때 절 보러 와 주세요. 집에 이발사가 있어도 괜찮다면."

그는 이 불편한 아이디어를 손짓으로 묵살했다.

"당신 곁에 있는 사람이면 분명 매력적일 겁니다." 그는 마치 자신의 무모한 작별 인사를 흘려보내려는 듯 기어를 넣었다. "당신은 북부에서 지금껏 제가 본 아가씨들 중에 가장 아름다우니까요."

그러곤 덜컹거리는 소리와 함께 파월 씨는 자신의 차와 시종과 야망 그리고 먼지구름을 이끌고 다시 북부로 향했다.

아만티스는 그를 다시는 보지 못할 거라고 생각했다. 그녀는 날씬하고 아름다운 모습으로 해먹에 누워, 6월이 문밖에서 다가오는지 보려는 듯 왼쪽 눈을 조금 떴다가 다시 꼭 감고는 만족스럽게 꿈속으로 빠져들었다.

짐 파월이 덜컹거리는 소리를 끌고 그녀의 삶 속으로 다시 돌아온 것은 포도나무 넝쿨이 붉은 그네를 위태롭게 타고 올라가던 한여름 어느 날이었다. 그들은 전과 똑같이 널따란 현관에 앉아 있었다.

"제게 엄청난 계획이 있습니다," 하고 짐이 그녀에게 말했다.

"말씀대로 거기서 택시 운전을 하셨나요?"

"그랬죠. 그런데 택시 사업이 제대로 안 됐어요. 호텔 앞이고 극장 앞이고 아무리 차를 세워 놓고 기다려도 아무도 타지 않는 겁니다."

"아무도요?"

"음, 어느 날 밤에는 술에 취한 자들이 탔는데, 그때 마침 자동차가 또 부서져 버렸죠. 어떤 날 밤에는 비가 왔는데 다른 택시들이 하나도 없었어요. 그때 한 아가씨가 타더니, 멀리 가야 한다고 하더군요. 그런데 그 아가씨가 목적지에 도착하기도 전에 차를 세우라고 하더니 밖으로 나가 버리는 겁니다. 약간 화가 나 보이긴 했지만, 어쨌든 그 여자는 빗속을 걸어서 사라져 버렸어요. 뉴욕에는 대단한 사람이 참 많구나 싶더라고요."

"그래서 이제 고향으로 돌아가시는 건가요?" 아만티스는 동정 어린 목소리로 물었다.

"아뇨, 제게 생각이 있다고 말씀드렸잖아요." 그가 푸른 눈을 가늘게 떴다. "소매에 남의 머리카락을 붙이고 다닌다던 이발사 말입니다. 여전히 이 근처에 사나요?"

"아뇨, 그 사람…… 그 사람 이제 없어요."

"그래요? 그럼 우선, 괜찮으시다면 당신에게 제 차를 맡겨 놓고 떠날게요. 이 차는 택시로는 색이 어울리지 않아요. 맡아 주는 보답으로 원하시는 만큼 차를 몰도록 해 드리죠. 망치랑 못만 가지고 다닌다면 그다지 심각한 일은 겪지 않을……"

"그래요, 제가 맡아 드리죠," 하고 아만티스가 그의 말을 잘랐다. "그런데 어디로 가시려고요?"

"사우샘프턴. 가장 귀족적인 지역이라고 할 수 있죠. 거기 해수욕장이 이 근처예요. 그 때문에 가려고 하는 거죠."

그녀가 놀라며 허리를 세웠다.

"그곳에서 뭘 하시려고요?"

"들어 보세요," 하고 그가 자신감에 찬 표정으로 그녀에게로 몸을 기울였다. "뉴욕 사교계 아가씨가 되고 싶다던 거, 진심이었나요?"

"완전히요."

"제가 알고 싶었던 게 그거였어요." 그는 속을 알 수 없는 말을 던졌다. "당신은 그냥 여기, 현관에서 두 주만 기다려요. 그냥, 잠만 자고 있어요. 그리고 만약 소매에 남의 머리카락을 붙인 이발사가 당신을 만나고 싶다고 하면, 너무 졸려서 만날 수 없다고 하세요."

"그다음은요?"

"그쯤이면 저한테서 소식이 올 겁니다. 당신 부친께는 이렇게 말씀을 드리세요. 아버지가 재판을 하는 건 상관없지만, 난 춤을 좀 춰야겠다고요." 그는 단호하게 말을 이었다. "사교계에 진출하겠다 이거죠! 한 달이 지나기 전에 제가 당신을 이제껏 보지 못한 사교계로 데리고 갈 겁니다."

여기까지만 말하고 그는 입을 닫았다. 그의 태도는 그녀가 환락의 세계로 향할 것임을, 그리고 "아가씨, 충분히 즐거우신가요? 더 즐겁게 해 드릴까요?"라는 물음 속으로 빠져들 것임을 알려 주었다.

"글쎄요." 아만티스는 여유 만만하게 생각하고는 대답했다. "제가 7월과 8월을 잠에 빠져 보내는 사치를 포기할 때는 그만한 이유가 있겠죠. 당신이 편지를 보낸다면 전…… 당장에라도 사우샘프턴으로 가겠어요."

짐이 손가락을 부딪쳐 딱, 하는 소리를 냈다.

"아무도 보지 못했던," 그는 자신감 넘치는 목소리로 그녀에게 확실히 말했다. "엄청난 사교계일 겁니다."

사흘 후, 한 젊은이가 사우샘프턴에 나타나, 메디슨 할런 씨 소유의 믿기 어려울 정도로 거대한 저택 초인종을 눌렀다. 그는 영국식 오두막 지붕을 잘라서 만든 것 같은 밀짚모자를 쓰고 있었는데, 집사에게 이 집에 열여섯에서 스무 살 사이의 사람이 살고 있는지를 물었다. 제너비브 할런 양과 로널드 할런 군이 있다는 대답을 듣자, 그는 곧바로 아주 기이한 모양의 카드를 내밀고는 두 사람이 폭 빠질 만큼 매력적인 조지아 사람이 있다고 말했다.

결국 그는 (힐키스 고등학교 학생인) 로널드 할런 군과 (사우샘프턴 무도회들에서 명성이 자자한) 제너비브 할런 양을 상대로 거의 한 시간 동안이나 밀담을 나누었다. 그는 할런 씨의 저택을 떠나 그다음으로 큰 저택을 방문해 자신의 명함을 할런 양의 메모와 함께 내밀어 보였다. 그 저택은 마침 클리프턴 가노스 씨의 소유였다. 여기에서, 같은 관객이 그를 맞이해 주는 마법이 일어났다.

그는 계속해 나갔다. 그날은 아주 더워서, 길에는 겉옷을 벗어 든 사람들이 많았다. 그러나 최남단 조지아주 출신인 짐은 첫 번째 집을 방문할 때만큼이나 산뜻한 모습이었다. 그는 그날만 열 집을 방문했다. 누군가 그의 뒤를 따라가 보았다면, 그가 인기 절정의 책을 판매하는 몹시 뛰어난 서적 판매원이라고 생각했을 것이다.

그가 가족 중에 청소년기의 아이들이 있는지 물어볼 때 그에게는 숙련된 집사들이 지닌 날카로운 감각마저 무력하게 만드는 뭔가가 있었다. 그가 집을 떠날 때쯤에는 호기심에 찬 눈동자들이 그의 뒷모습을 좇았고, 후에 있을 만남을 암시하는 들뜬 속삭임이 터져 나왔다.

두 번째 날, 그는 열두 군데의 저택들을 방문했다. 사우샘프턴은 점점 더 커지는 것 같았다. 그가 일주일 내내 도시 곳곳을 돌아다녀도 같은 집사를 두 번 만나지 못할 정도였다. 하지만 그럴수록 점점 더 그를 빨아들이는 건 으리으리한 대저택들뿐이었다.

셋째 날에 그가 해낸 것은 수많은 사람들이 해야 한다고 알고는 있었지만 거의 하지 못한 일이었다. 바로 연회실을 대여하는 것이었다. 어쩌면 대저택에 사는, 열여섯에서 스무 살쯤 된 젊은이들이 그에게 그렇게 하도록 귀띔해 주었을지도 몰랐다. 그가 빌린 연회실은 한때 '신사들을 위한 스노키 씨의 비밀 체육관'이라 불리던 곳이었다. 그곳은 사우샘프턴 남단의 주유소 너머에 위치해 있었는데, 이렇게 말하기는 뭣하지만, 저 번성했던 과거에는 스노키 씨의 지시 아래 신사들의 전날 밤 피로를 말끔히 씻어내 주던 곳이었다. 이제 그곳은 누구도 오지 않는 곳이 되어 있었다. 스노키 씨가 그곳을 버리고 모습을 감춘 뒤, 세상을 떠난 것이다.

이때부터 3주 정도는 간략하게만 얘기하기로 하자. 연회장을 대여한 그는 사우샘프턴의 대저택들을 스물네 군데나 더 방문하며 계획을 실행해 나갔다.

이제 때는 7월의 어느 날로 접어들어 있었다. 제임스 파월 씨는 아만티스 파월 양에게, 만약 그녀가 여전히 상류 사교계의 열락을 동경하고 있다면 가능한 한 빠른 기차로 사우샘프턴으로 오라는 내용이 담긴 전보를 보낸다. 그는 기차역으로 그녀를 맞으러 갈 생각이었다.

짐은 갑자기 더 이상 느긋한 성격의 남자가 되지 않기로 작정이라도 한 듯, 전보에 적힌 약속 시간이 지나자 불안에 떨기 시작했다. 그녀가 다음 기차로 올지 모른다는 생각이 든 그는 일을 계속하러 역사 밖으로 나가려고 했다. 그녀를 마주친 것은 바로 그때였다. 그녀가 역사 바깥에서 안으로 들어서고 있었던 것이다.

"아니, 어떻게 된……"

"그게," 하고 아만티스가 입을 열었다. "사실, 아침 기차를 타고 왔어요. 귀찮게 해 드리고 싶지 않아서요. 와서 오션 로드에 하숙집을 구했어요. 단조롭지도 않고 품위가 느껴지는 곳이에요."

그는 아만티스가 게으르게 해먹에 누워 있던 과거의 그녀와 꽤 달라 보인다고 느꼈다. 그녀는 청록색 옷에 구불구불한 깃털이 달린 멋진 모자를 쓰고 있었다. 그녀의 모습은 그즈음 그의 시선을 빼앗곤 했던 열여섯에서 스무 살의 젊은이들과 크게 달라 보이지 않았다. 그녀는 이곳에 잘 적응할 수 있을 것 같았다.

짐은 그녀를 택시 안으로 들여보내고 옆자리에 앉았다.

"이제 당신의 계획에 대해 말해 줄 시간인 것 같은데요?" 하고 그녀가 물었다.

"그게 말이죠, 일단 사교계 아가씨들과 관련된 일이라고만 알고 계세요." 그는 대수롭지 않다는 듯 손을 흔들며 말했다. "저는 그들을 한 사람도 빠지지 않고 모두 알고 있어요."

"그 사람들이 어디 있죠?"

"지금은 휴고와 함께 있어요. 휴고는 기억하시죠? 제 시종."

"휴고와 함께 있다고요?" 놀란 듯 그녀의 눈이 커졌다. "왜요? 무슨 일인데요?"

"제가, 음, 말하자면, 일종의 학교를 만들었어요."

"학교라고요?"

"네, 학교. 제가 교장입니다. 제가 만들었으니까요."

그는 온도계를 들여다보듯 신중하게 지갑에서 카드를 하나 꺼냈다.

"이걸 좀 보세요."

그녀가 카드를 받아 들었다. 큰 글자들이 도드라져 올라와 있었다.

제임스 파월. J. M.

주사위, 쇳조각* 그리고 기타

그녀는 놀란 눈으로 카드를 응시했다.

"주사위, 쇳조각 그리고 기타?" 글을 따라 읽는 그녀의 목소리는 감탄에 차 있었다.

---

* brass-knuckles. 격투할 때 손가락 관절에 끼우는 쇳조각.

452

"그렇습니다."

"이게 무슨 뜻이죠? 뭘…… 파는 건가요?"

"아니, 아닙니다. 전 그것들을 가르칠 겁니다. 전문가라는 얘기죠."

"주사위, 쇳조각, 기타를요? 그럼 여기 J. M.은 무슨 뜻이에요?"

"재즈 마스터의 약자죠."

"그게 뭔데요? 무슨 뜻인가요?"

"자, 잘 들어 보세요. 뉴욕에서 지내던 어느 날 밤이었어요. 술에 취한 어떤 친구랑 얘기를 주고받게 되었죠. 그 친구는 제 택시를 이용하던 단골손님 중 하나였는데, 어디서 아가씨를 데려왔다가 잃어버리고 말았어요."

"잃어버려요?"

"그렇죠. 뭐, 깜빡할 수도 있죠. 아무튼 그가 그 아가씨를 몹시 걱정하더군요. 그때 퍼뜩 생각이 들더라고요. 요즘 아가씨들이, 사교계 아가씨들이, 위험에 많이 노출돼 있구나. 그래서 생각한 게 교육이었죠. 그들을 위험으로부터 보호해 줄."

"그래서 그들에게 쇳조각 쓰는 법을 가르친다고요?"

"필요하다면 얼마든지요. 어떤 아가씨가 누군가와 완전히 낯선 카페로 간다고 한번 생각해 봐요. 그녀와 함께 간 남자는 너무 취해 잠이 들어 버리고, 웬 남자가 다가와 말을 거는 겁니다. '안녕, 귀여운 아가씨' 같은, 플레이보이들이 흔히 하는 말을 하겠죠. 그럼 그녀는 어떻게 해야 할까요? 비명을 지를 순 없어요. 스스로를 숙녀로 생각하는 아가씨들은 소리를 치지 않는 게 요즘 추세니까요. 그녀는 그저 주머니에 손을 넣고 '파월의 사교계 아가씨용 쇳조각'을 꺼내 손가락에 끼워 넣곤, 쾅! 치기만 하면 돼요. 아무리 덩치 큰 녀석도 바닥을 뒹굴지 않을 수 없죠. 저는 이 쇳조각에다 '사교계 펀치'란 이름을 붙였습니다."

"그럼, 기타는, 기타는 무슨 용도인가요?" 아만티스가 낮은 소리로 물었다. "기타로 누군가를 해치워 버리기라도 하는 건가요?"

"아니죠!" 짐이 경악하며 소리를 질렀다. "절대 아닙니다. 제 수업은 아가씨들이 기타를 휘두르도록 가르치진 않아요. 당연히 연주를 가르치죠. 이 수업은 정말! 당신이 꼭 들어야 해요. 두 시간만 배우면 흑인들만큼 칠 수 있으니까요."

"주사위는요?"

"주사위요? 저는 주사위 게임과 아주 친해요. 제 할아버지가 주사위 그 자체셨거든요. 학생들에게 주사위 굴리는 법을 가르칠 겁니다. 그들의 안전뿐만 아니라, 주머니 사정까지 책임진다는 얘기죠."

"학생은 좀 있나요?"

"다들 정말이지 근사한 부잣집 자제들이죠. 지금까지 말씀드린 게 다가 아닙니다. 다른 것들도 많이 가르쳐요. 젤리롤이나 미시시피 선라이즈 같은 춤도 가르치죠. 어떤 아가씨는 제게 와서 손가락 꺾는 법을 배우고 싶다고 하더군요. '제대로' 꺾는 법을요. 사람들이 보통 하는 것처럼 말이죠. 어렸을 때부터 그 아가씬 손가락을 제대로 꺾질 못했다고 했어요. 그런데 제가 딱 두 시간을 가르쳤는데, 이제는 뭐! 그 아가씨 부친이 그랬다잖아요. 이젠 집을 나가도 되겠다고요."

"수업은 언제 언제 하시나요?" 아만티스는 충격을 받은 모습이었다.

"일주일에 세 번입니다. 지금 바로 학교로 갈 겁니다."

"그럼 전 어디에 끼어야 하는 거죠?"

"그냥 학생 중 한 명이 되시면 그만입니다. 뉴저지의 아주 훌륭한 가문에서 오는 아가씨라고 미리 말해 뒀어요. 아버님이 판사라는 얘긴 안 했습니다. 대신 각설탕으로 특허를 가진 분이라고 말했답니다."

그녀는 숨이 막힐 듯 놀랐다.

"그러니 당신은," 하고 그가 말을 이었다. "이발사는 본 적도 없는 겁니다."

남쪽 끝자락에 있는 연회장에 다다랐을 때, 아만티스는 2층 건물 앞에 한 줄로 나란히 늘어서 있는 자동차들을 보았다. 하나같이 날씬하고 길쭉한 모양의 멋진 차들은 색상도 훌륭했다. 마치 백만장자 아들의 열여덟 번째 생일 선물로 특별히 제작됐을 것 같은 차들이었다.

아만티스는 좁은 계단을 타고 2층으로 올라갔다. 문 뒤에서 음악과 웃음소리가 흘러나왔고, 문에는 이렇게 적혀 있었다.

제임스 파월. J. M.

주사위, 쇳조각 그리고 기타

월. 수. 금.

오후 3시부터 5시까지

"자, 이제 이쪽으로……" 짐이 문을 열며 말했다.

아만티스의 눈에 들어온 것은 빛이 환한 기다란 방 안을 가득 채우고 있는 그녀 또래의 남자와 여자들이었다. 첫인상은 활기찬 오후의 다과회 같았지만, 잠시 후 그녀는 그들의 움직임에 어떤 패턴이 있다는 걸 발견했다.

학생들은 여러 무리로 나뉘어져서 앉기도 하고 무릎을 꿇고 있기도 하고 서 있기도 했는데, 저마다 할당된 주제에 대해 맹렬하게 전념하고 있다는 게 느껴졌다. 링 안에서 알 수 없는 물체를 둘러싸고 있는 여섯 명의 젊은 아가씨들로부터는 쉴 새 없이 비명과 감탄사가 터져 나왔다. 그들의 목소리는 구슬프고 애처로웠으며, 간청하는 것 같기도 하고 애원을 하거나 슬퍼하는 것 같기도 했는데, 그 기이한 소리들에는 저마다 제각각의 감정이 실려 있었다.

여학생들이 무리를 이루고 있는 옆쪽에 젊은 남자들 네 명이 흑인 청년 하나를 둘러싸고 있었는데, 파월 씨의 시종이 틀림없었다. 귀를 기울여 보니 젊은 남자들은 휴고에게 전혀 알아들을 수 없는 말들을 쏟아 대고 있었다. 마치 으르렁대는 소리만으로 온갖 감정을 표현하는 것 같았다. 그들의 목소리는 시끄러운 외침처럼 커졌다가, 어느 순간 다정한 느낌을 담듯 부드럽고 온화해졌다. 휴고는 이따금 한 번씩 그들에게 칭찬을 해 주기도 하고, 교정이나 지적을 해 주기도 했다.

"저 사람들은 지금 뭘 하는 건가요?" 아만티스가 짐에게 속삭이듯 물었다.

"아, 남부 말투를 가르치는 겁니다. 남부 말투를 배우고 싶어 하는 젊은 친구들이 많아서요. 조지아, 플로리다, 앨라배마 같은 동부 연안 지역이나 옛 버지니아 말투 같은 거 말이죠. 노래를 부르고 싶어서 흑인 말투를 배우려는 친구들도 있어요."

두 사람은 무리들 사이를 돌아다녔다. 쇳조각을 손가락에 낀 여학생들이 샌드백을 거칠게 두들겨 패고 있었는데, 샌드백 표면에는 '플레이보이'가 얄샵한 표정으로 윙크하는 모습이 그려져 있었다. 남녀가 섞여 있는 어떤 무리는 밴조나 톰톰*에 맞춰 기타로 화음을 만들어 내고 있었다. 한쪽 구석에는 몇 쌍의 커플들이 축음기에서 흘러나오는

---

* 손으로 두드리는 좁고 아래위로 기다란 북.

래스투스 멀둔의 사바나 재즈 밴드의 음악에 맞춰 춤을 추고 있었고, 어떤 커플들은 멤피스 사이즈움에 맞춰 진지한 표정으로 방 안을 돌며 느린 시카고 춤을 추고 있었다.

"이곳에도 지켜야 할 규칙이 있겠죠?" 하고 아만티스가 물었다.

짐은 잠시 생각에 잠겼다.

"있긴 하죠," 하고 그는 뜸을 들인 뒤에 대답했다. "열여섯 살이 넘지 않았다면 담배는 피우지 못해요. 남학생들은 주사위를 제대로 던질 줄 알아야 하고요. 교실로 술을 가져오는 것도 안 됩니다."

"그렇군요."

"자, 파월 아가씨, 이제 준비가 되셨으면 모자는 벗어 두고 저쪽 코너에서 제너비브 할런 양과 샌드백 치기를 함께 하시겠어요?" 그는 목소리를 높여 "휴고," 하고 불러 지시를 내렸다. "여기 새 학생에게 파월의 방어용 쉿조각 아가씨 사이즈로 하나 드리도록 해."

아쉽게도 나는 직접 짐 파월의 저 유명한 재즈 학교를 방문한 적이 없어서 '주사위, 쉿조각 그리고 기타' 수업이 어떻게 이루어지는지를 확인할 수가 없었다. 그래서 지금 이 이야기들은 모두 파월 씨가 아꼈던 한 제자가 전해 준 것이다. 하지만 많은 이야기가 오간 후에 모두가 입을 모아 내린 결론은 그의 학교가 엄청난 성공을 거두었으며, 그 학교의 학위—재즈 학사—를 받은 걸 후회하는 학생은 단 한 명도 없었다는 사실이다.

부모들은 순진하게도 그곳이 음악과 춤을 가르치는 학교라고 믿었다. 하지만 그 학교의 실제 교육 과정에 대한 소문은 암암리에 젊은이들의 '연합통신'을 통해 샌타바버라에서 비드퍼드 해안까지 퍼져 나갔다. 젊은이들에게 예전의 사우샘프턴은 거의 뉴포트만큼이나 지루한 곳으로 알려져 있었지만, 이제 사우샘프턴행 초청장 구하기는 하늘의 별 따기가 되어 있었다.

학교는 자그마하게 시작되었지만 재즈 오케스트라는 아주 깔끔했다.

"비밀만 계속 유지될 수 있다면," 하고 짐이 아만티스에게 속을 털어놓았다. "사바나의 래스투스 멀둔 밴드를 불러낼 생각입니다. 그런 밴드야말로 제가 항상 이끌고 싶었던 밴드죠."

그는 꽤 많은 돈을 벌고 있었다. 학비가 비싼 건 아니었다. 학생들이 유별나게 큰돈을 갖고 있는 건 아니기 때문이었다. 하지만 그는 이제 하숙집에서 나와 카지노가 딸린 호텔에 살고 있었고, 휴고를 시켜 룸에서 아침을 먹었다.

아만티스를 사우샘프턴 젊은이들의 일원으로 만드는 일은 그가 생각한 것보다 어렵지 않았다. 일주일 만에 모든 학생들이 그녀의 이름을 알게 되었다. 게다가 제너비브 할런 양이 아만티스를 좋아해서 그녀는 할런 저택에서 열린 아가씨들의 무도회에 초대받기도 했다. 그리고 눈치 있게 처신한 덕분에 아만티스는 사우샘프턴의 거의 모든 연회에 초대받을 정도가 되었다.

짐은 아만티스에 대한 애정이 처음보다 덜하다는 걸 알았다. 그를 향한 그녀의 태도가 바뀐 건 아니었지만—그녀는 그와 아침 산보를 하고, 늘 그의 계획들을 기꺼이 경청했다—문제는 상류층 사람들에 둘러싸인 이후로 그녀의 저녁 시간이 온통 그들에게 독점당했기 때문이었다. 짐이 그녀의 하숙집을 방문했을 때 그녀가 숨 가쁘게 내달려 겨우 도착한 듯 보였던 것도 몇 번이나 되었다. 십중팔구 그가 알지 못하는 어떤 행사에 다녀오는 길이었을 터였다.

여름이 한풀 꺾이던 무렵, 그는 자신의 사업이 완벽하게 성공하기 위해선 한 가지가 충족돼야 한다는 사실을 깨달았다. 아만티스에게 활짝 열려 있던 사우샘프턴 저택의 대문들이 그에게만은 인색했던 것이다. 사람들이 그를 정중히 대하고 흥미를 보이는 것은 세 시간에서 다섯 시간 정도에 불과했다. 그 이후의 그들은 다른 세계로 옮겨가 버렸다.

짐의 역할은 프로급 골프 선수, 그 이상도 이하도 아니었다. 그는 사람들과 친근할 뿐 아니라 그들을 완전히 장악할 수도 있었지만, 해가 지는 순간 그 힘은 완전히 사라져 버렸다. 그는 창을 통해 클럽 안을 들여다보기는 했지만 춤을 출 수는 없었다. 덕분에 짐은 자신의 가르침이 어떻게 발휘되고 있는지도 확인하지 못했다. 그저 파티 다음 날 아침 학생들이 떠들어 대는 이야기만 들을 수 있을 뿐이었다.

영국인이면서 골프 선수라는 위치는 그를 자신의 학생들보다 현저히 낮은 신분에 묶여 있도록 만들었다. '남부의 좋은 가문 출신이긴 하지만 가난한' 짐 파월은 수없이 많은 밤들을 호텔에서 지새우며 캐츠비 하우스나 비치 클럽 창밖으로 흘러나오는 음악을 들었고, 무엇이 문제인지를 고민하며 불안함에 몸을 뒤척여야 했다. 그는 성공을 거두기 시작할 즈음 준비해 둔 예복을 머지않아 입을 수 있을 거라고 생각했었다. 하지만 그 옷은 손길 한 번 타지 않은 채로, 재단사가 담아 보내 주었던 상자에 그대로 들어 있었다.

그는 자신과 타인들 사이에 어떤 명확한 격차가 존재하고 있을지도 모른다는 생각이 들었다. 이런 생각은 그를 불안하게 만들었다. 특히 마틴 밴블렉이란 남학생은 그로 하여금 그 격차를 실감하게 했다. 그는 쓰레기통 생산왕이라 불리는 밴블렉 집안의 아들로, 스물한 살이었으며, 아직 예일대 입시를 위해 개인 교습을 받고 있었다. 그는 그 친구가 자신의 단추가 많이 달린 양복이나 길고 뾰족한 구두를 비난 하는 소리를 들은 적이 여러 번 있었다. 짐은 그때 밴블렉의 말을 그냥 흘려 넘겼다.

그는 밴블렉이 학교에 오는 이유가 거의 마사 캐츠비 양과 시간을 보내기 위해서라는 걸 알고 있었다. 그녀는 열여섯 살밖에 되지 않았 고, 스물한 살 남자의 관심을 알아채기에는 너무 어렸다. 특히 거듭된 학업 실패에 심적 부담을 갖고 있던 밴블렉 같은, 완전히 순진한 열여 섯짜리 아가씨를 한껏 이용해 먹으려는 남자라면 더더욱.

늦은 9월, 젊은이들에게 학기의 대미를 장식하는, 가장 규모가 큰 할 런 가의 무도회가 열리기 이틀 전이었다. 짐은 간절한 바람과는 달리, 늘 그랬듯, 무도회에 초대를 받지 못했다. 할런 집안의 자녀들인 로널 드와 제너비브는 그가 사우샘프턴으로 왔을 당시 처음으로 만난 고객 이었고, 특히나 제너비브는 아만티스를 유난히 마음에 들어 했다. 가 장 호화로운 무도회인 할런 가의 무도회에 초청을 받는 것은 그에게 지난여름의 성공을 확인하고 완성하는 일이었다.

짐의 수업이 진행되고 있던 오후, 학생들은 짐은 안중에도 없이 다 음 날 있을 유흥에 잔뜩 들떠 있었다. 그들에게 짐은 자신들의 집사 정 도에 불과했다. 짐 곁에 서 있던 휴고가 갑자기 낄낄거리며 입을 뗐다.

"저기 밴블렉 좀 보세요. 완전히 고주망태가 돼 있죠. 엄청 독한 옥 수수 위스키를 꽤 들이켰거든요."

짐은 밴블렉을 물끄러미 바라보았다. 밴블렉은 마사 캐츠비 양에게 팔을 두르고는 뭐라고 계속 속삭여 대고 있었다. 짐은 캐츠비가 그와 거리를 두려 하는 것 같은 모습을 보았다.

짐이 호루라기를 물고는 힘껏 불어 제꼈다.

"좋아요," 하고 그가 소리를 쳤다. "시작합시다! 1조는 지그재그로 드럼 스틱을 높이 던지고, 2조는 리버프런트 셔플댄스곡을 연주할 거니 미리 하모니카를 점검하고! 자, 즐겨 봅시다! 춤은 이쪽! 오케스트라는 비가풍으로 연주할 겁니다, 〈플로리다의 처절한 전투〉!"

그의 목소리에는 평소답지 않게 날카로움이 깃들어 있었다. 학생들의 볼멘소리가 여기저기서 터져 나왔지만, 어쨌든 수업은 시작되었다.

짐은 밴블렉에게 잔뜩 불만을 가진 채 학생들 무리 사이를 누비고 다녔다. 그러다 휴고가 갑자기 그의 팔을 두드렸다. 뒤를 돌아보는 순간 학생 둘이 하모니카 연주 팀에서 빠져나가는 게 보였다. 그중 하나가 밴블렉이었다. 그는 열다섯 살짜리 어린애 로널드 할런에게 술이 담긴 플라스크를 건네고 있었다.

짐이 교실 안을 성큼성큼 가로질러 둘에게로 다가갔다. 밴블렉은 그가 다가오는 모습을 보고는 도발하듯 돌아섰다.

"좋아," 하고 짐이 분노에 몸을 떨며 말했다. "규칙은 알고 있겠지? 당장 여기서 나가!"

연주가 서서히 잦아들고, 사건 현장에 돌연 이상한 기류가 감돌았다. 누군가 숨을 죽인 채 웃고 있는 소리가 들렸다. 곧 충분히 예상 가능한 분위기가 만들어졌다. 모두가 짐을 좋아하는 건 사실이었지만 모두가 그의 생각에 공감하는 건 아니었다. 밴블렉은 그들의 친구였다.

"나가!" 짐의 목소리가 좀 낮아져 있었다.

"제게 말씀하시는 건가요?" 밴블렉이 싸늘하게 물었다.

"그래, 너."

"그렇다면 '님' 자 정도는 붙이시는 게 좋을 텐데요."

"난 어린애한테 위스키나 주는 사람에겐 '님' 자를 붙이지 않아! 당장 나가!"

"이것 봐요!" 밴블렉이 화를 내며 맞받았다. "알지도 못하면서 끼어들지 말아요. 난 로널드가 두 살 때부터 알아요. 당신의 명령을 원하는지, 로널드에게 직접 물어보세요!"

기분이 상한 로널드 할런은 갑자기 몇 살 더 먹어 버린 것처럼 건방진 표정으로 짐을 바라보았다.

"신경 끄시죠!" 그는 일말의 죄책감을 느끼면서도 반항적으로 말했다.

"들었죠?" 하고 밴블렉이 물었다. "세상에, 당신은 그저 하인쯤이라는 걸 모르겠어? 로널드는 밀주업자를 초대하면 했지 당신을 파티에 초대할 생각은 전혀 하지 않는다고!"

"나가! 당장 나가!" 짐은 주체 못 하고 마구 소리를 쳐 댔다.

밴블렉은 한 발짝도 움직이지 않았다. 그 순간, 짐이 그에게로 달려들어 허리를 잡고는 팔을 위로 들어 올려 등 뒤에서 꺾어 버렸다. 밴블렉은 아픔을 이기지 못하고 몸을 앞으로 숙였다. 짐도 몸을 숙여 자유로워진 한 손을 바닥으로 내려 플라스크를 집어 들었다. 그러고는 휴고에게 연회장 문을 열도록 손짓하더니, 돌연히 "네 발로 걸어 나가!" 하고 소리를 내질렀다. 그는 옴짝달싹하지 못하는 포로를 데리고 연회장 밖으로 돌진했고, 그를 계단 아래로, 문자 그대로 집어던져 버렸다. 밴블렉은 머리와 뒤꿈치를 벽과 난간에 마구 부딪히며 굴렀다. 이어 짐은 그의 플라스크를 거칠게 내던졌다.

그런 다음 그는 자신의 교실로 다시 들어와 문을 닫은 뒤 기대섰다.

"여기…… 이 학교 안에 있는 동안은 누구도 술을 마실 수 없다. 이

것이 교칙이었습니다." 그는 잠시 말을 멈추고, 학생들의 얼굴을 하나
씩 바라보았다. 학생들의 표정은 제각기 달랐다. 연민이나 동경, 혹은
반감이 교차했다. 학생들 사이에서 불안이 스멀스멀 피어오르고 있었
다. 그 안에서 아만티스와 눈이 마주쳤고, 그녀가 격려하듯 희미하게
고개를 끄덕이는 모습을 본 것 같았다. 그는, 거의 간신히, 말을 이어
나갔다.

"모두들 이해하리라 생각합니다. 난 저 친구를 여기서 내쫓을 수밖
에 없었습니다." 그러고 나서 짐은 중요하지 않은 문제엔 애써 신경
쓸 필요가 없다는 듯 "자, 시작합시다! 오케스트라!" 하고 외쳤다.

하지만 연습에 제대로 집중하는 사람은 아무도 없었다. 교실 안은
극심하게 술렁거렸다. 기타를 치던 학생 몇은 슬그머니 도망을 쳐 버
렸고, 여학생들은 샌드백에 그려진 얼굴을 난폭하게 때리기 시작했다.
그 와중에 로널드 할런이 모자를 쓰더니 조용히 문을 열고 나가자 남
학생 둘이 뒤를 따랐다.

짐과 휴고는 평소에 하던 대로 무리를 지은 학생들 사이를 돌아다
녔다. 얼마큼은 여느 때처럼 활동을 이어 갔지만, 열의는 평소만 못했
다. 충격과 실망이 겹쳐진 짐은 수업을 중단해야 되지 않을까 고민에
사로잡혔다. 하지만 그럴 수는 없었다. 학생들이 이 기분으로 집으로
돌아간다면 다시 돌아오지 않을지도 몰랐다. 기분이 모든 걸 좌우해
버릴 수도 있었던 것이다. 당장 분위기를 살려야 해, 하고 그는 미친
듯이 생각했다. 당장에! 한 번에!

분위기를 띄워 보려는 짐의 안간힘에도 불구하고, 학생들의 반응은
신통치 않았다. 급기야 짐 자신도 흥미를 느끼지 못했다. 학생들과의
유쾌한 소통은 꽉 막힌 듯했다. 학생들은 짐의 노력을 무심하게, 그가

느끼기엔 일말의 경멸마저 담긴 눈으로 멀거니 바라보기만 했다.

이 팽팽한 공기를 깨트린 것은, 대문을 벌컥 열고 느닷없이 들어선, 잔뜩 흥분한 중년 여성들이었다. 학교 안으로 스물한 살 이상 먹은 사람이 들어온 적은 한 번도 없었다. 교실에서 쫓겨난 밴블렉이 곧장 '권력 가진 자들'을 향해 달려가기 전까지는. 교실 문을 열어젖힌 두 여성은 클리프턴 가노스와 포인덱스터 캐츠비 부인이었으며, 가장 상류층 부인이자 당시 사우샘프턴에서 가장 수선스러운 여자들이었다. 그 두 사람도 그즈음 대부분의 여자들이 그랬듯 딸들의 행방을 좇고 있던 중이었다.

단 3분 만에, 사태는 파국으로 치달았다.

"당신 말이야!" 클리프턴 부인이 분노에 찬 목소리를 내질렀다. "술집을 열어서 애들한테 아편이나 주는 소굴을 만들려 했어! 이 무시무시하고 끔찍한, 입에 담을 수도 없는 남정네 같으니라고! 아주 모르핀 냄새가 진동을 하는군! 내가 모르핀 냄새를 모를 줄 알아? 나도 그 정도는 맡을 수 있다고!"

"그리고," 포인덱스터 부인 역시 목소리를 높였다. "당신은 유색 인종과 어울리게 만들었어! 분명 시꺼먼 여자애들도 숨기고 있을 거야! 당장 경찰에 신고할 거야!"

그들은 자신의 딸을 교실에서 끌어내는 데 그치지 않고, 친구의 딸들까지 데리고 가기를 원했다. 짐은 몇몇 학생들이—그중에는 마사 캐츠비도 있었는데, 그녀는 곧 어머니의 손에 우악스럽게 이끌려 나갔다—다가와 악수를 청했을 때 뭉클함을 느꼈다. 하지만 감동은 그것으로 끝이었다. 나머지는 모두 오만하게, 혹은 유감스럽다는 듯, 아니면 창피한 표정으로 겨우 사과의 말을 건네고는 학교를 떠났다.

"잘 가라." 짐은 떠나는 학생들을 향해 애석한 표정을 지으며 인사를 건넸다. "수업료는 내일 아침에 되돌려 줄게."

어쨌든, 그들은 학교를 떠나는 것을 안타까워하진 않았다. 교실 밖은 시동 거는 소리로 가득했다. 의기양양한 가솔린 엔진 소리가 따듯한 9월의 대기를 갈랐다. 그것은 환희의 소리이자, 태양만큼 높은 젊음과 희망의 소리였다. 그 소리는 해안가로 내려가 파도에 실려, 짐을 잊었다. 짐이 느낀 굴욕감에 불편해하던 학생들의 마음도 말끔히 씻어 버렸다.

학생들이 모두 떠난 교실에 짐과 휴고만이 남겨졌다. 그는 바닥에 털썩 주저앉아 두 손에 얼굴을 묻었다.

"휴고," 짐의 목소리가 갈라져 나왔다. "저 친구들, 더 이상 우릴 찾지 않겠지?"

"신경 쓰지 마세요," 하고 갑자기 목소리 하나가 끼어들었다.

고개를 들자 아만티스가 그의 옆에 서 있었다.

"저 친구들과 함께 가는 게 좋을 겁니다," 하고 짐이 그녀에게 말했다. "나랑 함께 있어 봐야 좋을 게 없어요."

"왜죠?"

"당신은 이제 사교계의 일원이 됐고, 난 하인이나 다름없는 사람이니까요. 난…… 당신을 사교계에 입문시킨 걸로 족해요. 가세요. 안 그러면 사람들도 더는 당신을 무도회에 초대하지 않을 겁니다."

"이제 사람들은 절 초대하지 않을 거예요, 짐." 그녀가 부드럽게 말했다. "내일 있을 무도회에도 초대받지 못했는걸요."

그녀를 올려다보는 그의 눈에 분노가 이글거렸다.

"당신을 초대하지 않았다고요?"

그녀가 대답 대신 고개를 저었다.

"내가 그렇게 만들었어!" 그가 거칠게 소리를 질렀다. "가서 당신을 초대해야만 한다고 말하겠어요. 내가…… 내가……"

아만티스는 눈을 반짝이며 그에게로 다가왔다.

"신경 쓰지 않아도 돼요." 그녀가 그를 다독였다. "신경 쓰지 말아요. 그들은 중요하지 않아요. 내일은 우리만의 파티를 할 거예요. 당신과 나만의."

"사실 제 집안도 나쁘진 않았어요." 짐은 심사가 비틀린 듯 말했다. "가난했을 뿐이죠."

그녀가 그의 어깨에 부드럽게 손을 얹었다.

"이해해요. 당신은 저 사람들 모두를 합친 것보다 더 나은 사람이에요, 짐."

그는 자리에서 일어나 창가로 다가갔다. 그러곤 슬픔에 잠긴 채 늦은 오후의 풍경을 내다보았다.

"당신을 그냥 해먹에서 자게 내버려 뒀어야 했는데."

그녀가 웃음을 터뜨렸다.

"그러지 않아 주셔서 좋은걸요."

그는 몸을 돌려 교실을 향해 섰다. 그의 얼굴이 그늘이 덮여 잘 보이지 않았다.

"여길 쓸고 문을 잠가, 휴고." 그의 목소리가 떨리며 나왔다. "여름은 끝났어. 집으로 돌아가야겠다."

가을은 빠르게 다가왔다. 다음 날 아침, 짐 파월은 한기를 느끼며 잠에서 깨어났다. 9월의 서릿발은 잠시 동안 전날의 기억을 잊게 해 주었다. 하지만 얼마 있지 않아 그는 여름의 유쾌한 반짝임을 지워 냈던 치욕을 다시 기억해 냈고, 불행한 기분에 휩싸였다. 이제는 누구나 자신을 알아봐 주는 고향으로 돌아가는 것 외엔 선택의 여지가 없었다. 거기에선 여기서 백인들로부터 들었던 모욕적인 말을 들을 필요가 없었다.

아침 식사를 마치고 나서, 짐은 특유의 낙천성을 되찾았다. 그는 남부의 아들이었고, 우울은 자신과 어울리지 않았다. 그는 상처를 오래 곱씹지 않았으며, 지나간 것들은 모두 과거의 일로 기억 저편에 묻어 버렸다.

하지만 그동안 익은 발걸음으로, 예전 스노키 씨의 요양원만큼이나 쓸모가 없어져 버린, 폐교가 된 자신의 학교에 다다랐을 때, 다시금 비애가 가슴에 차올랐다. 슬픔에 젖은 휴고는 주인의 부서져 버린 희망 한가운데에 서 있었다.

휴고는 평소라면 짐의 격려 몇 마디에 명확하지도 않은 기쁨에 들뜨곤 했지만, 오늘 아침 그들 사이엔 어떤 말도 오가지 않았다. 지난 두 달 동안 휴고는 꿈도 꾸지 못했던 절정의 삶을 살았다. 그는 자신의 일을 열정적으로 즐겼다. 수업이 시작하기도 전에 학교에 나왔고, 파월 씨와 학생들이 모두 집으로 돌아간 뒤에도 남아 있곤 했었다.

하루가 저물고, 희망 없는 밤이 다가왔다. 아만티스는 나타나지 않았다. 짐은 쓸쓸히 그녀가 저녁을 함께하기로 했던 마음을 바꾸지는 않았을까 생각했다. 어쩌면 그녀는 그들의 눈에 띄지 않는 게 나을지도 몰랐다. 하지만 그는 우울하게, 어차피 아무도 보지 못할 텐데 뭘, 하고 생각했다. 그들은 모두 할런 저택에서 열리는 무도회에 가기로 되어 있었다.

황혼이 교실에 긴 그림자를 드리울 무렵, 그는 마지막으로 문을 잠근 후 '제임스 파월. J. M. 주사위, 쇳조각 그리고 기타'라고 쓰인 팻말을 떼어 냈다. 호텔로 돌아온 그는 휘갈겨 쓴 장부를 넘겼다. 거기엔 다음 달 건물 임차료와 부서진 창문 수리비, 거의 사용하지 못한 새 장비들 가격이 적혀 있었다. 여름을 다 보냈지만, 벌어들인 게 아무것도 없다는 걸 그는 실감했다.

정리를 끝낸 그는 처음 맞췄을 때 그대로 상자에 담겨 있는 예복을 꺼내, 옷깃과 안감의 새틴을 손으로 쓸며 이곳저곳을 살폈다. 적어도 이 옷만은 그의 것이었고, 탈턴에 가면 누군가 그를 무도회에 초대해 줄지도 몰랐다.

"젠장!" 그가 쓸쓸한 웃음을 흘렸다. "학교라니, 쓸데없는 짓을 했어. 수렁에 빠진 걸 구해 줬더니, 에잇, 배은망덕한 놈들!"

짐은 허탈함을 털어 버리곤 〈젤리빈 마을의 제니〉를 휘파람으로 불며 예복을 입고 시내로 향했다.

"난초 꽃으로 주세요," 하고 그가 꽃집 점원에게 말했다. 난초는 그의 가슴을 뿌듯하게 채웠다. 난의 이국적인 꽃망울이 잎사귀에 나른히 기대어 있었다. 할런 가의 무도회에서 자신의 것보다 더 아름다운 꽃을 가진 사람은 아무도 없을 거라고 그는 생각했다.

그는 전용차처럼 보이는 택시를 신중히 골라 탄 후, 아만티스의 하숙집으로 향했다. 장밋빛 이브닝드레스를 입은 그녀는 석양빛에 녹아드는 난초를 향해 다가왔다.

"카지노 호텔로 가는 게 어떨까요?" 하고 그가 제안했다. "알고 계신 데가 달리 없다면……"

테이블에 앉아 어둠에 싸인 바다를 내다보며 그는 만족스러운 비애를 느꼈다. 추위 때문에 창문은 닫혀 있었지만 오케스트라가 연주하는 〈카룰라〉와 〈남쪽 바다의 달〉이 밀려들었다. 그는 한동안 자신과 너무나 비교가 되는 아만티스의 아름다운 모습을 바라보며 자신의 인생에 로맨틱한 서광이 비쳐 드는 걸 느꼈다. 그들은 춤을 추지 않았지만, 짐은 오히려 그게 더 좋았다. 춤을 추었더라면 두 사람이 그날 밤가지 못한 환하게 빛나는 무도회를 떠올렸을지도 몰랐기 때문이다.

저녁을 먹은 후, 그들은 택시를 타고 한 시간 동안 해안가를 달렸다. 드문드문 박힌 나무들 사이로 별이 총총한 하늘 아래 바다가 낮게 드러나곤 했다.

"고마워요," 하고 그녀가 말했다. "당신이 제게 해 주신 모든 것에 감사해요."

"뭘요. 우리 파월 가문은 함께해야죠."

"이제 어떻게 하실 계획이세요?"

"내일 탈턴으로 떠날 겁니다."

"아쉽네요." 그녀의 목소리는 부드러웠다. "차를 몰고 가실 건가요?"

"그래야죠. 팔아도 얼마 되지도 않을 테니, 그냥 남쪽으로 데려가야죠. 누가 차고에서 훔쳐 가진 않았겠죠?" 그가 불쑥 생각났다는 듯 물었다.

그녀가 미소를 지어 보였다.

"그럴 리가요."

"당신에게…… 이렇게 된 거 사과할게요." 그가 잠긴 목소리로 말했다. "그리고…… 그리고 당신이 갔던 그 무도회들, 한 군데도 가 보지 못해 아쉬워요. 그리고 어제, 제 곁에 있지 말았어야 했어요. 그 일 때문에 사람들이 정말 초대를 하지 않을지도 몰라요."

"짐," 하고 그녀가 애절하게 그를 불렀다. "우리, 가요. 저택 밖에서 음악을 들어 봐요. 그건 상관없잖아요."

"그 사람들 나올걸요," 하고 그가 반대했다.

"아녜요, 추워서 창문을 다 닫아 놨을 거예요. 더 나빠질 것도 없잖아요."

그녀는 택시 기사에게 방향을 돌리도록 했다. 그리고 몇 분 후, 그들은 매디슨 할런 저택이 내뿜는 조지 왕조풍의 아름다움과 마주했다. 흥겨움이 가득 담긴 불빛이 창밖으로 쏟아져 잔디밭에 빛 조각을 뿌려 대고 있었다. 저택 안에서는 애잔한 호른과 웃음, 춤을 추며 홀 바닥에 닿는 느릿한 발소리도 들려왔다.

"가까이 가 봐요." 아만티스가 홀린 듯한 목소리로 말했다. "더 가까이서 듣고 싶어요."

그들은 커다란 나무 그림자에 몸을 숨긴 채 저택을 향해 걸음을 옮겼다. 걱정스러운 마음으로 앞을 향해 걷던 짐이 갑자기 걸음을 멈추며 아만티스의 팔을 와락 끌어 잡았다.

"이런!" 속삭이는 그의 목소리가 격앙되어 있었다. "저게 뭔지 알아요?"

"야경꾼이라도 있나요?" 아만티스는 깜짝 놀라 주위를 둘러보는 시늉을 하며 말했다.

"저건, 사바나의 래스투스 멀둔 밴드라고요! 들어 본 적이 있어서 확실히 알아요. 아, 래스투스 멀둔 밴드!"

창가로 다가갈수록 아가씨들의 퐁파두르* 머리가 보이기 시작했고,

* 여자의 이마 위에 높이 빗어 올린 머리형. 남자의 경우는 올백 형태.

다음으로는 뒤로 넘긴 남자들의 머리가, 그다음에는 높이 들어 올린 머리 꼭대기가, 그러다 마침내 검정 끈으로 질끈 묶은 단발머리가 보였다. 이제 그들은 끊임없는 웃음소리 안에 든 수다까지 알아들을 수 있었다. 누군지 알 수는 없었지만 두 사람의 모습이 현관에 나타나더니 플라스크에 담긴 뭔가를 꿀꺽꿀꺽 마시고는 안으로 돌아갔다. 짐 파월은 흘러나오는 음악에 이미 넋이 나가 있었다. 그는 눈을 전혀 움직이지 않은 채, 마치 눈이 먼 사람처럼 걸음을 옮기기 시작했다.

어두운 풀밭 뒤편에 붙어 서서 그들은 음악을 들었다. 그리고 곡이 끝났다. 바다에서 불어온 바람에 짐은 작게 몸을 떨었다. 그러곤 아쉬움이 담긴 목소리로 속삭였다.

"꼭 저 밴드 리더가 되고 싶었어요. 단 한 번만이라도." 그의 목소리에서 점점 힘이 빠져나갔다. "자, 이제 갑시다. 난 여기에 어울리지 않아요."

짐이 그녀에게 손을 내밀었다. 하지만 그녀는 그의 손을 잡는 대신 느닷없이 풀밭에서 빠져나와 빛이 비치는 곳으로 걸음을 디뎠다.

"이리 와요, 짐." 그녀가 놀랄 만한 말을 했다. "우리, 안으로 들어가요."

"아니 왜……?"

아만티스가 그의 팔을 붙잡았다. 그는 그녀의 과감함에 얼이 빠진 채 주춤거리며 물러서려 했지만 그녀는 계속 당겨 마침내 커다란 앞문까지 그를 끌고 갔다.

"조심해요!" 그가 깜짝 놀라 소리쳤다. "누가 우릴 보고 나올 거예요!"

"그렇지 않아요, 짐." 그녀는 확신에 찬 목소리로 말했다. "아무도 안 나와요. 방금 두 사람이 들어갔을 뿐이라고요."

"왜 이러는 거죠?" 하고 그가 거칠게 물었다. 그는 어느새 캐리지 포치*에 켜진 등에 완전히 노출돼 있었다. "왜 이래요?"

"왜냐고요?" 그녀가 똑같이 되물었다. "왜냐하면, 이 무도회가 제 앞에 주어졌으니까요."

그녀는 화를 내는 것처럼 보였다.

"사람들이 우릴 보기 전에 돌아갑시다." 그가 애원했다.

그때 커다란 문이 열리더니 신사 하나가 현관으로 걸어 나왔다. 짐은 그가 매디슨 할런 씨임을 알아보고는 경악했다. 그러곤 도망칠 준비를 했다. 그런데 할런 씨가 현관 아래로 걸어 내려오더니 아만티스에게 두 손을 내밀었다.

"마침내 왔구먼!" 할런 씨가 크게 말했다. "대체 두 사람, 어디 있다 이제 오는 거야? 아만티스, 나의 사랑하는 조카," 하고는 그녀에게 입을 맞추더니, 짐을 향해 돌아서서 "그리고 파월 씨," 하며 부드럽게 말을 이었다. "이렇게 늦은 걸 만회하려면 나한테 약속을 해 줘야겠소. 딱 한 곡만이라도 저 밴드를 맡아 주겠다고."

뉴저지는 따뜻했다. 물 아래만 제외한다면. 어차피 거긴 물고기들에게만 해당하는 곳. 길고 푸른 길을 거쳐 온 관광객들은 세월의 빛이 바랜 시골집 앞에 차를 세우고, 잔디밭의 붉은 그네와 넓고 그늘진 현관을 바라본 후, 한숨을 내쉬곤 계속 차를 몰아갔다. 그들은 도로에 서 있던 흑인 시종을 피하기 위해 조금 핸들을 꺾고는 다시 가던 길을 갔다. 그는 망치와 못으로 고장 난 싸구려 자동차를 고치려 하던 중이었

---

* portecochere=carriage porch. 현관 앞에 자동차를 세워 둔 채 타고 내리기 위해 설치한 돌출 부분.

다. 자동차 뒤편에서 '조지아 탈턴의 전설' 우승기가 자랑스럽게 펄럭이고 있었다.

금빛 머리칼에 얼굴빛이 보드라운 젊은 여자는 해먹에 누워 있었고, 금방이라도 잠에 빠져들 것 같았다. 그녀 곁에는 유난히 꽉 끼는 정장 차림의 신사가 앉아 있었다. 두 사람은 그 전날, 함께 사우샘프턴의 고급 리조트를 떠나 저택으로 돌아왔더랬다.

"당신이 처음 나타났을 때," 하고 그녀가 말을 이었다. "이발사 얘기 같은 거, 그거 다 지어낸 얘기였어요. 당신을 다시 보게 될 거라고 생각하지 못했거든요. 사실은, 사교 모임에도 꽤 갔더랬어요. 호신용 쇳조각을 갖고 가기도 하고 그렇지 않을 때도 있었지만요. 모든 걸 가을에야 털어놓게 됐네요."

"많이 배웠습니다," 하고 짐이 말했다.

"얘기 안 한 게 더 있어요." 아만티스는 약간 근심 어린 표정으로 덧붙였다. "예전에 친척 집을 방문하러 사우샘프턴에 몇 번 갔었어요. 당신이 그곳으로 간다고 했을 때, 대체 뭘 할 건지 궁금했어요. 보고 싶기도 했고요. 전 계속 할런 저택에 머물고 있었지만, 당신이 모르도록 하숙집은 그대로 뒀었죠. 약속한 시간이랑 다른 기차를 타고 갔던 이유도, 미리 사람들에게 저를 모르는 척하라고 일러두기 위해서였고요."

짐은 알겠다는 듯 고개를 끄덕이며 자리에서 일어났다.

"저랑 휴고는 이제 가 봐야겠어요. 밤까지는 볼티모어에 도착해야 하니까요."

"긴 여행이겠군요."

"오늘 같은 밤은 남부에서 눈을 좀 붙이고 싶네요." 그는 간단히 대답했다.

그들은 길을 따라 함께 걸으며 잔디밭에 세워진 멍청한 디아나 석
상을 지나쳤다.

"그런데," 하고 운을 뗀 아만티스가 다정하게 덧붙였다. "여기
선…… 사람들과 어울리는 데, 조지아에서보다 더 부자일 필요는 없
어요." 그녀는 거기서 말을 멈추고는 "내년에 다시 돌아와 새 학교를
시작해 보실 생각, 안 해 보시겠어요?" 하고 물었다.

"아, 아닙니다. 아네요. 할런 씨도 학교를 계속 운영해도 된다고 하
셨지만, 제가 그러지 않겠다고 말했습니다."

"그동안…… 돈을 별로 벌지 못했잖아요."

"그렇지 않아요," 하고 그가 대답했다. "집으로 돌아갈 만큼의 돈은
됩니다. 밑천도 없이 시작했던 걸요 뭐. 돈을 좀 벌 때는 버는 대로 펑
펑 써 댄 데다가 임대료에 기구들, 악기들 구입하는 데도 적잖이 썼었
죠. 게다가 마지막엔 학생들이 선금으로 낸 수업비도 모두 돌려줬고
요."

"그건 아니죠!" 하고 아만티스가 분개하며 큰 소리로 말했다.

"학생들도 그러지 말라고 했지만, 받으라고 했습니다. 그게 도리죠."

그는 할런 씨가 자신에게 선물로 수표를 주려 했다는 것까지 말할
필요는 없다고 생각했다.

그들은 휴고가 마지막 못을 박을 때쯤 차에 도착했다. 짐은 차문을
열어 라벨이 붙지 않은 병을 하나 꺼냈다. 병 안에는 노란 빛깔의 불투
명한 액체가 들어 있었다.

"당신에게 선물을 사 주고 싶었는데," 하며 그가 멋쩍은 듯 이야기
를 이어 나갔다. "주머니가 먼저 비어 버렸어요. 그래서 조지아에서 갖

고 온 거라도 드려야겠다고 생각했습니다. 이건, 그냥 제 개인적인 기념품이라고 할 수 있죠. 당신에겐 맞지 않을지도 모르겠네요. 하지만 모임에 갖고 가서 이곳 젊은 친구들한테 진짜 묵은 옥수수 위스키 맛이 어떤 건지 맛보게 해 줄 순 있을 겁니다."

그녀가 병을 받아 들었다.

"고마워요, 짐."

"아닙니다." 그가 휴고에게로 몸을 돌렸다. "이제 우린 가야겠다. 아가씨께 망치를 드려라."

"아, 망치는 가지셔도 돼요." 아만티스의 눈에 눈물이 글썽거렸다. "다시 돌아올 거라고 약속해 주실 순 없나요?"

"언젠가…… 어쩌면요."

그는 그녀의 황금빛 머리칼이며 눈곱과 눈물로 얼룩진 신비로운 푸른 눈동자를 잠깐 바라보았다. 그러곤 차에 올라 클러치를 밟으며, 그때까지의 몸가짐을 완전히 바꾸었다.

"이제 작별이군요, 아가씨." 그는 인상적일 정도로 예의를 차리며 말했다. "자, 우린 겨울을 보내러 남부로 갑니다."

그가 밀짚모자를 든 손으로 팜비치와 세인트 오거스틴을 그리고 마이애미를 가리켰다. 그의 시종이 크랭크를 돌렸고, 그는 자리에 앉은 채로 자동차가 만들어 내는 격렬한 진동에 몸을 맡겼다.

"겨울을 보내러 남부로," 그는 똑같이 되풀이하고는 부드럽게 덧붙였다. "당신은 제가 아는 사람들 중 가장 예쁜 아가씨예요. 다시 저기 저 해먹으로 가서 누우세요. 그리고 한잠 푹 자도록 해요. 깊게…… 깊게 잠들어요."

그의 말은 거의 자장가와 같았다. 그는 그녀에게 인사를 했다. 당당하고 깊게, 모든 북부의 이야기가 담긴 화려한 모습으로 고개를 숙였다.

그리고 그들은 터무니없이 풍성한 먼지구름을 날리며 길을 따라 달렸다. 길이 처음으로 꺾어지기도 전, 아만티스는 차가 멈추더니 그들이 내려 차체의 위아래를 밀어 대며 맞추는 모습을 보았다. 그렇게 한동안 씨름을 하던 그들은 주위를 돌아보지도 않고 다시 차에 올라타더니 꺾어진 길을 돌았다. 그들이 지나갔음을 알려 주는 옅은 갈색 안개만을 남긴 채, 그들은 그녀의 시야에서 완전히 사라졌다.

「주사위, 쇳조각 그리고 기타」는 미국 잡지 《허스트 인터내셔널》에 발표된(1923년 5월) 작품으로, 피츠제럴드가 《허스트 인터내셔널》과 체결한 조건부 계약하에서 쓴 첫 번째 소설이다. 「주사위, 쇳조각 그리고 기타」는 나중에 『위대한 개츠비』에서 더 깊이 파고들게 되는 피츠제럴드의 실험적 사상이 담긴 단편들 중 하나라고 할 수 있다. 이 작품의 주제인 부유한 자들의 냉담함이 유머러스하게 다루어지지만, 주인공 아만티스가 이방인에게 하는 "당신은 무엇보다 먼저 함께 어울리는 게 좋을 거예요, 짐"이라는 말은 『위대한 개츠비』에 나오는 "빌어먹을, 죄다 모였잖아"라는 개츠비의 말에 대해 닉 캐러웨이가 한 생각을 엿보게 만든다. 「주사위, 쇳조각 그리고 기타」는 남부와 북부 사이에 존재하는 문화적, 사회적 차이에 대한 피츠제럴드의 감각이 코믹하게 드러나는 또 하나의 명작이다.

용서
Absolution

1

냉정한 기운과 물기를 동시에 머금은 눈을 한 성직자가 하나 있었다. 그는 적막한 밤이 찾아오면 차가운 눈물을 흘리곤 했다. 그를 눈물짓게 만드는 것은 충분히 길고 따뜻한 오후 동안 그리스도와 완전한 신비의 결합을 이룰 수 없다는 사실이었다. 이따금 오후 4시 무렵이면 오솔길을 따라 내려온 스웨덴 아가씨들이 그의 창가쯤에서 옷자락을 부딪으며 높다랗게 웃어 댔고, 그 끔찍한 소음은 그로 하여금 땅거미가 질 때까지 큰 소리로 기도를 올리도록 만들었다. 해가 지면서 웃음과 말소리로부터는 놓여났지만, 이젠 롬버그 식품점 앞을 걸어서 지나가야 했다. 어둠이 내린 가게 안으로 노란 불빛이 비쳐 들면 탄산음료 저장 용기의 금속 꼭지는 반짝반짝 빛을 냈고, 공기 중엔 싸구려 세숫비누의 알싸한 냄새가 한가득 퍼져 나갔다. 고해성사를 듣고 돌아오는 토요일 밤이면 그는, 향을 피운 것처럼 한여름의 달을 향해 높이 솟구치는 그 비누 냄새를 맡지 않으려고 길 저편으로 조심스럽게 걸음을 옮기곤 했다.

하지만 오후 4시면 일어나는 맹렬한 광기는 도저히 피할 수 없었다. 창밖으로 눈을 돌리면 레드리버* 계곡까지 아득히 펼쳐진 다코타**의 밀밭을 볼 수 있었다. 밀밭을 바라보는 건 끔찍했다. 그는 카펫 문양과도 같은 밀밭에서 고통스럽게 눈길을 돌려 버리곤 결국 피할 수 없는 태양에 닿게 되는 기괴한 미로 속으로 음울하게 자신의 생각을 밀어 넣었다.

생각이 낡은 시계처럼 우뚝 멈추어 버린 어느 날 오후, 가사도우미가 그의 서재로 잔뜩 긴장한 모습의 예쁘장한, 루돌프 밀러라는 열한 살짜리 소년을 데리고 왔다. 햇빛이 의자에 앉은 자그마한 소년을 비추었고, 호두나무 책상 앞에 앉은 성직자는 무척이나 바쁜 듯 부산스러웠다. 그것은 귀신에라도 들린 것 같던 방에 누군가 들어왔다는 데 대한 안도감을 숨기려는 행동이었다.

고개를 돌리는 순간, 그는 자신을 응시하고 있는 두 개의 엄청나게 크고, 단속적으로 깜빡이는, 코발트빛 눈과 마주쳤다. 아주 잠깐이었지만 그 눈에 담긴 뭔가에 그는 움찔했다. 그는 자신의 방문객이 극단의 공포에 휩싸여 있음을 알았다.

"입술이 떨리고 있구나," 하고 슈워츠 신부는 다소 엄한 목소리로

* 텍사스와 오클라호마 두 주의 경계를 흘러 미시시피로 합류하는 강.
** 미국 중부의 주로, 노스다코타와 사우스다코타로 나뉜다.

말했다.

소년은 얼른 손을 올려 떨리는 입술을 가렸다.

"곤란한 일이라도 있는 거니?" 하고 슈워츠가 다시 날카롭게 물었다. "이제 손 떼고, 무슨 문제인지 말해 보거라."

소년은—슈워츠 신부는 소년이 자신의 교구민인 화물 운송업자 밀러 씨의 아들이라는 걸 알아보았다—마지못해 입술에서 손을 떼어내고는 절망 어린 목소리로 말을 하기 시작했는데, 작긴 했지만 알아들을 수는 있었다.

"신부님…… 제가 끔찍한 죄를 지었습니다."

"순결을 해쳤느냐?"

"아닙니다, 신부님…… 더 끔찍한 죄입니다."

슈워츠 신부의 몸이 휙 하고 무섭게 움직였다.

"누굴 죽이기라도 한 거냐?"

"그건 아닙니다만…… 두렵습니다…….," 목소리가 격앙되면서 소년은 훌쩍이기 시작했다.

"고해소로 가길 원하느냐?"

자그마한 소년은 절망적으로 고개를 저었다. 슈워츠 신부는 목소리를 부드럽게 가다듬고는 가능한 한 나직하고 다정하게 말하려 애썼다. 그 순간만큼은 그는 자신의 고통을 잊은 채 하느님처럼 행동해야 한다고 생각했다. 그는 하느님께서 자신으로 하여금 올바르게 행할 수 있도록 도와주실 거라 믿으며 짧은 기도문을 반복해 읊조렸다.

"네가 한 것을 말해 보거라." 그는 그때까지와는 달리 부드러운 목소리로 말했다.

물기 어린 눈으로 그를 바라보던 어린 소년은 심경이 복잡해 보였던 신부가 도덕적 품성을 되찾은 것에 감명이라도 받은 듯 기운을 냈다. 신부가 해낸 것처럼 스스로를 내려놓은 루돌프 밀러는 자신의 얘기를 꺼내기 시작했다.

"사흘 전 토요일이었어요. 아버지가 제게 고해성사를 하러 가야 한다고 하셨죠. 지난 한 달 동안 한 번도 고해성사를 하지 않았으니까요. 가족들은 모두 일주일에 한 번씩 꼭 했는데, 그때마다 전 빠졌어요. 그날도 전 별로 신경을 쓰지 않고 저녁때까지 고해성사를 하지 않고 친구들과 놀았죠. 아빠가 고해성사를 하러 갔었냐고 물어서 가지 않았다고 대답했는데, 제 목덜미를 잡고는 지금 당장 하러 가라고 하셨어요. 그래서 전 어쩔 수 없이 알았다고 대답하고는 집을 나섰어요. 아빠는 제 뒤에서 성당에 다녀오기 전엔 집에 올 생각을 하지 말라고 고함을 치셨는데……"

2

사흘 전, 토요일

플러시 천*으로 된 고해실 커튼의 음산한 주름이 반듯하게 펼쳐지자 나이 든 남자의 낡은 구두 바닥만 보였다. 커튼 뒤에서 불멸하는 영혼이 하느님과 교구 신부 아돌푸스 슈워츠와 함께 임재하고 있었다. S와 Z 발음을 할 때의 치찰음과 조심스러움이 한껏 깃든 알아듣기 힘든 속삭임이 시작됐고, 신부의 또렷한 질문이 말과 말 사이에 드리워

---

* 실크나 면직물을 벨벳보다 털이 좀 더 길게 두툼히 짠 것.

진 침묵을 깨뜨렸다.

루돌프 밀러는 고해실 곁 기다란 신도석에 무릎을 꿇고 앉아 자신의 차례를 기다리고 있었다. 긴장한 채 귀를 바짝 기울이고는 있었지만 안에서 들려오는 소리를 듣지 않으려 애썼다. 신부의 목소리가 들린다는 것 자체가 그를 불안하게 만들었다. 곧 자신의 차례가 올 것이고, 여섯 번째*와 아홉 번째 계명**을 어겼다고 고백하는 동안 뒤에서 기다리는 서너 명이 무심결에 자신의 얘기를 들을 수도 있었다.

루돌프는 결코 간음을 한 적도, 이웃의 여자를 탐한 적도 없었다. 그것은 단지 심각하게 생각할 필요가 없는, 진짜 죄를 덮기 위한 어설픈 참회에 불과했다. 그는 비교적 덜 수치스러운 배교 행위를 음미하고 있었다. 말하자면, 뚜렷한 정황이 없으니 자신의 영혼에 찍힌 성범죄라는 시꺼먼 낙인도 떼어질 게 뻔했던 것이다.

고해실에서 갑자기 참회자가 움직이자 그는 두 손으로 귀를 틀어막으며 두 팔꿈치 사이에 얼굴을 묻었다. 그건 자신이 듣지 않고 있음을 드러내는 것이기도 했고, 자신이 고해를 할 때 다른 사람들도 그렇게 해 달라는 바람이기도 했다. 두려움은 딱딱하게 굳은 채 심장과 폐 사이를 비집고 나오려 했다. 그는 이제 자신의 죄를 용서받기 위해 온 힘을 다해야만 했다. 두려움 때문이 아니라 하느님의 마음을 상하게 할 수는 없기 때문이었다. 그는 자신이 잘못했음을 하느님께 납득시켜야 했다. 그러자면 그 자신을 먼저 납득시켜야만 했다. 한차례 내면의 치열한 전투를 벌인 뒤 그는 일정 부분 자기 연민에 사로잡힌 채 준비가 되었다고 확신했다. 다른 생각이 머릿속으로 들어오는 걸 허용하지만

* 간음하지 말라.
** 남의 아내를 탐내지 말라.

않는다면 저 끝에 놓인 커다란 관 속으로 들어갈 때까지 지금의 내면이 오그라들지 않도록 할 수 있을 테고, 그러면 자신의 신앙생활에 닥친 또 하나의 위기에서 다시 살아날 수 있을 것이었다.

하지만, 조금 전부터, 사악한 생각 하나가 그를 꽉 붙들고 놓아주지 않았다. 그것은, 그의 차례가 돌아오기 전에 어머니에게로 달려가, 너무 늦게 도착하는 바람에 신부님이 벌써 가 버리셨더라고 말할 수도 있다는 생각이었다. 그러나 그건, 불행하게도, 들통이 날 게 빤한 어줍은 거짓말이었다. 다른 대안 하나는, 고해성사를 받았다고 하는 거였다. 하지만 그건 이튿날 있을 성찬예배를 피해야만 한다는 걸 의미했는데, 정결하지 못한 영혼으로 성찬을 받아먹으면 입 안에서 독으로 변해 다리에 힘이 빠지면서 저주를 받아 제단 난간에 고꾸라지게 될 터였다.

다시 슈워츠 신부의 목소리가 또렷하게 들려왔다.

"다음……"

신부의 웅얼거리는 쉰 목소리가 스러지고, 루돌프는 열에 들뜬 채 자리에서 일어났다. 그날 오후 자신이 고해성사를 하게 된다는 사실이 도무지 믿어지지 않았다. 그는 잔뜩 긴장한 채 제대로 입을 떼지 못했다. 그때 고해실에서부터 탁 하는 소리, 끼릭 하는 소리, 바스락 하는 소리가 차례로 들려왔다. 플러시 천으로 된 커튼이 옆으로 밀리면서 파르르 떨렸다. 유혹에 넘어가기엔 너무 늦어 버렸다.

"아, 신부님, 죄를 지었습니다…… 전능하신 하느님과 신부님께 저의 죄를 고합니다…… 마지막으로 고해를 하고 한 달 사흘이 지났습니다…… 저는 제 자신을…… 주님의 이름을 헛되이 부른 제 자신을 고하며……"

거기까지는 무거운 죄일 리 없었다. 자신에 대한 그런 식의 책망은 허세에 불과했다. 그런 것들을 입에 올린다는 건 자랑하는 것과 마찬가지였다.

"……한 나이 든 부인께 천박한 짓을 저질렀습니다."

격자무늬 나무창 너머로 흐릿한 그림자가 살짝 움직였다.

"어떻게 한 것이냐, 얘야?"

"스웬슨 노부인께서," 하고 웅얼거린 루돌프의 목소리가 의기양양하게 높아졌다. "창문을 깬 우리 야구공을 돌려주지 않았습니다. 그래서 우리는 오후 내내 노부인께 '가 버려, 할멈!'이라고 소리를 질렀습니다. 그렇게 5시쯤 됐을 때 노부인이 졸도를 해 버려서 사람들이 의사를 불러야 했습니다."

"계속하거라, 얘야."

"저는…… 믿을 수가 없습니다. 제가 제 부모님의 자식이라는 것이요."

"뭐라고?"

신부가 참으로 놀라워하며 반문했다.

"제가 부모님의 친아들이라고 믿어지지 않아요."

"왜 안 믿어져?"

"아, 제 자존심 때문이죠," 하고 참회자는 대수롭지 않게 말했다.

"그 말은 네가 네 부모님의 친아들이기엔 너무 착하다는 뜻이냐?"

"그렇습니다, 신부님." 의기양양한 기색이 많이 덜어진 목소리였다.

"계속 해 보거라."

"부모님 말씀에 따르지도 않았고, 함부로 어머니 이름을 불렀습니다. 사람들이 안 보이면 흉을 보았습니다. 담배도……"

별것 없는 죄목들을 늘어놓는 것에 시들해진 루돌프는 말하기 힘겨운 일들을 고백할 시간이 가까워졌음을 느끼고 있었다. 그는 손가락을 쇠창살처럼 벌려 얼굴에다 댔다. 마치 부끄러움을 그 사이로 밀어넣어 심장에다 쑤셔 박으려는 듯.

"더러운 말을 하고 음란한 생각과 욕망을 품었습니다." 소년의 속삭이는 소리는 아주 낮았다.

"얼마나 자주?"

"모르겠습니다."

"일주일에 한 번? 두 번?"

"일주일에 두 번입니다."

"그 욕망들에 굴복을 했더냐?"

"그렇진 않습니다, 신부님."

"그때 너 혼자였더냐?"

"아닙니다, 신부님. 남자애 둘과 여자애 하나가 같이 있었습니다."

"몰랐더냐? 피해야 하는 것은 죄만이 아니라, 죄를 일으키는 원인까지도 피해야 한다는 걸? 사악한 친구들이 사악한 욕망들을 이끌어 오고, 사악한 욕망들이 사악한 행동들을 이끌어 온다는 것이다. 그때 너는 어디에 있었더냐?"

"헛간이었는데…… 그 집이……"

"누구 집이었는지는 듣고 싶지 않다," 하고 신부가 황급히 말을 잘랐다.

"거기 헛간 다락에 있었습니다. 여자애와…… 친구 녀석 하나가, 이런저런…… 그러니까 음란한 얘기들을 나누었고, 제가 거기 같이 있었습니다."

"넌 그곳을 떠나야 했었다…… 여자아이에게도 집으로 가야 한다고
말했어야 했고."

가야만 했다! 그 이상한 이야기가 입에서 흘러나왔을 때 손목의 맥
이 얼마나 세차게 뛰었는지, 기이하고 로맨틱한 흥분이 자신을 얼마
나 흔들어 놓았는지에 대해 소년은 슈워츠 신부에게 도저히 말할 수
없었다. 그러다 결국 아둔하고 무자비한 구제 불능의 여자들이 드글
대는 범죄의 소굴에서 새하얀 불길에 타오르는 모습으로 발견될는지
도 몰랐다.

"더 할 얘기는 없느냐?"

"더는 없습니다, 신부님."

루돌프는 깊이 안도의 한숨을 내쉬었다. 단단히 틀어쥔 손가락 사이
에 땀이 흥건했다.

"거짓말한 건 없느냐?"

질문이 떨어지자 소년은 깜짝 놀랐다. 습관적이고 본능적으로 거짓
말을 하는 사람들이 그렇듯, 소년 역시 진실에 대해 엄청난 경외감을
갖고 있었다. 그래서였을까, 소년의 입에서 자신도 모르게 다급히 부
인하는 대답이 튀어나왔다.

"아, 아닙니다, 신부님. 절대로 거짓말을 하지 않았습니다."

잠깐 소년은, 마치 왕좌에 앉게 된 평민처럼, 자신의 상황에 한껏 자
부심을 느꼈다. 그러다 신부가 으레 늘어놓는 훈계를 중얼거리기 시
작한 순간, 그는 자신이 엄청난 죄를 저질렀다는 사실을 깨달았다. 고
해실에서 거짓을 고백한 것이었다.

슈워츠 신부의 "참회의 기도를 드리라," 하는 말이 떨어지자마자 소
년은 자동적으로 아무런 의미도 없이 커다란 소리로 따라 읊기 시작

했다.

"하느님이시여, 진심으로 저의 죄를 회개하오니……"

그는 사실을—자신이 저지른 사악한 과오를—바로잡아야 했다. 그러나 마지막으로 기도문을 읊고 입술이 닫히는 순간, 날카로운 소리와 함께 격자문도 닫혔다.

얼마 지나지 않아 황혼 속으로 걸어 나온 소년은 자신이 무슨 짓을 한 것인지 완전히 깨달은 순간, 갑갑한 성당에서 하늘 아래 밀밭이 널따랗게 펼쳐진 곳으로 나왔을 때 일어나는 안도감을 전혀 느낄 수가 없었다. 대신 두려움에 휩싸여 그는 차가운 공기를 폐부 깊숙이 들이마시며 "블래치포드 사너밍턴, 블래치포드 사너밍턴"이라는 소리를 계속 되뇌었다.

소년 자신을 가리키는 블래치포드 사너밍턴이란 이름에는 뭔지 모를 운율이 들어 있었다. 블래치포드 사너밍턴이 되는 순간 기분 좋은 고결함이 자신의 몸에서 흘러나오는 듯했다. 블래치포드 사너밍턴은 모든 것을 제압하는 위대한 승리자였다. 루돌프가 반쯤 눈을 감으면 그건 블래치포드가 소년을 지배하기 시작했음을 의미했다. 그리고 그가 사라질 때면 질투 어린 웅얼거림이 허공으로 비어져 나왔다. "블래치포드 사너밍턴! 블래치포드 사너밍턴이 떠나신다!"

소년은 한동안 블래치포드가 되어 집을 향해 난 구불구불한 길을 거들먹거리며 걸어갔다. 하지만 루드위그의 중심가에 이르는 쇄석 도로 공사장에 다다르자 루돌프의 유쾌한 기분은 사라지고 마음이 얼어붙으며 거짓 고해를 했다는 두려움이 밀려들었다. 하느님은, 당연히, 알고 계실 터였다. 하지만 루돌프에게는 마음 한구석에 하느님으로부터도 피할 수 있는 곳이 마련되어 있었다. 이따금 하느님께 속임수를 썼을 때 변명거리를 마련해 놓는 곳이었다. 그는 그 구석 자리에 몸을 숨긴 채 어떻게 하면 허위 진술의 결과를 피할 수 있을지를 궁리하기 시작했다.

어떤 대가를 치르더라도 내일 있을 성찬예배만은 피해야 했다. 거기까지 나타나 하느님을 노엽게 한다는 건 부담이 너무도 큰 위험이었다. 아침에 '우연히' 물을 마셔 버리게 된다면 교회법에 따라 그날 주어질 성찬을 받아먹기에 적절치 못한 상태가 될 것이다. 어설프긴 했지만 이것이 소년에게 떠오른 가장 그럴듯한 속임수였다. 여전히 부담은 되었지만 가장 좋은 결과를 끌어낼 방법을 골똘히 생각하는 사이 소년은 롬버그네 식품점 모퉁이를 돌았고, 그의 시야에 아버지의 집이 들어왔다.

3

지역 화물업자인 루돌프의 아버지는 독일계와 아일랜드계의 두 번째 이민 대열에 섞여 미네소타-다코타 지방으로 흘러들어 왔다. 당시 그 지역의 분위기로는 열정 넘치는 젊은 남자들에게 엄청난 기회가 주어진 것 같았지만, 칼 밀러가 계급 사회의 위아래 틈을 비집고 성공에 이르기 위해 반드시 필요한 명성을 얻는 데는 역부족이었다. 무례한 데다 성실함도 부족하고 당연히 지켜야 할 기본적인 관계에도 미흡했던 그는 의심 많고 침착하지 못하며 끊임없이 사람들을 당혹하게 만드는 인물로 치부되었다.

그나마 그에게 다채로운 인생을 가능하게 해 준 두 가지가 있었으니,

로마가톨릭 교회에 대한 믿음과 제국의 건설자 제임스 J. 힐*에 대한 은밀한 숭배였다. 힐은 밀러에게 결핍된 자질을—사물에 대한 감각과 느낌, 뺨에 닿는 바람에서 강우의 기미를 감지하는 것 같은—가진 절정의 인간이었다. 밀러의 생각을 움직이는 것은 오래전 누군가가 내린 결정들이었으며, 그는 자신의 수중에 있는 그 어떤 것에라도 늘 불안함을 느꼈다. 그의 지친, 활기 넘치는, 보통의 남자보다 작은 몸은 제임스 힐의 거대한 그림자에 싸인 채 서서히 늙어 갔다. 지난 20년 동안 그의 삶은 오직 힐과 하느님의 이름 안에서 지탱되어 왔다.

일요일 아침, 칼 밀러는 6시의 먼지 한 점 없는 고요 속에서 잠을 깼다. 침대 가에 무릎을 꿇고, 희끗희끗한 금발 머리를 수그리고, 얼룩덜룩한 콧수염을 베개에 파묻고는 몇 분 동안 기도를 올렸다. 그런 다음 잠옷으로 대용하는 셔츠를—그의 연배 남자들이 흔히 그렇듯 그 역시 파자마 입는 걸 싫어했다—벗고는 여위고 하얀, 털이 없는 몸에 모직 내의를 끼워 넣었다.

그러곤 면도를 했다. 그의 아내가 불안하게 잠들어 있는 방에선 아무런 기척도 없었다. 아들의 접이식 침대가 놓인 거실 칸막이 너머도 고요했다. 그의 아들은 허레이쇼 앨저**의 책들과 그동안 그러모은 온갖 잡동사니들, 좀이 슨 페넌트들—'코넬' '햄린' '뉴멕시코주 푸에블로에 오신 것을 환영합니다!' 따위—과 개인적으로 생활에 필요한 물건들 사이에서 잠들어 있었다. 녹색 해안 너머로 떠나는 6시 15분발

---

* James Jerome Hill(1838~1916). 19세기 후반에서 20세기 초에 걸쳐 미국의 철도 경영을 맡은 캐나다계 미국인. 그레이트노던철도(GN)의 최고 경영자로 북서부의 철도를 건설하며 지역과 경제에 미친 영향으로 인해 '제국의 건설자'로 불렸다.

** Horatio Alger(1834~1899). 19세기 말, 『톰 소여의 모험』을 쓴 마크 트웨인보다 더 많이 읽혔던 것으로 알려진 작가로, 미국인들의 경제와 노동관에 큰 영향을 미쳤다.

몬태나행 직행열차의 낮게 깔린 칙칙거리는 소리가 들려오기 시작하자 집 밖에선 높다랗게 지저귀는 새소리며 가금류들이 푸드덕거리는 소리가 밀려들었다. 그의 손에 들려 있던 수건에서 차가운 물이 똑똑 떨어질 때 그의 고개가 갑자기 올라갔다. 부엌 아래쪽에서 이상한 소리가 들려온 것이다.

급히 면도기를 닦아 낸 그는 멜빵을 어깨에 걸치며 귀를 기울였다. 누군가 부엌으로 걸어가고 있었는데, 걸음이 가벼운 걸로 봐서 아내는 아니었다. 입술을 살짝 벌린 채 재빨리 층계를 달려 내려간 그는 부엌문을 열어젖혔다.

여전히 물이 듣는 수도꼭지에 한 손을 올려놓고 다른 한 손으론 물이 가득 담긴 잔을 움켜잡은 채 개수통 곁에 서 있는 사람은, 그의 아들이었다. 잠이 아직 덜 깬 듯 눈꺼풀이 무겁게 내려앉은 소년의 두 눈이 놀라움과 치욕스러움이 마구 뒤섞인 아버지의 두 눈과 마주쳤다. 소년은 맨발에다, 잠옷은 무르팍과 팔꿈치가 잔뜩 밀려 올라가 있었다.

한동안 둘은 꼼짝하지 않고 서 있었다. 칼 밀러의 눈썹은 아래로 처지고 아들의 눈썹은 치켜 올라갔다. 그것은 마치 두 사람의 극단적인 감정이 균형을 맞추는 것 같았다. 가지런히 다듬어진 아버지의 콧수염이 윗입술을 덮을 정도로 불길하게 내려갔다. 그는 어지럽혀진 데가 있는지 재빨리 주변을 훑었다.

부엌으로 스며든 햇빛이 냄비들 위로 떨어지고, 부드러운 마루의 판자와 탁자를 밀처럼 노랗고 산뜻하게 물들였다. 그곳은 온종일 불길이 일고, 깡통들이 장난감처럼 켜켜이 쌓여 있으며, 증기가 연하고 부드러운 휘파람 소리를 내는, 집의 중심이었다. 달리 움직이는 것도, 만진 것도 없었다. 수도꼭지에서 떨어진 물이 개수대 아래로 하얗게 반짝거리며 흘러내리는 걸 제외하고는.

"뭐 하고 있는 거냐?"

"목이 너무 말라서, 그래서 그냥 내려와서 물을······"

"너 오늘 성찬예배에 가는 걸로 알고 있는데."

경악에 가까운 당혹감이 아들의 얼굴을 덮었다.

"까맣게 잊어버렸어요."

"물은? 마셨니?"

"아뇨······"

그 말이 떨어진 순간 루돌프는 잘못 대답했다는 것을 깨달았지만, 그가 마주하고 있는, 분노가 사라진 두 눈은 소년의 의지가 실현하려던 진실이 간파되었다는 신호를 보내고 있었다. 소년은, 또한, 결코 내려오지 말았어야 했음을 깨달았다. 진실이라는 것을 입증해야 한다는 일말의 욕구가 소년으로 하여금 증거물이 되어 버린 젖은 유리잔을 개수대 옆에 내려놓게 만들었다. 그의 정직한 상상력이 그를 저버린 것이다.

"그 물, 쏟아 버려라," 하고 아버지가 명령을 내렸다. "어서."

루돌프는 절망에 휩싸인 채 잔을 기울였다.

"뭐가 문제인 거냐, 대체?" 하고 밀러가 화난 목소리로 물었다.

"없어요."

"어제 고해하러는 갔었더냐?"

"네."

"그런데 물은 왜 마시려고 했던 거냐?"

"모르겠어요······ 잊어버렸던 것 같아요."

"너한텐 갈증이 믿음보다 더 중요했군."

"성찬예배에 가야 하는 걸 잊어버렸어요." 루돌프는 눈물이 흘러내리는 걸 느낄 수 있었다.

"그건 올바른 대답이 아니야."

"아니에요, 바로 대답한 거예요."

"조심하는 게 좋을 거다!" 소년의 아버지는 높고, 집요하고, 심문하는 듯한 목소리로 말했다. "네가 만약 성찬예배까지 잊어먹을 정도의 건망증이 생긴 거라면 그걸 낫게 해 줄 무슨 조치가 필요할 거야."

루돌프는 조금도 지체하지 않고 대답했다.

"이젠 확실히 기억할 수 있어요."

"무엇보다 넌 믿음에 게을러지기 시작했어," 하고 소년의 아버지는 더욱 맹렬하게 몰아붙였다. "다음번엔 거짓말을 할 테고, 도둑질을 할 테지. 그리고 그다음엔 소년원에도 가게 될 테고!"

이런 식의 익숙한 위협에도 루돌프의 눈앞에 펼쳐진 수렁은 쉽게 깊어져 버렸다. 그는 이제 모든 사실을 털어놓고 가차 없이 날아들 매질에 몸을 맡기든 하느님을 욕되게 한 더러운 영혼으로 그리스도의 육신과 피를 받아 벼락을 맞든, 둘 중 하나를 택할 수밖에 없었다. 그 중 앞의 것이 그에겐 더 끔찍하게 느껴졌다. 그를 두려움에 떨게 하는 매질은 그저 가혹한 만행에 그치는 것이 아니었다. 그 이면엔 무능한 남자의 분풀이가 숨어 있었다.

"그 물잔 내려놓고, 올라가서 옷부터 갈아입어!" 하고 소년의 아버지가 명령을 내렸다. "그리고 교회에 가면 성찬예배 하기 전에 무릎을 꿇고 하느님께 네 경솔함에 대해 용서를 빌도록 해라."

그 명령에 내재한 돌연한 강압은 루돌프의 마음속에 혼란과 공포를 부추기는 촉매처럼 작용했다. 뭔지 모를 거칠고 자만에 찬 분노가 치밀어 오른 소년은 개수대 안으로 물 잔을 힘껏 내동댕이쳐 버렸다.

소년의 아버지가 긴장감이 감도는 쉰 목소리를 내지르며 소년을 덮쳤다. 루돌프는 몸을 살짝 틀어 의자를 넘어뜨리고는 식탁을 타 넘으려고 했다. 큼지막한 손이 잠옷의 어깨 부분을 움켜쥐는 순간 소년은 날카롭게 비명을 질렀다. 이어 머리 한쪽에 가해지는 둔탁한 주먹이 느껴졌고, 몸 아래쪽에서 올라오는 주먹이 보였다. 아버지의 손아귀에서 벗어나기 위해 이리저리 몸을 비틀며 본능적으로 팔에 매달린 채 끌어당겨지거나 대롱대롱 들려 올라가는 동안, 소년은 여러 번 발작적으로 웃음을 터뜨리는 것 외엔 아무 소리도 내지 않았다. 그러다가 채 1분도 되지 않아 갑자기 주먹질이 멈추었다. 루돌프가 단단히 잡힌 채 소강상태에 들어가고, 둘 모두가 몸을 떨어 대며 이상하게 툭툭 끊어지는 말들이 씩씩거리며 오간 뒤, 칼 밀러는 아들을 반쯤은 질질 끌고 반쯤은 으르대면서 위층으로 올려 보냈다.

"어서 옷 입어!"

루돌프는 발작과 한기를 동시에 느꼈다. 머리는 지끈거리고, 목에는 아버지의 손톱이 할퀴고 간 생채기가 선명했다. 옷을 갈아입던 소년은 몸을 떨며 흐느꼈다. 실내복 차림으로 문가에 서 있던 소년의 어머니는 그렇지 않아도 주름투성이의 얼굴에 새로운 주름들이 목덜미에서 이마까지 자글자글하게 피어오르고 있었다. 그녀의 두려움으로 가득한 무력감에 화가 치민 소년은 자신의 목에 조록나무 즙을 바르려는 손길을 거칠게 뿌리치고는 숨을 몰아쉬며 화장실로 달려갔다. 그러곤 아버지를 따라 집에서 나와 성당 가는 길로 들어섰다.

칼 밀러가 지나가는 사람들을 알아보고 거의 무의식적으로 인사를 건네는 걸 제외하고 두 사람은 한마디도 하지 않은 채 걸음을 옮겼다. 루돌프의 고르지 않은 숨소리만이 뜨거운 일요일 아침의 때아닌 침묵을 흩어 놓을 뿐이었다.

소년의 아버지가 성당 문 앞에서 걸음을 우뚝 멈추었다.

"넌 고해성사를 다시 하는 게 좋겠다. 들어가서 슈워츠 신부님께 네 잘못을 고하고, 하느님의 용서를 구하거라."

"주일에 화를 참지 못한 건 아빠도 마찬가지잖아요!" 하고 루돌프가 재빨리 말했다.

칼 밀러가 아들에게로 한 걸음 다가서자, 소년이 한 걸음 뒤로 물러났다.

"알았어요, 갈게요."

"내가 말한 대로 할 거지?" 하고 소년의 아버지가 낮지만 위압적으로 말했다.

"알아요."

성당 안으로 들어선 루돌프는 이틀 동안 두 번이나 고해실로 들어가 무릎을 꿇었다. 거의 동시에 나무판이 올라갔다.

"아침 기도를 올리지 않은 저의 죄를 고합니다."

"그게 전부냐?"

"네, 그렇습니다."

가슴 뭉클한 기꺼움이 차올랐다. 위안을 얻고 자존심을 세우기 위해 또다시 뭔가 둘러대야 한다는 것은 결코 쉬운 일이 아니었다. 보이지 않는 선이 뒤틀리면서 소년은 자신이 홀로 떨어져 나와 있음을 알았다. 그런 인식은 자신이 블래치포드 사너밍턴이 되는 순간들만이 아니라 자신의 모든 내면의 삶에도 고스란히 적용되는 것이었다. 이제껏 '광기 어린' 야심이나 사소한 부끄러움과 두려움 같은 현상은 단지 남몰래 간직하는, 주님의 권좌 앞에선 아무것도 아닌 무엇이었다. 하지만 이제 그는 남몰래 간직한다는 것이 곧 자기 자신이 된다는 사실을 무의식적으로 깨달았다. 나머지 모든 것은 한낱 겉치레이자 인습의 깃발에 불과했다. 자신을 둘러싸고 있는 것들이 가하는 압박에 의해 그는 사춘기의 비밀스러운 길로 외로이 끌려가고 있었다.

소년은 아버지 곁, 신도들이 앉는 긴 의자에 무릎을 꿇고 앉았다. 미사가 시작되었다. 루돌프는 무릎을 대고 일어나―혼자가 되자 그는 의기소침해하며 의자에 등을 기댔다―예리하고 미묘한 복수심이 치밀어 오르는 것을 느꼈다. 나란히 앉은 소년의 아버지는 루돌프를 용서해 달라고 기도를 올렸고, 화를 참지 못한 자신에 대해서도 용서를 구했다. 옆으로 힐끔 보자 긴장과 거친 표정이 사라지고 더 이상 흐느끼지도 않는 아들의 얼굴이 들어와 그는 안도의 한숨을 내쉬었다. 그는 남은 것은 성찬을 통해 하느님의 영광이 모두 해결해 주실 것이고, 미사가 끝나면 모든 게 더 나아져 있으리라 믿었다. 마음속 깊은 곳에서 루돌프에 대한 자부가, 자신이 한 행동에 대한 진심 어린 미안함이 일어나기 시작했다.

여느 때였다면, 헌금함이 지나가는 시간은 루돌프에게 의미심장한 순간이었을 것이다. 흔히 일어나는 일이었지만, 헌금함에 집어넣을 돈이 없는 경우 극심한 모멸감을 느끼며 고개를 푹 수그리고 있었는데, 가난한 집안이란 사실을 바로 뒤에 앉은 진 브래디가 간과하지 못하도록 일부러 헌금함을 보지 못한 척했었다. 하지만 오늘은 달랐다. 소년은 자신의 얼굴 앞으로 지나가는 헌금함을 차가운 눈길로 내려다보며 그 안에 담긴 엄청난 양의 동전을 무심히 훑었다.

하지만 성찬예배를 알리는 종이 울리자 소년은 몸이 떨렸다. 하느님께서 자신의 심장을 멈추게 하지 않을 이유가 없었다. 지난 열두 시간 동안 그가 저지른 일련의 무거운 죄들 위에 신성모독의 불경이 왕관처럼 씌어 있었다.

"주님, 저는 주님을 제 지붕 아래로 모실 만한 자격이 없습니다. 그저 한 말씀만 하시면, 제 하인이 나을 것입니다……"*

신도용 긴 의자에서 부스럭거리는 소리가 나고 성체를 맞을 자격을 가진 사람들이 눈을 아래로 내리깐 채 두 손을 마주 잡고 복도를 따라 걸음을 옮겼다. 신앙심을 돋워 보이기 위해 그들은 손끝을 모아 높이 세웠다. 그 사람들 맨 끝에 칼 밀러가 있었다. 루돌프는 그의 뒤를 따라 제단 쪽으로 걸어가 무릎을 꿇고는 자연스럽게 턱을 냅킨에다 댔다. 종소리가 또렷이 울리고 성배 위에 하얀 성체를 받쳐 든 신부가 제단에서 몸을 틀었다.

"주 예수 그리스도의 성혈은 내 영혼을 영생에 보존케 하실지어다."**

성찬미사가 시작하기 무섭게 루돌프의 이마에선 서늘한 땀방울이 미끄러져 내렸다. 슈워츠 신부가 줄지어 앉은 사람들을 하나씩 지나갈 때마다 루돌프는 속이 울렁거리며 하느님의 뜻으로 자신의 심장막이 쇠약해지는 것을 느꼈다. 성당 안이 갑자기 더 어두워지면서 견디

---

* 성찬미사에서 낭송되는 『신약성서』 「마태복음」 8장 8절의 말씀. 원서에는 라틴어 그대로 쓰여 있다. Domini, non sum dignus, ut interes sub tectum meum, sed tantum dic verbo, et sanabitur anima mea.

** Corpus Domini nostri Jesu Christi custodiat animam meam in vitam aeternam.

기 힘든 고요가 밀려들었다. 고요함을 깨뜨리는 것은 오직 천지를 창조하신 분이 가까이 오고 있음을 알리는 알아들을 수 없는 웅얼거림뿐이었다. 그는 불시에 닥칠 재난을 기다리며 모가지를 어깨 사이로 깊숙이 밀어 넣었다.

그때 옆구리 쪽에 날카로운 것이 찔러 들어오는 것이 느껴졌다. 난간에 기댄 몸을 늘어뜨리지 말고 몸을 똑바로 하라는 아버지의 신호였다. 신부는 단지 두 걸음밖에 떨어져 있지 않았다.

"주 예수 그리스도의 성혈은 내 영혼을 영생에 보존케 하실지어다."

루돌프가 입을 벌렸다. 끈적거리는 밀랍 같은 성체가 혀 위에 얹히는 것이 느껴졌다. 그는 미동도 하지 않은 채 영원히 계속될 것 같은 시간을 견뎌 나갔다. 고개는 여전히 들어 올린 채였고, 입 안의 성체는 녹지 않고 있었다. 그런 다음 그는 다시 아버지의 팔꿈치가 누르는 힘에 의해 걸음을 옮기기 시작했는데, 잎사귀처럼 제단에서 떨어져 나온 사람들이 오직 하느님과 하나가 되어 움직이는 모습이 감은 듯 내리깐 그의 눈에 들어왔다.

루돌프는 땀과 영원히 벗어날 수 없는 깊은 죄에 흥건히 젖은 채로 혼자가 되어 있었다. 신도용 긴 의자로 돌아가는 동안 자신의 갈라진 신발 굽에서 비어져 나와 바닥을 울리는 날카로운 소리를 들었을 때, 그는 시꺼먼 독액이 자신의 심장으로 흘러들어 와 있음을 알았다.

5
낮에 날아드는 화살*

푸른 보석 같은 눈과 그 위로 꽃잎처럼 퍼져 나가는 속눈썹을 가진 아름다운 소년이 슈워츠 신부에게 죄를 고하는 사이, 격자창을 뚫고 비쳐 들던 햇살은 어느새 반 시간이나 고해실 안쪽으로 밀려와 있었다. 루돌프를 짓누르던 무서움도 이제 꽤 덜해진 것 같았다. 일단 이야기를 풀어내자 무력감이 밀려든 것이었다. 그가 신부와 함께 고해실에 있는 동안엔 적어도 하느님께서 심장을 멈추게 하는 일은 일어나지 않을 터였다. 그런 생각이 들자 소년은 숨을 가만히 내쉬며 조용히 앉아 신부의 말을 기다렸다.

슈워츠 신부의 물기 머금은 차가운 두 눈은 햇빛이 비쳐 든 만큼 자와 꽃이 달리지 않은 평범한 잎사귀, 옅은 빛깔의 꽃들이 반복되어 있는 카펫 위에 붙박여 있었다. 바깥에 걸린 괘종시계는 해 질 녘을 향해 나아가며 끊임없이 단조롭게 똑딱거리고, 볼품없는 방으로부터, 창밖을 서성이는 오후로부터 뻣뻣하게 일어났다가는 메마른 공기를 타고 먼 곳에서 들려온 망치질 소리에 시나브로 흩어지곤 했다. 신부의 신경이 얇고 길게 늘어나고, 그의 묵주들이 마치 풀밭의 뱀처럼 탁자 위를 꿈틀거리며 기어갔다. 그는 무슨 얘기를 해야 하는지 도무지 떠오르지 않았다.

기대할 것이라곤 없는 스웨덴 마을에서 그가 가장 잘 알고 있는 것

---

* Sagitta Volante in Dei. 『성서』「시편」91편 5절의 일부로, 앞뒤 문장은 이렇다. "그의 진실하심이 너의 갑옷이 되고 방패가 되신다. 밤에 덮치는 무서운 손, 낮에 날아드는 화살을 두려워 마라. 밤중에 퍼지는 염병도 한낮에 쏘다니는 재앙도 두려워 마라."

이 바로 이 자그마한 소년의 두 눈, 속눈썹들이 마지못해 떨어졌다가 다시 만나려는 듯 곡선을 그리며 깜빡이는, 그 아름다운 두 눈이었다.

루돌프가 신부의 말을 기다리는 동안 침묵이 좀 더 길어졌고, 신부는 자신으로부터 점점 더 멀리 달아나고 있는 뭔가를 기억하기 위해 사투를 벌였으며, 괘종시계의 똑딱거리는 소리는 남루한 건물 안을 끊임없이 울렸다. 그리고 마침내 슈워츠 신부는 굳은 얼굴로 어린 소년을 응시하며 특유의 목소리로 말했다.

"누구나 다 원하는 장소에 많은 사람들과 함께 있다 보면 모든 게 흐릿해지는 법이란다."

루돌프는 움찔하고 놀라며 재빨리 슈워츠 신부의 얼굴을 바라보았다.

"내 말은……," 하고 신부가 입을 떼고는 멈추더니 귀를 기울였다. "망치 소리, 시계가 똑딱거리는 소리, 벌들이 웅웅거리는 소리가 들리지? 이런 건 말이다, 소용이 없어. 무엇이 소용이 있는가 하면, 세상의 중심엔 많은 사람들이 있게 마련이고, 일들이 항상 일어나게 마련이라는 거란다. 그런 데선……," 신부의 물기 어린 눈이 모든 비밀을 다 알고 있다는 듯 둥그렇게 커졌다. "모든 게 흐릿해지는 법이다."

"네, 신부님." 루돌프는 얼마간 놀라움에 휩싸이며 동의했다.

"넌 커서 무엇이 되고 싶으냐?"

"어쩌면, 한동안은 야구 선수가 되고 싶었어요," 하고 루돌프가 신경을 쓰며 대답했다. "하지만 야구 선수는 그다지 큰 포부는 아니란 생각이 들어요. 그래서 전 배우나 해군 장교가 돼야겠다고 생각하고 있어요."

신부가 다시 그를 유심히 바라보았다.

"네가 무슨 얘길 하는지 정확히 알겠구나." 신부가 다소 사납게 말했다.

루돌프는 특별히 무슨 뜻을 가지고 한 얘기는 아니었지만 자신이 처한 상황 때문인지 마음이 더 불편해졌다.

'이 사람은 제정신이 아니야,' 하고 소년은 생각했다. '그리고 이 사람이 무서워. 이 사람은 나한테서 뭔가 도움을 받고 싶어 하지만, 난 그렇게 하고 싶지 않아.'

"네겐 모든 게 흐릿해진 것처럼 보이는구나," 하고 슈워츠 신부가 거칠게 내뱉었다. "파티에 가 본 적 있더냐?"

"네, 신부님."

"그럼 모든 사람들이 제대로 옷을 갖춰 입은 걸 봤겠구나. 내가 하려는 말이 바로 그거란다. 네가 파티장으로 들어서는 그때, 모든 사람들이 제대로 옷을 갖춰 입고 있는 그 순간 말이다. 문가엔 어린 여자애 둘이 서 있을 수도 있고, 난간엔 사내아이 몇이 기대어 있고, 꽃들이 가득 담긴 화병들도 놓여 있고."

"파티엔 많이 다녀 봤어요." 얘기의 방향이 바뀐 것에 얼마큼은 안심이 된 루돌프가 말했다.

"그렇겠지," 하고 슈워츠 신부가 활기차게 말을 이었다. "내 말에 동의할 거라는 걸 알고 있었다. 하지만 말이다. 아까도 얘기했지만, 사람들이 다들 가고 싶어 하는 곳에 함께 모여 있으면 항상 모든 것이 흐릿해지는 법이란다."

루돌프는 자신이 블래치포드 사너밍턴을 생각하고 있다는 걸 깨달았다.

"내 말을 잘 듣거라!" 하고 신부가 다그치듯 말했다. "지난 토요일은 걱정하지 말고. 배교자가 천형을 받는다는 건 이전에 완전한 믿음을 가졌다는 전제하에서 가능한 일이니까. 그건 아니지 않니?"

루돌프는 슈워츠 신부가 하는 말을 손톱만큼도 이해하지 못했지만 고개를 끄덕거렸고, 신부 역시 그에게 고개를 끄덕여 보이고는 자신만의 그 비밀스러운 몰두로 돌아갔다.

"왜," 하고 그가 소리를 높였다. "사람들이 별만큼이나 큰 빛을 가지게 된 걸까? 넌 그걸 알겠니? 내가 들은 말로는, 프랑스 파리에 커다란 빛이 하나 있다더구나. 거기가 아닐 수도 있지만, 그 빛은 별만큼이나 크다더라. 많은 사람들이 그걸 가지고 있다고…… 많은 사람들이 그걸 즐기고 있다고 하더구나. 사람들은 네가 꿈꾸지도 못한 온갖 것들을 가지고 있단다."

"여길 보거라……" 그는 루돌프에게로 가까이 다가갔지만 소년이 뒤로 주춤 물러났다. 그러자 슈워츠 신부는 다시 물러나 자신의 의자에 앉았다. 두 눈에 물기가 말라 열이 나는 듯했다. "놀이공원에 가 본 적이 있느냐?"

"없어요, 신부님."

"그럼, 놀이공원엘 가 보도록 해라," 하고 신부가 손을 살짝 흔들어 보이며 말했다. "거긴 축제장처럼, 온통 불빛만 있는 곳이지. 밤에 거길 가서 얼마큼 떨어진 어두운 곳, 나무 아래 같은 곳에 서 있어 보렴. 그러면 불빛을 매단 거대한 수레바퀴가 허공을 도는 게 보이고, 기다란 미끄럼틀이 쏜살같이 보트를 물속으로 곤두박질치게 만드는 걸 보게 될 거다. 어딘가에선 악단이 연주를 하고, 땅콩 냄새가 나고…… 모든 게 반짝거리며 빛을 낼 거야. 하지만 그 모든 게 네겐 의미가 없다는 걸, 넌 알고 있어. 그건 한낱 한밤중에 매달린 채 떠 있는 풍선과도 같아. 장대 끝에 매달린 커다란 노란 등불 같은."

슈워츠 신부는 갑자기 뭔가 생각이 난 듯 미간을 찡그렸다.

"하지만 가까이 가서 살펴보진 말거라," 하고 루돌프에게 경고를 보냈다. "그러면 네가 느끼게 되는 건 열기랑 땀 냄새 그리고 온갖 사람들뿐일 테니까."

루돌프에게 이 모든 얘기들이 특히나 이상하고 무섭게 느껴진 것은 얘기를 해 준 사람이 신부이기 때문이었다. 그는 반쯤은 겁에 질린 채, 커다랗게 열린 아름다운 두 눈으로 슈워츠 신부를 응시하며 앉아 있었다. 하지만 그가 느끼는 두려움의 밑바닥엔 자신만의 명확한 자각이 깔려 있었다. 하느님이 관여할 수 없는 어딘가에, 말로는 할 수 없는 근사한 뭔가가 있었다. 소년은 더 이상 자신이 처음에 한 거짓말에 대해 하느님께서 아직 화가 나 계실 거라는 생각은 들지 않았다. 그분은 루돌프가 고해실을 더 고해실답게 하려고, 더 멋드러지고 풍성하게 말함으로써 자신의 어두운 고백을 밝게 하려고 그렇게 한 것일 뿐이란 사실을 이해하셨을 게 분명했다. 그가 정결한 의식을 받아들이는 그 순간, 은색 삼각 깃발이 어딘가에서 불어온 미풍에 펄럭이고, 가죽 등자에서 으스러질 것 같은 소리가 나고 은색 박차가 번쩍이며 빛을 발하는 기병대가 낮게 가라앉은 초록색 능선에서 동이 트기를 기다리고 있었다. 태양은 스당*의 프로이센 흉갑기병胸甲騎兵들 점령지에 내걸린 그림처럼 그들의 흉판胸板 위에 빛무리를 만들어 내고 있었다.

하지만 신부의 웅얼거리는 소리는 이제 알아듣기도 힘들 뿐 아니라 완전히 비탄에 젖어 있었으며, 소년은 소년대로 겁에 잔뜩 질려 있었

---

* 프랑스 북동부 뫼즈 강변의 도시로, 프로이센-프랑스 전쟁, 제1차 및 제2차 세계대전의 전적지.

다. 열어 놓은 창문으로 갑자기 공포가 밀려들어 와 고해실 안의 공기가 변해 버렸다. 슈워츠 신부는 무너지듯 무릎을 꺾더니 가까스로 의자 등받이에 몸을 기댔다.

"아, 나의 하느님!" 하고 그가 이상한 음성으로 소리를 지르더니 바닥으로 쓰러졌다.

그러자 한 인간의 고뇌가 성직자의 낡은 옷가지에서 일어나 구석의 오래된 음식에서 풍겨 나오는 희미한 냄새와 뒤섞였다. 루돌프는 날카로운 비명을 지르며 허둥지둥 고해실을 뛰쳐나왔다. 그러는 사이 쓰러진 남자는 사람들의 목소리와 얼굴들이 꾸역꾸역 밀려들어 윙윙 울리는 소리들이 방을 채우고, 높고 날카로운 웃음소리가 한없이 솟구쳐 오를 때까지 꼼짝도 하지 않았다.

창밖에는 푸르스름한 열풍이 밀밭을 흔들며 지나갔고, 노랑머리 여자들은 들판을 따라 난 길을 요염한 자태로 걸어갔다. 곡식들 사이로 줄을 지어 일하고 있는 젊은 남자들을 향해 순진하면서도 자극적인 말들을 쏟아 놓으며. 다리는 풀을 먹이지 않은 무명 치마 아래로 쭉 뻗어 있고, 드레스의 목선은 따뜻하고 촉촉했다. 뜨겁고 풍요로운 생명이 다섯 시간째 오후의 햇볕에 타고 있었다. 세 시간이 지나면 밤이 올 것이고, 대지는 모두 북부의 금발 아가씨들과 농장의 훤칠한 젊은 남자들이 차지하게 될 터였다. 밀밭 곁, 달빛 아래 나란히 몸을 뉘인 채.

◆◆◆

「용서」는 미국의 저널리스트이며 문학비평가인 H. L. 멘켄이 발행한 신진 잡지(1924년 1월 창간) 《아메리칸 머큐리》 1924년 6월 호에 실린 작품으로, 나중에 작품집 『모든 슬픈 젊은이들』에 수록되었다. 『위대한 개츠비』와 연관 있는, 무모한 투기가 등장하는 「용서」는 발표 한 해 전인 1923년 6월에 집필되었는데, 장편소설 『위대한 개츠비』의 분실한 초고 중 일부였다. 하지만 『위대한 개츠비』의 최종 원고에는 나오지 않는 내용이다. 피츠제럴드는 1924년 6월, 스크리브너의 편집자 맥스웰 퍼킨스Maxwell Perkins에게 "선생님도 아시다시피, 이 작품이 장편의 일부이긴 하지만, 오히려 잘 정리돼 있던 애초의 계획에 방해가 되고 말았습니다"라고 토로한 바 있다. 소설 속 루돌프 밀러는 나중에 제임스 개츠로 발전하는—젊은 개츠비만큼은 아니지만—캐릭터의 면모를 미리 볼 수 있는 아주 좋은 전범이다.

랙스 마틴존스와 웨을스의 와응자
Rags Martin-Johns and the Pr-nce of W-les

1

4월의 어느 아침, 마제스틱호가 뉴욕항으로 미끄러져 들어왔다. 그녀는 코를 킁킁거리며 예인선과 바다거북만큼이나 느린 페리의 냄새를 맡았고, 요란하게 색을 입힌 새 요트에 눈을 한번 찡긋해 보였으며, 가축 수송선에겐 뱃길을 가로막지 말라며 뱃고동을 요란하게 울려 댔다. 그러곤 미리 자리를 차지하고 있던 통통한 아가씨에게 온갖 호들갑을 떨어 대며 자신의 전용 부두에다 닻을 내리곤, 한껏 거들먹거리며 세계 최상위 인간들과 함께 셰르부르와 사우샘프턴에서 지금 막 돌아왔노라고 공표했다.

세계 최상위 인간들은 갑판에 서서 파리에서 건너온 장갑을 기다리며 부둣가에 죽 늘어서 있는 그들의 불쌍한 가족들을 향해 바보처럼 손을 흔들어 댔다. 이윽고 거대한 터보건이 마제스틱호를 끌어당겨 북미 대륙에 연결했고, 얼마 지나지 않아 여배우 글로리아 스완슨이란 게 밝혀질 여자와 로드 앤드 테일러의 구매상 둘, 채권 발행안을 가지고 입국한 그라우스타르크*의 재무장관과 겨우내 어딘가에 내리려고 기를 쓰다가 결국 여기까지 온, 여전히 극심한 뱃멀미에 시달리고 있는 아프리카의 어느 왕족까지, 세계 최상위층 사람들이 배에서 쏟아져 나오기 시작했다.

부두에 넘쳐 나는 승객들 사이에서 사진사들은 쉴 틈 없이 플래시를 터뜨렸다. 간밤에 밤이 새도록 술을 퍼마셔 정신이 혼미해진 중서부 출신 둘이 나란히 들것에 실린 채 등장하자 한바탕 요란한 환호성이 터져 나왔다.

갑판이 서서히 비어 가고 마지막 베네딕틴** 술병이 해변에 닿았을 때까지 사진사들은 여전히 자리를 지키고 있었다. 상륙 담당 직원도 아직 좁은 복도 발치에 서서, 먼저 자신의 손목을 끌어다 시계를 확인한 다음 아직 중요한 화물이 실려 있기라도 하다는 듯 갑판으로 눈길을 주었다. 마지막 수행원들이 B부두로부터 줄줄이 내려오기 시작하자, 마침내 부두에 남아 있던 그 구경꾼들이 "아—아—아!" 하며 길게 끄는 소리를 냈다.

프랑스인 하녀 두 명이 조그만 자주색 강아지들을 데리고 먼저 나왔고, 신선한 부케와 셀 수 없이 많은 꽃 무더기 아래에 가려져 보이지

---

* 조지 바 매커천(1866~1928)의 동명 소설(1901)에 등장하는 가상의 왕국.
** 프랑스 노르망디 베네딕틴 수도원에서 만들어진 증류주. 프랑스산의 달콤한 리큐어를 통칭해 부르기도 한다.

않는 한 무리의 짐꾼들이 그 뒤를 따랐다. 또 다른 하녀 하나는, 곧 울음을 터뜨릴 것 같은 눈을 가진, 프랑스 아이로 짐작되는 고아를 이끌고, 신경쇠약에 걸려 버티는 울프하운드 세 마리를 끌어당기며 걷고 있는 이등 항해사의 뒤를 바짝 쫓아갔다.

행렬이 잠깐 멈추는가 싶더니 선장 하워드 조지 위치크래프트 경이 난간에 모습을 드러냈다. 그의 옆에는 화려한 은빛 여우의 털로 짐작이 되는 짐 무더기 하나가 놓여 있었다.

랙스 마틴존스는 지난 5년 동안 유럽 각국의 수도들을 돌아다니다 마침내 고국으로 돌아오는 중이었다!

이름이 좀 그렇지만, 랙스 마틴존스는 개가 아니다. 그녀는 반은 소녀이며, 반은 꽃이었다. 하워드 조지 위치크래프트 선장과 악수할 때의 그녀는 마치 세상에서 아직 한 번도 들어 보지 못한 신선한 농담을 들었을 때 지을 수 있는 미소를 만면에 그려 넣었다. 아직 부두를 떠나지 않은 사람들은 그 미소에 4월의 대기가 흔들리고 있음을 감지하고는 일제히 그쪽으로 고개를 돌렸다.

그녀는 좁은 복도를 천천히 내려왔다. 난해한 실험적 스타일의 모자가 그녀의 겨드랑이 사이에 짜부라져 있었지만 소년의 머리, 어쩌면 죄수의 머리 같이도 보이는 그녀의 짧은 머리칼은 항구의 거센 바람에도 전혀 헝클어지지 않았으며, 마구 흩날리는 일도 일어나지 않았다. 그녀의 얼굴은 마치 결혼식 날의 아침 7시 같았다. 어린아이처럼 깨끗하고 푸른 눈에 전혀 어울리지 않는 단안경이 얹혀 있는 것만 빼고는. 걸음을 옮길 때마다 그 단안경 밖으로 그녀의 긴 속눈썹이 비어져 나오곤 했는데, 그녀는 웃음을 터뜨리기도 하고, 따분해하기도 하고, 행복하게 웃기도 하고, 거만하게 보이는 안경으로 바꿔 쓰기도 했다.

톡! 그녀의 40킬로그램짜리 몸이 부두에 닿자, 그녀의 아름다움이 가한 충격에 부두가 들썩이며 휘청거린 것 같았다. 몇 명의 짐꾼들은 정신을 잃었다. 그 배를 따라 바다를 건너온 어느 감성적인 커다란 상어는 그녀를 한 번이라도 더 보겠다고 있는 힘을 다해 힘껏 뛰어오르고는 슬픔에 잠긴 채 다시 바다 깊이 잠겨 들었다. 랙스 마틴존스는 그렇게 고향으로 돌아왔다.

그녀를 마중 나온 가족은 아무도 없었다. 이유는 간단했다. 그녀가 자신의 가족들 중에 유일하게 생존해 있었기 때문이다. 1913년, 그녀의 부모는 '타이타닉호'와 함께 바다 밑으로 가라앉으며 세상과 작별했다. 그래서 7500만 달러에 이르는 마틴존스 가문의 재산은 열 번째 생일을 맞은, 너무도 어린 소녀에게 상속되었다. 주머니가 얇은 자들이 늘상 입에 올리는 '치욕'이란 단어는 바로 그 일을 두고 하는 말이었다.

랙스 마틴존스(누구도 오래전 그녀의 진짜 이름을 기억하지 못했다)는 어딜 가나 사진 찍히기에 바빴다. 단안경은 연신 미끄러져 내려왔고, 그녀는 끊임없이 웃고 하품을 하고 안경을 밀어 올렸다. 덕분에 무비 카메라로 촬영한 걸 제외하곤 그녀가 선명하게 나온 사진은 단 한 장도 없었다. 하지만 그녀의 모든 사진에는 선착장에서 그녀와 마주친, 허둥거리는, 사랑의 불길이 두 눈에 이글이글 타오르는, 잘생긴 젊은 남자가 찍혀 있었다. 그의 이름은 존 M. 체스트넛.《아메리칸 매거진》에 자신의 성공담을 게재하기도 했던 그는 그녀가 마치 밀물과 썰물처럼 여름밤 달의 영향력 아래 들어선 그 순간, 사랑에 빠지고 말았다.

랙스는 그가 부두에 나와 있다는 걸 알아보았고, 둘은 부두를 따라 걸어 내려갔다. 그런데 그녀는 마치 태어나 한 번도 본 적이 없다는 듯 그를 물끄러미 바라보았다.

"랙스," 하고 그가 먼저 말을 걸었다. "랙스……"

"존 M. 체스트닛?" 그녀는 몹시 흥미로운 눈으로 그를 뜯어보며 물었다.

"당연하죠!" 그가 화가 난 듯 소리를 높였다. "날 모른 척하겠다는 건가요? 나더러 마중 나오라고 편지 보낸 거 아니었어요?"

그녀는 웃음을 터뜨렸다. 운전기사가 그녀의 팔꿈치 쪽에서 나타나자 그녀가 몸을 비틀어 코트를 벗었다. 코트를 벗자 눈에 확 띄는 푸른 바다색과 회색 체크무늬 드레스가 드러났다. 그녀는 물에 젖은 새처럼 몸을 흔들었다.

"뭐부터 얘기해야 할지 모르겠네요." 그녀는 무심하게 말했다.

"나도 그래요," 하고 체스트닛이 걱정스러운 표정으로 말했다. "무엇보다 먼저 말하고 싶은 건 랙스, 당신을 사랑한다는 겁니다. 당신이 떠난 후로 매 순간 그랬어요."

그녀는 앓는 소리를 내며 그의 말을 막았다.

"제발요! 배에서도 젊은 미국 남자들이 몇 명 있었죠. 그 주제는 식상하네요."

"맙소사!" 하고 체스트닛이 소리를 높였다. "당신은 제가 한 고백을 배에서 들은 거랑 동급으로 취급하는 겁니까?"

그의 목소리가 높아져 근처에 있던 사람들에게까지 들릴 정도였다.

"쉿!" 하고 그녀가 경고를 보냈다. "괜한 구경거리를 제공하고 싶진 않아요. 제가 여기 있는 동안 절 보고 싶다면 좀 덜 거칠었으면 좋겠네요."

하지만 존 M. 체스트넛에겐 자신의 목소리를 통제할 능력이 없는 듯했다.

"그 말은," 하고 말하는 그의 목소리가 심하게 떨렸다. "5년 전 마지막 목요일에 바로 이 부두에서 당신이 한 말을 잊었다는 뜻인가요?"

배에서 내린 절반 가까운 승객들이 부두에서 벌어지고 있는 그 광경을 보았고, 또 다른 구경꾼들이 작은 무리를 이루며 두 사람을 보기 위해 세관 밖으로 밀려 나오고 있었다.

"존!" 그녀의 불만이 치솟았다. "만약 한 번 더 목소리를 높인다면, 뭔가 조치를 취하겠어요. 그럼 당신은 목소리를 높이지 않아도 될 아주 많은 기회를 얻게 될 테죠. 이제 리츠 호텔로 갈 거예요. 절 만나고 싶으면 오후에 거기로 오세요."

"하지만 랙스!" 그는 쉬어 버린 목소리로 항변했다. "내 말 좀 들어 봐요. 5년 전……"

부두의 구경꾼들은 호기심 가득한 눈으로 둘을 지켜보고 있었다. 푸른 바다색과 회색 체크무늬 드레스를 입은 아름다운 숙녀는 앞쪽으로 빠르게 걸음을 옮겼고, 그녀의 두 손이 옆에 있던 흥분한 젊은 남자에게 닿았다. 남자는 본능적으로 뒤편으로 물러났는데, 아무것도 없었고, 부두 밖으로 서른 걸음쯤 옮겨 놓다가 그만, 재주넘기라도 하듯, 허드슨강으로 퐁당 빠져 버렸다.

사람이 물에 빠졌다는 외침 소리가 나고, 물 밖으로 남자의 머리가 나오자 사람들이 부두 가장자리로 몰려들었다. 남자가 어렵지 않게 헤엄을 치는 동안, 누가 봐도 그 사건의 원인 제공자로 보이는 젊은 여자가 부두 너머로 몸을 기울이고는 손나팔을 만들어 외쳤다.

"4시 반에 거기 있을 거예요."

발랄하게 흔들리는 그녀의 손에 사로잡혀 버린 신사는 마음을 되돌리지 않을 수 없었다. 그녀는 단안경을 고쳐 쓰더니 잔뜩 모여든 사람들을 향해 도도한 시선을 던지고는 현장을 유유히 빠져나갔다.

2

강아지 다섯 마리와 하녀 셋 그리고 프랑스 고아 하나가 리츠 호텔에서 가장 큰 스위트룸을 차지하고 있었다. 랙스는 수증기로 가득한 욕조 속으로 느릿느릿 굴러 들어갔다. 그러곤 허브 향에 파묻힌 한 시간 동안 거의 대부분 졸음에 빠져 있었다. 목욕이 끝날 무렵, 그녀는 여자 안마사와 손톱 손질하는 사람을 불렀고, 마지막으로 그녀의 머리카락 길이를 범죄자 수준으로 만들어 놓았던 파리 출신 미용사로부터 사업을 논의하는 전화를 받았다. 4시에 도착한 존 M. 체스트넛은 거실에 대기 중이던 여섯 명의 변호사와 마틴존스의 신탁기금 관리인인 은행원들을 보았다. 1시 반부터 줄곧 그곳에 있었던 그들은 심각한 조급증을 앓고 있었다.

하녀 하나로부터 완전히 옷이 말랐는지를 철저하게 확인받은 뒤에야 존은 마드무아젤이 있는 곳으로 안내되었다. 마드무아젤은 그녀의 침실, 팔걸이 하나짜리 장의자에 비스듬히 기대 앉아 있었다. 반대편까지 스무 개가 넘는 실크 베개들이 그녀를 둘러싸고 있었다. 다소 뻣뻣하게 방으로 들어선 존은 그녀에게 형식적으로 고개를 숙여 보였다.

"좋아 보이네요." 그녀는 베개들 사이에서 몸을 일으키고는 그를 뜯어보듯 응시하며 말했다. "생기도 있어 보여요."

그는 그녀의 칭찬에 감사를 표하긴 했지만 서늘함은 여전했다.

"매일 아침 부두로 가게 생겼어요," 하고 말하더니 그녀가 생뚱맞게 덧붙였다. "전 내일 파리로 돌아갈 거예요."

존 체스트넛의 숨이 턱 막혔다.

"어쨌든 일주일 이상 머물 생각은 아니라고 편지에다 썼더랬죠," 하고 그녀가 말했다.

"이봐요, 랙스……"

"더 있어야 할 이유가 뭐죠? 뉴욕엔 재밌는 남자가 하나도 없어요."

"하지만 들어 봐요, 랙스, 내게 기회를 주지 않을 건가요? 열흘 동안만 머물면 안 될까요? 그리고 제 마음을 조금만이라도 알아 주면 안 되겠어요?"

"알고 있어요!" 그녀에게 그는 너무 오래도록 펼쳐져 있던 책이었다. "제가 원하는 건 용맹함을 보여 주는 남자예요."

"나더러 무언극이라도 하란 말인가요? 무언극으로 나를 다 표현해 보이길 원하는 건가요?"

랙스는 넌더리가 난다는 듯 한숨을 뿜어냈다.

"제 말은, 당신은 아무런 상상력도 가지고 있지 않다는 뜻이에요." 그녀는 참을성 있게 설명했다. "미국 사람들은 도무지 상상력이라곤 없어요. 파리야말로 개화된 여성이 제대로 숨 쉬며 살 수 있는 유일한 대도시예요."

"당신은 이제 내게 아무런 관심이 없나요?"

"관심이 없었다면, 전 당신을 보러 대서양을 건너지 않았을 거예요.

하지만 배 안에서 미국 남자들을 보자마자 이런 사람들과는 도저히 결혼을 할 수 없다는 걸 알았죠. 난 그냥 당신이 싫어요, 존. 계속 이런 식이라면, 당신을 상심하게 만드는 게 제 유일한 재밋거리가 될 뿐이에요."

그녀는 베개들 사이로 완전히 파묻힐 때까지 몸을 아래로 비틀며 내려가기 시작했다.

"안경을 잃어버렸어," 하고 그녀는 말했다.

실크 베개들 사이를 뒤졌지만 찾아내지 못한 그녀는 안경이 목 뒤로 넘어간 채 늘어져 있다는 걸 알아냈다.

"사랑에 빠지고 싶어요." 그녀는 어린아이 같은 눈에 단안경을 갖다 대며 말을 이었다. "지난봄에 소렌토에서 인도의 왕자와 사랑의 도피를 하기 직전까지 갔었어요. 하지만 그의 절반은 너무도 짙은 그늘에 가려져 있었고, 전 그의 아내들 중 한 사람으로부터 엄청난 미움을 샀죠."

"그런 추잡한 얘기는 꺼내지도 말아요!" 하고 소리를 지른 존이 두 손에 얼굴을 파묻었다.

"이봐요, 그 사람이랑 결혼한 게 아니라고요," 하고 그녀는 맞받았다. "하지만 그 사람은 많은 걸 갖고 있긴 했어요. 대영 제국에서 세 번째로 부유한 사람이었으니까요. 이건 다른 얘기지만, 당신, 부자예요?"

"당신만큼은 아닙니다."

"그것 봐요. 당신이 제게 줄 수 있는 게 뭐죠?"

"사랑."

"아, 사랑!" 그녀는 다시 베개들 사이로 사라졌다. "들어 봐요, 존. 저한테 인생은요, 반짝반짝 윤이 나는 상점들이 줄지어 서 있는 거랑 같아요. 상점 앞에는 주인이 두 손을 싹싹 문지르며 서 있죠. '저희 집 단골이 돼 주세요. 세상에서 가장 멋진 가게랍니다,' 하고 말하면서요. 그러면 전 아름다움과 돈과 젊음으로 가득 찬, 물건을 구입할 만반의 준비가 갖추어진 지갑을 가지고 안으로 들어가죠. '당신이 팔려고 내놓은 게 뭐죠?' 하고 제가 물으면, 그 사람은 두 손을 싹싹 비비며 말해요. '글쎄요, 아가씨. 오늘 저희가 갖고 있는 건 약간의 완벽하게 아-름-다운 사랑입니다만.' 때로 그 주인에게 재고가 별로 없는 경우도 있죠. 하지만 내가 아주 많은 돈을 갖고 있다는 걸 아는 순간, 그는 물건을 구하려고 밖으로 튀어 나가요. 아, 그 사람은 나가기 전에 늘 내게 줘요. 사랑을…… 그것도 공짜로. 그게 바로 내가 가진 단 하나의 복수죠."

존 체스트넛은 절망에 휩싸인 채 일어나 창문으로 걸음을 옮겼다.

"창밖으로 뛰어내릴 생각은 말아요," 하고 랙스가 다급히 외쳤다.

"그러죠," 하고 그는 피우던 담배를 매디슨 대로 아래로 내던졌다.

"당신이란 사람, 참," 하고 그녀가 부드러운 목소리로 말했다. "당신처럼 따분하고 활기 없는 사람을 내가 말로 다 할 수 없을 만큼 소중히 여기고 있다니. 하지만 인생이란 정말 지긋지긋해요. 도대체 되는 게 아무것도 없어."

"아니, 많은 것들이 일어나요," 하고 그가 반박했다. "왜, 오늘 호보컨에서 지능적인 살인 사건이 있었잖아요. 메인에선 조력에 의한 자살이 있었고요. 불가지론자들을 살균 처리하는 법안이 의회에 제출……"

"그런 시시한 농담엔 관심 없어요," 하고 그녀가 항변했다. "하지만 거의 퇴물이 돼 버린 낡은 로맨스는 아주 좋아요. 들어 봐요, 존. 지난 달 저녁 식사 자리에 같이 있던 두 남자는 슈바르츠버그-라인민스터 왕국을 걸고 동전 던지기를 했었죠. 파리에 있을 때 알던 남자 하나는 이름이 블러츠닥이었는데요, 정말로 전쟁을 시작했고, 다음다음 해를 위한 새로운 계획을 갖고 있었어요."

"알았어요, 그냥 휴식을 위해서 오늘 밤은 나랑 함께 나가요," 하고 그가 집요하게 말했다.

"어디로?" 랙스가 경멸을 담아 따지듯 물었다. "당신은 제가 아직도 나이트클럽이나 달달한 무소 한 병에 열광할 거라고 생각하나요? 그 것보단 제 화려한 꿈을 더 좋아한다고요."

"당신을 이 도시에서 가장 짜릿한 흥분을 맛볼 수 있는 곳으로 데려 가리다."

"어떤 흥분인데요? 무슨 일이 일어날 건지 말해 줘요."

존 체스트넛은 갑자기 길게 한숨을 뽑아냈다. 그리고 조심스럽게 주 위를 살폈다. 마치 누가 엿듣기라도 하면 큰일이 난다는 듯.

"그게, 사실은," 하고 그는 걱정스러운 어조로 속삭였다. "전모가 알 려지면 내게 아주 끔찍한 일이 일어납니다."

그녀가 몸을 꼿꼿이 세워 앉자 베개들이 나뭇잎처럼 그녀 주위로 굴러떨어졌다.

"당신의 인생에 뭔가 어두운 그림자가 들어 있다는 뜻인가요?" 그 녀는 웃음기가 담긴 소리로 말했다. "저더러 그 말을 믿으라는 건 아 니죠? 이봐요, 존, 당신이 즐기는 건 잘 다져진 길을 틀어막는 거, 그걸 즐길 뿐이에요."

그녀의 작고 무례한 장밋빛 입술이 그에게 가시 돋은 단어들을 내

던졌다. 존은 의자에서 모자와 코트를 챙겨 들고는 지팡이를 집었다.

"마지막으로…… 오늘 밤 나랑 함께 가지 않을 겁니까? 당신이 보게 될 그걸 보러 말입니다."

"뭘 본다는 거죠? 누굴 본다는 거냐고요? 이 나라에 볼 만한 가치가 있는 게 정말 있나요?"

"글쎄요," 하고 그가 뭔가 숨겨진 게 있다는 투로 말했다. "예를 하나 들자면, 당신은 웨일스의 왕자를 보게 될 겁니다."

"뭐라고요?" 그녀는 긴 의자에서 풀쩍 뛰어올랐다. "그 사람이 뉴욕에 왔어요?"

"오늘 밤에 올 겁니다. 그를 만나고 싶지 않나요?"

"만나고 싶냐고요? 전 아직 그 사람을 한 번도 본 적이 없어요. 어딜 가든 그 사람을 만났으면 싶었죠. 그를 한 시간 만날 수 있다면 1년이라도 기꺼이 바치겠어요." 그녀의 목소리가 흥분으로 떨렸다.

"그동안 그 사람은 캐나다에 있었어요. 오늘 오후에 큰 상금이 걸린 권투 경기가 있는데, 그걸 보려고 신분을 숨기고 이곳으로 왔죠. 그리고 난, 그 사람이 오늘 밤 어디로 갈 건지를 알고 있고요."

랙스가 황홀해하며 새된 소리로 외쳤다.

"도미닉! 루이스! 저메인!"

하녀 세 명이 한달음에 달려왔다. 방은 갑자기 야생의 진동으로, 놀라운 빛으로 가득 찼다.

"도미닉, 자동차!" 랙스가 프랑스어로 외쳤다. "세인트 라파엘, 내금색 드레스랑 뒷굽에 순금 박힌 실내화 있지, 그거 가져와. 큰 진주도…… 진주들 전부 그리고 달걀만 한 다이아몬드랑 양말목에 사파이어로 수를 놓은 스타킹도 가져오고. 저메인…… 빨리 미용사 불러. 목욕도 다시…… 차가운 얼음이랑 아몬드크림 반반 채워서. 도미닉……
번개처럼 티파니에 갔다 와. 문 닫기 전에 얼른. 가서 브로치랑 펜던
트, 왕관, 아무거나 사 와…… 아무거나 상관없어…… 윈저 가문 문장
紋章 들어간 거면 무조건 되니까."

　그녀가 드레스 단추를 더듬으며 풀기 시작했고, 존이 급히 방을 나
가는 사이에 그녀의 어깨에서 드레스가 미끄러져 내려오고 있었다.

　"난초!" 하고 그녀가 그를 부르며 뒤쫓았다, "난초, 부탁해요! 마흔
송이로요. 그래야 그중에서 네 송이를 고를 수 있거든요."

　하녀들은 겁에 질린 새처럼 방 안을 이리저리 날아다녔다. "향수, 세
인트 라파엘, 향수 가방 열어 봐. 그리고 장미색 나는 검은담비 모피
랑, 다이아몬드 가터벨트, 스위트 핸드오일 줘! 여기, 이것들 좀 가져
가! 이거랑 이거…… 아야!…… 이것도!"

　존 체스트넛은 얌전하게 바깥쪽 문을 닫았다. 여섯 명의 신탁 관리
인들은 여전히 피곤, 따분, 포기, 절망 등 다양한 태도를 보이며 거실
에 모여 있었다.

　"여러분," 하고 존 체스트넛이 그들을 보며 말했다. "유감스럽게도,
마틴존스 아가씨는 여독이 풀리지 않아 오늘 오후엔 여러분과 얘기를
나눌 수 없을 것 같습니다."

3

　"특별한 이유는 없지만, 사람들은 이곳을 '하늘의 굴헝'이라고들 하
죠."

랙스는 주위를 둘러보았다. 그들이 있는 곳은 4월의 밤이 드넓게 펼쳐진 옥상 정원이었다. 머리 위로 진짜 별들이 차갑게 깜빡거렸고, 어두운 서쪽 하늘엔 은빛 얼음 조각 같은 달이 떠 있었다. 하지만 그들이 서 있는 곳은 6월처럼 따뜻했고, 식사를 하거나 불투명유리로 된 플로어에서 춤을 추고 있는 커플들은 으스스한 밤하늘 따위엔 관심이 없었다.

"이렇게 따뜻하게 만드는 게 뭐죠?" 테이블로 이동하면서 그녀가 속삭였다.

"따뜻한 공기를 계속 위로 올라가게 하는, 좀 새로운 발명품입니다. 원리가 어떻게 되는지는 모르지만, 한겨울에도 계속 열려 있도록 유지할 수 있다는 건 알고 있어……"

"웨일스 왕자님은 대체 어디 계신 거죠?" 하고 그녀가 긴장된 표정으로 그의 말을 자르며 물었다.

존이 주위를 살폈다.

"아직 도착하시지 않았어요. 아마 30분은 더 걸릴 겁니다."

그녀는 깊이 한숨을 내쉬었다.

"이렇게 긴장되는 건 4년 만에 처음이야."

4년…… 그가 그녀를 사랑한 시간보다 1년이 적었다. 그는 궁금했다. 열여섯 살이던, 너무도 사랑스러운 소녀였던, 이튿날 브레스트로 함께 떠날 예정이던 사무원들과 식당에서 밤을 새우며, 오래고 슬픈 가슴 아픈 전쟁의 나날들 속에서 너무도 빠르게 인생의 빛을 잃어 가던 그녀가, 이 황금색 불빛들 아래에서만큼, 이 검은 하늘 아래에서만큼 그때도 그렇게 사랑스러웠었는지. 흥분에 휩싸인 두 눈부터 진짜 금과 은으로 층층이 수놓아진 조그만 실내화의 굽까지, 그녀는 병 안에 들어 있는, 모든 것을 완벽하게 갖춘 배와 같았다. 그녀에게는 그런 배를 조각하던 때의 섬세함과 조심스러움이 모두 깃들어 있었다. 마치 여리디 여린 어느 장인이 그녀를 그렇게 빚어내는 데 오랜 세월을 모두 사용한 것 같았다. 존 체스트넛은 자신의 손으로 직접 그녀를 들어 올리고, 이리저리 돌려 보고 싶었다. 슬리퍼 끝이나 귀 끝을, 요정이나 갖고 있을 것 같은 그녀의 속눈썹을, 눈을 가느다랗게 뜨고 찬찬히 살펴보고 싶었다.

"저 사람은 누구죠?" 그녀가 갑자기 반대편 테이블의 잘생긴 라틴계 남자를 가리켰다.

"로드리고 마이너리노 말이군요. 영화배우 겸 화장품 광고 모델이죠. 저 사람, 조금 있으면 춤을 출 겁니다."

그 순간 갑자기 랙스의 귀에 바이올린과 드럼 소리가 들려왔다. 하지만 음악 소리는 아득한 곳에서 밀려와 신선한 밤하늘과 아련한 꿈이 더해진 무도회장 위를 떠다니는 것 같았다.

"오케스트라는 다른 옥상에 있어요," 하고 존이 설명했다. "새로운 아이디어죠…… 보세요, 공연이 시작됐네요."

숨겨져 있던 출구에서 튀어나와 거칠고 야만적인 둥그런 빛무리 속에 모습을 드러낸 갈대처럼 깡마른 흑인 여자가 단조로 바뀐 음악에 놀라는 시늉을 해 보이고는 리드미컬하면서도 슬픈 노래를 부르기 시작했다. 그녀가 갑자기 중심을 잃고는 삶에 대한 기대도 희망도 없이, 마치 거칠고 불충분한 꿈조차 이루지 못한 듯, 느릿한 걸음을 쉬지 않고 옮기기 시작했다.

잭이라는 이름을 가진 아빠를 하늘나라로 보낸 그녀는 가슴을 에는 듯한 단조 음에 절망과 체념이 밀려들어 울음이 터져 버렸다. 그렇게 터진 울음은 좀체 그치질 않았다. 하나씩 차례로 높은음을 내기 시작한 호른 소리가 그녀에게서 광기를 불러내려 했지만, 그녀는 웅얼거리는 듯한 드럼에만 귀를 기울였다. 드럼 소리는 잊힌 수천 년의 시간들 속 어느 잃어버린 곳으로 그녀를 데려가고 있었다. 피콜로 소리를 흘려보낸 그녀는 목구멍으로 찾아들던 날카롭고 섬뜩한 밀도를 가진 울부짖음을 다시 쏟아 놓은 뒤, 홀연히 어둠 속으로 사라졌다.

"당신이 뉴욕에 살았다면, 저 여자가 누구인지 물을 필요가 없을 테죠." 하고 호박색 조명이 켜지자 존이 말했다. "다음 무대는 셰이크 B. 스미스라는 친군데, 쓸데없는 말을 주절주절 떠들어 대는 코미디언이라고 할 수……"

거기서 그의 말이 갑자기 멈추었다. 두 번째 곡을 시작하기 위해 조명이 꺼지는 순간, 랙스가 길게 한숨을 내쉬고는 긴장한 듯 의자 안에서 몸을 앞으로 기울였다. 그녀의 두 눈이 사냥개의 그것처럼 굳어 있었고, 존은 그녀의 눈길이 옆문으로 들어와 반쯤 어둠에 가려진 테이블 주위로 자리를 잡고 있는 한 무리의 사람들에게 붙박여 있다는 걸 알았다.

그들이 앉은 테이블은 야자수들에 가려져 있었는데, 랙스는 처음에는 세 개의 어둑어둑한 형체만 알아볼 수 있을 뿐이었다. 그러다가 그녀는 형체가 하나 더 있다는 걸 알아챘다. 네 번째 사람은 세 사람 뒤편에 제대로 자리를 잡고 있는 듯했는데, 계란형의 창백한 얼굴에 윤기가 흐르는 짙은 금발이 이마를 덮고 있었다.

"오호!" 존이 불쑥 입을 열었다. "폐하께서 막 납셨군요."

그녀는 숨이 제대로 쉬어지는 것 같지 않았다. 코미디언이 하얀 조명을 받으며 댄싱 플로어 위에 서 있다는 걸 겨우 느낄 뿐이었다. 그는 한동안 뭐라고 떠들어 댔고, 웃음의 물결이 계속 허공에 일렁거렸다. 하지만 그녀의 눈은 마법에 걸린 듯 여전히 움직임이 없었다. 그녀는 무리들 중 하나가 몸을 구부려 다른 사람에게 귀엣말을 하고, 성냥불이 조그맣게 깜빡이고, 어둠 속에서 담배 끝이 발갛게 동그라미를 그리며 밝아지는 것을 지켜보았다. 그녀는 자신이 얼마나 오랫동안 꼼짝도 하지 않고 있었는지 알지 못했다. 어느 순간 자신의 눈앞에서 뭔가가, 하얀 뭔가가, 너무도 다급하게 뭔가가 번쩍인 것 같았다. 그리고 그녀는 바로 위에서 비친 조그만 스포트라이트 한가운데에 자신이 있다는 것을 깨닫고는 황급히 몸을 젖혔다. 그녀는 무슨 말들이 어딘가로부터 흘러와 자신에게로 향하고 있다는 걸 그리고 웃음소리가 꼬리를 물며 옥상 정원을 빙글빙글 돌고 있다는 걸 알았다. 하지만 조명 때문에 아무것도 볼 수 없었던 그녀는 본능적으로 의자에서 반쯤 몸을 일으켰다.

"아직 앉아 있어요!" 테이블 건너편에서 존이 속삭였다. "저 사람은 매일 밤 이런 식으로 누군가를 선택해요."

그때에야 그녀는 알았다. 셰이크 B. 스미스라는 코미디언이 자신에게 말을 하고 있다는 것을. 그는 그녀와 언쟁을 벌이는 중이었다. 다른 사람에겐 어지간히 웃기는 것처럼 보이는 뭔가에 대해. 하지만 그녀의 귀에는 그저 소리들이 뒤죽박죽 섞여 무슨 말인지 도무지 알아들을 수 없었다. 그녀는 처음 조명이 쏟아졌을 때의 충격으로 일그러진 얼굴을 재빨리 정돈하고는 미소를 지었다. 쉽게 할 수 없는 침착한 행동이었다. 그녀의 미소엔 특정한 누구에게 보여 주는 게 아니라는 뜻이 교묘하게 드러나고 있었는데, 마치 조명엔 전혀 신경 쓰지 않으며 자신의 미모를 이용해 그 남자를 어떻게 해 보려 한다는 생각 역시 전혀 없다는 듯했다. 하지만 사실은 그가 계속 자리를 옮겨 다니는 게 온통 신경이 쓰였는데, 다트를 던져 성공을 시키면 달에다 던져 맞히기라도 한 듯해 하는 남자가 재밌었다. 그녀는 더 이상 '숙녀'가 아니었다. 그녀에게 숙녀란 가혹하거나, 불쌍하거나, 부조리한 존재였다. 랙스는 자신의 태도를 다 던져 버리고 오직 자신의 고유한 아름다움에 의식을 집중한 채, 코미디언이 이제껏 느껴 보지 못한 절절한 고독감에 빠질 때까지 화려한 자태를 뽐내며 그 자리에 앉아 있었다. 코미디언이 신호를 보내자 스포트라이트가 갑자기 꺼졌다. 그렇게 사태는 일단락되었다.

사태는 일단락이 되었고, 코미디언은 무대를 떠났으며, 멀리서 들려오던 음악이 다시 시작되었다. 존이 그녀에게로 몸을 기울였다.

"미안해요. 정말 할 수 있는 게 아무것도 없었어요. 당신은 정말로 멋졌어요."

그녀는 무성의한 웃음으로 그 사건을 일축해 버렸다. 그때 그녀가 움찔했다. 무대 건너편 테이블에 두 남자만 앉아 있었던 것이다.

"그가 갔어요!" 그녀가 고통에 찬 소리로 다급히 외쳤다.

"걱정 말아요…… 돌아올 테니. 그 사람, 엄청 조심스러운 사람이에요. 모르긴 해도, 아마 보좌관 하나랑 다시 어두워질 때까지 밖에서 기다리고 있을 겁니다."

"그렇게 조심해야 할 이유가 뭐죠?"

"지금 뉴욕에 있어선 안 되니까요. 이름도 아마 가명 중 하나를 쓰고 있을 테죠."

불빛들이 다시 흐릿해지기 무섭게 키가 무척 큰 남자 하나가 어둠 속에서 모습을 드러내더니 두 사람이 앉아 있는 테이블로 다가왔다.

"저를 소개해도 될까요?" 하고 그가 존을 보며 거만한 영국식 어투로 빠르게 말했다. "마치뱅크스 남작님의 파티에 함께 하고 있는 찰스 에스테 경이라고 합니다." 그러곤 마치 자신이 중요한 인물이라는 사실을 확인시켜 주려는 듯 존에게로 얼굴을 가까이 디밀었다.

존이 고개를 끄덕였다.

"아까 우리끼리 한 얘기, 기억하죠?"

"물론이죠."

랙스는 테이블을 손으로 더듬어 아직 손도 대지 않은 샴페인을 찾아 한 잔 가득 따르고는 시원하게 넘겼다.

"마치뱅크스 남작께서 당신의 동행인에게 이번 곡이 진행되는 동안 그분의 파티를 함께 즐길 수 있는지 여쭤 보라고 하시더군요."

두 남자의 눈길이 한꺼번에 랙스에게로 향했다. 잠깐의 정적이 흘렀다.

"기꺼이 그러죠," 하고 그녀가 말했다. 그리고 미심쩍은 표정을 하고 다시 고개를 존에게로 돌렸다. 그의 고개가 다시 까닥하고 움직였다. 그녀는 자리에서 일어나 거칠게 뛰어오르는 가슴으로 반원을 그리며 정원 안의 테이블들을 빠져나갔다. 그러다가 반짝이는 금빛의 가녀린 몸이 반쯤 어둠에 싸인 그 테이블 안으로 잠겨 들었다.

4

음악이 끝나 갈 즈음, 존 체스트넛은 홀로 앉아 잔에 남은 샴페인 거품을 휘젓고 있었다. 조명이 켜지기 직전, 금빛 드레스가 부드럽게 바스락대는 소리가 들려왔다. 그리고 빨개진 얼굴로 가쁘게 숨을 몰아쉬는 랙스가 의자 깊숙이 몸을 묻었다. 그녀의 눈이 눈물을 머금은 채 반짝이고 있었다.

존이 우울한 표정으로 그녀를 바라보았다.

"그래, 그 사람이 뭐라던가요?"

"아주 조용하더군요."

"아무 말도 하지 않았어요?"

샴페인 잔을 집어 드는 그녀의 손이 떨렸다.

"그 사람은 어둠 속에서 절 그냥 바라보기만 했어요. 그러곤 의례적인 말들만 몇 마디 하더군요. 그 사람은 마치 따분하고 재미없는 사진 같았어요. 심지어 제 이름도 묻지 않았어요."

"그 사람, 오늘 밤 뉴욕을 떠난대요?"

"30분 안에요. 그 사람이랑 수행원을 태워 가려고 차가 밖에 대기하고 있댔어요. 동이 트기 전에 국경을 넘어갈 걸로 알고 있더군요."

"당신은…… 그 사람이 매력적이라고 생각해요?"

그녀는 망설이다가 천천히 고개를 끄덕였다.

"모두가 그렇게 말하죠," 하고 존이 침울하게 인정했다. "그 사람에게로 돌아갈 건가요?"

"모르겠어요." 그녀는 자신이 없다는 듯 플로어 건너편으로 눈길을 돌렸는데, 저명인사는 그의 테이블에서 다시 멀찍이 물러나 있었다. 그녀가 다시 고개를 돌렸을 때, 중앙 출입구에 잠깐 서 있던 낯선 젊은 남자가 그들이 있는 곳으로 다급하게 걸어왔다. 그는 몹시 구겨진 데다 어울리지도 않게 사업가들이나 입는 양복을 걸치고, 얼굴은 죽은 사람처럼 창백했는데, 떨리는 한 손을 존 체스트넛의 어깨에 올려놓왔다.

"몬테!" 존이 소리를 버럭 지르며 갑작스럽게 일어나는 바람에 그의 샴페인 잔이 엎질러지고 말았다. "어떻게 된 겁니까? 대체 무슨 일이에요?"

"그들이 알아챈 것 같아요!" 젊은 남자는 떨리는 목소리로 속삭이며 주위를 둘러보았다. "따로 얘기할 수 있겠어요?"

존 체스트넛이 자리에서 벌떡 일어났다. 랙스의 눈에 그의 얼굴은 마치 그가 쥐고 있는 냅킨처럼 하얬다. 그는 양해를 구하고는, 남자와 함께 몇 미터쯤 떨어진 빈 테이블로 갔다. 한동안 랙스는 두 사람을 신기한 눈으로 바라보았다. 그리고 나서 그녀는 플로어 건너편 테이블을 다시 주시하기 시작했다. 그들이 자신에게 와 달라고 부탁할는지 궁금했다. 하지만 왕자란 사람은 불쑥 일어나더니 고개를 숙여 보이고는 밖으로 나가 버렸다. 그가 돌아올 때까지 기다리는 수밖에는 없을 것 같았다. 여전히 흥분은 가시지 않은 상태였지만, 그녀는, 얼마큼은, 랙스 마틴존스로 다시 돌아와 있었다. 그녀의 호기심은 채워진 셈이었다. 새로운 호기심이 일어났음이 분명했다. 그녀는 자신이 진짜 매력을 느낀 것인지 궁금했다. 사실 무엇보다 궁금한 것은 그가 자신의 아름다움에 어떤 명확한 방식으로 반응했는가, 하는 거였다.

몬테라고 불렸던 창백한 낯빛의 남자가 사라지고 존이 테이블로 돌아왔다. 랙스는 그에게 갑자기 엄청난 변화가 일어났다는 걸 발견하고는 깜짝 놀랐다. 그는 술에 취한 사람처럼 휘청거리더니 의자에 풀썩 주저앉았다.

"존! 왜 그래요?"

대답 대신 그는 샴페인 병으로 손을 뻗었는데, 손을 너무 떨어 술이 흐르면서 잔 주변에다 노란색 고리를 만들었다.

"몸이 안 좋아요?"

"랙스," 하고 그가 불안한 얼굴로 말했다. "난 이제 끝났어요."

"뭐라는 거예요?"

"끝났다고 말했어요." 그는 간신히 아주 희미한 미소를 만들어 냈다. "체포영장이 발부된 지 한 시간이 넘었다는군요."

"당신이 무슨 잘못을 했는데요?" 그녀가 두려움에 싸인 목소리로 물었다. "영장이라니요?"

다음 곡이 시작된다는 걸 알리는 불이 꺼졌다. 그때 갑자기 그가 테이블 위로 쓰러졌다.

"무슨 영장이냐고요?" 불안이 밀려든 그녀는 강한 어조로 물었다. 그녀는 앞으로 몸을 기울였지만 그의 대답은 거의 들리지 않았다.

"살인이라고요?" 그녀는 자신의 몸이 얼음처럼 차가워지는 걸 느낄 수 있었다.

그가 고개를 가만히 끄덕였다. 그녀가 그의 양팔을 붙들어 흔들며 똑바로 일으켜 세우려 할 때, 누군가가 코트를 펄럭이며 들어서고 있었다. 그의 두 눈이 빠르게 움직였다.

"사실이에요? 증거도 발견된 건가요?"

그는 다시 취한 사람처럼 고개를 끄덕였다.

"이러고 있을 때가 아니죠. 당장 이 나라를 벗어나야 돼요! 알겠어요, 존? 지금 당장 가야 해요, 여기로 당신을 찾으러 오기 전에요!"

그는 공포에 휩싸인 채 허둥거리는 눈길을 출입구 쪽으로 돌렸다.

"오, 하느님!" 하고 랙스가 절규하듯 말했다. "어떻게 좀 해 봐요."

절망에 휩싸여 이리저리 헤매 다니던 그녀의 눈이 갑자기 한 곳에 멈추었다. 그녀는 숨을 빠르게 들이쉬고는 잠시 주춤거리다 그의 귀에 입을 갖다 대고 열정적으로 속삭였다.

"제가 어떻게 해 본다면, 오늘 밤 캐나다로 갈래요?"

"어떻게요?"

"뭔가 준비해 볼 수 있을 거예요. 당신이 조금만 정신을 차려 준다면요. 지금 누구랑 얘기하고 있는지 알겠어요? 랙스라고요. 알겠어요, 존? 자, 잘 들어요. 제가 돌아올 때까지 여기 꼼짝하지 말고 기다리세요!"

잠시 후 그녀는 방을 가로질러 어둠의 장막 안으로 사라졌다.

"마치뱅크스 남작님," 하고 그녀가 남자의 의자 바로 뒤에 서서 낮은 소리로 부드럽게 말했다.

그가 손짓으로 그녀에게 의자를 권했다.

"오늘 밤 남작님 차에 두 사람쯤 더 탈 수 있을까요?"

수행원 하나가 불쑥 몸을 돌렸다.

"폐하의 차는 만석입니다," 하고 그가 짧게 말했다.

"아주 급한 일이 생겼어요." 그녀의 목소리가 떨렸다.

"글쎄요," 하고 왕자가 머뭇거리며 덧붙였다. "잘 모르겠소만."

찰스 에스테 경이 왕자를 보며 고개를 가로저었다.

"저로선 그리 바람직한 일이란 생각이 들지 않습니다. 이건 아무래도 조국의 명령에 반하는 곤란한 일일 듯싶군요. 폐하도 아시잖습니까. 상황을 복잡하게 만들지 않는 데 동의했다는 사실 말입니다."

왕자가 얼굴을 찌푸렸다.

"이건 상황을 복잡하게 만드는 일이 아니잖소," 하고 그가 맞섰다.

에스테는 노골적으로 불만을 드러내며 랙스에게로 고개를 돌렸다.

"대체 뭐가 그리 급하다는 거요?"

랙스가 얼른 대답을 못 하고 머뭇거렸다.

"뭐냐면……" 그녀의 얼굴이 갑자기 붉어졌다. "사랑의 도피라고 할까요. 여기선 결혼을 할 수가 없거든요."

왕자가 웃음을 터뜨렸다.

"좋소!" 하고 그가 소리를 높였다. "해결이 됐군요. 에스테가 증인이 돼 줄 거요. 당장 그 사람을 데려오시오. 우린 조금 있다 떠날 거요. 됐지요?"

에스테가 자신의 손목을 끌어다 시계를 보았다.

"지금 당장!"

랙스가 재빨리 달려갔다. 그녀는 불이 꺼져 있는 동안 모두 옥상 정원에서 빠져나갈 수 있기를 바랐다.

"서둘러요!" 그녀가 존의 귀에다 대고 소리쳤다. "국경을 넘을 거예요. 웨일스 왕자랑 함께요. 아침이면 당신은 안전해질 거예요."

그는 멍한 눈으로 그녀를 바라보았다. 그녀는 서둘러 계산을 하고는 그의 팔을 단단히 잡고서 반대편 테이블로 건너갔다. 가능하면 사람들이 눈치를 채지 못하게 한마디로 간단히 그를 소개했다. 왕자가 악수를 하면서 그와 인사를 나누었다. 고개를 까닥해 보인 수행원들은 불쾌감을 완전히 감추진 않았다.

"이제 출발하는 게 좋겠군요," 하고 에스테가 초조하게 시계를 보며 말했다.

그들이 자리에서 일어났을 때, 모두의 입에서 감탄사 하나가 일제히 터져 나왔다. 경관 둘과 빨강 머리에 평상복 차림을 한 남자 하나가 중앙 출입문을 통해 들어서고 있었다.

"밖으로 나가요, 얼른." 에스테가 숨을 내쉬며 옆문으로 사람들을 재촉했다. "한바탕 소동이 일어나겠군," 하고 투덜거리는 그의 눈에 파란색 코트를 입은 자들 두셋이 비상구를 가로막고 있는 게 보였다. 그들은 주춤거리다 잠시 걸음을 멈추었다. 평상복 차림의 남자가 테이블에 있던 사람들을 꼼꼼히 살펴보기 시작했다.

에스테는 랙스를 향해 날카로운 눈길을 던진 후 존에게로 옮겼다. 두 사람은 야자수 뒤편으로 뒷걸음을 쳤다.

"저기 있는 자가 당신들을 뒤쫓는 놈들 중 하나요?" 하고 에스테가 물었다.

"아뇨," 랙스가 낮은 소리로 말했다. "문제가 있을 것 같은데, 이쪽으로 나갈 순 없는 건가요?"

왕자가 조바심이 일어나는지 도로 의자에 앉았다.

"두 사람, 나갈 준비가 되면 알려 주시오," 하고 말하며 그가 랙스에게 미소를 지어 보였다. "지금 우리가 곤경에 빠진 건 모두 당신의 그 쾌활한 얼굴 때문이란 걸 알아 두시오."

그때 갑자기 불이 들어왔다. 평상복 차림의 남자가 주위를 빠르게 둘러보더니 무대 한가운데로 뛰어올랐다.

"이 방에서 아무도 나가지 마시오!" 하고 그가 소리쳤다. "앉아요, 거기 야자수 뒤에 있는 두 사람도! 존 M. 체스트넛, 이 방에 있나?"

랙스는 자신도 모르게 짧게 비명을 질렀다.

"여기!" 하고 형사 하나가 뒤편에 있는 경관에게 외쳤다. "저기 저 이상한 패거리들도 살펴봐. 어이, 거기, 꼼짝 말고 손 들어!"

"젠장!" 하고 에스테가 낮은 소리로 뇌까렸다. "우린, 여기서 나가야 됩니다!" 그가 왕자에게로 몸을 돌렸다. "이대로는 안 되겠어요, 테드.

여기 있다는 게 알려지면 안 됩니다. 내가 저 사람들을 유인할 테니 차 있는 데로 내려가도록 해요."

그가 옆문 쪽으로 걸음을 옮겼다.

"거기, 손 들어!" 평상복 차림의 남자가 소리를 질렀다. "내가 손 들라고 말할 땐, 그렇게 하는 게 좋아! 자, 누가 체스트넛이냐?"

"미쳤군!" 하고 에스테가 고함을 쳤다. "우린 대영 제국의 백성들이다. 우린 어떤 식으로든 이 문제와 관련이 없어!"

어딘가에서 여자의 비명이 터져 나오더니, 엘리베이터 쪽으로 향하는 움직임이 있었다. 그 움직임은 두 자루의 연발권총 앞에서 우뚝 멈추었다. 랙스 옆에 서 있던 여자 하나가 실신을 하며 바닥에 쓰러졌고, 그와 동시에 반대편 옥상 정원에서 음악이 연주되기 시작했다.

"음악을 멈춰!" 평상복 남자가 고함을 질렀다. "저쪽 사람들 모두 연행해, 어서!"

경관 둘이 그들 쪽으로 다가오는 것과 동시에 에스테와 다른 수행원들이 권총을 빼 들었다. 그런 다음 그들은 최대한 왕자를 엄호하면서 옆으로 조금씩 이동했다. 그때 총성 한 발이 울리고 다시 한 발이 이어졌다. 식사 중이던 손님들 대여섯 명이 테이블을 뒤집고는 재빨리 아래로 몸을 숨기면서, 은제 식기와 자기 그릇들이 떨어져 요란하게 부서지는 소리가 뒤따랐다.

예상한 대로 아수라장이 벌어졌다. 연이어 세 발의 총성이 울리고, 곧바로 총격이 빗발쳤다. 랙스는 에스테가 위쪽에 매달린 여덟 개의 호박색 전등을 차분하게 겨냥해 쏘고 있는 것을 보았다. 짙은 잿빛 연기가 허공을 가득 채우기 시작했다. 기이하도록 낮은 목소리로 아우성이나 비명에 맞서기라도 하겠다는 듯 멀리 재즈 밴드가 연주하는 음악이 밀려들고 있었다.

그러고 한순간에 모든 것이 끝났다. 요란한 사이렌 소리가 옥상 정원 전체를 덮어 버렸다. 그리고 랙스는 연기 사이로 존 체스트넛을 보았다. 그는 항복을 표시하듯 두 손을 들어 올린 채 평상복 차림의 남자에게로 가고 있었다. 마지막으로 신경질적인 비명이 울렸는데, 마치 누군가 아무 생각 없이 접시 더미로 뛰어들어 접시들이 쨍그랑거리며 깨지는 소리처럼 섬뜩했다. 그러곤 무거운 침묵이 옥상 정원을 휘감았다. 밴드도 연주를 멈춘 것 같았다.

"자, 모두 끝났어요!" 존 체스트넛의 목소리가 밤하늘로 거칠게 퍼져 나갔다. "파티는 끝났습니다. 가고 싶은 사람은 돌아가도 좋습니다!"

여전히 아무 소리도 들려오지 않았다. 랙스는 그것이 공포가 만들어 낸 침묵이라는 것을 알았다. 존 체스트넛은 죄책감에 시달리다 미쳐 버린 것 같았다.

"멋진 공연이었어요," 하고 그가 소리를 질렀다. "여러분 한 사람 한 사람 모두에게 감사를 드립니다. 자, 아직 멀쩡한 테이블이 있다면 자리를 잡고 앉으세요. 지금부터 계시는 동안 샴페인이 무료로 제공될 겁니다."

랙스에게 옥상 정원과 높다랗게 걸린 별들이 갑자기 원을 그리며 빙글빙글 도는 것처럼 보였다. 그녀는 존이 형사의 손을 맞잡고 진심으로 악수를 나누고, 형사가 이를 훤히 드러내고 웃으며 총을 주머니에 집어넣는 걸 보았다. 음악이 다시 울리기 시작했고, 기절한 줄 알았던 여자는 갑자기 구석 자리에서 찰스 에스테 경과 춤을 추고 있었다. 존은 이리저리 뛰어다니며 사람들의 등을 두들기고, 웃음을 터뜨리고,

악수를 나누었다. 그런 다음 어린아이처럼 신선하고 순진한 모습으로 그녀에게로 다가왔다.

"멋지지 않아요?" 그가 외쳤다.

랙스는 현기증이 밀려오는 것을 느꼈다. 그는 손을 뒤로 빼내 의자를 더듬었다.

"무슨 일이 일어난 거죠?" 하고 그녀는 아직 정신을 수습하지 못한 채 말했다. "꿈을 꾼 건가요?"

"당연히 아니죠! 당신은 완전히 깨어 있어요. 대성공입니다, 랙스. 봤죠? 당신을 위해 완벽하게 해냈어요. 모든 게 내가 창작한 거라고요! 여기서 유일하게 진짜는 내 이름밖에 없었어요!"

그녀가 매달리듯 그의 옷깃을 부여잡더니, 갑자기 무너지듯 주저앉았다. 그가 그녀를 재빨리 품 안으로 끌어당기지 않았다면, 그녀는 정말 바닥에 쓰러졌을 것이다.

"여기, 샴페인 좀, 어서!" 하고 그가 소리를 쳤다. 그리고 곧 근처에 서 있던 웨일스의 왕자에게 큰 소리로 말했다. "자네, 빨리 차를 대기시키게! 마틴존스 양이 흥분한 나머지 정신을 잃어버렸어."

5

마천루는 30층짜리 유리 벽을 이루며 솟아 오른 뒤 위쪽으로 가늘게 말려 올라가는 우아하게 빛나는 흰색 원뿔이 세워져 있었다. 30미터쯤 뻗어 올라간 원뿔의 타원형 첨탑 부분은 하늘을 향해 마지막 여린 소망을 담고 있는 듯 얇았다. 높다란 창문 가운데서도 가장 높은 곳에서 랙스 마틴존스는 상당히 강한 바람을 온몸으로 맞으며 버티고 서서 도시를 묵묵히 내려다보고 있었다.

"체스트넛 씨께서 개인 집무실로 바로 오시려는지, 궁금해하십니다."

그녀는 카펫을 따라 날씬한 발을 얌전히 옮기며 항구와 널따란 바다가 내려다보이는 높고 선선한 회의실로 들어섰다.

존 체스트넛은 책상 앞에 앉아 그녀를 기다리고 있었다. 랙스가 그에게로 걸어가 그의 어깨를 감쌌다.

"정말, 당신 맞아요?" 그녀는 불안해하며 물었다. "정말로 당신이 틀림없어요?"

"당신은 귀국하기 딱 일주일 전에 내게 편지를 보냈어요." 그는 이의를 제기하고 있었지만 무척이나 얌전했다. "시간만 더 있었다면, 혁명을 준비할 수도 있었을 텐데 말이죠."

"모두가 오직 절 위해서였단 말인가요?" 하고 그녀가 물었다. "쓸모라곤 없던, 그 멋진 일들을, 정말 절 위해서 한 거라고요?"

"쓸모가 없었다?" 그는 생각에 잠겼다가 입을 열었다. "그래요, 시작은 그럴 수도 있었겠죠. 마지막 순간에 내가 큰 레스토랑 주인을 거기로 오라고 하고는, 당신이 건너 테이블에 가 있는 동안 그날 밤 나이트클럽 아이디어를 그 사람한테 몽땅 넘겼지요."

그가 자신의 시계를 보았다.

"할 일이 하나 더 있는데…… 그 일을 마치고 나면, 우리 결혼할 시간이 딱 될 겁니다. 그러고 나서 점심 먹어요." 그가 전화기를 집어 들었다. "잭슨? ……전보 세 통을 파리랑 베를린, 부다페스트에 보내도록 하게. 그리고 슈바르츠버그-라인민스터를 걸고 동전 던지기 내기를 했던 그 가짜 귀족님 두 분은 폴란드 국경 너머까지라도 추적하고. 독일인들이 응하지 않으면, 환율을 소수점 세 자리까지 낮춰서 0.2퍼센트로 만들어 버려. 아 그리고, 그 멍청한 블러츠닥은 다시 발칸 지역으로 가서 또 새로운 전쟁을 일으키려고 할 거야. 당장 그 친구를 뉴욕행 첫 배에 태워서 보내도록. 아니면 그리스 감방에다 처넣어 버리든가."

그는 전화를 끊고는 놀라움에 휩싸인 세계주의자에게로 돌아서서 한바탕 웃음을 터뜨렸다.

"다음 정거장은 시청입니다. 거기 들렀다가, 당신만 좋다면, 파리로 건너갈까 합니다만."

"존," 하고 그녀가 골똘히 생각에 잠기며 물었다. "웨일스의 왕자란 사람은 누구였죠?"

그는 엘리베이터를 타고 20층을 급강하할 때까지 아무 소리도 하지 않았다. 그는 앞으로 몸을 살짝 숙여 엘리베이터 안내 소년의 어깨를 가볍게 쳤다.

"너무 빨리는 내려가지 말게, 세드릭. 여기 숙녀분은 높은 곳에서 떨어지는 덴 익숙하지 않으니까."

엘리베이터 안내원이 미소를 머금으며 돌아섰다. 그의 갸름한 얼굴은 창백했고, 짙은 금발이 이마를 덮고 있었다. 랙스의 얼굴이 불꽃처럼 빨개졌다.

"세드릭은 웨섹스 출신이죠," 하고 존이 설명했다. "정말이지 거짓말 조금도 안 보태고, 기가 막히게 닮았어요. 왕자란 사람들은 그다지 신중한 편이 아니죠. 왼손잡이인 걸 보면 세드릭이 교황파가 아닐까 의심이 들어요."

랙스는 자신의 목에 걸려 있던 단안경을 걸쳤다. 그러곤 세드릭의 얼굴에다 리본을 던졌다.

"고마웠어요," 하고 그녀가 꾸미지 않고 말했다. "태어나서 두 번째로 가슴 설레게 해 줘서요."

존 체스트넛은 장사꾼이 하듯 두 손을 모으고는 문지르기 시작했다.

"저희 가게 단골이 돼 주세요, 아가씨," 하고 간청하듯 말했다. "이 도시 최고의 상점입니다!"

"뭘 파실 건가요?"

"글쎄요, 마드무아젤. 저희는 오늘 완벽하게 아르음다운 사랑을 준비해 두고 있습죠."

"좋아요, 그걸로 포장해 주세요, 사장님," 하고 랙스 마틴존스가 큰소리로 말했다. "저한텐 싸게 주신 것 같네요."

◆◆◆

「랙스 마틴존스와 웨을스의 와응자」는 미국의 여성 월간지 《맥콜스》에 발표되고, 작품집 『모든 슬픈 젊은이들』에 수록된 단편소설이다. 완성도를 가진 작품이라는 점 외에도 「연안의 해적」의 변주라는 점 역시 높이 살 만하다. 두 소설 모두 피츠제럴드의 핵심 주제라고 할 수 있는, 상상을 현실로 바꾸어 내는 능력이 흥미롭게 다루어진 작품이다.

'현명한 선택'
"The Sensible Thing"

1

위대한 미국의 점심시간, 젊은 조지 오켈리는 책상을 정리하며 짐짓 흥미로운 듯 스스로를 연출했다. 사무실의 그 누구도 자신이 서두르고 있다는 걸 알게 해서는 안 되었는데, 마음가짐이 어떠냐에 성패가 달려 있기도 했고 마음이 1,000킬로미터 이상 떨어진 콩밭에 가 있다는 사실이 드러나는 건 좋은 일일 수도 없기 때문이었다.

하지만 일단 빌딩을 빠져나오자 그는 이를 사리물고는 타임스 스퀘어를 가득 메운 채 사람들 머리 위 6미터쯤에서 어슬렁거리고 있는 이른 봄의 명랑한 정오를 이따금 흘긋거리며 달리기 시작했다. 사람들은 살짝 고개를 치켜들고는 3월의 공기를 깊이 들이마셨고, 눈부신 햇빛에 다른 사람들은 거의 보이지 않고 하늘에 되비친 자신들의 모습만 겨우 보일 뿐이었다.

마음이 1,000킬로미터 밖에 가 있던 조지 오켈리에게 바깥의 이 모든 풍경은 그저 끔찍할 뿐이었다. 서둘러 지하철에 몸을 싣고 95개의 블록을 지나면서 그는 지난 10년 동안 이빨을 제대로 닦을 수 있었던 게 겨우 다섯 번에 한 번 꼴밖에 되지 않았다는 걸 생생하게 보여 주는 광고판을 부글부글 끓어오르는 눈으로 쳐다보았다. 137번 거리에서 상업미술에 대한 스터디를 끝낸 그는 지하철에서 내려 다시 내달리기 시작했다. 인적이 드문 음산한 고층 아파트 방 한 칸짜리 집을 향한 지칠 줄 모르는, 간절한 소망이 담긴 뜀박질이었다.

뚜껑이 달린 책상 위에 그 편지가―축복받은 종이에 신성한 잉크로 쓰인― 놓여 있었는데, 귀를 기울인다면 뉴욕의 모든 사람들이 들을 수 있을 정도로 조지 오켈리의 심장은 격하게 뛰고 있었다. 쉼표와 잉크가 번진 자국들, 편지 가장자리에 찍힌 엄지 자취까지 꼼꼼히 살펴본 그는 희망을 완전히 잃은 채 침대에 몸을 던졌다.

그의 삶은 그야말로 진퇴양난이었다. 가난한 사람들의 삶에 일상적으로 벌어지는 끔찍한, 끊임없이 굶주림을 좇는 맹금류가 처한 그것과 다르지 않은. 어쨌든, 가난한 자들은 가난한 자들의 방식으로 파산도 하고, 회생도 하고, 엎어지기도 하고, 살아가기도 한다. 하지만 조지 오켈리에게 가난은 생전 처음 겪는 일이라 누군가가 그가 처한 상황이 여느 가난한 자들의 그것과 다를 게 없다고 한다면 그는 아마 기함을 할 것이다.

2년이 좀 안 되었을 때, 매사추세츠 공과대학을 우등으로 졸업한 그는 테네시 남부의 한 건설 회사에 취직을 했다. 그때껏 그는 늘 터널과 마천루, 거대하게 웅크린 댐들, 도시만큼 후리후리한 키에 철선으로 엮은 치마를 입은 무희들이 손에 손을 잡고 일렬로 늘어선 것 같은, 높다란 3층짜리 타워를 가진 교량의 관점으로 모든 것을 생각하며 살아왔다. 조지 오켈리에게 강의 흐름을 바꾸고 산의 모양을 바꾸어서 이전에는 뿌리조차 내려 본 적 없던, 오래도록 황무지로 버려져 있던 곳을 풍요로운 세상으로 만드는 것은 낭만적인 일로 비쳐졌다. 그는 강철을 사랑했고, 꿈속에서도 늘 곁에 강철이 있었다. 액체 형태나 막대 모양의 강철과 블록과 빔과 형체 없이 덩어리로만 되어 있는 플라스틱들이 마치 물감과 캔버스처럼 그의 손길을 기다리고 있었다. 강철은 그의 상상력에 아름답고 엄숙한, 지칠 줄 모르는 불길을 지펴 놓았다.

주 40달러짜리 보험회사 직원이 되어 있는 지금, 그의 꿈은 가파르게 그에게서 빠져나가고 있었다. 그를 이 지경에, 끔찍하고 견딜 수 없는 진퇴양난에 빠뜨린 검은 머리의 자그마한 여자는 테네시의 한 도시에서 그가 찾아오기를 기다리고 있었다.

15분쯤 뒤, 그에게 방을 전대轉貸*해 준 여자가 노크를 하고 들어와 집에 있을 거면 점심을 같이 하지 않겠냐고 미쳤나 싶을 만큼 친절하게 물었다. 고개를 가로저어 거절을 표했지만 방해를 받는 바람에 침대에서 일어난 그는 전보 문구를 작성했다.

"편지 받고 우울. 바보처럼 겁먹고 헤어질 생각을 하다니 화가 남. 곧 결혼할 수 있을 것임. 모든 게 잘되리라 생각함."

그는 안절부절못한 채 1분쯤을 머뭇거리다 자신조차 거의 알아볼

---

* 빌린 방을 다시 다른 사람에게 빌려주는 것.

수 없는 글씨로 덧붙였다. "하여튼 내일 6시 도착 예정."

전보문을 다 쓰고 나서 아파트 밖으로 뛰쳐나온 그는 지하철역 부근의 전신국으로 달려 내려갔다. 수중에 있는 돈이라곤 100달러도 채 되지 않았지만 그녀의 편지에 쓰인 '불안'이란 단어를 생각하면 달리 방법이 없었다. 그 '불안'이란 단어가 무엇을 의미하는지 모를 리 없었다. 그녀는 우울함에 빠져 있을 것이고, 결혼을 해서도 여전히 가난하고 힘겹게 살아야 할지도 모른다는 생각을 하면 사랑하는 것 자체가 너무도 큰 부담일 터였다.

조지 오켈리는 늘 그랬듯 보험회사까지 내달렸다. 그에게 뜀박질은 거의 제2의 천성이 되어 있었는데, 그의 삶이 가하는 불안을 가장 적나라하게 드러내는 것일지도 몰랐다. 그가 곧장 향한 곳은 지점장 사무실이었다.

"체임버스 씨, 얘길 좀 나눴으면 합니다," 하고 그가 숨을 몰아쉬며 말했다.

"그래?" 하고 되물으며 그를 바라보는 겨울철 유리창 같은 두 눈엔 인정머리라곤 찾아볼 수 없었다.

"나흘 정도 휴가를 낼 수 있을까 해서요."

"뭐? 두 주 전에 휴가를 냈었잖아!" 체임버스 씨가 놀란 표정으로 말했다.

"맞습니다," 하고 심란한 표정의 젊은 남자가 인정했다. "하지만 한 번 더 필요해서 말입니다."

"지난번 휴가 땐 어딜 갔다 온 거야? 고향에 갔었던가?"

"아뇨, 제가 간 데는…… 테네시 쪽이었습니다."

"그래, 이번엔 어딜 가려고?"

"그게, 이번에 가려는 곳도…… 테네시 쪽입니다."

"일관성은 있군, 어쨌든," 하고 지점장은 냉담하게 말했다. "한데, 자네 혹시 순회 세일즈맨으로 취직된 거라고 착각하는 거 아닌가?"

"그럴 리가요," 하고 조지가 자신이 한심하다는 듯 소리를 높였다. "하지만 가야 됩니다."

"그렇게 하게," 하고 체임버스 씨가 허락했다. "하지만 돌아오지는 말게. 회사 그만두라고!"

"그렇게 하죠." 체임버스는 물론이고 조지의 얼굴까지 뭐가 즐거운지 분홍빛을 띠고 있었다. 그는 행복감에, 뛸 듯한 기분에 젖었다. 여섯 달 만에 처음으로 완전히 자유로워진 것이다. 그는 감사의 눈물까지 글썽이며 체임버스 씨의 손을 따뜻하게 움켜쥐었다.

"고맙다는 말씀을 드리고 싶네요," 하고 그는 북받치는 감정을 주체하지 못하며 말했다. "돌아올 마음이 없습니다. 지점장님이 돌아오라고 했다면 전 아마 미쳐 버렸을 겁니다. 차마 스스로 그만둘 수는 없거든요. 그러니 감사를 드릴밖에요. 저를 잘라 주셔서 너무도 감사합니다."

그는 아량이 철철 넘치는 표정으로 손을 흔들며 높다란 소리로 외쳤다. "사흘 동안 일한 거 받아 가야 하지만, 안 받을게요!" 하고 말하곤 사무실을 뛰쳐나갔다. 체임버스 씨는 벨을 눌러서 속기사를 부른 뒤에 오켈리가 최근에 수상쩍은 짓을 한 게 없는지 물었다. 그동안 수많은 직원들을 해고시켜 왔고, 그 직원들이 해고를 받아들이는 수많은 방법들을 보아 왔지만, 그에게 고맙다고 한 경우는 단 한 번도 없었다. 단 한 번도.

잔퀼 캐리, 그녀의 이름이었다. 그를 본 그녀가 온 힘을 다해 플랫폼을 따라 달려올 때의 그 파리하고 신선한 얼굴을 조지 오켈리는 일찍이 본 적이 없었다. 그녀의 팔은 그를 향해 들어 올려지고, 입술은 그의 키스를 부르듯 반쯤 벌어져 있었다. 그러다 갑자기 그녀는 그를 살짝 밀쳐 내며 당황한 기색으로 뒤를 돌아보았다. 조지보다 조금 더 어려 보이는 남자 둘이 그녀 뒤에 서 있었다.

"이분은 크래덕 씨, 이쪽은 홀트 씨," 하고 그녀가 쾌활하게 말했다. "전에 여기 왔을 때 당신이 만났던 분들이에요."

키스가 소개와 뭔지 모를 꿍꿍이로 바뀌어 버린 것에 적이 당황한 조지는 잔퀼의 집까지 자기들을 데려다줄 자동차가 두 남자 중 하나의 것이란 걸 알고 더 혼란스러웠다. 왠지 열패감 같은 게 느껴졌다. 차를 타고 가는 내내 잔퀼은 앞좌석과 뒷좌석 사이에서 수다를 떨어 댔는데, 해가 떨어지면서 비껴든 햇살을 가려 주려 하면서 그가 슬쩍 안으려 하자 그녀가 재빨리 몸을 틀어 대신 손을 잡게 했다.

"이 도로가 집으로 연결되어 있었던가요?" 하고 그가 낮은 소리로 말했다. "왜 몰랐죠?"

"새로 난 길이에요. 제리가 오늘 막 이 차를 샀는데, 우릴 집으로 데려다주기 전에 이 길을 보여 주고 싶다 그랬어요."

20분쯤 뒤, 잔퀼의 집에 도착한 조지는 플랫폼에서 만났을 때 자신이 느꼈던 행복감과 그녀의 두 눈에 너무도 선명히 드러나 있던 기쁨이 자동차를 타고 오는 바람에 완전히 사라져 버렸다는 것을 알았다. 자신이 기대했던 뭔가가 특별한 이유도 없이 사라졌다는 사실이 계속 머릿속을 맴도는 바람에 그는 두 젊은 남자에게 제대로 된 작별 인사조차 하지 못했다. 언짢은 기분이 사라진 것은, 잔퀼이 현관의 흐릿한 불빛 아래서 그를 따뜻하게 안으며 그동안 얼마나 그를 그리워했는지를 열두 가지 버전으로 들려주고 난 뒤였다. 물론 아무 말도 하지 않는 게 가장 좋은 거긴 했지만. 감격해하는 그녀는 그에게 다시금 확신을 가지게 했고, 불안한 마음을 모든 것이 잘될 거라는 믿음으로 바꾸어 놓았다.

소파에 함께 앉은 그들은 얼굴을 맞대고 있다는 사실에 완전히 빠져들어 온갖 애정 표현 외엔 할 수 있는 게 아무것도 없었다. 저녁 식사 시간에 모습을 나타낸 잔퀼의 부친과 모친은 조지를 반갑게 맞았다. 두 사람은 그를 좋아했으며, 1년쯤 전에 그가 처음 테네시에 왔을 때 그의 엔지니어 일에 관심을 보였더랬다. 그가 그 일을 그만두고 짧은 기간에 더 많은 수익을 올릴 수 있는 뭔가를 찾아 뉴욕으로 떠나자 그들은 안타까워했었는데, 경력을 쌓지 못한 데 대한 아쉬움은 있었지만 그의 마음을 이해하는 한편 두 사람이 약혼을 하게 되리란 걸 기정사실로 받아들였다. 저녁을 먹는 동안 그들은 그의 뉴욕 생활이 얼마나 나아졌는지를 물었다.

"다 잘되고 있습니다," 하고 그는 열심히 말했다. "승진도 했고…… 봉급도 올랐고요."

그렇게 말하는 자신이 비참했다. 하지만 잔퀼의 부모는 너무도 좋아했다.

"사람들이 자넬 좋아하는 게 틀림없군," 하고 캐리 부인이 말했다. "두말할 필요가 없지…… 그렇지 않으면 3주에 두 번씩이나 어떻게 여길 내려올 수 있겠어."

"휴가를 내야 한다고 떼를 썼습니다," 하고 조지가 변명하듯 말했다. "보내 주지 않으면 더 이상 회사에 나오지 않겠다고 으름장도 놨고요."

"하지만 돈은 아껴야지." 캐리 부인이 그를 부드럽게 꾸짖었다. "이렇게 돈이 많이 드는 여행을 하면서 다 써 버리면 안 되지."

저녁 식사가 끝나고 부모님이 떠나자 잔퀼이 다시 그의 품으로 파고들었다.

"당신이 여기 있어서 정말 좋아요," 하고 그녀가 한숨을 내쉬며 말했다. "돌아가지 않았으면 좋겠어요."

"보고 싶었나요?"

"아, 너무너무 보고 싶었죠."

"보고 싶었다면서…… 남자들이 찾아와도 내버려 둔 건가요? 아까 두 친구들처럼?"

이 질문에 그녀가 놀랐다. 검정 벨벳 같은 두 눈이 그를 노려보았다.

"왜요? 당연히 그러죠. 매번요. 왜 그런지는 편지에다 썼잖아요, 자기."

사실이었다. 그가 처음 이 도시에 왔을 때 그녀 주변엔 이미 열 명 남짓한 남자들이 있었는데, 하나같이 그녀의 손에 잡힐 듯한 연약함을 사춘기 소년처럼 숭배하고 있는가 하면, 꽤 많은 사내들이 그녀의 아름다운 두 눈에서 사려 깊음과 다정함을 읽으려 했다.

"당신은 제가 아무 데도 나가지 않았으면 좋겠어요?" 하고 물으며 잔퀼은 쿠션에 등을 기댄 채 마치 그가 멀리 떨어져 있는 듯 물끄러미 바라보았다. "당신 팔짱을 끼고 이렇게 앉아서요? 평생토록요?"

"무슨 말이 그래요?" 하고 그가 몹시 당황하며 불쑥 말했다. "당신과 결혼하기에 내 돈벌이가 충분치 않을 거 같단 말인가요?"

"너무 멀리 가지 말아요, 조지."

"멀리 간 거 아닙니다. 당신 말이 그렇게 들려요."

조지는 갑자기 위험한 상황에 처했다는 사실을 직감했다. 그날 밤만큼은 망치고 싶지 않았다. 그는 다시 그녀를 감싸 안았지만 그녀는 기대와는 달리 그를 제지하며 말했다.

"많이 덥네요. 선풍기 좀 틀어야겠어요."

선풍기를 조절해 놓고 난 뒤 그들은 다시 자리에 앉았지만, 그는 예민해진 분위기를 피하지 못한 채 숨기려 했던 구체적인 얘기를 불쑥 꺼내고 말았다.

"언제쯤 저와 결혼할 생각입니까?"

"저랑 결혼할 준비는 다 되셨나요?"

갑자기 그는 화가 치밀어 올라 퉁기듯 자리에서 일어났다.

"저 빌어먹을 선풍기 좀 꺼요," 하고 그가 소리를 질렀다. "돌아 버리겠네, 정말. 시계처럼 째깍거리는 저 소리에 당신이랑 있는 시간이 다 날아가 버리는 것 같아요. 내가 여기 온 건 행복하려고, 뉴욕의 시간들을 몽땅 잊어버리려고……"

일어섰을 때와 마찬가지로 그는 갑자기 소파에 털썩 주저앉았다. 잔퀼은 선풍기를 끄고는 자신의 무릎에 그의 머리를 뉘고 머리카락을 어루만지기 시작했다.

"이렇게 앉아 있어요, 우리," 하고 그녀가 부드럽게 말했다. "그냥 이렇게 가만히요. 제가 재워 줄게요. 당신은 너무 지쳐서 신경이 날카로워졌어요. 이제 당신의 사랑하는 여인이 당신을 보살펴 줄 거예요."

"하지만 난 이렇게 앉아만 있고 싶진 않아요," 하고 불평을 털어놓

으며 그가 갑자기 몸을 일으켰다. "난 그냥 이렇게 앉아 있긴 싫다고
요. 키스해 줘요. 그게 날 쉬게 할 수 있는 유일한 방법입니다. 그리고
이제 신경이 날카로운 것도 아니고…… 신경이 날카로운 건 당신이에
요. 난 아무렇지 않아요."

그는 멀쩡하다는 걸 증명이라도 하듯 소파를 떠나 방 건너편 안락
의자로 가서 털썩 주저앉았다.

"당신과 결혼할 준비가 되어 있던 바로 그때 당신은 내게 극도로 신
경질적인 편지를 보냈어요. 마치 당장 떠나겠다는 듯이. 그러니 내가
달려오지 않고 어떻게 하겠……"

"오고 싶지 않으면 오지 않아도 돼요."

"하지만 난 오고 싶다고요!" 하고 조지가 항변하듯 말했다.

그는 자신이 아주 냉철하고 논리적이지만 그녀가 고의적으로 자신
을 잘못한 사람으로 몰아가고 있다는 생각이 들었다. 얘기를 나누면
나눌수록 그들은 점점 더 사이가 멀어지고 있었다. 그렇다고 그는 얘
기를 멈출 수도 없었고, 자신의 목소리에서 불안과 고통을 지워 낼 수
도 없었다.

하지만 얼마 있지 않아 잔퀼이 서럽게 울음을 터뜨리기 시작하자
그는 소파로 돌아와 그녀를 감싸 안았다. 이제 위로하는 사람은 그로
바뀌었다. 그는 그녀가 점점 평온해지고 간단없이 떨어 대던 몸이 자
신의 품 안에서 진정될 때까지 그녀의 얼굴을 자신의 어깨에 기대게
하고는 둘이 잘 아는 예전의 일들을 조곤조곤 얘기해 주었다. 두 사람
이 그렇게 한 시간이 넘도록 앉아 있는 동안 피아노 소리는 길 밖의
저녁 공기 속으로 흘러들어 가 서서히 막을 내렸다. 조지는 아무런 생
각도 하지 않고, 어떤 바람도 없이, 감각이 모두 사라진 것처럼, 그저

미구에 닥쳐올 재난을 예감하며 꼼짝하지 않았다. 시계의 똑딱이는 소리는 그렇게 11시를 넘기고, 다시 12시로 넘어갈 것이다. 그러면 캐리 부인이 난간 너머로 부드럽게 부를 것이다. 그 외에 그가 알 수 있는 거라곤 내일이라는 시간과 절망뿐이었다.

3

다음 날 더위가 한창인 시각, 한계가 찾아왔다. 둘 모두 서로의 진심이 어떤지는 짐작하고 있었지만, 둘 가운데서 상황을 받아들일 준비가 더 잘 되어 있는 것은 그녀였다.

"계속해 봐야 소용없어요." 하고 그녀가 비참한 표정으로 말했다. "당신이 보험 일을 싫어하는 건 당신이 알아요. 그러니 그 일로 성공을 거둔다는 건 불가능한 일일 테죠."

"문제는 그게 아니잖아요." 그는 완강히 반박했다. "내가 싫어하는 건 혼자라는 겁니다. 당신이 나랑 결혼을 하고 함께 가서 함께 기회를 만들어 간다면, 난 무슨 일이든 잘할 수 있어요. 하지만 당신을 여기 남겨 둔 채로 걱정만 하고 있다면 아무것도 할 수 없어요."

그녀는 오랫동안 입을 다문 채 대답을 하지 못했다. 생각도 하지 못했다. 끝이 보였기 때문이다. 그저 기다릴 뿐이었다. 뭐라고 말을 한다는 것이 그저 끝내는 것보다 더 잔인한 일이라는 걸 그녀는 알고 있었다. 이윽고 그녀가 입을 열었다.

"조지, 당신을 진심으로 사랑해요. 당신이 아닌 다른 누구와도 사랑할 수 없다는 걸 알아요. 당신이 만약 두 달 전에 결혼할 준비가 되어 있었더라면 전 아마 당신과 결혼을 했을 거예요…… 이젠 그럴 수 없어요. 그건 현명한 일이 아닌 것 같으니까요.”

그는 거칠게 비난을 쏟아 냈다. 다른 누군가가 있는 거라고, 자신에게 뭔가를 숨기고 있는 거라고!

“그렇지 않아요, 아무도 없어요.”

사실이었다. 하지만 그와의 문제로 생겨난 중압감에 반발하듯 그녀가 제리 홀트 같은, 자신의 삶에 결코 어떤 의미도 될 수 없는 젊은 남자들과 어울리면서 위안을 찾은 것 역시 사실이었다.

조지는 상황을 전혀 되돌리지 못했다. 그는 두 팔로 그녀를 부여잡고는 키스를 퍼부으며 당장에 결혼하도록 만들겠다는 듯 문자 그대로 안간힘을 썼다. 하지만 그의 노력이 수포로 돌아가자 그는 자기 연민에 빠진 채 길고 긴 독백을 중얼거리다가 그녀의 눈에 자신이 천박하게 비칠 거라는 걸 깨닫고는 입을 닫았다. 그는 떠날 마음이 전혀 없으면서도 떠나겠다고 위협을 하고는 막상 그녀가 그렇게 하라고, 그게 최선일 거라고 말하자, 다시, 말을 뒤집었다.

한동안 미안하다는 생각을 하고 있던 그녀는 그다음엔 그저 다정하게만 대할 뿐이었다.

“이제 그만 가세요,” 하고 그녀가 이윽고 큰 소리로 말했다. 소리가 너무 컸었는지 캐리 부인이 놀라서 아래층으로 내려왔다.

“무슨 일이니?”

“떠나려고요, 캐리 부인,” 하고 조지가 뚝뚝 끊어지는 소리로 말했다. 잔퀼은 방을 나가 버린 뒤였다.

“너무 기분 상해하지 말게, 조지,” 하고 캐리 부인이 크게 도움이 되지 않는 연민을 보내며 눈을 깜박였다. 안타까움과 함께, 한편으론 그

작은 비극이 거의 막을 내리고 있다는 사실에 안도하며. "내가 자네라면, 한 주 정도 어머님이 계신 고향엘 가 있을 걸세. 그렇게 하는 게 현명한 일일 것 같……"

"더 이상 말씀하지 마세요," 하고 그가 소리를 질렀다. "제발, 지금은 제게 아무 말도 하지 말아 주세요!"

잔퀼이 다시 방으로 들어왔다. 그녀의 슬픔과 조바심은 분가루와 립스틱과 모자에 꽁꽁 여며 놓은 것 같았다.

"택시 불렀어요," 하고 그녀가 인간미라곤 느껴지지 않는 목소리로 말했다. "기차 시간 될 때까지 드라이브나 하죠."

그녀는 현관 밖으로 걸어 나갔다. 조지는 윗도리를 걸치고 모자를 쓰고 얼마간 지친 모습으로 거실에 서 있었다. 그는 뉴욕을 떠난 이후로 거의 아무것도 먹지 않은 상태였다. 캐리 부인이 다가와 그의 얼굴을 아래로 당겨 뺨에 키스를 했다. 그는 결말이 우스꽝스럽고 형편없이 나 버렸다는 걸 깨닫고는 아주 우스꽝스럽고 형편없는 느낌이 들었다. 이럴 줄 알았다면 전날 밤에 떠나는 게 나았다고, 그랬으면 마지막 자존심이라도 지킬 수 있었을 거라고 생각했다.

택시가 오고 한 시간 동안, 사랑하는 사이였던 두 사람은 차가 거의 다니지 않는 거리를 따라 드라이브를 즐겼다. 그는 그녀의 손을 잡고 있었고, 햇볕을 쬐자 조금씩 마음이 진정되었다. 뭔가를 하기에도, 뭔가 말을 하기에도, 너무 늦었다는 걸 그는 알고 있었다.

"다시 돌아올 겁니다," 하고 그가 말했다.

"그럴 거란 거, 알아요," 하고 목소리에 기분 좋은 믿음을 실으려 애쓰며 그녀가 대답했다. "그리고 우리 서로에게 편지를 쓰도록 해요…… 이따금."

"아닙니다," 하고 그가 말했다. "편지는 쓰지 않기로 해요. 난 견딜 수 없을 거 같아요. 그냥 언젠가, 다시 돌아올 겁니다."

"당신을 잊지 못할 거예요, 조지."

기차역에 도착하고, 그들은 함께 표를 끊으러 갔다.

"뭐야, 조지 오켈리랑 잔퀼 캐리잖아!"

조지가 그곳에서 일할 때 알고 지내던 남자와 여자였다. 잔퀼은 그들이 나타나 인사를 나누게 된 게 다행인 듯했다. 그들은 5분 동안 쉬지 않고 대화를 나누며 서 있었다. 기차가 플랫폼으로 요란하게 들어서고 있었다. 고통을 전혀 감추지 못한 얼굴로 조지가 잔퀼에게로 팔을 뻗었다. 그녀는 비틀거리듯 어정쩡하게 한 걸음 다가섰고, 마치 우연히 만난 친구를 전송하듯 재빨리 그의 손을 잡았다.

"잘 가요, 조지," 하고 그녀가 말했다. "즐거운 여행이 되길 바랄게요."

"잘 가, 조지. 돌아와서 우리 다 같이 다시 보자고."

고통으로 인해 아무 말도 할 수 없고 거의 볼 수도 없는 그는 여행 가방을 거머쥐고는 망연히 기차에 올랐다.

땡그랑거리는 소리를 내며 건널목을 지나면서 속도를 높이기 시작한 기차는 드넓은 교외의 풍경을 뚫고 석양을 향해 달려 나갔다. 어쩌면 그녀도 석양을 바라보며 잠깐 걸음을 멈추고 있을지도 몰랐다. 그러곤 고개를 돌려 옛일을 떠올릴지도 모른다. 그리고 밤이 찾아올 것이고, 그는 그녀와 함께 잠 속으로 빠져들며 예전으로 돌아갈 것이다. 그날의 해 질 녘 어둠은 영원히 태양을 가릴 것이고, 나무를 가릴 것이고, 꽃과 그의 젊은 날의 웃음을 가릴 것이다.

한 해가 지난 9월의 어느 눅눅한 오후, 테네시의 한 도시, 햇볕에 그을려 얼굴이 짙은 구리빛을 띤 청년 하나가 기차에서 내렸다. 불안한 표정으로 주위를 둘러본 그는 마중 나온 사람이 아무도 없다는 것을 확인하고는 안심하는 듯했다. 그는 택시를 잡아타고 그 도시에서 가장 좋은 호텔로 가 만족스럽게 숙박계를 작성했다. 조지 오켈리, 쿠스코, 페루.

객실로 올라간 그는 한동안 창가에 서서 눈에 익은 거리를 내려다보았다. 그러곤 살짝 떨리는 손으로 송수화기를 들고 한곳에 전화를 걸었다.

"미스 잔퀼, 있습니까?"

"제가 잔퀼인데요."

"아……," 하고 입술 밖으로 비어져 나온 그의 목소리는 희미하게 흔들리는 듯하다가 우호적이면서도 정중하게 바뀌며 말을 이었다.

"조지 오켈리입니다. 내 편지 받았죠?"

"네, 오늘 오신다는 거 알고 있었어요."

서늘하고 동요라곤 느껴지지 않는 그녀의 목소리가 그를 혼란스럽게 만들었지만, 그가 예상한 것만큼은 아니었다. 그것은 낯선 이의 냉정한 목소리였고, 그게 오히려 그의 기분을 더 좋게 만들었다. 그것으로 족했다. 그는 전화를 끊고 숨을 돌리고 싶어졌다.

"만나지 못한 지…… 꽤 됐네요," 하고 그는 이번엔 좀 퉁명스럽게 말을 이었다. "1년이 지났어요."

그는 정확히 얼마의 시간이 흘렀는지, 날짜로 꼽을 수도 있었다.

"당신과 다시 얘기할 수 있어서 정말 좋아요."

"한 시간이면 거기 갈 수 있을 거예요."

그는 송수화기를 내려놓았다. 네 번의 계절은 길었다. 단 1분이라도 여유가 생길 때면 그는 이 순간을 그리며 그 시간을 채웠다. 그리고 이제 그 순간이 왔다. 그는 그녀가 결혼을 했거나, 아니면 약혼을 했거나, 혹은 사랑에 빠져 있다는 걸 알게 될지도 모른다고 생각했었다. 하지만 그는 자신이 돌아온 것을 그녀가 이토록 담담하게 받아들일 거라고는 생각지 못했다.

자신이 막 건너온 지난 10여 개월의 시간은 이제 그의 삶에서 다시는 일어나지 않을 것이다. 그는 젊은 엔지니어로서 널리 인정받을 만한 뚜렷한 성과를 이루었다. 보통을 상회하는 두 가지 특별한 기회가 주어졌었는데, 그 하나는 지금 막 떠나온 페루에서의 일이고, 다른 하나는 그 성과의 결과로 주어진 뉴욕에서의 일이었다. 그는 뉴욕을 택했고, 그곳으로 향하던 중이었다. 이 짧은 시간에 그는 가난을 딛고 일어서 무한한 기회가 보장된 자리로 뛰어올랐다.

그는 화장대 거울에 자신의 모습을 비추어 보았다. 햇볕에 그을려 거의 흑인 같아졌지만 왠지 로맨틱해 보였다. 사실, 지난주 내내 그 생각을 하면 괜히 기분이 좋아졌더랬다. 다부지게 변한 체격도 기분을 좋게 했다. 어딘가에서 눈썹의 일부를 잃었고 무릎에는 아직 고무로 된 밴드가 감겨 있었지만, 그는 미국행 증기선 안에서 많은 여자들로부터 보통 이상의 관심을 끌 만큼 충분히 젊었다.

그가 입은 옷들은, 하지만, 끔찍했다. 그걸 만든 건 리마의 한 그리스 양복쟁이였다. 이틀 만에 뚝딱. 잔퀼에게 보낸 짤막한 편지에다 양복쟁이의 결함에 대해 쓴 것도 그가 아직 그만큼 젊다는 뜻이었다. 그리고 덧붙인 거라곤 역으로 마중을 나올 필요가 없다는 말뿐이었다.

페루 쿠스코에서 온 조지 오켈리는 호텔에서 한 시간 반을 기다렸다. 정확히, 태양이 하늘 한가운데에 올 때까지. 그런 다음 말끔하게 면도를 하고 조금이라도 백인처럼 보이기 위해 땀띠분을 발랐고, 마침내 한껏 마음이 부풀어 로맨틱한 감성까지 넘어서 버린 뒤, 택시를 불러 너무도 잘 알고 있던 집으로 향했다.

그는 숨이 몹시 가쁜 걸 느꼈다. 하지만 그것이 그녀에 대한 감정 때문이 아니라 그저 들뜬 기분 때문이라고 스스로를 다독였다. 그녀의 집에 도착한 그는 그녀가 결혼을 하지 않았다는 걸 알았다. 그것으로 충분했다. 그녀를 만나면 무슨 말을 해야 할지 확신이 서질 않았다. 하지만 자신의 삶에서 쉽게 넘겨 버릴 수 없는 순간이라는 사실은 느끼고 있었다. 결국 여자가 관여하지 않은 승리란 없는 법이었다. 자신이 획득한 전리품을 그녀에게 넘겨주지 못한다 해도, 적어도 그녀의 눈앞을 스치게 할 수는 있을 것이다.

집이 갑자기 그의 곁에 불쑥 나타난 듯했다. 그리고 그에게 먼저 밀려든 것은 이상하게 비현실적인 느낌이었다. 아무것도 변한 것은 없었다. 그런데 모든 것이 변해 있었다. 이전에 보았던 것보다 더 작고 낡은 듯했다. 지붕 너머로 피어오르던, 2층 창문으로 비어져 나오던 신비로운 연기도 더 이상 보이지 않았다. 그가 초인종을 누르자 낯선 흑인 하녀가 나타나 잔퀼 양이 곧 내려올 거라고 말했다. 그는 초조하게 입술을 핥으며 거실로 발길을 옮겼고, 비현실적인 느낌이 증폭되었다. 그리고 마침내 그는 알았다. 그저 하나의 방일 뿐이라는 것을. 가슴 아픈 시간들이 고여 있는 환상 속의 방이 아니었다. 그는 의자에 앉으며 그것이 그저 의자일 뿐이라는 사실에 놀랐으며, 자신의 상상력이 이 모든 단순하고 친근한 것들을 비틀고 거기에 색을 입혔다는 사실을 깨달았다.

그때 문이 열렸고, 잔퀼이 방으로 들어섰다. 방 안에 있던 모든 것이 갑자기 뿌옇게 흐려지는 것 같았다. 그녀가 얼마나 아름다운 여인이 었는지가 기억나지 않았다. 그는 자신의 얼굴이 창백하게 변하고 목소리가 목 안으로 기어들어 가녀린 한숨으로 변하는 것을 느꼈다.

그녀는 옅은 녹색 옷을 입고 있었다. 검고 곧은 머리엔 금색 리본이 왕관처럼 매달려 있었다. 문을 밀고 들어선 그녀는 그 익숙한 벨벳 같은 두 눈으로 그를 바라보았다. 고통을 가할 만큼의 힘을 지닌 그녀의 아름다움과 마주하자 한 줄기 두려움이 경련을 일으키며 그를 관통했다.

그가 "잘 지냈어요?" 하고 말했고, 두 사람은 서로를 향해 몇 걸음 다가가, 두 손을 마주 잡았다. 그러곤 꽤 멀찌감치 떨어진 의자에 앉아 서로를 물끄러미 건너다보았다.

"돌아왔네요," 하고 그녀가 말했고, 그 역시 촌스럽게 "지나던 길에 당신을 보려고 잠깐 들렀어요," 하고 말했다.

그는 그녀의 얼굴만을 바라보며 떨리는 목소리를 진정시키려고 애썼다. 뭔가 말을 해야 한다는 생각이 든 그는, 당장 자신의 성공담을 떠벌리지 않을 거라면 달리 할 말이 없을 것 같았다. 이전에 사귀는 동안 어떤 얘기도 아무렇게나 툭툭 던진 적은 없었다. 이런 상황에 놓인 사람이면 날씨 얘기를 꺼내는 것도 불가능할 것 같았다.

"왜 이리 어색하죠?" 하고 그가 갑자기 당혹감을 드러내며 말했다. "뭘 해야 할지 모르겠네요. 내가 여기 있는 게 불편하지 않아요?"

"아뇨." 그 대답에는 과묵함과 냉담한 슬픔이 동시에 묻어 있었다.

그리고 그것은 그를 참담하게 했다.

"약혼했어요?" 하고 그가 물었다.

"아뇨."

"사랑하는 사람, 있어요?"

그녀가 고개를 저었다.

"아," 하고 그가 의자에 등을 기댔다. 꺼낼 만한 다른 주제도 없을 것 같았다. 대화는 그가 생각한 대로 되어 가지 않았다.

"잔퀼," 하고 그가 입을 열었다. 이번엔 좀 더 부드럽게 시작했다. "우리 사이가 그렇게 되고 난 뒤에, 돌아와서 당신을 만나고 싶었어요. 앞으로 내가 무슨 일을 하든, 예전에 당신을 사랑했던 것만큼 누군가를 사랑할 수는 없을 겁니다."

이 말은 그가 연습해 두었던 말들 중 하나였다. 증기선을 타고 오는 동안 이런 말들을 생각했었다. 하지만 그건 모두 그녀에 대해 항상 느껴 왔던 사랑의 감정과 자신의 현재 마음 상태가 뒤죽박죽 섞인 것에 불과했다. 더구나 지나간 날들이, 시간이 지날수록 무거워지는 공기처럼 그를 에워싸고 있는 이곳에서는 한낱 연극적인, 공허한 대사에 지나지 않았다.

그녀는 아무 말도 하지 않고, 움직이지도 않은 채 앉아 있었다. 그에게 붙박인 그녀의 두 눈엔 모든 의미가 담겨져 있거나 아무 의미도 담겨 있지 않았다.

"더 이상 날 사랑하지 않는 건가요? 그런가요?" 하고 그가 높낮이가 없는 목소리로 물었다.

"그래요."

잠시 후 캐리 부인이 방으로 들어오고 난 뒤, 그의 성공과 관련된—

지역 신문에 짤막하게 그의 기사가 실렸었다—얘기를 나누었는데, 그는 여러 감정들이 엉켜 있었다. 그는 여전히 그녀를 원하고 있다는 사실을 깨달았다. 그리고 문득문득 지난날들이 되돌아오고 있음을 알았다. 그것이 전부였다. 나머지 것들은 마음을 굳게 먹고 지켜보면 알게 될 터였다.

"자, 그럼," 하고 캐리 부인이 입을 열었다. "두 사람 다 국화 재배하는 부인을 보러 갔으면 좋겠어. 그녀가 내게 특별히 말했거든. 신문에서 자네 기사를 읽고 나서 자넬 꼭 보고 싶어 했다네."

그들은 국화를 재배하는 여자를 만나러 집을 나섰다. 거리를 따라 걸어가며 그는 기분이 들뜨는 걸 느꼈다. 그녀는 보폭이 짧아서 그가 내딛는 걸음들 사이에 발을 떨어뜨리곤 했다. 부인은 멋진 분이었다. 그녀가 키우는 국화는 굉장히 아름다웠는데, 여느 국화와는 아주 달라 보였다. 부인의 정원은 흰색과 분홍색과 노란색으로 덮여서 그 안에 서 있으니 마치 한여름으로 되돌아간 것 같았다. 국화로 가득 차 있는 정원이 두 곳이었는데 둘 사이에 문이 하나 있었다. 그들이 두 번째 정원으로 천천히 걷고 있을 때, 부인이 먼저 문을 열고 안으로 들어섰다.

그리고 그때 뭔가 이상한 일이 일어났다. 조지는 잔퀼이 지나갈 수 있도록 옆으로 비켜섰는데 그녀는 지나가지 않고 그대로 서서 그를 한동안 뚫어지게 바라보았다. 하지만 그건 그리 오랜 응시도 아니었고, 미소를 지어 보인 것도 아닌, 그냥 침묵의 순간이 흘러간 것이었다. 두 사람은 서로의 눈을 바라보았고, 짧게 조금씩 가빠지는 숨을 몰아쉬었고, 그런 다음 두 번째 정원으로 옮겨 갔다. 그것이 전부였다.

오후가 사위어 갔다. 둘은 부인에게 감사의 말을 전하고는 집으로 천천히, 생각에 잠긴 채, 나란히 걸었다. 저녁을 먹는 동안에도 두 사람은 아무 말도 하지 않았다. 조지는 캐리 씨에게 남미에서 있었던 일들을 얘기했고, 앞으로 모든 일들이 순조롭게 풀릴 것 같다는 얘기를 조심스럽게 털어놓았다.

그렇게 식사가 끝나고 그와 잔퀼, 둘만이 남겨졌다. 그들의 사랑이 시작되고 끝났던 그 방에. 그에게는 그때의 일들이 너무도 오래전의 일인 듯 느껴졌고, 형언할 수 없는 슬픔으로 다가왔다. 바로 그 소파에서 그는 다시는 느껴 보지 못할 것 같은 고통과 슬픔에 휩싸였었다. 그는 그토록 연약하고, 그토록 지치고, 그토록 비참하며, 그토록 가난한 상황에 처하진 않을 것이라 생각했다. 하지만 그는 깨달았다. 열다섯 달 전의 남자에겐 뭔가, 믿음과 따뜻함이 있었다는 것을. 이제 그것들은 완전히 사라져 버렸다는 것을. 현명한 일이라는 것— 그들은 그 현명한 일이란 것을 실행에 옮겼던 것이다. 그는 처음으로 찾아온 젊음을 힘과 바꾸었고, 절망이란 돌덩이를 성공이란 조각품으로 깎아 냈다. 하지만 그 신선했던 사랑이 그의 삶에서 떠나갔다. 그의 청춘과 함께.

"나랑 결혼하지 않을래요?" 그가 조용히 물었다.

잔퀼의 검은 머리칼이 가로로 흔들렸다.

"결혼은 절대 안 할 거예요," 하고 그녀가 대답했다.

그가 고개를 끄덕였다.

"아침에 워싱턴으로 갈 겁니다," 하고 그가 말했다.

"하……"

"가야 할 일이 있어서요. 첫차로 뉴욕에 가야 되는데, 중간에 워싱턴에 잠깐 들러야 해서요."

"일?"

"아, 그건 아녜요," 하고 그가 하는 수 없이 알려 준다는 듯 덧붙였다. "만나야 할 사람이 있어요. 내게 정말 친절했던 사람이에요…… 완전히 바닥에 주저앉았을 때요."

이 말은 꾸며 낸 것이었다. 워싱턴에서 그가 만나야 할 사람은 아무도 없었다. 하지만 그는 눈을 가늘게 뜨고 잔퀼을 살폈다. 그녀가 살짝 찡그리는 것을, 두 눈이 잠깐 완전히 감겼다가 다시 커다랗게 뜨인 것을 그는 확실히 보았다.

"가기 전에 당신에게 얘기해 주고 싶어요. 내가 당신을 만난 뒤에 내게 일어났던 일들을요. 어쩌면, 당신을 다시 볼 수 없을지도 모르니까요. 혹시…… 예전에 자주 했던 것처럼, 내 다리 위에 한번만 앉아 줄 수 있어요? 아무도 없어서, 부탁하는 겁니다…… 하지만…… 그러지 않아도 괜찮아요."

그녀는 고개를 끄덕이고는 다시는 오지 않을 그 봄, 봄이면 자주 그랬던 것처럼 그의 다리에 가만히 앉았다. 어깨에 기댄 그녀의 머리와 몸이, 그 익숙한 느낌이, 그의 마음을 온통 뒤흔들었다. 그는 그녀를 감싸 안은 두 팔에 조금씩 힘을 가하면서, 의자에 등을 완전히 기댄 채로, 깊은 생각을 거쳐 나온 말들을 허공으로 흩어 놓기 시작했다.

그는 봉급은 그리 많지 않았지만 매력은 있었던 저지시티 소재의 건설 회사를 그만둔 뒤에 겪었던 두 주일 동안의 절망스러운 뉴욕 생활에 대해 얘기했다. 페루에 있는 기업이 제의를 해 왔을 때 처음엔 그다지 특별한 기회로 보이지 않았다. 그는 원정 팀의 3등 보조 엔지니어에 불과했지만, 쿠스코로 간 것은 측량 조수 여덟 명에 측량사 둘까지 모두 열 명의 미국인뿐이었다. 그런데 열흘 만에 원정대장이 황열

병으로 세상을 떠나면서 그에게 기회가 찾아왔다. 바보가 아닌 다음에야 누구나 잡아야 할, 그야말로 절호의 기회였다.

"바보가 아닌 다음에야 누구나 잡아야 한다고요?" 하고 그녀가 순진하게 그의 말을 가로막았다.

"바보라도 그건 잡으려 했을 겁니다," 하고 그가 말을 이었다. "느닷없이 벌어진 일이었죠. 그래서 곧바로 뉴욕에다 전보를……"

"그래서요?" 하고 다시 그녀가 그의 말을 잘랐다. "회사에서 당신에게 기회를 준다는 전보가 왔군요."

"그래요!" 그가 여전히 의자 깊숙이 등을 기댄 채 큰 소리로 말했다. "나더러 일을 계속해야 한다는 거였어요. 머뭇거릴 시간이 없다고……"

"조금도요?"

"조금도."

"아주 조금도 없……," 그녀는 거기서 말을 끊었다.

"무슨 얘기예요?"

"봐요."

그는 갑자기 얼굴을 앞으로 숙였다. 동시에 그녀가 그에게로 몸을 기울였다. 그녀의 입술이 꽃잎처럼 반쯤 벌어졌다.

"있죠," 하고 그가 그녀의 입술에다 대고 속삭였다. "세상에 널려 있는 게 시간인데요, 뭘……"

시간은 세상 어디에나, 그의 삶과 그녀의 삶, 어디에나 있다. 하지만 그녀의 입술에 키스를 하는 순간, 그는 알았다. 시간이 다하도록 찾는다 해도 지나간 4월의 시간들은 다시 잡을 수 없다는 것을. 그는 자신의 두 팔이 쥐가 날 때까지 그녀를 놓아주지 않을 수도 있었다. 그녀는 그가 갖고 싶었던, 싸워서 쟁취하고팠던, 자신의 것으로 만들고 싶었던 무엇이었다. 하지만 서편으로 지던, 석양으로 밀려 들어가던, 혹은 밤의 미풍 속으로 흘러들던, 그 만져 볼 수 없는 속삭임은……

그래, 가거라, 하고 그는 생각했다. 4월은 끝났다. 4월은 흘러갔다. 세상에는 온갖 종류의 사랑이 있다. 그러나 그 어떤 사랑도 똑같이 되풀이되지는 않는다.

◆◆◆

「'현명한 선택'」은 미국의 대중 잡지 《리버티》에 발표되고(1924년 7월 15일), 나중에 작품집 『모든 슬픈 젊은이들』에 수록된 단편소설이다. 1923년과 1924년은 에이전트 해럴드 오버가 피츠제럴드의 주가를 높이기 위해 발행 부수가 많은 잡지들에 피츠제럴드의 단편소설들을 송고하던 시기였다. 이 단편은 1,750달러에 팔렸는데, 사랑과 상실을 다룬 매우 인상적인 '개츠비' 관련 작품 중의 하나이다. 주인공 조지 오켈리는 헤어진 연인을 다시 잡게 되지만, 소설은 '사랑은 반복될 수 없다'는 사실을 받아들이는 것으로 끝난다. 이것은 과거를 재현할 수 있다고 믿었던 제이 개츠비의 경우와는 상반된다. (피츠제럴드의 소설에 등장하는 남성들은 그들이 헌신하는 대상보다 더 헌신적이다.) 피츠제럴드의 다른 많은 소설들과 마찬가지로─「겨울의 꿈들」을 포함해─'현명한 선택'」 역시 부富의 급격한 변화가 담겨져 있는데, 이른 성공을 이루었던, 그로 인해 헤어진 여인과 재회하게 되는 1919년과 1920년에 걸친 피츠제럴드 자신의 경험이 반영되어 있다.

부잣집 소년
The Rich Boy

1

　사람을 먼저 보면, 그 사람을 알기 전에 그 사람이 어떤 유형인지를 알게 된다. 하지만 유형을 먼저 보면, 그 사람이 어떤 사람인지를 도무지 알 수 없게 된다. 이유는 우리가 저마다 괴짜이기 때문이다. 우리의 얼굴과 목소리의 이면에는, 다른 사람들이 우리를 이런 사람으로 봐줬으면 좋겠다고 생각하는 것보다, 혹은 우리가 우리 자신에 대해 아는 것보다 더 기이한 면모가 있기 때문이다. 자신을 '평범하고, 정직하고, 열린 놈'이라고 공공연히 말하는 남자를 볼 때면 나는 뭔지 모르게 평범하지 않고 끔찍하게 비정상적인 면모를 감추려고 그렇게 얘기하는 게 확실하다는 생각이 들곤 한다. 그러니 그가 말하는 평범과 정직과 개방은 가히 은닉죄에 해당한다고 할 수 있다.

유형이란 실은 없다. 똑같은 사람은 단 한 명도 없다는 말이다. 한 부잣집 소년이 있다. 지금부터 하려는 얘기는 이 친구의 얘기이다. 그의 형제에 관한 얘기가 아니다. 이제껏 나는 줄곧 그의 형제들과 돈독한 관계를 맺으며 살아오긴 했지만, 어쨌든 내가 하려는 것은 내 친구인 그의 얘기이다. 내가 만약 그의 형제들 얘기를 쓰려 한다면, 나는 가난한 사람들이 부자들에 대해 늘어놓는 모든 거짓말들과 부자들이 그들 자신에 대해 늘어놓는 거짓말들을 모두 공박하는 것으로 시작해야 할 텐데, 그들이 세워 놓은 그런 야만적인 구조 덕분에 부자들 이야기가 들어 있는 책을 집어 드는 순간, 우리는 본능적으로 현실과 전혀 다른 이야기를 읽을 준비를 해야 한다. 심지어 삶을 지성적이면서도 열정적으로 다루던 사람들조차 부자들의 세계를 요정 세계처럼 비현실적으로 그려 내기도 한다.

대단히 부자인 사람들에 대해 한마디 하자면, 그들은 당신이나 나와는 다른 존재들이다. 그들은 풍족하게 가진 채 태어나 즐기는 삶을 살며, 그 삶이 고스란히 그들의 행동을 만들어 낸다. 우리가 힘들어하는 대목에서 그들은 여유롭고, 우리가 신뢰를 부여하는 대목에서 그들은 냉소적인데, 어떤 점에서 부자로 태어나 보지 않는다면 이걸 이해한다는 건 거의 불가능한 일이다. 그들은 우리보다 우월하다는 인식을 뼛속 깊이 가지고 있다. 우리는 인생에 대한 보상과 피난처를 우리 힘으로 찾아내야 하기 때문이다. 심지어 우리 세계로, 혹은 우리보다 더 아래로 곤두박질치더라도 그들은 여전히 우리보다 우월하다는 생각을 버리지 못한다. 그들은 다르다. 내가 앤슨 헌터라는 젊은이를 그릴 수 있는 유일한 방법은, 마치 그가 외국인인 것처럼 생각하면서 내 관점을 완고하게 밀고 나가는 것이다. 내가 만약 한순간이라도 그의 관점을 받아들인다면, 나는 길을 잃게 될 것이다. 그리고 겨우 터무니없는 영화 한 편을 보여 주는 것 정도에 불과하게 될 것이다.

2

앤슨은 훗날 1500만 달러에 이르는 재산을 나누어 받게 될 여섯 남매 중 맏이였는데, 철이 들 무렵엔—일곱 살 때쯤?—새로운 세기가 시작되어 대담한 젊은 여자들은 이미 5번 대로를 따라 전기로 가는 '탈것들'*을 몰고 다니던 시절이었다. 이 무렵 그와 그의 남동생에게는 아주 명확하고 또렷하며 완벽한 영어를 구사하는 영국인 여자 가정교사가 있었는데, 덕분에 두 소년은 그녀의 말투를 사용하며 자랐다. 그들이 쓰는 단어와 문장은 뒤죽박죽으로 쓰는 우리와는 달리 명확하고 또렷했다. 그렇다고 영국 아이들이 쓰는 말투를 그대로 썼다는 건 아니다. 그들이 쓰는 말투는 뉴욕 상류 사회 사람들이 구사하는 거였다.

여름이면 여섯 아이들은 71번가에 있는 집에서 코네티컷 북부의 대저택으로 이동했다. 그곳은 상류 사회 지역이 아니었는데, 앤슨의 부친은 어린 자식들에게 그들이 속한 사회를 가능하면 느지막이 알게 해 주고 싶었던 것이다. 그는 자신이 속한 뉴욕 사회의 구성원들보다 그리고 그의 시대보다, 그러니까 남북 전쟁 후 황금기의 속물적이고

---

* 세계 최초의 사륜 전기자동차는 1899년에 처음으로 시속 100킬로미터를 실현한 프랑스의 'La Jamais Contente'였는데, 1904년의 독일에 이어 미주 지역엔 1912년 캐나다 토론토 박람회 때 첫선을 보였다.

정형화된 천박함이 판을 치던 시절의 사람들보다 얼마간 우월한 남자였다. 그가 아들들에게 바라는 것은 정신 집중을 습관화하는 것, 건강한 몸과 올바른 생활 양식을 가진 성공한 남자로 성장하는 것이었다. 그와 그의 아내는 맏아들과 둘째 아들이 학교에 들어가 집을 떠나게 될 때까지 그들에게 신경을 늦춰 본 적이 없었다. 하지만 여름의 대저택에서까지 그렇게 하는 건 어려운—내가 유년 시절을 보낸 중간 크기의 조그만 집이었다면 훨씬 간단했을—일이었다. 나는 어머니의 목소리가 멀리서 들리는 것 같은 경험을 해 본 적이 없으며, 어머니의 출연을 감지하지 못한 적도 없었으며, 어머니의 칭찬과 비난으로부터 벗어나 본 적도 없었다.

앤슨이 처음으로 자신의 우월성을 감지한 것은 코네티컷 촌사람들이 그에게 반쯤은 영 내키지 않는다는 듯하면서도 꼬박꼬박 미국 특유의 경의를 표한다는 사실을 인지했을 때였다. 같이 놀던 소년의 부모들은 한결같이 그의 아버지와 어머니 안부를 물었고, 자신의 아이들이 헌터네에 초대를 받으면 얼마간 흥분하는 모습을 보였던 것이다. 그는 이런 것들을 자연스러운 현상으로 받아들였으며, 자신이 중심이 아닌 무리에—돈과 관련이 있든, 지위나 권위와 관련이 있든—끼면 뭔지 모를 조바심이 일어났다. 이런 현상은 평생 따라다녔다. 자신이 우월하다는 걸 나타내기 위해 남들과 경쟁하는 것을 그는 경멸했는데, 그런 건 당연히 자신에게 주어지는 것으로 여겼으며, 여의치 않으면 가족의 울타리 안으로 물러났다. 가족만으로도 충분했다. 동부에서 돈은 여전히 일정 부분 봉건적 위세를 가진, 가문을 결속시키는 성격을 띠고 있었던 것이다. 속물적인 서부에서 돈은 달랐다. 그곳에서의 돈은 가문을 해체해 '독립된 일군'을 형성하는 무엇이었다.

열여덟 살에 뉴헤이븐으로 간 앤슨은 키도 크고 체격도 좋았으며, 학교를 제대로 다녀서 규칙적인 생활이 몸에 배어 밝고 건강한 혈색을 갖고 있었다. 우스꽝스럽게 자라는 금발과 매부리코를—이 둘은 그를 미남의 대열에서 탈락시키는 요인이었다—가지고 있긴 했지만, 절로 매력으로 화하는 그의 자신감과 다소 통명스러운 스타일로, 길을 가다 마주치는 상류층 남자들은 물어볼 필요도 없이 그가 부잣집 도련님이며 명문 학교 출신이라는 걸 알아보았다. 하지만 그의 그 대단한 우월감은 그를 대학에서의 성공까지 연결시켜 주지는 못했다. 독립성은 이기주의로 받아들여졌고, 예일 대학의 기본적인 준거들을 그에 걸맞은 경외심을 갖고 받아들이길 거부한 것은 그걸 받아들인 모든 학생들에 대한 무시로 비쳐진 것이다. 결국 그는 졸업을 한참이나 앞둔 상황에서 뉴욕*으로 삶의 중심을 이동시키기 시작했다.

그에게 뉴욕은 집처럼 편안했다. 실제로 거기엔 '북부에선 더 이상 찾아볼 수 없는 종류의 하인들'을 거느린 집과 자신을 따르는 일군의 무리를 가지고 있었는데, 그는 타고난 유머와 일을 처리하는 능력 덕분에 급속하게 중심인물이 되어 갔다. 그가 주로 드나드는 곳은 사교계에 처음 발을 들여놓은 아가씨들을 위한 파티들, 깔끔한 매너를 가진 남자들만이 들어갈 수 있는 클럽들이었는데, 이따금은 뉴헤이븐 (예일대) 친구들조차도 다섯 번에 한 번쯤 춤을 춰 볼까 말까 한 근사한 아가씨들과 흐드러지게 놀기도 했다. 하지만 그의 야망이라고 해 봐야 고리타분한 전통을 벗어나진 못했다. 거기엔 언젠가 결혼은 하

---

* 예일 대학이 있는 뉴헤이븐과 뉴욕은 자동차로 대략 두 시간 정도 거리가 떨어져 있다. 소설의 무대가 되는 20세기 초라면 지금보다 더 먼 거리로 인식이 될 수 있을 텐데, 삶의 무대를 뉴헤이븐에서 뉴욕으로 옮길 수 있었다는 사실은 앤슨 헌터의 부유함과 우월감을 상징적으로 드러내 준다고 볼 수 있다.

게 될 거라는 그림자도 포함되어 있었는데, 그렇다고 그걸 비난할 수는 없는 일이었다. 하지만 그것들은 대다수 청년들이 가지고 있던 야망과는 달랐다. 자신을 뒤덮고 있는 안개 같은 건 일절 없다는 점에서, '이상주의'니 '환상' 같은 다양한 이름을 가진 특질을 전혀 갖고 있지 않다는 점에서 그랬다. 앤슨은 막대한 재산과 엄청난 사치, 이혼과 방탕, 속물근성과 특권이 존재하는 세계를 솔직히 받아들였다. 우리들 인생은 대부분 타협을 하다 끝이 난다. 하지만 그의 인생은 타협에서 비로소 시작되었다.

그와 내가 처음 만난 것은 1917년 늦은 여름, 예일 대학을 막 졸업한, 다른 친구들과 마찬가지로 전쟁이라는 체계화된 히스테리 속으로 휩쓸려 들어가던 때였다. 그는 해군항공대의 청록색 제복을 입고, 호텔 소속 악단들이 〈미안해요, 여보〉를 연주하며 우리들 젊은 장교들이 뭇 아가씨들과 춤판을 벌이는 펜서콜라*로 내려갔다. 모두가 그를 좋아했다. 술꾼들과 어울려 다니고 특별히 뛰어난 파일럿도 아니었지만 교관들조차 그를 어느 정도는 깍듯이 대했다. 그는 항상 확신과 논리를 갖고 그들과 긴 얘기를 나누었는데, 그 얘기들의 결말은 늘 미구에 어떤 어려움이 닥치더라도 자신을 구해 낼 수 있다는 거였다. 사실 그것보다 더 자주 얘기된 게 다른 장교들을 구해 낼 수 있다는 거였지만. 그는 유쾌하고, 음탕하며, 쾌락을 열렬히 탐하는 사람이었다. 그래서 그가 보수적이고 매우 엄전한 아가씨와 사랑에 빠졌을 때 우리 모두 놀라지 않을 수 없었다.

그녀의 이름은 폴라 르장드르, 캘리포니아 쪽에서 온 가무스름한 피

---

* 플로리다주 북서쪽 끝에 위치한 항구 도시로, 전시비행 팀 블루 엔젤스의 본거지이며, 국립 해군항공박물관과 미국 유수의 해군항공기지가 있다.

부에 진지한 성격을 가진 미인이었다. 그녀의 가족은 도시 외곽에 겨울 별장을 갖고 있었다. 그녀는 새침하긴 했지만 인기는 엄청났는데, 이기적인 남자들은 대부분 여자의 유머를 참을 수 없어 하는 법이다. 하지만 앤슨은 그런 유형의 남자가 아니었다. 내가 이해할 수 없었던 건 '온순함'이 매력인—그녀를 얘기할 때 딱 맞는 특질인—그녀가 어떻게 날카롭고 꽤나 냉소적인 그에게 끌렸는가 하는 사실이다.

어쨌거나 두 사람은 사랑에 빠졌다. 그녀의 생각대로 말이다. 그는 더 이상 해 질 녘이면 슬금슬금 가곤 하던 술집 드소토에도 가지 않았고, 둘이 함께 있을 땐 길고 진지한 대화에 빠졌는데, 그런 식으로 몇 주일 동안 계속할 수 있을 것 같았다. 하지만 세월이 많이 흐른 뒤에 그가 내게 들려준 바로는, 딱히 특정한 주제가 있었던 건 아니고 시시껄렁한, 심지어 아무 의미도 없는 얘기들을 주거니 받거니 했다는 거였다. 그럼에도 그들의 대화가 정서적으로 만족감을 가져다준 것은 내용 때문이 아니라 엄청난 진지함 때문이었다. 그것은 일종의 최면이었다. 그러다 우리가 장난이라고 부르는 유머를 걷어 내기 위해 자주 대화가 중단되곤 했는데, 무르춤하게 멀뚱히 있다 보면, 서로의 느낌과 생각에 일체감을 불어넣기 위해 다시 그 엄숙하고 맥락 없고 왕성한 진지함으로 돌아가곤 했다. 그들은 대화를 중단하게 만드는 것을 무척 싫어하게 되었고, 일상에서 일어나는 재미난 일들에도 별 감흥을 느끼지 않게 되었으며, 친구들이 가볍게 던지는 놀림에도 전혀 반응을 보이지 않았다. 그들은 오직 대화를 계속한다는 것에서만 행복감을 느꼈고, 대화의 진지함만이 공격 개시를 알리는 샛노란 조명탄처럼 그들을 뒤덮었다. 결국 완전한 중단이 찾아왔을 때도 그들은 후회 같은 건 하지 않았다. 욕정에 의해 대화가 멈추기 시작했기 때문이다.

　참 묘한 일이지만, 앤슨은 그녀 못지않게 대화에 몰두했고, 그로부터 심대한 영향을 받았는데, 그와 동시에 자신에겐 불성한 측면이 많고 그녀에겐 좀 단순한 측면이 있다는 사실 또한 인지하고 있었다. 처음부터 그녀에겐 정서적으로 단순한 측면이 있었고, 그가 그걸 얕잡아 본 건 사실이었다. 하지만 사랑을 하게 되면서 그녀의 천성이 깊어지고 만개하게 되자 그는 더 이상 그녀의 단순함을 경멸할 수 없었다. 그는 폴라의 따뜻하고 편안한 삶 속으로 들어갈 수 있다면 행복해질 거라고 느꼈다. 그들은 대화를 통해 오랜 시간 준비를 할 수 있었고 어떤 제약도 물리칠 수 있었다. 그는 매우 모험적인 여인들로부터 배웠던 것들 중 몇 가지를 그녀에게 전수해 주었고, 그녀는 그것을 진지하고 신성한 격렬함으로 응답했다. 어느 날 저녁 파티에서 춤을 추고 난 뒤 두 사람은 결혼을 하기로 약속했다. 그리고 그는 그녀의 얘기로 가득한 긴 편지를 자신의 모친에게 보냈다. 다음 날, 폴라는 그에게 자신이 부자이며, 100만 달러에 가까운 개인 재산을 가지고 있다고 말했다.

3

　그것은 마치 "우린 둘 다 가진 게 없어요, 그러니 우린 함께 가난하게 살아야만 해요." 하고 말하는 것과 같았는데, '가진 게 없다'와 '가난하게'라는 말 대신 '가진 게 많다'와 '부자로'라는 단어를 넣을 수 있다는 사실이 그들을 기쁘게 했다. 그것은 그들이 나서게 될 모험에 대해 동일한 생각을 가지도록 해 주었다. 그럼에도 앤슨이 휴가를 나온 4월에 폴라가 어머니와 함께 그를 따라 북부로 갔을 때, 뉴욕에서 그의 집안이 차지하고 있는 위상과 그들이 사는 집의 규모에 그녀는 깊은 인상을 받았다. 앤슨이 어린 시절 뛰놀던 방에 처음으로 둘만 있게 된 그녀는 마치 특별히 안전하게 보살핌을 받고 있는 것 같은 정서적 안정감을 한껏 느꼈다. 앤슨이 처음 학교에 들어갔을 때 사발 모양의 모자를 쓰고 찍은 사진들, 이상하게 기억이 나지 않는다는 여름에 여자 친구와 말을 타며 찍은 사진들, 어떤 결혼식에서 안내 도우미들과 신부의 들러리들과 함께 즐거운 표정으로 찍은 사진들은 그녀에게 질투를 자아냈다. 자신의 지난날들이 그의 삶과 먼 거리에 있으며, 그가 가진 것들이 그의 권위적인 인간성을 그대로 요약하고 상징하는 것 같다는 생각이 들었기 때문이다. 그녀는 당장 그와 결혼을 해서 함께 펜서콜라로 돌아가고 싶은 기분에 사로잡혔다.

하지만 곧바로 결혼할 거라는 얘기는 전혀 나오지 않았다. 결혼을 약속한 사실조차 전쟁이 끝날 때까지 비밀에 붙여졌다. 그의 휴가가 이틀밖에 남지 않았다는 사실을 깨달은 그녀는 불만이 일어나면서, 자신이 그랬던 것처럼 그도 역시 더는 기다릴 수 없다는 생각을 하도록 만들어야겠다는 생각이 굳어졌다. 그와 함께 만찬에 가기 위해 자동차로 교외를 달리고 있던 그녀는 그날 밤에 이 문제를 종결지어야겠다고 결심했다.

당시 폴라의 사촌이 리츠 호텔에 그들과 함께 묵고 있었는데, 엄하고 냉소적인 성격을 가진 그녀는 폴라를 좋아하긴 했지만 폴라의 인상적인 약혼에 얼마간 질투를 느끼고 있었다. 폴라가 옷을 갈아입느라고 늦어지자 파티에 가지 않기로 했던 사촌이 대신 스위트룸 거실에서 앤슨을 맞았다.

앤슨은 5시에 친구들과 만나 한 시간 동안 어지간히 술을 마신 상태였다. 예일 클럽에서 제때 나오기도 했고 모친의 운전기사가 호텔까지 태워다 주기도 했지만, 워낙에 술이 센 탓에 술을 마신 티는 전혀 나지 않았다. 하지만 난방이 잘 된 탓인지 그는 갑자기 취기가 몰려드는 걸 느꼈다. 취했다는 걸 충분히 알고 있던 그는 재밌으면서도 미안한 마음이었다.

폴라의 사촌은 나이가 스물다섯 살이나 됐지만 보기 드물게 순진해서 처음엔 무슨 일이 일어난 것인지 전혀 깨닫지 못했다. 그녀는 앤슨과 만난 적이 없기도 했지만, 앤슨이 혀가 꼬여서 이상한 말을 웅얼거리다가 의자에서 미끄러질 뻔한 모습을 보고는 놀라 어쩔 줄을 몰라했다. 하지만 폴라가 거실로 나오고 난 뒤에야 그녀는 제복에서 풍겨나오는 게 드라이클리닝 냄새가 아니라 위스키 냄새라는 걸 알았다. 폴라는 어떻게 된 일인지를 금방 알아차렸다. 어머니가 그를 보기 전에 앤슨을 데리고 나가야겠다는 생각뿐이었는데, 폴라의 표정을 보고서야 그녀의 사촌도 사태 파악이 되었다.

폴라와 앤슨이 리무진이 있는 곳으로 내려왔을 때, 두 사람은 차 안에 두 남자가 타고 있는 걸 발견했다. 그들은 잠이 들어 있었는데, 그와 함께 예일 클럽에서 억병으로 술을 마시고, 파티에 가기로 되어 있었다. 그는 그들이 차에 타고 있다는 걸 까맣게 잊었던 것이다. 햄프스테드로 가는 길에 두 남자는 잠에서 깨어 노래를 불렀다. 그들이 부른 노래들 중에 어떤 건 거칠었고, 폴라는 앤슨이 입에 올려선 안 될 말들을 늘어놓아도 묵묵히 참으려 애쓰면서 입을 굳게 다물었지만 수치심과 혐오감은 견디기 힘들었다.

호텔에서는 당황스럽고 기분이 상한 폴라의 사촌이 자신이 겪은 사건을 곰곰이 생각한 끝에 르장드르 부인의 침실로 가서 "그 사람, 이상하지 않아요?" 하고 물었다.

"이상하다니, 누구 말이냐?"

"왜 있잖아요…… 헌터 씨, 그 사람. 아무래도 너무 이상한 거 같아요."

르장드르 부인이 날카롭게 그녀를 쏘아보았다.

"그 사람이 어떻게 이상하든?"

"뭐라더라? 그래요, 자기가 프랑스인이라고 했어요. 프랑스인이라곤 생각하지 못했거든요."

"말도 안 돼. 네가 오해한 거야," 하고 그녀가 미소를 지었다. "농담을 했던가."

폴라의 사촌이 고집스럽게 고개를 저었다.

"아녜요. 프랑스에서 자랐다고 그 사람이 그랬어요. 영어를 전혀 할 수 없다고도 했고요. 저랑 얘기를 할 수 없는 게 그것 때문이라고 말했어요. 그리고 정말 하지도 못했다고요!"

르장드르 부인은 폴라의 사촌이 생각에 잠겼다가 "어쩌면 술에 많이 취해서 그랬을지도 모르죠," 하고 말하고는 방을 나가 버리자 조바심을 치며 고개를 돌렸다.

이 이상한 얘기는 사실이었다. 목소리가 잘 나오지도 않고 나온다 해도 알아듣기가 힘들 거라는 사실을 알게 된 앤슨이 임기응변으로 자신이 영어를 하지 못한다고 불쑥 얘기해 버린 것이다. 몇 년이 흐른 뒤에도 그는 곧잘 이 얘기를 하곤 했는데, 그 일을 떠올릴 때마다 그는 주위가 떠나갈 듯 웃음을 터뜨렸다.

르장드르 부인은 한 시간 동안 다섯 번이나 햄프스테드에 전화를 걸었다. 연결이 되고도 폴라의 목소리를 듣는 데까지 다시 10분은 기다려야 했다.

"네 사촌 조가 그러던데, 앤슨이 술에 취했다고?"

"아, 그게, 아니에요……"

"분명히 그랬어. 그 사람이 만취해 있었다고 말이야. 자신이 프랑스 사람이라고 조한테 그랬다는 거야. 의자에서 미끄러지기도 하고, 행동하는 게 꼭 술 취한 사람 같았다던데? 너, 그 사람이랑 같이 안 왔으면 싶다."

"어머니, 그 사람 괜찮아요! 그 일은 걱정하지 마시고……"

"하지만 걱정이 되는 걸 어떡해. 불쾌하단 생각까지 든다고. 그 사람이랑 집에 같이 오지 않겠다고 약속해. 그러마고 약속했으면 좋겠다."

"그 일은 제가 알아서 할게요, 어머니……"

"내가 바라는 건, 그 사람이랑 집에 오지 말라는 거다."

"알았어요, 어머니. 주무세요."

"그렇게 하는 거다, 폴라? 누구한테 부탁해, 데려다 달라고."

폴라는 부러 수화기를 귀에서 떼고는 전화를 끊어 버렸다. 어떻게 해야 할지 몰라 얼굴이 붉게 상기되었다. 앤슨은 2층의 침대에 완전히 뻗어 잠들어 있었다. 그러는 사이 아래층 디너파티는 그럭저럭 끝을 향해 가고 있었다.

한 시간을 자동차로 달리는 동안 그는 어느 정도 취기에서 깨어나는 듯했었다. 파티에 도착했다는 게 그는 그저 유쾌할 뿐이었다. 폴라는 저녁 시간이 망쳐지지 않기를 바랄 뿐이었다. 하지만 식사를 하기 전에 생각 없이 칵테일 두 잔을 마신 게 완전히 재앙이 돼 버렸다. 그는 잠시도 가만히 있지 않고 15분 동안 파티에 모인 사람들에게 무례할 정도로 떠들어 댔고, 그러다가 소리도 없이 테이블 아래로 미끄러져 들어갔다. 그 모습이 오래된 그림에나 나오는 사람 같았다. 하지만 옛 그림과는 달리 흥미를 끌기는커녕 그저 끔찍할 뿐이었다. 만찬에 참가한 여자들 중에 그 일을 두고 뭐라 하는 사람은 아무도 없었다. 입을 다무는 게 낫다고 생각한 듯했다. 그의 숙부와 다른 남자 둘이 그를 위층으로 데리고 갔고, 폴라가 어머니로부터 걸려 온 전화를 받은 건 그때였다.

한 시간 뒤, 앤슨은 머릿속이 안개에 싸인 듯 두통을 느끼며 깨어났다. 그러고도 얼마가 지나서야 로버트 숙부가 문가에 서 있다는 걸 알아차렸다.

"······안 들려? 좀 나아졌냐고."

"네? 뭐라셨어요?"

"기분이 좀 나아졌냐고, 녀석아!"

"엉망이에요," 하고 앤슨이 말했다.

"두통약 좀 더 줄게. 두통이 가라앉으면 잠도 더 잘 수 있을 거다."

앤슨은 침대에서 다리를 끌어 내리고 일어서 보려 애를 썼다.

"전 괜찮아요," 하고 그가 멍한 표정으로 말했다.

"그냥 있어."

"브랜디 한 잔만 주시면 아래층으로 내려갈 수 있을 거 같아요."

"아, 이 자식······"

"괜찮다니까요, 이제. 브랜디면 된다고요······ 아래층에 있는 사람들 볼 면목이 없네요."

"그 사람들도 네가 취했다는 거 다 알고 있다." 숙부가 나무라는 투로 말했다. "하지만 걱정할 건 없다. 스카일러는 여기 오지도 못했어. 녀석은 링스 클럽 탈의실에 뻗어 있을 거다."

앤슨은 다른 사람들 생각엔 관심이 없었다. 오직 폴라가 어떻게 생각할지 그게 신경 쓰일 뿐이었다. 그리고 엉망이 된 저녁을 조금이라도 만회해 봐야겠다는 생각을 굳혔다. 찬물로 목욕을 하고 파티로 돌아갔을 땐 사람들이 대부분 돌아간 상태였다. 폴라가 곧장 집으로 가겠다고 자리에서 일어났다.

리무진을 타고 가는 동안 예전의 진지한 대화가 시작됐다. 그녀는 그가 술을 마신다는 건 알고 있었고, 인정도 했지만, 이 정도일 줄은 몰랐다. 그녀는 서로 맞지 않을지도 모른다는 생각까지 들었다. 삶에 대한 생각이 너무 다른 게 아닐까, 싶었다. 그녀의 말이 끝나자 앤슨이 술이 완전히 깬 상태로 말했다. 그러고 나서 폴라는 그날 일에 대해 곰곰이 생각해 봐야겠다고 말했다. 하지만 하룻밤 사이에 결정해야 할 일은 아니었다. 그녀는 화가 나는 건 아니었지만, 기분은 엉망이었다. 그녀는 호텔로 함께 가는 건 허락하지 않았지만, 차에서 내리기 직전에 몸을 기울여 그의 뺨에 유감의 뜻이 담긴 키스를 남겨 주었다.

다음 날 오후, 앤슨은 르장드르 부인과 긴 얘기를 나누었다. 그러는 동안 폴라는 곁에 앉아 잠자코 듣기만 했다. 폴라는 얼마간 시간을 두고 이번 일에 대해 곰곰이 생각해 보자는 데 동의했다. 그리고 앤슨을 따라 그들이 펜서콜라로 가는 문제도 거론되었는데, 그게 최선이라고 모녀가 생각한다면 그렇게 하기로 했다. 그는 진지하고 품위 있게 사과를 했다. 하지만 그게 전부였다. 르장드르 부인으로선 손 안에 든 어떤 패를 꺼낸다 해도 그를 제압한다는 게 불가능했다. 그는 어떤 약속도 하지 않았고, 어떤 겸손도 드러내지 않았다. 꺼내 놓은 건 삶에 대한 몇 가지 진지한 언급뿐이었다. 그것으로 오히려, 그가 더 도덕적으로 우월하다는 기이한 결론이 내려지고 말았다. 그로부터 3주 후, 폴라 모녀는 남부로 내려갔고, 다시 결합했다는 것에 앤슨은 만족하고 폴라는 안심함으로써, 그들은 절호의 기회가 영원히 사라져 버렸다는 사실을 깨닫지 못했다.

4

그는 그녀를 지배하고 사로잡기는 했지만, 동시에 그녀의 마음을 불안으로 채웠다. 견고함과 방종, 감상과 냉소가 뒤섞인―그녀의 온순한 성격으로는 그 부조화를 풀어낼 수 없었다―그의 성격에 혼란을 느낀 폴라는 그가 이중인격자라는 생각까지 들었다. 그와 둘만 있을 때나 공식적인 파티에서, 혹은 아랫사람들과 편안히 만나는 자리에서 그를 바라보고 있으면 그녀는 강하고 매력적인, 이해심 많은 아버지 같은 인상을 받으며 엄청난 자부심을 느꼈다. 하지만 그 외의 사람들과 있을 때, 그녀는 불안해졌다. 상류 사회 사람들에게 보여 주던 그의 흔들림 없던 것과는 다른 얼굴이 드러난 것이다. 그 다른 얼굴은 역겹고, 웃기려 드는, 쾌락 외엔 모두가 무의미하다는 듯한 태도였다. 거기에 충격을 받은 그녀는 한동안 그를 멀리하고는 짧았지만 몰래 옛 애인을 만나기도 했다. 하지만 소용이 없었다. 지난 넉 달 동안 앤슨의 활력을 송두리째 맛보았던 그녀가 다른 남자들에게서 느낄 수 있는 건 창백한 왜소함뿐이었다.

그에게 해외 파견 명령이 떨어진 7월, 그들의 애정과 욕망은 한창

상승 곡선을 그리고 있었다. 폴라는 결혼까지 고려하고 있었지만, 그의 입에서 하루도 빠짐없이 비어져 나오는 칵테일 냄새로 인해 그녀의 생각은 늘 벽에 부딪치곤 했다. 이별을 생각하는 것만으로 슬픔에 지쳐 버린 그녀는 마침내 앓아눕고 말았다. 그가 떠난 뒤 그녀는 때를 기다리다 결혼을 놓쳐 버린 걸 후회하는 긴 편지들을 그에게 보냈다. 8월에 앤슨이 몰던 비행기가 북해 바다 위로 미끄러져 내렸다. 밤이 새도록 바다에 떠 있던 그는 구축함에 구조되었지만 폐렴에 걸려 병원으로 후송됐다. 그러다 휴전이 체결되고, 마침내 그는 집으로 돌아왔다.

모든 기회들이 그들에게 되돌아왔고, 극복해야 할 물리적 장애물은 아무것도 없었다. 하지만 두 사람 안에 존재하던 내밀한 성격의 차이들이 그들에게서 키스와 눈물을 지워 냈고, 서로에게 건네는 목소리를 작아지게 했으며, 가슴에서 우러나는 다정한 말들도 한낱 웅얼거림에 불과하게 만들어 버렸다. 그러다 마침내 예전의 교감조차 그저 멀리 떨어져 지내며 주고받는 편지에서나 가능할 뿐이 되어 버렸다. 어느 날 오후, 두 사람의 약혼 소식을 확인하기 위해 헌터의 집을 찾아온 사교계 담당 기자는 두 시간이나 기다렸다. 앤슨은 사실이 아니라고 했지만, 다음 날 조간에는 그들이 "사우샘프턴, 핫스프링스, 턱시도 파크에서 지속적으로 만남을 가지는 게 목격되었다"는 기사가 실렸다. 하지만 그들의 진지했던 대화는 기나긴 말다툼으로 바뀌었다. 그들의 연애 사건은 거의 막을 내린 거나 마찬가지였다. 앤슨은 노골적으로 술을 마셔 대는 것으로 그녀와의 약혼을 저버렸다. 그때마다 폴라는 확실하게 행동하라고 요구했다. 자존심과 자신에 대한 명료한 인식은 절망 앞에서 무력하게 무너졌다. 그들의 약혼은 파기된 게 명확했다.

그들의 편지는 이제 "누구보다 사랑하는"으로 시작했다. "누구보다, 그 어떤 것보다 사랑하는 당신. 한밤에 잠을 깨어 결국 이루어지지 않았다는 걸 깨닫게 되면 죽어 버리고 싶다는 생각이 듭니다. 더 이상 살아갈 수가 없을 것 같아요. 이번 여름에 만나 얘기를 나눠 보면 달리 결정할 수 있지 않을까 싶네요…… 그날은 우리가 너무 흥분해 있었고, 슬픔에 젖어 있었어요. 당신 없이 살아갈 수 있으리란 생각이 들지 않아요. 당신은 다른 사람에 대해 얘길 하지만, 내겐 다른 누구도 없으며 오직 당신뿐이란 걸 모르시나요……"

하지만 동부 이곳저곳을 돌아다니던 동안, 폴라는 이따금 그를 놀라게 해 주려고 자신에게 일어난 유쾌한 일들을 언급하곤 했다. 앤슨은 감각이 너무도 예민해서 어지간해서는 놀라는 법이 없었다. 그녀의 편지에서 남자의 이름을 보게 되면 그는 오히려 그녀에 대한 확신이 더 커지면서 경멸하는 심정까지 들었다. 그런 일에 대해서라면 늘 우위에 있는 건 그였다. 하지만 언젠가 그녀와 결혼하고 싶다는 희망을 그는 여전히 갖고 있었다.

그러는 사이 그는 증권사에 들어가고, 대여섯 개의 클럽에 가입하고, 늦도록 춤을 추며 전후 뉴욕의 모든 변화와 광휘 속으로 힘차게 뛰어들고 있었다. 그는 세 개의 세계에서 움직이고 있었다. 그 자신의 세계, 젊은 예일대 졸업생들의 세계 그리고 브로드웨이 한쪽 끝에 둥지를 틀고 있는 화류계. 하지만 그는 자신의 일을 하며 철저하고 변칙적인 여덟 시간을 월스트리트에 헌신했다. 그리고 거기서 그는 자신의 영향력 있는 가문과 날카로운 지성과 강한 육체적 에너지를 결합해 두각을 나타냈으며, 그렇게 되기까지 오랜 시간이 걸리지도 않았다. 그는 한 번에 여러 가지를 할 수 있는 놀라운 정신력을 가진 사람이었다. 때로 그는 한 시간도 채 눈을 붙이지 않은 상태에서도 상쾌한 기분으로 회사에 나타났다. 물론 그런 일이 자주 있었던 건 아니었다. 그 결과 1920년대 초에 이미 그의 연봉과 수수료를 합한 수입은 1만 2,000달러를 상회했다.

예일대의 전통이 과거 속으로 미끄러져 들어가면서 뉴욕의 동기생들 사이에서 그의 인기는 나날이 높아져서, 학창 시절의 인기를 능가했다. 그가 살던 곳은 가장 큰 저택 중 하나였는데, 그는 다른 저택들에 젊은 친구들을 소개해 주는 수완까지 발휘했다. 무엇보다 분명했던 것은, 그의 인생이 이미 안정기로 접어든 것처럼 보인 데 반해 대부분의 젊은이들은 다시 불안정한 시작을 준비해야만 한다는 사실이었다. 그들은 오락과 도피를 위해 그를 찾기 시작했고, 앤슨은 거기에 순순히 응했다. 그들을 도와주고 그들의 문제를 해결해 주면서 즐거움을 누린 것이다.

폴라의 편지에는 이제 남자의 이름은 등장하지 않았다. 하지만 편지 전체에 전에는 보이지 않던 다정한 기운이 흘러넘쳤다. 여기저기서 들려온 정보를 통해 그는 그녀가 재력과 지위가 있는 보스턴 출신의 로웰 세이어란 남자와 '진한 연인' 사이가 되었다는 사실을 알았는데, 그녀가 여전히 자신을 사랑하고 있다고 확신은 했지만 결국 그녀를 잃게 될지도 모른다는 생각이 들 때면 마음이 편치 않았다. 그 불편했던 날 이후로 그녀는 거의 다섯 달 가까이 뉴욕에 오지 않은 상태였다. 소문들이 무성하게 들려오자 그녀를 보고 싶다는 생각이 점점 커져 갔다. 그가 휴가를 얻어 플로리다로 내려간 것은 2월이었다.

팜비치는 여기저기 닻을 내린 채 떠 있는 하우스보트들이 흠이기

는 했지만 사파이어처럼 반짝이는 워스호와 대서양의 터키옥 같은 거
대한 청록색 바다 사이에 풍만하고 화려한 자태를 뽐내며 누워 있었
다. 브레이커스와 로열 포인시아나, 두 개의 거대한 호텔이 눈부신 백
사장 위로 마치 쌍둥이처럼 배를 맞댄 채 불룩하게 솟아 있었다. 그 주
위로 '춤추는 글레이드'와 '브레들리 기회의 집' 그리고 뉴욕보다 물
건 값이 세 배나 비싼 십여 개의 여성 의류점과 여성용 모자 가게들이
늘어서 있었다. 브레이커스 호텔의 격자 문양 베란다 위에선 200명쯤
되는 여자들이 한꺼번에 모여 오른쪽으로 왼쪽으로 스텝을 밟다가 빙
그르르 돌다 안으로 미끄러져 들어가는, 더블셔플이라는 미용 체조를
하고 있었다. 체조를 하는 동안 음악보다 반 박자 느리게 200개의 팔
찌들이 200개의 팔에서 찰랑거리는 소리를 내며 위아래로 움직였다.

어둠이 내리고 에버글래이드 클럽에서, 폴라와 로웰 세이어 그리고
앤슨, 우연히 만난 한 사람까지 넷이서 브리지 게임을 하고 있었다. 그
녀의 다정하면서도 진지한 얼굴이 앤슨에겐 창백하고 지쳐 보였는데,
이제 그녀도 이런 식의 모임을 들락거린 지 4, 5년쯤 되었다. 그가 그
녀를 안 것은 3년 전이었다.

"스페이드 두 장."

"담배? ……아, 잠깐, 난 체크."

"나도, 체크."

"난, 스페이드 세 장, 더블로."

십여 개 정도의 브리지 테이블이 놓여 있는 룸은 담배 연기로 가득
차 있었다. 앤슨과 폴라의 눈이 허공에서 마주쳤다. 세이어가 그들 사
이에서 보고 있는데도 둘의 시선은 꼼짝하지 않았다.

"승리 패를 들었으면 어떻게 하죠?" 하고 그가 멍한 표정으로 물었

다.

위싱턴 광장의 장미,

구석 자리에서 젊은 사람들이 노래를 부르고 있었다.

난 거기서 시들어 가네,
지하실의 공기 안에서……

문이 열릴 때마다 안개처럼 자욱하게 깔린 담배 연기가 혼령처럼
방을 떠돌았다. '조그만 아이의 반짝이는 두 눈'*이 로비에 앉아 있는,
영국인들 행세를 하면서 영국인들 사이에 앉아 있는 사람들 중에서
셜록 홈스의 작가(코넌 도일)를 찾으며 테이블을 불안하게 지나가고
있었다.

"칼로 베어 버릴 수가 있죠."

"……칼로 벨 수가 있죠."

"……칼로."

세 판짜리 브리지 게임이 끝나자 갑자기 폴라가 자리에서 일어나
앤슨에게 잔뜩 긴장한, 낮은 목소리로 말했다. 로웰 세이어는 아랑곳
하지 않고 두 사람은 문을 열고 나가 기다란 돌계단을 날듯이 내려갔
다. 얼마쯤 뒤, 둘은 손을 잡고 달빛이 떨어지는 해변을 걷고 있었다.

그들은 서로에게 '당신'이란 말을 몇 번이나 중얼거리며 달그림자

* Little Bright Eyes. 1898년 출간된, 헬렌 매리언 번사이드가 쓰고 프랜시스 브런디지가 그
린 동화의 제목.

속에서 무모할 만큼 거칠게, 격정적으로 끌어안았다. 폴라는 얼굴을 떼어 내며 그의 입에서 자신이 듣고 싶어 하는 말이 나오기를 기다렸다. 다시 키스를 하고 났을 때 그녀는 이제 그 말이 나오리라는 걸 느낄 수 있었다. 다시 얼굴을 떼어 낸 그녀는 귀를 기울였지만, 그가 다시 한 번 자신의 얼굴을 끌어당겼을 뿐 아무 말도 하지 않았다는 걸 깨달았다. 들려온 건 그저, 늘 그녀에게 눈물을 불러왔던, 깊고 쓸쓸하게 속삭여진 '당신'이란 말뿐이었다. 그녀의 마음은 속절없이, 아무런 저항도 하지 못한 채, 그에게로 무너졌고, 눈물이 얼굴을 적셨다. 하지만 그녀의 가슴은 끊임없이 외치고 있었다. '말해 줘요…… 아, 앤슨, 사랑하는 당신, 내게 말해 달라고요!'

"폴라…… 폴라!"

그의 말은 마치 그녀의 가슴을 손으로 비트는 것 같았다. 그리고 그녀가 떨고 있다는 것을 느낀 앤슨은 이 정도 마음이 전달되었으면 충분하다고 생각했다. 더 이상의 말은 필요치 않았다. 그들의 운명을 재미도 없는 수수께끼 같은 데 맡길 필요도 더 이상은 없었다. 이렇게 그녀를 가만히 안고서, 때가 오기를, 한 해 정도만 기다리면 그만이었다. 이런 식이라면 영원히 기다릴 수도 있을 것 같았다. 그는 그녀와 자신을 생각하고 있었다. 실은 그녀를 자신보다 더 많이 생각했다. 그 순간, 그녀가 갑자기 호텔로 돌아가야 한다고 말했고, 그는 머뭇거리며 생각했다. '지금이 때인 것 같아, 그래,' 하고 먼저 생각이 들다가, '아냐, 기다려야 해…… 그녀는 내 사람이잖아……,' 하고 생각이 바뀌었다.

그가 까맣게 모르고 있었던 것은 폴라 역시 지난 3년의 긴장된 삶을 견디며 속이 해어질 대로 해어졌다는 사실이었다. 그녀의 마음은 그날 밤, 그렇게, 영원히 떠나 버렸다.

다음 날 아침, 그는 가눌 길 없는 실망을 안은 채 뉴욕으로 돌아갔다. (그의 차에는 그가 아는, 막 사교계에 데뷔한 예쁜 아가씨가 하나 타고 있었다. 이틀 동안 그들은 함께 지냈다. 처음에 그는 그녀에게 폴라에 대한 얘기를 약간 들려주었고, 그들을 떨어져 지내게 만든 복잡한 성격적 차이를 지어 내서 말했다. 그 아가씨는 천성이 거침없고 충동적이었는데, 거기에다 앤슨의 자신감이 보태져 더욱 우쭐해져 있었다. 그는, 키플링 소설에 나오는 병사처럼, 뉴욕에 도착하기 전에 이미 그녀를 거의 대부분 장악해 버렸다. 술을 마시지 않았다는 것과 줄곧 자신을 제어했다는 것은 그로선 행운이 아닐 수 없었다.)* 4월 말, 그는 전혀 예상하지 못한 전보를 받았다. 휴양지 바 하버에서 폴라가 보내온 거였다. 전보에는 그녀가 로웰 세이어와 약혼을 했다는 것과 곧바로 보스턴에서 결혼식을 올리게 된다는 얘기가 적혀 있었다. 실제로 일어나리라고는 생각해 본 적 없던 일이 마침내 일어난 것이었다.

그날 아침 앤슨은 위스키를 들이붓고는 회사로 출근해 한 번도 쉬지 않고 일을 했다. 멈추면 무슨 일을 저지르게 될지 두려웠다. 저녁에도 그는 자신에게 일어난 일에 대해 단 한 마디도 발설하지 않고 평소처럼 외출을 했다. 그는 여전히 다정했고, 유머가 넘쳤으며, 다른 것에 정신을 파는 따위의 모습을 보이지 않았다. 하지만 한 가지만은 그도 어쩔 수 없었다. 이후 사흘 동안, 어떤 곳에 있든, 누구와 있든, 그는 갑자기 두 손에 얼굴을 묻고는 어린아이처럼 소리 내어 울었다.

---

* 소설의 초고에는 있었지만 주인공 앤슨 헌터의 실제 모델인 피츠제럴드의 친구 러들로 파울러가 요청해 발표 당시 삭제했던 부분.

5

1922년, 앤슨은 런던의 몇몇 대여채권을 살펴보기 위해 부하 직원과 출장을 떠났는데, 그 업무는 그가 회사의 지분을 갖게 되었음을 암시하는 일이었다. 스물일곱 살이 된 그는 그다지 뚱뚱하다고는 할 수 없었지만 체중도 꽤 불어났고, 정중한 몸가짐은 실제 나이보다 더 들어 보이게 했다. 나이가 많은 사람이든 젊은 사람이든 모두가 그를 좋아하고 신뢰했으며, 그에게 딸을 맡겨 놓은 어머니들은 일단 안심을 했다. 그렇게 된 데는 한 가지 이유가 있었는데, 집으로 들어서면 그는 우선 그곳에서 가장 나이가 많은 사람, 가장 보수적인 사람부터 상대하고 보았기 때문이다. "우린 사이가 좋을 수밖에 없어요. 서로 이해하니까요." 그를 보고 있으면 그렇게 말하고 있는 것처럼 느껴졌다.

남자든 여자든 약점을 간파해 내는 그의 능력은 본능적이기도 했지만, 그가 지닌 자비심과도 관련이 있었다. 그가 마치 신부처럼 밖으로 드러나는 모습에 몹시 신경을 쓴 걸 보면 충분히 이해가 갔다. 매주 일요일 아침 상류 사회 아이들이 다니는 주교감독교회의 주일학교에서 선생 일을 한 것이 전형적인 그의 모습이라고 할 수 있었다. 비록 찬물로 샤워를 하고 앞자락을 비스듬히 재단한 코트로 재빨리 갈아입는 것으로 전날 밤의 야생적인 삶을 떼어 놓긴 했지만. (한번은, 서로의 본능이 작용한 것인지 모르겠지만, 맨 앞자리에서 앉아 있던 아이 여러 명이 일어나 맨 뒷자리로 이동을 한 적이 있었다. 그는 이 얘기를 자주 입에 올리곤 했는데, 그럴 때면 어김없이 배꼽을 잡으며 웃어 댔다.)*

부친이 세상을 떠난 후 그는 집안의 실질적인 가장이 되었을 뿐 아니라, 실제로 어린 동생들의 미래를 끌어 주어야 했다. 그의 권위와 복잡하게 얽힌 문제로 부친의 재산을 관리할 수 없었던 그는 로버트 숙부에게 관리를 맡겼다. 말馬을 좋아하는, 부드러운 인품을 가진 그는 휘틀리 힐스를 중심으로 모여드는 술고래들의 일원이기도 했다.

로버트 숙부와 그의 아내 에드나는 어린 시절의 앤슨에겐 너무도 좋은 친구였는데, 특히 숙부는 모든 방면에 뛰어난 자신의 조카가 유독 말은 좋아하지 않는다는 것을 안타깝게 생각했다. 그는 미국에서 가장 진입하기가 힘들다는 도시의 한 클럽에 들어갈 수 있도록 조카를 지원하기도 했는데—'뉴욕의 건설에 공헌한'(다시 말해, 1880년대 이전에 이미 부자인) 가문만이 회원이 될 수 있었다—앤슨이 회원이 된 이후 예일 클럽에 신경을 쓰느라 등한시하자 그 문제로 조카에게 싫은 소리를 한 적도 있었다. 하지만 로버트 숙부의 태도가 더 차가워진 것은 앤슨이 그가 경영하고 있던 보수적이고 그다지 볼품도 없는 중개업체에서 일하기를 거절한 뒤부터였다. 그는 마치 자신이 아는 것을 모두 가르쳐 준 초등학교 선생님처럼, 앤슨의 삶에서 멀어졌다.

앤슨에게는 너무도 많은 친구들이 있었다. 그들 중에 그의 각별한 친절을 받지 못하는 사람도 드물었지만, 신이 나면 무슨 얘기든 거칠게 내뱉거나 억병으로 술에 취해 버리는 것에 당혹해하지 않는 사람도 드물었다. 하지만 그는 다른 누군가가 그렇게 하는 건 봐주지 못했는데, 자신이 잘못한 것에 대해선 늘 웃음으로 때웠다. 말도 안 되는 일들에 대해 그가 떠들어 델 때마다 웃음은 금방 전염이 되었다.

그해 봄, 나는 뉴욕에서 일을 하고 있었다. 내가 다닌 대학의 클럽이

---

* 소설의 초고에는 있었지만 주인공 앤슨 헌터의 실제 모델인 피츠제럴드의 친구 러들로 파울러가 요청해 발표 당시 삭제했던 부분.

완공될 때까지 예일 클럽을 공동으로 사용하고 있어서 나는 그와 그 곳에서 점심을 같이 먹곤 했다. 폴라의 결혼 기사를 읽어서 알고 있던 나는 어느 날 오후, 그녀에 대해 물어보았다. 뭔가가 그의 마음을 움직 였는지 그는 내게 그 이야기를 해 주었다. 그날 이후로 그는 가족끼리 하는 저녁 식사 자리에 자주 나를 초대했고, 우리 사이에 특별한 관계 라도 있는 듯, 자신의 추억을 과감하게 얘기해 주면 내게서 공감을 받 게 되기라도 한다는 듯 행동했다.

그를 신뢰하는 어머니들의 경우도 마찬가지였다. 그들의 딸들에 대 한 그의 태도가 한결같이 보호적이기만 한 것은 아니었다는 걸 나는 두 눈으로 보았다. 그건 아가씨들에게 달려 있는 일이기도 했다. 만약 그녀가 느슨한 태도를 보인다면 아무리 그였더라도 결국 그녀는 스스 로를 보호하지 않으면 안 되었던 것이다.

"인생이란 게 날," 때로 그는 설명하곤 했다. "냉소적으로 만들어 버 렸어."

그가 말한 인생이란 건 폴라를 의미했다. 이따금, 특히 술을 마셨을 때, 마음이 살짝 비틀린 그는 그녀가 자기를 냉담하게 차 버렸다고 생 각했다.

이런 식의 '냉소주의', 혹은 품행이 단정하지 못한 여자들은 지켜 줄 가치가 없다는 인식이 그가 돌리 카거와 사귀도록 만들었다. 그게 그 무렵의 유일한 연애는 아니었지만, 그의 마음을 가장 깊게 흔들었고 삶에 대한 그의 태도에 깊이 영향을 미친 연애였다는 건 분명했다.

돌리는 결혼을 통해 상류 사회로 진입한 어느 악명 높은 '시사평론 가'의 딸이었다. 그녀는 나이가 들어 상류 사회 여성들로 조직된 사회 봉사 단체인 여성청년연맹에 들어갔고, 플라자 호텔의 댄스파티에 출입했으며, 의회와 관련이 있는 클럽에도 갔다. 헌터네 같은 소수의 오래된 가문만이 그녀가 과연 이런 데 '속할' 수 있는지 없는지에 대해 의문을 제기할 수 있었는데, 그녀의 사진이 자주 신문에 등장하거니와 명백히 '속할' 수 있었던 다른 많은 아가씨들보다 시샘이 날 만큼 과도하게 주목받고 있었기 때문이다. 그녀는 검정 머리에 진홍색 입술, 붉은 기가 많이 도는 아름다운 피부색을 가지고 있었는데, 사교계에 발을 들여놓은 첫해엔 줄곧 분홍빛이 도는 회색 분을 발라 붉은 기운을 가리고 다녔다. 빅토리아풍의 창백한 얼굴빛이 선호되던 시기여서 붉은 기운이 도는 자신의 얼굴이 마음에 들지 않았기 때문이다. 그녀는 검정색의 간소한 정장을 입고 두 손은 주머니에 찌른 채 약간 앞으로 몸을 숙인 채, 뭔가 익살스럽게 자제하는 듯한 표정으로 서 있었다. 그녀는 춤을 우아하게 추었는데, 춤추는 것을 무엇보다, 사랑을 나누는 것만 빼고는 그 어떤 것보다 좋아했다. 열 살 이후로 그녀는 항상 사랑에 빠져 있었다. 하지만 상대하는 남자애들이 늘 그녀에게 적극적인 건 아니었다. 몇몇은 그녀에게 전혀 관심이 없는 경우도 있었다. 하지만 자신에게 관심을 보인 남자애들에 대해서는—꽤 많기는 했다—태도가 달랐다. 간단히 한 번 만나고 나면 금방 싫증을 내는 것이다. 그렇지만 사랑의 실패에 대비해 그녀는 자신의 가슴에 가장 따뜻한 장소를 마련해 두고 있었다. 그녀는 자신에게 실패를 안겨 주는 남자들을 만나면, 늘 재도전을 하곤 했다. 때로는 성공을 거두었지만, 다시 실패를 맛보는 경우가 더 많았다.

자신을 사랑하길 거부한 남자들에게 어떤 유사점 하나가 있다는 사실을 이 집시 여인은 결코 알지 못했다. 그녀의 남자들은 그녀의 약점을 간파해 내는 견고한 직관을 공유하고 있었는데, 그 약점은 감성적인 면이 아니라 삶을 끌고 가는 방향에 있었다. 앤슨은 그녀를 처음 만났을 때 이걸 감지했다. 폴라가 결혼을 하고 채 한 달이 지나지 않은 때였다. 그는 과하다 싶을 만큼 폭음을 하고 있었고, 일주일 동안 그녀와 사랑에 빠진 것처럼 행동했다. 그러곤 돌연히 그녀를 멀리하고는 잊어버렸다. 그건 곧 그녀의 마음이 그에게 완전히 지배당해 버렸음을 의미했다.

당시의 너무도 많은 여자들이 그랬듯 돌리 역시 별 의심 없이, 대책도 없이, 자신을 거칠게 내몰았다. 약간 앞선 세대의 관습에 얽매이지 않는 태도는 구시대적 태도를 불신하는 전후 운동의 단순한 한 측면에 불과했다. 이에 반해 돌리가 취한 태도는 그보다 더 오래되고 칙칙한 것이어서, 그녀는 앤슨에게서 정서적으로 흔들리는 여자가 찾는, 탐닉과 보호라는 두 개의 극단을 동시에 발견했다. 그녀는 그가 쾌락의 추구와 바위 같은 견고함이라는 두 가지 성격을 함께 가지고 있다는 걸 느꼈고, 그 둘은 그녀의 모든 욕구를 충족시켜 주었다.

그녀는 그와의 관계가 쉽지 않을 거라는 건 느끼고 있었지만, 그 이유에 대해선 잘못 알고 있었다. 앤슨과 그의 가족들이 아주 대단한 결혼을 바란다고 생각하고 있던 그녀는 내심 그의 음주벽이 자신에겐 유리하게 작용할 수 있으리라고 생각한 것이다.

그들은 사교계에 첫발을 들이는 아가씨들을 위한 대규모 댄스파티에서 만났지만, 그녀가 그에게 빠져드는 정도가 심해지면서 만남도 잦아졌다. 대부분의 어머니들이 그랬듯 카거 부인도 앤슨을 믿음직하게 여겼고, 그래서 돌리가 그와 함께 멀리 떨어진 컨트리클럽이나 교외의 별장으로 갈 때도 뭣 때문에 가는지를 꼬치꼬치 묻지 않고 허락하고, 늦게 들어와서 설명을 해도 별달리 문제 삼지 않았다. 처음엔 이런 설명들이 정확했을지 모르지만, 앤슨을 차지하려는 돌리의 거친 생각들은 곧 치솟아 오르는 감정의 소용돌이에 휘말리고 말았다. 택시와 자동차 뒷자리에서 나누는 키스만으로는 더 이상 충분하지 않았다. 결국 그들은 기이한 일을 하기에 이르렀다.

그들은 한동안 자신들의 세계에서 빠져나와 또 다른 세계를 구축했다. 자신들이 속한 세계 바로 아래에 있던 그 세계는, 앤슨의 음주와 돌리의 지리멸렬한 시간들이 사람들의 눈에 그다지 띄지도 않고 거기에 대해 누가 뭐라고 하는 일도 거의 일어나지 않는 곳이었다. 그 세계는 다양한 요소들로 구성되어 있었다. 가령, 앤슨의 예일대 친구들 여럿과 그 아내들, 주식 중개인과 증권사 직원 두셋 그리고 놀기도 좋아하고 재력도 갖춘 갓 대학을 졸업한 일군의 미혼자들까지. 그 세계는 널찍한 공간도 아니고 규모도 작았지만, 당시로선 거의 허용되지 않았던 자유를 마음껏 누릴 수 있었다. 더구나 두 사람이 중심이 되어 있었으므로 돌리로선 약간이나마 우월감을 느끼게 하는 즐거움도 있었다. 물론, 그런 식의 즐거움은 우월감에 관한 한 어릴 때부터 충분히 누리며 살아온 앤슨에게는 전혀 해당되지 않았다.

그는 돌리와 사랑에 빠진 게 아니었고, 뜨거운 관계가 이어지던 겨울 동안 그녀에게 자주 그 얘기를 하곤 했다. 봄이 오자 그는 시들해졌다. 그는 삶을 새롭게 할 수 있는 다른 뭔가를 원했다. 이제 그녀와 헤어지든가, 그녀를 유혹한 것은 분명하니 거기에 상응하는 책임을 지든가, 둘 중 하나를 택해야 한다는 생각도 들었다. 그녀의 가족들이 가진 적극적인 태도도 그의 결정을 재촉하는 한 가지 요소였다. 어느 날 저녁, 카거 씨가 서재 문을 조심스럽게 두드리고는 거실에 브랜디 한 병을 놓아두었다고 말했는데, 앤슨은 삶이 자신을 옴짝달싹하지 못하게 만들고 있다는 생각이 들었다. 그날 밤, 그는 그녀에게 보내려고 짤막한 편지를 썼다. 휴가를 떠나려 한다는 것 그리고 모든 상황을 따져 봤을 때 더 이상 만나지 않는 게 좋겠다는 내용이 담긴 편지였다.

6월이었다. 가족들이 시골로 휴가를 떠나며 저택을 비워서 한동안 그는 예일 클럽에서 지냈다. 돌리와의 관계가 어떻게 되어 가는지 나는 그를 통해서 듣고 있었는데—웃고 넘어가면 그만인 얘기들로 들렸다. 그럴 수밖에 없었던 게, 그는 변덕스러운 여자들을 경멸했고, 자신이 믿고 있는 사교계란 곳에는 그런 여자들이 끼어들 여지가 없다고 판단했던 것이다—그날 밤 그는 내게 그녀와의 관계를 완전히 끝내겠다고 말했다. 반가운 얘기였다. 나는 여기저기서 돌리와 마주치곤 했었는데, 그럴 때마다 그녀가 벌이는 희망 없는 사투가 안쓰럽게 느껴졌다. 그리고 내가 과연 그녀에 대해 그렇게 많은 것들을 알고 있어도 되나 싶은 자격지심이 일기도 했다. 그녀는 남자들이 흔히 말하는 '예쁘고 어린 것'에 해당되는 여자였지만, 무모한 구석도 분명 있었다. 오히려 내게는 그게 매력이었다. 그녀가 만약 좀 덜 씩씩했더라면, 그녀의 헌신이 무모한 낭비라는 게 그다지 크게 드러나진 않았을 것이다. 그래 봤자 어차피 그녀는 자신의 삶을 낭비하게 될 터였지만. 내가 반가웠던 건 그런 희생이 내 눈앞에서 벌어지진 않을 거라는 사실을 내 귀로 들었기 때문이었다.

다음 날 아침, 앤슨은 영원한 이별이 담긴 편지를 그녀의 집에 놓아두고 올 생각이었다. 그녀의 가족들은 그때까지 5번 대로 일대에서 집을 비우지 않은 몇 안 되는 집이었다. 그리고 그는 카거 씨 부부가 돌리에게서 잘못된 정보를 듣고서 딸에게 기회를 주기 위해 외국 여행을 미루었다는 사실도 알게 되었다. 그가 매디슨 대로에 들어서서 예일 클럽 출입구로 발길을 옮기고 있을 때 우체부가 그를 지나쳐 갔다. 우체부 뒤를 따라 안으로 들어간 그는 맨 위에 놓인 편지에 눈길이 끌렸다. 돌리의 글씨가 쓰여 있었던 것이다.

무엇이 쓰여 있을지 그는 짐작이 갔다. 외롭고 슬프다는 독백으로, 그가 이미 알고 있는 것들에 대한 질책으로, 추억의 반추로, '만약'과 '좋았을 텐데'로 가득 채워져 있을 터였다. 이제는 다른 시대처럼 느껴지는, 폴라 르장드르와 주고받았던 먼 옛날의 편지와 다를 게 없었다. 청구서 몇 개를 넘긴 뒤 그는 다시 맨 위에 놓여 있던 편지를 집어 들어 입구를 뜯었다. 놀랍게도 편지는 짧고, 다소나마 정중했다. 편지엔 시카고에서 페리 헐이 예고도 없이 온다고 해서 주말에 그와 함께 교외로 갈 수가 없다는 내용이 적혀 있었다. 그리고 이건 앤슨이 자초한 일이란 것도 덧붙여져 있었다. "……제가 당신을 사랑하는 것만큼 당신이 절 사랑하고 있다고 느껴졌다면, 전 언제든, 어디서든, 당신과 함께 하겠죠. 하지만 페리는 정말 멋진 남자고, 저와 결혼하고 싶어 하는 마음도 아주 크고……"

앤슨의 얼굴에 경멸에 찬 미소가 떠올랐다. 그는 이런 미끼를 던지는 식의 편지들을 잘 알고 있었다. 더구나 그는 돌리가 이 계획을 위해 얼마나 정성을 기울였는지도 짐작할 수 있었다. 그녀는 신의 있는 페리를 불러들이고, 그가 도착하는 시간까지 계산을 했을 것이다. 심지어 그가 완전히 이성을 잃어버리지 않을 정도에서 충분히 질투심을 느끼게 할 수 있는 것까지 고려를 했을 터였다. 이것저것 다 감안하는 일이 대부분 그렇듯, 그녀의 편지 또한 설득력도 활력도 없는, 있는 거라곤 그저 소심한 절망뿐이었다.

갑자기 그는 화가 치밀었다. 그는 로비에 앉아 편지를 다시 읽었다.

그러고 나서 그는 돌리에게 전화를 걸어 또렷하고 위압적인 목소리로 그녀에게 편지는 받아 보았으며, 이미 약속한 대로 5시에 데리러 가겠다고 말했다. 명확하지 않다는 투로 "어쩌면 한 시간 정도는 당신을 만날 수 있을 거 같아요"라는 그녀의 말을 거의 다 듣지도 않고 수화기를 내리고는 회사로 내려갔다. 가던 길에 그는 자신의 편지를 찢어 길에다 던져 버렸다.

그는 질투를 느낀 건 아니지만—그녀는 그에게 아무런 의미가 없었다—그녀의 측은한 계략에 자신의 완고하고 제멋대로인 성격을 고스란히 밖으로 드러냈다. 정신적으로 열등한 사람이 보여 주는 뻔뻔스러움을 그냥 보고 넘어갈 수가 없었던 것이다. 그녀가 만약 자신이 어디에 속해 있는지를 알고 싶다면, 그녀는 보게 될 것이었다.

그가 그녀의 집 현관 앞에 도착한 것은 5시 15분이었다. 돌리는 외출복 차림이었고, 그는 그녀가 전화에서 이미 써먹었던 "한 시간 정도는 볼 수 있을 거예요"라는 문장을 아무 말 없이 들었다.

"모자를 써, 돌리," 하고 그가 말했다. "산책을 좀 할 거니까."

매디슨 대로로 올라가 5번가를 지나는 동안 푹푹 찌는 열기 탓에 앤슨의 셔츠는 땀에 젖어 살이 약간 찐 몸에 그대로 들러붙었다. 그는 사랑이란 말은 꺼내지도 않고 그저 그녀를 힐난하는 말만 늘어놓았다. 하지만 여섯 블록도 지나지 않아 그녀는 다시 그의 연인으로 돌아가 편지를 쓴 것에 대해 사과를 하고 속죄하는 뜻으로 앞으론 페리를 일절 만나지 않겠다고, 그 외에 다른 일은 무엇이든 하겠다고 말했다. 그녀는 그가 자신을 다시 사랑하기 시작했고, 그래서 나타난 거라고 생각하고 있었다.

"몹시 덥군." 71번가에 이르렀을 때 그가 입을 열었다. "겨울 양복이라 그런 모양인데, 집에 잠깐 들러서 갈아입어야겠는데, 아래층에서 기다려 줄 수 있지? 잠깐이면 될 텐데."

그녀는 행복했다. 덥다는, 자신의 신체적 사실을 얘기해 주는 친밀함이 그녀를 황홀하게 만들었다. 쇠살대로 된 문에 이르러 앤슨이 열쇠를 꺼내자 그녀는 환희 같은 걸 느꼈다.

아래층은 어두웠다. 그가 엘리베이터를 타고 올라간 뒤 돌리는 커튼을 걷고 불투명한 레이스를 통해 길 건너편의 집들을 내다보았다. 엘리베이터가 멈추는 소리가 들리자 그녀는 그를 놀려 주려는 생각이 들어 하강 버튼을 눌렀다. 그런 다음 충동 이상의 뭔가를 느낀 그녀는 엘리베이터를 타고 그가 있을 것으로 짐작되는 층으로 올라갔다.

"앤슨," 하고 그녀가 웃음을 살짝 터뜨리며 불렀다.

"잠깐만," 하는 그의 대답 소리가 침실에서 들려왔다. 그리고 잠깐 뜸을 들인 뒤에 이어졌다. "이제 들어와도 돼."

그는 옷을 갈아입고 조끼의 단추를 채우고 있는 중이었다. "이게 내 방이야," 하고 그가 가볍게 말했다. "마음에 들어?"

그녀는 벽에 걸려 있는 폴라의 사진에 눈길이 사로잡힌 채 뚫어지게 바라보았다. 그 모습은 마치 5년 전의 폴라가 어린 시절 앤슨의 여자 친구들이 찍힌 사진을 뚫어지게 바라보던 것과 흡사했다. 그녀는 폴라에 대한 얘기는 어느 정도 알고 있었다. 때로 폴라와 관련된 어떤 얘기들은 그녀를 고통스럽게 만들었다.

갑자기 그녀가 두 팔을 들어 올린 채 앤슨에게로 다가갔다. 둘은 포옹을 했다. 태양은 여전히 길 건너편 지붕 뒤편을 밝게 비추고 있었지만 바깥쪽 창문에는 어느새 부드러운 노을빛이 서성이고 있었다. 반시간이 지나지 않아 방은 완전히 어두워질 것이었다. 전혀 생각지 못한 일이 그들을 휩싸면서 둘 모두 숨조차 제대로 쉬지 못했고, 그저 더 깊이 끌어안았을 뿐이었다. 느닷없이 닥친, 피할 수 없는 상황에 그들은 여전히 서로를 안은 채 고개를 들었다. 그러다 둘의 눈길이 동시에, 자신들을 내려다보고 있는 폴라의 사진에 멈추었다.

앤슨이 갑자기 팔을 풀고는 책상 앞에 앉더니 열쇠 뭉치에서 서랍 열쇠를 찾았다.

"한잔할래?" 하고 거친 목소리로 그가 물었다.

"아녜요, 앤슨."

그는 위스키 잔을 반쯤 채우고는 단숨에 들이켰다. 그러곤 널따란 방으로 통하는 문을 열었다.

"가지," 하고 그가 말했다.

돌리가 멈칫거렸다.

"앤슨…… 오늘 밤, 당신이랑 교외로 가겠어요. 알죠, 무슨 말인지?"

"물론," 하고 그가 퉁명스럽게 대답했다.

돌리의 차를 타고 롱아일랜드로 가면서 두 사람은 이전보다 더 가까워진 느낌이었다. 그들은 이제부터 일어날 일에 대해 잘 알고 있었다. 폴라의 사진으로 인해 중단된 뭔가가 생각이 났기 때문이기도 했지만, 실은 조용하고 뜨거운 롱아일랜드의 밤에 단둘만이 남게 된다면 거리낄 게 전혀 없을 것이기 때문이었다.

그들이 주말을 보내기로 한 포트워싱턴의 저택은 몬태나의 구리 광산업자와 결혼한 앤슨의 사촌이 소유한 집이었다. 수위실을 지나면서 시작된 끝도 없이 이어진 드라이브는 수입해 심어 놓은 포플러 묘목들을 따라 꼬불꼬불 계속되다가 거대한 분홍색 스페인식 저택까지 이르렀다. 앤슨은 전에도 종종 그곳에 온 적이 있었다.

저녁 식사를 하고 그들은 린스 클럽에서 춤을 추었다. 자정 무렵, 사촌들이 2시 전에는 일어날 것 같다는 확신이 든 앤슨은 돌리가 피곤하니 그녀를 집에 데려다주고 클럽으로 다시 오겠다고 설명했다. 흥분해서 살짝 떨리기까지 한 두 사람은 차를 빌려서 함께 포트워싱턴으로 돌아왔다. 수위실에서 차를 멈추고 그는 야간 근무자에게 말했다.

"한 바퀴 도는 게 언제죠, 칼?"

"지금 막 돌 겁니다."

"모두들 들어올 때까지 여기 있을 거죠?"

"물론이죠, 도련님."

"그럼, 내 말 들어 봐요. 어떤 차든, 누구든 상관하지 말고, 이 문으로 들어서면 집으로 곧장 전화를 주세요." 그는 칼의 손에 5달러짜리 지폐를 쥐어 주었다. "아셨죠?"

"잘 알아먹었습니다, 앤슨 씨," 하고 말했을 뿐 구시대의 전형과도 같은 경비원은 윙크도 미소도 없었다. 하지만 돌리는 앉은 채로 얼굴을 살짝 돌렸다.

앤슨은 열쇠 하나를 갖고 있었다. 일단 안으로 들어간 그는 술 두 잔부터 따르고—돌리는 자신의 잔에 손을 대지 않았다—전화가 어디에 놓여 있는지를 확인해 두었는데, 1층에 있는 그들의 방은 벨소리가 쉽게 들릴 만한 거리에 있었다.

5분쯤 지나 그는 돌리의 방에 노크를 했다.

"앤슨이에요?" 그가 방으로 들어가 문을 닫았다. 그녀는 침대 안에 들어가 있었는데, 불안한 표정으로 베개에다 팔꿈치를 댄 채로 비스듬히 앉아 있었다. 그녀 곁에 앉으며 그가 그녀를 팔로 감싸 안았다.

"앤슨, 자기."

그는 아무런 대답도 하지 않았다.

"앤슨…… 앤슨! 당신을 사랑해요…… 날 사랑한다고 말해 줘요. 지금…… 지금 말해 줄 수 없나요? 말만이라도 그렇게 해 주면 안 되나요?"

그는 귀를 기울이지조차 않고 있었다. 그는 그녀의 뒤편 벽에 폴라의 사진이 걸려 있다는 걸 알았다.

그는 자리에서 일어나 사진 가까이로 다가갔다. 액자의 틀이 세 번이나 꺾여서 비쳐 든 달빛에 희미하게 빛났다. 그가 본 것은 흐릿한 그림자에 싸인 얼굴이었는데, 기억에서 지워져 있었다. 그는 거의 울음을 터뜨릴 것처럼 돌아서서 침대에 앉아 있는 조그만 형상을 혐오스럽게 노려보았다.

"이건 정말이지 바보 같은 짓이야," 하고 그가 칼칼한 목소리로 말했다. "내가 무슨 생각으로 여기까지 왔는지 모르겠군. 난 널 사랑하지 않아. 그리고 너, 널 사랑하는 남자를 기다리는 게 좋을 거야. 내가 널 조금도 사랑하지 않는다는 거, 모르겠어?"

목소리가 잠겨 들더니 그가 서둘러 방을 빠져나갔다. 응접실로 돌아온 그는 후들거리는 손으로 술을 따랐다. 그때 현관문이 벌컥 열리며 그의 사촌이 들어섰다.

"무슨 일이야, 앤슨? 돌리가 아프다던데." 그녀가 걱정스럽게 물었다. "돌리가 아프다는 소리를 들었……"

"별거 아니야," 하고 그가 말을 막았다. 목소리가 높아서 돌리의 방에서도 들릴 것 같았다. "좀 피곤한가 봐. 자러 들어갔어."

그러고 나서 제법 긴 시간이 흘러가는 동안 앤슨은 인간을 지켜 주시는 하느님이 때로는 인간의 일을 방해하기도 한다고 믿었다. 하지만 잠을 이루지 못한 채 천장을 응시하고 있던 돌리 카거는, 다시는, 그 어떤 것도 믿지 않았다.

6

가을이 오고 돌리가 결혼을 했을 때, 앤슨은 사업차 런던에 있었다. 폴라의 결혼과 마찬가지로 이번 일도 급작스럽게 일어났지만, 그에게 별다른 영향을 주진 않았다. 처음에는 재미있다는 생각이 들면서 생각할 때마다 웃음이 터지곤 했다. 하지만 시간이 지나면서 그 일은 그를 우울하게 만들었다. 그래서인지 그는 훌쩍 나이가 든 기분이었다.

왠지 같은 일이 반복되는 것 같았다. 하지만 그에게 폴라와 돌리는 서로 다른 세대에 속한 사람들이었다. 그는 오래전 격정에 휩싸였던 사람의 딸이 결혼을 했다는 얘기를 들은 마흔 살쯤 먹은 남자의 기분을 미리 맛본 듯했다. 그는 축하 전보를 보냈는데, 폴라의 경우와는 달리 진지했다. 그는 폴라가 행복해지기를 진정으로 빌어 본 적이 없었다.

뉴욕으로 돌아온 그는 회사의 공동 경영자가 되었는데, 책임이 늘어남에 따라 여유 시간이 거의 생기지 않았다. 한 생명보험사로부터 가입을 거절당한 그는 충격을 받고 한 해 동안 술을 끊고는 몸이 더 좋아진 것 같다고 떠벌렸다. 하지만 그가 떠벌렸어야 했던 건 20대 초반 그의 삶에 지대한 영향을 끼쳤던 벤베누토 첼리니*의 모험들이었다.

* Benvenuto Cellini(1500~1571). 스스로 모험가, 무뢰한, 호색가를 자처한 르네상스 시대 이탈리아의 조각가, 화가, 음악가, 군인.

그는 그것을 놓쳐 버린 것이다. 하지만 그는 예일 클럽만은 절대 포기하지 않았다. 그는 그곳을 대표하는 중요한 인물이 되어 있었는데, 대학을 졸업하고 7년이나 지나 이제는 술과 좀 떨어져 지내려던 동급생들을 주저앉힌 것도 그였다.

그는 누구에게서든 도움을 요청받으면 아무리 시간이 없고 몸이 피곤해도 어김없이 들어주었다. 처음에 자존심과 우월감에서 시작했던 그 일은 어느새 습관과 열정이 되어 있었다. 그리고 그의 주변에선 뭔가가 늘 일어났다. 뉴헤이븐에선 어린 동생이 곤경에 처했고, 친구는 아내와 다툼을 벌여 중재가 필요했고, 이 사람은 일자리를 얻어야 했고, 저 사람은 투자할 곳을 알아야 했다. 하지만 그의 특별함은 젊은 부부의 문제를 해결해 주는 데서 여실히 발휘되었다. 젊은 부부들은 그를 매료시켰으며 그들의 아파트는 그에게 거의 성지와 같았다. 그는 그들의 연애와 관련된 스토리를 꿰뚫었고, 어디에 집을 구하고 어떻게 살아야 하는지를 적절하게 알려 주었으며, 아이들의 이름까지 기억했다. 젊은 아내들에 대한 그의 태도는 아주 신중했다. 그는 결코 남편들과의 신의를 저버리지 않았다. 그의 공공연한 비행을 미루어 생각하면 참으로 기이한 일이 아닐 수 없었다.

그는 행복한 결혼 생활을 보면 그대로 감정 이입이 되어 즐거워졌고, 엇나간 결혼 생활을 보더라도 거의 다를 바 없이 그대로 우울에 빠져 버렸다. 그가 자신이 맺어 준 거나 마찬가지인 관계가 깨지는 걸 목격하지 않은 채 온전히 지나가는 계절은 없었다. 폴라가 이혼을 하고 거의 지체하지 않고 보스턴 남자와 재혼을 했을 때, 그는 어느 오후 내내 그녀에 관해 내게 얘기했다. 그는 폴라를 사랑했던 것처럼 다른 누군가를 사랑하는 일은 결코 일어나지 않을 거라고, 하지만 더 이상은 그 일에 신경 쓰지 않는다고 주장하듯 말했다.

그는 "난 절대 결혼 같은 건 안 할 거야," 하고 말하기에 이르렀다. "결혼은 신물이 나도록 봤어. 행복한 결혼이란 게 정말 드물다는 것도 알게 됐고. 그리고 결혼하기엔 나이를 너무 많이 먹었어."

하지만 그는 결혼에 대한 믿음을 저버린 건 아니었다. 행복하고 성공적인 결혼 생활을 한 부모의 자식들이 흔히 그렇듯, 그 역시 결혼에 대한 열정적인 신뢰를 버리지 않은 것이다. 그 어떤 것도 그의 믿음을 바꾸어 놓진 못했으며, 그의 냉소주의조차 이 경우엔 공기처럼 흩어졌다. 그러나 자신이 나이를 꽤 먹었다는 사실 또한 정말로 그렇게 믿었다. 스물여덟 살이 된 그는 로맨틱한 사랑 없이 결혼을 하게 되는지도 모른다는 것을 받아들이기 시작했다. 그래서인지 그는 자신과 같은 계층에다 예쁘고 지성적이고 성격도 맞으며 어디 한 군데 나무랄 데 없는 뉴욕 아가씨를 신붓감으로 못 박았다. 그리고 그런 여자와 사랑에 빠질 준비를 갖추고 있었다. 폴라에게 정직하게 말했고 다른 여자들에겐 우아하게 말했던 그것을, 이제 그는 미소를 짓지 않고는, 혹은 확신을 가지게 만들지 않고서는, 단 한 마디도 할 수 없었다.

"마흔 살이 되어야," 하고 그가 친구들에게 말했다. "난 철이 들 거야. 누구들처럼 무용수한테 빠지겠지."

그럼에도 불구하고 그는 시도를 멈추지 않았다. 그의 모친은 그가 결혼한 모습을 보길 원했다. 그에겐 충분히 그럴 만한 경제적 여유가 있었다. 증권거래소에서 일하는 그의 연봉은 2만 5,000달러에 이르렀다. 결혼에 대한 생각은 기분 좋은 일이었다. 밤이면 그의 친구들은— 그는 대부분의 시간들을 돌리와 사귀던 시절에 만났던 친구들과 보냈다—하나같이 가정이라는 문 뒤로 사라져 버렸고, 그는 더 이상 예전의 자유를 다시 맛볼 수 없었다. 돌리와 결혼을 했어야 하는 게 아니었나, 하는 생각까지 들곤 했다. 폴라조차도 그 정도로 그를 사랑하지는 않았었고, 혼자 살게 되면서 그는 진실한 감정과 마주친다는 게 희귀하다는 사실을 배워 가고 있었던 것이다.

이런 기분에 젖어 들기 시작할 바로 그 무렵, 걱정스러운 소문 하나가 그의 귀에 닿았다. 이제 막 마흔 살이 된 에드나 숙모가 케리 슬론이라는 난잡한 술주정뱅이 젊은 녀석과 대놓고 만난다는 얘기였다. 지난 15년을 클럽에서 떠들어 대며 자신의 아내는 늘 괜찮다고 여겨온 로버트 숙부만 빼고 모두가 그 얘기를 알고 있었다.

그 얘기를 계속 듣게 되면서 앤슨은 점점 화가 치밀어 올랐다. 숙부와 오랫동안 맺어 왔던 정감들이 되살아났다. 그것은 개인적인 정감이라기보다는, 그가 지닌 자긍심의 토대를 이루고 있던 가문의 결속으로 되돌아가게 만드는 그 무엇이었다. 그는 이 일로 인해 숙부가 상처를 입어서는 안 된다는, 그것이 핵심이라는 사실을 직감했다. 이것은 남의 부탁으로 개입하는 것이 아닌 첫 번째 사례였다. 에드나 숙모의 성격을 잘 알고 있던 그는 지방법원 판사나 숙부보다는 자신이 직접 해결하는 게 더 낫다고 판단했다.

그의 숙부는 핫스프링스에 있었다. 앤슨은 실수 없이 추문의 진원을 추적하고 나서 에드나 숙모에게 전화를 걸어 다음 날 플라자 호텔에서 점심을 먹자고 말했다. 그의 목소리에서 그녀는 뭔가 겁을 집어먹은 게 틀림없었다. 선뜻 그러자고 하지 않던 것이다. 하지만 그는 더이상 거절을 못 할 때까지 만날 날짜를 연장해 가면서 밀어붙였다.

그녀는 약속한 시간에 플라자 호텔 로비에서 그를 만났다. 러시아산 검은담비 코트를 걸친 회색 눈의 예쁜 금발 여인의 얼굴에도 세월의 그늘이 덮여 있었다. 가느다란 손가락에는 다이아몬드와 에메랄드가 박힌 차가운 느낌의 큼지막한 반지 다섯 개가 반짝이고 있었다. 그녀의 스러져 가는 아름다움에 부표처럼 떠 있는 모피와 보석과 풍성한 화려함은 숙부의 지성이 가져다준 것이 아니라 그의 부친이 갖춰 준 것이란 사실이 앤슨의 뇌리를 스쳐 갔다.

에드나는 그가 가진 반감을 고스란히 느낄 수 있었지만, 그렇게 단도직입적으로 나오리라곤 전혀 예상하지 못하고 있었다.

"숙모, 저 많이 놀랐어요. 요즘 하시는 거 보고요," 하고 그는 강하면서도 솔직하게 말했다. "처음엔 믿을 수가 없었어요."

"무슨 얘기하는 거니?" 그녀가 날카롭게 반문했다.

"저한테까지 아닌 척할 필욘 없어요, 숙모. 케리 슬론 얘기하는 거예요. 다른 건 젖혀 두고, 로버트 숙부한테 이런다는 게 저로선 이해가……"

"이것 봐, 앤슨……," 하고 그녀가 화를 내기 시작했지만 그의 단호한 목소리가 다시 이어지면서 그녀의 말이 잘려 나갔다.

"……더구나 애들도 있잖아요. 결혼 생활을 하신 지가 18년이에요. 어떻게 하는 게 나은지 아실 만한 나이잖아요."

"네가 나한테 그런 식으로 말할 수 있는 거니, 네가……"

"할 수 있어요, 전. 로버트 숙부는 저한텐 늘 제일가는 친구였으니까요." 그는 감정이 격해져 있었다. 숙부와 어린 세 조카를 떠올리면 정말이지 괴로웠다.

에드나가 자리에서 일어났다. 칵테일 잔에는 손도 대지 않은 상태였다.

"이건 말도 안 되는 일이야……"

"잘 알겠어요. 제 말 안 들으시겠다면, 로버트 숙부한테 가겠어요. 가서 다 말씀드리죠…… 어차피 곧 알게 되실 텐데요 뭐. 그리고 모제스 슬론 영감님한테도 갈 겁니다."

에드나가 비틀거리는 듯하다가 도로 의자에 앉았다.

"그렇게 큰 소리로 말할 건 없잖니," 하고 그녀가 사정하듯 말했다. 그녀의 두 눈에 눈물이 글썽였다. "목소리부터 좀 낮춰. 이런 말도 안 되는 비난을 퍼부을 생각이었다면 좀 조용한 데로 갔었어야지."

그는 아무 소리도 하지 않았다.

"그래, 넌 날 좋아한 적이 없지. 알아." 그녀가 계속 말을 이었다. "넌 지금도 어디서 이상한 가십거리를 듣고 와선 내가 지속해 온 유일한 우정을 깨려고 하고 있잖아. 내가 대체 너한테 뭘 했기에 이렇게 미움을 받아야 하는 거지?"

앤슨은 묵묵히 기다렸다. 그녀는 이제 그의 기사도 정신에 호소할 것이다. 그러곤 그의 동정심에 호소할 거고, 마침내 그의 탁월한 교양에 호소할 것이다. 그 모든 호소를 밀쳐 내고 나면 인정을 하게 될 테고, 그때에야 비로소 논의가 가능해질 것이었다. 아무 말도 하지 않고, 어떤 것에도 반응하지 않으며, 자신의 무기인 자신만의 진정한 감정으로 끊임없이 되돌아감으로써 그는 점심을 먹는 내내 그녀를 미칠 것 같은 절망 속으로 밀어 넣었다. 2시가 되었을 때 그녀는 거울과 손수건을 꺼내 눈물자국을 닦아 내고 화장이 살짝 지워진 곳에 분을 발랐다. 그리고 4시에 자신의 집에서 다시 만나는 데 동의했다.

그가 집에 도착할 때 그녀는 하절기용 크레톤 사라사를 덮은 채로 기다란 의자에 길게 누워 있었는데, 점심때 흘린 듯한 눈물자국이 그대로 남아 있었다. 그리고 나서 그의 눈에 케리 슬론의 모습이 들어왔다. 그는 불안하고 어두운 표정을 한 채 차가운 벽난로 가에 서 있었다.

"무슨 생각으로 이러는 거야?" 하고 슬론이 다짜고짜 찔러 왔다. "듣기론, 에드나를 점심 먹자고 불러 놓고는 싸구려 스캔들로 협박을 했다고?"

앤슨이 의자에 앉았다.

"내겐 그게 그냥 스캔들로 보이지 않는데요."

"로버트 헌터한테 가겠다고 했다면서? 우리 아버지한테도."

앤슨이 고개를 끄덕였다.

"당장 그만두든가…… 그러지 않으면 내가 지금 말한 대로 할 겁니다," 하고 앤슨이 말했다.

"빌어먹을, 헌터 네가 왜 나서는 거냐고?"

"진정해, 케리," 하고 에드나가 신경질적으로 말했다. "이게 얼마나 말이 안 되는 얘기인지만 앤슨한테 보여 주면 그만……"

"무엇보다요, 우리 가문의 이름이 사람들 입에 오르내리고 있어요," 하고 말하며 앤슨이 숙모의 말을 잘랐다. "이건 누구에게나 중요한 일이지 않습니까, 케리 씨."

"에드나는 당신 가문이 아니잖아."

"당연히 우리 가문 사람이지!" 앤슨의 화가 절정에 다다랐다. "이것 봐…… 이 집, 손가락에 낀 반지들, 이게 다 우리 아버지에게서 나온 거라고. 로버트 숙부랑 결혼했을 때, 숙모는 동전 하나 가지고 있지 않았다고!"

마치 이 상황에서 반지가 중요한 물건이라도 된다는 듯 세 사람의 시선이 일제히 반지를 향했다. 에드나가 손가락에서 반지를 빼내려고 했다.

"세상에 저 반지들만 있는 건 아니야," 하고 슬론이 말했다.

"아, 이건 말도 안 돼," 하고 에드나가 소리를 질렀다. "앤슨, 내 말 좀 들어 볼래? 어디서 그런 엉터리없는 얘기가 돌기 시작했는지 알아냈어. 나한테 쫓겨나서 곧바로 칠리체프네로 옮겨 간 하녀 있잖아…… 러시아 사람들이란 게 하인들 입에서 나온 얘기들에 제 엉터리 생각을 집어넣고는 동네방네 떠들어 대길 좋아하지." 그녀는 주먹을 불끈 쥐고는 화풀이를 하듯 식탁을 내리쳤다. "지난겨울에 우리가 남부로 가 있는 한 달 동안 톰이 그 사람들한테 리무진을 빌려준 뒤로……"

"무슨 얘긴지 알겠지?" 하고 슬론이 잔뜩 기대하는 얼굴로 물었다. "그 하녀가 잘못 지껄인 거라고. 그 여잔 에드나와 내가 친구 사이라는 걸 알고 있었고, 그걸 칠리체프 가족들에게 떠벌린 거지. 러시아에선 남자랑 여자가 그런 관계면……"

주제넘게도 그는 자신들의 얘기를 러시아 지방의 사회적 관계에다 욱여 넣고 있었다.

"그런 거라면 로버트 숙부한테 설명하는 게 더 낫겠네요," 하고 앤슨이 냉소적으로 받아넘겼다. "그래야 나중에 소문을 듣게 되더라도 사실이 아니란 걸 알게 될 테니까요."

앤슨이 취한 방법은 점심때 에드나에게 했던 것처럼 그들이 자신의 입으로 실토를 하도록 밀어붙이는 거였다. 그는 그들이 잘못을 저질렀으며, 곧 뭐가 잘못되었는지를 털어놓게 되리라는 걸 그리고 그게 자신이 직접 나서는 것보다 더 분명하게 밝혀내는 일이란 걸 알고 있었다. 7시가 되었을 때, 막바지에 다다른 그들은 진실—로버트 헌터의 무관심과 에드나의 공허한 삶, 우연한 장난이 격정의 불꽃을 튀기게 된 사연들—을 털어놓기 시작했다. 하지만 너무도 많은 실제 이야기가 그렇듯, 그것 역시 구태의연한 불운의 스토리로 엮여 있었고, 그 허약한 구조로는 갑옷처럼 견고한 앤슨의 의지에 대적할 수 없었다. 결국 슬론의 부친을 만나러 가겠다는 협박에 그들은 힘없이 무너졌다. 앨라배마에서 목화 중개인을 하다 은퇴한 슬론의 부친은 일정한 양의 용돈을 주고 다시 또 엉뚱한 짓을 하면 용돈을 영원히 끊어 버리겠다고 으름장을 놓는 방법으로 아들을 통제해 온 악명 자자한 근본주의자였다.

그들은 조그만 프랑스 레스토랑에서 저녁을 먹으며 계속 얘기를 나누었다. 슬론은 한 번 신체적인 위협을 가하려 들기도 했지만 그러다가 잠시 뒤엔 앤슨에게 시간을 달라고 사정을 하기도 했다. 하지만 앤슨은 단호했다. 그는 에드나가 무너지고 있다는 걸 알았다. 그리고 그녀의 영혼은 두 사람 사이의 어떤 새로운 열정으로도 복구되지 않으리란 걸 알았다.

밤 2시에 53번가의 조그만 나이트클럽에서 에드나의 신경은 급격히 붕괴되었고, 그녀는 집으로 돌아가겠다고 소리를 질렀다. 저녁 내내 폭음을 한 슬론은 얼마큼 감상에 젖어 테이블에 기댄 채 얼굴을 두 손에 묻고 흐느끼고 있었다. 앤슨은 재빨리 조건을 제시했다. 여섯 달 동안 슬론이 도시를 떠나 있을 것과 48시간 이내에 짐을 꾸려 출발해야 한다는 것이었다. 그리고 돌아와서도 1년 동안은 서로 만나선 안 되며, 만약 그녀가 원한다면 로버트 헌터에게 이혼하고 싶다는 의사를 밝힌 뒤 일련의 절차를 밟아도 된다는 것이었다.

그는 말을 멈추고 마지막 말을 하기 전에 그들의 표정을 살피며 확신을 얻었다.

"다른 방법이 있긴 합니다," 하고 그가 천천히 말했다. "만약 숙모가 아이들을 두고 간다면, 두 분이 함께 가더라도 저로선 막을 수가 없겠죠."

"집에 가고 싶어!" 하고 에드나가 다시 소리를 질렀다. "아, 종일 우리한테 한 거, 이 정도면 충분하지 않니?"

밖은 어두웠다. 6번 대로에서 흘러나온 흐릿한 불빛만이 거리를 비추고 있었다. 그 불빛 속에서 사랑했던 두 사람은 영원한 이별을 되돌려 줄 젊음도, 그럴 만한 힘도 자신들에게 충분히 남아 있지 않다는 사실을 자각하며 마지막으로 서로의 비극적인 얼굴을 바라보았다. 앤슨이 꾸벅꾸벅 졸고 있던 택시 기사의 팔을 톡톡 쳤다.

4시가 가까운 시각이었다. 유령이 나올 것 같은 5번 대로의 포장도로를 따라 먼지를 씻어 내는 물이 계속 흘러내렸고, 거리의 여자 둘이 성 토마스 교회의 어두운 외벽에 그림자를 드리우며 지나가고 있었다. 앤슨은 어릴 적 자주 와서 놀곤 하던 센트럴파크의 황량한 관목 숲을 지나고, 이름만큼이나 중요한 숫자를 단 거리들을 차례차례 지나갔다. '여긴 내 도시야,' 하고 그는 생각했다. '내 가문이 다섯 세대에 걸쳐 번성한 곳이지. 어떤 변화가 일어나도 이곳의 영원함을 바꾸어 놓을 수 없어. 변화란 것도 그 자체로 나와 내 가문을 뉴욕의 영혼과 일치시키는 필수적인 토대이니까.' 모든 것에 대처하는 수완과 강력한 의지는—위협이 효과를 발휘하려면 위협하는 자가 위협을 받는 자보다 약해선 안 된다—숙부의, 가문의, 심지어 그의 곁에 부들부들 떨고 있는 사람까지, 그 모든 이름들에 들러붙은 먼지를 털어 냈다.

케리 슬론은 다음 날 아침 퀸스보로 다리 교각 아래쪽 받침대 위에서 시체로 발견되었다. 날은 어둡고 흥분한 상태였던 그는 아래로 시 꺼멓게 흐르는 물길을 길이라고 생각한 거였다. 한순간에 모든 가능성이 사라져 버렸다. 마지막으로 에드나를 떠올리려 한 것도, 힘없이 허우적거리면서 그녀의 이름을 불러 보려 한 것도.

7

　이 일에서 자신이 한 역할에 대해 앤슨은 전혀 자책하지 않았다. 그 일로 일어난 상황은 그가 만든 게 아니었다. 하지만 옳은 일을 하고도 부당한 대우를 받는 법이어서, 그는 가장 오래된, 어떤 점에선 가장 값진 우정이 끝나 버렸음을 알았다. 에드나가 어떻게 말을 옮겼는지 그로선 알 수 없었지만 더 이상 그는 숙부의 집에서 환영받지 못했다.

　크리스마스가 임박한 어느 날, 헌터 부인이 상류 사회 사람들이 다니는 감독교회에서 말하는 천국이란 곳으로 돌아갔고, 앤슨이 가문을 책임지게 되었다. 결혼하지 않은 고모가 몇 년 동안 그들과 함께 살며 어린 여동생들의 별 소용도 없는 보호자로 지냈었다. 동생들은 모두 앤슨만큼 자립심이 강하지 못했고, 장점인지 단점인지 훨씬 보수적이었다. 헌터 부인의 사망은 딸 하나의 사교계 데뷔와 다른 딸 하나의 결혼식을 연기시켰다. 또한 자식들 모두에게 꽤 심각한 물질적 박탈도 가져다주었다. 그녀의 죽음은 누구도 군소리 없이 인정해 왔던 헌터 가문 사람들의 값비싼 우월성이 끝났음을 의미했다.

　한 가지 예를 들자면, 곧 여섯 형제들에게 나눠져야 할 재산은 두 번에 걸쳐 부과된 상속세로 인해 상당히 줄어든 데다 더 이상 '상당한'

것도 아니었다. 앤슨은 20년 전만 해도 '존재감'이 전혀 없었던 가문의 사람들에게 자신의 어린 동생들이 아주 공손하게 말을 하곤 한다는 걸 알게 됐다. 그가 가진 우월감이 동생들에게선 전혀 느껴지지 않았다. 이따금 습관적으로 거만을 떠는 것 정도가 전부였다. 다른 예를 또 들어 본다면, 코네티컷의 저택에서 여름을 보내는 것도 이번이 마지막이었다. 여기에 대해서 불평들이 터져 나왔던 것이다. "이 죽어 버린 오래된 도시에 처박혀서 한 해에 가장 좋은 몇 달을 날려 버리려는 사람이 대체 어디 있겠어?" 그로서도 하는 수 없는 일이었다. 집은 가을에는 부동산 시장에 내놓을 거고, 그들은 다음 해 여름엔 웨스트체스터 카운티에 있는 좀 더 작은 곳에서 보내게 될 거였다. 그것은 값비싼 단순함이라는 부친의 생활신조로부터 한 걸음 물러서는 걸 의미했는데, 동생들의 투덜거림이 이해가 가면서도 화가 나는 것 또한 사실이었다. 어머니가 살아 있을 땐 적어도 두 주일에 한 번씩은 주말마다 그곳에 갔더랬다. 더없이 즐거운 여름철에야 물론이었다.

하지만 그 역시 이런 변화의 일부였으며, 삶에 대한 그의 강한 본능은 20대의 그를 실패한 유한계급의 공허한 죽음들로부터 돌아서게 만들었다. 하지만 그가 이 사실을 명확히 인지한 것은 아니었다. 그는 여전히 사회에는 하나의 기준이, 표준이란 게 존재한다고 느꼈다. 그러나 그런 기준이란 것은 존재하지 않았다. 뉴욕에 참다운 기준이란 게 존재했었는지도 의심스러웠다. 특정한 집단에 들어가기 위해 아직도 돈을 지불하거나 싸움을 벌여야 하는 소수의 사람들만이 그 집단이 사회로서의 제 기능을 거의 하지 못한다는 사실을 발견하는 데 성공할 뿐이었다. 어쩌면, 더 놀라운 것은, 이들이 뛰쳐나온 '보헤미안 분위기로 가득 찬 사교계'가 그들보다 더 높은 자리를 차지하고 있다는 사실이었다.

스물아홉 살의 앤슨에게 가장 큰 근심거리는 나날이 커져 가는 외로움이었다. 그는 이제 결혼을 하지 못할 거라는 확신이 들었다. 신랑의 들러리나 식장 안내를 맡았던 수많은 결혼식들은 헤아릴 수 없이 많았다. 옷장 서랍 속에는 이런저런 결혼 파티에서 받은 넥타이들로 넘쳐났다. 그 넥타이들 중에는 채 1년도 안 된 로맨스가 담겨 있기도 했고, 자신의 삶에서 완전히 사라져 버린 부부들 것도 있었다. 넥타이 핀들, 금으로 된 연필들, 소맷부리 단추들 — 자신과 같은 세대의 신랑들로부터 받은 선물들은 슬금슬금 그의 보석 상자에서 빠져나와 자취를 감추었다. 그리고 결혼식에 참석할 때면 더 이상 신랑 자리에 서 있는 자기 자신을 상상할 수 없었다. 모든 결혼들에 대한 그의 진심 어린 호의의 밑바닥엔 그 자신에 대한 절망이 깔려 있었다.

그는 서른 살이 가까워지면서, 최근에 더욱, 결혼이 우정을 잠식한다는 사실에 적잖이 언짢았다. 그룹들이 해체되거나 사라지는 경향도 일어나고 있었다. 같은 대학을 나온 남자들은 — 시간과 애정을 가장 많이 쏟았던 — 그런 부류들 중에서 가장 이해하기 어려운 존재들이었다. 대부분은 가정 속으로 깊이 잠수해 버렸고, 둘은 이미 세상을 떠났으며, 하나는 외국에 나가 살고 있었고, 하나는 할리우드에서 앤슨이 빼놓지 않고 보는 영화의 시나리오를 쓰고 있었다.

하지만 대부분은 교외의 컨트리클럽 주변을 중심으로 복잡 미묘하게 얽힌 가정을 이루는 영원한 통근 생활자가 되어 있었으며, 이들에게서 받는 소외야말로 가장 뼈아팠다.

결혼 초기의 그들은 모두가 그를 필요로 했었다. 그는 그들의 빠듯한 살림살이에 대해 조언을 해 주었고, 방 두 칸에 욕실 하나짜리 집에서 아이를 낳는 게 과연 옳은 일인가에 대한 고민을 해결해 주었다. 무엇보다 그는 거대한 가정 밖 세계를 대표하는 존재였다. 하지만 이제 그들의 살림살이 문제는 과거의 일이 되었고, 고민에 빠뜨렸던 아이는 자라나 어엿한 가족 구성원이 되었다. 그들은 늘 앤슨을 오랜 친구로 반갑게 맞아 주었지만, 자신의 지금이 얼마나 중요한지를 그에게 각인시키기 위해 노력했고, 그 일환으로 그를 만날 땐 늘 정장을 차려입었으며, 곤란한 문제가 생겨도 스스로 해결하려 했다. 더 이상 그들은 그를 필요로 하지 않았다.

서른 번째 생일을 몇 주일 앞둔 어느 날, 어린 시절부터 절친했던 친구들 중 하나가 마지막으로 결혼을 했다. 앤슨은 늘 그랬듯 신랑의 가장 친한 친구 역할을 맡았고, 늘 그랬듯 은제 찻잔 일습을 선물로 주었으며, 늘 그랬듯 유람선 호메릭호까지 바래다주고는 작별 인사를 했다. 5월의 더운 금요일 오후였다. 부두를 걸어 내려오던 그는 그제야 토요일에 마감을 하면 월요일 아침까지 자유 시간이란 생각이 들었다.

"어딜 가지?" 하고 그는 혼잣말로 중얼거렸다.

물론 예일 클럽에 갈 터였다. 저녁 식사를 할 때까지 브리지 게임을 할 것이고, 누군가의 방에서 칵테일 네다섯 잔을 마실 것이고, 즐겁고 혼란스러운 밤을 보낼 것이다. 그날 오후 결혼식을 올린 친구가 함께 어울리지 못할 거라는 사실이 아쉬웠다. 그 친구와는 늘 삑적지근한 밤을 즐겼더랬다. 어떻게 여자들을 끌어들이는지 그리고 어떻게 떼어내는지, 그들의 지적 쾌락주의에 맞게 여자를 대하는 방법까지, 그들은 훤히 알고 있었다.

파티는 혼자서 즐길 수 있는 곳이 아니었다. 남자는 어떤 여성을 어떤 장소로 데려갔고, 그들을 즐겁게 하기 위해 상당한 돈을 썼다. 술은 약간만 마셨고—너무 많이, 주량 이상을 마셔선 안 된다—밤을 지새운 뒤 적당한 때에 일어나 집에 돌아가야 할 시간이라고 말했다. 대학교 남학생들, 술고래들, 다음 약속들, 싸움, 감상적인 생각, 경솔함은 남자가 반드시 피해야 할 것들이었다. 파티는 이런 식으로 이루어졌다. 그게 아니면 방탕이 되고 말았다.

이렇게 한다면 아침이 찾아와도 극심하게 후회하는 일은 일어나지 않았다. 마음을 굳게 먹을 필요는 없지만, 만약 지나치게 행동해서 살짝이라도 마음이 흐트러졌다면, 며칠 동안 입을 꾹 다물고 지내며 거기에 대해선 일절 얘기도 하지 말고 술도 마시지 않아야 한다. 그리고 무료함이 쌓이고 쌓여서 다시 파티에 나가고 싶어질 때까지 기다려야 하는 것이다.

예일 클럽 로비에는 사람들이 별로 없었다. 바에서는 아주 어린 졸업생 셋이 그를 아무런 호기심도 없이 흘끗 올려다보았다.

"이봐, 오스카," 하고 그가 바텐더를 불렀다. "케이힐이 오늘 오후에 들렀더랬어?"

"케이힐 씨는 뉴헤이븐에 가셨는데요."

"아…… 그래?"

"야구 보러 간다더군요. 여러 명이 같이 갔을 겁니다."

앤슨은 로비를 다시 둘러보고는 잠깐 생각하다가 밖으로 나와 5번 대로 쪽으로 걸음을 옮겼다. 그가 속해 있던 클럽들 중 한 곳—5년 동안 거의 가지 않았다—의 널따란 창문으로 머리가 희끗한 남자 하나가 물기 가득 고인 눈으로 자신을 내려다보고 있었다. 앤슨은 재빨리 고개를 돌렸다. 무기력하게 체념한 것 같기도 하고 거만하게 고독을 씹고 있는 것 같기도 한 남자의 모습이 그를 우울하게 만든 것이다. 그는 발길을 멈추고는 돌아서더니 티크 워든의 아파트가 있는 47번가 쪽으로 걸음을 옮기기 시작했다. 티크 내외는 한때 그와 가장 절친한 친구 사이였다. 돌리 카거와 사귈 때 들르곤 하던 집이었다. 하지만 티크가 술을 마시면서 그의 아내는 앤슨 때문에 나쁜 버릇이 생겼다며 공공연히 그를 비난했었다. 그 얘기는 과장스럽게 부풀려지면서 앤슨에게까지 들려왔다. 결국 말끔히 해결은 되었지만 진기한 마법과도 같았던 그들 사이의 친밀함은 깨져 버렸고, 회복되지 못했다.

"워든 씨, 집에 계시나요?" 하고 그가 물었다.

"가족이 다 시골로 갔어요."

그들의 부재는 그에게 예기치 못한 상처를 입혔다. 그들은 시골로 갔고, 그는 그 사실을 몰랐던 것이다. 두 해 전만 해도 그는 그들이 언제 몇 시에 떠나는지도 알고 있었고, 떠나기 전에 술을 한잔하고는 언제 또 올지 미리 계획을 세우기까지 했었다. 이제 그들은 그에겐 한마디도 하지 않고 여행을 떠났다.

앤슨을 시계를 들여다보며 주말을 자신의 가족들과 보낼까를 생각해 봤지만 기차가 완행뿐이어서 세 시간이나 맹렬한 더위 속을 덜컹거리며 갈 일이 엄두가 나질 않았다. 그리고 토요일은 시골에 간 기분으로 보낸다 해도 일요일이 신경 쓰였다. 그의 부친이 무척이나 큰 가치를 부여했던 즐거움에 속하긴 했지만, 그는 뒤쪽 베란다에서 얌전한 대학생들과 브리지 게임을 하고 시골의 변변찮은 호텔에서 저녁을 먹은 뒤에 춤을 출 기분은 나지 않았다.

"아, 관두자," 하고 그는 혼잣말을 중얼거렸다. "관둬."

그는 이제, 살이 꽤 찌긴 했지만, 위엄 있고 좋은 인상을 가진 젊은

이로 방탕한 구석은 전혀 보이지 않았다. 그는 뭔가에, 가령, 법조계나 종교계의 기둥이 되기에 충분한 사람이었다. 때로 사회에서도 그런 역할을 할 수 있을지는 알 수 없었지만. 그는 47번가의 한 아파트 앞쪽 인도에 몇 분 동안 꼼짝하지 않고 서 있었다. 이제껏 살면서 할 일이 아무것도 없기는 거의 처음인 것 같았다.

그러다 마치 중요한 약속이라도 있었던 사람처럼 그는 갑자기 5번 대로를 향해 황급히 걸음을 옮기기 시작했다. 이런 식의 위선은 인간과 개가 공유하고 있는 몇 안 되는 특질들 중 하나이다. 그날의 앤슨을 떠올려 보면, 평소 잘 드나들던 뒷문에서 제지를 당한 멀쩡한 상류 사회 남자와 비슷하다는 생각이 든다. 그가 만나러 간 사람은 닉이었다. 한때는 모든 개인 댄스파티에 꼬박꼬박 불려 갔던 사교계 바텐더였던 그는 지금은 플라자 호텔의 미로 같은 주류 저장고에서 무알콜 샴페인을 차갑게 하는 일을 맡고 있었다.

"닉," 하고 그가 말했다. "이게 다 어떻게 된 일입니까?"

"한마디로 죽었죠,"* 하고 닉이 말했다.

"위스키 사워** 한 잔 말아 줘요." 앤슨이 카운터 너머로 500밀리리터짜리 병 하나를 건네주었다. "닉, 여자들도 달라졌어요. 브루클린에 자그마한 아가씨가 하나 있었는데, 지난주에 나한테 알리지도 않고 결혼을 했지 뭡니까."

"정말요? 하하하!" 닉이 장단을 맞추었다. "제대로 차이셨군."

"보기 좋게요," 하고 앤슨이 말했다. "말도 말아요, 전날 밤에 그 아가씨랑 데이트까지 했는데 말입니다."

* 금주법으로 술을 마시지 못하게 되면서 발생한 상황을 '죽음'에 빗댄 표현.
** 위스키에 설탕, 소다수, 레몬주스를 탄 칵테일.

"하하하!" 닉이 계속 웃어 댔다. "하하하!"

"그 결혼식 생각나요, 닉? 핫스프링스에서 있었던. 내가 왜, 웨이터들이랑 뮤지션들한테 영국 국가를 부르게 했던 거 말입니다."

"그게 어디였다고요, 헌터 씨?" 닉이 의심이 가는 듯 생각에 잠겼다가 말했다. "내 생각에 거긴……"

"나중에 그 사람들이 돈을 더 받겠다고 왔었죠. 그래서 내가 먼저 얼마를 줬었는지 생각해 보기 시작했는데," 하고 앤슨이 말을 이었다. "……아마도 트렌홀름 씨 결혼식이었던 같아요."

"그 사람 모르는데요," 하고 앤슨이 확신하듯 말했다. 그는 자신의 추억에 낯선 이름이 끼어들었다는 데 기분이 상했다. 닉이 눈치를 챘다.

"그래요…… 그 사람이 아니고……," 하고 그가 맞장구를 쳤다. "확실히 알았는데 말입니다. 분명히 앤슨 씨 친구분들 중에 한 분이셨을 텐데…… 브래킨스? ……베이커?"

"맞아요, 비커 베이커!" 앤슨이 즉각 반응을 보였다. "결혼식이 끝난 뒤에 날 영구차에다 태우고는 꽃으로 덮고서 끌고 갔더랬죠."

"하하하!" 닉이 다시 웃기 시작했다. "하하하!"

닉의 늙은 하인 흉내에도 재미가 떨어진 앤슨은 위층 로비로 올라갔다. 주위를 둘러보던 그는 책상 앞에 앉은 낯선 직원과 눈이 마주쳤다. 그러다가 오전에 치러진 결혼식에서 떨어져 나온 것 같은 꽃 한 송이가 놋쇠 타구唾具 주둥이에 꽂혀 있는 걸 보았다. 그는 호텔에서 나와 피처럼 붉은 해가 걸려 있는 콜럼버스 서클 쪽으로 천천히 걸음을 옮겼다. 그러다 갑자기 발길을 돌려 다시 플라자 호텔로 온 그는 전화 부스 안으로 들어갔다.

훗날 그는, 그날 오후에 내게 세 번이나 전화를 했고, 뉴욕에 있을 것 같은 친구에게는 모두 전화를 걸었다고 말했다. 거기엔 몇 년 동안 코빼기도 못 봤던 남자와 여자들이며 수첩에 흐릿하게 전화번호가 남아 있던 대학 시절 어느 화가의 모델이었다는 여자까지 포함되어 있었다. 전화 교환원은 그녀의 번호가 더 이상 없는 번호라고 알려 주었다. 그러다 마침내 그는 교외 지역에까지 시도를 했고, 단호한 집사나 하녀들과 소득도 없는 짧은 대화만 나누었을 뿐이었다. 돌아온 건 온갖 종류의 부재들이었다. 승마하러 갔다, 수영하러 갔다, 골프 치러 갔다, 지난주에 배를 타고 유럽으로 갔다. 이젠 전화조차 걸 수 없었다.

저녁을 혼자서 지내야 한다는 사실은 견디기 힘들었다. 짬이 나면 해 보려고 계획을 세워 놨던 개인적인 일들도 혼자라는 사실이 강하게 들자 전혀 마음이 움직이지 않았다. 아무 때나 만날 수 있던 여자들이 있긴 했지만, 어쩐 일인지 그들조차도 감쪽같이 모습을 감추어 버렸다. 낯선 여자를 구해 뉴욕의 밤을 보내려는 생각은 그에겐 해당되지 않는 일이었다. 그에게 그런 건 출장이 잦은 세일즈맨들이 낯선 도시에서 기분 전환을 하기 위해 저지르는 부끄럽고 은밀한 일탈에 불과했다.

앤슨은 전화 요금을 지불하고는—여직원이 통화한 횟수를 두고 농담을 걸었지만 그로부터 아무런 반응도 얻어 내지 못했다—그날 오후 두 번째로 갈 곳도 없이 무작정 플라자 호텔을 나서기 위해 걸음을 뗐다. 자동 회전문 가까이에 비스듬히 햇빛을 받으며 한 여자가 서 있었는데, 임신을 한 게 분명했다. 문이 돌아갈 때마다 얇은 베이지색 망토가 그녀의 어깨에서 펄럭거렸고, 그녀는 기다리기에 지쳤다는 듯 조바심을 치며 문 쪽을 바라보았다. 그녀를 본 순간 어딘지 모르게 낯이 익다는 강한 느낌이 전율처럼 일어났다. 하지만 아주 가까이 가서 얼굴을 확인하기 전까지는 그녀가 폴라라는 사실을 깨닫지 못했다.

"어머, 앤슨 헌터!"

그의 심장이 갑자기 뛰어올랐다.

"이런, 폴라……"

"어쩜, 세상에나. 믿을 수가 없네요. 앤슨!"

그녀가 그의 두 손을 잡았다. 그리고 거리낌 하나 없는 그녀의 태도에서 그는 자신이 간직하고 있던 추억들이 그녀에겐 무디어졌다는 사실을 알았다. 하지만 그는 아니었다. 그녀로 인해 예전의 기분이 되살아났다. 그녀의 낙관주의와 마주칠 때마다 늘 흠집이라도 낼까 봐 노심초사하게 만들던 그 부드러움이 그의 머릿속을 온통 헤집어 놓았다.

"우린 여름 동안 라이에 머물고 있어요. 피트가 업무차 동부로 와 있어야 해서요. 제가 피터 해거티 부인이 된 건 물론 알고 있겠죠? ……아이들도 모두 데려왔어요. 집도 하나 빌리고요. 놀러 오면 다 만날 수 있어요."

"내가 가도 될까?" 하고 그가 단도직입적으로 물었다. "언제 갈까?"

"언제든 좋아요. 아, 피트가 왔네요." 자동문이 돌아가고, 서른 살쯤 돼 보이는, 키가 훤칠하고 구릿빛 얼굴에 콧수염을 잘 다듬은 남자가 나타났다. 해거티의 잘 다듬어진 몸은 군살이 늘어나고 있는 앤슨과 꽤나 비교가 되었다. 앤슨이 약간 끼는 예복을 입고 있어서 더했다.

"당신, 서 있으면 안 되잖아," 하고 해거티가 아내에게 말했다. "여기 좀 앉자." 그가 로비 의자를 가리키자 폴라가 머뭇거렸다.

"곧 집에 들어가야 하는데 뭘요," 하고 그녀가 말했다. "앤슨, 같이 안 갈래요? 가서 우리랑 저녁 같이 먹어요. 이제 막 이사를 와서 그렇 긴 하지만, 당신만 괜찮다면……"

해거티도 진심으로 아내의 초대에 동조했다.

"하룻밤 묵고 가시죠."

그들의 자동차는 호텔 앞에 대기하고 있었다. 폴라는 차에 오르자 피곤한 모습으로 구석에 놓인 실크 쿠션에 등을 깊이 파묻었다.

"할 얘기가 엄청 많아요," 하고 그녀가 말했다. "다 할 수 있을까 모 르겠네요."

"어떻게 지냈는지 듣고 싶네요."

"글쎄요," 하고 말하며 그녀가 해거티에게 미소를 보냈다. "다 하려 면 시간이 엄청 걸리겠죠. 우선, 아이들은 셋이고요…… 처음 결혼했 을 때 낳은 애들이죠. 큰애가 다섯 살 그리고 네 살, 다음이 세 살." 그 녀가 다시 미소를 지어 보였다. "애 낳느라 시간 다 썼어요. 웃기죠?"

"모두 남자애들인가요?"

"하나만요. 둘은 딸이에요. 그러고 나서…… 아, 많은 일들이 있었어 요. 1년 전에 파리에서 이혼을 했어요. 그리고 피트랑 결혼했어요. 그 게 전부예요…… 제가 엄청나게 행복하다는 것만 빼곤요."

라이에 진입해 비치 클럽 부근의 커다란 집 앞에 차가 멈추자, 곧바 로 햇볕에 그을린 호리호리한 아이들 셋이 영국인 여자 가정교사한테 서 떨어져 알아들을 수 없는 소리를 질러 대며 냅다 달려왔다. 폴라는 멍한 표정으로 힘들게 아이들을 하나씩 안아 주었는데, 아이들은 엄 마한테 달려들면 안 된다고 주의를 받은 게 분명한 듯 뻣뻣한 자세로 포옹을 했다. 아이들의 해맑은 얼굴과 비교를 해 보아도 폴라의 피부 역시 찌든 구석이라곤 거의 찾아볼 수 없었다. 몸이 어지간히 피곤할 텐데도 그녀는 7년 전 팜비치에서 마지막으로 봤을 때보다 오히려 더 젊어 보였다.

저녁을 먹는 동안 그녀는 뭔가에 골몰해 있었는데, 식사를 마치고 소파에 앉아 라디오를 들을 땐 눈을 지그시 감고 있었다. 앤슨은 그런 시간에 같이 있다는 게 불청객이 된 건 아닌가 싶은 생각이 들었다. 그러다가 9시가 되자 해거티가 자리를 피해 줄 테니 잠시 얘기를 나누라고 흔쾌히 말하고는 일어났다. 그때서야 그녀는 지나온 얘기들을 천천히 옮기기 시작했다.

"첫아이는," 하고 그녀가 입을 열었다. "우린 달링이라고 부르는데, 딸이에요…… 그 앨 가진 걸 알았을 땐 죽고 싶었었죠. 로웰이 남처럼 느껴졌을 때니까요. 그래서였는지 내 아이 같지가 않았어요. 당신한테 편지를 썼다가 찢어 버렸죠. 아, 당신, 나한테 너무 나쁘게 했어요, 앤슨."

대화는 예전처럼 오르락내리락하며 이어졌다. 앤슨은 갑자기 추억이 되살아나는 걸 느꼈다.

"한 번 약혼하지 않았어요?" 하고 그녀가 물었다. "이름이 돌리였던 거 같은데."

"약혼한 적은 없어요. 하려곤 했지만. 내가 사랑한 건, 당신뿐이었소, 폴라."

"아," 하는 탄성이 그녀의 입에서 비어져 나왔다. 그러다 잠시 뒤에 말이 이어졌다. "지금 배 속의 아이야말로 정말로 원했던 첫 번째 아이예요. 봐서 알겠지만, 이제야 사랑에 빠졌어요. 마침내요."

그는 아무런 대답도 하지 못했다. 그녀에게 일말의 추억도 남아 있지 않다는 건 충격이었다. 자신의 "마침내"라는 말이 그에게 상처를 주었다는 걸 알았는지, 그녀가 덧붙였다. "난 당신에게 완전히 빠져 있었어요, 앤슨…… 당신은 내가 좋아하는 건 무엇이든 할 수 있었을 테죠. 하지만 그래도 우린 행복하지 않았을 거예요. 난 당신이 원하는 만큼 똑똑지질 못했으니까요. 당신이 하는 방식들은 복잡해서 싫었어요." 그녀는 잠시 말을 멈추었다가 "당신은 결코 가정에 정착해서 살진 못할 거예요," 하고 말했다.

그녀의 말에 그는 난데없이 뒤통수를 얻어맞은 것 같았다. 이제껏 그는 수없는 비난의 말을 들어 왔지만 이것만은 인정할 수 없었다.

"여자들이 달라졌으면 난 벌써 정착할 수 있었을 겁니다," 하고 그가 말했다. "내가 만약 여자들을 그토록 많이 이해하고 있지 않았다면, 여자들이 다른 여자들 때문에 스스로를 망치지 않았다면, 그저 조금만이라도 자존심이 있었다면 말예요. 잠깐만이라도 진짜 내 집이라고 생각되는 곳에서 잠들었다 깨어날 수 있었으면…… 그래요, 나란 인간, 그렇게 태어났어요, 폴라. 여자들은 내 안에 있는 걸 보고, 내 안에 있는 걸 좋아했죠. 더 이상 난 연애 같은 걸, 결혼을 위한 사전 준비 같은 걸 할 수가 없어요."

해거티는 11시 조금 못 미쳐 들어왔다. 폴라는 위스키를 한 잔 마신 뒤 자리에서 일어나 자러 가야겠다고 말했다. 그녀가 남편에게로 가서 섰다.

"어디 갔었어요, 당신?" 하고 그녀가 물었다.

"에드 손더스랑 한잔했지."

"걱정했었는데. 달아나 버렸나 생각했죠."

그녀는 남편의 윗도리에 머리를 기대었다.

"이 사람 멋지지 않아요, 앤슨?" 하고 그녀가 물었다.

"아주 많이." 앤슨이 웃음을 터뜨리며 말했다.

그녀가 얼굴을 떼어 내고는 남편을 보았다.

"자, 준비 완료," 하고 그녀가 말했다. 그녀는 앤슨에게로 고개를 돌렸다. "우리 가족의 체조 묘기를 보고 싶지 않아요?"

"보고 싶군요," 하고 그가 궁금한 목소리로 말했다.

"좋아요. 시작합니다!"

해거티가 그녀를 두 팔로 안아서 사뿐히 들어 올렸다.

"이게 바로 가족 곡예라는 거죠," 하고 폴라가 말했다. "이제 이 사람이 2층으로 날 옮겨다 놓을 거예요. 멋지지 않아요?"

"멋지네요," 하고 앤슨이 말했다.

해거티가 고개를 살짝 숙여 그녀의 얼굴에 볼을 댔다.

"그리고 이 사람을 사랑해요," 하고 그녀가 말했다. "아까 말했었죠. 안 했던가요, 앤슨?"

"했어요," 하고 그가 말했다.

"이 사람이 이 세상 누구보다 소중해요. 당신은 안 그래요, 여보? ……잘 자요, 앤슨. 우린 이제 올라갈게요. 이 사람, 힘세죠?"

"그렇군," 하고 앤슨이 말했다.

"잠옷은 피트 걸로 한 벌 갖다 뒀어요. 좋은 꿈꿔요…… 아침 식사 때 봐요."

"그래요," 하고 앤슨이 말했다.

8

회사의 나이 든 중역들이 앤슨에게 여름 동안 외국에라도 가 보길 강하게 권했다. 그들은 그가 지난 7년 동안 휴가조차 거의 가지 않았다는 것까지 거론했다. 지칠 대로 지친 그에겐 변화가 필요하다는 거였다. 앤슨은 거절했다.

"제가 만약 가게 되면요," 하고 그가 선언하듯 말했다. "다시는 돌아오지 않을지 모릅니다."

"말이 되는 소릴 해야지, 친구. 세 달만 지나면 우울한 기분 다 털고 돌아올 걸세. 예전처럼 건강해져서 말이야."

"그래도 전 안 갑니다," 하고 그는 완고하게 고개를 저었다. "일단 손을 떼면 다신 일을 못 하게 되고 말 거라고요. 손 뗀다는 건, 포기하겠다는 뜻이니까…… 제 인생 끝나는 겁니다."

"우리도 모험을 한번 해 보지 뭐. 자네만 좋다면 여섯 달을 주겠네…… 우린 자네가 떠날 거라고 걱정하지 않아. 당연하지, 자넨 일 없인 못 사는 사람이니까."

그들은 그를 대신해 여행 준비를 해 주었다. 그들은 앤슨을 좋아했고—앤슨을 좋아하는 건 누구나 마찬가지였다—그가 겪어 온 변화란 것이 회사 안에 장막처럼 드리워져 있었다. 회사 일에 늘 열중하던 모습이며 지위 고하를 막론하고 배려하는 모습, 활기를 불어넣어 주던 모습까지—지난 넉 달 동안 그가 보여 준 신경과민은 이런 모습을 완전히 무화시켜 버리고 그를 비관주의에 빠진 40대 남자로 전락시켰다. 덕분에 그가 하는 모든 업무들이 짜증과 부담으로 변해 버렸다.

"이제 가면 다시는 돌아오지 못할 텐데요," 하고 그가 말했다.

그가 여행을 떠나기 사흘 전, 폴라 르장드르 해거티는 아이를 낳다가 세상을 떠나고 말았다. 당시 나는 그와 함께 바다 위에 있어서 많은 시간들을 함께 할 수 있었지만, 자신이 느낀 것에 대해 그는 처음엔 거의 한 마디도 하지 않았다. 나 역시 조그마한 감정의 변화도 보이지 않았다. 그런 일은 친구로서 처음 겪는 일이었다. 그가 몰두해 있던 것은 서른 살이라는 사실과 관계된 일이었다. 다른 얘기를 하다가도 그 일을 떠올릴 만한 상황이 생기면 얼른 입을 다물었다. 한번 시작하게 되면 계속 이어질 것이라고 생각한 듯했다. 그의 회사 사람들과 마찬가지로 나 또한 그에게 일어난 이런 변화가 놀라웠다. 그래서였을까, 우리가 탄 '파리'호가 그의 왕국을 뒤로한 채 바다를 가로질러 다른 세계로 나아가고 있다는 사실이 그렇게 기쁠 수가 없었다.

"한잔할래?" 하고 그가 제안했다.

우리는 여행을 떠나는 날이면 누구나 겪게 마련인 호기로운 기분에 싸인 채 주점으로 들어가 마티니 네 잔을 한꺼번에 주문했다. 칵테일 한 잔이 들어가자 그에게서 변화가 일어났다. 그가 느닷없이 손을 뻗어 내 무릎을 철썩 두들겼다. 몇 달 만에 처음으로 보인 유쾌한 모습이었다.

"빨간 모자 쓴 아가씨 너도 봤지?" 하고 그가 물었다. "경찰견 두 마리한테서 배웅받던 혈색 좋은 아가씨 말이야."

"예쁘던데," 하고 내가 동의를 했다.

"사무실에 가서 알아봤는데 혼자 탑승했다더라고. 조금 있다 승무원 좀 보고 올 텐데, 오늘은 그 아가씨랑 저녁을 같이 먹자고."

잠시 후에 그는 자리를 떴다. 그리고 한 시간도 지나지 않아 그는 그녀와 갑판을 오르락내리락하며 산책을 했다. 그는 힘차고 또렷한 목소리로 그녀에게 얘기를 하고 있었다. 그녀의 빨간 모자는 회녹색 바다에 찍힌 밝은 점처럼 보였는데, 그녀는 윤이 나는 단발머리를 찰랑거리며 고개를 들고는 즐거움과 흥미와 기대가 뒤섞인 미소를 보냈다. 샴페인을 곁들여 저녁 식사를 하며 우리는 무척이나 기분이 좋았다. 식사를 마친 뒤 앤슨은 같이 있는 사람까지 덩달아 기분 좋게 만들며 포켓볼을 쳤는데, 그와 같이 있는 걸 본 사람들은 내게 그의 이름을 묻기도 했다. 그와 빨간 모자 아가씨는 내가 자러 갈 때까지 주점 라운지에서 얘기를 하며 웃음을 터뜨렸다.

여행을 하는 동안 내가 바랐던 만큼 그를 자주 볼 수가 없었다. 그는 네 명으로 짝을 맞추려 했지만, 한 사람을 채우기가 여의치 못했다. 그래서 식사 시간에나 겨우 그를 보았다. 이따금 그는 주점에서 칵테일을 마시며 내게 빨간 모자 아가씨 얘기며 그녀와 얽힌 사건을, 예전에 늘 그랬던 대로 온통 기괴하고 놀라운 얘기로 각색해 들려주었다. 나는 예전의 그를, 적어도 내가 아는 그의 모습을 다시 보는 것 같아 기뻤다. 그리고 편안하게 느껴졌다. 나는 안다. 누군가 그를 사랑해 주지 않는다면, 쇳가루가 자석에 달라붙듯 그에게 반응해 주지 않는다면, 자신의 얘기를 마음껏 털어놓도록 그를 도와주지 않는다면, 그에게 뭔가를 약속해 주지 않는다면 그는 결코 행복할 수 없다는 것을. 그에게 약속해 줄 수 있는 그 뭔가가 무엇인지, 나는 모른다. 어쩌면 그건 그의 가슴에 소중하게 간직된 우월감을 보살피고 지켜 주기 위해 가장 밝고 신선하며 참으로 희귀한 시간들을 쓸 수 있는 여자들이 이 세상에 항상 존재한다는 그 약속일는지도 모른다.

◆◆◆

「부잣집 소년」은 피츠제럴드의 중편소설들 가운데 가장 중요한 작품이라 할 수 있는데, 이것저것 이야기를 끌어모으다 잘못 들어간 문장이 포함되어 있는 것으로도 유명하다. "그들은 당신이나 나와는 다른 존재들이다They are different from you and me"라는 문장이 그것이다. 그는 『위대한 개츠비』의 출간을 기다리는 동안 이 작품을 이탈리아의 카프리섬에서 3부작 단편 형태의 초고로 쓴 후, 파리에서 2부작 형태로 개작해 《레드북Redbook》에 발표했다(1926년 1월 호, 2월 호).

소설의 주인공 앤슨 헌터는 피츠제럴드의 학창 시절 친구 러들로 파울러를 바탕으로 창작된 인물이다. 피츠제럴드는 친구 파울러에게 다음과 같은 편지를 보냈다.

네 이야기를 1만 5,000단어짜리 소설로 집필하고 「부잣집 소년」이란 제목을 붙였어. 워낙 잘 포장을 해 놔서 너랑 나를 제외하면, 어쩌면 이 얘기와 관련이 있는 두 명의 여자애들도 포함시켜야 할지 모르겠지만, 아무튼 이게 우리 얘기라는 건 아무도 눈치채지 못할 거야. 네가 어디 가서 얘기만 하지 않는다면 말이야. 부드럽게 바꾸거나 상징적으로 처리한 부분들도 있긴 하지만, 이 소설이 네 삶을 아주 많이 다루고 있다는 건 분명해. 상상에서 끌어온 부분들이 가미될 수밖에 없었다는 사실도 고백하지. 이 소설은 인정사정 봐주지 않고 솔직하게 쓴, 하지만 연민 가득한 작품이야. 난 네가 이 소설을 좋아하게 될 거라고 생각해. 이제껏 쓴 작품들 가운데 최고 중의 하나라고 자부해.

주인공 헌터의 두 가지 일화에 대해 파울러의 요청이 있었고, 잡지

에 게재할 때와 작품집 『모든 슬픈 젊은이들』에 수록할 때 이 부분은
일단 빠졌다가 이번 선집에서 괄호로 처리해 되살렸다.

단편 작가이며 저널리스트였던 피츠제럴드의 친구 링 라드너는
「부잣집 소년」에 대해, 단편 분량 정도의 이야기 하나를 더 넣었어야
했다고 아쉬워했다. 그는 스크리브너 편집자 맥스웰 퍼킨스에게 "제
게 만약 「부잣집 소년」을 중편보다 더 길게 쓰라고 했다면 그건 완전
히 불가능한 일이었을 겁니다"라고 말한 바 있다.

화려하고 열정적인, 외롭고 아픈,
섬세하고 여린…… 사랑들

어니스트 헤밍웨이의 명작 중편 『킬리만자로의 눈』에는 사냥을 하다 총기 사고로 다리를 심하게 다쳐 서서히 죽어 가는 주인공이 더 이상 이루지 못할 소설가의 꿈을 쓸쓸하게 회억하는 장면이 나온다. "목숨을 부지하게 된다 하더라도…… 그는…… 부자들에 대해서도 쓰지 않을 것이다. 부자들이란 멍청하고, 인사불성이 되도록 마시거나 지나치게 주사위 노름에 빠지는 인간들이었다. 그들의 멍청함은 똑같은 잘못을 반복하게 만든다. 가난뱅이 줄리언이 부자들에 대한 자신의 경외감을 그린, '엄청난 부자들은 당신이나 나와는 달라'라는 문장으로 시작하는 소설을 썼다는 사실이 떠올랐다." 독백풍의 이 지문에 등장하는 '줄리언'은 바로 스콧 피츠제럴드였고, 줄리언이 썼다는 소설은 피츠제럴드의 단편 「부잣집 소년」이었다. 실제로 『킬리만자로의 눈』 초판에는 '줄리언'이란 이름이 '스콧'으로 되어 있었는데 출간된 뒤 등장인물의 이름을 바꿔 달라는 피츠제럴드의 부탁을 받아들이게 되지만, 파리에서 처음 만나 알게 된 후 돈독한 우정을 쌓아 갔음에도 불구하고 헤밍웨이는 피츠제럴드의 헤픈 씀씀이와 끊임없이 상류 사회와의 끈을 놓지 않으려는 태도에 좋은 점수를 주지 않았다. 아마도 그는 피츠제럴드의 그런 삶의 방식이 더 좋은 작품을 써낼 수 있는 기회를 앗아 가고 있다고 생각했을 것이다.

헤밍웨이의 우려와 반감은 『위대한 개츠비』와 『밤은 부드러워』로 대표되는 피츠제럴드의 장편들은 물론 거의 모든 중단편에서 실제로 확인되며, 이런 시선이 피츠제럴드 소설에 대한 폄훼가 아니라 정당한 평가의 한 축을 이룬다는 것 역시 피할 수 없는 사실이다. 피츠제럴드 소설에 등장하는 주요 인물들 대부분이 젊고 아름다운 아가씨들과 잘생긴 젊은 남자들이라는 것, 소설의 주요한 사건들이 모두 그들의 연애와 관련되어 있다는 것은 「부잣집 소년」의 "대단히 부자인 사람들에 대해 한마디 하자면, 그들은 당신이나 나와는 다른 존재들이다"라는 실제 문장에 드러나듯 부와 명성에 대한 피츠제럴드의 경도와 집착을 입증하는 질료들이다. 이것은 열세 살(1909)에 첫 단편을 발표하기 시작해 알코올중독으로 인한 심장마비로 마흔네 살(1940) 아까운 나이에 생을 마감하기까지 피츠제럴드가 발표한 160여 편에 이르는 작품들 전체를 가늠하는 데도 유효한 기준이 될 만큼, 부와 명성 그리고 아름다움과 화려함을 좇는 군상은 피츠제럴드 문학의 중요한 소재일 뿐 아니라 주제이기도 했다.

그러나 피츠제럴드 문학의 아이러니, 혹은 그의 문학에 대한 비평의 아이러니는 바로 여기에서 발현한다. 부유함과 상류 사회에 대한 그의 경도와 집착, 경외와 헌신은, 전혀 다른 지평을, 즉 부와 상류 계급에 대한 경멸과 위선, 환멸과 질시를 동시에 품고 있기 때문이다. 피츠제럴드만큼 부자와 상류 사회의 속성을, 그 허상과 실체를 명확히 인식하고 그것을 문학으로 설파한 작가는 많지 않다. 거의 없다고 해도 과장이 아닐 정도로, 피츠제럴드 소설의 외연을 이루는 화려하고 열정적인 연애 사건들은 그 자체로 부와 명예를 극단적으로 누리거나 좇는 자들의 허위의식과 그들의 지리멸렬한 행보를 명료하게 보여 준다. 기실 피츠제럴드가 진정으로 경도된 것은 부와 명예를 갑옷이나 허울처럼 걸치고 있던 상류 사회가 아니라, 갑옷과 허울 때문에 이룰 수 없었고 그것을 벗었을 때에만 겨우 이룰 수 있었던 그들의 사랑이었다. 이런 점에서 전기 작가 스콧 도널드슨Scott Donaldson이 명명한 '바보처럼 사랑을 추구했던fool for love 작가'라는 말은 피츠제럴드의 감성적 면모가 잘 집약된 표현이다.

섬세하고 여린 내면을 지닌 사람들의 화려하고 열정적인, 그래서 더 고독하고 쓰라렸던 사랑들이 담긴 피츠제럴드의 중단편소설들 가운데 이미 잘 알려진 대표작과 함께 우리 독자들에게는 처음 소개되는 문제작들이 두 권에 나누어 실려 있다. 그들 중 1권에는, 노인으로 태어나 갓난아이로 삶을 마감하는 「벤저민 버튼에게 일어난 기이한 현상」과 거대한 산 하나가 하나의 다이아몬드로 되어 있다는 기발한 SF적 상상력이 펼쳐지는 「리츠 호텔만큼 큰 다이아몬드」를 비롯해 열세 살의 나이에 프린스턴에 입학한 천재 소년의 성장소설 「머리와 어깨」, 제1차 세계대전 이후 '재즈 시대'의 유희적 삶을 유쾌하면서도 암울하게 그려 낸 「5월의 첫날」, 한편의 즐거운 활극을 보는 듯한 「연안의 해적」, 「랙스 마틴존스와 웨을스의 와응자」 「주사위, 쳣조각 그리고 기타」, 여리고 섬세한 젊은 여성의 사랑의 아픔을 생생히 느낄 수 있는 「버니스, 단발머리로 자르다」와 「얼음 궁전」, 이 아픔을 젊은 남성에게로 고스란히 옮겨 놓은 「겨울의 꿈들」, 「젤리빈」, 「'현명한 선택'」, 삶의 황혼기에 든 가톨릭 신부와 영악한 소년 사이에 일어나는 기묘한 애증을 환상적으로 그려 낸 「용서」 그리고 부와 명성의 허상과 실체를 다른 어떤 작품보다 명료하게 확인할 수 있는, 동시에 피츠제럴드를 왜 '사랑에 헌신한 작가'로 부를 수밖에 없는지를 새삼 확인하게 되는 「부잣집 소년」까지, 열다섯 편이 실려 있다.

1권에 실린 작품들은 피츠제럴드가 20대 초반에서 30대로 막 넘어가던 시기까지, 가장 왕성한 필력을 자랑하던 시기에 발표된 것들이란 점에서도 중요하지만, 이른바 '연애 소설'의 전형만이 아니라 판타지에서 정치사회적 관심까지 피츠제럴드의 다양한 문학적 면모를 확인할 수 있다는 점에서도 의미 깊은 목록이라 할 수 있다.

1896   9월 24일, 미네소타주 세인트폴에서 태어남. 아버지 에드워드는
구<ruby>舊<rt></rt></ruby>남부와 그 가치를 중요하게 여긴 사람이었고, 어머니 메리 맥
퀼런은 부유한 아일랜드계 식품 도매상 집안의 딸이었다. 두 사람
모두 가톨릭교도였다.

1898~1908 부친의 가구업이 파산하고 이주를 시작해 다시 고향으로 돌아가
기까지, 주로 버펄로, 시러큐스 등 뉴욕 외곽에서 살았다. 고향으
로 돌아온 뒤에는 모친이 물려받은 유산으로 안락하게 생활했다.
세인트폴 아카데미에 입학, 13세에 처음으로 쓴 탐정 소설이 학교
신문에 게재되었다.

1911~13　뉴저지 소재 가톨릭계 대학 예비학교 뉴먼 스쿨에 들어갔다. 시
거니 페이 신부를 만나면서 문학에 큰 용기를 얻었다. 재학 시절
교지에 단편소설 세 편을 발표했으며, 교내 미식축구팀 선수로도
활약했다. 프린스턴 대학에 들어간 후, 훗날 『핀란드 역으로*To the
Finland Station*』를 쓰게 되는 작가 에드먼드 윌슨, 파리에 망명해 시
인과 소설가로 활약하게 될 존 필 비숍과 교우했다. 여러 문예지
에 단편소설, 희곡, 시 등을 발표했다.

1914~17　1914년 제1차 세계대전 발발. 16세의 지너브러 킹과 운명적 만남
을 갖지만, 피츠제럴드의 가난이 원인이 되어 청혼을 거절당하는
아픔을 겪었다. 왕성한 문학회 활동으로 성적이 부진했으며, 중퇴
와 복학을 반복하다 육군 보병장교로 입대했다. 훈련 과정 중, 참
전하면 전사할 거라고 확신하고 장편소설 『낭만적 이기주의자*The
Romantic Egotist*』를 쓰기 시작했다.

1918~19　앨라배마 몽고메리 인근 셰리든 캠프로 전속되고, 주 대법원 판
사의 딸인 18세의 미인 젤다 세이어와 사랑에 빠졌다. 『낭만적 이
기주의자』를 탈고하고, 출판사에 보냈으나, 편집자로부터 독창성
은 인정하지만 출간은 할 수 없으며 수정 후 재의뢰할 것을 요청
받았다. 이후 개작과 재의뢰, 반복된 거절을 당했다. 해외 파병을
기다리던 중 제1차 세계대전이 종식되어(1918) 제대했다. 뉴욕으
로 돌아와 광고 회사에 취직해 결혼을 하려 하지만 박봉과 장래가
불투명하다는 이유로 약혼이 파기되었다. 직장을 그만두고 세인
트폴로 돌아가 장편 『낭만적 이기주의자』를 개작하는 데 전념했

다. 스크리브너의 탁월한 편집자 맥스웰 퍼킨스로부터 출간 허락을 받았다. 1919년 가을과 겨울, 대중잡지에 단편소설을 발표하기 시작했다. 에이전트 해럴드 오버를 만나면서 《새터데이 이브닝 포스트》에 정기적으로 단편소설을 발표하며 '포스트 작가Post writer'라는 별명을 얻었다.

1920   3월 26일 『낭만적 이기주의자』가 『낙원의 이쪽』으로 제목이 바뀌어 출간되고, 하루아침에 유명 작가로 등극했다. 일주일 뒤 젤다 세이어와 뉴욕에서 결혼했다. 코네티컷 웨스트포트에서 요란한 여름을 보낸 뒤 뉴욕에 아파트를 얻어 두 번째 장편소설 『아름답고도 저주받은 사람The Beautiful and Damned』을 집필했다. 첫 단편집 『말괄량이와 철학자들』을 출간했다.

1921   젤다가 임신하고, 첫 유럽 여행 후 세인트폴로 돌아왔다. 외동딸 프랜시스 스콧 피츠제럴드가 태어났다. 흥행을 기대하고 희곡 〈채소The Vegetable〉를 썼다.

1922   브로드웨이에 가까이 있기 위해 롱아일랜드 그레이트넥으로 이사했다. 장편 『아름답고도 저주받은 사람』, 두 번째 단편집 『재즈 시대 이야기들』을 출간했다.

1923   정치 풍자극 〈대통령에서 집배원까지From President to Postman〉의 시험 공연 실패로 인한 빚을 갚기 위해 단편소설 집필에 매달리게 되었다. 그레이트넥과 뉴욕의 산만함이 세 번째 장편소설 『위대

한 개츠비』를 쓰는 데 방해가 되었다. 이 시기에 폭음이 더욱 심해져 알코올 중독증을 보였지만 글을 쓸 땐 술을 전혀 마시지 않았다. 젤다도 정기적으로 술을 마시긴 했으나 중독증까지는 이르지 않았다. 하지만 잦은 부부 싸움이 두 사람의 경쟁적인 폭음의 불씨가 되었다.

1924 안정된 환경을 찾아 프랑스로 옮겨 갔다. 여름과 가을 동안 『위대한 개츠비』 집필에 몰두했다. 젤다와 프랑스 해군 비행사의 염문이 결혼 생활에 타격을 주었다. 리비에라에서 해외 생활을 하던 부유하고 교양 있는 젊은 미국인 부부 젤라와 사라 머피를 만나 친밀한 우정을 쌓았는데, 이때의 경험이 훗날 몇 편의 단편과 장편 『밤은 부드러워』의 주요 소재가 되었다. 이탈리아로 떠났다.

1925 연초의 겨울을 로마에서 보내면서 『위대한 개츠비』를 수정하고 4월에 출간했다. 소설적 기교, 복잡한 구성, 정제된 이야기 등에 큰 발전을 이루었다는 문단의 찬사가 있었지만 판매는 부진했다. 그 손실은 연극과 영화 판권으로 보전되었다. 파리에서 어니스트 헤밍웨이와 만나면서 그의 개성과 천재성에 경탄하게 된다.

1926 파리와 리비에라를 오가며 네 번째 장편 『밤은 부드러워』 집필과 함께 프랑스에서 생활하는 미국인들의 삶을 탐색한 「어머니를 살해한 남자The Boy Who Killed His Mother」, 「우리의 방식Our Type」, 「만국박람회The World's Fair」 같은 작품(가제)들을 구상했으며, 세 번째 단편집 『모든 슬픈 젊은이들』을 출간했다. 젤다의 일탈적인

행동이 심해져 미국으로 돌아간다.

1927~28 할리우드에서 시나리오와 관련된 일을 하지만, 기간도 짧고 제한
적이며 성공적이지도 못했다. 『밤은 부드러워』의 로즈마리 호이
트의 모델이 된 17세 여배우 로이스 모런과 만났다. 델라웨어주
윌밍턴 근교의 아파트를 임대, 파리에서 여름을 보낼 때까지 2년
동안 거주하며 『밤은 부드러워』에 몰두하지만 진전을 이루지 못
했다. 이 시기에 젤다가 프로 발레리나가 되고자 발레 수업을 시
작했다.

1929 봄에 프랑스로 돌아갔다. 젤다가 발레 연습에 지나치게 몰두해 건
강이 악화되고 부부 싸움의 불씨가 되었다.

1930~31 북아프리카를 여행했다. 젤다의 신경쇠약증이 처음으로 심각한
상태를 보이면서 스위스 요양소에 입원하게 되었으며, 피츠제
럴드는 스위스 호텔에서 지냈다. 장편 집필을 다시 중단하고 치
료비를 마련하기 위해 단편들을 쓰기 시작했다. 단편소설 한 편의
구매가가 4,000달러까지 올랐다(오늘날 화폐가치로 4만 달러 상
당). 당시 미국 교사의 평균 연봉 1,300달러와 비교해 상당한 고
액 수입자였음에도 거의 저축을 하지 못했는데, 여기에는 부부의
낭비벽이 가장 큰 원인으로 작용했다. 1931년 2월에 부친이 세상
을 떠나고, 가을에 미국으로 돌아왔다. 할리우드에서 다시 일하지
만, 별 성공을 거두지 못했다.

1932   젤다가 신경쇠약증이 재발하여 볼티모어 존스홉킨스 병원에 입원했다. (이후 그녀는 삶의 대부분을 병원과 요양소에서 치료나 입원으로 보내게 된다.) 젤다는 입원 중에 장편소설 『날 위해 왈츠를 남겨 주오*Save Me the Waltz*』를 쓰는데, 피츠제럴드와의 갈등을 모티브로 한 자전적인 작품이자, 그녀가 발표한 유일한 소설이다. 피츠제럴드는 볼티모어 외곽에 주택을 빌려 살면서 『밤은 부드러워』를 탈고했다.

1934   1920년대의 프랑스를 무대로 부유한 정신 질환자와 결혼 생활을 하는 동안 악화 일로의 삶으로 치닫게 되는 뛰어난 미국인 정신과 의사 딕 다이버의 파멸을 실험적으로 다룬 장편소설 『밤은 부드러워』를 야심차게 출간했으나 상업적으로는 성공하지 못했다. 심지어 작품의 매력조차 비판의 도마에 올랐다.

1935   쇠약해진 건강을 돌보기 위해 노스캐롤라이나 트라이턴과 애슈빌에 머물며, 훗날 에세이집 『붕괴*The Crack-up*』에 실리게 될 글들을 집필했다. 네 번째 단편집 『기상나팔 소리』를 출간했다.

1936   젤다가 입원한 하이랜드 병원 인근의 호텔을 전전하며 질병과 빚, 상업적인 소설을 단 한 편도 쓸 수 없는 상황에 시달렸다. 볼티모어를 떠난 이후 딸 스코티를 가정에서 돌보지 못하는 상황이 지속되어, 스코티를 14세 때 기숙학교에 보내고, 에이전트 해럴드 오버 부부가 그녀를 대신 돌보았다. 그럼에도 편지를 통해 아버지로서의 의무를 다하려 했으며, 스코티의 교육을 관리하고 사회적 가

치를 형성시키려는 노력을 게을리하지 않았다. 모친이 돌아가셨
다.

1937   홀로 할리우드로 떠나, 6개월 동안 주당 1,000달러를 받고 MGM
사와 시나리오 제작 및 각색 작업을 했다.

1938   「세 명의 동지Three Comrades」가 영화로 만들어지면서(영화화된 유
일한 작품) 주급 1,250달러로 1년 재계약을 했다. 대공황 후기에
MGM으로부터 모두 9만 1,000달러(당시 시보레 신형 쿠페 가격
이 619달러)를 벌어 들였지만, 대부분 빚을 갚느라 저축을 하지
못했다. 동부로 젤다를 만나러 갈 때마다 다툼이 일어났고, 캘리
포니아에서 영화 칼럼니스트 실라 그레이엄Sheilah Graham과 사랑
에 빠졌다(이들의 관계는 피츠제럴드의 음주벽에도 불구하고 마
지막까지 지속된다). MGM과 재계약하지 못하면서 프리랜서 시
나리오 작가와 《에스콰이어》지 단편 작가로 일했다.

1939   할리우드를 소재로 한 장편 『마지막 거물의 사랑*The Love of the Last
Tycoon*』 집필을 시작했다.

1940   『마지막 거물의 사랑』을 반 이상 쓴 상태에서 12월 21일, 실라 그
레이엄의 아파트에서 심장마비로 사망했다.

1941   친구 에드먼드 윌슨이 편집을 맡아 유작 장편 『마지막 거물*The Last
Tycoon*』이 출간되었다.

1948   하이랜드 병원에 일어난 화재로 입원 치료 중이던 젤다가 사망했
다.

세계문학 단편선을 펴내며

세상의 모든 이야기는 단편으로 시작되었다. 성서와 그리스 신화를 비롯해 인류의 많은 신화와 설화는 단편의 형식으로 사물의 기원, 제도와 금기의 탄생, 운명이라는 이름의 삶의 보편적 형식을 설명했다.

〈세계문학 단편선〉은 모든 산문의 형식 중 가장 응축적이고 예술성이 높은 단편소설에 포커스를 맞추어 세계문학을 바라보는 새로운 관점을 제시하고자 한다. 단편소설을 언급할 때 빼놓을 수 없는 작가들의 작품들은 물론이고, 한두 편의 장편소설로만 우리에게 알려진 세계적 작가들이 남긴 주옥같은 단편들을 통해 대가의 진면모를 총체적으로 바라볼 수 있게 할 것이다. 또한 우리에게 문학의 변방으로 여겨져 왔던 나라들의 대표적 단편 작가들도 활발히 소개할 것이며 이미 순문학과의 경계가 불분명해진 장르문학의 형성과 발전에 크게 기여한 작가들의 작품 역시 새롭게 조명해 나갈 것이다.

에드거 앨런 포는 문학작품은 독자가 앉은자리에서 다 읽을 수 있을 정도로 짧아야 한다고 했다. 바쁜 일상의 삶을 사는 현대인들에게 〈세계문학 단편선〉은 삶과 사회, 나아가 세계를 바라볼 수 있게 하는 더할 나위 없이 좋은 친구가 될 것이라 확신한다.

21세기인 현재에 이르기까지 단편소설은 그리스 신화가 그러했듯이 삶의 불변하는 조건들을 응축된 예술적 형식으로 꾸준히 생산해 왔다. 그리고 새로운 문학적 기법과 실험적 시도를 통해 단편소설은 현재도 계속 진화, 확장되고 있다. 작가의 치열한 예술적 열정이 가장 뜨겁게 반영된 다양한 개성으로 빛나는 정교한 단편들을 통해 문학의 진정한 존재 이유를 독자들이 느낄 수 있기를 소망하며 이번 〈세계문학 단편선〉을 펴낸다.

현대문학 편집부

프랜시스 스콧 피츠제럴드 1

초판 1쇄 펴낸날 2017년 10월 25일

지은이 프랜시스 스콧 피츠제럴드
옮긴이 하창수
펴낸이 김영정

펴낸곳 (주)현대문학
등록번호 제1-452호
주소 06532 서울시 서초구 신반포로 321(잠원동, 미래엔)
전화 02-2017-0280
팩스 02-516-5433
홈페이지 www.hdmh.co.kr

ISBN 978-89-7275-809-9 04840
세트 978-89-7275-672-9

* 책값은 뒤표지에 있습니다.